COLLECTION « BEST-SELLERS »

DU MÊME AUTEUR

Aux éditions Robert Laffont

Le Grec, roman, 1973.
La Veuve, roman, 1976.
Out, roman, 1977.
Palm Beach, roman, 1979.
La mienne s'appelait Régine – L'Opéra du fou, théâtre, 1984.
Sunset, roman, 1988.
Une saison chez Lacan, récit, 1989.
Bleu Ritz, roman, 1990.

Aux éditions Fixot

Liouba, roman, 1992.

Pierre Rey
Le Rocher

ROBERT LAFFONT

ISBN : 2-87645-222-7

Ce qui se fait par amour
se fait toujours par-delà le bien et le mal.

Nietzsche

Livre I

Déjà…

1

6 janvier 1289

Au-dessous, on pressentait le gouffre insondable d'où montait le grondement de la mer se fracassant sur les rochers. Il leur avait fallu des heures pour en gravir les flancs gluants d'humidité dans l'obscurité la plus totale. Le premier arrivé au sommet de la falaise avait déroulé une corde.

En bas, les autres, qu'il ne pouvait pas voir, y avaient attaché un filet contenant leurs armes les plus lourdes. Rien ne devait les gêner dans leur ascension. La corde avait fait deux voyages. Puis, mâchoires serrées, en file indienne, les hommes s'étaient attaqués à la vertigineuse paroi rocheuse, retenant leur souffle lorsque, au hasard d'un éboulis, un arbuste menaçait de se déraciner sous leur poids. La forteresse avait la réputation d'être imprenable. Bloc de pierre perché sur un bout de roche à la blancheur d'os en équilibre entre ciel et mer, elle dominait de ses créneaux arrogants le territoire exigu de Roccadura.

Entreprise en l'an 1210, au début du siècle, sa construction avait mobilisé à plein temps des armées de maçons, d'ingénieurs, d'architectes.

Ainsi en avaient décidé les Gubelin.

Depuis des décennies, la puissante famille régnait sans partage sur son morceau de roc dont elle assurait jalousement l'intraitable contrôle. Rien n'y abordait, n'y entrait ou n'en sortait sans son consentement. Aux premiers temps, il ne s'agissait que de quatre tours reliées par des courtines hautes d'une trentaine de palmes génoises. Les guetteurs s'y relayaient en permanence, excluant toute attaque surprise venue de la mer. La falaise faisait le reste. Jaillie du bleu profond de la Méditerranée, sa masse abrupte formait un infranchissable mur vertical de deux cents mètres de haut. Puis, comme si toutes ces défenses naturelles ne suffisaient pas, les Gubelin avaient consacré quatre-vingts autres années à englober le corps de bâtiment primitif dans une nouvelle enceinte dominant le point d'abordage, le château neuf, qui en rendait l'approche définitivement impossible.

Pourtant, en cette épouvantable nuit de janvier, une petite phalange de fous suicidaires sous les ordres d'un pirate avaient réussi ce que nul avant eux n'avait osé entreprendre : débarquer sur le rocher. S'en emparer était une autre histoire...

Et maintenant, ils étaient là, au pied du château, tassés l'un contre l'autre, trempés jusqu'aux os, écrasés par la prodigieuse masse de pierre que l'orage, par à-coups, zébrait d'éclairs aveuglants. Figés dans les flaques, souffle coupé sous les déluges de pluie giflant leur cotte de mailles, ils attendaient.

On était le 6 janvier 1289, jour de l'Épiphanie.

– Prépare-toi, souffla Giuseppe à son voisin le plus proche.

Le soldat se raidit. Giuseppe l'écarta avec brutalité et se mit à glisser silencieusement de l'un à l'autre de ses hommes. Il en dénombra dix-neuf. Mais dix-neuf qu'il avait entraînés lui-même, dix-neuf qui en valaient cent. Luttant contre les rafales de vent, il revint alors vers le seigneur Ponti, Ugo Ponti, dit « le Rusé », *son* seigneur. « Pas par hasard qu'on l'ait baptisé le Rusé », pensa Giuseppe avec fierté. Il lui tendit un sac que fermait une cordelette. Le Rusé la défit, dégagea l'orifice du sac, en tira une robe de bure brune, la passa au-dessus de son justaucorps et, à plusieurs reprises, vérifia d'un geste vif que les plis du vêtement ne le gênaient en rien pour dégainer son épée. Après quoi, il en rabattit le capuchon sur son visage, fit un bref signe de croix et, instinctivement, leva la tête : là-haut, dans son inviolable sanctuaire, le clan des Gubelin, respectueux de la tradition, devait fêter la Nuit des Rois.

D'une pression sur le bras, le Rusé intima alors à Giuseppe de se tenir tranquille. Comme dans tous les moments clés de sa vie – ceux après lesquels, en bien ou en mal, plus rien n'est semblable – il fallait qu'il se concentre. Il glissa la main gauche dans une poche intérieure spéciale cousue à sa demande contre son cœur. Aussitôt, ses doigts frigorifiés rencontrèrent l'objet familier. Avec un léger sourire, il laissa monter le long de son bras l'onde de chaleur se dégageant de son fétiche. C'était un objet bizarre. Un objet *chargé*. Un objet unique : le *caillou-soleil.*

Point n'était besoin d'être sorcier pour ressentir l'énergie qui s'en dégageait. Tous les êtres humains, fussent-ils les plus barbares, sont fascinés par les diamants. Le caillou-soleil que le Rusé caressait dans ses doigts n'échappait pas à la règle. Mais il avait quelque chose en plus, quelque chose de singulier qui domptait le regard, le faisait plier, le forçait, sous peine d'en devenir aveugle, à se détourner du faisceau de lumière émanant de son cœur même. Outre sa forme étrange faite d'un entrelacs de triangles mobiles emboîtés les uns dans les autres, le miracle de ses proportions ne semblait avoir été conçu que pour servir d'écrin à la perfection de la pierre qu'ils enchâssaient, ovale pur serti dans un autre triangle d'or formant, à sa base, une espèce de piédestal minuscule où flamboyaient trois rubis roses.

Chacune de ses facettes avait été taillée de façon que les rayons lumineux qu'elle absorbait convergent vers l'invisible point focal formant son centre absolu, d'où ils rejaillissaient avec la force d'une explosion en une droite pure à la puissance prodigieusement multipliée. Ugo le Rusé tenait le joyau de son oncle, Francesco Ponti, dit « le Navigateur ». En même temps que Marco Polo, mais sous d'autres latitudes, il avait dirigé pour le compte de Charles II, roi de Naples, de lointaines et mystérieuses expéditions maritimes dont il était revenu lourd de richesses et de secrets. Un jour, il avait fait appeler Ugo. L'adolescent avait alors dix-sept ans. Il admirait et respectait son oncle à l'égal d'un dieu. Il ne devait jamais oublier la scène qui avait suivi.

Son oncle lui avait montré un bijou étrange.

– Regarde bien ce diamant, Ugo. Beaucoup d'hommes sont morts pour l'arracher à la terre où il dormait depuis des millions d'années. Beaucoup d'autres, pour le posséder, se sont entre-tués. Ceux qui ont ciselé ses facettes ont été assassinés par leurs commanditaires afin que le secret de sa taille soit perdu à jamais. Ensuite, de grands prêtres initiés ont *travaillé* la pierre pour transférer en elle toute leur énergie spirituelle...

Le Navigateur avait alors élevé le diamant dans la lumière du soleil couchant qui illuminait la Méditerranée. Il l'avait fait tourner entre le pouce et l'index de sa main droite, de façon que le moindre éclat de lumière le traversât.

– Il est à toi, Ugo.

– Mais, mon oncle... mon oncle..., avait bredouillé Ugo, pâle d'émotion. Pourquoi ?

– Tu le sauras un jour, Ugo, quand le moment sera venu. Mais d'abord, parce que tu es un Ponti. Que cette pierre est digne des Ponti et que les Ponti sont dignes de cette pierre. Maintenant, écoute. Il s'agit d'un diamant unique. Bien après que les descendants des enfants de nos enfants seront devenus poussière, il traversera toujours les siècles dans sa beauté intacte. Mais, attention, il peut être aussi bien porteur de puissance et de gloire que de mort. C'est selon...

Selon quoi ? Le Navigateur n'avait pas cru bon de le préciser. Ugo, très impressionné, n'avait pas osé lui en demander davantage. Dans la *famille* Ponti, il n'était jamais bien vu de parler trop ou de poser des questions.

– Acceptes-tu toujours mon présent, Ugo ?

– Avec ferveur et reconnaissance, mon oncle. Mais je m'en sens tellement indigne...

Instinctivement, il avait avancé la main pour s'emparer du joyau : son oncle n'avait pas fait un geste pour le lui tendre. Gêné, Ugo avait vu alors le Navigateur se tourner vers l'ouest.

– Dis-moi donc, Ugo, est-ce que le soleil est à son zénith ?

– Non, mon oncle. Le soleil se couche.

– Tu as raison, Ugo, le soleil se couche. Ses rayons sont presque mourants. Ils n'ont plus d'énergie. Pourtant, regarde, regarde bien...

Francesco allongea brusquement le bras et braqua la pierre vers l'immense cheminée où reposaient deux troncs d'arbre sur un lit de branchages secs. Deux secondes à peine, il maintint le bras tendu dans la même direction : les branchages s'enflammèrent.

– Voilà pourquoi les grands prêtres aztèques l'avaient baptisée « caillou-soleil ». Quand ils voulaient apaiser la colère des dieux par un sacrifice humain, c'est avec le caillou-soleil qu'ils allumaient le bûcher du sacrifice.

Depuis ce jour, Ugo ne s'était jamais séparé du joyau...

Un éclair illumina le ciel. Une fraction de seconde lui apparurent les visages tendus et blêmes des hommes suspendus à son signal. Il tourna les talons et quitta l'angle de mur au-delà duquel se trouvait l'entrée la moins protégée du château de Roccadura. Luttant contre la tourmente, il s'avança jusqu'au pont-levis qui en interdisait l'accès. À coups redoublés, il frappa du poing sur la lourde porte. À sa surprise, courbées par les rafales de vent qui en rabattaient la flamme, deux torches apparurent instantanément, très haut au-dessus de sa tête.

– Qui va là ?

– Un pauvre moine franciscain qui demande l'hospitalité pour la nuit.

Ugo avait dû hurler pour que sa voix couvre le grondement de la tempête.

– Passe ton chemin !

– Au nom de Dieu, je vous en prie. J'ai froid. J'ai faim. Je suis trempé.

Il devina qu'avait lieu un bref conciliabule.

– Montre-toi en pleine lumière !

Surgissant des mâchicoulis, trois nouvelles torches flamboyèrent au-dessus des remparts, illuminant le sol, isolant Ugo dans un cercle dont il était le centre. Il savait que les archers le tenaient en joue. En signe de soumission, il écarta largement les bras de son corps.

– Abaisse ton capuchon !

Aveuglé par les torches, Ugo s'exécuta. Il était à leur merci : la mort pouvait frapper à chaque instant.

– Reste où tu es et ne bouge plus !

Il perçut un grincement métallique, un froissement de poulies roulant sur leurs engrenages. Lourdement, le pont-levis s'abaissa. Même lorsqu'il fut au niveau du sol, Ugo se garda bien de faire le moindre geste.

– Approche-toi !

Frileusement, le Rusé s'enroula dans sa soutane.

Maintenant, tout allait se jouer en trois secondes.

Il savait que derrière lui, invisibles dans la nuit, Giuseppe et ses hommes s'apprêtaient à bondir. Sa main glissa doucement du caillou-soleil au manche de son épée tandis qu'il s'avançait d'un pas voûté de vieillard sur les planches du pont-levis.

– Entre, moine, entre donc...

Ugo posa le pied sur une dalle : il était dans le château !

Il sourit d'un air timide au garde qui brandissait sa torche au-dessus de sa tête. D'un coup de poignet, il fit jaillir son épée hors de sa robe de bure, la lui plongea dans le cœur, et, avant que les quatre autres gardes, sidérés, aient le temps de réagir ou même de comprendre, il en décapitait deux et labourait dans le même mouvement les entrailles du troisième, qui s'effondrait dans un éclaboussement de sang. Un martèlement sourd dans son dos... Giuseppe et ses hommes arrivaient à la rescousse.

Le dernier des gardes les vit entrer. Tombant à genoux, il joignit les mains pour demander grâce. D'un seul coup d'épée, Giuseppe les lui sectionna à hauteur des poignets et l'acheva d'un coup de poignard dans la gorge.

– Aux autres, dit Ugo.

Au pas de course, ils traversèrent la cour d'enceinte.

La porte du bâtiment central n'était ni gardée ni fermée. À quoi bon ? Entre la falaise, le château fort, la tempête et la garde, le diable lui-même n'aurait pu empêcher les Gubelin de festoyer à leur aise. Suivi par les siens, Ugo Ponti s'engouffra dans l'escalier de pierre en colimaçon qui menait aux étages. À mi-course, il entendit les rires éméchés de ceux qui fêtaient la Nuit des Rois. Quelques minutes plus tard, la plupart d'entre eux, massacrés à l'arme blanche, gisaient sur le sol.

Groupés dans un coin, les yeux agrandis de terreur, quelques survivants suppliaient qu'on les épargne.

Un des soldats se tourna vers Giuseppe.

– Qu'est-ce qu'on en fait ?

– Jetez-les du haut des remparts, dit Giuseppe.

– Ayez pitié, Seigneur. Laissez-nous la vie sauve en l'honneur des Rois mages, geignit l'un d'eux.

Ôtant brusquement sa soutane, Ugo Ponti cessa d'être moine pour apparaître dans sa tenue de chef de guerre. Il embrassa le vêtement ecclésiastique qui, en quelques instants, lui avait permis de remporter sur les Gubelin une victoire que des générations de Ponti attendaient depuis des siècles.

Puis, pour la première fois, il ouvrit la bouche.

– Cet homme a raison, dit-il à Giuseppe.

Songeur, il chercha du bout des doigts le contact ineffable du caillou-soleil : il avait la certitude de lui devoir son triomphe.

Son oncle ne le lui aurait pas offert en vain. Il serait fier de lui. Sa sentence tomba.

– En l'honneur de la Nuit des Rois, accorde-leur le droit de dire une prière avant de les jeter dans le vide.

Peu après, en cette nuit historique du 6 janvier 1289, tous les occupants du château avaient péri. La troupe des vainqueurs abaissait le pavillon des Gubelin, y mettait le feu et hissait à sa place l'oriflamme des Ponti. Dominant la Méditerranée, l'imprenable promontoire de Roccadura et les quelques arpents de terre aride qui s'y accrochaient changeaient définitivement de mains. Le règne des Gubelin s'achevait, celui des Ponti commençait.

Désormais, grâce à la ruse d'Ugo, les Ponti et la longue lignée de leurs descendants, avec des hauts et des bas, des fuites, des rachats, des actes d'héroïsme, des amours, des trahisons, des passions folles et des meurtres, allaient pouvoir faire régner leur loi sur le rocher jusqu'à ce que Dieu ou le diable les en chasse.

2

23 février 1489

« Si ton ennemi est plus fort que toi, fais-en ton allié. » Conscients de la fragilité et de l'exiguïté de leur territoire, les Ponti avaient adopté pour ligne de conduite ce très ancien proverbe phénicien. Ils se gardaient donc bien de mécontenter un seul de leurs puissants voisins, français, espagnols, italiens, qui auraient pu les écraser d'une chiquenaude ou, pis, les annexer.

L'annexion était leur véritable cauchemar : si on leur enlevait leur rocher, à quoi s'accrocher ? A-t-on jamais vu quiconque s'épanouir si on le prive de sa base, de sa terre, de ses racines ? Certes, les géants qui écrasaient Roccadura de leur ombre professaient à l'égard de ses occupants une condescendance amusée. À leurs yeux, territorialement, politiquement ou militairement, les Ponti n'avaient pas plus d'importance que des nains. Mais, paradoxalement, des nains avec lesquels il fallait compter. Sans atteindre l'entregent du Vatican, les Ponti avaient une espèce de génie pour contracter des alliances, rendre des services et jouer avec bonheur les intermédiaires. Ils avaient de l'honneur, un grand courage physique, ne rechignaient jamais à voler au secours de leurs alliés et, au besoin, à verser leur propre sang pour tenir une parole. De tels mérites ne passent pas longtemps inaperçus.

Pour avoir aidé Charles VIII, roi de France, dans sa conquête du royaume de Naples, Philibert Ponti se vit payer en retour de royale façon : le 23 février 1489, Charles VIII lui accorda en privilège la liberté de commerce en Provence, les droits de mer et des lettres de sauvegarde lui garantissant aide et protection en cas d'attaque ennemie.

Mais, surtout, la faveur la plus inouïe : l'indépendance !

Dorénavant, les Ponti allaient pouvoir respirer plus librement. D'autant qu'en 1512, en marque d'estime, Louis XII, successeur de Charles VIII, leur renouvelait par décret les avantages légués par son prédécesseur.

À partir de cet instant, tout était donc en place pour que les Ponti inscrivent leur propre histoire dans l'Histoire. Il y avait un lieu, le Rocher. Ce lieu avait un nom, Roccadura.

Quant aux Ponti, déjà seigneurs de Roccadura, deux rois de France, à treize ans d'intervalle, venaient de leur confirmer avec une bienveillance distraite qu'ils étaient bien maîtres des lieux.

Mais il en est du pouvoir comme de la liberté : il ne se reçoit de personne, il se prend.

Qui t'a fait roi ?

Telle était, à l'époque, la question qui ramenait l'ambition des Ponti, nouvellement promus Ponti de Roccadura, à ses limites réelles. Car tenir son pouvoir d'un autre, qui peut vous le retirer quand bon lui semble, est-ce réellement exercer le pouvoir ou jouir d'un sursis ?

3

15 octobre 1612

Pour avoir prise sur n'importe quoi, les hommes sont prêts à tuer père et mère. Que dire alors lorsqu'il s'agit d'un trône et de régner sur un millier de sujets ?

Les Roccadura n'échappaient pas à la règle commune.

Dieu sait pourtant qu'au XVᵉ siècle le Rocher était mortellement ennuyeux. Ni routes, ni fêtes, ni bals, ni duels, ni princes, ni princesses. Traditionnellement, pendant que leur épouse se morfondait sur leur piton de roche et d'azur, les Roccadura mâles, qui venaient de temps en temps leur faire des enfants, allaient chercher fortune et plaisirs dans les cours d'Europe où brillaient les grands esprits, les belles femmes, l'or, le panache, la beauté. Le reste du temps était consacré à l'intrigue.

Au cœur de la famille, une implacable lutte d'influence opposait les pères aux fils, les frères aux frères, qui n'hésitaient pas à s'entre-tuer pour s'emparer du pouvoir, alors que tour à tour, selon le sort des batailles qui les décimaient, les garnisons étrangères, espagnoles, teutonnes, françaises ou italiennes occupaient le bout de rocher promu soudain à la dignité de site stratégique pour la guerre et le commerce maritime. Dix fois, le drapeau flottant sur la plus haute tour de la citadelle de Roccadura changea de couleur. Ces différentes tutelles n'empêchaient en rien la vie locale de continuer. En 1419, trois frères, Charles, Henri et Pierre, trois Ponti de Roccadura bon teint, conclurent un pacte pour régner par roulement sur le Rocher, un an chacun. Pierre, le dernier des trois à survivre, désireux sans doute de laisser son nom à l'Histoire, rédigea, à peu près à l'époque où naissait Léonard de Vinci, un testament qui devait régler pour les siècles à venir les épineux problèmes de succession secouant périodiquement la dynastie des Roccadura.

Si le trône était vacant, il revenait automatiquement au fils aîné de sexe mâle. Si l'aîné était une femme, l'homme qu'elle choisirait pour époux devrait renoncer à son nom pour prendre celui des Ponti. Ainsi, leurs enfants restant des Ponti, en aucun cas le Rocher ne pouvait échapper à la famille.

Malgré ces bonnes dispositions destinées à les protéger d'eux-mêmes, en deux cents ans, quatre des seigneurs de Roccadura périrent de mort violente.

En 1505, une allègre série de meurtres s'enclencha entre membres du clan. Louis II fut assassiné par Léonard, son frère, qui prit instantanément le pouvoir avant d'être lui-même massacré avec François, un autre de ses frères, par leur neveu, Jean. Un siècle plus tard, en 1604, Lucien, chef de la famille et petit-fils de Léonard, avait la réputation de déflorer les plus belles filles du Rocher. Amoral, sans doute. Mais, à l'époque, un seigneur ne manifestait pas toujours la plus grande élégance vis-à-vis de ses vassales. L'ennui, dans le cas de Lucien, c'est que la plupart d'entre elles n'étaient pas consentantes.

Une nuit, lassé par ses frasques sexuelles et sa vie de débauche, un groupe de ses sujets se ligua contre lui pour le poignarder dans une ruelle obscure et jeter son corps mutilé à la mer, du haut de la falaise. Lucien laissait deux orphelins, un fils aîné, Léon II, alors âgé de sept ans, et sa petite sœur, Camille.

Terrifiés à l'idée qu'après le père on assassine aussi ses enfants, des serviteurs fidèles les cachèrent dans les douves de la forteresse et envoyèrent un émissaire à Milan pour prévenir leur oncle maternel, Sergio di Valezza, prince de Caltagirone, que Camille et Léon étaient en danger de mort. Accompagné de sa femme, le prince accourut à Roccadura, se fit nommer régent, prêta serment de loyauté à Léon II, intenta des poursuites contre ceux qui avaient tué Lucien, laissa Léon II et sa sœur à la garde de son épouse, rentra à Milan et négocia sur-le-champ avec les Espagnols pour qu'ils investissent le territoire de Roccadura. Accord conclu.

Le régiment espagnol à peine arrivé, le prince de Caltagirone retournait à Roccadura chercher les enfants, les mettait à l'abri à Milan et entreprenait l'éducation du jeune Léon II en fonction des hautes ambitions qu'il nourrissait à son égard : en faire un prince. L'occasion lui en fut donnée quelques années plus tard, alors que Milan était passée sous le contrôle militaire de l'Espagne.

Un jour, il y eut des documents à parapher.

Au bas de l'un d'eux, concernant certains territoires et nécessitant sa signature, Sergio di Caltagirone, sans avoir l'air d'y toucher, apposa la note suivante :

Quant à mon neveu, Léon II, Prince régnant et Seigneur, par la grâce de Dieu, de Roccadura...

Coup de bluff réussi.

Aucune protestation de la part des autorités espagnoles.

Leur silence même entérinait la fracassante nouvelle : désormais, l'ancien repaire de pirates devenait principauté.

Et, du même coup, les Ponti de Roccadura, de simples seigneurs féodaux, se voyaient brusquement élevés à la dignité de princes !

4

24 avril 1699

Gargantua aimait deux choses plus que tout : la musique et les danseuses. Albinoni, Lully, Corelli, Vivaldi, il ne pouvait les entendre sans imaginer les pas de deux, les tutus, les jeunes corps souples et cambrés, ce maquillage excessif qu'exigent les feux de la rampe sur des visages de seize ans.

Aussi faisait-il de ses deux passions une consommation excessive. Il entretenait deux orchestres et, en ville, on lui connaissait au moins trois maîtresses attitrées, toutes de l'Opéra, ayant de lui plusieurs enfants naturels. Renaud Ponti de Roccadura, le célèbre Renaud Ier, tout prince qu'il fût, ne pouvait en effet légitimer des légions de bâtards pour une raison très simple : il était déjà marié. Et qui plus est, pour sa plus grande infortune, à la plus belle fille du royaume de France dont Sa Majesté le roi lui-même, Louis XIV, se plaisait à vanter la prestance, la chevelure, le regard et la taille si fine, comme disaient les chroniqueurs, qu' « un homme de corpulence moyenne aurait pu l'enserrer sans peine entre ses deux mains ».

Mais Gargantua était si gigantesque qu'il pouvait, avec son épouse, se livrer à la même opération de sa seule main droite.

Quand il la tenait ainsi, souvent, avec la gauche, il aurait aimé lui fracasser le visage pour la punir de son inconduite.

Car, tandis qu'il guerroyait pour le compte du roi sur tous les champs de bataille, la belle Henriette – que Dieu maudisse son nom ! – le trompait avec tous les freluquets du royaume. La liste de ses amants semblait si illimitée que, de désespoir, Renaud s'était mis, pour se consoler, à boire et à manger jusqu'à ce que sa corpulence lui vaille son surnom : « Gargantua ».

Henriette, de vingt ans sa cadette, n'avait pour lui qu'indifférence hostile. Il pouvait bien aller retrouver ses danseuses ou passer tous ses moments de liberté à l'Opéra, elle s'en moquait. Elle savait pourtant que la bravoure de son mari au combat était légendaire. Mais, aux champs de bataille et aux cliquetis des épées, elle préférait les tendres luttes de l'alcôve, le grincement des matelas, les fêtes, les parures, les bals et les bijoux, les serments d'un instant des amants de rencontre.

Le dernier en date était duc. Il était jeune et beau. Il s'appelait François. Vingt minutes plus tôt, elle était encore dans ses bras. Pour passer une partie de la nuit avec elle, il n'avait pas hésité devant quatre heures de route au triple galop.

À peine arrivé de Paris, il avait loué, à deux pas du propre château du mari d'Henriette, une chambre d'auberge minuscule et embaumée que, après le faste des palais princiers où elle avait vécu depuis sa naissance, elle avait trouvée terriblement romantique. Il était plus de cinq heures du matin. Elle avait demandé à son cocher de l'attendre. Il s'était endormi. En quittant François, elle avait dû le réveiller. Le jour se levait. Elle maudit les convenances qui l'obligeaient à rentrer chez elle au lieu de se lover sur la poitrine de son amant. Quel gâchis ! À cette heure, son balourd de mari devait ronfler, son gros ventre proéminent plein de vin se gonflant et se dégonflant comme un soufflet au rythme de ses rêves de putains et de victuailles...

Deux ans plus tôt, elle s'était si peu cachée de ses frasques qu'il l'avait emmenée loin de Paris, dans son château de la principauté de Roccadura, où il l'avait laissée seule, pour la punir.

La ville était si exiguë que de son centre, en crachant très fort, on pouvait sortir de ses frontières. Une place, deux ruelles, des remparts et, pour y accéder, des chemins de traverse qui ne permettaient même pas aux calèches de passer. Henriette s'y était morfondue pendant plusieurs mois sous un soleil de plomb avec, pour tout spectacle, le miroitement idiot de la mer et, pour toute distraction, les portraits empesés de la dynastie des Ponti.

Il avait fallu une intervention du roi lui-même pour que Gargantua consente à la laisser retourner sur leurs terres conjugales, dans leur palais du Vendômois, à deux pas de Paris.

Où tout avait recommencé...

– Arrêtez-vous, Louis.

Le cocher tira sur la bride de ses chevaux. Le fiacre s'arrêta en pleine campagne. Henriette en descendit.

– Ferrez-les, dit-elle avec un demi-sourire.

– À vos ordres, Princesse.

Faisant un effort pour garder un visage neutre, il sortit d'une caisse un paquet de chiffons dont il entreprit d'entourer les sabots des chevaux. Ainsi, l'équipage pourrait rentrer sans troubler le silence de la demeure endormie. Accroupi au pied de ses montures, Louis jeta un regard à la dérobée sur sa maîtresse. Plus belle encore que ne le prétendait sa légende, elle cueillait des fleurs que la rosée de l'aube rendait luisantes d'humidité. L'air sentait bon le foin et l'aubépine. On était au printemps. Henriette chantonnait. Comme toujours après l'amour, son corps se libérait de la pesanteur, elle n'en sentait plus le poids. Légère... Si légère...

– J'en ai terminé, Princesse.

Il tenait grande ouverte la porte du fiacre. Henriette y remonta. Ils n'étaient plus qu'à cinq cents mètres du château dont elle apercevait, gris sur gris, les tourelles élégantes se découper sur la brume du matin que dissipait déjà le soleil.

Dix minutes plus tard, ils entraient dans la cour d'honneur.

– Arrêtez-vous ! lança Henriette d'une voix blanche.

Elle pâlit devant le spectacle horrible : là, sous ses yeux, dans la cour de sa propre maison, on avait érigé des potences.

Pas quelques-unes, mais une véritable forêt. Sinistres, elles se dressaient les unes contre les autres. Et les hommes qui y étaient pendus s'entrechoquaient au gré de la brise légère.

Henriette se retint pour ne pas vomir. En un éclair, elle reconnaissait tous les pendus : ses amants ! Chacun revêtu de son costume d'apparat le plus typique, satin, soie, galons, chamarrures d'or, parures dont on avait enveloppé leur effigie de paille. Princes, barons, chevaliers, ils étaient tous là : comment son mari avait-il pu en recenser autant ? Car, elle en était sûre, cette horrible surprise venait de lui. Elle raffermit sa voix.

– Merci, Louis, vous pouvez rentrer.

Louis s'inclina, lui ouvrit la portière, et, comme s'il n'avait rien vu, fit faire demi-tour aux chevaux. L'attelage disparut en direction des écuries. Machinalement, Henriette caressa le pourpoint pourpre du marquis de Largillière, qui l'avait séduite debout, sur la commode de son boudoir après un dîner aux flambeaux arrosé d'hydromel. Soudain, la colère l'étouffa.

– Salaud ! marmonna-t-elle. Tu vas me le payer !

Elle se sentit épiée. Elle était certaine maintenant que, pour jouir de son triomphe, il devait l'observer d'une fenêtre. Elle tira sur sa robe d'un geste sec, releva la tête et à pas pressés, sans tourner le regard à droite ni à gauche, traversa la forêt des pendus de paille. Maintenant, des flaques de soleil inondaient le sol çà et là, donnant à l'abominable spectacle une allure macabre de carnaval pathétique. Henriette grimpa quatre à quatre l'escalier de pierre monumental. Arrivée dans le corridor du premier, elle alla droit à la porte de la chambre de son mari.

Sans frapper, elle la poussa.

Gargantua, en chemise, dos tourné, était debout contre la fenêtre ouverte qu'il barrait de sa carrure gigantesque. Sur les tapis d'Aubusson recouvrant les lattes du parquet de chêne massif, les rayons du soleil levant découpaient son ombre fantastique.

– Très drôle, dit Henriette d'une voix cassante. Je ne vous savais pas autant d'humour, mon pauvre Renaud.

Semblant découvrir sa présence, il se retourna vers elle et lui adressa un bon sourire paternel qui fit tressauter ses bajoues.

– Je suppose, persifla-t-elle, que vous avez pris la paille constituant le corps de mes amants dans vos propres écuries ?

– Bien deviné, dit-il. Dans mes propres écuries.

– Qui vous dit, enchaîna-t-elle, que l'un d'eux ne m'y a pas prise debout, contre le flanc de vos chevaux ?

Il eut un rire de gorge.

– Pauvres bêtes... Servir de sommier à une putain...

– Et les vôtres, de putains, qu'utilisent-elles en guise de sommier, votre bedaine ?

Machinalement, elle s'était rapprochée de lui. Ils étaient maintenant tous deux à la fenêtre, contemplant l'irrésistible spectacle de la forêt des pendus se balançant sous le vent.

– Henriette !

Glacée d'horreur, elle tressaillit : la voix qui venait de lui percer le tympan, elle la reconnaissait. Et pourtant, ce n'était pas possible : c'était la voix de François, le duc François qu'elle avait laissé, voilà une heure à peine, à demi endormi dans le lit de l'auberge où ils avaient fait l'amour avec la même violence que la première fois ! Elle essaya de repérer d'où elle provenait.

Et elle le vit, tout à fait vivant, les mains liées derrière le dos, accroché par les épaules, pendu de chair parmi les pendus de paille, gigotant frénétiquement au bout de sa potence pour attirer son attention.

– François ! hurla-t-elle.

Folle de rage, elle se retourna vers son mari.

– Vous allez le libérer tout de suite, vous m'entendez, tout de suite !

Elle fut surprise par l'air bizarre du prince Renaud : non, il ne l'entendait pas. Il avait tendu le bras vers la cour, comme pour accuser d'un geste vengeur tous ceux qui avaient possédé sa femme. Vaguement, Henriette vit qu'il tenait quelque chose dans sa main tendue, quelque chose qui miroitait, une espèce d'éclair aussi brutal et fugace qu'une droite de soleil.

Le cri horrible que poussa son amant lui perça les oreilles tandis que, comme par enchantement, la forêt de pendus s'enflammait d'un seul coup en un embrasement inouï.

5

17 juin 1757

Ils étaient là depuis six jours, lorgnette à la main, à se regarder en chiens de faïence. Cinquante mètres à peine les séparaient. Mais plus définitifs qu'un abîme. D'un côté, ceux qui se morfondaient à terre, piétinant sur le quai dans leurs habits d'apparat : la suite du prince. De l'autre, à bord de la galère escortée par des navires accompagnateurs bercés par une houle légère, s'ennuyant à mourir, souffrant de la canicule et du mal de mer, le marquis, sa femme, sa fille, ses gardes, ses invités, ses chiens, ses courtisans. Entre ces deux clans irréductibles campant sur leurs positions, un troisième groupe, semblant voltiger au-dessus du bleu de la Méditerranée, plantant des pilotis, nouant des cordes, assemblant des planches, nuée de charpentiers et de menuisiers se hâtant, dans la chaleur accablante de cette fin d'après-midi, de construire une passerelle destinée à relier le pont de la galère au débarcadère recouvert du tapis rouge aux armes des Roccadura.

Que faire d'autre ?

Urbain III, prince de Roccadura, s'était juré de ne pas subir une seconde humiliation. Flanqué de trois régiments de ses soldats en grand uniforme, il s'était courtoisement posté sur le quai pour accueillir Catherine, la femme qu'il avait épousée deux mois plus tôt par procuration. Escortée d'une impressionnante flottille de bâtiments, elle arrivait de Gênes sur la galère affrétée par le marquis de Genovina, son père. Stoïque, le prince avait attendu au pied de la passerelle, sous un soleil de plomb, que sa fiancée veuille bien descendre à terre. Au bout de vingt minutes, elle n'était toujours pas là. C'est alors qu'un émissaire était sorti du bateau, porteur d'une lettre signée par la mère de Catherine.

Elle stipulait que c'était au prince de monter à bord de la galère, et non à sa fille d'en descendre. En dehors de Dieu – et encore! – les Roccadura ne se reconnaissaient aucun maître. Ils étaient fiers, querelleurs, impatients. Certes, Urbain avait bataillé pour conquérir la main de Catherine. Et il était fou d'elle.

Mais il était prince. Prince souverain : malgré la passion qu'il lui vouait, il ne bougerait pas du quai. À bord de la galère, Alberto de Genovina, père de la jeune fille, pour une fois d'accord avec la marquise Antoinette, son épouse, faisait chorus pour que Catherine, elle aussi de très haute lignée, ne fasse pas le premier pas. Et pour mieux montrer sa détermination, malgré les supplications de sa fille, il avait fait lever l'ancre au navire qui se balançait maintenant à quelques encablures du rivage en attendant que les ambassadeurs des deux camps trouvent un compromis. À bord du vaisseau, les demoiselles d'honneur, qui ne s'évanouissaient pas dans les bras moites de leurs suivantes, épongeaient leur front en nage avec de fins mouchoirs de batiste à tordre au bout de quelques secondes. Sur le débarcadère, les témoins du marié étouffaient dans leur jabot de cérémonie.

Le marquis et le prince n'en avaient cure. Aussi entêtés l'un que l'autre, ils auraient préféré se faire hacher en morceaux plutôt que de céder. L'idée de la passerelle avait pour avantage de constituer un espace neutre où chacun pourrait faire la moitié du chemin sans se déshonorer ni perdre la face, mais un inconvénient majeur : malgré la pression des contremaîtres sur les ouvriers, sa construction n'en finissait pas. Situation bloquée... Six jours mortels. Catherine se consumait pour son prince. Quant à Urbain III, ravagé de fureur, il se mordait les poings pour ne pas donner l'ordre à ses canonniers de couler cette armada de pacotille.

Mais la femme qu'il aimait était à bord : *sa* femme!

Il l'avait connue enfant. Elle avait dix ans à peine. Lui, vingt-cinq. Il la faisait sauter sur ses genoux, lui apportait des cadeaux, des sucreries, des rubans, des automates, et parfois, le soir, lorsqu'elle n'arrivait pas à s'endormir, elle le suppliait, sous l'œil complice et attendri de la duchesse, sa mère, de lui raconter des histoires. Urbain III s'installait alors sur le lit de l'enfant.

À cette époque, il avait élu domicile chez les Genovina.

C'était plus pratique.

Depuis six ans, il était en effet l'amant de la marquise Antoinette, mère de la petite Catherine. La marquise, femme superbe, avait vingt-cinq ans de moins que son mari, mais dix de plus que son amant. Bien entendu, le marquis, homme falot mais vindicatif, était au courant de son infortune : tout ce qui comptait dans les cours d'Europe faisait des gorges chaudes de la liaison de sa femme, devenue légendaire, avec un Roccadura de dix ans son cadet. Comment Urbain III aurait-il pu alors se douter que, six ans plus tard, il se verrait contraint de demander à ce mari qu'il avait déshonoré, et, pis, à sa propre maîtresse délaissée, la faveur d'épouser leur fille ? Le couple le lui avait fait payer très cher. Unis dans la même haine pour l'homme dont découlaient, quoique pour des raisons opposées, tous leurs malheurs, ils s'étaient ingéniés à lui mettre des bâtons dans les roues. Certes, ils ne pouvaient plus empêcher le mariage. À l'insu de ses parents, Catherine avait envoyé une lettre à Urbain pour que le monde entier sache qu'elle serait sienne à jamais : « Moi, soussignée, je déclare et promets à Monsieur le Prince de Roccadura de ne jamais épouser un autre que lui, quoi qu'il puisse arriver, ni jamais écouter une autre proposition qui puisse tendre à me dégager. »

Par ailleurs, nul n'ignorait qu'un Roccadura, quitte à en mourir, ne lâchait jamais prise lorsqu'il s'agissait d'amour.

Restaient les bombes à retardement. Premier temps, les subtilités du protocole. Sur ce terrain, les Genovina auraient pu en remontrer au roi de Naples lui-même. Sachant parfaitement qu'un prince de sang ne pouvait convoler ailleurs que sur ses terres, ils avaient refusé à leur fille l'autorisation de se rendre seule à Roccadura. Ravalant sa rage, Urbain avait dû accepter un compromis : le mariage serait célébré à Gênes *par procuration*, en l'absence des deux principaux intéressés !

Le prince, selon l'usage, avait néanmoins envoyé à celle qu'il aimait les plus somptueux cadeaux, y compris un bijou qu'il tenait de sa mère, le « caillou-soleil », avec lequel Catherine, encore enfant, avait joué lorsque Urbain, qui le portait en sautoir autour du cou, s'asseyait sur son lit pour la faire dormir. Caprice d'enfant devenu caprice de femme, le caillou-soleil était le premier présent qu'elle avait exigé de lui.

Quelle importance ? Chez les Roccadura, l'amour passait avant les objets, fussent-ils d'une valeur symbolique exceptionnelle. Ensuite, Urbain III, grand amateur de femmes – n'avait-il pas la réputation d'avoir eu toutes celles du royaume de

France –, avait dû déployer des trésors de diplomatie pour pouvoir, physiquement, rencontrer la nouvelle princesse de Roccadura, sa propre épouse!

Après des mois de tractations, les Genovina avaient daigné condescendre à se rendre dans la principauté.

Et pourquoi, Seigneur? Pourquoi? On se retrouvait au même point!

– Au large, rugit Urbain III, au large! Qu'on amène des chaloupes!

En un instant, le prince sautait dans une embarcation et ordonnait aux marins de ramer vers la galère. Oublié le protocole, finis les hésitations, les ronds de jambe, les finesses diplomatiques : ce qu'on lui refusait, Urbain, selon l'antique tradition des Roccadura, allait le prendre lui-même! Le voyant s'éloigner du rivage, son entourage, stupéfait, crut qu'un arrangement était intervenu. Craignant de manquer un évènement historique, ses proches bondirent à sa suite dans d'autres barques, instantanément imités dans la confusion la plus absolue par l'ensemble de son escadre navale. Témoins de cette agitation frénétique après tant de jours immobiles, tous ceux qui étaient sur le rivage s'imaginèrent à leur tour que les festivités commençaient. Les oriflammes se déployèrent, les canons tonnèrent, les tambours battirent dans un grand déploiement de pavillons, de cris d'allégresse et de salves d'artillerie. Électrisés, les passagers de la galère contemplaient ce remue-ménage. Comprenant soudain ce qui se passait, Catherine, refusant d'écouter quiconque, dévala brusquement les marches séparant le bord de la galère de la passerelle en construction. Prenant ses chaussures à la main pour courir plus vite, au risque de se briser les chevilles, elle se mit à galoper sur les planches mal jointes en direction de la chaloupe où son bien-aimé lui faisait de grands signes. Sur ses talons, sa mère, la marquise Antoinette, ses demoiselles d'honneur, des hommes en armes, des suivantes et des cousines, poussant des cris d'orfraie.

Avant que la barque du prince n'y soit parvenue, la petite troupe s'immobilisa en équilibre instable au bout de la passerelle qui pliait sous son poids.

Urbain et Catherine tendaient les bras l'un vers l'autre.

Catherine arracha le caillou-soleil de son cou et, en signe d'amour, de reconnaissance, de fidélité, le brandit fébrilement vers le prince qui voulut s'emparer de sa main, glissa, tenta de se rattraper au bras de Catherine dont la manche de la robe se déchira.

Dans ce même mouvement, Catherine, voulant retenir Urbain qui allait passer par-dessus bord, lâcha le caillou-soleil, qui disparut sous les flots dans le désordre général des courtisans essayant de se raccrocher les uns aux autres.

– Seigneur! cria-t-elle. Seigneur!

– Mon amour, hurla le prince qui n'avait rien vu, mon amour !

Mais déjà, il tirait sa femme vers lui, la serrait dans ses bras, la faisait basculer dans la chaloupe et l'embrassait furieusement sous les vivats enthousiastes des témoins.

Deux jours plus tard, par un habile système de coupelles reliées à des poulies, les meilleurs ingénieurs italiens et français draguaient le fond de la mer et repêchaient le caillou-soleil, qu'ils remirent au prince. Tout à la joie des retrouvailles, des festivités et de sa lune de miel, il négligea de prévenir Catherine qu'il l'avait récupéré, se promettant de lui rendre, le moment venu, le cadeau qu'il lui avait fait. Mais s'aimer est une occupation à plein temps.

Surtout, quand on s'est juré de s'aimer pour la vie.

Aussi, cinq ans plus tard, lorsque le prince, après avoir donné trois enfants à sa jeune épouse, l'abandonna comme il avait jadis abandonné sa mère, le caillou-soleil faisait toujours partie des biens de la famille Roccadura.

6

27 juillet 1794

Il paraît que, juste avant de mourir, notre vie se déroule sous nos yeux en quelques secondes. Marie-Blanche l'avait souvent entendu dire. Mais, en y réfléchissant, qui donc avait bien pu revenir du royaume des morts pour raconter qu'il avait revu sa vie ?

Pour le moment, nulle image ne se présentait à elle.

Pourtant, c'était inéluctable, elle allait mourir. Mais, dans une énigmatique zone d'ombre qui échappait à sa raison, quelque chose résistait à cette idée, la refusait. Et bizarrement, cette illusion chassait d'elle la panique qui aurait dû faire trembler ses membres. Regard dans le vide, elle n'entendait même pas les cris haineux de la foule sur le passage du convoi.

Les condamnés étaient conduits d'une prison à l'autre, sur de grinçantes carrioles où s'empilaient, au milieu d'une haie humaine ricanante, ceux qui avaient encore quelques minutes à vivre. Mais, pour Marie-Blanche, le temps n'existait plus. Elle n'avait plus de sa durée que la perception de l'instant. Une vie par seconde, chacune détachée de l'autre et toutes, pourtant, n'en faisant qu'une, unique, indépendante, aussi brève que le craquement d'une allumette. À cet instant, elle ne pensait plus.

Elle laissait son corps s'abandonner mollement aux cahots de la charrette qui l'entraînait vers le lieu du supplice. Au-dessus des toits, le ciel de Paris, un ciel d'un bleu intense barré par la verticale des baïonnettes qui tanguaient au gré du pas cadencé des soldats les conduisant au bourreau. Curieusement, aucune de ses compagnes d'infortune ne semblait manifester d'émotion.

Comme Marie-Blanche, elles avaient le visage absent de ceux qui se résignent à la fatalité. La tuerie durait depuis trop longtemps. Tant de têtes étaient déjà tombées dans cet abominable jeu de massacre où les révolutionnaires, pris dans la spirale incontrôlable de la Terreur qu'ils avaient déclenchée, ne paraissaient plus savoir comment y mettre fin, comment cesser de gommer de la vie tout ce qu'elle avait eu de brillant, de tendre, de facile. Trop de sang, trop de haine... S'abandonner... Ne plus mentir. Ne plus craindre. Ne plus se défendre. Depuis qu'elle avait choisi, Marie-Blanche était devenue comme indifférente à son propre destin. Il faut dire qu'au cours des deux années précédentes, entre la liberté, la prison, la vie et la mort, il avait fait pas mal d'aller et retour. On l'avait arrêtée une première fois, en novembre 1792. Sans nouvelles de ses deux filles en pension dans une institution religieuse, elle avait quitté son palais de Roccadura et pris la route : en pleine révolution, pour une femme de son rang, erreur fatale. À peine débarquée dans la capitale, on l'avait dénoncée. Des soldats l'avaient emmenée.

« Citoyenne princesse Marie-Blanche Ponti de Roccadura, au nom du Peuple Français... » Malgré le tragique de la situation, la formulation de l'arrêt était si bouffonne que Marie-Blanche avait failli sourire. « Citoyenne Princesse... »!

La suite était plus angoissante. Distribuées par des « tribunaux populaires », les condamnations à mort pleuvaient.

La moindre particule faisait automatiquement de vous un « ennemi du peuple ». Or, Marie-Blanche était l'épouse d'Honoré, fils cadet d'Urbain III qui, malgré sa qualité de prince régnant sur un État souverain, s'était toujours dévoué corps et âme pour le roi de France. Justement... Un an plus tôt, en représailles, le tout nouveau gouvernement révolutionnaire avait annexé la principauté de Roccadura, rabaissée soudain au rang de simple commune de la République française. Selon la tradition, Marie-Blanche, comme la plupart des femmes devenues Roccadura par mariage, avait accepté de se laisser cloîtrer sur le Rocher pour élever ses enfants pendant que son mari, ainsi qu'avant lui tous les ancêtres mâles de la famille, menait grande vie à Paris à la cour du roi. Pour tout être un peu brillant, le Rocher était d'un ennui mortel : il n'y faisait que beau. Dans l'azur immuable de cette perfection, tout était calme, rien ne s'y passait jamais alors qu'à

Paris, même en temps normal, drames, intrigues et fêtes se côtoyaient en permanence. Mais y avait-il jamais eu quoi que ce soit de « normal » à Paris ? On était en novembre 1792. Tout brûlait dans un bain de folie rouge sang. À peine Urbain III avait-il appris l'arrestation de sa belle-fille qu'il la faisait libérer sous caution. Il avait toujours eu un faible pour le charme et la beauté de Marie-Blanche. Elle avait de grands yeux violets mis en valeur par la pâleur de sa peau et le blond vénitien de sa superbe chevelure. Quand il voulait taquiner son fils, Urbain lui disait que sa femme était trop bien pour lui, qu'il ne la méritait pas. Et la couvrait en riant de superbes cadeaux...

Sitôt à l'air libre, Marie-Blanche disparaissait dans la nature. Dix mois plus tard, en septembre, on la reprenait. Mais, cette fois, ni son beau-père ni son mari ne pouvaient plus rien pour elle : à leur tour, le père et le fils, chacun de son côté, venaient d'être jetés en prison. C'est alors que Marie-Blanche prouva qu'elle était digne du machiavélisme des Roccadura.

Au moment où on allait la faire entrer dans une salle aménagée en tribunal, elle feignit soudain d'être malade. Brefs instants de flottement chez ses gardiens. Mais la comédie était si convaincante qu'ils furent contraints de l'évacuer dans le couloir. Pendant que l'instruction de son procès continuait et qu'un procureur, en son absence, présentait à des juges les charges pesant sur elle, pour qu'elle s'y repose, on la plaça dans une antichambre voisine bourrée de prévenus, de magistrats, d'accusés, de curieux, de témoins. Profitant alors de la confusion générale, Marie-Blanche se fondit dans la foule et faussa compagnie à ses anges gardiens.

Cette fois, elle fut plus prudente. Sachant qu'elle était recherchée, elle fit appel à certaines de ses relations qui purent la mettre à l'abri dans le couvent de Bellechasse. Trois mois plus tard, les révolutionnaires perquisitionnaient chez les nonnes : pour la troisième fois, Marie-Blanche était arrêtée.

Comme les nouvelles circulaient mieux que les personnes, de leur cellule son mari et son beau-père l'apprirent. Avec le peu de moyens qu'il lui restait, chacun de son côté tenta l'impossible pour faire transférer Marie-Blanche dans un centre de détention hors de Paris, où l'on pouvait peut-être s'accrocher à un mince espoir de survivre : en vain. Le 26 juillet 1794, après avoir embrassé sa femme de chambre et pris congé de ses compagnes de captivité comme si elle partait pour une simple promenade, Marie-Blanche se laissa conduire devant le Tribunal révolutionnaire. Le verdict tomba : la mort. Il était dix heures du matin. Marie-Blanche avait vingt-six ans. Pour la guillotine, dont le bruit du couperet retentissait sans cesse sur fond de roulement de tambour, on lui avait attribué le numéro 28.

Elle allait donc être la vingt-huitième victime de la matinée à qui l'on allait trancher la tête.

Émues par sa jeunesse et sa fragilité, mais aussi saisies de respect pour son courage et sa dignité, les autres prisonnières tâchèrent alors de la sauver malgré elle. Dans la petite pièce où toutes attendaient la mort, elles la supplièrent de prétendre qu'elle était enceinte. Ainsi échapperait-elle au couperet du bourreau, au moins pendant les neuf mois de sa prétendue grossesse.

Très pâle, Marie-Blanche les écoutait.

À cet instant-là, elle était séparée d'Honoré, son mari, depuis deux longues années. Se prétendre enceinte revenait à dire qu'elle l'avait trahi avec un autre. Les minutes passaient...

On appela les numéros 16, 17 et 18, que des gardes conduisirent à la guillotine. Le claquement sec de la lame s'abattant sur la nuque des victimes parvenait à l'oreille des prisonnières. On vint chercher le numéro 19. Marie-Blanche fit un signe aux geôliers. D'une voix faible, elle leur dit qu'elle attendait un enfant. « Le nom du père ? » Marie-Blanche donna celui d'un ami de sa famille exécuté depuis des mois.

Selon la loi républicaine, on la ramena alors dans sa cellule. On l'y laissa seule. Le verrou refermé, Marie-Blanche s'agenouilla et se mit à prier pour remercier le ciel de lui avoir accordé ce sursis. Après quoi, avec un morceau de verre provenant d'une vitre brisée, elle coupa deux mèches de ses cheveux. Elle les étala avec soin sur sa paillasse, les enferma avec un mot dans des enveloppes adressées, l'une, à ses filles, l'autre, à sa gouvernante. Puis elle sortit des plis d'un foulard qu'elle portait noué autour de la taille le plus beau des présents que lui avait faits le prince Urbain, son beau-père. Pour la dernière fois, elle contempla pensivement les feux assourdis du caillou-soleil. Elle l'enroula de nouveau dans l'écharpe, y joignit les deux lettres, alla jusqu'au mur troué de l'étroite fenêtre à la vitre cassée, se hissa sur la pointe des pieds et fit glisser dans l'ouverture le paquet ainsi confectionné. Elle savait que de l'autre côté du mur, dans la rue, dévouée corps et âme à la famille Roccadura, attendait une servante qui avait reçu pour instruction d'être là, deux heures par jour à la même heure, pendant un mois, quoi qu'il arrive. C'est grâce à ce système qu'elle avait pu recevoir et envoyer du courrier à ceux qu'elle aimait. Elle se signa pour que, aujourd'hui encore, elle se trouve à son poste, revint s'asseoir sur son lit et rédigea une dernière lettre adressée au procureur général Fouquier-Tinville :

Je ne suis pas enceinte, citoyen. Comment pourrais-je l'être alors que je n'ai pas vu mon époux depuis bientôt deux ans ? Je vous ai donc menti. Mais je n'ai pas sali ma bouche de ce mensonge par peur de la mort, encore moins par désir de l'éviter. J'avais seulement besoin d'un sursis de quelques heures pour couper moi-même mes cheveux et les léguer à mes deux filles, au lieu qu'elles les reçoivent de la main du bourreau. Ainsi, cet ultime et pur cadeau que je leur fais ne sera point souillé par des mains rouges de sang.

Elle traversa la pièce, frappa du poing à la porte.

Quand le geôlier l'entrouvrit, elle lui remit la missive avec ordre de la transmettre immédiatement au procureur.

Bien entendu, elle savait à quoi cet acte l'engageait.

Elle passa une partie de la nuit en prière. Le lendemain matin, par peur de paraître avoir peur, elle se mit un peu de rouge sur les pommettes. Quand, une fois de plus, on la conduisit sur le lieu du supplice, elle avait l'air calme, apaisé, et, malgré ses cheveux coupés, paraissait irréellement belle.

Ce jour-là, quarante-deux femmes devaient être exécutées.

Par le biais du hasard, Marie-Blanche était la dernière.

Lorsqu'elle gravit sans trembler les marches de l'échafaud, le soleil allait se coucher dans un incroyable déploiement de pourpres. Quelques minutes plus tard, la princesse Ponti de Roccadura était décapitée.

Le lendemain, Robespierre, organisateur du massacre, était exécuté à son tour sur ordre de la Convention qui l'avait renversé : la Terreur était terminée.

À quelques heures près, Marie-Blanche, dernière suppliciée de la Révolution, gardait sa tête.

7

9 juin 1864

Victoria regardait les mains de son fils.

Fines, nerveuses, blanches, presque féminines. La gauche était posée bien à plat devant lui, sur l'écritoire Louis XV aux angles rehaussés de torsades baroques. La droite, comme à l'ordinaire, étreignait le bijou légué de son vivant par le prince Roland III, son père. Raoul ne s'en séparait jamais. Au cours de sa vie, chaque épreuve semblait avoir renforcé l'attachement qu'il lui portait, à croire que la seule jouissance de le posséder compensait les êtres perdus, les souffrances subies, les chagrins de l'âme. Lorsqu'il était devenu aveugle, sa soumission à l'objet avait confiné au délire : il lui suffisait de ne pas l'avoir à portée de la main pour que monte en lui une irrépressible vague d'angoisse.

Sa mère le savait.

– Signe, Raoul, signe, dit-elle avec tendresse.

Doucement, elle lui prit des doigts le caillou-soleil, le fit glisser dans sa main gauche et plaça dans sa droite la plume avec laquelle, d'un seul paraphe, il allait changer le cours de leur destin.

– C'est la dernière formalité, ajouta-t-elle.

– Dieu vous entende, mère, dit Raoul.

Cette fois, la saison des malheurs était bien terminée.

Peu avant d'entrer dans la nuit absolue, un terrible coup du sort avait crucifié Raoul : la mort d'Éliane, sa jeune épouse, emportée par un cancer. Il l'adorait, ne vivait que pour elle et l'appelait son « ange ». Depuis, Victoria l'avait protégé, entouré, cajolé. Il n'avait plus qu'elle. Son père, Roland III, comme la plupart de ses aïeux, avait préféré Paris à Roccadura, dilapidé sa fortune personnelle avec des danseuses, vidé les caisses de l'État et contracté d'énormes dettes.

Une fois de plus, Victoria avait dû faire face.

Elle en avait l'habitude. Mais, cette fois, tous les comptes étaient dans le rouge. Les coffres, vides. Les créanciers, menaçants. Aucune ressource financière à espérer. On était en novembre 1856. Il pleuvait. Roccadura sombrait : comment survivre ?

C'est alors qu'elle s'était souvenue...

Un an plus tôt, elle était allée prendre les eaux dans un minuscule État souverain du centre de l'Allemagne, le grand-duché de Bad-Homburg, à peine mille fois plus vaste que Roccadura. Le soir, après un dîner officiel assommant, le grand-duc lui avait fait les honneurs du casino, orgueil de sa station : et là, soudain, la révélation absolue ! Les portes à peine ouvertes, Victoria subissait un véritable choc visuel. Quelque chose de fiévreux, de frémissant, d'insolite... Les rutilantes tables de roulette, les croupiers attentifs, le froissement soyeux des robes du soir, les dorures, le rouge et le noir des tables de jeu au tapis vert émeraude, tout l'avait éblouie. Et autour de ces tables, distingués, raffinés, passionnés, des joueurs riches venus du monde entier, inondant de pourboires les chefs de partie, plaçant des mises colossales sur les chiffres de leur chance, alors que, debout derrière eux, feignant une indifférence blasée, des courtisanes divines de classe et de beauté, s'éventant distraitement d'un éventail de nacre et de plumes, guettaient d'un œil aigu les gains et les pertes de leur compagnon d'une nuit : voilà, c'était exactement ce qu'il fallait pour payer ses dettes, se créer une source de revenus, sortir la principauté de sa torpeur morose, la remettre sur pied, la faire bouger, la faire vivre.

La fortune future de Roccadura, c'était ça : un casino !

Comment Victoria avait-elle pu ne pas y penser plus tôt ?

Elle était rentrée à Roccadura tremblante d'excitation.

Il ne lui fallut pas longtemps pour faire partager son enthousiasme à son fils. Restait le plus difficile : trouver des capitaux, des bailleurs de fonds, des associés, des techniciens, des architectes. Le Rocher était dépourvu de tout. Comme dans les temps anciens, on n'y avait accès que par bateau. Quant aux routes, à supposer qu'on puisse donner ce nom aux sentiers escarpés surplombant la mer au-dessus des gouffres rocailleux où les chèvres osaient à peine se risquer, autant ne pas en parler. Les trains commençaient pourtant à sillonner l'Europe, mais aucune voie de chemin de fer ne desservait la principauté pour y déverser les riches touristes que la beauté du lieu aurait pu y attirer. Par-dessus tout, il fallait d'abord convaincre ce Français, Victor Noir, directeur du casino de Bad-Homburg, dont le génie avait fait la fortune, de venir exercer ses talents sur le Rocher.

Refus très sec et hautain de sa part : d'après lui, l'existence d'un établissement de jeu ne se justifiait que par la présence d'une station thermale. Or, comment prétendre édifier une ville d'eaux sur un roc desséché dépourvu de la moindre source ?

La phrase eut sur Victoria l'effet d'un défi : elle voulait un casino, elle l'aurait !

Elle chercha d'abord des locaux et trouva une sublime villa convenant parfaitement à son projet, « La Serena ». Ensuite, elle fit savoir qu'elle était en quête de partenaires financiers. Comme à l'ordinaire dans ce genre d'appel d'offres, avocats véreux et escrocs de haute volée se précipitèrent. Victoria passa outre et porta son choix sur deux Français, Braudel et Sileaux.

En échange d'une participation à cinquante pour cent, ils mettaient à disposition une énorme masse d'argent frais. Certes, ils étaient loin d'avoir l'abattage ou la compétence d'un Victor Noir, mais le Rocher était sur la paille, ils tombaient du ciel et Victoria n'allait pas faire la fine bouche ni poser des questions sur leurs antécédents. Restait à créer une société. Quel nom lui donner ?

Quelque chose qui tourne autour de « bonheur »... Qui en évoque l'idée. Car, à Roccadura, il était impérieux d'être heureux.

Braudel et Sileaux proposèrent bien SBM, « Société du Bonheur marin », mais Victoria la rejeta avec dédain : trop plat.

Presque aussitôt, elle eut une autre idée, la bonne.

C'est ainsi que naquit, avec la bénédiction de Raoul II, la matrice qui allait gérer à jamais les intérêts et les biens de la principauté : la CME, la « Compagnie du Mieux-être ».

Un an plus tard, en avril 1857, l'acharnement de Victoria portait ses fruits : le casino était inauguré.

Instantanément, la Compagnie du Mieux-être enregistra alors une invraisemblable série de catastrophes : roulettes truquées, faillites, tricheries diverses, gestion désastreuse de Braudel et Sileaux, comptes douteux, combines, association de joueurs et de croupiers. Un an plus tard, ruinés et ruineux, Braudel et Sileaux laissaient la place à un nouvel associé, Émile Sicard. On était en 1858. Tout allait mal. L'année suivante, la guerre éclatait entre la France et la Sardaigne, toutes deux liguées pour chasser l'Autriche du Nord de l'Italie.

Définitivement cette fois, le casino ferma ses portes.

Entre-temps, Victoria, qui pas une seconde n'avait perdu son but de vue, entreprenait un lent et subtil travail de sape.

À Bad-Homburg, on lui avait présenté Monique, la femme de Victor Noir. Un quart de seconde avait suffi à son œil acéré pour un jugement sans appel : médiocre, mièvre et, pis que vulgaire, *commune*. Elle était pourtant le trait d'union idéal pour amener Victor Noir dans ses filets.

Après enquête, Victoria avait appris que la désastreuse épouse était fragile des bronches et des poumons. Deux fois par semaine, elle se mit alors à la bombarder de gerbes de mimosas, orchidées et autres roses fraîches agrémentées d'oranges et de citrons en provenance directe de la principauté.

Quatre ans plus tard, Victor Noir, nouveau partenaire de la CME, était à pied d'œuvre. Une fois de plus, dans la grande tradition des Roccadura, la ruse de Victoria avait payé.

Aujourd'hui, jour anniversaire de ses soixante et onze ans, elle pouvait savourer son triomphe : elle gagnait sur toute la ligne, le mauvais sort était conjuré.

Les portes du casino avaient été ouvertes au public l'après-midi même. Les clients s'étaient rués sur les tables de jeu et Victor Noir, en même temps que ce dernier contrat, lui avait fait parvenir symboliquement, avec un superbe bouquet de fleurs, la première liasse d'argent tombée dans les caisses.

Victoria avait apprécié la galanterie et la délicatesse de son geste. Elle s'empara sur la table du document signé. De sa main gantée de noir, elle effleura affectueusement le front de son fils.

– Nous sommes sauvés, Raoul. À partir de maintenant, les ennuis sont derrière nous.

Dans son dos, une porte s'ouvrit. Un chambellan apparut.

– Altesse, le directeur du casino...

Victoria se souvint alors que les officiels les attendaient. Ils étaient en retard. On venait les chercher.

– Faites-le entrer.

Il entra.

– Altesse... Monseigneur...

À son visage décomposé, Victoria sut qu'un malheur venait d'arriver. Pour mieux le refuser à l'avance, elle se figea et referma sa main sur la main de Raoul qui tenait le caillou-soleil.

– Un homme vient de se suicider, Monseigneur. Une balle dans la tête. Il jouait depuis l'ouverture. Tout perdu... Ruiné.

– Où est-il ? demanda Victoria.

– Où on l'a trouvé, derrière un massif de fleurs, dans les jardins du casino.

– Qui est au courant ?

– En dehors des deux employés qui l'ont découvert, personne. Ils montent la garde auprès du corps. Ils attendent mes instructions.

– Voici les miennes, dit Victoria.

Elle lâcha la main de son fils, ouvrit un secrétaire, en tira la liasse que lui avait fait remettre Victor Noir un peu plus tôt, revint vers le chambellan et la lui fourra dans la veste.

– Courez. Mettez-lui ça dans la poche. Quand on le découvrira, on ne pourra pas dire qu'il s'est suicidé par manque d'argent.

Le chambellan s'inclina. Quand il fut sorti, Victoria retourna auprès de son fils, qui n'avait pas ouvert la bouche.

Elle l'aida à se lever, lui prit le bras et le guida vers la sortie.

– Vos sujets vous attendent, Monseigneur. Aujourd'hui est un grand jour. Je ne laisserai rien ni personne le ternir.

Elle eut une brève pensée pour leur successeur à tous deux, Thibault, son petit-fils, fils de Raoul. Il n'avait que seize ans. Mais lorsque, le jour venu, il s'installerait sur le trône, il trouverait une principauté prospère et un destin moins tourmenté.

– Tout le monde doit être heureux, dit-elle, à Roccadura. Et au casino, je ne veux que des gagnants !

De tout son poids, elle s'appuya tendrement sur l'épaule de Raoul. Ils se mirent en marche. Arrivée dans l'antichambre, elle distribua quelques sourires à l'escorte qui les attendait.

Puis, avec lenteur, Raoul II, prince régnant souverain, et Son Altesse la princesse Victoria, sa mère, entreprirent de descendre le grand escalier d'honneur.

Dans un murmure flatteur, le cortège se referma sur eux.

8

7 avril 1902

Le prince Thibault, par-dessus tout, aimait la mer. Mathilde, son épouse, les hommes. Des semaines entières, Thibault, face aux nuages, aux embruns et aux mouettes, croisait sur son voilier avec ses marins pour seuls compagnons.

Et des semaines entières, Mathilde, qui s'ennuyait à l'attendre, et encore plus quand il était là, tenait salon en son palais de Roccadura où bruissait autour d'elle une foule d'artistes, poètes, peintres, musiciens, dont chacun, soit par courtoisie, soit parce qu'elle était belle et désirable, lui faisait la cour. Celui qui avait sa préférence était un nain. Bossu, qui plus est. Mais un nain de génie dont un claquement de doigts déchaînait les orages. Il s'appellait Vania et était compositeur. Ses opéras avaient fait le tour du monde et, malgré sa taille minuscule, son superbe visage nimbé d'intelligence et d'autorité faisait se retourner les femmes sur lui. À Roccadura, la rumeur voulait qu'il fût l'amant de Mathilde. Quand son mari en avait capté l'écho, il avait haussé les épaules avec agacement. Non qu'il n'ait jamais conçu de doutes sur sa fidélité conjugale – il était payé pour savoir qu'en ce domaine les certitudes sont très aléatoires. Lors d'un premier mariage raté, Thibault avait été outrageusement trompé par Diana, son épouse d'origine anglaise. Au point qu'aujourd'hui même, trente-deux ans après sa naissance, il soupçonnait toujours le prince héritier Edmond, l'enfant qu'ils avaient eu en commun, de n'être pas son fils, mais celui de l'amant de sa femme. Comment être certain que Mathilde, à son tour, ne le ridiculisait pas ?

Mais pas avec Vania, pas lui, ce n'était pas possible. Quelle femme aurait pu s'intéresser à un être aussi difforme ? Malheureusement, deux ans plus tôt, rentrant de voyage à Roccadura, Thibault découvrit un graffiti sur un mur du palais : « Vania couche ici ». Au cours de ses escales, il avait du mal à supporter le phalanstère empressé bourdonnant autour de Mathilde.

Elle lui avait expliqué que ses invités auréolaient la principauté de leur prestige. Dans le monde de la pensée et de la création, chacun d'eux avait un nom et une influence.

En ce début de siècle où tout changeait à une vitesse vertigineuse, Roccadura n'était plus le roc coupé du monde de jadis. Grâce à Victor Noir, découvert par Victoria, grand-mère de Thibault, la ligne de chemin de fer qui desservait la principauté depuis 1868 amenait chaque jour des centaines de visiteurs heureux de dépenser leur argent dans un luxe de bon aloi. Les gestionnaires de la Compagnie du Mieux-être se frottaient les mains. Le casino tournait à plein régime. Les caisses étaient pleines, les hôtels ne désemplissaient pas, les restaurants refusaient du monde, et déjà, dans les gazettes de tous les continents, Roccadura devenait synonyme de fêtes, de galas, d'élégance et d'avant-garde.

On y créait des ballets. On y organisait des expositions, des concours d'élégance, des régates, des présentations de mode, des compétitions pour chiens, des floralies, des thés dansants et des garden-parties. Les aristocrates européens ou les princes russes, qui se ruinaient nonchalamment aux tables de baccara, faisaient le reste. En permanence, une nuée d'échotiers les escortait pour rendre compte de leurs mots, leurs humeurs, leurs bonnes ou mauvaises fortunes. Quelques scandales, la plupart basés sur des histoires d'amour qui tournaient mal, venaient parfois pimenter leur prose et augmenter le tirage de leurs journaux.

Mais jusqu'à présent, en dehors des initiés qui les colportaient sous le manteau, on évitait de faire la moindre allusion à ceux qui, périodiquement, éclataient depuis des lustres au cœur même de la famille princière. On était entre gens de bonne compagnie. On les passait sous silence.

En tout cas, les choses s'étaient toujours déroulées ainsi.

Jusqu'à ce moment clé où, de puissance invitante bienveillante et un peu lointaine, la famille princière allait devenir partie prenante des propres opérettes dont raffolaient ses habitués.

Ce jour-là, 7 avril 1902, avait lieu la première d'un opéra inédit de Massenet, *Le Jongleur de Notre-Dame*. Malgré son horreur de ce genre d'évènement, le prince Thibault, débarqué la veille de Sicile où il avait séjourné deux semaines, n'avait pu échapper d'y assister. Au cours de la journée, il s'était querellé durement avec son épouse. Il lui reprochait ses prétendus amants ; elle, ses absences. Il faut dire que la nuit ne les avait pas rapprochés. Malgré la classique tentative du marin revenant dans ses foyers et retrouvant sa femme après deux semaines de mer, la princesse Mathilde avait préféré, comme cela lui arrivait presque toujours, faire chambre à part.

Et maintenant, l'expression maussade, accrochés au bras l'un de l'autre, ils gravissaient l'escalier monumental du théâtre où allait, sous leur présidence, se dérouler la représentation.

Pourquoi fallut-il qu'à l'avant-dernière marche, tel un gnome, Vania s'approche du couple avec une familiarité excessive et, ignorant pratiquement le mari, haussé soudain sur la pointe des pieds pour atteindre l'oreille de Mathilde penchée vers lui, se mette à lui roucouler un aparté provoquant l'insupportable rire complice de la princesse ?

Figé sous les centaines de regards qui buvaient la scène des yeux, Thibault, immobile, attendit que sa femme ait fini de rire.

Mais au lieu de cela, à son tour, elle se mit à murmurer quelque chose à Vania. C'en était trop pour Thibault. Lorsque Mathilde se redressa et lui fit face, il la gifla de toutes ses forces.

Un silence abasourdi s'ensuivit.

Vania s'éloigna à pas pressés. Thibault tourna les talons, redescendit l'escalier et disparut. Comme si de rien n'était, Mathilde, impassible, franchit les deux dernières marches et pénétra dans le théâtre. Dans la nuit, elle faisait ses bagages.

Le lendemain, elle quittait le palais.

Thibault, de son côté, reprenait la mer. Jamais plus ni l'un ni l'autre ne devaient s'adresser la parole ou se revoir.

Chez les Roccadura, on ne pardonnait pas certaines blessures. Thibault poussa la rancune jusqu'à faire disparaître les plus infimes traces de celle qui l'avait bafoué. Les rues qui portaient le nom de Mathilde furent débaptisées. Ses portraits décrochés. Jamais plus son nom ne fut mentionné dans la presse. On détruisit ses photos. On supprima des archives princières le récit de ses activités. On abandonna même la culture d'une rose, simplement parce qu'on lui avait donné son nom. Comme si Mathilde n'avait jamais existé. Comme si elle était déjà morte. Mais, ce soir du 7 avril 1902, à l'instant où le prince, perdant tout contrôle, giflait sa femme en public, c'était autre chose qui basculait à Roccadura.

La principauté ne proposait plus seulement un théâtre et un cadre où ses invités de marque pouvaient se jouer leur comédie en public. Désormais, outre la scène et le décor, la famille princière fournissait elle-même le spectacle.

9

27 décembre 1930

Tôt ou tard, il fallait bien que le drame éclate.

Mais jamais Edmond n'aurait pensé que ce fût à l'occasion de l'honneur le plus absolu qu'un prince puisse faire à sa fille : la prier de lui succéder. Pour lui annoncer sa décision, il avait organisé de longue date un déjeuner intime dans le petit salon bleu du palais : la rencontre virait au désastre. À peine à table, il avait commis la maladresse de lui demander des explications sur son geste insensé : deux jours plus tôt, elle avait tiré un coup de revolver sur son amant. Il en avait réchappé par miracle. Non seulement elle n'avait pas cherché la moindre excuse, mais au contraire elle en avait rendu responsable la terre entière, à commencer par son propre père. Il avait tâché de se rattraper et de ramener le calme pour aborder le sujet qui les avait réunis.

Mais, là encore, un autre abîme s'était ouvert.

– Votre couronne, je m'en fiche, je n'en veux pas !

– Christine, dit Edmond aussi calmement qu'il le put, n'oubliez pas le nom que vous portez.

– Votre nom, je m'assieds dessus !

– Vous êtes une Roccadura !

– Non ! Je suis une bâtarde ! Bâtarde, bâtarde, bâtarde ! C'est comme ça que m'appelaient les autres en pension ! Et vous, un lâche ! Vous ne m'avez reconnue que lorsque votre père vous en a donné l'ordre ! Parce que ça l'arrangeait !

Brusquement, le prince suffoqua. Lui, l'officier de carrière, le héros de la guerre de 14 décoré plusieurs fois au feu pour sa bravoure et cité à l'ordre de la nation, se faire traiter de lâche!

Mais il était père.

Et comme tous les pères qui avaient négligé leur enfant, il n'en finirait jamais d'être coupable. La plus grande insulte qu'il eût reçue de sa vie venait de sa fille. À sa surprise, il l'encaissait sans réaction, avec l'humilité frileuse d'un écolier.

– La vérité, c'est que mon grand-père vous fait peur! Il vous flanque une telle trouille que vous l'avez laissé disposer de votre vie! Mais je vous garantis que plus jamais ni lui ni vous ne pourrez disposer de la mienne! Quand il m'a emmurée en pension, vous n'avez pas bronché! Vous n'avez même pas levé le petit doigt lorsqu'il m'a forcée à épouser un gigolo incapable de me faire l'amour sans mettre une couronne sur la tête!

– Christine, bégaya Edmond, vous n'avez pas le droit...

– Je le prends! lança-t-elle avec rage. Je n'ai eu de la vie que des interdits, des devoirs, des remontrances, des leçons de morale, des parloirs déserts et de la solitude! Avez-vous même su que j'existais? Jamais un regard, un mot tendre, une visite! Quand vous êtes-vous occupé de moi? Quand?... Et tout ça pour quoi? Quelques galons de plus sur votre képi?

Les mots n'étaient plus assez forts pour la libérer de la rage contenue qui l'étouffait depuis son enfance. Il fallait que son corps participe. D'un revers de main, elle balaya la vaisselle estampillée aux armes des Roccadura qui se trouvait sur la nappe. Des restes de homard Thermidor voltigèrent sur la tapisserie d'Aubusson dans un éclaboussement de château-petrus et le fracas de cristaux pulvérisés.

– Assez de mensonges! hurla-t-elle. Assez d'hypocrisie! Ce que vous attendiez de moi, c'était que j'assure votre descendance pour la plus grande gloire de votre foutue principauté! Ma grand-mère était blanchisseuse, ma mère, danseuse de boui-boui, je vous les ai pourtant fabriqués, vos petits princes! Mais maintenant, c'est fait, j'ai rempli mon office, je passe la main, je reprends ma liberté!

– Vos enfants, Christine, murmura Edmond d'une voix blanche. Gildas... Hortense... Ils sont si jeunes... Ils ont besoin de vous.

– Et moi, à leur âge, quand j'avais besoin de vous, vous étiez là?

Elle marcha sur lui, le fixant droit dans les yeux, le visage vibrant d'une expression de menace et de folie.

– Je vous laisse le titre, le trône, le sceptre, la couronne et tout le bazar...

Sans lâcher son père du regard, elle commença à se dépouiller de tous les bijoux qu'elle avait sur elle : une broche d'or représentant un scarabée, un collier de perles, deux bagues en or et brillants, une en émeraude, et le très ancien diamant qu'elle portait en sautoir autour du cou et que lui-même lui avait légué, le caillou-soleil. Quand elle eut tous ces joyaux dans le creux de la main, elle les jeta de toutes ses forces sur la nappe souillée où ils s'éparpillèrent au milieu des fragments d'aliments, des débris de vaisselle.

– Je ne veux rien de vous ! dit-elle. Rien ! Débrouillez-vous sans moi !

Elle tourna les talons et sortit dans un fracas de porte claquée. Hébété, Edmond restait immobile.

Christine... Sa Christine... Comment avait-il pu susciter chez elle autant de rancune inassouvie ? Lui qui l'avait toujours aimée, était-il possible, à défaut de le lui avoir dit, qu'il ait été si peu capable de le lui faire comprendre ? Pour qu'elle en arrive à ce point de rejet, quel crime inconnu avait-il commis ?

Quelque chose d'humide lui brouilla brusquement le regard. Des larmes ? Mais non, ce n'était pas possible. On lui avait toujours appris que les princes ne pleuraient pas.

Elle avait quatre ans. Elle était blottie dans ses bras et faisait semblant d'avoir peur de ses nurses arabes qui, pour la faire rire, dansaient autour d'elle en agitant des tambourins.

Et, pour la première fois, il se demanda soudain si elle avait réellement tous les torts...

Il avait rencontré sa mère d'une façon bizarre. À l'époque, commandant de spahis dans l'armée française, il était en poste dans un bled du côté de Meknès, au Maroc. Sa blanchisseuse était bourguignonne. Elle s'appelait Jeannette. Elle ignorait l'identité de celui dont elle lavait chemises et caleçons. À ses yeux, il était un officier comme les autres. Un jour, ayant appris qu'il partait pour Paris en permission, elle lui dit : « Allez-donc à la Lune-Blanche, à Montmartre, vous verrez ma fille. Demandez Albertine, Albertine Lougnard, elle est danseuse. »

Pour un militaire en garnison dans un bled d'Afrique du Nord, où, en dehors des putains des bordels de campagne, aucune femme n'était accessible, le mot « danseuse » avait une connotation magique. Sa permission achevée, Edmond, ensorcelé entre-temps par la beauté d'Albertine, l'arrachait aux chorégraphies miteuses de son cabaret et la ramenait au Maroc.

Un an plus tard naissait Christine.

Loyalement, Edmond voulut reconnaître sa fille et épouser la femme qu'il aimait. Mais il devait d'abord en informer son père, absorbé plus que jamais par ses voyages, ses chasses, ses recherches marines et les plans du musée océanographique dont il voulait doter le Rocher. Peut-être était-ce à cause de la froideur de ce père distant qu'il avait déserté les lambris de Roccadura pour les servitudes de l'armée ? Aujourd'hui encore, il se sentait intimidé en présence de Thibault Ier, non comme un fils par son père, mais comme un sujet par son souverain.

Il se doutait par ailleurs que les inévitables problèmes de mésalliance allaient surgir. Ce fut pis que prévu : son père se montra implacable :

J'ai fait faire une enquête sur la fille Lougnard que vous mentionnez. Avant de donner naissance à une bâtarde, elle était entraîneuse à Pigalle dans un beuglant de troisième ordre après avoir divorcé d'un photographe douteux spécialisé dans les nus de filles des rues. Bien entendu, rien ne vous obligeait à savoir ce qu'elle vous cachait. Maintenant que, par mes soins, c'est chose faite, je vous somme de revenir à vous mais, surtout, de ne revenir à moi, votre père, que lorsque vous aurez à me soumettre un choix digne de notre rang.

Au cours des quatre années qui suivirent, Edmond n'eut plus aucun contact avec le prince.

La cinquième, il reçut de lui une seconde lettre :

Vous semblez vous complaire dans vos égarements. Et puisque vous me contraignez à vous rappeler à vos devoirs d'héritier du trône, je vous ordonne de mettre fin à l'instant même à la relation funeste qui déshonore notre dynastie, de regagner immédiatement le Palais où vos responsabilités vous attendent et d'écarter sans délai cette malheureuse enfant de la désastreuse influence de sa mère, incapable de lui fournir l'éducation vers laquelle doit tendre tout être civilisé. Vous me mettez dans l'obligation, moi, Prince Thibault Ier, votre père, dont vous êtes le fils et l'héritier unique, d'avoir à vous remettre en mémoire que toute obstination de votre part porterait un coup mortel et définitif non seulement à notre dynastie vieille de sept siècles, mais aussi à l'indépendance et à la liberté de ses sujets, dont nous avons charge d'âme. Devant Dieu et les hommes, je ne vous souhaite pas d'être ce fossoyeur.

Il n'est jamais facile de choisir entre deux deuils.

Dans l'alternative, sacrifier son foyer ou condamner le trône, la décision d'Edmond impliquait une perte dont il ne se remettrait jamais. Mais, à cet instant, pouvait-il une fois de plus se dérober à la raison d'État ? Une nuit, écrasé de honte et de chagrin, pris entre la révolte et le désespoir, il abandonna Albertine à Meknès et rentra comme un voleur à Roccadura avec sa fille, la petite Christine. Son père lui enjoignit de la mettre en pension sur-le-champ, « pour l'éduquer »...

Le résultat, il l'avait aujourd'hui sous les yeux. Il avait soixante ans. Il régnait depuis la mort de son père, huit ans plus tôt.

Le pouvoir devenait un fardeau. À son tour, il aurait souhaité le transmettre à sa fille : son refus injurieux et sans appel était une lourde menace pour l'avenir de la principauté.

Derrière elle, pour lui succéder, il n'y avait que Gildas, son fils cadet. Or, il n'avait que dix ans.

Edmond pouvait très bien disparaître avant que son petit-fils ne soit en âge de régner. Selon de très anciens accords, en cas de vacance momentanée du pouvoir, c'était à la France que revenait le soin de mettre en place un dispositif de régence. Pis : sans héritier, la principauté, cessant du jour au lendemain d'avoir une existence propre, passait sous domination française.

La mère se dérobait : le grand-père saurait faire face.

Mais d'abord, Gildas... Former Gildas à ses responsabilités de futur prince souverain !

À cet instant précis, calé entre les jambes de son père, le duc de Lentignac, Gildas dévalait sur une luge l'immense piste neigeuse de Saint-Moritz illuminée de soleil.

Serré contre son père, bien à l'abri dans ses bras puissants, le petit prince rayonnait de bonheur. Il adorait ce père séduisant, grand, beau, nonchalant, toujours de bonne humeur, entouré d'amis chaleureux, de femmes élégantes et parfumées.

Et tous étaient si gentils avec Gildas !

Pour que la fête fût complète, il ne lui manquait que sa

mère. Mais, depuis quatre ans, ses parents ne vivaient plus ensemble. Tantôt chez l'un, tantôt avec l'autre, Gildas n'aurait su dire lequel des deux le chérissait le plus.

En attendant, dans un crissement de glace froissée, la luge se catapultait vertigineusement entre les grands sapins noirs couverts de cristaux neigeux.

Gildas hurlait de peur, de rire et d'excitation : jamais encore il n'avait passé d'aussi merveilleuses vacances de Noël !

Dès le lendemain, s'abattant comme un couperet, la raison d'État mettait fin aux jours heureux, bouleversait son destin et sonnait le glas de son enfance.

Livre II

Autrefois

10

C'était un univers bête et hostile, fait de gris et de noir, de brouillard et de froid, de visages sévères, de mâchefer, de lierre mouillé, d'ardoises luisantes de pluie, de permissions à demander, de devoirs à présenter, de leçons à réciter, d'excuses à faire. Elle était loin, la neige immaculée de Saint-Moritz, loin aussi, le soleil et l'azur de Roccadura. Parfois, alors qu'il écoutait sans l'entendre un prof lugubre ânonner une leçon qui ne l'intéressait pas, les jambes de Gildas dansaient une sarabande nerveuse sous la table. Depuis qu'il était arrivé dans ce sinistre collège de la banlieue de Londres, tout allait mal. Il lui fallait souffrir en silence. Ne rien montrer de ce que l'on ressent, telle était la première règle de Spring Fields, l'un des établissements privés les plus réputés de Grande-Bretagne pour l'éducation qu'on y administrait aux futures élites dirigeantes.

Dès le premier jour, les choses avaient été claires : réveil à cinq heures du matin, en pleine nuit, douche glacée, vacheries sournoises des petits copains, toilettes extérieures sans aucune intimité et discipline militaire de la part des professeurs et surveillants eux-mêmes terrifiés par un directeur à la poigne d'acier. Ensuite, footing en colonnes par deux sous le crachin et dans la brume. Bien entendu, les condisciples de Gildas avaient appris qu'il était prince. Mais prince de quoi ? De Roccadura ?

C'était où ? Est-ce que ça existait vraiment ?

Certains de ceux qui se moquaient de lui n'avaient rien à envier à ses lettres de noblesse. Pas de prolos à Spring Fields : on n'en sortait que pour entrer directement à Eton et s'installer plus tard à la Chambre des lords. Le père du plus modeste pensionnaire était duc, marquis, pair du royaume, ou, d'une façon ou d'une autre, plus ou moins apparenté à la famille royale d'Angleterre. En tout cas, dans cette snobissime institution supposée transformer en génie de la politique ou de la finance tout cancre à particule ayant eu le privilège d'y être admis, nul ne se laissait impressionner par personne.

Malgré les coups de canne et autres châtiments corporels qui pleuvaient au moindre manquement à la discipline, malgré la nourriture infâme, l'absence de chauffage et les perpétuelles fuites d'eau de la robinetterie préhistorique, la morgue et l'arrogance étaient reines.

D'un naturel paisible, Gildas Ponti de Roccadura, éduqué jusqu'alors à domicile par de bienveillants précepteurs privés, était plutôt timide et solitaire. Il avait un visage rond et joufflu, un corps enrobé. Très vite, l'enfant sensible incapable de s'adapter devint la cible de ses camarades qui auraient bien voulu en faire leur tête de Turc. Seulement, voilà... Gildas n'était pacifique que lorsqu'on lui fichait la paix. Tant qu'on le traitait de « gros Roccadura », la plus aimable des épithètes qu'on lui réservait, passe encore, il enregistrait d'une oreille distraite : il avait déjà accumulé assez de bonheur en lui pour être indulgent à la méchanceté des autres. Mais, malgré ses dix ans, d'instinct, il supportait très mal l'injustice. Question de nature davantage que d'éducation ou d'atavisme. Et ce qu'il avait subi le matin même allait marquer un tournant dans sa façon de réagir à l'agression et aux sarcasmes...

Ils étaient tous dans la douche, grelottant sous le jet glacé dont les uns et les autres s'aspergeaient avec sadisme. Pour se sécher, en guise de serviette, on leur avait attribué une mince pellicule de coton si fine qu'on y voyait le jour à travers. À peine s'était-on vaguement frictionné les cheveux qu'elle était déjà à tordre. Tant pis pour le reste du corps. Aux vêtements d'absorber le reliquat d'humidité. Justement : quand Gildas avait voulu reprendre les siens, qu'il avait accrochés à la patère réglementaire, il ne les avait pas retrouvés.

Instantanément, à l'air goguenard de ses copains qui l'observaient du coin de l'œil sans avoir l'air d'y toucher, il avait flairé le coup monté. Chaque fois que son regard allait en chercher un autre, les yeux se dérobaient. En tout cas, alors que résonnait déjà la voix aigre des surveillants leur enjoignant de se presser et de sortir des douches, Gildas se trouvait dans une position très inconfortable. Nu comme un ver, bientôt entouré des élèves de sa classe feignant une surprise réprobatrice, il tentait en vain de cacher ses parties nobles, recroquevillées de froid, sous le mouchoir trempé lui servant de serviette-éponge.

C'est alors qu'il entendit la voix choquée de Robby, un grand garçon maigre et blond, aux yeux perçants de diable, s'indigner de ce que le « gros Roccadura », se croyant sans doute « toujours chez les sauvages de son pays », *s'exhibait* complaisamment au lieu de se rhabiller. Gildas ignorait le sens exact du mot *exhiber*, mais, s'agissant de lui, il se doutait bien qu'il n'avait rien de flatteur.

Le surveillant apparut. Il s'appelait Cortwright, mais l'acné qui parsemait son visage lui avait valu le surnom de « Constellation ». Ces points noirs étaient l'une des grandes énigmes de la classe : étant donné sa position d'autorité, fallait-il ou non qu'il les pressât ?

D'un œil aigu, il embrassa la scène.

– Monsieur Ponti, dit-il d'une voix glaciale, pouvez-vous me dire où sont vos vêtements ?

– Justement, *sir*, dit Gildas, je les cherche.

Houle de ricanements chez les autres élèves devenus brusquement public passionné. Devant eux, Gildas et Constellation-Cortwright allaient désormais devoir, chacun dans la convention de son personnage, interpréter le rôle dévolu par sa position.

Mais rien ne se passa comme prévu.

Pour mettre un peu plus d'huile encore sur le feu, Robby insinua d'une voix doucereuse :

– *Sir*, ce n'est pas la première fois que le *gros Roccadura* agit ainsi. Il est réellement *exhibitionniste.*

Robby avait près de treize ans. Gildas, dix. Sans dire un mot, sans avertissement aucun, avant que quiconque ait pu intervenir, il sauta à la gorge de Robby et se mit à l'étrangler.

Pour toute technique, Gildas n'avait que sa fureur.

La première surprise passée, Robby, plus lourd, plus aguerri, se dégagea d'un mouvement de bras et frappa le jeune prince à deux reprises, très sèchement, au corps et au menton.

Déjà, Constellation-Cortwright bondissait pour séparer les combattants.

– Monsieur Ponti, gronda-t-il, j'ai été témoin de votre inqualifiable agression. Je vais en prévenir immédiatement les autorités ! En attendant, je vous ordonne de vous couvrir et de ne plus rester dans cette tenue grotesque !

Mais, ce matin-là, la seule chose qui aurait pu recouvrir Gildas était précisément ce qu'il aurait souhaité cacher à tous : ses larmes de rage et d'impuissance. À défaut de le sauver du ridicule, elles allaient agir sur lui comme un révélateur.

Le lendemain, malgré son aversion pour la violence physique, il allait s'inscrire au cours de boxe de l'institution et au moniteur, sidéré, annonçait qu'il viendrait prendre la leçon cinq fois par semaine.

– Vous êtes certain, *sir* ?

– Formel, *sir*.

– Parfait, *sir*. Je vous attends donc demain matin à six heures et demie.

Il faut dire que le soir de l'incident, au dortoir, un des condisciples de Gildas lui avait expliqué en quoi consistait l'événement annuel du collège, le « Hay Rag Day ».

Il n'était pas sans rapport avec la décision que Gildas venait de prendre et devait se dérouler trois mois plus tard, au début du printemps.

Assurément, c'était quelque chose à ne pas rater !

11

Le champ embaumait le foin coupé. C'était une claire et lumineuse matinée du début de juin. Un soleil capricieux perçait parfois des nuages folâtres s'effilochant sous la brise, très haut dans le ciel. En Grande-Bretagne, on appelle cela le « grand beau temps ». Parsemant le champ tondu la veille par les employés de Spring Fields, des meules de paille servaient d'appui aux collégiens et à l'ensemble du corps enseignant, au grand complet : à Spring Fields, la tradition voulait que nul, jamais, ne rate le Hay Rag Day. Seul le proviseur – c'était sans doute mieux pour lui – était dispensé, à cause de ses fonctions, d'y participer. Tous les autres, élèves, surveillants ou enseignants, sans exception, pouvaient en devenir les acteurs. En tout cas, sous peine de perdre tout prestige dans l'établissement, nul ne pouvait s'y dérober. En apparence, il s'agissait d'un jeu où, toute hiérarchie abolie, chacun, le temps d'une matinée, avait le droit de défier qui bon lui semblait pour « régler des comptes ».

Quoi de plus salutaire ? Trois heures durant, les aigreurs accumulées en cours d'année pouvaient se libérer en un seul coup de pied, en une seule insulte : aussitôt assénés, aussitôt oubliés. Car telle était la règle du jeu. L'immunité était assurée.

En réalité, il s'agissait d'un jeu sauvage et cruel, d'un jour de colère et de vengeance. Les moniteurs d'éducation physique étaient là, théoriquement, pour empêcher les débordements et veiller à la sportivité des affrontements. Mais, chaque année, des nez cassés, des visages sanglants ou des corps tuméfiés venaient rappeler que leur présence représentait davantage une garantie de survie en cas de danger grave qu'un arbitrage neutre.

Eux aussi, par élèves interposés, avaient à régler leurs propres comptes, et n'eût-on vu leurs yeux briller intensément au spectacle d'une bagarre, on aurait pu les croire aveugles tant ils semblaient ne pas voir certains passages à tabac se prolonger au-delà des limites du raisonnable. En tout cas, le soir de la fête, traditionnellement fixée le 3 juin « avec ou sans pluie », rossés et rosseurs qui n'étaient pas à l'infirmerie affichaient un air de béatitude qui en disait long sur leur volupté partagée.

À neuf heures précises, un surveillant de dortoir, promu à la dignité d'aboyeur, se mit à sonner de l'olifant. Tel était le signal.

Parfois, une classe élisait son champion et lui déléguait le soin de laver son honneur. Il arrivait aussi que les joutes s'achèvent sur un événement qui provoquait les rires, par exemple, un pantalon en lambeaux offrant aux spectateurs la vision de jambes trop maigres d'adolescents montés en graine, ou des fesses dodues aussi livides que la lune.

– Que la fête commence ! cria le proviseur.

Les bagarres avaient lieu à coups de pied et à poings nus.

Les vieux routiers de la cérémonie, n'ignorant pas que leurs phalanges étaient plus fragiles encore que leur cloison nasale, s'emmitouflaient les mains dans de vieux chiffons pour éviter les fractures.

Gauchement, des garçons s'inclinèrent l'un devant l'autre, échangèrent quelques horions maladroits, et, heureux de s'en tirer à si bon compte, se serrèrent la main en éclatant de rire.

Après cet exorcisme, ils allaient pouvoir se haïr tranquillement pendant un an encore. Gildas, dont l'assiduité aux cours de boxe avait fini par être remarquée, s'était vu désigné pour défendre le prestige de sa classe. Mais son tour ne devait venir que plus tard, en fin de matinée. Il n'avait pas fait de la boxe parce qu'il aimait la boxe. Il ne la considérait pas comme une fin en soi ou un quelconque exercice physique, mais comme un moyen : un moyen radical – le seul à sa disposition – de laver l'affront subi lors de son arrivée au collège. Pas dans un an, pas dans six mois ni demain, mais là, ici et maintenant, tout de suite.

Il repéra ce qu'il cherchait et, à sa façon inattendue et silencieuse, se rapprocha d'un groupe entourant deux combattants roulant dans l'herbe rase. Jouant des coudes, il arriva bientôt à se placer derrière un garçon qui le dépassait de la tête. Discrètement, il le tira par la manche. L'autre, fasciné par la lutte qui se déroulait à ses pieds, ne se retourna même pas. Gildas tira avec un peu plus d'insistance. Robby pivota vivement, juste le temps d'apercevoir à qui il avait affaire, et détourna la tête en grommelant entre ses dents : « Barre-toi, petit gros, ou je te fais sauter la tête. » Malgré sa timidité, Gildas, s'il voulait arriver à ses fins, allait être obligé de se faire remarquer.

D'autant que, du coin de l'œil, il avait aperçu quelques-uns de ses copains, curieux des déplacements de leur champion, le suivre jusque-là. Cette fois, il envoya un grand coup de coude dans les côtes de Robby, s'inclina selon la coutume et prononça la phrase rituelle : « Nous serons amis tout à l'heure, mais, en attendant, je te défie. »

Entre-temps, la lutte dans l'herbe s'était achevée sans trop de dégâts pour l'un et l'autre des combattants.

Dans le silence revenu, l'attention se porta soudain sur Robby et Gildas.

– Hé, les copains, s'esclaffa Robby, vous avez entendu le petit gros Roccadura ? Il est venu me défier !

Franchement, il en était abasourdi. Il n'avait aucune peur d'un garçon plus jeune, plus petit, plus fragile d'apparence et plus léger que lui de plusieurs livres. Simplement, le culot inouï de l'avorton le bluffait.

– Tu es prêt ? demanda Gildas.

À la salle, pendant ses quatre mois d'entraînement intensif, il avait appris deux choses qu'il ne devait plus oublier : à vaincre sa peur et à agir très vite, à frapper le premier. Sa bouche n'avait pas encore commencé à prononcer le « êt » de « prêt » qu'il se baissait vivement, passait sous les poings fermés de Robby qui, d'instinct, avait remonté les bras pour parer le coup, le frappait au foie d'un très violent crochet gauche doublé presque aussitôt d'une droite qui glissait sur sa mâchoire avant de lui faire éclater la pommette. Ahuri, Robby passa machinalement la main sur sa joue et la retira ensanglantée. À cet instant, on aurait pu se demander qui, de Robby ou des spectateurs qui contemplaient la scène, était le plus sidéré. Mais déjà, Gildas revenait à la charge.

Deux autres coups jaillirent de sa garde pour atterrir sur le visage de Robby, qui bascula et s'effondra sur l'herbe.

Debout, Gildas compta mentalement jusqu'à dix avant de bouger, laissant amplement le temps à son adversaire de se relever. Mais non, il restait par terre, assis, appuyé sur ses bras, le regard vague, ne comprenant pas très bien ce qui lui arrivait et, visiblement, n'ayant aucune envie de reprendre le combat.

Gildas tourna les talons sans un mot. On s'écarta pour lui livrer passage. D'un pas décidé, il se dirigea vers un autre groupe formé cette fois d'adultes. Quand il fut arrivé à leur hauteur, il se planta sur ses petites jambes et, afin d'être entendu de tous, lança à voix très haute :

– *Hey, Constellation !*

« Constellation » ! Lui, James D. Cortwright, on l'avait appelé Constellation, et devant ses collègues ! N'en croyant pas ses oreilles, il les consulta du regard pour vérifier s'ils avaient bien entendu ce qui semblait être sorti de la bouche d'un merdeux de dix ans : apparemment, oui, ils avaient bien entendu.

Son regard glissa de haut en bas jusqu'à Gildas.

– Vous m'avez adressé la parole, Roccadura ?

– *Yes, sir*, dit tranquillement Gildas. Nous serons amis tout à l'heure, mais, en attendant, je vous défie.

La mâchoire du surveillant sembla se décrocher d'étonnement.

– Vous défiez qui ?

– Vous, *sir*.

– Mais avant ? Qu'est-ce que vous avez dit avant ?

– Constellation, *sir*.

Cortwright s'empourpra. Il fit un pas en direction de Gildas qui, simultanément, en faisait un vers lui. À peine étaient-ils à portée l'un de l'autre que Gildas décochait un terrible coup de genou dans les testicules du surveillant. Suffoquant de surprise et de douleur, Constellation se plia en deux, avala désespérément une goulée d'air et, soutenu par ses collègues, se mit à hurler.

Gildas pivota sur lui-même et s'éloigna sous les regards incrédules. Certes, il s'agissait du Hay Rag Day. Tout était permis. L'impunité lui était assurée, il devenait soudain très populaire aux yeux de ses camarades et savait que désormais, à Spring Fields, plus personne ne s'aviserait de le traiter de « gros Roccadura ».

Mais maintenant, il s'en fichait.

Il détestait cet endroit et les gens qui le peuplaient.

Il n'avait plus rien à y faire.

Tout ce qu'il voulait, c'était rentrer chez lui. Lorsque, trois semaines après ces événements mémorables, les grandes vacances l'y ramenèrent, il déclara calmement à ses parents que, s'il devait jamais retourner à Spring Fields, il mourrait.

On le crut sur parole : il n'y remit jamais les pieds.

12

– Je voudrais un billet pour Londres.

– Quelle classe ? demanda le préposé au guichet de la gare d'Oxford.

Il était plongé dans la lecture des pages hippiques d'un grand quotidien du soir, qu'il ne pouvait jamais rapporter chez lui. Sa femme, à laquelle il soustrayait sous les prétextes les plus divers une grande partie de sa paye, le soupçonnait d'aller boire l'argent en cachette dans les pubs. Loin de la contredire, il faisait de son mieux pour accréditer cette version tout en feignant de s'en défendre : si Daisy avait su qu'il le perdait aux courses !

– Quelle classe ? répéta-t-il sans lever la tête.

« Pois de senteur » ou « Crocodile rouge » dans la troisième ?

Son cœur balançait. Comme il n'avait toujours pas de réponse à la question qu'il avait posée, il jeta un regard distrait à travers son guichet : personne !

Qui donc lui avait demandé un billet pour Londres ?

– Première, dit la voix.

L'employé se pencha légèrement et aperçut d'abord la casquette obligatoire que les étudiants du collège local devaient porter avec leur uniforme. Elle était vissée sur la tête d'un très jeune enfant, dix ou douze ans peut-être, qui le dévisageait maintenant sans ciller d'un air sérieux.

– Tu vas à Londres ? demanda stupidement le préposé.

Il eut droit à un regard de mépris.

C'était louche : aucun gosse de la pension ne pouvait circuler en ville sans escorte.

– Tu as l'argent du ticket ?

Nouveau regard de mépris de l'enfant qui sortit de sa poche plusieurs billets d'une livre.

– Attends un peu, dit le préposé.

Il abandonna ses pages de turf, quitta le siège pivotant qui lui permettait, sans se lever ni tourner la tête, de voir l'horaire de tous les trains britanniques affiché dans son dos et entra dans le bureau du chef de gare qui portait à ses lèvres le goulot d'une bouteille de bière brune.

– Chef, j'ai un gosse, là, au guichet, il est en uniforme de l'école et...

– Doux Seigneur ! s'étrangla le chef de gare.

Il avala précipitamment la lampée qu'il avait dans la bouche, décrocha le téléphone et composa frénétiquement un numéro.

– Gardez-le-moi, Jimmy ! Donnez-lui ce qu'il veut mais, surtout, gardez-le-moi ! En uniforme, dites-vous ? C'est lui ! Il a fait une fugue ! Toute la police du royaume le recherche !

Jimmy revint sur son siège. En fin diplomate, il se savait capable de retenir l'enfant sans se livrer contre lui à la moindre voie de fait pour le garder de force.

– Je vais te faire ton billet, dit-il avec un bon sourire. Comment tu t'appelles ?

– Gildas.

– Tu as quel âge ?

– Onze ans.

– Je suppose que tu as de la famille à Londres, Gildas ?

– Ça me ferait mal, dit Gildas.

– Tu n'aimes pas Londres ?

– Pas seulement Londres. Je déteste l'Angleterre.

– Mais pourquoi ? Qu'est-ce qu'on t'a fait ?

– Je n'aime pas le climat, dit Gildas après un instant de réflexion.

Il n'allait pas commencer à expliquer tous ses dégoûts à un inconnu. Déjà, l'année précédente, il avait ressenti Spring Fields comme un bagne, mais là, dans cette campagne idiote des environs d'Oxford, c'était le bouquet ! Que pouvait-il y avoir de plus rébarbatif que la pluie sur le Buckinghamshire, sinon la pluie sur les toits de l'école qui était le fleuron de la bourgade de Stowe ? Même pas une école, avait-il appris le premier jour de son arrivée dans cette enceinte sinistre, mais le lieu sacré sanctifié, un siècle plus tôt, par une visite de la reine Victoria à cet énorme ensemble de bâtiments qui étaient alors propriété des ducs de Buckingham.

En y posant le pied – une autre funeste idée du prince Edmond III, son grand-père – Gildas s'était demandé pourquoi on n'avait pas, au lieu d'y bricoler un collège, transformé les lieux directement en prison. Il avait passé trois jours d'enfer où ses condisciples lui avaient vite fait comprendre que, parmi les cinq cents élèves, il était le seul prince de sang.

Rituellement, pour le tester, on lui avait fait accomplir la série des « corvées » inhérentes à tout nouvel arrivant, assorties d'humiliations diverses destinées, comme à l'ordinaire, à lui « former le caractère ». Mais cette fois, contrairement à Spring Fields, Gildas n'avait pas eu envie de se révolter ni de se battre.

Temps perdu. Il avait simplement éprouvé une immense lassitude à l'idée du temps qu'il devrait passer dans un lieu aussi nul. Pourquoi en perdre davantage ? Il savait qu'il n'y resterait pas.

Le troisième jour, dédaignant le moindre bagage, il faisait le mur, se dirigeait au radar vers la gare et demandait un aller simple pour Londres. De là, pensait-il, il lui serait facile de s'embarquer pour la France et de retrouver son cher Roccadura.

– *Hello, sir.* Comment allez-vous ? Je suis très honoré de me présenter à vous. Je suis le chef de gare de cette chère station de Stowe.

Gildas prit machinalement la main que l'homme lui tendait.

– Que diriez-vous d'une bonne tasse de thé bien chaud ?

Malgré son manque de pratique des réseaux ferroviaires du Royaume-Uni, Gildas se doutait qu'il n'était pas d'usage d'offrir gracieusement des boissons chaudes à des voyageurs anonymes, fussent-ils des passagers de première classe.

Si ce type cherchait à gagner du temps, c'est qu'à l'école on s'était déjà aperçu de sa disparition : ça allait barder !

Mais que pouvait-il faire ? Il n'allait pas se mettre à courir dans les rues ou à boxer ceux qui voudraient lui barrer le chemin.

– Merci pour votre offre, *sir*. Mais je n'aime pas le thé. En revanche, comme vous ne me donnez pas mon billet pour Londres, je souhaiterais vivement que vous me rendiez les deux livres que j'ai déposées tout à l'heure sur le comptoir.

L'employé les lui tendit précipitamment.

Gildas les fourra dans sa poche : elles pourraient toujours resservir...

– Pourquoi refusez-vous de me vendre un billet, *sir* ?

Le chef de gare croisa ses mains derrière son dos et se tordit les doigts avec embarras.

– Il ne s'agit pas à proprement parler d'un refus, *sir*...

Ce qui le gênait chez ce gosse, ce qui le mettait mal à l'aise, c'était le contraste entre son apparence et sa façon de s'exprimer. Un visage d'enfant, un corps d'enfant, un âge d'enfant et ce langage choisi, cette précision dans la façon de formuler ses demandes, cette courtoisie, cette logique d'adulte.

Et ce regard, posé sur lui, qui le dévisageait sans ciller.

– Un malentendu passager, *sir*, je suppose. Des gens qui ont de l'affection pour vous m'ont prié de vous retenir un instant car ils souhaiteraient vous parler avant votre départ.

Deux événements simultanés se déroulèrent alors : l'entrée en gare du train pour Londres et, au-dehors, côté rue, après un crissement de freins, le claquement sec de portières de voiture.

– Je vous prie de m'excuser, *sir*, dit le chef de gare avec soulagement, mais je dois m'occuper de mon train.

Il fit un signe à Jimmy pour qu'il ne laisse pas s'échapper Gildas et, sortant un sifflet de sa poche, se rua sur les voies.

Au même instant, flanqué de deux surveillants, le proviseur du collège faisait son entrée dans le hall. À la vue de Gildas, un énorme sourire fendit son rude visage de militaire.

Main tendue, il s'avança vers l'enfant.

– Venez, Gildas, venez. Vous êtes sûrement trempé et vous devez avoir faim. J'ai donné des ordres pour que vous puissiez vous restaurer dès votre retour !

Écartant les deux pions d'un signe autoritaire, il prit affectueusement Gildas par les épaules tout en le poussant vers la rue où stationnait une grosse limousine noire.

– Montez, mon cher enfant, montez.

Habitué aux coups de canne de Spring Fields, Gildas, dans le meilleur des cas, s'était attendu à un savon sévère.

Il n'en fut rien. Le proviseur, redoublant d'attentions, l'emmena dans ses appartements privés où sa femme, l'honorable Mrs. Flanagan, avait préparé une superbe collation.

Gildas, pour mener sa fugue à bien, était parti le matin avant le lever du soleil et s'était caché où il avait pu le reste du temps. Après être mort cent fois de froid, il mourait de faim.

Sans chercher à analyser ce qui lui valait tant d'attentions, il s'empiffra d'*Irish stew* et de pudding accompagnés de larges rasades de limonade. Il ne pouvait pas savoir que sa fugue était entrée presque instantanément dans la phase aiguë de l'incident diplomatique grave. Depuis le matin, un téléphone était resté branché en permanence entre Scotland Yard et Roccadura tandis que les rotatives des journaux européens tournaient à plein régime pour tenir leurs lecteurs en haleine sur « l'angoissante disparition du jeune prince héritier ».

Mais la façon douce dont se concluait la fugue avait amorti la révolte ombrageuse de Gildas. Pour une fois, l'enfant solitaire avait eu la sensation d'être compris, écouté, entendu : d'exister.

À tel point que, jusqu'à l'achèvement de l'année scolaire, il n'essaya pas de récidiver.

Dieu sait pourtant que quelqu'un lui manquait : son père!

Mais, s'il avait su de quelle ignominie on allait bientôt accuser cet homme qu'il aimait par-dessus tout, Gildas, pour voler plus vite à son secours, n'aurait pas hésité à se jeter à la mer et à traverser le Channel à la nage.

13

Dans le perpétuel chassé-croisé des membres de la famille Roccadura, il arrivait parfois que Gildas et Hortense se rencontrent, soit chez leur grand-père Edmond, au palais princier, soit à Paris, dans l'hôtel particulier de leur père, ou encore à Montfort-l'Amaury où résidait souvent leur mère.

Bien qu'elle le déconcertât par ses incessantes volte-face et ses dons de mythomane, Gildas affectait à l'égard de sa sœur une neutralité bienveillante. Certes, il la trouvait changeante, rusée, peu digne de confiance – elle reprenait sa parole aussi facilement qu'elle vous la donnait, ce qui eût été impensable à Stowe, dans sa pension anglaise. Mais, grand seigneur et, à treize ans, déjà fin connaisseur, il mettait avec indulgence ces caprices sur le compte de son sexe : c'était une fille.

Si on lui avait demandé son avis sur leurs rapports, il aurait dit qu'il entretenait avec elle des relations d'indifférence cordiale. Mais Hortense, qui était son aînée d'un peu plus de deux ans, aurait-elle fait la même réponse ? Son attitude était beaucoup plus ambiguë. Quelque chose qui ressemblait à du chaud-froid, une bourrade amicale, un coup de griffe, un mot gentil, une phrase vache.

– Gildas, mon petit héritier adoré, peux-tu me refiler ton magazine ?

– Tu vois bien que je suis en train de le lire.

– Et alors ? Puisque tu sais que ça me fait plaisir ! Ça t'arracherait la gueule de faire plaisir à ta sœur ?

Gildas poussa un profond soupir. Il était bien, tranquille,

confortablement installé sur le roof du grand voilier blanc qui filait ses dix nœuds sous la brise au large de la côte italienne.

Il ne demandait rien à personne, sinon, après tant de brouillards anglais, de ne pas lui gâcher le plaisir du soleil sur son corps, et voilà qu'elle venait le provoquer pour l'emmerder !

Hortense était allongée près de lui. Elle lui envoya un coup de genou dans la cuisse, lui arracha d'un geste preste la casquette du collège de Stowe qu'il avait gardée sur la tête et la jeta loin derrière elle pour qu'elle passe par-dessus bord.

– Salope ! cria Gildas.

Hortense éclata de rire. D'un bond, Gildas se redressa sur ses jambes, plongea en avant pour rattraper son précieux couvre-chef entraîné par le vent, glissa sur le pont, essaya de se raccrocher à la frêle rambarde du voilier et, emporté par son élan, passa comme une bombe par-dessus bord pour tomber à la mer dans une énorme gerbe d'écume.

Pendant deux secondes, il ne se passa rien.

Hortense, qui n'avait rien perdu de la scène entre ses yeux mi-clos, ne broncha pas. Simplement, elle allongea le bras, s'empara du magazine et se mit à en feuilleter distraitement les pages. En mer, les objets tombés d'un yacht qui file à bonne allure semblent avalés par le sillage et rejetés si loin du navire qu'ils en deviennent invisibles et irrécupérables au bout de quelques secondes.

– Un homme à la mer ! hurla un marin.

Instantanément, trois hommes d'équipage se précipitèrent.

L'un d'eux arracha une bouée au bastingage, s'en ceignit le corps et se jeta à l'eau pendant que les deux autres, maniant les treuils, faisaient glisser le long de la coque le canot de sauvetage.

Rien ne peut arrêter un voilier sinon amener les voiles et attendre qu'il ait fini de glisser sur son erre. Sur le pont, tous les marins disponibles s'activaient. Le capitaine du *Sayonara*, blême de peur, avait la responsabilité des enfants princiers que leur grand-père Edmond III, souverain régnant de Roccadura, lui avait confiés deux heures plus tôt pour une balade jusqu'à San Remo et retour. Jumelles à la main, il voyait la chaloupe s'éloigner du yacht en direction de deux points noirs apparaissant et disparaissant au gré de la houle, Federico, son matelot, et Son Altesse le prince Gildas, identifié par ses hommes dès le début de l'incident. Gildas nageait très bien, mais il pouvait avoir été assommé dans sa chute, ou paniquer, ou avoir bu une tasse... La mer était pourtant si calme...

Il baissa ses jumelles et, du regard, fit le tour du pont et des superstructures : il aurait juré que, quelques minutes plus tôt, la princesse Hortense était allongée sur le roof avant à côté de son frère. Mais non, le roof était désert. Pas de princesse en vue. Il avait dû avoir la berlue...

Une nouvelle boule vint soudain lui obstruer la gorge.

– Marco ! Trouve-moi la princesse Hortense tout de suite !

– Où ça, capitaine ?

– D'abord dans sa cabine, crétin !

Le matelot fonça. Vingt secondes plus tard, à bout de souffle, il rendait compte :

– Elle bouquinait sur son lit, capitaine. Elle m'a demandé ce qui se passait...

Le capitaine le foudroya du regard.

– Et tu le lui as dit ?

– Vous pensez bien que non, capitaine ! se défendit le marin avec indignation.

Le capitaine reprit ses jumelles et, dans un sifflement de locomotive, laissa échapper la tonne d'air qui lui comprimait la poitrine.

– Ça y est ! Je les vois. Federico l'a rattrapé ! Ils nagent ensemble ! Ils ont l'air de se marrer. La chaloupe les rejoint. Putain, quelle trouille !... Nom de Dieu de nom de Dieu !... Il est sauvé !

Il sortit du tiroir aux compas la bouteille de cognac qu'il réservait pour les grandes occasions, en lampa une grande rasade et maugréa :

– Si le prince apprend ça, il nous vire tous ! On peut déjà se préparer à trouver du boulot ailleurs !

Dans sa cabine, Hortense s'ébroua : il était temps qu'elle se manifeste.

14

Hortense était née avec deux handicaps majeurs pour la suite de son existence. Le premier, elle avait vu le jour vingt-sept mois avant son frère Gildas. Le second, elle était de sexe féminin, ce qui est d'une importance capitale dans les familles princières où les garçons, dans l'ordre de succession, prennent le pas sur les filles. Les adultes s'imaginent à tort, simplement parce qu'ils ont oublié eux-mêmes ce qu'ils ont ressenti à cet âge, qu'à vingt-sept mois un enfant n'est qu'un tube digestif capable seulement de manger, dormir, et pleurer.

Erreur : il enregistre, il pense, il aime, il jalouse, et, dans l'effrayante pureté de la première fois, la violence des sentiments qu'il éprouve n'est altérée par aucune des compromissions que la culture, plus tard, apportera pour atténuer les chagrins, la haine et les désirs de mort. L'enfant ne compose pas, l'enfant ne triche pas : chacun peut se rendre compte immédiatement des sentiments qu'il éprouve. À quatorze ans, Hortense se souvenait, avec la même intensité que si l'événement s'était déroulé la veille, qu'elle était allée vomir après une épouvantable crise de révolte et de larmes, à l'instant où sa nurse, Kiki Rowlands, était entrée dans sa chambre, serrant entre ses bras quelque chose enroulé dans des langes, quelque chose comme une boule de chiffons hurlante.

– Regarde, Hortense, regarde la fantastique surprise!

Pour qu'Hortense, sans méfiance, puisse mieux voir, Kiki s'était penchée au-dessus d'elle et, avec l'insupportable sourire niais des fidèles confrontés à un miracle, elle avait écarté un pan de broderie enveloppant le paquet qu'elle serrait dans les mains.

Hortense, curieuse, avait regardé la chose cachée et braillarde : elle avait vu avec dégoût un ignoble petit visage violet convulsé de sanglots.

– C'est ton petit frère, Hortense, tu as un petit frère ! Regarde comme il est beau ! Il s'appelle Gildas ! Embrasse-le, Hortense, embrasse Gildas !

Maladroitement, Hortense essaya d'écrabouiller l'horrible visage en lui assenant de toutes ses forces un coup de la poupée qu'elle broyait contre sa poitrine. Prestement, Kiki déroba le bébé à ce qu'elle estimait être, de la part de sa petite sœur aînée, une démonstration spontanée d'amour et de désir de partage.

Hortense s'enfuit hors de portée de l'intolérable vision : elle, l'enfant reine, avait désormais un rival avec qui elle allait devoir partager l'attention de Kiki, l'amour de son père, l'adoration de sa mère. À la première seconde, la haine totale était née.

Farouche, irréversible, permanente.

Mais le pire restait à venir.

Un matin, Kiki eut un commentaire malheureux.

– Tu vois, dit-elle à Hortense, tout est en ordre. Ce palais deviendra un jour la propriété de ton petit frère qui en sera le prince.

Malgré ses cinq ans, Hortense reçut l'information comme un coup de poignard. Elle en déduisit aussitôt que ce qu'elle avait cru sien jusqu'à l'arrivée de « l'autre » cesserait, un jour, de lui appartenir. Et qu'elle en serait éjectée au seul profit de son cadet abhorré.

Ses craintes n'étaient pas tout à fait vaines.

Deux jours après l'anniversaire de ses douze ans, sa mère, Christine, refusant le pouvoir que lui offrait le prince régnant Edmond III, abdiquait en faveur de Gildas.

Depuis, Hortense se complaisait dans l'élaboration d'imaginaires complots où la mort de Gildas, décédé soudain de manière violente, lui permettait de coiffer la couronne. Mais, pour le moment, le prince Edmond III, son grand-père, régnait toujours sur une principauté morose et une famille éclatée dont les membres vivaient chacun de son côté et, dans le cas des adultes, dans des lieux et avec des partenaires différents.

Pendant la période de certaines vacances scolaires, Hortense était confiée à son père, le duc Rodolphe, qui résidait tout près du Bois, en son hôtel particulier de l'avenue Foch.

Hortense le détestait.

Parce qu'il était homme. Séduisant, brillant, léger, infidèle.

Parce que sa séduction et ses nombreuses maîtresses avaient dû faire souffrir Christine, sa mère. Et aussi parce qu'il semblait lui préférer Gildas dont il lui parlait sans cesse lorsqu'ils étaient en tête à tête. Ce qui était rare. Le duc de Lentignac, extrêmement populaire, était toujours très entouré. Il aimait la beauté, le luxe, le bonheur, et aurait voulu que chacun, tout comme lui, fût d'un naturel facile et aimable. Hortense le préoccupait beaucoup.

Elle allait avoir quinze ans. Le duc avait beau savoir que la puberté n'arrangeait rien, il supportait de plus en plus mal l'agressivité de sa fille, ses reproches, sa jalousie morbide, ses bouderies sans raison et ses critiques permanentes dans le climat d'hystérie qu'elle lui imposait.

Rapports tendus, empreints d'une sournoiserie qui l'incitaient, en sa présence, à rester sur ses gardes comme avec une maîtresse délaissée. Mais qui donc avait jamais eu la paix dans cette famille ? Qui donc s'aimait ? Il faut dire que Rodolphe, vomi par son épouse, mère d'Hortense et de Gildas, l'était encore plus par Edmond III, son beau-père. Lorsque, par extraordinaire, il devait mettre les pieds au palais de Roccadura, on s'arrangeait pour qu'il n'y rencontre personne. Les domestiques eux-mêmes avaient reçu l'ordre du prince Edmond de feindre de ne pas le voir. Lui, si entouré à Paris, si fêté, si recherché, en devenait presque transparent.

Un parfum lui fit tourner la tête. Maria, la femme de chambre, venait d'entrer dans la bibliothèque, une gerbe de fleurs dans les bras. Elle s'apprêtait à les mettre dans un vase.

Quand elle passa à sa portée, Rodolphe, pensif, subtilisa une rose du bouquet et la piqua dans sa boutonnière.

– *Hello, daddy !*

Le duc eut un haut-le-corps : était-il possible que la créature excessivement fardée qu'il avait sous les yeux fût sa fille ?

Pourtant, oui : cette inconnue qui se déhanchait devant lui en jouant avec un long fume-cigarette d'ambre au bout duquel se consumait une Craven, c'était bien Hortense ! Avec un sourire provocant, elle en tira une longue bouffée et virevolta pour faire tournoyer le bas de sa robe noire pailletée d'or dont le décolleté, exagérément échancré, ne laissait rien ignorer de sa poitrine gracile d'adolescente. Eût-elle été nue, elle aurait été moins impudique. Mais ce contraste entre ce qui perçait encore de l'enfance, de fragile et d'innocent, et ces falbalas fétichistes de professionnelle endurcie provoquait une sensation de malaise, de trouble malsain.

Muet de saisissement, le duc eut un bref regard vers Maria, immobile elle aussi, sidérée.

– Hortense, dit-il soudain d'une voix dure et glaciale, que signifie ce déguisement grotesque ?

Hortense prit le temps de tirer une autre bouffée de sa cigarette.

– Je ne vous plais pas ? Je me suis pourtant habillée comme les femmes qui vous plaisent.

– Enlève ça ! bégaya le duc, la voix tremblante de colère.

– Certainement pas. Pour une fois que j'ai la chance d'attirer votre attention...

– Enlève-moi ça tout de suite ! explosa le duc.

Hors de lui, il se rua sur elle, lui accrocha le bras et la secoua durement.

– Je m'aime comme ça ! le défia Hortense.

Perchée sur ses talons hauts, ballottée comme une poupée de chiffon, elle avait du mal à garder son équilibre sur le parquet verni de la bibliothèque.

– Tu oses ?... éructa son père. Tu oses !...

La traînant derrière lui comme un paquet, il traversa plusieurs couloirs au pas de charge jusqu'à la chambre d'Hortense, dont il ouvrit la porte à la volée pour y projeter sa fille d'une ultime bourrade. La porte se referma sur eux avec fracas.

Médusée, tenant toujours son bouquet d'une main, l'autre sur la bouche, Maria les avait suivis à distance.

Elle avait assisté à toute la scène et maintenant elle était là, dans le hall, figée, ne sachant quelle contenance prendre.

Un hurlement l'électrisa. Prise de peur brusquement, elle préféra tourner les talons et s'enfuir vers la lingerie plutôt qu'entendre les cris qui s'échappaient de la chambre.

15

À sa connaissance, ce qui venait d'arriver n'avait aucune équivalence dans la longue histoire de la lignée des Roccadura. Et bien qu'elle n'eût rien à voir avec l'événement qui allait bouleverser la vie de la principauté, Kiki, sans l'avoir voulu, s'en retrouvait en quelque sorte le détonateur.

Au moment où Hortense l'avait appelée, elle bouclait ses valises pour aller prendre quelques jours de congé dans son village natal du Sussex.

– Vite, Kiki, vite! Venez me chercher!

– Qu'est-ce qu'il se passe?

Kiki avait vu naître les enfants princiers. Elle adorait l'ordre, la loi, les conventions sociales, la monarchie. Son amour du Royaume-Uni était si exclusif, si intense, que, malgré ses quinze années passées à Roccadura au service de la famille princière, elle avait refusé d'apprendre un seul mot de français. Mieux : en sa présence, précepteurs des enfants compris, nul n'avait le droit de s'adresser en français à Gildas ou à Hortense. On parlait anglais, un point c'est tout.

Et gare à qui se serait permis d'enfreindre la règle!

Il faut dire que Kiki Rowlands avait un ascendant naturel sur quiconque l'approchait. Elle irradiait l'autorité, le calme, le contrôle absolu.

Pourtant, après avoir écouté Hortense, elle avait failli se trouver mal.

– Je suis en danger de mort, Kiki, je vous le jure!

– Hortense, soyez plus précise!

La réponse de la jeune fille l'avait clouée d'horreur.

– Mon père a abusé de moi.

Elle crut avoir mal entendu, mais elle était trop choquée pour lui faire redire ce qu'elle voulait surtout ne pas entendre.

Il s'agissait d'une confidence effroyable : que faire ?

Comment réagir ? Vers qui se retourner ?

Kiki, vierge à cinquante ans, se méfiait des hommes. Pas une seconde, elle ne mit en doute ce qu'Hortense venait de lui dire. Du moment qu'elle accusait son père, c'est qu'il était coupable. Kiki aurait bien prévenu sa mère, mais, une fois de plus, la princesse Christine s'était absentée pour une destination inconnue, ce qui lui arrivait de plus en plus fréquemment depuis qu'elle était séparée du duc.

Restait l'autorité suprême, Edmond III.

Apparemment, dans cette débâcle, le souverain régnant était le seul à pouvoir prendre les décisions qui s'imposaient.

Le SOS d'Hortense datait déjà de dix minutes. Le temps pressait. Mais Kiki ne trouvait toujours pas le courage d'alerter Roccadura. Il le fallait pourtant. Elle s'y résolut.

Gorge serrée, elle composa un des numéros privés du palais. Le majordome lui apprit que Son Altesse sérénissime était dans la salle de massage. Kiki lui répondit sèchement qu'il s'agissait d'une urgence

Deux minutes plus tard, elle avait le prince en ligne.

– Miss Rowlands...

– Monseigneur..., bredouilla Kiki.

– Je vous écoute, Miss Rowlands.

Kiki avala sa salive. Elle avait beau former le mouvement des labiales qui, normalement, lui permettait de s'exprimer, mais là, rien : rien ne sortait.

– Miss Rowlands, s'impatienta le prince, vous êtes toujours en ligne ?

– Oui, Monseigneur... C'est... c'est horriblement embarrassant... C'est à propos d'Hortense, Monseigneur...

– Au fait !

– Elle ne veut plus rester chez son père, Monseigneur. Elle veut que j'aille la chercher immédiatement.

– Qu'est-ce que c'est que cette histoire ? demanda Edmond sur un ton de courroux.

Comme toutes les fois où elle avait une décision capitale à prendre, Kiki se concentra de toutes ses forces sur le drapeau du Royaume-Uni. Elle appela à la rescousse les mânes de la reine

Victoria, les héros de la conquête des Indes et tous les braves qui, à coups de panache, avaient bâti la gloire de l'Empire britannique. Galvanisée par l'énergie de ces légendes, elle se jeta à l'eau.

– Monseigneur, elle m'a affirmé que son père avait abusé d'elle.

Voilà. C'était dit.

Il y eut un long silence sur la ligne.

Kiki n'entendait plus que la respiration oppressée du souverain. Puis, soudain, sa voix, sa voix d'Altesse sérénissime.

– Répétez !

Elle répéta.

– D'où m'appelez-vous, Miss Rowlands ?

– De Paris, Monseigneur.

– Allez immédiatement chercher Hortense !

– Monseigneur..., bredouilla Kiki avec gêne. Et si M. le Duc, son père, refuse ?

– Inventez n'importe quoi, Miss Rowlands. Je vous fais confiance. Mais ramenez-la !

– Je ferai de mon mieux, Monseigneur.

– Dès que vous l'aurez récupérée, ramenez-la à Roccadura. Faites vite, Miss Rowlands ! Je compte sur vous !

La communication fut coupée. Kiki composa le numéro d'Hortense.

– Vous êtes prête ?

– Oui !

– Tenez bon ! Je serai là dans dix minutes !

Elle s'enroula dans un fichu, bondit dans la rue, héla un taxi, jeta l'adresse au chauffeur et s'engouffra dans la voiture.

Une fois assise, elle s'aperçut que son corps était secoué de tremblements. C'était bien la première fois qu'une chose pareille lui arrivait. Mais, pour qui tient le salut d'un État entre ses mains, n'était-ce pas un phénomène normal ?

16

Gildas se tenait sagement assis sur l'un des grands fauteuils dorés d'apparat trop grands pour lui, mains posées sur ses genoux, buste bien raide comme toujours lorsqu'il était en présence de son grand-père. Hortense, non loin de lui et presque dans la même position, avait une expression qu'il ne lui connaissait pas et n'aurait su définir. Elle, d'ordinaire si pleine de morgue, s'était composé un visage grave et baissait les yeux avec ce que, éventuellement, on aurait pu prendre pour de l'humilité. Leur mère, debout, l'air préoccupé, marchait de long en large en un obsédant va-et-vient sous le regard d'Edmond III, appuyé contre la cheminée monumentale du salon bleu où se prenaient d'ordinaire les décisions graves concernant le Rocher.

Pour cette réunion, chacun des membres de la famille avait dû revenir précipitamment à Roccadura. Gildas avait quitté son collège de Stowe. Hortense, qu'avait accompagnée Kiki, arrivait de Paris où elle séjournait chez son père. Quant à Christine, elle avait écourté une cure thermale dans une station savoyarde.

Motif de la convocation : « raison d'État ».

– Pour des questions de souveraineté, à partir d'aujourd'hui, je suis votre unique tuteur, attaqua Edmond III sans préambule. Désormais, votre père n'est plus autorisé à vous voir.

Gildas bondit hors de son fauteuil.

– Mon père ? Pourquoi mon père ? Qu'est-ce qu'il a fait ?

Edmond lui adressa un regard sévère, mais, avant qu'il ait pu ouvrir la bouche, Hortense s'interposait.

– Ça ne te regarde pas !

Son grand-père la foudroya.

– Silence !

Hortense reprit son attitude soumise.

Le prince observa pensivement Gildas.

Christine alluma une cigarette et se laissa choir sur un sofa au dossier brodé aux armes des Roccadura.

– Gildas, tu me succéderas un jour. J'aurais voulu t'épargner cette peine, mais, puisque tu poses la question, tu as droit à une réponse...

Il se racla la gorge avec embarras.

– Ton père, dit-il d'un ton sec, s'est conduit d'une façon inconvenante. Il est banni de la principauté.

Gildas ouvrit des yeux stupéfaits.

– Banni ? Mon père ? Mais par qui ?

– Par moi-même !

Pour y déceler le moindre signe de connivence, le regard de Gildas se posa alternativement sur le visage de sa mère et de sa sœur. Il crut voir passer dans le regard d'Hortense une fugace lueur de défi ironique, si brève toutefois qu'il n'aurait pu jurer l'avoir réellement perçue. Sa mère continuait à suivre des yeux les volutes de fumée s'échappant de sa cigarette, comme si, à cet instant, rien n'eût été plus important que cet évanescent brouillard bleu.

– Je vous prie de m'excuser, grand-père, mais je ne peux pas imaginer que mon père ait fait quoi que ce soit de contraire à l'honneur. Inconvenant ? C'est quoi, « inconvenant » ?

Sa mère se leva, vint jusqu'à lui, lui caressa tendrement les cheveux du bout des doigts.

– Ces questions ne sont pas de ton âge, Gildas.

– Elles ont pourtant l'air d'être très familières à ma sœur ! se révolta Gildas. Pourquoi elle et pas moi ?

– « Inconvenant », dit Edmond III en durcissant le ton, signifie contraire aux lois de la morale et de la décence. Il se peut que tu me remercies un jour de ne pas t'en dire davantage aujourd'hui.

De nouveau, le jeu des regards.

Mais, pas plus qu'à la minute précédente, Gildas n'y trouva de secours.

– Il va de soi, enchaîna le prince d'un ton sans réplique, que ces dispositions entraîneront pour vous certains changements. Hortense ne retournera plus à Paris. Elle poursuivra ses études ici, en principauté, avec des précepteurs que je lui aurai choisis.

Quant à toi, Gildas, tu dis adieu à l'Angleterre. Ta place est déjà retenue en Suisse, au Rosey.

Il inclina la tête : l'entretien était terminé.

Instinctivement, Gildas alla chercher refuge auprès de sa mère.

– Christine, dit le prince, pouvez-vous m'accorder une seconde ?

Hortense et Gildas sortirent sans un mot.

Resté seul avec sa fille, Edmond alla jusqu'à la fenêtre par laquelle on voyait scintiller l'azur de la mer. Il appuya son front au carreau et laissa errer son regard sur l'immensité bleue.

– Tout cela est bien triste, dit-il sans regarder Christine. Je vous ai demandé de rester pour avoir votre avis : qu'en pensez-vous ?

– Rien, laissa tomber Christine.

Elle tourna les talons et sortit.

Pendant ce temps, Hortense et Gildas étaient arrivés au pied de l'escalier. Gildas marqua soudain le pas.

– Tu as entendu ce qu'on veut faire à papa ? C'est ignoble !

– Tu parles sans savoir.

– Savoir quoi ? dit Gildas.

Hortense eut une espèce de roucoulement.

– Et ça te fait rire ? Mais tu es dégueulasse ! Il s'agit de ton père et tu laisses faire, tu t'en fous !

Hortense le toisa d'un air glacial.

Elle avait retrouvé son expression sardonique, sûre d'elle.

– En ce qui me concerne, moins je le verrai, mieux je me porte !

Gildas lui agrippa les épaules.

– Explique-toi !

– Va te faire voir ! lui cracha Hortense au visage.

Elle se dégagea, fit volte-face et, se tenant très droite, remonta l'escalier.

17

Le Rosey, 27 juin 1939

Cher papa,

Merci pour votre lettre. Je l'ai reçue par les mêmes voies détournées que d'habitude. Après trois ans passés au Rosey, l'injustice inique qui nous a privés l'un de l'autre depuis tout ce temps continue à me faire bouillir d'indignation. À défaut des lois du sang, les lois des hommes devraient au moins reconnaître les lois d'amour, et ne pas avoir le pouvoir d'empêcher un fils de voir son père. Le moment venu, croyez bien que je n'oublierai pas l'humiliation que l'on nous a infligée.

Malgré les tourments que m'a valus votre absence, sans parler des autres ennuis familiaux qui s'y rattachent, à l'instant de quitter l'école, j'ai un léger pincement au cœur. J'y ai été heureux parfois. Mais j'anticipe. Encore faut-il, avant de la quitter pour la fac, que j'aie réussi mon bac. J'aurai les résultats dans trois jours. J'espère ne pas avoir de mauvaise surprise.

Vous vous félicitez, m'écrivez-vous, qu'en compagnie de futurs rois j'aie pu apprendre au Rosey mes « futurs devoirs de prince ». Sachez, même s'ils me sont devenus plus familiers, qu'ils n'ont jamais été pour moi une priorité. Au cours de ces trois années, ma préoccupation permanente a toujours été la même : vous. Quand j'ai eu besoin de courage, j'ai regardé votre photo accrochée près de mon lit, et aussi celle où nous glissons sur une luge, à Saint-Moritz, pour me souvenir des jours heureux et prendre notre mal en patience. Sachez aussi, cher papa, que le jour approche où nous serons de nouveau réunis.

Plus que tout au monde, c'est la seule chose que je désire.

Votre fils affectueux.

Gildas signa sa lettre, la glissa dans une enveloppe et écrivit l'adresse :

À Monsieur le Duc de Lentignac,
92, avenue Foch, Paris, France.

C'est idiot, les lettres.

Sitôt écrites, on regrette dèjà tout ce qu'on n'y a pas mis.

L'enveloppe n'était pas encore cachetée. Machinalement, Gildas la faisait tourner entre ses doigts. Et se réveillait en lui la sourde rancune qu'il éprouvait pour Hortense, sa sœur, dont les accusations le privaient depuis si longtemps de son père.

Gildas en voulait encore plus à son grand-père Edmond de les avoir instantanément accréditées. D'un simple coup de plume, il avait non seulement banni son père à vie du Rocher mais lui avait également retiré la garde de ses deux enfants et interdit tout droit de visite. Sur ce plan-là, l'article 1er de la Constitution monarchique de Roccadura était imparable :

Tout membre de la famille princière est soumis à l'autorité absolue du Prince Régnant.

Le duc de Lentignac avait eu beau faire appel devant les tribunaux français et britanniques, peine perdue : apparemment, les lois des deux plus puissantes nations européennes s'inclinaient très bas devant celle de Roccadura, 4 327 habitants.

Aux yeux des vénérables juges français et britanniques, ce que le duc de Lentignac considérait comme un rapt d'enfant en plein Paris s'assimilait à une banale décision de famille...

Gildas aperçut avec surprise que, dans le miroir lui faisant face, son image lui souriait. Il comprit pourquoi. Évoquant l'histoire de cette enfance dérobée, la sienne, une fois de plus, il s'était surpris à penser : « Quand je serai grand... »

Or, il était grand. On y était. Il avait seize ans.

La porte s'ouvrit. Un copain passa la tête.

– Tu es prêt ?

– J'arrive.

Gildas écrasa sur son nez un peu de fond de teint.

Il s'enfonça un grand chapeau de feutre sur la tête et quitta le débarras qui lui servait de loge. Au Rosey, il avait découvert la poésie, les grands romanciers, la peinture et le théâtre.

Les étudiants de l'école avaient formé une petite compagnie. Il en faisait partie. Dans un instant, et pour quelques minutes, il ne serait plus le prince Gildas Ponti de Roccadura, mais Cyrano dans sa fameuse tirade, clou du spectacle de fin d'année donné par les élèves.

Il se demanda si, en dehors de son nez, Cyrano avait eu de vrais problèmes ? Apparemment pas.

Dans la pièce, il n'était jamais question de son père.

Mais lui, Gildas, quand reverrait-il le sien ? Dans combien de temps ? Lui faudrait-il attendre que soient échues les cinq mortelles années le séparant de sa majorité ?

Trop long. Plus rien n'était sûr. La vie allait trop vite.

L'Europe frémissait de rumeurs de guerre : trois mois plus tard, elle éclatait.

LIVRE III

Pendant

18

Gildas sauta sur le quai de la gare et jeta un regard autour de lui. Il était probable que, cinq heures plus tôt, quelqu'un du palais était venu l'attendre. Mais qui ? Et combien de temps avait-on piétiné en guettant son arrivée ?

On était en février 1942. Balayé par un violent mistral, l'air pur était glacial. La plupart des trains ne circulaient plus. Ceux qui roulaient encore arrivaient ou n'arrivaient pas, c'était selon, ou parfois avec des heures ou des jours de retard. Les civils s'entassaient sur les quais de gares bondées de groupes désemparés, au visage morne, espérant des départs qui ne viendraient jamais.

Parfois, hérissés de sentinelles en armes au visage fermé et menaçant, des convois de matériel militaire, recouverts de bâches camouflées aux couleurs de l'automne, glissaient lourdement, en priorité absolue, vers les zones de combat.

D'un coup de reins, Gildas remonta son sac sur l'épaule et marcha en direction de la sortie.

– Monseigneur !

Kiki Rowlands ! Gildas la prit dans ses bras et l'embrassa.

– Kiki !... Ils ne t'ont pas encore arrêtée ? plaisanta-t-il.

– En quel honneur ? dit-elle en souriant.

– Tu es anglaise, non ? Tu es l'ennemie !

Kiki soupira.

– Quel bonheur de vous voir, Monseigneur...

– Arrête avec ton « Monseigneur », Kiki ! Tu m'as bien regardé ? D'accord, j'ai peut-être dix-neuf ans, mais franchement est-ce que j'ai déjà le physique de l'emploi ?

Il fit semblant de lisser des moustaches imaginaires et gonfla ses joues pour imiter son grand-père.

– Est-ce que je ressemble déjà au prince Edmond ? Comment va-t-il ?

– Fort bien, Monseigneur..., hésita Kiki.

Gildas lui coula un regard à la dérobée. Trois ans plus tôt, en quittant le Rosey, il était allé directement à Montpellier pour y étudier les sciences politiques. Beaucoup de choses s'étaient passées depuis. L'Europe était à feu et à sang. La France était coupée en deux par les troupes d'occupation allemandes : zone libre, zone occupée. Sud et Nord. Bien entendu, comme les Allemands étaient les vainqueurs, ils circulaient aussi bien dans l'une que dans l'autre. Qui donc aurait pu les en empêcher ?

Il y avait aussi les Italiens...

Quelques mois après le début de la guerre, les troupes fascistes de Mussolini avaient investi le territoire de Roccadura.

Ce que les Ponti avaient réussi par la force au Moyen Âge, les Chemises noires l'avaient réalisé sans coup férir au cours de la première semaine de juillet 1940 sous les vivats de la foule – à grande majorité italienne – massée dans les rues de la principauté.

Le Rocher s'était toujours voulu neutre.

En théorie, il l'était.

Gildas prit affectueusement le bras de Kiki.

– Vas-y, Kiki, raconte...

Il n'avait pas mis les pieds à Roccadura depuis près d'un an. À Montpellier, il avait ses copains, il faisait du sport, il partageait la vie, les rires et les préoccupations des garçons de son âge. Il n'était qu'un étudiant parmi les autres.

Mais au palais...

Bien que prince héritier, il s'y sentait beaucoup moins à l'aise depuis qu'il soupçonnait différents membres de sa famille de s'être ligués pour en chasser son père et le faire bannir.

Trop de choses lui restaient cachées, interdites...

La seule certitude qui lui nouait la gorge chaque fois qu'il y pensait – et il y pensait sans cesse –, c'est que son père, du jour au lendemain, avait soudain disparu de la surface de la terre sans laisser la moindre trace, d'une façon aussi absolue et totale que s'il n'y était jamais passé.

Aucune explication logique.

Rien. Évanoui : il était là, il n'y était plus !

Malgré l'interdiction qui lui avait été faite par son grand-père de chercher à le revoir, Gildas avait réussi à se rendre à Paris. Au 92 de l'avenue Foch, il n'avait trouvé qu'une femme de chambre, une gouvernante et Gaston, le vieux majordome de son père qui prenait soin des lieux depuis toujours. Gildas les avait cuisinés à tour de rôle. Même réponse : au soir du 8 mai, le duc avait demandé à être réveillé le lendemain à sept heures.

Mais au matin, quand le majordome avait ouvert la porte de sa chambre, elle était vide. Le lit, même pas défait. Les armoires contenant les vêtements du duc de Lentignac, intactes.

C'est tout ce que Gildas avait pu apprendre. Il leur avait proposé de l'argent à tous trois, ils avaient refusé.

– Nous sommes heureux d'être ici, Monseigneur. Et reconnaissants si vous nous permettez d'y rester. Les Allemands sont venus. Nous leur avons dit que M. le Duc était en voyage. Peut-être à cause de notre présence, ils n'ont pas osé réquisitionner...

Gildas savait que Gaston lui avait dit la vérité.

Mais alors, où était le duc de Lentignac ?

Où était son père ? Et s'il était toujours en vie, pourquoi ne lui avait-il laissé aucun mot, aucun message, aucun signe ?

Comme si elle lisait dans les pensées de Gildas, Kiki marqua le pas brusquement, tira une lettre de son sac et la lui tendit. Sur l'enveloppe, il reconnut immédiatement sa propre écriture. « À Monsieur le Duc de Lentignac, 92, avenue Foch, Paris ». Cette lettre, à tout hasard, lui-même l'avait envoyée à son père. Elle était maintenant barrée d'un tampon :

N'habite plus à l'adresse indiquée. Retour à l'envoyeur.

Et comme les services postaux l'avaient précisément renvoyée au palais de Roccadura, cela signifiait qu'elle avait été ouverte et que tout le monde, de la Gestapo aux services secrets italiens en passant par la propre famille de Gildas, tout le monde, sans exception, l'avait lue et savait qui l'avait écrite.

– Mon grand-père l'a eue entre les mains ? interrogea Gildas.

Kiki eut un petit rire sec et s'autorisa ce qui n'était pas tout à fait un haussement d'épaules, mais en tout cas y ressemblait passablement.

– Je ne pense pas, Monseigneur. À dire vrai, peu de choses intéressent actuellement le prince Edmond.

– Il est malade ? s'inquiéta Gildas.

Kiki Rowlands baissa pudiquement les yeux et se mordilla les lèvres.

– Si ce n'était que ça, Monseigneur...

Gildas s'arrêta brusquement. Ils venaient de sortir de la gare. Dans la rue, en un ballet à la fois cocasse et inquiétant, des soldats italiens à chemise noire et chapeau à plume, lâchaient le guidon de leurs bicyclettes pour échanger, en se croisant, un martial salut fasciste.

– Parle, Kiki ! Tu me flanques la trouille ! Qu'est-ce qu'il se passe avec mon grand-père ?

– Il est amoureux, Monseigneur ! gémit Kiki.

Gildas éclata de rire.

– Tu m'as fait peur ! Je croyais qu'il était arrivé quelque chose de grave ! Est-ce qu'au moins elle est jolie ?

– Attendez d'arriver au palais, Monseigneur. Vous n'allez plus rien reconnaître...

19

Gildas avait demandé au chauffeur de longer la côte. Malgré le froid, il baissa la vitre de la limousine et aspira à pleins poumons la grisante odeur de la mer.

S'il l'avait pu, il serait retourné directement à Montpellier. Les intrigues, les courtisans et les luttes de pouvoir l'accablaient. À peine reconnaissait-il les rivages de son Rocher bien-aimé transformé en paysage de guerre.

Des rouleaux de fil de fer barbelé couraient le long des plages où, sous des filets de camouflage, des soldats montaient la garde devant des batteries antiaériennes. Le rivage était parsemé de coupoles de béton aux meurtrières hérissées de mitrailleuses.

– Je croyais qu'on était neutre, murmura-t-il.

– Le prince Edmond estime qu'il y a un prix à payer pour rester indépendant. La seule façon d'éviter que Mussolini ne s'empare du Rocher, c'était de lui en ouvrir les portes.

Gildas lui jeta un regard aigu pour capter l'expression de Kiki au moment où elle prononçait la phrase.

Mais elle était trop « British » pour ne pas garder, quoi qu'elle dise, un visage impassible.

– C'est Robion qui doit être content, dit Gildas sans avoir l'air d'y toucher.

Bien avant la guerre, Louis Robion était déjà Premier ministre de Roccadura. À l'époque, ses sympathies fascistes ouvertement affichées n'étaient un mystère pour personne, même pas pour Edmond III.

– C'est son jour de gloire, Monseigneur. Sa position et ses fonctions lui permettent de régler beaucoup de comptes.

– Mon grand-père laisse faire ?

On était arrivé au bout du littoral. Le chauffeur fit demi-tour et prit la route en sens inverse.

– Votre grand-père l'a mis en poste. Vous connaissez le prince, il est conservateur. Et à ce qu'on raconte, notre Premier ministre ne chôme pas. Il paraît qu'il a déjà fait établir des fiches sur des centaines de résidents en principauté.

– Des fiches ? Pour quoi faire ?

– Probablement pour faciliter le travail des autorités militaires.

Gildas ne fit aucun commentaire. Pendant longtemps, il s'abîma dans ses pensées. Quand la limousine franchit les grilles du palais, il ne put réprimer un léger pincement au cœur.

Le chauffeur freina devant le perron, sauta de la Packard et se précipita pour lui ouvrir la portière.

– Tant de choses ont changé depuis votre départ, le prévint Kiki. Vous verrez, Monseigneur. Vous verrez...

En posant le pied dans ce qui avait été le salon bleu, Gildas, à sa stupéfaction, constata qu'il était devenu rouge !

Ahuri, il se retourna vers Kiki.

– Dis-moi que je rêve...

– Vous n'aimez pas le rouge ?

Gildas pivota brusquement : lui faisant face, une très jeune inconnue le dévisageait en souriant. Elle était vêtue d'une robe violine qui moulait ses formes parfaites.

Pour seul ornement, un diamant enchâssé dans un bijou bizarre porté en sautoir autour du cou.

– Monseigneur..., entreprit Kiki d'un air pincé.

– Assez de protocole, Miss Rowlands ! Je suis sûre que vous voulez me présenter Gildas...

Elle marcha droit sur lui et lui tendit la main.

– Comme si c'était nécessaire... Je le connais déjà si bien sans l'avoir jamais rencontré. Bonjour, Gildas, bienvenue ! Je suis Éliane. Votre grand-père n'arrête pas de me parler de vous. Avez-vous fait bon voyage ?

Gildas, du coin de l'œil, demanda secours à Kiki.

Elle le laissa tomber lâchement.

– Je vous prie de m'excuser, Monseigneur...

Elle fit une sèche révérence à Éliane et tourna les talons.

La jeune femme éclata de rire.

– Je sais qu'elle vous a élevé et qu'elle se jetterait au feu pour vous, mais elle est tellement vieux jeu...

Elle prit familièrement le bras de Gildas et l'entraîna.

– Tout était fané quand je suis arrivée ici... Poussiéreux... J'ai dû faire un peu de ménage, rafraîchir, repeindre, changer des meubles...

Elle s'arrêta devant une ravissante commode vénitienne dont le bleu tendre, rehaussé de fleurettes peintes à la main, jurait avec le salon Napoléon III qu'ils traversaient à cet instant.

– Vous ne trouvez pas que c'est plus gai ?

– Si, madame... assurément..., bredouilla Gildas.

– Appelez-moi donc Éliane ! protesta-t-elle. Après tout, nous vivons sous le même toit et j'appartiens à la famille, votre grand-père a dû vous le dire... Il voulait même que je redécore votre chambre. J'ai préféré attendre votre retour pour avoir votre avis. Mais j'ai des idées, beaucoup d'idées !

– J'en suis certain. Savez-vous où est mon grand-père ?

– Devinez ! Je vous le donne en mille !

Désignant le parquet d'un index couvert de bagues, elle le martela de ses talons pointus.

– Là-dessous ! s'exclama-t-elle avec jovialité. Sous terre !

L'espace d'une seconde, l'idée folle traversa l'esprit de Gildas qu'Éliane avait fait disparaître le prince Edmond et qu'on l'avait enterré discrètement sous les dalles du palais !

– Il planque ses grands vins ! Il est en train de faire murer des caves secrètes pour que personne ne puisse les découvrir quoi qu'il arrive !

– Et les maçons, dit Gildas en souriant, comment compte-t-il s'assurer de leur silence ?

Éliane pouffa de rire.

– Comme au bon vieux temps ! Dès qu'ils auront fini le travail, il les fera pendre !

Vaguement mal à l'aise, Gildas fit chorus.

– Si vous m'y autorisez, je vais aller me rafraîchir un peu. Le voyage était interminable...

– Et moi qui vous accapare ! Mais j'attendais ce moment depuis si longtemps... Nous allons devenir de vrais amis, Gildas !... À tout à l'heure !

Elle disparut dans le frou-frou soyeux de sa robe violine.

Pendant plusieurs secondes, Gildas resta immobile.

Il allait se diriger vers sa chambre lorsqu'une voix le cloua sur place.

– Alors, qu'est-ce que tu penses de la pouffiasse de notre vénéré grand-père ?

Hortense venait d'entrer dans la pièce. Elle arborait une blouse blanche, et le petit calot assorti qu'elle avait sur la tête la faisait ressembler à une infirmière de comédie.

– Bonjour, Hortense. C'est quoi, cette tenue ?

– Est-ce que dans ton école on t'a signalé qu'il y avait une guerre ? Avec de vrais morts, de vrais éclopés... Alors, tu vois, j'essaie de me rendre utile... Je travaille, moi... On a transformé un sous-sol en hôpital. Je soigne les blessés.

– Des Français ?

– Italiens, Allemands, ça dépend des arrivages... On nous les envoie en morceaux. Je ne contrôle pas leur passeport.

– Comment va maman ?

– Elle est à Montfort. Dès qu'elle a vu débarquer la théâtreuse...

– C'est une actrice ?

– Une petite théâtreuse de bazar...

– Décidément, c'est de famille.

– Pardon ?

– Rien.

Hortense lui glissa un regard soupçonneux.

– Maman a compris tout de suite. Elle a plié bagage. Et pour longtemps ! Maintenant qu'elle a trouvé un vieillard pour l'entretenir, je peux te dire que l'autre sangsue s'est installée ici à vie ! Elle se prend pour Dieu, personne ne peut la piffer. Demande à Kiki, elle la déteste ! Tu sais quel âge a Edmond ?

– Soixante-dix.

– Et elle, tu sais quel âge elle a, elle ? À peine trente !

Gildas eut une moue.

– Et alors ? Quarante ans de moins, c'est la moindre des choses qu'une femme puisse faire pour un prince souverain !

Les yeux d'Hortense étincelèrent de fureur.

– C'est notre héritage qu'elle vole ! Tous les biens de famille qui nous reviennent de droit, Edmond lui refile tout ! Il est fou ! Et l'autre putain les accepte ! Elle ose se pavaner dans le palais avec les bijoux de maman ! Tu sais ce qu'elle porte en pendentif ? Le caillou-soleil !

– Grand-père a bien le droit de s'amuser un peu...

Hortense l'écrasa d'un regard de mépris.
– Tu n'as rien compris, mon pauvre Gildas.
– Ce ne serait pas sa première passade.
Visage glacé de haine, elle le foudroya.
– Cette fois, c'est la dernière.
– Qui te dit qu'elle va rester ?
– Il l'épouse !

20

Se pouvait-il qu'elle fût aussi belle de près que de loin? La scène est trompeuse. Le fard, les lumières, leur disposition même qui force le regard à ne voir que ce qu'on lui désigne, tout risquait de n'être qu'une illusion. Mais le théâtre est-il conçu pour autre chose que l'illusion? Fasciné, Gildas la regardait bouger. Il la regardait rire. Elle marchait, et c'était un enchantement. Elle parlait, et il avait envie de boire ses paroles sur ses lèvres, rien que pour le son de sa voix, pour la musique qui s'échappait de ses lèvres. Son nom s'étalait en lettres énormes sur les affiches placardées un peu partout dans les rues du Rocher : Valérie Alain.

La salle du théâtre de Roccadura, chantournée de dorures, était bourrée d'un public chaleureux qui s'esclaffait aux répliques de Valérie et de son partenaire, Claude Balleine, l'un des acteurs français les plus aimés du public.

Gildas, lui, ne riait pas.

Il aurait été incapable de dire quel était le sujet de la pièce.

Sa tête était vide. Ses oreilles n'entendaient rien. Il n'était qu'un regard, et ce regard ne voyait qu'une chose, Valérie.

Jamais il n'avait imaginé que tant de grâce vive fût possible, tant de finesse dans la silhouette, de liberté dans la démarche, de sensualité dans le sourire : quelle femme!

Même dans ses rêves d'adolescent les plus fous, il n'en avait jamais vu de pareille!

Il était tellement absorbé à la contempler qu'il ne se rendit pas compte que la pièce était terminée. Auparavant, il y avait eu ces rideaux successifs, le public qui applaudissait, ce brouhaha et ce claquement de dossiers de fauteuil annonçant la fin d'un spectacle. Puis le rideau était resté baissé.

Gildas, en état d'hypnose, ne bougeait toujours pas de sa chaise, fixant le point précis de la scène où Valérie, saluant le public, lui était apparue pour la dernière fois.

Valérie Alain...

Il était de tradition, lorsqu'une tournée théâtrale faisait le détour par Roccadura, qu'acteurs et spectateurs se rejoignent au foyer pour y boire un verre après la représentation. Gildas s'ébroua, rectifia le nœud de sa cravate et fonça dans un dédale de couloirs. Il arriva au foyer encombré d'admirateurs et se fraya un passage jusqu'au bar. Il la repéra tout de suite.

Debout près de Claude Balleine, elle affrontait bravement tous ceux qui voulaient la voir de plus près, la féliciter, lui arracher un autographe. Gildas se rapprocha du groupe dont elle était le centre. Maintenant, on le reconnaissait, on lui souriait, on lui livrait passage.

Il avait dix-neuf ans. Chacun savait qu'il était le prince héritier et qu'il régnerait un jour sur Roccadura.

Mais lui, Gildas, à cet instant précis, était habité par une autre foudroyante certitude : cette femme-là serait sienne et régnerait avec lui. Ensemble, ils feraient de grandes choses.

Il le savait depuis la première seconde. Elle, pas encore.

Il était planté devant elle, elle ne le voyait même pas.

À un moment, elle prit affectueusement le bras de Claude Balleine, lui murmura quelque chose à l'oreille. Tous deux s'esclaffèrent. Eût-il eu une arme sur lui, Gildas, sans remords ni hésitation, aurait instantanément tiré une balle dans la tête de ce comédien dont le charme et l'aisance lui faisaient de l'ombre.

Il comprit alors, à la haine spontanée qu'il lui voua, à quel point de non-retour il était déjà amoureux de Valérie.

– Monseigneur, puis-je vous présenter Mlle Valérie Alain... Mademoiselle Alain, Son Altesse sérénissime le prince Gildas de Roccadura... Monseigneur, permettez-moi de ne pas vous présenter Claude Balleine. Il est déjà trop célèbre...

Gildas aurait souhaité prononcer des paroles définitives, piquer un galop dans le foyer sur un cheval blanc harnaché d'or, plonger du haut d'un ravin entre les roches aiguës d'une rivière.

En fait, lui qui l'était si peu aurait rêvé de devenir *visible*.

L'énoncé de son nom avait provoqué un léger mouvement d'intérêt chez Valérie, mais déjà elle ne faisait plus attention à lui, alors que Balleine, en courtisan accompli, redoublait envers Gildas de grâces irritantes.

– Je vous ai trouvé très bonne, mademoiselle Alain...

C'était tellement plat qu'il en avait honte.

En retour, Valérie lui adressa un sourire poli.

Quel âge pouvait-elle avoir ? Vingt-deux ? Vingt-trois ans ?

– Vous aimez le théâtre, Monseigneur ?

Il faillit lui crier qu'il l'aimait *elle*, qu'il l'aimait d'amour fou, éternel, qu'il allait l'empêcher de quitter le palais et en faire chasser l'insupportable bellâtre qui lui servait de partenaire.

– J'en ai fait moi-même un peu, au collège...

Il se maudit : sa seconde phrase était encore plus bête que la première. Sous l'œil de ses futurs sujets qui n'en perdaient pas une miette, une vive rougeur lui empourpra les joues.

– Vraiment ? dit Valérie.

Elle n'était pas mécontente de l'effet qu'elle produisait sur ce garçon un peu mou, à l'allure maladroite et timide.

– Quel rôle avez-vous donc joué, Monseigneur ?

– Cyrano, répondit Gildas d'une voix lugubre. Combien de jours restez-vous parmi nous, mademoiselle Alain ?

– Trois jours, Monseigneur, répondit Balleine pour elle.

Gildas lui jeta un regard torve.

– Je reviendrai vous applaudir demain, dit-il à Valérie. Vous êtes descendue à l'Hôtel de France ?

– Nos suites donnent sur la mer, dit Balleine.

Gildas fut heureux d'entendre quelque chose d'idiot sortir de sa bouche : comment une créature aussi sublime aurait-elle pu avoir autre chose que la plus somptueuse des suites sur la mer ?

S'il n'avait tenu qu'à lui, Gildas lui aurait bien offert la Méditerranée entière !

– Mademoiselle Alain, si vous m'y autorisiez, j'aimerais que vous me fassiez la faveur d'accepter de déjeuner demain à bord de *mon* yacht.

S'entendant parler, il se rendit compte que c'était la première fois qu'il mentait aussi effrontément.

Bien entendu, comme tout ce qui existait à Roccadura, le *Sayonara* était la propriété de son grand-père.

Mais Gildas se sentait terne. Habituellement, il se moquait des titres et méprisait les signes extérieurs. Seule une ridicule envie de briller lui avait soufflé ce misérable possessif : « mon yacht ».

– Serez-vous libre ? demanda Valérie à Balleine.

Suffoqué qu'elle l'invite, Gildas le dévisagea avec dureté.

– Malheureusement pas, déplora Balleine qui avait tout compris. J'ai déjà un autre engagement. J'aurais tellement aimé être des vôtres. J'espère, Monseigneur, que vous voudrez bien me pardonner...

Valérie se tourna vers Gildas.

– À quelle heure levez-vous l'ancre ?

– Midi ?

– Une heure.

– Je viendrai vous chercher.

La tête bourdonnante, le cœur battant à mille tours, il s'inclina avec raideur et se fondit dans la foule : pour la première fois de sa vie, il venait de tomber fou amoureux !

21

Il faisait froid, la lumière était magnifique et, sous le soleil d'hiver, la mer luisait comme une plaque de plomb.

À cette époque de l'année, la nuit tombait avant cinq heures de l'après-midi. Ils avaient levé l'ancre très tard. Ils allaient devoir rentrer très vite. Valérie jouait le soir. Elle était si dépaysée de se retrouver au large sur ce magnifique yacht blanc qu'elle aurait voulu, avant de se retrouver dans les projecteurs et la poussière d'une scène, graver en sa mémoire les détails de chaque instant de cette journée, l'écume des vagues, les mouettes qui les suivaient depuis la côte, l'air, les embruns, la lumière, les nuages...

– Vous aimez l'été ? demanda Gildas.

Il observait passionnément son profil aigu, les boucles châtains qu'ébouriffait le vent léger, ses mains, qui étreignaient la rambarde. Elle avait voulu rester sur le pont. Comme elle frissonnait, il l'avait emmitouflée dans un caban trop grand pour elle. Elle l'avait laissé faire avec une passivité de poupée.

Appuyée au bastingage, elle fumait en regardant la mer.

– C'est la saison que je préfère. En août, on s'épanouit davantage. Pas seulement le corps. L'énergie circule mieux. On ressent mieux les choses, je veux dire, tout ce qui participe des sens...

Elle le regarda subitement : comprenait-il au moins ce qu'elle venait de prononcer comme pour elle-même ?

Il était si jeune...

– Quel âge avez-vous ?

– Dix-neuf, avoua Gildas à contrecœur. Vous me trouvez trop jeune ?

– Trop jeune pour quoi ? demanda-t-elle en le fixant droit dans les yeux.

Gildas se sentit devenir cramoisi.

Il détourna le regard.

– Vous ne devez guère avoir plus, balbutia-t-il.

– Mais si, beaucoup plus. Les femmes sont toujours plus vieilles que les hommes, même lorsqu'elles sont plus jeunes qu'eux.

– Pourquoi ?

– Parce qu'elles sont femmes.

Elle l'intimidait. Il se sentait frustré de toutes les questions qu'il n'osait pas lui poser. Mille questions, mille énigmes où se mêlaient jalousie, envie de plaire et désir d'absolu. Pourtant, Valérie ne se montrait pas lointaine, ne jouait pas ni n'affichait aucune supériorité. Simplement, elle était naturelle.

L'explication de son mystère résidait peut-être dans ce qu'elle venait de lui dire : elle était femme.

– Qu'est-ce que vous étudiez ? demanda-t-elle.

– Les sciences politiques.

– Qu'est-ce qu'on vous apprend ?

– À mentir.

Elle éclata de rire.

– Tout le monde sait mentir. C'est un don.

– Vous l'utilisez souvent ?

– Quand c'est nécessaire.

Depuis que le *Sayonara* avait quitté terre, tout était stupide et merveilleux. Par exemple, sur la demande de Valérie, il avait ordonné au capitaine de couper les moteurs et de hisser les voiles, toutes les voiles. C'était idiot. Dans quelques minutes, il faudrait les amener de nouveau. Mais, en même temps, c'était magnifique. Simplement parce qu'elles claquaient dans le vent, que Gildas écoutait leur vacarme avec elle et que chaque minute écoulée était éblouissante. Il ne s'agissait plus d'un bonheur humain, mais d'une sensation ineffable qui le dépassait, le transcendait, touchait au divin. Pourtant, entre Valérie et lui, rien ne s'était passé. Pas de baiser, même pas le contact furtif et involontaire d'un frôlement de mains...

– C'est drôle, dit-elle, on oublie tout sur un bateau. C'est comme s'il n'y avait pas la guerre...

C'est alors que les destroyers de la marine italienne les arraisonnèrent. Ils encadrèrent brusquement le *Sayonara*, se rapprochèrent jusqu'à être bord à bord et lui intimèrent de stopper. Le capitaine rejoignit Gildas.

– Monseigneur, si je n'obéis pas, ils nous coulent.

– Ne me dites pas qu'ils ignorent qui nous sommes.

– Ils le savent très bien, Monseigneur. Le navire du prince est le seul qui puisse naviguer sans autorisation en Méditerranée. Il est connu de toutes les unités maritimes.

– Alors, pour quoi ?

– Pour nous emmerder, Monseigneur, nous montrer qu'ils sont les maîtres !

– Obéissez.

– Amenez les voiles ! hurla le capitaine.

Des matelots armés jusqu'aux dents montèrent à bord.

À la stupéfaction de Gildas, certains reconnurent Valérie.

Elle avait déjà tourné plusieurs films qui avaient eu un grand succès en Italie. Les langoureux regards de convoitise dont ils l'enrobaient en passant auprès d'elle rendirent Gildas fou de fureur : comment osaient-ils ? Pendant ce temps, les officiers, feignant de ne rien comprendre, multipliaient leurs exigences envers le capitaine. Il manquait toujours un document, un laissez-passer, un tampon officiel, une signature. Le dialogue de sourds se prolongea près d'une heure. Puis Valérie en eut assez.

– Excusez-moi, dit-elle à Gildas.

Crânement, elle rabattit son caban sur ses épaules, s'avança vers le petit groupe, fit un sourire éblouissant à l'officier qui tourmentait le capitaine. Gildas, qui était resté en retrait, le vit s'incliner, sourire à son tour à Valérie.

De part et d'autre, deux phrases furent échangées.

Deux seulement. Valérie revint vers lui.

– C'est arrangé, dit-elle.

En quelques secondes, comme par miracle, le pont fut évacué, les soldats redescendirent dans leurs chaloupes, le capitaine donna l'ordre de mettre les machines en marche, le *Sayonara* se mit à vibrer de toute sa coque pendant que les destroyers italiens s'éloignaient, creusant dans la mer de toute leur masse un monstrueux sillage.

La nuit était tombée maintenant.

Le *Sayonara* mit le cap sur la côte.

– Que leur avez-vous dit ? demanda Gildas.

– Que je jouais tout à l'heure, répondit Valérie.

22

– De ma vie, je n'ai vu une audace pareille ! tonna le prince. Tu es arrivé depuis deux jours, je t'ai à peine aperçu, tu utilises mon bateau sans mon autorisation pour faire le paon devant une actrice, mon yacht est à deux doigts d'être envoyé par le fond par la marine italienne, tu me mets sur le dos un grave incident diplomatique en temps de guerre et tout ce que tu trouves à dire pour ta défense, c'est que tu as le coup de foudre pour une fille dont tu ignorais l'existence dix minutes plus tôt ! Enfin, Gildas, tu es devenu fou !

Effectivement, présenté de cette façon, il n'y avait pas de quoi être fier. Pourtant, Gildas ne regrettait rien. Pis, même s'il avait connu les risques auxquels il s'était exposé, sans hésiter, il aurait refait les mêmes choses.

– Et s'ils avaient coulé le *Sayonara* ? rugit Edmond. Et si vous étiez tous morts, toi, mes marins, la fille ?

Jambes écartées, torse en avant, mains croisées derrière le dos, le prince, d'instinct, avait pris, pour réprimander, la posture de jadis, quand, officier supérieur de l'armée française, il houspillait ses hommes sur le champ de bataille.

– Alors ? Parle ! Qu'est-ce que tu as à répondre ?

Gildas s'entendit dire quelque chose d'énorme, qui n'avait rien à voir avec la scène présente.

– Grand-père, pourquoi gardez-vous Louis Robion comme Premier ministre ?

Totalement abasourdi, Edmond III crut que sa mâchoire allait se décrocher.

– Qu'est-ce que tu racontes ?

– Louis Robion. Je vous demande pourquoi vous gardez Louis Robion.

Le prince toisa son petit-fils comme s'il découvrait son visage pour la première fois

– Comment oses-tu te permettre ? Tu vas m'apprendre à gouverner maintenant ?

Gildas se maudit d'avoir posé la question : au moment où la colère du prince était telle qu'il pouvait s'attendre de sa part à d'implacables représailles, par quel mystère cherchait-il à aggraver son cas ? Comment cette insolence avait-elle pu lui venir aux lèvres ?

Il vit le menton de son grand-père trembler d'indignation.

– Je ne veux plus te voir au palais ! gronda-t-il. Va immédiatement dans ta chambre, fais tes bagages, retourne à Montpellier et restes-y jusqu'à nouvel ordre !

Gildas tenta une ultime diversion.

– Si j'ai été maladroit, je vous prie de m'en excuser. Mais pourquoi vous irriter de ma question ? Je ne veux que comprendre. Tôt ou tard, je serai appelé à vous succéder...

– C'est toi qui le dis ! explosa Edmond III. Écoute-moi bien. Je ne suis pas encore mort ! C'est moi qui règne, c'est moi qui gouverne et c'est encore moi, le moment venu, qui choisirai mon successeur. N'oublie pas que tu as une sœur !

– Vous vous méprenez sur ce que j'ai dit, bredouilla Gildas. Je n'ai jamais cherché à vous offenser.

– Fous le camp !

Gildas se mordit les lèvres, tourna lentement le dos au prince, alla jusqu'à la porte, l'ouvrit et la referma derrière lui.

Appuyée contre le mur tout près du battant, Hortense le dévisageait d'un air goguenard. Gildas reprit sa marche sans un mot. Il entendit Hortense éclater de rire. Il se retourna sur elle, haussa les épaules et lui lança, d'une voix apitoyée :

– Pauvre fille.

23

Quelques mois plus tard, à la fin de l'année 1942, les troupes allemandes envahissaient la zone libre et investissaient Roccadura. Les dignitaires nazis s'installaient à l'Hôtel de France. Certains d'entre eux, éblouis, voyaient la Méditerranée pour la première fois. D'autres, déjà venus en villégiature sur le Rocher avant la guerre, se ruaient au casino, entraînant leurs camarades dans leur sillage. À Roccadura, le conflit mondial semblait très loin. La température y était douce, les palmiers frémissaient mollement sous la brise et les soldats de la Wehrmacht, au lieu de voir s'effondrer des combattants dans le froid, la boue et la neige, suivaient d'un œil admirateur les filles de vingt ans se déhanchant sur leur vélo pour escalader les rues escarpées de la ville dans le parfum des mimosas.

Jamais la CME, cette désormais fameuse Compagnie du Mieux-être – la bien-nommée ! – créée jadis par Victoria, n'avait fait d'affaires aussi florissantes. Il faut dire que Roccadura, par le biais des troupes d'occupation, italiennes d'abord, allemandes ensuite, et des nombreux résidents fortunés qui s'y étaient réfugiés au début des hostilités, était devenue une espèce de Mecque cosmopolite de plaisirs et de paix. Les salles de jeu étaient pleines du matin au soir, les meilleures troupes parisiennes venaient y jouer régulièrement les plus récentes créations théâtrales, le corps de ballet présentait ses dernières chorégraphies, peintres et sculpteurs y exposaient leurs œuvres, les plus brillants musiciens s'y produisaient en concert, les fleurs, le ciel bleu et un air de liberté apparente faisaient le reste.

Les autorités d'occupation avaient vite compris le parti

qu'elles pouvaient tirer des nombreux établissements financiers de Roccadura. Comme en Suisse, le secret y était de rigueur.

D'énormes fonds, destinés à des achats et à des ventes d'armes, y transitaient, ainsi que d'autres capitaux faramineux dont nul ne cherchait à percer le mystère de leur provenance.

Le produit de tous les trafics, vols ou butins de guerre, bijoux, immeubles, devises et œuvres d'art confisqués aux uns pour être revendus aux autres par ceux-là même qui s'en étaient emparés au cours de pillages en France ou ailleurs, atterrissait discrètement dans les coffres de Roccadura protégés par le secret bancaire. Tout objet de valeur a une origine. Pas l'argent.

L'air était aussi léger qu'une sonate de Mozart, la vie courte, les plaisirs éphémères et violents dans une électricité présageant le prochain embrasement de la planète. Alors que l'Europe creusait des tombes, dans l'étrange microcosme de Roccadura on inventait toujours de nouvelles fêtes.

Pendant ce temps, dans l'ombre, puissamment aidée par Louis Robion, la Gestapo tendait ses filets et structurait ses épurations futures. Dans l'autre camp, où l'on savait que le conflit ne faisait que commencer, on organisait la résistance contre le régime nazi en place.

Depuis le savon que lui avait passé Son Altesse sérénissime Edmond III, Gildas ne s'était plus hasardé à lui faire la moindre réflexion. Mais, intérieurement, il bouillait.

Son grand-père était un militaire de carrière. Il avait quitté l'armée française avec le grade prestigieux de général. Il respectait l'ordre, la hiérarchie, la discipline. Gildas craignait qu'il ne se laisse manipuler par les fascistes de son entourage, Louis Robion en tête, qui risquaient de faire prendre à Roccadura une couleur politique qui révoltait le jeune prince.

Quant à sa sœur Hortense, elle se comportait comme une girouette en folie. Après avoir soigné les blessés italiens, elle s'était passionnée pour les éclopés allemands avant de consacrer ses forces aux prisonniers de guerre alliés retenus en Allemagne. Tout se déroulait donc sous le nez de Gildas.

Malheureusement, n'ayant aucun pouvoir d'intervenir, Gildas ne pouvait en être que le témoin passif. Aussi séjournait-il le moins possible à Roccadura où les Allemands, utilisant le Rocher comme plate-forme, étaient en train d'installer, à des fins de propagande, une puissante station de radio, « RR ». Non pas les initiales de Rolls-Royce, comme le prétendaient les nostalgiques, ni

« Radio Raclure », ainsi que l'avaient déjà baptisée les opposants, mais plus simplement « Radio Roccadura ».

Gildas savait qu'à la fin de l'année scolaire il quitterait Montpellier pour Paris. Depuis leur escapade en bateau, il avait écrit à Valérie Alain. À sa surprise, elle lui avait répondu. Peu à peu, le ton de leurs lettres était devenu de plus en plus intime.

Au fil des jours, elles donnaient à Gildas une raison de vivre.

Il n'en avait pas tellement.

En dehors de quelques rarissimes copains de fac, il n'avait personne à qui parler.

Mort ou vivant, son père était toujours introuvable.

Sa sœur Hortense le haïssait ouvertement.

Sa mère, restée à Montfort-l'Amaury, était trop absorbée par ses cinq chiens (des bull-terriers), auxquels elle vouait une passion maniaque, pour donner souvent de ses nouvelles.

Quant à son grand-père Edmond, fou d'amour pour Éliane qui ne s'intéressait qu'à lui, il n'avait d'yeux que pour elle.

Que restait-il à Gildas ? Valérie !

À Paris, peut-être pourrait-il enfin rendre réel le rêve qui le tenait éveillé presque chaque nuit : la prendre dans ses bras.

24

– Quelle heure est-il ?

Gildas allongea le bras vers la table de nuit et tâtonna pour trouver sa montre.

– Sept heures. Debout ! Café !

– Mais on n'a pas encore dormi. Je veux dormir !

Gildas roula sur elle.

– Pas question !

– Gildas, je te jure, je suis crevée, j'ai sommeil !

Il alla à la fenêtre, écarta les rideaux. Le jour se levait sur les frondaisons du bois de Boulogne qu'il voyait de l'autre côté de l'avenue. Il retourna s'allonger sur le lit et couvrit le cou de Valérie de petits baisers furtifs. Pour la première fois de sa vie, il se sentait dans un état de plénitude parfaite. Il ne désirait rien d'autre que ce qu'il avait, il ne souhaitait être que là où il était avec celle avec qui il se trouvait : elle. Valérie. Elle se leva d'un bond. Elle était nue. Comme toujours lorsqu'il était en sa présence, son regard ne pouvait se détacher d'elle. Il la buvait des yeux. Elle s'étira, se dirigea vers une coiffeuse. Gildas admira qu'avec ou sans vêtements elle ait exactement la même démarche. Entre la scène et la vie, c'était pareil. Aucune différence entre sa façon de bouger en scène ou chez elle, pas davantage dans le passage du réel aux personnages de fiction qu'elle interprétait. Elle parlait de la même voix, sur le même ton, de sorte qu'on ne savait jamais si elle était elle-même ou une autre. Pas davantage qu'il ne savait si c'était lui qui jouait dans l'un de ses films, ou elle qui s'intégrait dans sa réalité à lui.

Sauf lorsqu'elle lui disait : « Je t'aime. » Là, quelque chose se cassait dans son timbre, qui devenait plus grave, plus rauque.

Maintenant, plantée devant le miroir, feignant le désespoir et la consternation, elle contemplait son visage.

– Tu as vu la tête que j'ai ! Je suis folle ! Je n'ai pas fermé l'œil de la nuit et je tourne dans trois heures !

Il passa derrière elle, la souleva, la projeta sur le lit.

– Arrête, Gildas !

– Je peux te faire une proposition honnête ?...

– Surtout pas !

– Écoute d'abord. Suppose que tu t'endormes maintenant, pour une heure. Tu te réveillerais bouffie...

– Défigurée.

– Et pour la photo, ce n'est pas recommandé ?

– C'est terrible.

– Par conséquent, il vaut mieux que tu ne dormes pas du tout. Reste où tu es. Ne bouge pas. Je te prépare un petit déjeuner comme tu n'en as jamais eu et je te l'apporte. OK ?

– Être servie par un prince, ironisa Valérie, quelle femme n'en a pas rêvé ?... Merci, mon prince, merci !...

Gildas prit la posture figée d'un roi posant pour un dessin destiné à devenir timbre-poste et tendit vers elle, pour qu'elle la lui baise, une main nonchalante.

– Petit salaud ! dit Valérie en le faisant basculer. Tu vas voir comment je les traite, moi, les princes héritiers !

Ils luttèrent un instant. Entre deux souffles, il lui disait : « Je t'aime, je t'aime, je t'aime. » Il la laissa gagner. Il se retrouva cloué sur le lit, ses deux mains lui bloquant les épaules.

Penchée au-dessus de lui, elle lui effleura les cils de ses cils.

– Tu n'as pas honte de te laisser battre par une roturière.

– Tu es une reine !

Elle s'esclaffa.

– Ma mère vend des fleurs sur les marchés !

– Ma grand-mère était danseuse à Montmartre.

Valérie le scruta avec des yeux incrédules.

– Non ?

– Parole.

– Mais alors, on est pareils !

– Tu crois ? insinua Gildas.

Il prit la main de Valérie et la posa en un point de son anatomie où il était impossible de ne pas percevoir le détail morphologique qui, précisément, faisait la différence...

– C'est vrai que tu as déjà été mariée ? demanda-t-il.

– Qui t'a dit ça ?

– Des gens. C'est vrai ?

– Trois mois, soupira Valérie en retirant sa main. J'avais dix-sept ans. Je ne me souviens même plus de son visage.

– Et de son nom ?

– Je l'ai oublié. Tu me crois ?

– Oui.

Elle lui caressa les cheveux.

– Tu es jaloux ?

– Pas jaloux. Fou de jalousie, malade, cinglé, dingue ! Je ne peux supporter ni qu'on t'ait touchée, ni qu'on t'approche, ni qu'on pense à toi, ni qu'on te regarde !

Elle pouffa.

– Avec le métier que je fais, c'est difficile.

Gildas la dévisagea longuement.

– Et si je te demandais d'arrêter ?

– Arrêter ?...

– Le cinéma. La scène. Tu le ferais pour moi ?

Elle le regarda pour voir s'il était sérieux.

– Tout de suite ! dit-elle.

25

Il était près de midi. Toute la matinée, Hortense avait contrôlé l'envoi de couvertures aux citoyens de Roccadura. Au cours des alertes aériennes qui se multipliaient, ils se réfugiaient dans les abris publics. Très démocratiquement, Hortense y descendait avec eux. Elle avait remarqué qu'il y faisait froid. D'où, les couvertures. La veille avait eu lieu l'emballage de colis de victuailles pour les habitants nécessiteux de la principauté. Il faut dire que même au cœur de la guerre – et c'était tout à l'honneur du Rocher – il n'y en avait pas beaucoup.

Mais, pendant que son frère était supposé parachever à Paris des études qu'elle jugeait frivoles, Hortense, présente sur tous les fronts de la charité, rivalisait d'altruisme et d'abnégation avec Éliane, la concubine détestée de son grand-père : pas question de lui laisser le titre de première dame ! Dans une lutte sans merci dont l'enjeu était la popularité, le prestige et la vertu civique, toutes deux s'affrontaient à travers galas de charité, comités d'aide et assistance aux prisonniers de guerre, bénévolat à l'hôpital, don du sang, distribution de bols de lait aux enfants des écoles, friandises aux vieillards, layettes aux futures mamans.

Entre les deux, c'était à qui damerait le pion à l'autre et raflerait le plus grand nombre de présidences d'œuvres sociales.

Hortense, rejetée par sa mère qui la trouvait stupide et d'un physique médiocre – le lui avait-elle assez répété lorsqu'elle était enfant ! –, avait toujours comblé les vides de son existence par des engouements passionnés pour des disciplines éphémères – piano, tennis, acupuncture, histoire de l'art, assistance médicale, ping-pong – et une multitude d'activités situées dans l'orbite du pouvoir. Elles lui donnaient, à défaut de la couronne, la sensation d'en partager quelques miettes. Mais, depuis quelques semaines, tous ces efforts pour capter les feux des projecteurs lui paraissaient soudain vains, dérisoires : elle avait rencontré l'homme de sa vie!

Il s'appelait José Marques, avait la taille bien prise, les cheveux calamistrés et cette réputation de tombeur de femmes qui attire irrésistiblement toutes les autres.

Il était avocat. Son cabinet était prospère, il bougeait comme un félin et jouait divinement au tennis. Quand il évoluait sur un court dans sa tenue blanche immaculée, il était Dieu. À la façon dont toutes les femmes de Roccadura le lorgnaient, Hortense avait su que ce serait lui et personne d'autre.

Certes, il était marié. Et alors?

Ce détail n'était pas fait pour l'arrêter. Deux parties en double mixte sur les courts privés du palais avaient scellé leur complicité.

– Hortense...

Il l'attendait à la porte de l'entrepôt. Elle lui sauta au cou.

En principauté, tous deux étaient connus de chacun. Des passants leur jetèrent des regards curieux. José eut un sourire gêné. En réponse, Hortense lui prit le bras avec fougue.

– Je veux que tout le monde ici sache que je t'aime! Pourquoi nous cacher?

– C'est à toi que je pense, Hortense, dit-il avec embarras, à ta famille, à ta position, au prince...

Hortense se serra amoureusement contre lui.

– Le prince, je m'en tape!

Elle leva brusquement la tête.

– Qu'est-ce qu'ils fichent là-haut, ceux-là?

À trente mètres au-dessus du sol, des soldats allemands en uniforme s'agitaient sur le toit de l'Opéra. Les uns l'arpentaient, comme s'ils prenaient des mesures, d'autres, appuyés contre les statues baroques qui en constituaient l'ornement, griffonnaient des notes sur des carnets.

– Tu n'es pas au courant? dit José. C'est pour leur effort de guerre. Ils vont récupérer le cuivre du toit.

Elle le dévisagea sans y croire.

– Tu plaisantes?

– Ils ont reçu des ordres. Je l'ai appris ce matin.

– Mais c'est scandaleux! Ils n'ont pas le droit!

– Ils le prennent, dit José avec philosophie.

– C'est ce qu'on va voir!

– Ils sont les maîtres, Hortense. Tu ne peux rien faire.

– Ah non?

Avant qu'il ait pu réagir, elle se dégageait, lui tournait le dos et s'éloignait d'un pas rageur.

– Attends-moi au club! lui cria-t-elle. Je reviens!

Depuis quand allait-on laisser des hommes de troupe arracher des bouts de la principauté?

Elle arriva au palais, courut dans les couloirs et jaillit comme une bombe dans le petit salon privé où Son Altesse sérénissime aimait à prendre ses repas en contemplant la mer.

– C'est scandaleux! lança-t-elle.

Éliane et Edmond déjeunaient face à face.

Bouche bée, fourchette en l'air, ils se figèrent pendant qu'Hortense, en un instantané, notait la nappe lavande fleurie de roses-thé – les préférées d'Éliane –, les appétissants homards grillés et la bouteille de château-pétrus lovée dans son écrin d'osier comme un bébé fragile. Un instant pétrifié, Jérôme, maître d'hôtel attitré du prince, eut le réflexe de s'emparer d'une corbeille de pain et de disparaître sur la pointe des pieds.

Lorsqu'il mangeait, son maître ne supportait pas qu'on le dérange : ça allait barder! Sourcils froncés, Edmond III posa lentement sa serviette sur la table.

– Depuis quand te permets-tu d'entrer chez moi sans frapper?

– Savez-vous ce que les Allemands sont en train de faire?

– Je t'ai posé une question! éclata le prince en repoussant son assiette.

Éliane, qui buvait du petit-lait, baissa pudiquement les yeux. Flairant un peu tard qu'elle avait pris un grand risque, Hortense, pour détourner la colère de son grand-père, n'avait d'autre choix qu'une surenchère dans l'indignation.

– Vous n'allez pas permettre à ces barbares d'enlever le toit de notre Opéra!

Edmond se tourna vers Éliane.

– Qu'est-ce qu'elle raconte?

Hypocritement, Éliane esquissa une mimique d'incompréhension affligée.

– Ils vont fabriquer leurs canons en faisant fondre nos monuments! se révolta Hortense.

– De quoi te mêles-tu ? ragea Edmond. J'exige des excuses immédiates pour ton impolitesse !

– Bonjour, maugréa Hortense.

Éliane eut un geste affectueux pour calmer Edmond.

– Mon chéri, votre homard va être froid.

La remarque redoubla la hargne du prince.

– J'ai dit : des excuses !

– J'avais espéré que les urgences de l'État prendraient le pas sur votre confort personnel.

Abasourdi, Edmond se tourna vers Éliane.

– Non mais, vous l'entendez ? Elle ose donner des leçons alors qu'elle s'affiche en ville avec un bellâtre marié !

Hortense devint blanche comme un linge.

– Qui vous a dit ça ? bredouilla-t-elle.

– Tais-toi quand je parle ! Je veux que tu cesses immédiatement de voir ce gigolo !

– Je l'aime !

Le prince devint écarlate.

– Tu aimeras qui je te dirai quand je te le dirai !

– Je suis majeure ! grinça Hortense. Et je fais comme vous, j'aime qui je veux !

Éliane ouvrit de grands yeux douloureux.

– Hortense, c'est pour moi que vous dites ça ?

– Oh, vous, avec vos airs mielleux, ça suffit ! Tout ce qui vous intéresse, c'est l'héritage !

Autant que sa lourde corpulence le lui permettait, le prince se leva d'un bond.

– Demande pardon à Éliane !

– Pour avoir dit tout haut ce que tout le monde pense tout bas ?

Les larmes aux yeux, Éliane prit la main du prince.

– Pardonnez-lui, Edmond.

– Non ! s'étouffa le prince en se dégageant. Elle doit respecter mon autorité !

– Quelle autorité ? rugit Hortense.

Elle pointa avec hargne l'index en direction d'Éliane.

– Le nombril de cette femme vous intéresse davantage que le sort de votre pays ! Vous fermez les yeux sur tout ! Vous laissez un Robion dénoncer vos concitoyens aux Allemands par centaines, mais, méfiez-vous, la guerre ne durera pas toujours et vos sujets n'oublieront rien !

Cramoisi, cherchant son souffle, le prince s'affaissa sur sa chaise. Éliane se précipita.

– Edmond... Edmond!... Seigneur, il n'arrive plus à respirer!

Les yeux dans le vague, bouche ouverte, le prince, tête cassée sur la poitrine, suffoquait désespérément.

– Jérôme! hurla Éliane. Jérôme!

Hortense la repoussa brutalement.

– Écartez-vous de là, empotée! lui cracha-t-elle avec mépris. Vous l'empêchez de respirer!

Rapidement, elle dégrafa le col de son grand-père qui vacillait dans ses bras, lui administra de légères gifles rapides.

Affolé, Jérôme fit son entrée.

– Ouvrez donc les fenêtres, espèce d'idiot! lui ordonna Hortense. Vous ne voyez donc pas qu'on manque d'air, ici!

26

Le 3 septembre 1944, à deux heures de l'après-midi, l'inquiétant silence qui planait sur Roccadura depuis le départ des troupes d'occupation fut brisé par la pétarade d'une voiture qui klaxonnait furieusement. La ville étouffait de chaleur et de crainte. Trois jours plus tôt, les Allemands avaient subitement disparu. Désemparés, ne sachant plus quoi faire, les gens se terraient chez eux. Au cas où certains auraient eu la mauvaise idée de fêter leur départ avec un peu trop de précipitation, rien n'indiquait qu'ils n'allaient pas revenir d'une minute à l'autre et se livrer contre eux à de terribles représailles.

Alors, on attendait...

Néanmoins, au vacarme du moteur et du klaxon, ceux dont les maisons se situaient en bordure de la route risquèrent un œil à travers leurs persiennes closes : arrivant par la route de Menton, une Jeep de l'armée américaine gravissait la pente en lacet conduisant tout droit à la place du Casino!

À son bord, deux GI! Piège ou mirage?

Personne ne bougea.

À la sortie d'un virage, le conducteur de la Jeep aperçut sur sa droite ce qui était peut-être le seul bar ouvert de la principauté, le Tic-Tac.

Il freina à mort, sauta de la voiture, fonça vers le comptoir et passa sa commande.

– Whisky!

Le patron s'appelait Adrien Valenti, mais, dans le quartier, tout le monde le connaissait sous le nom de « Dridri », « Dridri Pernod ».

– *No whisky*, dit-il avec une expression de regret. Pernod ?

– OK. Pernod.

Il leur en servit un double.

– Sec ! dit-il en s'en versant un autre pour lui-même.

– OK, dit le premier. Je suis Lee.

– Erwin, compléta le second.

– Dridri, dit Adrien en leur tendant la main.

Les mondanités étaient achevées. Avec un ensemble parfait, ils levèrent leur verre et l'avalèrent cul sec.

– Où sont les boches ? s'enquit Lee.

– Partis, dit Dridri.

– Où est-ce qu'on est, ici ?

– Comment ça s'appelle ? dit Erwin. Le nom du pays ?

– Roccadura ! Mais vous arrivez d'où ?

– Wisconsin, dit l'un.

– Minnesota, s'esclaffa l'autre

– Après un détour en Sicile, conclut Lee. Tu peux nous amener chez les patrons de ton patelin ?

– Au palais ? s'enthousiasma Dridri.

Il décrocha fébrilement le téléphone, composa un numéro.

– Merde ! s'exclama-t-il. Mais qu'est-ce que je fais, moi ? Il n'y a plus de ligne depuis deux ans !

Il souleva une trappe derrière le comptoir, y disparut, en remonta presque aussitôt avec un vélo autour du cou.

– Allons-y en voiture, dit Lee avec un regard en biais vers Erwin, ça ira plus vite.

Dix minutes plus tard, précédé par la Jeep où Dridri, debout, s'offrait triomphalement aux regards de ses concitoyens, qui, entre-temps, s'étaient massés dans les rues pour applaudir l'entrée des premiers chars, un groupe d'officiers américains faisait son entrée dans la cour d'honneur du palais.

Un homme marcha à leur rencontre, main tendue.

– Je suis Louis Robion, ministre d'État. Au nom de Son Altesse sérénissime le prince régnant Edmond III, je vous souhaite la bienvenue dans la principauté de Roccadura, libre, indépendante et neutre.

– Fumier ! murmura Dridri Pernod avec indignation.

Quelques jours plus tard, ayant appris que le commandement allemand avait utilisé Roccadura comme base de détente pour ses soldats, le général Robert Tyron Frederick, qui avait dirigé les opérations de débarquement, voulut en faire bénéficier ses propres soldats.

À sa surprise, il se heurta à un refus poli du palais princier : les hôtels, ravagés par l'occupant, nécessitaient des travaux urgents, les anciens clients allaient revenir et la principauté, « ruinée par la guerre », avait un impérieux besoin d'argent frais.

Vexé, le général Frederick choisit le cap d'Antibes pour y établir son PC et donna l'ordre à ses hommes de ne plus jamais remettre les pieds sur le Rocher.

Arrivé la veille de Paris, Gildas fut confronté à la nouvelle.

– Grand-père, comment pouvez-vous refuser aux Américains qui libèrent l'Europe ce que vous avez accordé aux Allemands qui l'ont mise à feu et à sang ?

– Il est grand temps que tout rentre dans l'ordre.

– Mais la guerre n'est même pas finie ! Et il y a l'opinion !

– L'opinion ?

– La rue ! Savez-vous ce qu'on dit de vous dans la rue ?

– Ce n'est pas la rue qui gouverne, c'est moi !

Gildas le regarda avec découragement : le prince Edmond n'avait rien compris à ce qui se déroulait autour de lui. Le temps allait trop vite. Blotti entre les seins d'Éliane, il ne percevait de la rumeur du monde qu'un écho assourdi. C'était un vieil homme maintenant, un homme du passé : les règles avaient changé.

Il se trompait de jeu. Il se trompait d'époque.

– Accordez-moi au moins une faveur, insista Gildas. Renvoyez Robion !

– Je crois t'avoir déjà dit de ne pas t'occuper de Robion !

Trois mois plus tôt, la princesse Christine, sa mère, avait renoncé à ses droits de succession et Gildas, qui venait de fêter son vingt et unième anniversaire, avait été officiellement déclaré par Edmond III « prince héritier de la couronne ».

Mais de là à exercer la moindre autorité...

Comme jadis les rois de France, son grand-père, persuadé que son pouvoir était d'essence divine, ne voyait pas très bien, en dehors de Dieu, qui aurait pu lui interdire de l'exercer à vie, ou lui en voler une parcelle.

– Politiquement, Robion est très dangereux pour la principauté, grand-père. Aux yeux des Alliés, vous couvrez un fasciste dans votre gouvernement !

– Tant que je régnerai, personne ne touchera à Robion !

– Grand-père, dans votre propre intérêt, tenta de plaider

Gildas. Des pétitions circulent, il vous fait trop de tort, il doit partir!

Son Altesse sérénissime toisa son petit-fils avec morgue.

– Comme il vous plaira, dit Gildas avec accablement. En ce qui me concerne, je vous demande l'autorisation de m'engager dans les armées de libération à titre de volontaire étranger.

– Pour quoi faire? bougonna Edmond.

– La guerre!

– Personne n'a besoin de toi.

– C'est moi qui ai besoin des autres. Je me sens solidaire de leur combat. Respectueusement, je vous prie donc de m'accorder la permission de m'engager.

Edmond scruta son petit-fils sans bienveillance.

– Accordé, dit-il.

LIVRE IV

Ailleurs

27

– Aujourd'hui, 3 septembre 1944, jour historique...

Une voix railleuse interrompit l'orateur au beau milieu de sa phrase.

– ... où le fils a égalé le père!

Des rires fusèrent. Juché sur une petite estrade dressée devant le perron de la maison, Sean Duggan éleva les bras pour faire revenir le calme. Puis il plaça sa main en conque autour de son oreille et se pencha en faisant mine d'avoir mal entendu.

– Qui égale qui ? demanda-t-il à l'assistance.

De nouveau, des rugissements de rire.

Sean savait bien qu'il était inégalable. En tout cas, pas encore égalé par aucun des membres de sa propre descendance, aussi brillants fussent-ils. À trente et un ans, aux jeux Olympiques de 1920, il avait raflé, dans la compétition d'aviron, deux médailles d'or, en simple et en double. Ce sont des choses qui ne s'oublient pas. Et au cas où, par extraordinaire, quiconque ne l'aurait pas eu en mémoire, les dizaines de coupes trônant dans le salon, derrière des vitrines occupant deux pans entiers de mur, étaient là pour le lui rappeler. Nul, dans la maison, ne pouvait passer devant sans les voir. Les dîners familiaux avaient lieu, pour ainsi dire, dans leur ombre, et les sept enfants de la famille, élevés en vertu de cet idéal de victoires sur plan d'eau, auraient pu sans rougir, en bons Duggan, prendre pour devise le mot « ramer ».

Plus simplement, ils avaient choisi le verbe « vaincre ».

Apparemment, la troisième génération, issue d'une longue lignée d'Irlandais cabochards et fantasques, ne dérogeait pas à la règle : ils ramaient toujours. Et gagnaient. Kevin, l'un des quatre héritiers mâles du clan, venait de remporter la plus prestigieuse des épreuves britanniques, la régate de Henley.

Vingt-cinq ans plus tôt, pour sa plus grande humiliation, on n'avait même pas permis à son père, le grand Sean, de la disputer. En ce temps-là, à la grande époque des empires coloniaux, les Irlandais étaient tout juste considérés par les sujets de Sa Royale Majesté comme une variété singulière de métèques blancs dont l'absence de fortune, pour l'immense majorité d'entre eux, les rendait totalement transparents.

À la tare d'être irlandais et pauvre, Sean, à l'inverse de ses rivaux en compétition issus des grandes universités, ajoutait celle de n'avoir fait aucune étude.

Il n'était qu'un manuel, un maçon.

Son double titre olympique lui avait fourni l'occasion d'une éclatante revanche : il avait eu l'insolence superbe d'envoyer sa casquette de vainqueur au roi d'Angleterre, avec ses compliments! Aujourd'hui, citoyen américain grand teint comme toute la famille, le fils, en remportant la seule épreuve que le père, dans sa jeunesse, n'avait pu accrocher à son palmarès, parachevait le magnifique triomphe des Duggan. En quelque sorte, la réparation d'un oubli. Mieux, d'une injustice.

Sean balaya des yeux les visages des amis qu'il avait conviés pour fêter avec lui cette ultime victoire. Son regard s'arrêta une seconde sur Peter, Patrick et Terence, les trois frères de Kevin. Décidément, chez les Duggan, c'était comme une marque de fabrique : tous étaient beaux, bien découplés, ardents, athlétiques. Sean les avait élevés d'une main de fer dans la rude discipline de l'effort physique. Même ses trois filles, Wendy, Terry et Rose, bien que de sexe féminin, n'étaient pas tout à fait inintéressantes. Wendy, l'aînée, était une honnête rameuse qui savait, quand elle ne ramait pas elle-même, se rendre utile à ses frères dans les différentes phases de leur préparation. Terry, la plus jeune, débordante d'énergie aux entraînements, était experte en matériel et entretien des multiples trophées remportés par la famille. Quant à Rose, Sean Duggan, avec une légère pointe d'amertume, avait bien dû finir par se résigner à admettre qu'elle était différente : la pratique musculaire n'était pas son fort. Simplement, elle faisait ce qu'elle pouvait. Timide, rêveuse, l'œil bleu sous ses lunettes d'écaille, ses robes sages masquant ses grâces enrobées de sédentaire, elle n'avait aucune agressivité, ne contrariait personne et était toujours prête à s'incliner devant l'autorité paternelle.

Certes, ses sœurs la bousculaient un peu. Elles la trouvaient molle et passive. Un jour, malgré ses sept ans, Terry avait enfermé Rose, qui en avait dix, dans un placard. N'osant pas signaler sa présence, Rose, qui étouffait ses pleurs pour ne déranger personne, y avait passé près de douze heures pendant que sa mère, Jenny, dont elle n'entendait pas les appels, la cherchait partout. L'aventure s'était soldée par une torgnole et cette phrase définitive : « La prochaine fois, tu répondras quand je t'appelle ! » Certes, Rose n'en voulait pas à Terry bien qu'elle eût aimé la prendre davantage dans ses bras lorsqu'elles étaient petites. Mais Jenny, qui n'avait d'yeux que pour sa benjamine, ne supportait pas que Rose s'en approche.

Avec Wendy, les rapports étaient plus simples : Wendy commandait, Rose obéissait. Régnant en despote sur cet univers du biceps, Sean, parvenu à l'âge mûr, savourait d'avoir su, au cours de sa vie, transformer ses rêves en réalité. Aujourd'hui, il avait fait fortune, créé une superbe famille. Par son autorité et son courage, il s'était imposé au respect de tous. Ne lui restait plus qu'à marier ses quatre garçons et ses trois filles, et à peaufiner la magnifique *success story* qu'il ne manquerait pas de raconter à ses petits-enfants – tous rameurs, cela allait de soi : la saga du clan Duggan. Tout était prêt pour les recevoir.

À Greenwood, ce n'était pas la place qui manquait.

La maison familiale et ses dépendances s'étendaient sur un terrain couvrant plusieurs hectares où alternaient prairies, collines, herbages, lacs et forêts. Bien des années plus tôt, Sean avait choisi cet endroit, à quelques miles de Providence, pour la splendeur de ses automnes. En septembre, toute la Nouvelle-Angleterre s'embrasait de teintes extravagantes. Les érables allumaient la forêt d'une débauche de pourpres aussi écarlates que le ciel à l'instant où se couchait le soleil.

– ... En conséquence, poursuivit Sean, ce que je n'ai pu réaliser, Kevin, mon fils, l'a fait pour moi, un quart de siècle plus tard ! C'est donc en son honneur que je lève mon verre...

Tous ceux qui assistaient à la cérémonie en firent autant.

Pendant que les bravos se prolongeaient, Sean, comblé, descendit fièrement de son estrade, le bras familièrement passé autour du cou de Kevin.

– Père, puis-je vous dire un mot ?

Plantée devant lui, Rose lui barrait le passage. Pour qu'il la voie. Aux yeux de Sean, elle n'était pas plus vilaine qu'une autre, mais elle avait contre elle une voix nasillarde qui lui avait toujours valu les quolibets de la famille. Son nez, aussi, qui coulait parfois. Et ses oreilles, dont elle disait qu'elles étaient souvent douloureuses. Sans parler de sa sensibilité qui lui jouait des tours et la faisait pleurnicher pour un oui ou pour un non.

Sean, brusquement, eut honte des pensées que lui inspirait la seule vue de sa fille. À sa stupeur, en ce moment qui n'aurait dû être que d'allégresse, il les avait formulées spontanément et, pour ainsi dire, *malgré lui*. Bien entendu, il ignorait que derrière ces reproches avoués se cachait le seul grief inconscient qu'il eût à lui faire : ne pas être née garçon.

Lorsqu'elle avait vu le jour, Sean, sans consulter personne, avait décidé de la baptiser du nom de sa propre sœur aînée, morte à vingt ans d'une méningite au moment où s'ouvrait devant elle une brillante carrière d'actrice : Rose.

Il lui posa affectueusement la main sur l'épaule.

– Je t'écoute, Rose.

– Père, je crois que je vais quitter la maison.

– Pardon ?

– Avec votre permission, je voudrais aller à New York.

– New York ? dit Sean en souriant avec une condescendance amusée. Tu n'as même pas dix-sept ans. Seigneur, mais pour quoi faire ?

Rose le regarda droit dans les yeux.

– Du théâtre.

28

C'était ce que les New-Yorkais appellent une *town house*, une grande bâtisse sans grâce de briques rouges située au milieu de la 74e Rue, entre la Cinquième Avenue et Lexington. Deux acacias chétifs en ornaient la porte d'entrée bleu marine au heurtoir de cuivre briqué comme un soleil.

Au-dessus du heurtoir, une discrète plaque de métal doré portant la mention « Hotel Barbizon ». Pour atteindre la porte, il fallait gravir un escalier de six marches. Mais, pour se la faire ouvrir, c'était une tout autre histoire. L'Hotel Barbizon n'était pas destiné à la première venue.

Il fallait montrer patte blanche. Les postulantes devaient être présentées par leurs parents munis d'un chéquier ainsi que de multiples garanties attestant leurs bonne vie et mœurs.

La pratique d'une religion, protestante ou catholique – à la limite –, était un atout supplémentaire. Mais, par-dessus tout, il convenait de se soumettre aveuglément aux règlements intérieurs de l'établissement.

– Certes, ils sont stricts, lâcha Miss Biddle dans un sourire nimbé d'une assurance supérieure, mais, avant même le confort et la sécurité que nous dispensons à nos pensionnaires, notre premier devoir est de veiller sur leur tenue morale.

Jenny approuva.

Sean avait trouvé cette expédition si ridicule qu'il avait préféré s'abstenir d'y participer.

« Accompagne ta fille, avait-il dit à Jenny en haussant les épaules, ça vous fera toujours une balade à Manhattan. Avant huit jours, elle sera de retour. »

En guise d'adieu, il avait effleuré du bout des lèvres le front de son épouse et, avant de lui tourner le dos, tapoté distraitement le bras de Rose qui, comme d'habitude, le buvait des yeux. La mère et la fille étaient alors montées à l'arrière de la Cadillac. Jimmy, le chauffeur de la famille, avait refermé les portières sur elles : en route pour New York!

Rose devait faire un effort pour contenir son excitation : elle avait peine à y croire. Mais pourtant, cette fois, après en avoir tant rêvé, elle y était!

– Bien entendu, continua Miss Biddle dans une espèce de roucoulement satisfait, aucune visite masculine n'est autorisée chez nous, sous aucun prétexte : pas d'hommes!

– Excellent, approuva Jenny Duggan. Excellent.

Miss Biddle se tourna vers Rose.

– En revanche, notre grand salon est à votre disposition à toute heure du jour. Nous y servons du thé et des cakes, et vous pouvez y recevoir des invitées... si toutefois elles nous paraissent convenables.

Elle entrouvrit la porte de quelques chambres, toutes d'une propreté rigoureuse.

– Voici la vôtre, mademoiselle Duggan. Vous la partagerez avec Cathy Bramble. Elle a à peu près votre âge. Pour l'instant, elle a dû retourner dans sa famille, en Caroline du Nord. Elle est chez nous depuis deux mois. J'ai cru comprendre qu'elle étudiait la littérature contemporaine. Vous allez la voir d'un jour à l'autre.

Elle ouvrit le placard destiné aux affaires personnelles de Rose, lui désigna son lit, une petite table de travail, une chaise en osier, un rayonnage pour des livres.

– Au cas, ajouta-t-elle en souriant, où vous n'auriez aucune affinité avec Miss Bramble, je ne verrai aucun inconvénient à vous changer de chambre...

Rose entendait les notes légères d'un piano s'échapper de ce qui devait être un sous-sol pendant que son regard, tourné vers une haute fenêtre, errait voluptueusement sur le ciel d'un bleu dur où s'effilochaient de rapides nuages. Être à New York, aller sur ses dix-sept ans, savoir qu'on a la vie devant soi et que, tôt ou tard, on sera consacrée comme la plus grande actrice du monde, quelle merveille! La tête lui en tournait de bonheur.

– Eh bien, voilà, dit Jenny. Il va falloir que je te laisse.

Rose, qui se cramponnait à son bras, lui jeta un long regard de gratitude.

– Les nuits tombent vite, poursuivit sa mère, et Jimmy voudrait être à Greenwood avant le coucher du soleil.

Jenny Duggan n'était pas spécialement une tendre. Ni du genre à s'amollir dans des adieux. Malgré les lauriers olympiques de son mari, elle aurait pu lui rendre des points dans ce qui, jadis, les avait attirés l'un vers l'autre, sport, goût du dépassement, rage de vaincre. Côté cabocharde, Jenny n'était pas mal non plus : Sean avait dû patienter dix ans avant qu'elle consente à devenir sa femme ! D'origine allemande, aussi célèbre que lui, elle avait été la première femme américaine à enseigner la gym dans une université. Autre titre de gloire, avant les années vingt, elle avait fait la couverture de tous les grands magazines qui la proposaient à la jeunesse américaine comme modèle parfait de santé, de beauté, d'équilibre. Volonté de fer, discipline... Elle avait fait élever ses enfants à la dure par une nurse germanique : elle voulait qu'ils lui ressemblent. Ce qui, de leur part, lui avait valu son surnom : « la Prussienne ».

– Bonne chance, Rose, dit-elle.

Elle la prit par les épaules pour une brève accolade.

– Ne vous inquiétez pas, madame Duggan, se rengorgea Miss Biddle. Elle ne peut être entre meilleures mains. Nous allons la chouchouter !

Elle ouvrit la porte et s'effaça pour laisser passer Jenny, qui lui jeta un regard de glace. Rose fit un pas pour la suivre. Sa mère l'arrêta d'un geste.

– Ne te dérange pas, Rose. À bientôt.

La porte se referma. Les notes du piano s'égrenaient toujours dans l'espace. Presque timidement, Rose s'approcha de son lit, passa le dos de la main sur les draps, s'allongea une seconde, ferma les yeux, se redressa, alla jusqu'à la fenêtre qui donnait sur la rue. Trois étages plus bas, elle vit sa mère grimper dans la Cadillac et Miss Biddle, debout sur le perron, attendre que la limousine ait disparu pour rentrer dans le hall de l'hôtel.

Rose revint au centre de la pièce et poussa un immense soupir : pour la première fois de sa vie, elle était seule ! Elle ouvrit sa valise, en vida le contenu sur le lit. À tout seigneur, tout honneur : elle déplia en premier une paire de bas où se dissimulait, dans un petit cadre, la photo d'un jeune homme brun au regard rêveur, Herb Milland. Elle le serra sur son cœur, ferma les yeux. Ils se connaissaient depuis deux ans. Elle l'avait rencontré à l'anniversaire de Wendy, sa sœur aînée. Il avait trois ans de plus qu'elle, étudiait l'architecture et jouait du piano.

Elle chercha du regard un coin pour ranger la photo. Non...

Aucun n'était digne de lui. Elle enfouit de nouveau le visage rêveur dans sa paire de bas, alla déposer ses objets de toilette dans la minuscule salle de bains, effleura du doigt quelques flacons appartenant à Cathy Bramble, retourna dans la chambre, suspendit trois robes dans l'armoire et répartit ses lainages en piles sur les étagères. Ensuite, elle laissa sa valise vide contre le mur, fourra différentes choses abandonnées sur le lit dans son petit sac et sortit de la chambre.

Dans le couloir, elle se trouva nez à nez avec une grosse femme au visage amène poussant un petit chariot chargé de chiffons, de brosses et de produits d'entretien.

– Je peux faire votre chambre, Miss ?

– Certainement. Est-ce qu'il y a une clé pour la fermer ?

– Non, dit-elle en souriant. En dehors des portes extérieures, au Barbizon tout est ouvert.

Rose lui rendit son sourire et descendit l'escalier.

Au bas du palier, il y avait un miroir. Rose y vit une jeune fille blonde en gants blancs, les cheveux sévèrement tirés vers l'arrière, des lunettes de myope sur le nez, vêtue d'une stricte jupe plissée bleu marine, veste assortie et chemisier blanc.

– Vous ressortez ? s'inquiéta Miss Biddle en jaillissant soudain d'une forêt de plantes vertes.

– Oui, Miss. Des amis de mes parents m'attendent pour dîner.

Miss Biddle fronça les sourcils.

– Notre institution ferme ses portes à dix heures.

– Je serai de retour bien avant, dit Rose.

L'œil critique de l'intendante s'attarda longuement sur elle, de la tête aux pieds : rien à dire, elle était lisse, fraîche, pure, parfaitement *convenable*.

– Je vous souhaite une bonne soirée, mon enfant.

– Merci, Miss Biddle. Moi aussi, je vous souhaite une très bonne soirée.

– Soyez prudente : New York est une véritable jungle !

Rose remercia d'un battement de cils. Se tenant très droite, elle sortit du Barbizon, tourna à gauche dans la 74ᵉ Rue et marcha d'un pas de flâneur jusqu'à ce qu'elle tombe sur un bar.

Elle y entra. Il lui fallut deux ou trois secondes pour que ses yeux s'habituent à l'obscurité ambiante. Puis elle distingua le comptoir et un barman, discutant avec l'unique client dont elle ne voyait que le dos. Rose repéra les toilettes. Sans mot dire, elle traversa la salle et allait s'y engouffrer lorsque le barman lui jeta un regard distrait.

– Bonjour, Miss.

Rose lui répondit d'un hochement de tête et disparut.

Le barman retourna à sa conversation avec son client. Il y était question de chevaux, de paris sur des matches de boxe et de l'incidence du malt pur dans les caprices du foie.

Quelques minutes plus tard, la porte des toilettes se rouvrit. Machinalement, le barman tourna la tête, écarquilla les yeux et se figea : juchée sur de hauts talons, moulée dans une robe noire mettant en valeur la jeunesse d'un corps parfait, une créature étourdissante aux longs cheveux couleur de miel venait d'apparaître. Or, il en était sûr, une seule personne était entrée dans le bar depuis une heure, une espèce de morveuse inachevée à lunettes et talons plats. Étant donné qu'il ne pouvait pas s'agir de la même, d'où sortait donc celle-là ?

Et où était l'autre ?

Il n'en était qu'à son neuvième whisky, il n'était donc victime d'aucun mirage. Habituellement, les visions ne débutaient qu'au-delà du vingtième verre. Et encore, comparées à celle-ci, les plus extraordinaires d'entre elles lui auraient paru fades. L'apparition ondula dans sa direction, s'installa en souplesse sur un tabouret et s'accouda au bar.

– Excusez-moi, Miss, bredouilla-t-il. C'est bien vous qui êtes entrée dans les toilettes il y a quelques minutes ?

Elle posa sur lui de grands yeux candides d'un bleu superbe.

– Oui. Pourquoi ?

Elle était très jeune, très maquillée et incroyablement belle.

Perplexe, il continuait à la dévisager comme si elle débarquait d'une planète inconnue.

– Quelque chose qui ne va pas ?

– Non, Miss, rien, rien...

– Alors, donnez-moi un gin-fizz, dit Rose. Bien tassé !

29

La minuscule estrade semblait suspendue au faisceau de lumière du projecteur. Sur la scène, il y avait un garçon. Il était assis sur une chaise. Il ne regardait rien en particulier, mais son visage fin semblait en proie au désarroi.

Dans la salle bondée, un profond silence.

Au quatrième rang, Rose sentait des larmes lui monter aux yeux. Elle était bouleversée par la beauté du jeune homme, par l'air de détresse qui se dégageait de lui. Pourtant, il ne faisait rien, ne bougeait pas, ne parlait pas. Et plus son silence et son immobilité se prolongeaient, plus l'émotion envahissait la salle.

Maintenant, le visage de Rose ruisselait de larmes, ses mains, nouées sur ses genoux, étreignaient un mouchoir de dentelle qui était à tordre.

– Suffit ! dit Blechine.

Un long frisson de détente libéra les élèves. Blechine sauta en scène, posa sa main sur l'épaule du jeune acteur qui venait d'interpréter son rôle avec tant de réalisme que lui-même, pris au piège de son propre jeu, restait figé sur son siège, incapable de franchir le miroir qui le séparait de la réalité.

– Bien, Donald, bien...

Blechine aimait faire travailler ses étudiants sur des thèmes muets qui exigeaient d'eux, sans le support d'un texte, une grande violence intérieure. Il avait dit à Donald : « Tu dois aller déjeuner avec ton père. Tu l'attends. La porte s'ouvre. On t'annonce qu'il est mort. »

Voilà. Il fallait que les disciples du prestigieux Alexis Blechine se débrouillent avec ça. Il se tourna vers la salle, mit les mains en visière pour se protéger du projecteur.

– Bob, éclaire-moi ces cancres.

Le projecteur pivota sur les élèves du cours tassés dans la salle, jouant avec les visages qu'il faisait naître ou disparaître au gré de la fantaisie de Bob qui en dirigeait le faisceau.

– Bob, dit Blechine, reviens en arrière.

– Ici ? demanda Bob en immobilisant la lumière sur un garçon roux à l'œil rieur.

– Non, juste avant, la blonde, à côté...

Deux yeux bleus immenses apparurent.

– Celle-là ? s'enquit Bob.

– Oui, exactement, celle-là. Comment tu t'appelles ?

– Rose.

– Rose quoi ?

– Duggan. Rose Duggan.

– Pourquoi tu pleures ?

– Je ne sais pas, dit Rose en se cachant le visage.

La salle éclata de rire.

– Vous l'entendez ? dit Blechine. Rose Duggan pleure, mais elle ne sait pas pourquoi elle pleure. Tu veux être actrice ?

– J'aimerais, renifla Rose.

– Eh bien, avant de laisser libre cours à tes émotions, tu devrais apprendre à analyser pourquoi tu les éprouves. Approche.

Ainsi prise à partie, livrée au regard de tous, Rose, écrasée de timidité, sentit son cœur défaillir : jamais elle ne pourrait monter sur scène.

– Alors ? s'impatienta Blechine.

Ce qui se passa ensuite, Rose n'était pas près de l'oublier.

Elle aurait eu du mal à l'expliquer avec des mots mais, brusquement, elle sentit son corps habité par la volonté de quelqu'un d'autre. Non, pas exactement la volonté, ce n'était pas le terme exact. Celui qui se rapprochait le plus de ce qui irradiait en elle, c'était « énergie ». L'énergie de quelqu'un qu'elle ne connaissait pas, mais qui n'avait peur de personne, brûlait de s'imposer aux autres et se sentait capable d'affronter n'importe qui. Elle se leva. Un murmure flatteur courut dans le théâtre.

Sa mère l'eût-elle reconnue à cet instant-là ? Où était donc l'adolescente de la veille, cheveux tirés, démarche en canard et regard caché par des verres épais de myope ? Prise dans le faisceau du projecteur qui ne la quittait plus, approche ondulante et féline, elle s'avança. Dieu sait pourtant qu'au cours de Blechine cette scène-là était ordinaire. Pourtant, dans la salle, chacun sentit avec acuité que quelque chose se passait : entre ce projecteur et cette blonde, c'était comme une histoire de rencontre, de coup de foudre, une histoire d'amour : de toute éternité, ils étaient faits l'un pour l'autre, destinés l'un à l'autre.

La jeune fille pour la lumière du projecteur, le projecteur pour illuminer et mettre en valeur ce visage, afin de l'offrir à tous ceux qui le croiseraient. Métamorphosée, Rose escalada les trois marches. Toute crainte abolie, transcendée par cette force étrangère qui avait pris possession de son être, elle se retrouva en scène.

– Bonjour, dit Blechine.

– Bonjour, dit Rose.

– Fais-toi voir.

Il la prit par la main et la fit pivoter de façon à ce qu'on pût l'admirer sous tous les angles. Blechine savait que ses élèves adoraient ça. Il n'enseignait pas l'art dramatique pour rien. Aussi cabot que les futures vedettes dont il mettait à jour le talent, il était friand de ces improvisations au cours desquelles, lui, le maître, se payait à peu de frais la tête de ses victimes, ravies d'avoir été distinguées pour lui servir de faire-valoir. À New York, son cours était le plus couru. Pour une place qu'il pouvait accorder, il y avait cent demandes rejetées sans appel par son secrétariat. Autant dire qu'il faisait la loi.

Pourtant, ce jour-là, il trichait. Il savait très bien qui était Rose.

D'abord, parce que les Duggan étaient riches et célèbres.

Ensuite, parce que le grand Ralph Duggan lui-même, l'un des plus célèbres dramaturges contemporains des États-Unis, avait pris la peine de l'appeler en personne, lui, Alexis Blechine, pour qu'il accepte de prendre sa nièce à son cours!

– Je sais que les gens se battent pour assister à vos leçons, mais si vous acceptez de lui laisser faire un essai et, bien entendu, si vous la trouvez digne de votre enseignement, je considérerai que vous me faites une grande faveur.

Une faveur ? Pour jouer l'un de ses textes, Blechine se serait damné. Mais qui se soucie de la frustration de l'acteur génial qui se cache derrière chaque professeur d'art dramatique ?

Avoir Rose dans son cours lui permettrait de rester en contact avec Ralph Duggan. En outre, la recommandation était inutile : cette fille était un animal de race, un pur-sang, ça crevait les yeux. Quoi qu'elle fasse, où qu'elle aille, elle était destinée à attirer l'attention, à fasciner.

Blechine gardait toujours sa main dans la sienne.

Il s'adressa à la salle.

– Alors, vous autres, qu'en pensez-vous ? On la garde ?

Il se tourna vers Rose. Il s'aperçut alors qu'elle ne l'écoutait pas plus qu'elle ne l'entendait. Transformée soudain en statue de sel, un sourire figé sur le visage, inconsciente de la multitude de regards rivés sur elle, elle buvait des yeux l'apprenti comédien toujours assis sur sa chaise.

Blechine, exclu de ce jeu-là, dut faire un effort pour se souvenir que la scène se jouait à trois.

– Il te plaît ? demanda-t-il à Rose.

Sans cesser de contempler Donald, elle sembla chercher le mot le plus juste pour exprimer ce qu'il lui inspirait.

– Je le trouve... sensationnel ! dit-elle.

Avec une grimace comique, Blechine prit la salle à témoin.

– Ça, au moins, c'est une rapide !

30

À l'Hotel Barbizon, tous les jours de la semaine, à sept heures du matin, trois surveillantes incorruptibles passaient dans les chambres pour inspecter les lits. Inspecter quoi ? Les draps. Fouiner, renifler, chercher des traces, c'était absurde. En fait, il s'agissait de vérifier qu'aucun élément de sexe masculin n'avait passé la nuit dans le lit d'une des jeunes pensionnaires. Le scandale originel qui avait provoqué cette humiliante routine était oublié de tous depuis longtemps.

Néanmoins, la fouille des chambres continuait, comme si un séducteur avait pu encore se cacher dans les draps ou sous le lit d'une adolescente. Vingt ans plus tôt, c'est pourtant ce qui était arrivé. Au petit matin, une surveillante avait donné l'alerte : elle avait découvert un homme dans la chambre d'une résidente !

Qui plus est, un homme nu !

L'extraordinaire, c'est que nul n'avait jamais pu retrouver ses vêtements ni savoir par quelle entrée il avait pénétré dans l'établissement. La résidente avait été virée sur-le-champ et rendue à sa famille. Son amant, cuisiné pendant des jours par la police, était resté muet comme une tombe. Depuis, l'inspection continuait. Devenue avec le temps rituel obsessionnel, elle était si bien entrée dans les mœurs de l'institution que personne ne songeait à en dénoncer la passivité stupide.

À six heures du matin, une heure avant l'instant fatidique de l'inspection, Rose tourna doucement la poignée de sa porte pour rentrer chez elle. Malgré l'obscurité, elle sentit une présence. Avant qu'elle ait pu trouver le commutateur, la lumière inondait la chambre : dans le deuxième lit, une très jeune fille était assise en chemise de nuit blanche.

– Salut, dit-elle en mettant la main devant ses yeux pour les protéger. Je suppose que tu es Rose Duggan ?

– Oui. Et toi, tu es Cathy Bramble.

– Tu l'as dit, confirma Cathy en étouffant un bâillement.

Rose s'approcha d'elle et la considéra avec curiosité.

Cathy était brune, très jolie. Sa peau avait la consistance de la nacre. Une longue torsade de cheveux noirs s'enroulait autour de son corps, de sorte qu'on avait l'impression qu'elle dormait dans un vêtement noir recouvrant le blanc de sa chemise. Ses yeux étaient bleus, d'un bleu profond virant presque sur le violet. Ils étaient maintenant fixés sur Rose et la dévisageaient avec attention.

– Quelle heure est-il ? dit-elle en tendant le bras vers la table de nuit où trônait un réveil de voyage.

– Six heures, dit Rose.

– Merde ! Tu arrives d'où ?

– Du dernier étage.

– Le grand salon ? Qu'est-ce que tu fichais là ?

L'espace d'un éclair, Rose se demanda si elle devait le lui dire. Mais le temps pressait et Rose, de toute éternité, savait sans l'avoir jamais appris qu'à certains instants clés de l'existence la vie ou la mort ne tiennent qu'à la rapidité d'une décision.

– Je suis avec un garçon, avoua-t-elle d'une voix calme.

Cathy écarquilla les yeux.

– Ici ? Mais comment l'as-tu fait entrer ?

– Par la porte, à minuit. Et maintenant, la porte est fermée. Je n'arrive plus à le faire sortir.

Cathy s'esclaffa.

– Tu es de quel signe ? demanda-t-elle.

– Scorpion.

– Moi, Verseau.

Elle sauta hors du lit. Rose, qui se trouvait dodue, fut éblouie par la perfection gracile de sa silhouette.

– Je suis ravie de te connaître.

– Moi aussi.

Les yeux dans les yeux, elles se serrèrent longuement la main : ce n'était pas encore « à la vie, à la mort », mais ça y ressemblait déjà beaucoup.

– Où tu l'as laissé, ton type ?

– Dans le salon, planqué derrière le comptoir, à côté du percolateur à café.

– Il est beau ?

– Mmmm!... modula Rose en fermant les yeux.

– Pourquoi ne pas l'avoir amené dans la chambre ? reprocha Cathy. Je t'aurais laissé la place !

– C'est gentil...

– Qu'est-ce qu'on va faire ?

Ce « on » réchauffa le cœur de Rose. Il ne résolvait pas son problème mais lui prouvait que Cathy s'y impliquait.

– Je ne sais pas, dit-elle. Tout est fermé.

– Il est six heures, les portes ouvrent à sept.

– Et alors ? se désola Rose. Si on le voit sortir de l'hôtel, c'est qu'il était déjà à l'intérieur. Qui l'a fait entrer ? Moi ! Dans cinq minutes, les mouchardes vont commencer à passer la baraque au peigne fin. Où veux-tu le cacher en attendant ?

– Nulle part. Il n'y a aucun endroit dans ce foutu hôtel où on puisse cacher un homme, même pas un nain !

– Alors ?

– Il faut le faire sortir tout de suite !

Rose n'avait pas l'air de très bien comprendre. Cathy la prit par les épaules. Lentement, elle lui expliqua ce qu'elles devaient faire. Rose écoutait. Quelques minutes plus tard, toutes deux s'habillaient comme si elles partaient pour leurs cours.

Après quoi, Rose remonta l'escalier à pas de loup jusqu'au dixième étage. Donald était toujours accroupi sous le percolateur. Il n'en menait pas large.

– Tu te rends compte de la merde où tu m'as fourré ? J'ai un appartement superbe et tu m'as forcé à venir ici ! Pourquoi ?

Rose posa ses doigts sur sa bouche.

– Parce que c'est interdit.

À voix basse, elle lui confia ce qu'elle attendait de lui.

Dix minutes plus tard, Rose et Cathy, fraîches et souriantes, saluaient Miss Biddle, déjà en faction devant le bureau de réception.

– Bonjour, dit-elle. Je vois que vous avez fait connaissance.

Rose lui adressa son sourire ravageur d'ange pur.

– Je crois que nous allons très bien nous entendre.

– J'en suis enchantée, se rengorgea Miss Biddle.

– Moi aussi, dit Cathy.

Elle était déjà devant la porte. Machinalement, Miss Biddle

actionna la commande électrique qui la libérait. Cathy en ouvrait le vantail lorsqu'une masse déboula de l'escalier avec la violence d'un obus, la renversa d'une manchette, franchit d'un seul bond les trois marches qui le séparaient de l'extérieur et partit au galop dans la rue.

– Mon sac! hurla Cathy. Il m'a volé mon sac!

Pendant une seconde, sidérées, Rose et Miss Biddle se dévisagèrent. Rose vit les lèvres de Miss Biddle s'agiter spasmodiquement. Mais elle était incapable de prononcer un mot. Rose courut vers Cathy pour l'aider à se relever pendant que Miss Biddle, mobilisant ce qui lui restait d'énergie, appuyait sur un bouton. Une sonnerie infernale fit simultanément vibrer l'immeuble et les trois plus proches commissariats du quartier auquel il était relié. Miss Biddle chancela. Cathy et Rose se précipitèrent. Cathy suffoquait d'indignation.

– Miss Biddle, je croyais que la sécurité était l'impératif absolu de cette maison!

– Affreux! geignit Miss Biddle. C'est affreux!...

– Je ne sais pas comment vont réagir mes parents! menaça Cathy.

– Ni moi les miens, déplora Rose en écho.

– Un homme! C'était un homme! se révolta Miss Biddle.

– Quelle horreur! dit Rose avec un frisson de répulsion.

31

Le vent jouait dans ses cheveux, caressait ses épaules nues et faisait flotter son foulard rouge noué autour du cou. Devant elle, le Pacifique dévidait ses rouleaux d'écume qui venaient mourir à ses pieds. Au large, des voiliers voguaient au gré des vagues. Allongée sur le sable, Rose avait relevé sa jupe jusqu'aux genoux pour que les rayons du soleil puissent lui caresser les jambes.

– Regarde les palmiers !

Rose eut un mouvement naturel de la main pour protéger ses yeux du soleil et du vent.

– Maintenant, sois heureuse, dit Francesco, montre-moi que tu es heureuse !

Une expression de bonheur illumina le visage de Rose.

– Vas-y ! Lève la main ! Un peu plus... Ça y est !

Le soleil s'éteignit brusquement. Rose, encore éblouie par la lumière, chercha des yeux le regard de Cathy. Le trac lui nouait la gorge : c'était la première fois qu'elle posait en studio.

– Cinq minutes d'arrêt ! dit Francesco.

Il disparut dans une petite pièce attenante où se développaient les négatifs.

– Cathy, implora Rose, dis-moi la vérité !

Cathy eut un large sourire, et, du pouce et de l'index de sa main droite, forma une circonférence.

– Champion ! Une vraie pro !

Elle écarta du pied un bout du Pacifique en carton-pâte et se faufila entre les gigantesques ombrelles chargées d'adoucir la lumière des spots.

– Je suis sûre que tu es un monstre de photogénie !

Affectueusement, Rose lui prit les mains dans les siennes.

– Je n'oublierai jamais ce que tu as fait pour moi, Cathy ! Et crois-moi, dans la bouche d'une Duggan, ce n'est pas une parole en l'air !

Puis, baissant la voix :

– Et lui ? Tu crois qu'il est content ?

– Francesco ? Du moment qu'il ne t'a pas traînée dans la boue, c'est qu'il est ravi !

– Il m'impressionne, dit Rose. Il est tellement célèbre...

– Un jour, tu le seras autant que lui.

Le regard de Rose erra sur tout un pan du mur recouvert de clichés. Y figuraient les plus belles femmes du monde qui avaient posé pour Francesco Vinci.

– J'aimerais tellement être aussi belle, dit-elle rêveusement.

Cathy éclata de rire.

– Tu crois vraiment que tu as quelque chose à leur envier ?

– Je me demande comment vont réagir mes parents, s'ils apprennent...

Au bout de six mois, inquiet de la passion que vouait Rose au théâtre et à sa nouvelle vie, son père lui avait demandé de mettre fin à ce qu'il considérait comme un caprice.

– On t'a laissée jouer. Maintenant, ça suffit, tu reviens.

– Mais, papa, j'adore ce que je fais, j'étudie !

– Et si je ne t'envoyais plus un sou ?

Rose en avait déduit que la menace allait prendre effet. Elle s'en était ouverte à Cathy. La réponse de son amie allait dans le sens de ses vœux inconscients.

– Mannequin, modèle, où est le déshonneur ? Puisqu'ils te coupent les vivres, il faut bien que tu gagnes ta vie ! Qu'est-ce qu'ils voudraient que tu fasses ? La putain ?

– Comment tu as commencé, toi ?

– Pareil. Mon père voulait que je quitte New York pour rentrer au bercail. Tu es déjà allée en Caroline du Nord ? Non ? Tant mieux ! Du jour au lendemain, je n'ai plus reçu un rond. J'ai fait les agences. Et voilà !

– Tu es fâchée avec lui ?

– On s'ignore.

– C'est ça qui me fait peur. Je ne voudrais rien faire qui puisse déplaire au mien. Ni à ma mère.

– Tu leur dois donc tant que ça ?

– La vie.

– Il faut te décider, Rose. New York et la liberté. Ou Greenwood et papa-maman. Maintenant, entre les photos et les défilés, tu vas être financièrement indépendante.

– Si ça marche...

– Tu en doutes ? Désormais, tu es maîtresse du jeu, tu as le choix de vivre la vie que tu veux !

Elle vit que Rose se mordillait les lèvres d'un air sceptique.

– Tu n'as pas l'air convaincue ? C'est pourtant simple : ou tu vis ton désir à toi, ou tu vis celui de tes parents. Qu'est-ce que tu préfères ? Hé ! Tu m'écoutes ?... Suppose que tu aies un ultimatum de ton père : « Reviens sur-le-champ ou tu ne remettras plus jamais les pieds à la maison. » Qu'est-ce que tu fais ?

– Je rentre à la maison, dit Rose.

– Ça m'étonnerait ! dit Francesco.

Leurs deux têtes pivotèrent : Francesco, revenu dans la pièce, avait entendu les derniers mots de Rose.

– Quand on peut faire ça et qu'on a cette gueule, dit-il en brandissant un cliché encore humide, on la ferme, on travaille et on fait fortune !

Cathy et Rose l'entourèrent : la photo était sublime.

– C'est réellement moi ? dit Rose.

– Non, idiote, rétorqua Francesco. C'est ma grand-mère ! Prépare-toi. On reprend dans trente secondes !

Il tourna les talons et repartit vers son antre.

– Qu'est-ce que tu as ? demanda Cathy.

Transformée en statue, Rose buvait des yeux le dos de Francesco qui pénétrait maintenant dans le labo.

– Je le trouve..., dit Rose. Il est...

– Magnifique ? demanda Cathy avec inquiétude.

– Mieux, répondit Rose comme dans un songe tout en gardant les yeux rivés sur la porte par laquelle avait disparu Francesco. Il est...

– Ah non ! se révolta Cathy. Tu ne vas pas me refaire le coup de Miss Biddle ! Je n'ai pas envie qu'on me vole mon sac chaque fois que tu auras un nouveau petit ami !

– Ne te fais pas de souci, murmura Rose, toujours en extase. Cette fois, c'est moi qui irai chez lui.

32

Les amis de Rose prétendaient qu'elle avait un cœur d'artichaut. Amis, c'était beaucoup dire. En un an de présence à New York, sa beauté et ses succès avaient suscité, en quantités presque égales, autant de passions que d'inimitiés.

Dans les deux cas, la personne de Rose, son essence même, restait étrangère au jugement qu'on portait sur le personnage. Sa singularité faisait de l'ombre. On l'admirait, on la détestait, elle subjuguait. Mais nul ne cherchait à la comprendre.

Et peu l'aimaient. Ceux qu'elle rebutait par son apparente froideur et une certaine distance avaient la déprimante sensation que le destin lui avait tendu une échelle de soie et qu'elle n'avait qu'à y grimper pour atteindre le ciel sans effort.

Ce qui aggravait le malentendu, c'est qu'elle était secrète.

Aussi longtemps qu'il ne découvrait pas son erreur, chacun de ses proches se croyait unique, alors que Rose avait l'art de mener plusieurs relations affectives simultanées sans que ceux qui en bénéficiaient ne se croisent jamais ou puissent se douter qu'ils partageaient l'intimité de son cœur ou de son corps. Il est vrai que Rose tombait amoureuse très facilement. Mais c'était toujours avec une sincérité absolue. Son seul défaut, c'était le cumul : elle n'avait que très rarement la cruauté de chasser l'un pour laisser la place à l'autre. Sans en être réellement consciente, elle appliquait un système de tiroirs qu'elle ouvrait ou laissait fermés selon son gré, selon l'instant. Par ailleurs, elle se souciait peu de savoir si celui qui la fascinait était libre ou pas : du moment qu'il lui plaisait, tout était justifié. Elle voulait qu'on l'aime. Qu'on le lui dise, qu'on le lui répète. Et qu'on le lui redise et le lui jure encore. En fait, devenue adulte, elle guettait sur les lèvres des autres les mots que ses parents n'avaient pas cru devoir prononcer quand elle était enfant, à l'âge où elle aurait donné sa vie pour les entendre : le manque à combler était infini.

Elle en était boulimique. Insatiable.

Il arrivait que cela lui vaille de rudes journées. Deux heures plus tôt, Donald lui avait reproché d'être trop attentive à un certain Dick. Mais Dick, qui ignorait l'existence de Donald, lui avait fait juste avant une scène épouvantable à cause de Tom, qui, lui-même, la soupçonnait de s'intéresser un peu trop à Francesco Vinci, le photographe. Tout cela était étrange.

Comment les uns et les autres auraient-ils pu se douter que Rose était follement amoureuse de Simon, amoureuse au point de vouloir se faire épouser ?

Il donnait des cours de comédie chez Blechine. Sa façon de parler du théâtre faisait passer des frissons dans le dos de ses étudiants. À peine plus âgé qu'eux, il était brun, long et mince, avec de grands yeux sombres, sensibles, qui voyaient tout.

En scène, il bougeait comme un danseur. Parfois, il donnait la réplique à un élève, et en deux phrases dites par lui, avec son intonation si spéciale, le texte prenait un sens et une couleur différente. Bien entendu, toutes les filles de sa classe étaient dingues de lui. S'en apercevait-il seulement ? Il n'était fou que de théâtre. On savait peu de chose sur sa vie privée, sinon qu'il avait été marié et se trouvait actuellement en instance de divorce.

Il s'appelait Simon Freeman.

Entre Rose et lui, tout avait commencé comme d'habitude : par hasard. Rose passait une scène avec Peggy, la fille à qui jadis, sans même le savoir, elle avait soufflé Donald. Simon, qui ignorait ce détail, leur avait donné le thème en toute innocence.

– Vous êtes deux actrices sur le même rôle géant qui va décider de votre carrière. Qui va l'emporter ? Rose ou Peggy ? C'est Rose. Vous êtes toutes deux nez à nez dans le bureau du producteur. Montrez-moi comment vous réagissez.

Au regard de haine que lui avait jeté Peggy, Rose avait instantanément compris qu'elle allait profiter de l'occasion pour régler ses comptes en public. Elle avait beau s'y attendre, ce fut si brutal, cruel et ravageur qu'au bout de cinq minutes, se cachant le visage entre les mains, elle éclatait soudain en sanglots et quittait la scène. Déchaînée, sarcastique, Peggy l'ajustait d'une ultime flèche.

– Tiens, c'est marrant... Dès qu'elle ne joue plus, Rose Duggan pleure juste!

– Merci, Peggy, dit Simon d'une voix neutre. Tu es parfaite de vérité.

Avec l'approbation complice de la plus grande partie de la salle, elle avait réussi, sous le couvert du jeu, l'exécution parfaite dictée par l'envie, la jalousie, le désir de vengeance et cette rancœur sourde qui est le moteur des médiocres quand il s'agit de démolir la beauté ou le talent des autres. Tout y était passé : la fortune de Rose, le nom qu'elle portait, sa froideur, son côté volage, son absence de sincérité, son mépris des autres, sans oublier l'influence de son oncle dans sa carrière théâtrale.

À un moment, Peggy avait obtenu un excellent effet comique en prenant la main de Rose et en lui comptant les doigts.

– Ça, c'est formidable! Elle en a cinq! Comme moi!

Une heure plus tard, effondrée, Rose pleurait toujours sur son lit de l'Hotel Barbizon. Le téléphone avait sonné.

– Rose, c'est Simon. Je suis en bas de chez toi, au Gogo Bar. Tu descends prendre un verre avec moi?

Dans la pénombre, devant leur vodka, répondant, sans qu'elle les lui pose, à toutes les questions qu'elle n'aurait jamais osé formuler, il lui avait disséqué avec une précision époustouflante ce qui venait de se passer et la raison des ondes d'amour ou de haine qu'elle soulevait indifféremment sur son passage.

– Tu es née sous le signe *trop*, Rose. Tu n'y es pour rien, c'est comme ça. Ne cherche pas à vivre la vie des autres. Temps perdu. Ils existent, c'est tout. Pas toi. Pas ton truc. Pas assez. Tu es faite pour un destin. Tu as le signe. Tu appartiens à la race : à toi de l'infléchir dans le sens que tu souhaites.

Entre ce qui venait de se passer au cours et ce qu'il venait de lui dire, pour peu qu'elle se laisse aller, elle aurait pris le visage de Simon entre ses mains et aurait collé sa bouche contre la sienne.

– Je sais que tu ne corresponds pas à ce que tu as l'air d'être. On te croit orgueilleuse, tu n'es pas sûre de toi. On t'imagine froide, tu brûles de l'intérieur. Rien ne semble pouvoir t'atteindre et tu es pathétiquement vulnérable. En fait, tu as besoin qu'on te rassure. C'est idiot, tu as une *aura*. Quoi que tu fasses, elle te suivra. Tu es née *star*. En outre, je suis certain que tu es de la graine des grandes actrices.

– Simon, tu es sérieux? demanda Rose à travers ses larmes.

Il avait éclaté de rire.

– Mortellement. Tu veux que j'en rajoute ?

– Non. Je veux que tu m'emmènes chez toi.

– Quand ?

– Maintenant. Tout de suite.

– C'est minable, chez moi, dit-il d'une voix railleuse.

Elle lui prit la main.

– Je m'en fous. Emmène-moi, Simon. Je n'ai jamais rien souhaité au monde avec autant de force.

Il la dévisagea longuement. Leurs lèvres allaient se frôler.

Il se leva, jeta quelques dollars sur la table.

– Viens, dit-il.

Elle s'accrocha à lui et ils sortirent du bar en tanguant comme s'ils étaient soûls.

Voilà. C'était exactement comme ça que s'était déroulé le début de leur histoire. Cinq mois plus tard, l'émerveillement de Rose durait toujours. Et celui de Simon ne faisait que croître.

33

– Tu verras, dit Rose pour se donner du courage, tout va bien se passer. Mes parents sont adorables. Tu aimeras beaucoup mes frères. Et tâche de ne pas faire de gringue à mes sœurs!

Simon lui renvoya un bref sourire crispé. L'expédition ne lui disait rien qui vaille. Il la jugeait prématurée.

Mais comment résister à Rose?

La voiture pénétrait maintenant dans la cour d'honneur de la propriété des Duggan après avoir parcouru pendant près de deux miles une allée de gravier ombragée par des ormes.

Le soleil jouait à travers leur feuillage tendre de printemps.

– J'espère que je ne vais pas tomber amoureuse de tes frères! lança Cathy Bramble en feignant l'effroi.

– Toi? dit Rose avec résignation. Comme les autres! Toutes les femmes en sont folles.

– Ils les traitent bien?

– De vraies brutes!

– Lequel est le mieux?

– Aucun. Tous abjects!

Le chauffeur stoppa devant le perron, lâcha son volant et se précipita pour ouvrir la portière à Rose.

– Merci, Jimmy.

Pour une fois, ses parents lui avaient réservé le traitement de première classe avec Cadillac et chauffeur. Aucun problème non plus pour les convaincre de recevoir, l'espace d'un week-end, Simon et Cathy, alibi parfait. Il faut dire qu'à New York le temps semblait passer plus vite encore qu'ailleurs: Rose n'avait pas remis les pieds au foyer familial depuis huit mois!

Peut-être leur manquait-elle ?

– Tu as fait bon voyage ?

– Maman !

Rose se jeta dans les bras de sa mère.

– Présente-moi tes amis, dit Jenny en abrégeant l'accolade.

– Voici Cathy, maman. Mon amie Cathy Bramble dont je t'ai parlé si souvent. Nous partageons la même chambre.

Jenny inclina la tête dans un demi-sourire.

– Bienvenue, Cathy. Je sais qui vous êtes. Comment allez-vous ?

– Bien, madame, dit timidement Cathy.

Jenny détourna d'elle son regard bleu métal pour le fixer sur Simon qu'elle dévisagea sans ciller.

– Simon, maman, intervint Rose. Il est mon professeur.

– Je me doutais bien qu'il n'avait plus l'âge d'être élève.

Feignant de ne pas avoir compris, Rose se mit à rire.

– Il est génial, maman ! Il arriverait à faire jouer une bûche !...

– Simon comment ? la coupa froidement Jenny sans le lâcher des yeux.

– Freeman, madame, dit Simon. Simon Freeman.

– Freeman, répéta pensivement Jenny.

Elle fit volte-face.

– Excusez-moi, j'ai beaucoup à faire. Si vous désirez vous rafraîchir... Nous dînons dans une heure.

Elle tourna les talons. Simon, Cathy et Rose la regardèrent s'éloigner en silence.

– Je vais vous montrer vos chambres, dit Rose avec un entrain un peu forcé.

Elle prit Simon et Cathy par le bras et les guida dans l'escalier monumental où trônaient les trophées glanés par les Duggan qui n'avaient pu prendre place au salon. Sur leurs talons, deux servantes portaient leurs légers bagages.

Ils arrivaient sur le palier du premier étage.

– Papa est un maniaque de l'heure, les prévint Rose avec un clin d'œil complice. Je viendrai vous chercher vingt minutes avant le dîner pour vous présenter au reste de la famille. Ce n'est pas absolument indispensable, mais si vous pouvez vous coller une veste sur le dos ou un truc comme ça... enfin, vous voyez ce que je veux dire. Ici, on est plutôt vieux jeu pour les dîners, on s'habille.

Cathy entra dans sa chambre. Rose allait continuer son chemin lorsque Simon la retint par le bras.

– Ta mère a quelque chose contre moi ?

– Mais non ! Ne t'inquiète pas ! C'est son style.

D'un regard circulaire, elle vérifia qu'ils étaient bien seuls dans le couloir et l'embrassa furtivement.

– Je t'aime, Simon, lui glissa-t-elle dans un souffle.

Elle n'avait pas tout à fait dix-neuf ans. Il en aurait bientôt trente. Avant de subir l'agressive remarque de Jenny Duggan, il ne lui était jamais venu à l'esprit qu'il avait une dizaine d'années de plus que Rose. Il entra dans sa chambre et, pour la première fois de sa vie, se sentit vieux.

Il sortait de la douche lorsqu'on gratta à la porte.

Rose passa la tête.

– Je peux entrer ?

Les reins enroulés dans une serviette, il la prit dans ses bras et la serra contre lui.

– J'ai envie de toi, lui souffla-t-il. On a le temps ?

À sa surprise, elle se dégagea. Il vit sur son visage une expression qu'il ne lui connaissait pas, quelque chose d'enfantin, de craintif.

– Mon père est en bas. Il t'attend au salon.

– Brr..., fit Simon.

Il enfila une chemise et un pantalon. Rose fouilla dans son sac, en sortit une cravate, la lui noua autour du cou.

– C'est mieux, dit-elle.

Une lueur moqueuse dans les yeux, Simon la laissait faire.

Elle haussa les épaules, lui envoya un baiser du bout des doigts et sortit de la chambre.

En entrant dans le salon, Simon, en vision pratiquement simultanée, distingua trois choses : les coupes dans des vitrines grimpant à l'assaut des murs, le portrait d'un ancêtre en pied, grandeur nature et l'air pas commode, et, lui faisant pendant en chair et en os, Sean Duggan, dont la carrure athlétique ne le cédait en rien à celle de son aïeul.

– Mon grand-père, dit-il en désignant le tableau. Le véritable fondateur de la dynastie, c'est lui ! Il s'appelait Kevin. Que Dieu le bénisse ! Il a été le premier Duggan à quitter notre bonne terre natale d'Irlande pour venir gagner des millions aux États-Unis avec son idée fixe : le ciment ! Il disait toujours : « Le seul lien solide entre les hommes, c'est le ciment. » Moralité : cinquante ans plus tard, au hit-parade des plus grosses fortunes américaines, j'ai la fierté d'être classé huitième !

Il éclata bruyamment de rire, s'empara de la main de Simon, l'ensevelit dans son battoir gigantesque et la secoua durement.

– Je m'appelle Sean Duggan. Je suis le père de Rose.

– Simon Freeman, dit Simon en tentant vainement de se libérer de la prise.

– Friedman ? demanda Sean.

– Freeman.

Sean lui lâcha la main. Il s'éloigna de deux pas.

– Vous voulez boire quelque chose ?

Il tira une clé de sa poche, ouvrit un placard vitré empli de bouteilles.

– Whisky ?

Il dégagea une bouteille de Jameson, en remplit un verre à ras bord, le tendit à Simon et retourna fermer le placard à clé.

D'un geste, il invita Simon à s'asseoir sur un divan où semblaient se concentrer toutes les lumières de la pièce.

– Vous êtes dans quoi, exactement, monsieur Friedman ?

– Rose ne vous a pas dit ?

– Rose ne me dit jamais rien.

– J'enseigne la comédie.

– Vous rigolez ?

Simon allait répondre lorsqu'une troupe de malabars envahit la pièce qui sembla soudain se rapetisser. Ils étaient six.

– Voici mes fils, dit Sean, Kevin, Peter, Terence, Patrick. Et les deux autres, Bob et Frankie, des copains d'entraînement.

Sean se pencha vers lui.

– Quel est votre prénom, déjà ?

– Simon.

– Je vous présente Simon Friedman. Il est professeur à New York.

– Prof de quoi, monsieur Friedman ? demanda Terence avec un bon sourire tout en contrefaisant l'accent juif, ce qui fit naître des sourires complaisants sur les lèvres des autres.

– L'art dramatique.

À cet instant, Simon se rendit compte qu'il était le seul à avoir un verre à la main. Juif, à la rigueur, il n'y pouvait rien.

Mais alcoolique...

Comme s'il n'avait plus existé, les garçons se lancèrent alors dans une conversation de rameurs qui l'excluait complètement du groupe. Au supplice, Simon n'osait pas bouger.

Que faisait Rose ?

Dans le brouhaha général, il sentit peser sur lui à plusieurs reprises le regard aigu de Sean Duggan.

– Le dîner est servi, annonça un maître d'hôtel noir en gants blancs.

Dans un grand raclement de pieds de chaises, tout le monde passa dans la salle à manger. Simon, sur un signe de Jenny Duggan, se retrouva en bout de table entre deux inconnues.

– Je vous présente Simon, dit Rose qui leur faisait face. Simon, mes sœurs, Wendy et Terry.

On s'assit. Le dîner commença. Il fut mortel.

Ignorant la partie de la table où étaient regroupées les femmes – car il était évident qu'on les avait regroupées et que, comme par hasard, on s'était arrangé pour que Simon en fût le centre – les vrais mâles, sous l'œil amusé de Sean Duggan, s'invectivaient au-dessus des bouquets de fleurs avec cette espèce de rire exagéré qui, dans les communautés masculines, passe pour viril.

Parfois, le regard de Simon croisait celui de Rose.

Silencieuse, absente, étrangère au cœur de sa propre famille, elle souffrait.

– Êtes-vous content de Rose, monsieur Friedman ? Je veux dire, à votre cours ?

– Oui, madame, réellement. Elle est superbe. Très douée. Je suis certain qu'elle va faire une grande carrière.

Jenny le dévisagea comme s'il avait proféré une obscénité.

– Ne vous mêlez pas de sa carrière, ce n'est pas à vous d'en décider !

Interloqué, Simon accrocha le regard navré de Rose.

– Vous voulez connaître l'avenir de ma fille ? dit Sean Duggan qui avait capté la phrase de sa femme. S'occuper d'une maison et faire plein d'enfants !

– Justement, dit Rose d'une voix posée, c'est exactement ce que je veux. Une maison et plein d'enfants.

Chacun la dévisagea en silence. Son père éclata de rire.

– À ton âge ? Des enfants ? Mais de qui ?

– De Simon, dit Rose.

34

Ils avaient franchi le pont de Brooklyn depuis une dizaine de minutes lorsque Jimmy freina si violemment que la Cadillac fit une embardée. À l'arrière, Sean Duggan, qui rêvasssait en regardant le paysage – il le trouvait *dégueulasse*, c'était son expression favorite à propos de New York –, fut projeté sur le dossier du siège avant.

– Jimmy !

Sans répondre, Jimmy alla doucement se ranger au bord du trottoir et pointa son doigt sur un gigantesque panneau publicitaire où l'on voyait une superbe blonde, une brosse à dents à la main, vanter par son sourire éclatant une marque de dentifrice.

– Qu'est-ce qu'il te prend, idiot ? Tu as failli me faire casser la gueule !

Machinalement, il tourna les yeux dans la direction que lui indiquait l'index de son chauffeur et, à son tour, eut un haut-le-corps.

– On dirait..., ânonna Jimmy. Vraiment, Monsieur Duggan, on dirait...

– Rose, compléta Sean, lèvres pincées.

Il n'y avait aucun doute. Cette fille qui s'étalait sur les murs de New York, c'était sa fille ! Passe encore qu'elle n'ait aucune affinité avec l'aviron et qu'elle persiste dans son désir enfantin de vouloir être comédienne, mais là c'était intolérable : par le biais de ce physique offert en pâture à la vue de tous pour la plus grande gloire d'un dentifrice, elle avilissait l'image des Duggan.

– Démarre ! dit Sean.

Jimmy décolla la limousine du trottoir et fonça vers Manhattan dans un trafic infernal. Chaque panneau publicitaire était une nouvelle torture : Rose, Rose partout !

Quatre mois plus tôt, le week-end avec Cathy Bramble et Simon Freeman dans la maison de Greenwood s'était très mal terminé. Dès lors que la sécurité des siens lui semblait être en danger, Sean, autant en chef de gang qu'en père de famille à l'autorité absolue, s'arrogeait le droit d'intervenir sans que les moyens employés, quels qu'ils fussent, troublent le moins du monde la paix de sa conscience. Il n'avait pas hésité à faire fouiller le sac de Simon par l'un de ses fils. Entre autres papiers, il avait trouvé un document prouvant que Simon Freeman, bien que séparé de sa femme, n'en était toujours pas divorcé !

En clair, Rose était la maîtresse d'un juif marié et sans fortune ! Sean s'était ouvert de cette calamité à son épouse.

Aucun problème pour tomber d'accord : leur fille ne devait plus jamais chercher à revoir cet homme. Rose avait juré. Simon Freeman avait quitté la propriété sur-le-champ et était rentré à New York. Au cours des trois mois de vacances qui avaient suivi, Rose, surveillée par sa mère et deux de ses frères, s'était morfondue dans leur maison de vacances du New Jersey où elle n'avait pu utiliser le téléphone que sous contrôle. Au moment de la rentrée, Sean s'était laissé fléchir et avait accepté qu'elle retourne à New York pour ses cours de théâtre : quelle erreur !

Une semaine plus tard, un ami de la famille apercevait Rose et Simon enlacés au Russian Tea Room devant une assiette de caviar. Avoir l'adresse de Simon au cœur de Greenwich Village n'avait posé à Sean aucun problème.

– Ralentis. N° 11. Nous y sommes.

Avant que Jimmy ait pu bouger, il était dehors.

– Reste dans le coin, dit-il en examinant d'un œil mauvais la façade du petit immeuble de briques.

Il y pénétra, s'engagea dans l'escalier. Arrivé au troisième étage, il frappa à l'unique porte du palier. Elle était peinte en laque noire et ornée d'un heurtoir en cuivre qui brillait comme un soleil. On lui ouvrit. Sean se trouva nez à nez avec Simon, un manuscrit à la main, vêtu d'un pull de laine noire à col roulé, de jeans et de baskets.

– Qu'est-ce que vous voulez ? dit-il.

– Parler, dit Sean.

Simon ne fit pas un mouvement.

– Puis-je entrer ? demanda Sean.

Simon ôta ses lunettes et s'effaça pour le laisser passer.

D'un regard circulaire, Sean examina la pièce. Elle était immense, sans aucun meuble, ne portant pour seuls ornements que quelques affiches de théâtre placardées sur les murs. Et des livres, des centaines de livres en désordre sur des rayonnages courant le long des murs : comment pouvait-on lire autant de livres ? En levant la tête, il découvrit une loggia, la chambre probablement.

– C'est là que vous couchez ?

– Que puis-je faire pour vous, monsieur Duggan ? demanda Simon avec une politesse glacée.

Sean poussa un profond soupir. Mains derrière le dos, il se mit à marcher de long en large dans la pièce. Simon ne le quittait pas des yeux. Cessant brusquement son va-et-vient, il se planta devant lui.

– J'ai appris que vous continuiez à voir ma fille. Qu'est-ce que vous en dites ?

– Rien.

– Vous la revoyez, oui ou non ?

– Monsieur Duggan, pour la deuxième fois, répéta froidement Simon, que puis-je faire pour vous ?

– C'est moi qui peux faire quelque chose pour vous !

– Alors, sortez.

– Attendez d'abord d'avoir entendu ma proposition. Vous connaissez la nouvelle Jaguar ?

Simon le regarda sans comprendre.

– Elle est superbe, monsieur Friedman ! Cinq vitesses, cent vingt miles chrono. Vous n'avez qu'à m'indiquer la couleur de votre choix, elle est à vous !

Pas besoin d'être sorcier pour deviner les raisons qui avaient amené chez lui l'ancien champion olympique : Simon et Rose se voyaient tous les jours et s'aimaient plus que jamais.

Pratiquement chaque nuit, elle délaissait l'appartement de Central Park loué avec ses premiers cachets de mannequin pour venir dormir avec lui ici même, dans l'alcôve au-dessus de leur tête. Que venait faire là-dedans cette histoire de voiture ? Quel rapport ? Simon ne savait même pas conduire.

– Est-ce que nous nous comprenons bien ? demanda Sean Duggan.

– Je crains que non, dit Simon. Je ne sais même pas de quoi vous me parlez.

– Vous voulez que je vous fasse un dessin ? Cette Jaguar, je vous l'offre si vous cessez de voir Rose !

D'ahurissement, la mâchoire de Simon s'en décrocha : comment un homme, qui n'était pourtant pas un débile mental, pouvait-il avoir assez de mépris humain pour proposer un tel marché ?

– Alors, Friedman ?

C'était trop énorme. Étouffant un rire nerveux, Simon se dirigea vers la porte et l'ouvrit toute grande.

Le visage de Sean Duggan se contracta sous l'insulte.

– Vous refusez ?

Simon tenait toujours la porte ouverte. Le père de Rose marcha droit sur lui.

– Écoutez-moi bien, Friedman. J'ai voulu me montrer beau joueur. J'ai eu tort. Maintenant, je ne vous propose plus rien, je vous donne un ultime avertissement !

Il pointa dans sa direction un index agressif qu'il lui secoua sous le nez comme une arme.

– Si vous revoyez ma fille une fois encore, une seule fois, je ne réponds plus ni de votre santé ni de votre vie !

Rouge de fureur, il bouscula Simon, claqua la porte, dévala l'escalier, se retrouva dans la rue et se jeta dans sa voiture.

– Quelque chose qui ne va pas, Monsieur Duggan ? demanda Jimmy.

– Ta gueule ! Central Park South, 40 !

L'appartement de Rose était au vingtième étage de l'immeuble.

C'était la première fois qu'elle occupait seule et sans contrôle un espace où nul autre qu'elle ne pouvait mettre les pieds. La chambre et le living-room, en façade, donnaient sur les frondaisons de Central Park. Tout était blanc, plein de plantes vertes et de fleurs. En l'honneur de son père, qui lui avait annoncé sa venue – avait-il craint de la trouver en tête à tête avec Simon ? – elle avait parsemé toutes les pièces de roses-thé.

On sonna.

Cœur battant, elle bondit sur la porte et l'ouvrit : c'était lui !

– Bonjour, papa.

Sourcils froncés, il l'écarta d'un revers de main, déboula dans le salon, pivota. Dans son mouvement, le pan de son manteau accrocha un vase de roses dont l'eau se répandit sur la moquette blanche.

– Qu'est-ce que c'est que ces photos de toi sur les murs de New York ?

– Mais, papa...

– Silence quand je parle ! Est-ce que je t'ai élevée pour que tu t'exhibes aux yeux de tous les voyous pourris de cette ville *dégueulasse* ?

Les larmes jaillirent des yeux de Rose.

– Papa, je m'étais fait une telle fête..., bredouilla-t-elle d'un air navré. J'étais si fière. Je voulais te montrer...

– J'en ai assez vu ! Fais ta valise ! Tu rentres à la maison !

Les sentiments de Rose à l'égard de son père avaient toujours été aussi ambivalents que contradictoires. Elle l'admirait et le respectait plus que tout au monde. Il était à la fois son dieu, son modèle et l'homme parfait, celui qu'au cours de sa vie elle ne cesserait de rechercher inconsciemment à travers les autres. En même temps, elle le redoutait. Pourtant, à ce moment précis, quelque chose d'inouï, d'imprévisible, l'envahit des pieds à la tête en une vibration brûlante : ce mufle en face d'elle, qui éructait et saccageait ses fleurs sans un geste d'excuse, l'espace d'un instant et à cet instant même, ne fut plus son père, mais un homme, simplement un homme, qui repoussait brutalement son amour et refusait de l'aimer.

Pour la première fois de sa vie, elle entendit alors sortir de sa bouche le mot qu'elle n'avait jamais prononcé auparavant, le mot interdit.

– Non !

Sean Duggan en vacilla de stupéfaction.

– Qu'est-ce que tu dis ?

– Je ne rentrerai pas à Greenwood ! Je suis une actrice, ma vie est ici et c'est à New York que je ferai carrière !

– C'est ton Friedman qui t'a mis ça dans la tête ?

Rose éclata en sanglots, fit volte-face et, défiant son père de ses yeux pleins de larmes, ouvrit la porte : pour Sean Duggan, deux fois dans la même journée, c'en était trop !

Traumatisé, il releva machinalement le col de son manteau. Regard dans le vide, il passa devant sa fille sans un mot et sortit.

– À bientôt, papa, lui lança Rose, dès que je serai star !

Elle claqua la porte derrière lui, courut dans sa chambre, se jeta sur son lit et se mit à pleurer comme elle n'avait jamais pleuré de sa vie.

LIVRE V

Hier

35

Plutôt qu'à un mariage, on aurait pu se croire à des funérailles. Quoique pour des raisons différentes, tout le monde faisait la gueule. Au mieux, le regard ne croisait que des sourires crispés sur des visages à l'expression convenue.

On était le 25 juillet 1946. Dans la chapelle bourrée à craquer, la chaleur était suffocante. Les dames, en chapeau et robe longue, s'éventaient à la recherche d'une bouffée d'air frais. Leurs compagnons, en habit noir, ou sanglés dans leurs uniformes chamarrés de notables, s'épongeaient le front avec des mouchoirs de soie blanche. Devant l'autel, croulant sous le poids de ses décorations, un vieil homme en uniforme de grand amiral s'apprêtait à passer d'une main qui se voulait ferme l'alliance en diamant au doigt de celle qui allait devenir sa femme.

– Votre Altesse sérénissime Edmond III Ponti de Roccadura accepte-t-elle de prendre pour épouse Éliane Hélène Michèle Bornand ?

Dans la chapelle du palais, dont on avait fait fermer les portes et garder les abords, un frémissement passionné agita toutes les têtes.

– Oui, dit le prince d'une voix ferme.

– Et vous, Éliane Hélène Michèle Bornand, acceptez-vous de prendre pour époux Son Altesse sérénissime Edmond III Ponti de Roccadura ?

– Oui !

L'archevêque de Roccadura traça dans l'espace un signe de bénédiction.

– Je vous déclare unis par les liens du mariage.

Désormais, plus personne n'y pourrait rien : Éliane, épouse officielle d'Edmond III, devenait princesse Ponti de Roccadura, avec tous les avantages attachés au prestige de son titre.

Elle se haussa sur la pointe des pieds, écarta la voilette blanche qui lui ombrait le visage et tendit ses lèvres au prince qui les lui effleura avec tendresse.

Aussitôt, sous le couvert des félicitations officielles, le festival des vacheries commença.

La princesse Christine ouvrit le feu la première.

Éliane, probablement bouleversée par l'instant, l'encens et les orgues, voulut la prendre dans ses bras. En guise de parade, la mère de Gildas allongea les siens de façon à la tenir à distance tout en ayant l'air de lui donner l'accolade.

Les témoins de la scène ne voyaient d'elle que son sourire.

– Mon père vous a épousée, murmura-t-elle entre ses dents. Pas étonnant, il est sénile. Ne comptez donc pas sur moi pour vous appeler « maman ».

Avant qu'Éliane, hébétée, ait pu se remettre du choc, Christine prenait affectueusement son père par le cou et lui glissait à l'oreille :

– Félicitations. En mariée, votre rombière est encore plus vulgaire que sur scène.

Elle tourna les talons. Comme la foule parfumée ne s'écartait pas assez vite sur son passage, elle se fraya un chemin à coups de coude et, sous le regard avide des invités désireux de ne rien perdre du spectacle, sortit tête haute de la chapelle.

– Ta mère est de plus en plus folle, marmonna Edmond. Où est ta sœur ?

– Probablement chez son tennisman, répondit Gildas d'une voix neutre.

– Le jour de mon mariage ? bredouilla le prince dont les lèvres se mirent à trembler de fureur contenue. Comment ose-t-elle ?

– Elle ose, dit Gildas.

Il était le témoin de son grand-père. Arrivé de Strasbourg le matin même, il avait débarqué à Roccadura avec ses galons de lieutenant, arborant fièrement sur sa vareuse la croix de guerre décernée par l'armée française pour sa bravoure et ses hauts faits d'armes. Edmond III avait levé un sourcil.

– Tu as l'intention de venir à la cathédrale dans cet uniforme ?

Gildas l'avait foudroyé.

– Je ne tiens pas à ce qu'on se trompe sur mon camp.

– Gildas, susurra Éliane en lui prenant le bras, je voudrais qu'en ce jour tous nos différends s'apaisent. Je voudrais que vous partagiez mon bonheur, que vous soyez aussi heureux que moi.

Gildas pivota.

– Madame, je n'en vois vraiment pas la raison.

Elle le dévisagea comme s'il l'avait giflée.

– De quel droit portez-vous ce bijou ? demanda-t-il.

– Quel bijou ? bredouilla Éliane.

Après les insultes de la mère, elle devait maintenant subir les tortures infligées par le fils.

– Là, à votre cou. Le caillou-soleil...

– C'est un cadeau de votre grand-père ! se révolta-t-elle.

– Il l'avait légué à ma mère, répliqua sèchement Gildas. Vous n'aviez pas le droit de le prendre. Ni lui de vous l'offrir !

– Que dit-il ? demanda Edmond III.

– Rien, rien, dit Éliane.

Mais, déjà, d'autres invités les entouraient pour les féliciter.

Gildas atteignait la porte de la chapelle lorsqu'un homme, arborant un grand sourire, lui barra le passage.

– Quel plaisir de vous savoir de retour parmi nous, Monseigneur.

Louis Robion !

– J'ai appris que vous avez enfin démissionné, lâcha Gildas d'une voix glaciale.

Le sourire s'effaça des lèvres de celui qui avait été l'organisateur de la chasse aux juifs pendant l'Occupation.

Il feignit de ne pas avoir saisi l'affront.

– Hé oui, Monseigneur... L'âge... Il faut laisser la place aux jeunes.

Gildas le toisa avec mépris.

– Dans un autre pays que Roccadura, monsieur, les jeunes vous auraient déjà pendu comme criminel de guerre !

Au pied des marches de la cathédrale, mollement contenus par des appariteurs, quelques grappes de badauds attendaient la sortie du cortège. Mais on sentait que le cœur n'y était pas : les avait-on payés pour faire de la figuration ? Sur le Rocher, tout le monde ou presque était contre ce mariage. Au cours des mois qui avaient suivi la Libération, une espèce de cassure sournoise avait eu lieu entre le prince régnant et ses sujets. Des bribes d'humeur, une rancœur sourde... Rien de précis, des trucs vagues indiquant la fin des amours. On lui reprochait de ne s'intéresser qu'à Éliane, et plus à Roccadura. Il se faisait représenter dans les cérémonies officielles au lieu d'y apparaître lui-même. Il se cloîtrait dans son palais, se moquait du sort de son peuple.

Presque ouvertement, d'autres n'hésitaient plus à critiquer son attitude ambiguë pendant la guerre. Ou la présence de Robion, qu'il s'était obstiné, contre vents et marées, à garder comme Premier ministre de son gouvernement.

Pourtant, à cet instant, personne encore n'était au courant des secrets du contrat de mariage. Ce même jour, à l'aube, Me Jean-Charles Spinola, notaire, conseiller financier et ami d'Edmond III, était discrètement arrivé au palais où l'avait convoqué le prince. Un chambellan l'avait introduit sur-le-champ dans le bureau privé où l'attendait Son Altesse sérénissime.

– Alors, mon cher Jean-Charles, que pensez-vous de mon mariage ?

– Je m'en réjouis, Monseigneur.

– En dehors d'Éliane et de moi-même, vous en êtes bien le seul. Je suppose que vous savez pourquoi je vous ai appelé ?

Sourire entendu du notaire.

– Bien, poursuivit le prince. Je vous demande donc d'annuler toutes mes dispositions testamentaires antérieures. En voici de nouvelles. Je vous prie d'en prendre note.

Spinola avait déjà le stylo à la main.

– Je vous écoute, Monseigneur.

– Je lègue à Éliane, ma nouvelle épouse, la moitié de tout ce que je possède, biens mobiliers, immobiliers, actions, bijoux, terrains, argent liquide, ainsi que mes participations dans les différentes entreprises que je contrôle ou non, ici même, en principauté ou à l'étranger...

Le prince marqua une pause.

– Parfaitement, Monseigneur, dit Spinola.

– L'autre moitié, continua Edmond III, sera équitablement répartie en trois parties. Une pour ma fille, la princesse

Christine, les deux autres pour son fils et sa fille, le prince Gildas et la princesse Hortense...

La plume du notaire courait sur le papier.

– ... mes petits-enfants, ajouta Edmond avec un soupir de résignation.

Les deux hommes se connaissaient depuis quarante ans.

– Quelque chose qui vous choque, Jean-Charles ?

– Non, Monseigneur. Rien.

Il eut une imperceptible grimace. En alerte, Edmond III le scruta de ses yeux aux paupières lourdes.

– Il est possible, poursuivit Spinola en pesant ses mots, que, le jour venu, vos décisions créent de passables remous au sein de votre famille.

Edmond III haussa les épaules avec fatalisme.

– Je ne serai malheureusement pas là pour y assister. Ils se détestent tous. Qu'ils se débrouillent. Je suis fatigué, Jean-Charles. Éliane me rend heureux depuis des années. Je veux la protéger. De mon vivant. Et au-delà de ma mort.

À Roccadura, Me Spinola était un personnage important et très influent. Les services protocolaires l'avaient installé au troisième rang des invités. Rien ne lui avait échappé.

Et seul peut-être, il avait pu deviner, sans les entendre, les atrocités échangées par les différents membres du clan au cours de la cérémonie nuptiale. Le prince avait raison : dans cette famille, tout le monde se haïssait. Bien entendu, Spinola n'avait rien perdu du petit ballet qui avait propulsé vers la sortie ceux de la dynastie qui n'avaient même pas cru devoir attendre la fin de la cérémonie : où étaient-ils donc ? Pour Hortense, qui s'était purement et simplement abstenue d'y assister, mystère : représailles, maladie, foucade ? Avec elle, il était difficile de savoir : elle était imprévisible.

Pour la princesse Christine, la réponse était plus simple.

Son père convolait avec une théâtreuse de quarante ans sa cadette alors qu'il n'avait pas épousé Albertine, sa propre mère, inconnue à Roccadura, abandonnée au Maroc et sacrifiée sur l'autel de la raison d'État. Il y avait fort à parier qu'elle était déjà en route vers son domaine de Montfort-l'Amaury où l'attendaient les marginaux fraîchement sortis de prison dont la réhabilitation sociale l'occupait désormais à plein temps.

Quant à Gildas, son fils, prince héritier momentanément sans couronne, sa destination était sans mystère. Elle portait un nom de femme : Valérie. Aux yeux de tous, ils s'aimaient depuis quatre ans. Pourtant, malgré les objurgations réitérées de son petit-fils, Edmond III agissait envers la comédienne comme jadis avec sa propre danseuse, Albertine Lougnard, grand-mère de Gildas : la très belle et très célèbre Valérie Alain n'avait à Roccadura ni droit de cité ni existence officielle.

Alors, pour l'instant, elle devait se contenter de rester dans l'ombre. D'aimer son prince en silence.

Et de faire comme lui : attendre.

36

Difficile à croire pour qui ne l'aurait vu, mais Hortense parlait à son ventre ! Il était lisse et presque aussi rond qu'une mappemonde. Les mains d'Hortense le caressaient doucement. Nue dans la salle de bains, toutes portes closes, elle se tenait debout devant un miroir couvrant la surface du mur, le regard voluptueusement centré sur son nombril.

– Tu seras un garçon. Tu seras beau. Tu seras roi, tu seras prince...

De combien de mois pouvait-elle être enceinte ? Elle seule le savait. Au début, elle avait caché sa grossesse. Lorsque ses formes s'étaient arrondies, afin d'éviter les questions, elle les avait compressées dans des vêtements assez serrés pour lui couper le souffle. Mais, dans quelques minutes, elle allait pouvoir s'en passer, c'était fini. Quatre mois plus tôt, elle avait puni son grand-père en boudant son mariage. Alors qu'elle était l'aînée, elle ne lui pardonnait pas d'avoir choisi Gildas pour la succession au trône : qui donc, sinon un homme assez gâteux pour se laisser conduire à l'autel par une intrigante, pouvait imaginer ce pauvre Gildas avec une couronne sur la tête ?

Et avec quelle hargne Edmond III lui avait interdit toute relation avec José Marques, l'homme de sa vie que toutes les femmes convoitaient !

– Mais, José, dit-elle à son nombril, tu es là, partout en moi, dans mon cœur, dans ma tête, dans mon ventre !

À qui que ce soit et pour quoi que ce soit, demander la permission avait toujours révulsé Hortense.

Malheureusement, dans sa famille où le prince régnant avait barre absolue sur tous les autres membres, c'était la règle du jeu. Certes, on pouvait ne pas la respecter.

Mais le prix à payer était trop lourd : l'exclusion.

On gratta doucement à la porte.

– Une seconde, dit Hortense.

Elle enfila un peignoir à la volée, ouvrit, et, le cœur battant, se jeta dans les bras de José : comme il était beau !

À travers les manches de sa veste sport, elle sentait rouler ses biceps puissants.

– Où étais-tu ?

– Au club.

– Tu as joué ?

– Deux sets.

– Avec qui ?

– Francillon.

– En simple ou en double ? demanda-t-elle avec méfiance.

– En simple. Pourquoi ?

– Il était seul ?

– Non, avec sa femme. Mais elle n'a pas joué.

Le visage d'Hortense se crispa.

– Ce mal blanc qui n'arrête pas de te tourner autour !

José éclata de rire, la prit de force dans ses bras, lui chuchota qu'il l'aimait. Habituellement, il n'en fallait pas plus pour calmer sa jalousie pathologique : ce fut le cas.

– Je vais te montrer quelque chose, dit-elle.

Elle disparut dans leur chambre et revint revêtue d'une robe à fleurs qui ne laissait rien ignorer de sa grossesse.

– J'essaie d'imaginer la tête qu'il va faire.

José feignit une expression terrifiée. Point d'orgue de leur plan, l'opération était prévue depuis des semaines : arracher le consentement du prince Edmond III pour leur mariage.

On y était.

– On verra bien qui pliera le premier, dit Hortense.

Elle prit son sac, adressa à José un baiser du bout des doigts. Dans la rue, son chauffeur l'attendait.

Quand il la vit apparaître, il ne put masquer sa surprise : en début de matinée, il avait déposé chez son amant une jeune femme mince.

Deux heures plus tard, elle ressortait de chez lui enceinte jusqu'aux yeux!

– Hé oui! dit-elle en montant dans la Packard.

En présence de son grand-père, Hortense eut la joie d'obtenir la même réaction : abasourdi, le prince la contemplait sans pouvoir proférer la moindre parole.

Hortense crut que l'affaire était dans le sac.

– Vous allez bien? demanda-t-elle d'une voix enjouée.

– Qu'est-ce qu'il t'arrive? coassa Edmond III.

Hortense prit un air étonné, eut un petit rire de gorge et désigna son ventre.

– Ça ?... Votre arrière-petit-fils, Monseigneur.

– Qu'est-ce que c'est que cette histoire? gronda le prince. Tu es enceinte?

Hortense haussa les épaules et leva les yeux au ciel d'un air exaspéré.

– De qui?

– Vous le savez très bien. J'accouche dans un mois. Maintenant que mon enfant va naître, je pense que vous ne pouvez pas vous opposer plus longtemps à mon mariage.

Le prince eut une réaction curieuse. Tournant le dos à sa petite-fille, il alla se laisser tomber dans un fauteuil.

– Va-t'en, dit-il d'une voix atonale.

– Pardon?

Il sonna Jérôme.

– Allez me chercher la princesse Éliane.

– Bien, Monseigneur.

Hortense fit le tour du fauteuil, se planta devant le vieil homme et le regarda bien en face.

– C'est tout ce que vous trouvez à me dire? Je vous annonce que vous allez enfin avoir un descendant et votre première réaction est d'appeler votre femme au secours?

Dans une espèce de râle, Edmond chassa l'air qu'il comprimait depuis un moment dans ses poumons

– Tu n'épouseras pas cet homme.

– Mais puisque je vous dis que je suis enceinte! s'indigna Hortense.

– Je n'y suis pour rien. Va faire ton bâtard ailleurs!

À cet instant, Éliane entra en coup de vent dans la pièce.

Elle entendit les derniers mots d'Edmond, vit la silhouette alourdie d'Hortense et, de stupeur, porta la main à sa bouche.

– Je vous fais le serment solennel, explosa Hortense, qu'aucun de vous ne se relèvera du scandale!

Visage convulsé de fureur méprisante, elle pivota sur elle-même et sortit en claquant la porte.

37

– Coupez! cria Grebillon.

C'était plus fort que lui : Gildas avait beau connaître le corps de Valérie dans ses recoins les plus secrets jusqu'à pouvoir en préciser, de mémoire, l'emplacement du moindre grain de beauté, il avait toujours un pincement au cœur sitôt qu'il en devinait la forme. Dans ce cas précis, il aurait été difficile qu'il en fût autrement. Pour tout vêtement, elle portait une combinaison rose transparente qu'elle avait recouverte d'un grand châle de soie dont les pans s'écartaient au plus infime de ses mouvements. Le visage illuminé par un sourire tendre, elle s'avança vers lui, le prit par la main et l'entraîna dans un coin encombré d'accessoires. Ils s'assirent sur une caisse. Autour d'eux, dans l'habituelle cohue d'un tournage de film, un tourbillon de machinos et d'éclairagistes enjambait les câbles enchevêtrés des spots éclairant le décor : une chambre à coucher en désordre.

– Monseigneur...

Debout devant Gildas, Grebillon, qui s'imaginait avoir des usages, se cassait en deux pour une profonde révérence.

Il dirigeait *Avant l'amour*. Valérie était sa vedette.

– Vous l'avez vue dans sa scène, *Monseigneur* ? Quelle vérité ! Elle est *divine* !

À sa grande confusion, lorsque Gildas venait rejoindre Valérie sur le plateau, la vedette, c'était lui. Sa présence créait de l'ébullition. On cherchait à l'approcher, on guettait un signe.

Ça le rendait furieux. Il était timide, modeste. Il ne comprenait pas ces marques d'attention. Elles l'exaspéraient au point que certains jours, pour ne pas avoir à en subir la torture, il renonçait à venir chercher Valérie. Il faut dire aussi que certaines séquences le mettaient très mal à l'aise. Il avait beau savoir que c'était de la frime, il supportait difficilement de voir la femme qu'il aimait dans les bras d'un autre. Comment supporter sans bondir comme tout à l'heure, partenaire ou pas, le spectacle de Valérie enlacée sur un lit par un apollon de vingt-cinq ans pour un interminable bouche-à-bouche ?

– Je vais craquer, disait-elle avec un haut-le-cœur. Je suis sûre que ce type n'a jamais consulté un dentiste de sa vie !

N'empêche : à l'écran, les centaines de milliers de spectateurs ne verraient que ce qu'on leur donnait à voir – les baisers passionnés de Valérie – sans se préoccuper de l'haleine du jeune premier. Valérie lui disait-elle même la vérité ?

Et si ces baisers, prétendus « de cinéma », étaient de vrais baisers ? Pour le calmer, une nuit, Valérie s'était livrée à une démonstration.

– Laisse-toi faire.

Elle lui avait pris la tête entre les mains pour l'embrasser à pleine bouche. Au bout d'une minute, elle relâchait son étreinte.

– As-tu seulement senti mes lèvres ?

– Et comment !

– Salaud de menteur !

Ils avaient roulé sur le lit. Mais, cette fois, ce n'était plus du cinéma. Trois mois plus tôt, le jour même de sa démobilisation, Gildas avait loué pour tous deux une délicieuse villa du début du siècle, « La petite Amérique ». Luxe discret, inondation de soleil sur les terrasses et entre les palmiers, la vibrante palpitation de la mer. La vie aurait pu s'y prolonger indéfiniment dans la perfection du paysage. Mais il y avait le travail.

Lorsqu'elle tournait, Valérie devait se lever de grand matin pour être à sept heures au maquillage. Gildas ne pouvait pas se rendormir. Il connaissait des plages secrètes, descendait dans les rochers, nageait, plongeait, ou alors, à bord de sa Bugatti de compétition, il prenait les routes non balisées de l'arrière-pays et fonçait dans des nuages de poussière.

Il s'ennuyait.

Selon la Constitution de Roccadura, sa qualité de prince héritier lui interdisait de travailler, de gagner de l'argent, de vivre comme les autres. Lui restaient les inaugurations de chrysanthèmes, les visites d'hôpital, les goûters de vieillards.

Son grand-père prétendait que c'était pour lui la meilleure façon d'apprendre son métier de futur souverain.

Mais, en contrepartie, il se gardait bien de lui abandonner la plus infime parcelle de pouvoir dans la conduite réelle des affaires de l'État. Gildas ne désirait la mort de personne. Mais, tant qu'Edmond III régnerait, il ne pourrait que ronger son frein dans la vacuité d'une insipide existence dorée. Si au moins il avait pu faire participer Valérie aux dérisoires événements officiels de sa vie... Mais, là encore, veto absolu de son grand-père : « Une comédienne dans la famille, ça suffit ! »

Éliane avait magistralement joué son coup. Pressentant qu'Edmond III finirait par l'épouser, elle avait eu la finesse intuitive de renoncer à sa carrière sans se faire prier : ce n'était pas le cas de Valérie.

Malgré le ballet des techniciens et figurants qui continuaient à faire des passages pour les lorgner du coin de l'œil, oubliant tout protocole, Gildas referma ses bras sur elle.

– C'est si épouvantable que ça, tes baisers bidon ?

– Horrible ! dit-elle en se serrant contre lui.

Il éclata de rire.

– Si réellement tu souffres autant, c'est facile : arrête.

– Arrêter quoi ?

– Ton métier. Un jour, tu m'avais dit que, si je te le demandais, tu arrêterais par amour pour moi. Tu me l'avais promis.

– Je m'en souviens. Tu voulais m'épouser.

– Je le veux toujours.

Elle se dégagea, planta ses yeux gris dans les siens.

– Quand ? demanda-t-elle sur un ton mi-désabusé, mi-ironique.

Il baissa la tête.

– Je t'ai déjà expliqué cent fois...

À son tour, elle se mit à rire.

– Je sais. Raison d'État.

Gildas n'était pas encore assez puissant pour forcer le blocus, imposer son choix. Au palais, où elle n'était déjà pas en odeur de sainteté, les membres du gouvernement reprochaient à Valérie de se produire dans des œuvres trop *légères*, trop *osées*.

– Excusez-moi, mademoiselle Alain. On reprend.

– J'arrive, dit Valérie à l'assistant.

Elle se redressa. Gildas en fit autant. Ils furent debout, face à face.

– Tu veux que je te dise vraiment ce que je pense? demanda-t-elle. Je suis fatiguée de me sentir exclue.

Gildas voulut lui prendre la main. Elle la retira.

– Et pas seulement exclue! Hortense se conduit d'une façon dégueulasse! Ce n'est pas parce qu'elle vient d'avoir une fille qu'elle a le droit de raconter partout que je suis stérile!

– Valérie...

– C'est dans tous les journaux!

Elle eut soudain les yeux pleins de larmes.

– Épouse-moi, Gildas, et tu verras si je suis stérile!

– Valérie, l'implora-t-il, je te le jure! À l'instant même où je suis souverain, tu seras princesse!

Valérie désigna d'un geste tous ceux qui patientaient sur le plateau en l'attendant.

– Regarde-les, dit-elle, ici, je suis reine!

38

Ne pas s'affoler. Retenir son souffle. Gildas savait que tout mouvement de panique anéantirait ses chances de remonter à l'air libre. Il était coincé à dix mètres de fond dans une espèce de nasse de roche, un entonnoir où il était entré tête la première à la poursuite d'un loup. Son instinct de chasseur l'avait emporté sur sa prudence de plongeur. Il s'était engagé de plus en plus loin sous la roche, forçant son passage dans un nuage de particules sous-marines arrachées aux parois resserrées qui lui écorchaient la peau. Puis le loup s'était faufilé droit devant lui dans une étroite fente de lumière : pour Gildas, impossible d'aller plus loin. Désormais hors d'atteinte, le loup, d'un coup de nageoire nonchalante, vira de bord et disparut.

À la seconde même, une décharge d'adrénaline submergea Gildas : tout à sa pêche, il avait *oublié qu'il devait respirer* !

Combien de temps était-il resté sous l'eau ?

Remonter... Remonter de toute urgence !

Il tenta de se retourner sur lui-même : trop étroit. S'aidant des deux mains, il chercha alors à reculer doucement, sans mouvement brusque, pour refaire le même parcours en sens inverse. Jusqu'alors, la mer était son amie. Les jours de grisaille, elle lui offrait le refuge absolu de son sanctuaire sans pesanteur.

Il y engloutissait avec volupté ses chagrins, ses regrets, ses impatiences. Il faut dire que, depuis quelque temps, il était gâté. Son grand-père ne jurait que par Éliane et se désintéressait de Roccadura. Sa sœur Hortense ne mettait plus les pieds au palais parce qu'on refusait d'y recevoir José, le père de son enfant. Quant à sa propre mère, la princesse Christine, elle ne s'était même pas dérangée pour venir saluer la naissance de sa petite-fille, Anita. Humiliée, furieuse, Hortense avait alors décidé de se rendre elle-même à Montfort-l'Amaury pour lui présenter le bébé : nouvel échec. Prévenue, Christine, prétextant des activités débordantes, s'était récusée. Malgré la rancune sourde qu'elle vouait à son frère, Hortense était trop indignée pour ne pas lui en faire part. Lui aussi se posait des questions sur sa mère. Comment une meute de chiens et un quarteron d'ex-taulards pouvaient-ils accaparer sa mère au point de l'empêcher de rendre visite à son premier petit-enfant ?

Un matin, pris d'une impulsion, il s'était glissé dans sa Bugatti sans rien dire à personne et avait parcouru à tombeau ouvert les neuf cents kilomètres qui le séparaient de Montfort. Il avait longé les hauts murs d'enceinte de la propriété sans oser sonner.

Dans le bistrot d'un village voisin, accroché au mur couvert de chiures de mouches, il y avait un téléphone. Attablés comme s'ils faisaient partie du décor devant une caisse de canettes de bière, deux paysans le dévisageaient d'un œil torve. Il eut sa mère en ligne. Elle n'eut l'air ni surprise ni enchantée. Elle croyait qu'il l'appelait de Roccadura.

– Non, maman, je suis à dix minutes de chez vous. Puis-je passer vous embrasser ?

Elle lui avait fait servir du thé par un maître d'hôtel au visage grêlé dont les muscles puissants faisaient craquer aux entournures sa veste blanche de majordome d'opérette.

– C'est un des garçons que vous tentez d'aider à se réinsérer dans la société, maman ?

– Oui.

La propriété couvrait plusieurs hectares. On l'appelait « La Douce ». Enfant, Gildas y avait passé des étés heureux. Son père et sa mère vivaient encore ensemble. Il leur arrivait parfois de figurer sur la même photo de groupe, mais chacun prenait bien soin de se placer le plus loin possible de l'autre pour que leur visage ne trahisse pas l'hostilité méprisante qu'ils se portaient.

– Vous en avez beaucoup comme celui-ci à « La Douce » ?

– Quelques-uns, par roulement. Une vingtaine... On me les envoie des prisons. Nous les avons installés dans les deux fermes.

– Maman, quand viendrez-vous sur le Rocher ? Hortense meurt d'envie de vous montrer sa fille.

– Quand j'aurai le temps.

Une demi-heure plus tard, escorté par une meute de chiens hurlants jusqu'à l'énorme portail de bois massif clouté de fer et renforcé de barres d'acier, Gildas reprenait la route du Sud : il n'avait plus rien à faire ici. Mal à l'aise, se posant encore plus de questions qu'à l'aller, il avait fait le retour pied au plancher, d'une seule traite.

Et maintenant, il allait mourir.

Curieusement, dans les remous de l'eau troublée par les nuages de sable, le visage de sa mère lui apparut. Si on lui avait prédit sa propre mort, il aurait plutôt parié sur celui de Valérie.

Mais allez donc savoir ce qui se passe lorsqu'on se noie.

N'eussent été ces flammes qui lui mordaient les poumons, ce n'était même pas désagréable. Une voix lui disait de se laisser aller. C'était si facile. Une autre lui intimait l'ordre de résister, de lutter, de se débattre.

Après tout, quelle importance ? La Méditerranée lui servirait de linceul et personne, jamais, ne retrouverait son corps coincé dans ce cercueil de roche. Pourtant, Gildas continuait à avoir des soubresauts désespérés pour se dégager du piège. Quelque chose de puissant se referma autour de ses chevilles. Trop mal en point pour avoir peur, le torse ensanglanté cognant durement sur les aspérités de la roche qui lui entaillaient la peau, il sentit qu'on le tirait en arrière. Et soudain, à des millions d'années-lumière, tamisée par la fantastique masse d'eau qui en diluait l'éclat, il vit au-dessus de lui réapparaître la lueur du jour.

Poumons bloqués, propulsé par une force inouïe qui le poussait vers le haut, il remonta comme un bouchon vers la surface.

– Je suis tombé dans les pommes ?

Il était allongé sur un rocher plat. Penché au-dessus de lui, le visage anxieux d'un costaud dans la trentaine. Trapu, brun de peau, noir de poils, large d'épaules.

– Tu m'as foutu la trouille. Tu as dû avoir une espèce de syncope. C'est pour ça que tu as pas bu la tasse.

– Mon harpon ! s'écria Gildas.

L'inconnu éclata de rire.

– Ton harpon !... Tu es marrant, toi ! On a failli crever tous les deux et tu me parles de ton con de harpon !

Gildas ferma les yeux.

– Qu'est-ce qu'il s'est passé ?

– Je venais d'arriver. Je t'ai vu plonger. Tu es pas remonté. J'ai piqué une tête. Tu as mal au menton ?

Gildas se tâta la mâchoire avec une grimace de douleur.

– C'est moi, dit son sauveur, tu gigotais, tu as failli me faire couler, j'ai dû t'en balancer une. J'ai tapé trop fort ?

– Je te dois la vie, dit Gildas.

Le garçon eut un haussement d'épaules.

– Comment tu t'appelles ?

– Giacomo.

– Moi, c'est Gildas, dit celui-ci en lui tendant la main.

Giacomo la prit et le dévisagea avec attention.

– Tu es le prince ?

– Oui.

– Je dois t'appeler « Monseigneur » ? demanda Giacomo avec un sourire timide.

– Pourquoi pas Dieu le père ! ironisa affectueusement Gildas. Tu fais quoi dans la vie ?

– Un peu maçon, un peu entrepreneur.

– Tu es de Roccadura ?

– Troisième génération.

– Où est-ce que tu bosses ?

– Sur les chantiers. Je construis des trucs. Quand j'ai trois sous, j'achète des bouts de terrain.

– Où ça ?

– En bordure de mer.

– Est ou ouest ?

– Est.

– Tu es cinglé ! Ça vaut pas un clou ! Ce sont des marécages ! Tu ferais mieux d'acheter le palais !

– Combien ?

Les deux hommes éclatèrent de rire. La nuit commençait à tomber. Jambes flageolantes, Gildas se mit debout. Tous deux se rhabillèrent.

– Tu es libre à dîner ? Je t'amène à la maison. C'est à deux pas d'ici !

Excédé par les humiliations que faisait subir son grand-père à Valérie, Gildas, qui voulait protéger leurs amours, avait préféré quitter « La petite Amérique », sa villa de la principauté.

Lors d'une promenade en voiture, Valérie était tombée en extase devant une ravissante propriété, « Le manoir bleu ». Elle était libre : Gildas l'avait louée sur-le-champ. Elle avait l'avantage d'être à deux pas du Rocher mais de ne pas dépendre du territoire de Roccadura.

Ainsi, Gildas n'avait de comptes à rendre à personne.

– On y va ? On m'attend... reprit-il en clignant de l'œil.

– Valérie Alain ? hésita Giacomo.

– *In person* !

Giacomo secoua la tête.

– Merci, Gildas, mais pas ce soir.

– Tu es timide ?

– Une autre fois, je te promets.

– Comment je te retrouve ?

– Tu n'as qu'à te noyer, j'arrive !

La réplique était si vive que Gildas se mit à rire.

– Sérieusement ?

– Ici. Le soir, je viens souvent nager pour me détendre. Ou alors, sur les chantiers. Tu demandes Giacomo.

– Giacomo comment ?

– Giacomo, tout le monde me connaît.

Au lieu de prendre la main qu'il lui tendait, Gildas, dans un mouvement spontané, le serra sur son cœur.

– Merci, Giacomo, dit-il. Je n'oublie jamais.

Il se dirigea vers un sentier bordé de lentisques et de gentianes qui menait à la crête surplombant la baie.

À mi-chemin, il se retourna. Juché sur un vélo, Giacomo lui fit un grand signe. Gildas y répondit et continua sa route.

Quand il poussa la grille du « Manoir bleu », il aperçut Valérie dans l'allée. Vêtue d'une robe de cotonnade blanche et chaussée de sandales, elle courait vers lui comme elle en avait l'habitude lorsqu'il lui arrivait de rentrer la première. Gildas ouvrait déjà la bouche pour lui raconter l'accident auquel il avait échappé. Il vit alors qu'elle avait un visage bouleversé. Elle se jeta dans ses bras, colla ses lèvres contre son oreille.

– Devine qui t'attend dans le salon ! murmura-t-elle d'une voix exaltée.

– Qui ? demanda Gildas.

Elle se dégagea, le prit par les épaules et plongea ses yeux dans les siens.

– Ton père !

39

De son lit, Edmond III contemplait d'un regard morne le ciel étoilé zébré de fusées multicolores. À ses côtés, Éliane, comme à l'ordinaire, lui tenait la main.

– Ça vous plaît ?

Le prince ne répondit pas. Depuis quelque temps, les bruits de la vie ne lui parvenaient plus que très assourdis. Il pouvait rester des heures les yeux dans le vide, sans un mot, et ceux qui s'adressaient à lui n'étaient jamais bien sûrs qu'il les eût entendus. Le matin même, une délégation des plus éminents notables de Roccadura était venue lui présenter ses vœux à l'occasion de la Fête nationale. Edmond les avait reçus debout.

À chacun, il avait rendu sa poignée de main. La cérémonie terminée, il était retourné dans sa chambre. Elle était toujours pleine de fleurs fraîches, roses rouges et tulipes d'or, ses préférées. Un grand feu de bois crépitait dans la cheminée.

Parfois, une infirmière à bonnet blanc faisait un passage, échangeait quelques mots avec le prince, à l'écoute de ses moindres désirs. On était le 18 janvier 1949. Il était neuf heures du soir. Éliane et Edmond venaient de dîner en tête à tête.

– Est-ce que vous aimez ce feu d'artifice ? insista Éliane en haussant le ton.

– Je le trouve horrible ! dit Edmond. J'ai toujours eu horreur des feux d'artifice.

Au même instant, chambre n° 9, Clinique des Glycines, le premier cri d'un bébé retentissait.

– C'est un garçon ! s'exclama le professeur Dellorca.

Suffoquée de bonheur, Hortense ferma les yeux et se laissa aller avec béatitude.

– Vous avez réussi, balbutia-t-elle. Comment vous dire ma reconnaissance...

– De nos jours, Altesse, se rengorgea Dellorca, la médecine peut faire tant de choses.

Comme pour célébrer la synchronisation inouïe de l'événement, les dernières explosions du feu d'artifice parvinrent à Hortense, malgré les fenêtres closes, en un ultime bouquet d'allégresse.

José Marques attendait dans le couloir. On vint le prévenir que, deux ans après la naissance de sa fille Anita, il était désormais le père d'un robuste petit garçon de quatre kilos.

– Puis-je téléphoner ? demanda-t-il.

Quelques minutes plus tard, prévenue par ses soins, Valérie annonçait la nouvelle à Gildas.

– Mais c'est impossible ! s'exclama-t-il. Elle ne devait pas accoucher avant quinze jours !

– Chéri, ce sont des choses qui arrivent.

– Pas avec ma sœur ! Tu t'imagines qu'elle a fait naître son enfant le jour de la Fête nationale par hasard ?

Il lui jeta un regard soupçonneux.

– Marques t'a dit comment ils allaient le baptiser ?

– Comme ton grand-père, dit Valérie avec candeur. Edmond.

– La garce ! fulmina Gildas.

40

En tête du cortège, seul derrière le cercueil porté par trente-quatre pénitents noirs, Gildas, prince héritier.

Quatre pas en arrière, les trois princesses : Christine, sa mère, Hortense, sa sœur, et Éliane, veuve de son grand-père.

Deux pas plus loin, les dignitaires du Rocher, magistrats, fédérations et congrégations religieuses ou laïques en grand habit de cérémonie à dominante pourpre et or.

Et la foule, muette, suivant à pas lents, sous le dôme luisant d'une forêt de parapluies noirs, au rythme du roulement lugubre des tambours les obsèques de son souverain, Son Altesse sérénissime Edmond III. Selon une tradition presque millénaire, les maisons de la principauté, en signe de deuil, avaient gardé leurs volets mi-clos. Les réverbères, allumés en plein jour, étaient entourés d'un linceul de crêpe.

Avançant au coude à coude sous une petite pluie fine, Éliane, au centre, Christine, à sa droite, Hortense, à sa gauche, trempées dans leurs vêtements de deuil, échangeaient à travers leur fine voilette des horreurs à voix basse.

– Quel besoin avez-vous eu de venir parader ici aujourd'hui ? grinça Hortense en direction de sa mère. Une naissance ne vous fait ni chaud ni froid, mais pour un enterrement vous accourez !

– C'est mon père qui est là, dans son cercueil, dit Christine entre ses dents. Ne l'oublie pas !

– Ne me faites pas rire ! la cingla Hortense avec méchanceté. Il ne vous a reconnue que parce qu'il lui fallait un héritier sous peine de perdre le trône. Il n'a eu besoin que de votre ventre pour qu'un play-boy de passage y dépose la graine de ses futurs successeurs !

Christine frappa où ça faisait le plus mal.

– Il n'y a qu'un seul successeur : ton frère !

L'échange avait lieu, pour ainsi dire, par-dessus la tête d'Éliane qui se trouvait en être le centre.

– Je vous en prie ! s'indigna-t-elle. Vous oubliez où nous sommes ! Si vous n'avez aucune pudeur, ayez au moins un peu de respect pour la mémoire du disparu !

Le cortège arrivait devant les marches de la cathédrale.

Avec la vivacité d'un cobra, Hortense se tourna vers Éliane pour la clouer lorsque Christine s'évanouit. Les spectateurs du premier rang la virent s'affaisser mollement sur le parvis.

Instantanément, les services de sécurité intervinrent, firent corps autour de la princesse et l'emportèrent si discrètement que personne, dans la foule, ne remarqua quoi que ce soit. Conduite jusqu'à une ambulance garée dans une rue adjacente, elle y reçut les premiers soins pendant que le véhicule démarrait déjà et fonçait vers le palais. Ni Éliane ni Hortense n'avaient bronché. Gildas, qui avait vu la scène du coin de l'œil, resta de marbre. Les vapeurs et les crises de sa mère lui étaient trop familières pour qu'il s'en inquiète sérieusement.

À cet instant, il était lui-même la proie de pensées contradictoires. Du jour au lendemain, la mort attendue du prince faisait de lui à la fois un homme libre, un chef d'État et un orphelin. Entre Edmond III et lui, les derniers mois avaient été très durs. Mais c'était son grand-père. Et il était mort.

Le premier coup de téléphone de Gildas avait été pour son père, toujours banni de la principauté.

– Papa, désormais, je vais régner. Mon premier acte souverain sera de réparer l'affront et l'injustice qu'on vous a faits. Bienvenue à Roccadura ! Je vous attends désormais dans votre palais avec tous les honneurs qui vous sont dus !

Comme l'enfance est tenace ! Comme son odeur nous colle à la peau ! Le jour où il avait failli se noyer, quand Valérie lui avait pris la main pour l'entraîner dans la maison où l'attendait son père, la première chose de lui qu'il avait retrouvée en se jetant dans ses bras, c'était son parfum, ce même parfum subtil qui, tant d'années auparavant, le grisait lorsque dans le noir, avant de s'endormir, son père se penchait au-dessus de son lit pour l'embrasser.

Valérie, les laissant face à face, s'était éclipsée sur la pointe des pieds.

– Je vous ai tant cherché!

– Je sais, Gildas. C'était la guerre. Il m'était interdit de te donner le moindre signe de vie sous peine de condamner à mort beaucoup de mes compagnons.

Affectueusement, il lui avait posé la main sur l'épaule.

– J'en ai souffert autant que toi.

Gildas aurait aimé le faire parler davantage de ce qu'avait été sa vie pendant ses années de résistance, où il avait vécu, avec qui, ce qu'il avait fait, quelles menaces avaient pesé sur lui. Mais le duc s'était montré très discret. Gildas aussi.

Un jour, plus tard, peut-être...

Maintenant, des appariteurs descendaient le cercueil d'Edmond III dans la crypte de la cathédrale. Quand il y fut déposé, Gildas se recueillit pendant quelques minutes.

Puis, se penchant, il laissa glisser du bout des doigts sur la paroi de chêne noir une tulipe d'or et une rose rouge tendues par une ordonnance. L'interminable défilé de ceux qui voulaient présenter leurs condoléances à leur nouveau prince put alors commencer. Pendant qu'il serrait machinalement des mains avec une expression lointaine, ses pensées se mettaient en place. Quand la cérémonie fut achevée, il sortit de la cathédrale.

La pluie avait cessé. On sentait que, d'une seconde à l'autre, le soleil, invisible encore, allait percer les nuages. Venus d'on ne sait où, des effluves d'orangers se mêlaient à la brise presque tiède. La journée serait belle. Visage caché derrière des lunettes noires, Gildas, discrètement, s'emplit les poumons d'une grande bouffée d'air printanier. Sans se préoccuper d'Éliane ni d'Hortense, il monta dans sa voiture dont un chambellan lui tenait la portière ouverte. Il connaissait maintenant avec précision les démarches implacables qu'il allait devoir accomplir dans la journée.

D'abord, convoquer Jean-Charles Spinola, le notaire de son grand-père, pour faire casser le testament qu'Edmond III lui avait dicté en faveur d'Éliane : les biens de la couronne n'étaient pas transmissibles, ils devaient rester à la couronne.

Ensuite, prévenir sa mère, la princesse Christine, que son père – qu'elle haïssait toujours avec la même force – allait faire sa réapparition officielle sur le Rocher : libre à elle de ne plus y mettre les pieds.

Enfin, réunir de toute urgence les membres du Grand

Conseil et exiger d'eux qu'ils changent la date de la Fête nationale. La longue histoire des Ponti de Roccadura regorgeait d'événements prestigieux : on n'aurait que l'embarras du choix pour en trouver une autre.

Ainsi, Hortense serait court-circuitée.

Elle s'était crue géniale en faisant naître un garçon – baptisé Edmond ! – en ce jour hautement symbolique du 18 janvier. Elle allait apprendre à ses dépens que cette coïncidence provoquée n'était pas la meilleure stratégie pour que les fesses de son rejeton effleurent jamais le trône.

Les enfantillages étaient terminés : on tournait la page !

LIVRE VI

Désormais

41

Le type était en soutane. Il sauta de son wagon, glissa, faillit rater une marche, atterrit en souplesse sur le quai, éclata de rire pour lui tout seul et s'éloigna vers la sortie.

Pour tout bagage, il avait à la main une petite valise de cuir fauve. Il se retrouva hors de la gare sur le terre-plein des départs et jeta un regard circulaire sur la place. Il avait une silhouette d'athlète, la cinquantaine vigoureuse, le visage jovial, rubicond.

Dédaignant les chauffeurs de taxi qui lui faisaient signe, il huma l'air et partit d'une démarche assurée comme si sa destination lui était familière. La journée était superbe. Il était quatre heures de l'après-midi : c'était la première fois de sa vie que le père Tanner mettait les pieds à Roccadura.

Les yeux pétillants de bonhomie derrière de fines lunettes à monture d'acier, il parcourut trois cents mètres, enregistrant les maisons aux façades ocre, les palmiers, les cactus et les aloès s'accrochant sur le bord des rues en pente. Des gamins jouaient au football. La balle arriva dans ses pieds. Il la bloqua avec adresse, amorça un mouvement de dribble et, malgré sa soutane et la valise qu'il n'avait pas lâchée, jongla avec le ballon, le caressant alternativement des pieds, de la poitrine et de la tête sans qu'il touche jamais le sol.

Les gosses le regardaient, fascinés : ils n'avaient encore jamais vu de curé en soutane exécuter des trucs de pro avec autant d'aisance.

– Salut, champions! dit-il avec un solide accent américain sans interrompre son exercice. Vous pouvez me dire où est le palais ?

Cinq mains se brandirent dans la même direction.

– C'est loin ?

Cinq têtes oscillèrent de bas en haut et de haut en bas.

Le père Tanner sortit quelques tablettes de chewing-gum des plis de sa soutane, les distribua à la ronde et tapota amicalement quelques crânes.

– Merci ! dit-il avec un clin d'œil.

– De rien, monsieur le curé ! lui renvoya en écho le chœur des enfants.

Bouche bée, conquis, ils le regardèrent s'éloigner.

Christian Tanner, « Chris » pour quelques intimes ou ceux qui, jadis, l'avaient côtoyé au séminaire de Philadelphie, était parfaitement conscient du pouvoir que sa simple présence exerçait sur les autres. Un charisme, une aura particulière, un don du ciel... Les animaux eux-mêmes en subissaient la puissance. Aucun chien ne l'avait jamais mordu. Aucun être humain n'avait refusé de lui ouvrir sa porte. N'eût-il été prêtre, il aurait excellé dans la politique, la harangue, l'escroquerie : on fondait devant lui. Il ouvrait la bouche, on le croyait. Il donnait un conseil, on le suivait. Le temps n'avait fait qu'accentuer cette force. Il faut dire qu'au cours de sa carrière il avait tellement entendu de secrets en confession que, par effet de retour, les plus lourds d'entre eux avaient dû marquer son visage de leur empreinte : il suffisait de le voir pour savoir qu'il savait. Non seulement il avait le don d'attirer la confidence, mais aussi bien celui d'écouter, analyser, comprendre ce qu'on attendait de lui, qui lui mentait ou qui était sincère.

Une voiture, qui s'apprêtait à le dépasser, s'arrêta à sa hauteur. Le conducteur baissa sa vitre.

– Dans quelle direction allez-vous, mon père ?

– Au palais, mon fils.

– Puis-je vous déposer ?

– Non, mon fils, merci, dit le père Tanner, je préfère y aller à pied. Dieu vous bénisse.

– Dieu vous bénisse, répondit l'homme en embrayant.

Il faisait chaud. La pente était raide. Le prêtre la gravissait d'un pas allègre, soutane au vent, à grandes foulées souples.

Parfois, il s'épongeait le front. Un crissement de frein lui fit tourner la tête. Dans une énorme limousine blanche décapotable, une jeune femme brune lui souriait.

– Mon père, demanda-t-elle, est-ce que vous arrivez de Rome ?

– Oui.

– Vous êtes le père Tanner ?

– Comment le savez-vous ?

– Bienvenue à Roccadura, mon père ! Je suis la princesse Hortense.

– Altesse, dit Tanner en s'inclinant.

L'homme brun qui était au volant avait déjà fait le tour de la voiture pour s'emparer de sa valise.

– Mon fiancé, le présenta Hortense. José Marques.

À cet instant, il lui aurait été difficile de dire au père Tanner que « son fiancé » lui avait déjà fait deux enfants et qu'elle était enceinte du troisième.

– Très honoré de vous connaître, mon père, dit José avec un sourire éblouissant.

– Tout l'honneur est pour moi, monsieur Marques, répondit Tanner sur le même ton.

– Montez vite, mon père, s'écria Hortense avec enjouement, on vous attend au palais !

Comment aurait-elle pu se douter qu'elle y introduisait le diable ?

42

Son Altesse sérénissime Gildas Ponti, prince souverain de Roccadura, avait tenu à ce que l'entrevue ait lieu dans le petit salon bleu où, de son vivant, son grand-père prenait, dans le secret de sa toute-puissance, les décisions concernant la principauté. Gildas s'était installé à l'extrémité de la table rectangulaire, là même où siégeait Edmond III. À sa droite, le père Tanner. À sa gauche, Jean-Charles Spinola, notaire de son état, mais conseiller privé de la famille depuis si longtemps que Gildas, qui l'avait croisé tant de fois dans son enfance en compagnie de son grand-père, le prenait, bien malgré lui, pour une espèce de grand-oncle. À un détail près : jusqu'à présent, il n'avait jamais été admis à partager ses secrets.

Or, Spinola, grand spécialiste des affaires épineuses, les détenait presque tous. Depuis la mort du monarque, son appui était donc vital pour Gildas.

– Maître, lui dit Gildas, j'ai tenu à ce que le père Tanner assiste à notre entretien. Son avis nous sera très précieux dans certaines décisions que nous allons prendre. Vous pouvez donc parler en sa présence comme si j'étais seul devant vous.

– Bien, Monseigneur.

– Autre chose. Vous m'avez connu enfant. À l'époque, vous m'appeliez Gildas. Pourquoi ne pas continuer ?

Spinola remercia d'un sourire. En un tic qui lui était familier, il entrelaça les doigts de ses deux mains et en fit craquer les jointures. Il savait, comme tout le monde, que le père Tanner était le confesseur privé du prince. Il savait aussi qu'il était arrivé en droite ligne du Vatican sans passer par les échelons normaux de la hiérarchie ecclésiastique. Il était tout de même ébahi qu'en aussi peu de temps il ait pu prendre une telle importance au palais. Il semblait désormais que plus rien ne s'y fît hors de son contrôle : l'œil de Rome.

Mais qui manipulait qui ? Gildas, le Vatican ? Ou le Vatican, le nouveau prince régnant de Roccadura ?

– Par quoi commençons-nous, Monseigneur ?

– L'héritage.

– Bien.

– Comme vous le savez, maître, mon grand-père, aux derniers jours de sa vie, n'avait plus...

Gildas marque un temps d'arrêt, chercha le mot exact qui ne froisserait personne, ne le trouva pas et, du regard, demanda secours à Tanner.

– Tout son bon sens ?... insinua le prêtre.

– Exactement, mon père. Son bon sens. Ce n'est pas attenter à sa mémoire que de le dire. Vous le savez mieux que quiconque, maître, puisque c'est à vous qu'il a dicté ses dernières volontés. Qui songerait à aller contre ? Malheureusement, quand il lègue la moitié de ses biens à la princesse Éliane, il fait une grave confusion entre ses avoirs personnels et les trésors séculaires de la principauté. Or, le premier devoir que m'impose le trône est de rendre à Roccadura ce qui appartient à Roccadura.

– C'est une décision toute à votre honneur, Monseigneur, dit Spinola d'une voix neutre. Que proposez-vous ?

– Casser le testament.

Pendant quelques secondes, chacun, ne regardant personne, eut l'air très absorbé par ses pensées.

Puis Spinola, toujours sur le même ton, rompit le silence.

– Si l'argument que vous soulevez est fondé, Monseigneur, et il n'y a aucune raison pour qu'il ne le soit pas, il est en effet possible, légalement, de casser le testament. En ce cas, il serait peut-être sage de songer à la réaction de la princesse Éliane.

– Que peut-elle faire ?

– Un procès. Un scandale.

– A-t-elle une chance de gagner le procès ? intervint Tanner.

– Sur la durée, trancha Spinola, aucune, mon père.

– Mais pourquoi irait-elle même en justice ? s'étonna Gildas. Il s'agit de la veuve de mon grand-père. Elle lui a tenu la main dans les passages difficiles. Nous ne lui voulons que du bien. Du moment qu'elle consent à quitter le palais, elle bénéficiera jusqu'à la fin de ses jours de tous les avantages dus à son rang.

Gildas consulta Tanner du regard. Il approuva d'un imperceptible clin d'œil. Spinola aussi était très rapide.

– Avec votre permission, Monseigneur, je prends les choses en main. M'autorisez-vous à contacter la princesse ?

– Elle a toute confiance en vous, maître. Faites pour le mieux. Je vous laisse carte blanche.

Affaire en voie de règlement...

– Passons à la CME, dit Gildas.

Après la flambée fantastique des profits pendant l'Occupation, les affaires du casino périclitaient. Quant à la Compagnie du Mieux-être, gestionnaire de l'État de Roccadura, tous ses comptes étaient dans le rouge : les clients boudaient les jeux, les hôtels étaient presque déserts, et régnait sur le Rocher une morne sensation de vide, une atmosphère rancie de station thermale démodée et poussiéreuse. Partout en Europe, on reconstruisait dans la fièvre ce que la guerre avait détruit.

Par comparaison, Roccadura prenait un coup de vieux qui mettait en danger son existence même.

Il fallait réagir, rafraîchir, aménager, moderniser, créer...

– Sans un rapide apport d'argent frais, je crains que ce qui tient encore debout ne le reste plus longtemps, Monseigneur.

– Que suggère le Grand Conseil ?

Spinola eut un mouvement qui pouvait être interprété comme un haussement d'épaules.

– Il apparaît que la plupart de ses membres... heu...

– Ronflent ? s'enquit poliment Gildas.

– Dans le meilleur des cas. Quand ils ouvrent un œil, c'est pour critiquer ou démolir...

– Démolir quoi ? s'enquit Tanner avec un bon sourire.

– Ce qui leur échappe, mon père. La vie des autres.

Message reçu : Gildas savait que sa liaison avec Valérie soulevait la désapprobation générale.

Au bras de leur prince, pourvu qu'elle fût titrée et dotée d'un nom à rallonge, aucune dinde moche n'aurait offusqué les notables du Rocher.

Mais Valérie !...

Ils la vomissaient. Ils ne la trouvaient pas assez noble, représentative, distinguée, c'était selon. Sa mère vendait des légumes, elle était de basse extraction. Ils ne voulaient voir en elle ni le charme, ni l'intelligence, ni la beauté, ni la star, mais seulement la roturière.

– Y en a-t-il au moins un parmi eux qui ait une idée pour renflouer les caisses de la CME et redonner vie au Rocher ?

Spinola eut un gloussement discret.

– Votre grand-père s'était emballé pour un projet assez révolutionnaire, recouvrir toute la voie de chemin de fer afin de rendre aux plages leur pureté originelle.

– Remarquable ! dit Tanner.

– Pourquoi ne l'a-t-il pas mis en chantier ? demanda Gildas.

– Il se trouvait trop vieux, Monseigneur. Il disait que, le moment venu, ce serait votre tâche.

– Il y a des plans ?

– Très poussés.

– Qui les a faits ?

– Cantor, Monseigneur. Il était très proche du prince. Ils ont réalisé beaucoup d'opérations immobilières ensemble.

– J'aimerais le rencontrer.

– C'est facile, Monseigneur, sourit Spinola. Il est là. Il attend. Au cas où vous auriez souhaité le connaître, je me suis permis de le convoquer.

Gildas le dévisagea avec stupéfaction. Le père Tanner eut un hennissement de rire.

– Bravo, mon fils ! C'est ce que j'appelle être rapide !

Le notaire se leva, ouvrit la porte qui séparait le bureau bleu d'une antichambre.

– Monsieur Cantor...

La silhouette robuste d'un homme en costume sombre, chemise blanche et cravate, s'encadra dans l'embrasure.

Il inclina respectueusement la tête et adressa au prince un long regard souriant.

– Monseigneur, dit-il.

Les yeux de Gildas s'écarquillèrent : devant lui, il avait Giacomo, l'homme qui l'avait sauvé de la noyade !

43

Rose en était-elle consciente ? Quoique appartenant au sérail et connaissant parfaitement le piège de ses illusions, elle perdait tout sens logique dès lors qu'un autre se dédoublait devant elle. Il suffisait qu'un homme – n'eût-il été acteur, elle ne lui aurait jamais prêté la moindre attention dans la vie, même pas remarqué – monte sur scène et entre dans un rôle pour qu'elle ne voie plus en lui que le personnage qu'il interprétait. Comme si le comédien lui-même, métamorphosé par la grâce du héros qu'il incarnait, devenait réellement ce héros : le héros de Rose... Pas surprenant qu'elle ait aussi souvent le coup de foudre. Et, chaque fois, avec la même intensité nourrie de cette admiration aveugle qui lui faisait confondre, dans les affaires de cœur, instant et éternité. Le dernier en date s'appelait Gene Roberts. Plus âgé qu'elle d'une dizaine d'années, ténébreux et solitaire, on le comparait dans les milieux théâtraux de New York à Marlon Brando, dont il avait la séduction physique et parfois, selon le nombre de verres ingurgités dans les bars de Broadway, la violence.

Dès l'instant où Rose avait aperçu son visage tourmenté creusé par la dure lumière des projecteurs de scène, elle avait senti battre son cœur plus vite. Ils avaient commencé à sortir ensemble. On était en 1951. Rose buvait ses paroles et le regardait boire ses whiskies. Il faut dire qu'après quelques Jameson, Gene, lorsqu'il ne sombrait pas dans un mutisme dont rien ne pouvait le tirer, était intarissable. À elle seule, sa déchirure d'Irlandais imprévisible contraignait Rose à assumer simultanément tous les rôles clés d'une femme. Lorsqu'elle le ramenait ivre mort dans son studio de la 43e Rue, elle était sa mère. À d'autres moments, quand elle écoutait, fascinée par le timbre profond de sa voix, le développement fulgurant de ses théories sur le théâtre, le désespoir ou l'existence de Dieu, elle devenait son disciple. Quand il lui donnait des conseils, elle était sa fille. Dans ses bras, sa maîtresse. Jour après jour, la profondeur de Gene et sa richesse intellectuelle augmentaient l'emprise qu'il avait sur elle. Elle savait désormais qu'elle ne pourrait supporter plus d'une heure la compagnie d'un homme qui ne soit pas acteur. Échaudée par l'horrible week-end passé dans sa famille avec Simon Freeman, elle n'avait pas commis l'erreur d'y amener Gene pour le présenter à ses parents.

À l'avance, elle savait qu'ils l'auraient rejeté. Tout au plus avait-elle parlé de lui à sa mère.

– Qu'est-ce que tu lui trouves, Rose ?

– Il est beau, maman, si beau !

– Penses-tu que ton père soit moche ?

– Tu l'as déjà épousé, maman, dit-elle avec une ironie froide.

– Mais pourquoi des acteurs, toujours des acteurs, rien que des acteurs ?

Rose ne s'était jamais posé la question. Mais, tant qu'à faire, puisqu'il fallait y répondre...

– Eux et moi sommes de la même famille, maman.

– Grotesque !

– Non, je t'assure. Eux seuls savent me parler des choses qui me font vibrer, la poésie, le théâtre, la scène, le jeu, l'émotion... Ils ont des valeurs différentes, des réactions inattendues. Ils sont fragiles, vulnérables et, pourtant, plus forts que des géants. L'argent, la position sociale, la respectabilité...

Elle eut un geste vif de la main.

– Tout ce qui nous fait courir... Ils s'en moquent !...

Arrivée à ce point, elle s'arrêta : elle ne pouvait tout de même pas dire à sa mère que Gene buvait presque une bouteille de whisky par jour. Pas davantage qu'il était en instance de divorce d'une autre actrice. Était-ce sa faute, à elle, si tous ceux qui l'attiraient étaient plus âgés qu'elle, déjà engagés ailleurs ou dotés d'un passé houleux ? C'est pourtant avec cette race d'hommes qu'elle se sentait le plus à l'aise.

À leurs côtés, elle anticipait, elle rêvait, elle apprenait.

– Il y a ici tellement de bons partis qui rêveraient de t'épouser !

– Brr..., fit Rose avec effroi. Comprends-moi, maman, dit-elle en prenant affectueusement la main de sa mère, je ne méprise personne, mais je n'aurais plus rien à leur dire. Eux non plus, d'ailleurs...

– Et l'avenir, Rose. Y penses-tu ?

– Bien sûr, maman ! Je serai star !

Au cours de l'été écoulé, elle avait joué près de dix pièces différentes pour la télévision, affinant son jeu, devinant celui de ses partenaires. Ce travail intense et passionné avait payé.

En scène tous les soirs, elle avait obtenu sur les planches un énorme succès personnel dans *Déjeuner de famille*, où la critique s'était plu à lui reconnaître une « authentique qualité de comédienne inspirée ».

Lors d'un séjour à Greenwood dans la maison familiale, elle avait ramené la coupure de journal : l'expression avait eu le don de faire hurler de rire son père. À ses yeux, un saltimbanque n'avait rien d'*inspiré*, ce ne serait jamais qu'un saltimbanque.

Deux ans plus tôt, ce mépris aurait détruit Rose.

Aujourd'hui, à peine l'atteignait-il : elle se sentait bien dans sa peau de femme, d'actrice, d'amoureuse. Elle croyait en son destin. Elle était heureuse. Alors, si elle mettait en balance son bonheur avec Gene, l'intensité de son existence, sa joie de jouer, sa volupté de commencer à être connue, sa jouissance d'être reconnue et le dédain un peu forcé de son père pour ce qui constituait l'essence de sa vie, où allait l'avantage ?

Rien n'est parfait !

44

Valérie jeta un dernier regard sur la table qu'elle avait dressée. Les chandeliers d'argent sur la nappe blanche damassée, la couleur vive des assiettes de porcelaine, la profusion de fleurs répandant leur senteur fraîche de printemps, dans le moindre détail tout était raffiné et gai. Elle avait renvoyé les domestiques et tout préparé elle-même : ce soir, elle voulait être seule.

Seule avec Gildas.

Par le plus grand des hasards, à quelques centaines de mètres à peine de leur résidence du « Manoir bleu », se dressait la propriété qu'Hortense et José avaient choisie sur les hauteurs de Saint-Jean-Cap-Ferrat pour qu'y naisse leur troisième enfant.

Mais Valérie ne les voyait jamais.

– Valérie !

Gildas entra dans la pièce, tomba en arrêt devant la table, s'approcha et vit dans une assiette le petit paquet qu'elle y avait déposé à son nom en lettres manuscrites.

– Qu'est-ce que c'est ?

– Tu le sauras au dessert !

– Mais j'avais réservé une table chez le Pirate !

– Pas ce soir. On dîne ici. Nous deux. Rien que nous deux !

Elle lui caressa la joue.

– Tu as peur ?

Il se dégagea en riant, fonça vers la table, rafla le paquet dans l'assiette et partit en courant.

– Non, Gildas ! cria-t-elle en se lançant à sa poursuite. Rends-moi ça !

Pouffant de rire, ils firent deux rotations autour de la table.

– Jamais ! Tu as dit que c'était pour moi !

– Pas maintenant !

Valérie sur les talons, il escalada les marches quatre à quatre, claqua la porte de la salle de bains et tira le verrou. Valérie tambourinait sur le battant.

– Gildas, tu m'entends ?... Tu es dégueulasse ! Tu n'as pas le droit !

– J'ai tous les droits ! Je suis prince, oui ou merde ?

– Merde ! Merde ! Merde !

Le cœur battant, elle supputait ses gestes. Il déchirait l'enveloppe du paquet. Il dépliait le papier qui entourait l'écrin. Il l'ouvrait. Il découvrait le cadeau ! Était-il surpris ? L'aimait-il ?...

Long silence...

La porte se rouvrit lentement. Adossée contre le mur, figée, Valérie resta immobile. Il la prit dans ses bras, lui releva le menton.

– C'est magnifique, Valérie. Magnifique !

Il fit miroiter dans la lumière le diamant ornant le chaton de la chevalière. Puis, lentement, il se la passa au doigt.

– Mais pourquoi ? Pourquoi ?...

– J'ai fait graver nos deux noms à l'intérieur de l'anneau.

– Je ne la quitterai jamais plus, Valérie.

Elle lui prit la main. Ils redescendirent l'escalier.

– Quel jour sommes-nous ? demanda-t-elle lorsqu'ils furent de nouveau dans le salon.

– Le 18 avril.

– Ça ne te rappelle rien ?

Sourcils froncés, il alla jusqu'à la table, se frappa la tête de la paume de la main et s'empara d'une bouteille de champagne dont il fit sauter le bouchon.

– Tu m'en veux ? demanda-t-il d'un air coupable. Désolé, Valérie. J'avais complètement oublié !

Il passa derrière elle, l'enlaça.

– Tu me pardonnes ?

– Oublier l'anniversaire de notre rencontre après neuf ans seulement de vie commune ? Jamais !

Elle sentit qu'il lui fourrait quelque chose dans la main.

Il s'éloigna, prit un air très absorbé, plongea le nez dans son verre de champagne. D'un bond, elle le rejoignit, s'accrocha à son cou, lui couvrit le visage de baisers.

– Salaud d'hypocrite ! s'exclama-t-elle. Tu savais ! Merci,

merci, Gildas, je t'aime! Tu m'as eue, menteur! Tu savais! Qu'est-ce que c'est?

Elle ouvrit le sac brun en papier kraft et, toute tremblante, en sortit une sublime parure d'émeraudes. Sa bouche s'ouvrit en un O parfait.

– Elle te plaît? demanda Gildas en souriant.

Valérie dégagea les cheveux qui lui tombaient sur les épaules et s'en ceignit le cou. Rêveusement, elle alla se contempler dans un miroir.

– Quelle beauté, murmura-t-elle.

– C'est ce que m'a dit mon père.

– Il l'a vue?

– Vue et adorée.

– Tu ne m'avais pas dit qu'il était là?

– Bien obligé. Dans trois jours, il préside un prix littéraire qui porte son nom. « Prix Rodolphe de Lentignac »! Ça a de la gueule, non?

– Tu m'y emmènes? lâcha spontanément Valérie.

Gildas se détourna d'un air embarrassé.

– Ça va être plein de raseurs, dit-il d'un air faussement décontracté. Tout le Grand Conseil, les douairières à cheveux bleus... Tu te morfondrais comme un rat mort.

Se déroula alors quelque chose d'étrange. Valérie entendit sortir de ses lèvres une phrase épouvantable qu'elle n'avait ni conçue, encore moins envisagée.

– À quand le prix Pénélope?

C'était dit : trop tard pour rattraper. Le regard de Gildas se posa lourdement sur elle. À cet instant, peut-être disposait-elle encore d'une fraction de seconde pour redresser la situation, éviter la catastrophe? Mais non. Toujours comme si quelqu'un d'autre parlait à sa place, une autre phrase tomba, aggravant la blessure.

– Neuf ans, c'est long, dit-elle.

Jusque-là, tant bien que mal, à force de tact et de prudence, tous deux avaient réussi à ne pas aborder le sujet tabou de leur couple. Mais peut-on organiser sa vie autour de quelque chose à quoi l'on pense sans cesse en évitant de le dire?

Et pendant combien de temps?

– Tu t'ennuies avec moi?

Valérie secoua la tête avec amertume.

– Je suis fatiguée, Gildas. Tu voulais m'épouser, tu m'avais promis le mariage. On se connaît depuis neuf ans, nous en avons sept de vie commune et je constate que je dois toujours me cacher. J'ai envie de respirer avec toi au grand jour. Aujourd'hui, tu es prince régnant. Tu n'as plus aucune entrave. Est-ce trop demander ?

Il reposa son verre.

– J'avais espéré, soupira-t-il, que nous allions avoir un anniversaire formidable.

– Tu ne me réponds pas, dit-elle d'une voix crispée.

– Ne gâche pas tout, Valérie. Pas ce soir, je t'en prie. Viens près de moi. Je t'aime. Viens te mettre à table.

Elle enleva sa parure, la laissa tomber dans une soucoupe.

– Je n'ai plus faim, dit-elle.

Elle lui tourna le dos et monta l'escalier.

45

On s'imagine toujours les astrologues et les voyantes comme de vieilles sorcières au nez crochu. En tout cas, c'est ainsi que les concevait Rose avant de franchir le seuil de Melissa Paramount. Malgré ce nom qui lui semblait un peu ridicule – il faisait « théâtre » – on lui avait dit tant de bien sur les talents de cette fameuse Melissa Paramount qu'un matin, ayant pris rendez-vous huit jours à l'avance, elle poussa sa porte au dernier étage d'un immeuble de Greenwich Village à la façade couverte de graffiti.

– Bonjour ! Je suppose que vous êtes Rose ? Je suis Melissa. Prendrez-vous une goutte de café avec moi ?

Bouche bée, Rose dévisagea avec surprise la ravissante jeune femme qui la priait d'entrer en souriant.

– Mettez-vous à l'aise. Asseyez-vous.

Elle l'installa sur un divan, devant une table basse où trônaient, sur un plateau, deux tasses et une cafetière. Melissa les remplit et, à son tour, planta ses yeux dans ceux de Rose.

– Vous semblez surprise. Qu'est-ce qui vous étonne ?

– Vous, dit Rose en essayant de cacher sa confusion.

La pièce était grande. La lumière y entrait à flots.

Des fleurs, un peu partout, l'illuminaient de leurs taches claires et vives.

– Vous ne correspondez pas exactement, bredouilla Rose, à l'idée que je me faisais de quelqu'un dont la profession est de dévoiler l'avenir...

– Vous m'imaginiez avec une chouette sur l'épaule et des cornues ?

– Non. Mais... plus âgée... Moins... jolie...

– Vous êtes Scorpion ?
– Comment le savez-vous ? sursauta Rose.
Melissa éclata de rire.
– Ça crève les yeux.
– Vous ne vous trompez jamais ?
– Parfois. Heureusement. Sinon, où serait la liberté ? Du 13 ou du 15 novembre ?
– Du 13, dit Rose en ouvrant des yeux ronds.
– Où êtes-vous née ?
– Greenwood.
– C'est où ?
– En Nouvelle-Angleterre. Du côté de Providence.
– À quelle heure ?
– Ma mère dit qu'il était huit heures du matin.
– Comment trouvez-vous mon café ?
– Bon... excellent, dit Rose, de plus en plus déconcertée.
Melissa lui prit soudain les deux mains entre les siennes.
– Je vous reconnais maintenant ! dit-elle avec un grand sourire. Je vous ai vue au théâtre. Vous êtes Rose Duggan. Je vous ai admirée dans *Déjeuner de famille*. Vous y étiez remarquable. Pourquoi ne m'avoir donné que votre prénom lorsque vous avez pris rendez-vous avec moi ?
Mal à l'aise, Rose se tortilla sur son divan. Cette femme, à la fois, l'intimidait, la devinait et la fascinait.
– Vous aviez peur que je m'informe sur vous au cas où je l'aurais su ? se moqua Melissa.
– Un peu... oui...
– Eh bien, c'est raté ! Et je vais vous faire un autre aveu : étant donné le talent que vous avez, pas besoin d'être prophète pour vous prédire une grande carrière. Si c'est pour m'entendre vous dire ça que vous êtes venue me consulter, c'est fait, je vous le confirme, vous pouvez rentrer chez vous !
Rose était une habituée de tous ceux qui prétendaient lire le futur. Dans ses moments de doute, c'est chez eux qu'elle allait puiser quelque réconfort. Certains l'avaient déçue. D'autres, subjuguée. Mais cette Melissa la bluffait : elle n'avait pas la tête de l'emploi.
– Vous n'allez pas rester sur scène longtemps, dit-elle sur un ton de regret. Quel dommage...
– Que voulez-vous que je fasse d'autre ? demanda Rose avec méfiance.

– Du cinéma. Je vous vois entourée de caméras. Vous êtes au centre, dans la lumière. D'ailleurs, quoi que vous fassiez, vous êtes toujours dans la lumière... Elle vous accompagne. On dirait qu'elle vous a précédée. Et qu'elle vous survivra.

Cette fois, c'était trop facile : Rose eut la certitude qu'elle était tombée sur un charlatan qui essayait de la manipuler en la flattant pour s'attirer ses bonnes grâces.

– Sur quoi vous basez-vous pour l'affirmer ? demanda-t-elle avec une pointe d'agressivité.

– Je serais bien incapable de vous le dire, rétorqua Melissa en se servant une nouvelle tasse de café.

Elle en but une gorgée, déplia une petite carte du ciel enfouie au hasard d'une pile de journaux et se mit à griffonner quelques chiffres sur un carnet. Perplexe, Rose la regardait faire en silence : puisque Melissa savait qui elle était, elle n'avait eu qu'à se renseigner pour multiplier les « révélations » qu'elle allait lui faire. Mais si c'était le cas, pourquoi alors, au risque de perdre tout crédit, lui avait-elle révélé qu'elle savait qui elle était ?

– Novembre 13... huit heures du matin, marmonna Melissa. Quelle année ?

– 29.

Elle s'attarda sur les notes qu'elle venait de prendre.

– Qu'est-ce que vous êtes entourée ! dit-elle.

– De gens ?

– D'astres.

– Bénéfiques ?

– Presque trop.

Elle écarta la pile de journaux, le plateau des tasses, et étala prestement un jeu de tarots sur la table libérée.

– Tirez-en quatre.

– Main gauche ? interrogea Rose, qui connaissait les usages.

– Aucune importance, dit Melissa.

Rose les mit à part. Melissa les retourna.

– Couvrez, dit-elle.

Puis, pendant que Rose s'exécutait, elle ajouta :

– C'est votre vrai nom, Rose ?

– Oui, mon nom de baptême.

– Couvrez encore...

À deux autres reprises, Rose dut rajouter des cartes sur celles qui offraient déjà au regard de Melissa la trajectoire de son destin supposé. Melissa les considéra longuement, sans un mot.

Puis elle releva la tête, observa Rose et eut un rire frais.

– On se dit tout ? demanda-t-elle.

– Allez-y !

– D'abord, une chose... Ne prenez pas pour argent comptant tout ce que je vous raconte.

Cette fois, Rose ne put s'empêcher de rire avec elle : au moins, celle-là ne lui faisait pas un numéro de voyante !

Paradoxalement, cela lui rendit quelque confiance.

Après tout, pourquoi les vérités auraient-elles dû être assenées sur un ton lugubre ?

– Ça ne va pas durer longtemps...

– Quoi ? demanda Rose avec impatience.

– Le cinéma. C'est fulgurant mais court dans le temps, très court.

– Ça ne marche pas ?

– Si, au contraire, c'est comme un embrasement !

– Je retourne au théâtre ?

– Non, pas du tout. Vous vous mariez.

Instantanément, Rose fut submergée par l'image de Gene : tous deux devenaient stars, il l'épousait, il arrêtait de boire, ils avaient des enfants, ils jouaient ensemble, et la vie n'était plus qu'une éternelle vibration de bleus...

– Vous pouvez me donner son nom ? interrogea Rose en la dévisageant avidement.

– « G »... Je vois un « G »... C'est un nom qui commence par la lettre G.

– Gene, murmura Rose avec extase. C'est Gene !

– Vous avez un Gene dans votre vie ?

– Oui, Gene !

– Il vous offrira un cadeau, dit Melissa. Un bijou...

Maintenant, elle avait les yeux rivés sur ses tarots.

– Vous serez deux fois en grand danger... à cause d'une épingle... Une épingle qui tourne... Quand l'épingle devra revenir pour la deuxième fois, ne mettez surtout pas le bijou ! dit-elle, le visage soudain contracté de peur. N'oubliez pas ! Un bijou bizarre... De grand prix... Comment dire... un bijou qui brûle...

Avec stupéfaction, Rose la vit retirer précipitamment ses mains comme si elles avaient senti la morsure d'une flamme.

S'apercevant que son mouvement incontrôlé ne lui avait pas échappé, Melissa, dans un réflexe qui en renforçait le sens, les enfouit avec un sourire gêné sous la nappe qui recouvrait la table.

– Quel bijou ? demanda Rose d'une voix anxieuse.

– Simplement un bijou, dit Melissa. Ne faites pas attention, il m'arrive de dire n'importe quoi.

Ses mains réapparurent. Elle brouilla les cartes.

Impressionnée, Rose essaya de détendre l'atmosphère.

– Ce n'est sûrement pas demain que Gene m'offrira un bijou de grand prix. Il est fauché. C'est un acteur génial, mais il est sans un !

Melissa se mordilla les lèvres avec embarras.

– Je suis désolée, dit-elle. Mais il n'est pas acteur.

– Mais puisque vous avez dit « G ». Vous l'avez dit ! Gene !

– Écoutez, j'ai dit « G », c'est exact et je le maintiens, mais je suis formelle sur un point : vous n'épousez pas un acteur.

– Qui, alors ? se révolta Rose.

– Un prince, dit Melissa.

46

– Valérie, Valérie!...

– Ici, Valérie!... Hep!... Ici!...

Le ponton de la plage du Carlton menaçait de s'écrouler sous le poids de la nuée de photographes se bousculant pour prendre Valérie sous son meilleur angle. Elle était un peu plus bas, dans un hors-bord, en robe légère blanche, assise en équilibre précaire sur le plat-bord d'un Riva balancé par la vague, s'accrochant d'une main au bateau, de l'autre essayant de retenir sur ses cheveux flottant au vent un immense chapeau de tulle qui ne demandait qu'à s'envoler.

– Bon, les gars, ça suffit! crièrent à la meute ses attachés de presse.

– Valérie! Valérie! Une dernière!...

Le marin tira sur le cordage retenant le hors-bord à un pilotis. Hissée par dix bras, Valérie remonta sur le ponton. Une salve d'applaudissements accueillit la rafale complice qui souleva ses jupes et laissa entrevoir, l'espace d'une demi-seconde, le galbe de ses jambes. On était en plein festival de Cannes. Il faisait beau. On voulait vivre. Les galas succédaient aux premières. La ville tressaillait au rythme d'une frénésie entretenue par l'arrivée quotidienne de stars qui, pour les Français coupés de l'Amérique pendant les longues années de guerre, étaient autant de mythes vivants. Deux jours plus tôt, c'était Rita Hayworth. La veille, Robert Taylor.

Et aujourd'hui, la vraie légende: Gary Cooper!

– Avez-vous vraiment les yeux verts? lui demanda Valérie.

– Je ne sais pas, dit-il. Mais si vous avez envie de vérifier...

Un peu plus tôt, à l'issue de la projection, on les avait officiellement présentés l'un à l'autre. Bien entendu, Gildas aurait dû être là, avec elle. Mais il avait préféré s'abstenir.

Valérie avait pris son dédain pour une humiliation supplémentaire. Maintenant, dans le salon du Carlton où avait lieu le souper, elle se rendait bien compte que Gary Cooper, même lorsqu'il répondait aux questions de ses voisins de table, ne la lâchait pas des yeux.

Après le dîner, des limousines emmenèrent les privilégiés au Whisky à Gogo où la tradition voulait qu'on finisse les nuits.

Comme par hasard, Valérie et Gary se retrouvèrent encore à la même table. Mais, cette fois, côte à côte. Leurs bras se frôlaient. Et comme par hasard, ce fut Valérie qu'il invita à danser avant même d'avoir touché au verre qu'on venait de lui servir.

Ils avaient déjà pas mal bu au dîner. Pendant les premières secondes, Valérie garda ses distances.

Mais elle était femme.

Et celui qui la tenait dans ses bras était l'un des hommes les plus séduisants du monde. Très vite, toute pensée abolie, flottant dans une espèce de nirvana irréel, elle laissa aller sa tête contre l'épaule de l'acteur qui la serrait avec plus de fougue que n'en demandait leur slow : les photographes se déchaînèrent.

Valérie et son prestigieux cavalier regagnèrent leur table.

Les flashes crépitèrent de plus belle. Garçons et videurs de la boîte tentèrent une dissuasion : peine perdue. On continuait à les mitrailler de toutes parts.

Soudain, Cooper se pencha vers Valérie.

– Vous voulez qu'on essaie de les semer ? dit-il.

– Oui, répondit-elle dans un souffle.

Il était près de trois heures du matin.

Il se leva, lui prit la main et l'entraîna.

47

Le père Tanner entra dans le salon bleu.

Debout près de la fenêtre, Gildas lui désigna un canapé.

– Asseyez-vous, mon père.

– Merci, Monseigneur.

– Non, mon père. C'est moi qui vous remercie d'être venu.

Christian Tanner fit bouffer sa soutane et s'installa au bord du canapé, jambes serrées, les mains sur les genoux, le regard vigilant. Sur la table de travail du prince, il aperçut la pile de journaux dont la plupart passaient sur plusieurs colonnes à la une la photo de Valérie, l'œil chaviré, accrochée comme une algue au cou de Gary Cooper. Gildas les désigna d'un geste qui n'acheva pas sa course.

– Je suppose que vous êtes au courant ?

– Oui, Monseigneur.

– Tout le monde est au courant, mon père.

– Me permettez-vous une question... très personnelle ?

Gildas approuva d'un mouvement de tête mécanique.

– Depuis combien de temps connaissez-vous Mlle Valérie Alain ?

– Depuis près de dix ans.

– Pourquoi ne l'avez-vous pas épousée ?

Gildas eut un vague haussement d'épaules.

– Mon grand-père s'y opposait. Le Grand Conseil était contre. Ma famille la haïssait. J'aurais dû n'écouter personne et passer outre.

Le père Tanner eut un mince sourire.

– Même en sachant aujourd'hui ce qui s'est passé hier ?

– Je connais Valérie, dit Gildas avec gêne. Elle l'a fait exprès pour se venger. C'est une provocation.

– Non, Monseigneur. Une trahison! Je vous trouve trop généreux. Eu égard à votre rang, et quoi qu'elle ait eu à vous reprocher, il existait sans doute une façon plus élégante de se venger. Car, au-delà de votre personne, c'est la principauté tout entière qu'éclabousse le scandale.

Gildas, l'œil dans le vide, garda le silence.

– Vous l'aimez toujours, Monseigneur?

– Je ne sais plus...

– Lui avez-vous parlé depuis hier?

– Pas encore.

Quand il avait vu les photos, il avait reçu un coup de poignard en plein cœur. Amour ou amour-propre? Le pire, c'était tous ces gens qui, passant devant les kiosques, avaient découvert en même temps que lui l'image de son infortune.

– Je connais, continua le père Tanner, la puissance des liens de la chair. Mais vous êtes prince, Monseigneur, prince et symbole. Il est du devoir d'un souverain de ne laisser à personne le pouvoir de le bafouer.

– Il est un peu tard pour en parler, dit Gildas avec amertume.

– Mais non!

– Que puis-je faire?

– Rompre!

Tanner se leva, se mit à marcher de long en large.

– Elle est d'extraction populaire, Monseigneur. Ce n'est pas un reproche, mais il y a des choses qui ne s'acquièrent pas. Comment une mère qui vendait des légumes aurait-elle pu lui inculquer le sens de l'État, le sens de l'honneur? Et dans ces conditions, qui donc pourrait lui en vouloir d'être irresponsable?

– Je ne lui ai pas laissé beaucoup de chances...

– Allons donc, Monseigneur! Certaines femmes sont des maîtresses. D'autres des épouses. Elle n'est pas faite pour vous. Votre dynastie a besoin de nombreux descendants. Avez-vous songé à la femme de votre rang qui deviendra leur mère?

Tanner s'immobilisa brusquement.

– Les cours d'Europe ne manquent pas d'héritières titrées dignes de perpétuer votre nom, Monseigneur. Elles sont de haute noblesse! Vous semblez oublier que vous êtes l'un des partis les plus convoités de la planète. Mais agissez, Monseigneur, de grâce, agissez ! Faites vite ! Prenez les choses en main, gouvernez, décidez, tranchez ! Réglez en priorité les problèmes familiaux qui compromettent les affaires et risquent, à la longue, de vous porter atteinte.

Gildas le regarda sans comprendre.

– La princesse Hortense a déjà trois enfants, Monseigneur. Pourquoi ne pas lui laisser épouser leur père ?

– Mais c'est un roturier !

Tanner marqua un temps d'arrêt et observa Gildas avec une expression de malice bonhomme.

– Je ne vous le fais pas dire, Monseigneur.

Piégé ! Mais le prince était trop tendu pour sourire.

– Qu'est-ce qui est plus terrible, enchaîna Tanner, épouser un roturier ou être princesse de sang et fille-mère ?

– Ce type est infect, murmura Gildas. Un play-boy sans envergure. Un étalon !

– Monseigneur, l'étalon en question a précisément fourni à votre sœur l'occasion de mettre au monde trois authentiques Ponti de Roccadura qui sont autant de prétendants légitimes à la succession au trône.

– Et vous voudriez qu'en plus je le fasse entrer dans la famille ! se révolta Gildas.

Tanner comprit que certaines nuances échappaient encore au prince. Autant lui mettre les points sur les *i*.

– Monseigneur, comment José Marques pourrait-il y entrer sous son nom de roturier ? Pour qu'il obtienne votre agrément afin d'épouser votre sœur, tout le monde sait que vous devez d'abord le doter d'un nouveau nom et, bien entendu, d'un titre.

– Moi ? Anoblir ce bellâtre ?

Chris Tanner eut un sourire patient.

– Il ne s'agit pas de lui, Monseigneur, mais de sa future épouse et de leurs trois enfants. Si le père change de nom, eux aussi. À partir de cet instant, ni les uns ni les autres ne seront plus des Ponti de Roccadura. Par conséquent, aucun membre de leur lignée ne pourra plus jamais prétendre à la couronne.

Tanner vérifia sur le visage du prince que ses paroles avaient cette fois produit leur plein effet.

– En outre, reprit-il avec onction, tous les mariages ne sont malheureusement pas placés sous le signe de l'éternité.

Gildas releva vivement la tête : avait-il bien entendu ?

– En tant qu'humble serviteur de Dieu, dit Tanner, vous devez vous douter à quel point je suis contre le divorce.

Il toussota discrètement.

– Mais comment ne pas constater qu'il arrive que les couples les plus unis se brisent... et se séparent.

Ayant dit, l'homme d'Église baissa pieusement les yeux.

En quelques mots, il venait d'ouvrir à Gildas des horizons sans limites : comment écarter Hortense de la succession et éviter qu'un jour ses enfants n'y prétendent.

Machinalement, le prince continuait à jouer avec la bague que lui avait offerte Valérie pour le neuvième anniversaire de leur rencontre. Il la portait à l'annulaire. « Je ne la quitterai jamais ! » lui avait-il dit.

Mais « jamais », en amour, ou quand les intérêts d'État sont en jeu, ça dure combien de temps ?

48

Comme toujours lorsqu'un navire arrive à quai, les badauds s'attroupèrent pour voir entrer dans le port le sublime trois-mâts blanc. Voiles carguées, sans frôler les navires de moindre tonnage entre lesquels il se frayait passage, il pivota sur son erre et vint placer sa poupe en une manœuvre parfaite à quelques centimètres du môle. Gravé sur la coque en lettres d'or, on put lire son nom : « Pégase ». Il y eut l'habituel remue-ménage entre ceux du quai qui avaient attaché les cordages lancés par les marins, et ceux du bord qui arrimaient la passerelle. Lorsqu'elle fut en place, un petit homme aux cheveux noirs la franchit et mit pied à terre. Il avait un nez en bec d'aigle.

Sous ses lunettes de soleil, on devinait ses lourdes paupières. Il mâchonnait un havane. Le suivant deux pas en arrière, un individu chauve, long et mince, en costume gris fer.

Sur le quai, une Rolls noire, portière maintenue ouverte par un chauffeur en livrée.

– Regardez-moi ça, Williams, dit le petit homme à son compagnon. Quelle tristesse ! On se croirait dans un cimetière !

Il se tourna vers le chauffeur.

– Comment tu t'appelles ?

– Antonio, Monsieur.

– Retourne à ton volant et suis-nous au pas, Antonio. On veut se dégourdir un peu les jambes...

Tous deux s'éloignèrent. Le petit homme prit Williams par le bras.

– Ne fais pas cette tête ! C'est un jeu, Williams, rien qu'un jeu. Il ne s'agit que d'argent.

Il savait que ce genre d'humour n'amusait pas du tout son conseiller financier : à ses yeux, l'argent était sacré. Williams n'aimait, ne comprenait et ne respectait que l'argent.

– On va d'abord établir notre première tête de pont. Il nous faut une base, un building, des bureaux...

Derrière eux, moteur au ralenti, la Rolls suivait.

Antonio, qui avait véhiculé un grand nombre de célébrités sur les rivages de la Riviera, se creusait désespérément la tête pour mettre un nom sur le visage de son client. Il était célèbre, sa dégaine lui était familière, il le connaissait, il en était sûr, mais qui, merde, merde !...

– Qu'est-ce que tu penses de cette pâtisserie ? dit l'homme au cigare en se plantant devant un immeuble rococo qui dominait la mer à flanc de falaise.

– Correct.

– On y va ?

– Qu'est-ce qui vous fait croire qu'il est à vendre ? objecta Williams.

Son patron haussa les épaules.

– Tout est à vendre !

Il poussa la porte et pénétra dans une pièce où deux secrétaires désœuvrées se faisaient les ongles devant leur antique machine à écrire. Un peu plus loin, un homme portant des bretelles, les pieds sur la table, étudiait la page hippique d'un quotidien. L'endroit sentait la poussière, le désœuvrement, la routine. Au claquement de la porte, les deux filles lâchèrent précipitamment leur lime à ongles. L'homme fourra son journal dans un tiroir.

– Monsieur ? bredouilla-t-il en rajustant sa cravate.

Son vis-à-vis ôta ses lunettes et le dévisagea fixement.

– C'est vous le responsable de l'immeuble ?

– Euh... Si l'on veut... Oui...

– Oui ou non ?

– Pas exactement.

– Qui en est le propriétaire ?

– La CME, se rengorgea l'homme aux bretelles, la Compagnie du Mieux-être.

– Il est à vendre ?

La question était si insolite que le bureaucrate prit à témoin ses deux employées. Servilement, elles lui rendirent un sourire complice teinté de condescendance amusée.

– Non. Certainement pas. Il n'est pas à vendre.
– Qui s'en occupe ?
– M. Dumiez, administrateur général de la Compagnie du Mieux-être.
– Vous, vous êtes qui ?
– Paulo Della Torre.
– Appelez Dumiez.
Della Torre le dévisagea d'un air bizarre : sûr, ce type ne comprenait pas ce qu'on lui disait ! Il regarda sa montre.
– Je ne peux pas déranger M. Dumiez. Il déjeune.
Avec un sourire que Della Torre prit pour une menace, le petit homme lui poussa le téléphone sous le nez. Della Torre s'en empara, eut un haussement d'épaules résigné et composa un numéro.
– Monsieur Dumiez... C'est Paulo Della Torre, monsieur Dumiez... Je vous prie de m'excuser... Oui, monsieur Dumiez, je sais... Croyez bien que je suis désolé, monsieur Dumiez... Mais j'ai là une personne qui... que...
Le Grec lui arracha le combiné.
– Je m'appelle Socrate Satrapoulos. Je voudrais votre immeuble, au-dessus du port. Combien en voulez-vous ?
Il se mit à pianoter nerveusement sur la table. Derrière lui, Williams, le front couvert de sueur, se tordait les mains.
– D'accord, j'ai très bien entendu, dit Satrapoulos, il n'est pas à vendre. Oui... Oui... Vous me l'avez déjà dit, mais je le veux ! Dites-moi simplement un chiffre. Votre prix sera le mien... Combien ?... Ah non ! Vous n'allez pas recommencer, on tourne en rond ! Alors, combien ?
Sans tenir compte des signaux affolés que lui adressait Williams, il écouta la réponse, fronça les sourcils...
– J'achète.
Il réfléchit une seconde.
– Mais à une condition : je veux en prendre possession demain midi au plus tard...
Il cligna gentiment de l'œil à Williams.
– Non, non... Surtout pas ! C'est inutile... Je veux que la transaction soit immédiate. Je règle comptant, tout de suite ! Nos conseils s'occuperont des formalités et de la paperasserie... Restez en ligne, je vous prie... Williams !
– Monsieur ?...
– Établissez-moi un chèque à l'ordre de la CME.

– De combien, monsieur ?

Satrapoulos le lui dit à voix basse. Williams épongea son front ruisselant, sortit un carnet de sa poche, libella un chèque, le glissa à Socrate, qui le parapha et le tendit à Della Torre.

– Voilà, dit-il. Confirmez.

Della Torre, sans le prendre, considéra le bout de papier avec méfiance. Satrapoulos lui lança un passeport.

– Jetez-y un coup d'œil et appelez la Morgan pour vérification. Qu'est-ce que vous attendez ? Votre administrateur est toujours au bout du fil !

Della Torre s'empara d'une autre ligne. Williams l'entendit marmonner des questions inaudibles. Tout en feuilletant le passeport, il jetait à la dérobée des regards soupçonneux à Satrapoulos. Finalement, il raccrocha, revint prendre le téléphone que Socrate avait reposé sur le bureau.

– Monsieur Dumiez, balbutia-t-il d'une voix mourante, la Morgan confirme. Tout est en ordre... Bien, monsieur...

Il jeta enfin un œil sur le chèque. Il en vit le montant. Ses pupilles se dilatèrent et se mirent à valser dans ses orbites comme des billes folles : le prix indiqué représentait au minimum cinq fois la valeur réelle de l'immeuble !

Socrate lui reprit l'appareil.

– Affaire conclue ? demanda-t-il.

La réponse lui arriva. Son visage s'éclaira d'un sourire.

Il raccrocha. Pour ne pas s'affaler, Williams s'était assis sur une chaise, coudes sur les genoux, visage entre les mains.

– C'est fait, Williams, nous voilà propriétaires !

– Félicitations, monsieur.

Satrapoulos se tourna vers Della Torre.

– Savez-vous quelle est ma première décision ?

Non, Della Torre ne le savait pas.

– Vous êtes viré !

Puis il pivota vers Williams.

– On va déjeuner ?

Il le prit familièrement par l'épaule, l'entraîna dans la rue, s'immobilisa, jeta un long regard circulaire sur la mer, le ciel, la colline piquetée de bâtiments.

– Regardez bien ce foutu Rocher, Williams... Je vous fais le pari qu'avant six mois j'en serai le maître absolu !

Puis il le poussa dans la Rolls. C'est alors qu'il en refermait la portière qu'un déclic se produisit dans la mémoire d'Antonio.

Seigneur !...

Comment avait-il pu ne pas reconnaître plus tôt son illustre client ? Socrate Satrapoulos lui-même, l'armateur !

L'homme le plus riche du monde...

Le Grec !

49

Quand Gildas arriva devant « Le manoir bleu », il vit avec stupéfaction le camion de déménagement garé devant le perron au bout de l'allée.

Son cœur se serra : Valérie quittait les lieux !

– Va te garer un peu plus loin et attends, dit-il à son chauffeur. Je te ferai signe.

Il descendit de voiture. À demi dissimulé par l'un des piliers de la grille, il observa le va-et-vient des hommes ployant sous le poids des caisses et des cartons. Il était en complet-veston. On était en novembre. Une petite pluie fine alourdissait l'étoffe de son costume et lui mouillait le visage. Il releva son col, parcourut l'allée et entra résolument dans la maison. Vidé des objets personnels que Valérie y avait apportés, le hall était sinistre. Le temps avait marqué son empreinte sur les murs où les tableaux enlevés laissaient des taches blanches. Gildas grimpa au premier. Une porte s'ouvrit. Valérie apparut, vit Gildas, se figea.

– Bonjour, dit-il d'un ton sec.

Elle était vêtue d'un ensemble blanc, un léger manteau lui recouvrait les épaules. À la main, un sac de cuir fauve. Elle rayonnait de beauté.

– Tu t'en vas ? demanda-t-il.

– Tu vois...

On dit toujours des choses idiotes dans les moments clés.

– Tu devrais mettre un imperméable, murmura-t-il. Il pleut.

– On vient me chercher, dit-elle.

– Tu as le temps de prendre un verre ?

– Non, merci.

Elle se mit en marche. Au moment où elle passait devant lui, il lui saisit le bras.

– Valérie...

– Oui ?

Pendant plusieurs secondes, aucun mot ne lui vint.

Mais avait-il réellement quoi que ce soit à lui dire ?

– C'est trop bête, murmura-t-il.

– D'accord, dit-elle, c'est bête. Maintenant, laisse-moi passer. On m'attend.

D'un seul coup, toute la rancœur qu'il croyait envolée le submergea de nouveau. Il la lâcha.

– Un autre acteur ? railla-t-il.

– Les acteurs valent bien les curés !

– Tu dis ça pour le père Tanner ? Qu'est-ce qu'il t'a fait ?

Valérie joignit les mains, baissa les yeux, se composa une mine contrite.

– « Une roturière, Monseigneur ! minauda-t-elle en contrefaisant sa voix. Vous n'y pensez pas ! Quelle mésalliance ! Sa mère vendait des légumes sur les marchés !... »

Gildas vit que des larmes lui coulaient des yeux.

Elle pointa sur lui un doigt accusateur.

– Mais, toi-même, tu descends de qui ? Ta grand-mère faisait la pute à Montmartre !

– Merci de manquer à ce point de dignité, dit Gildas sur un ton glacial. Au cas où j'aurais eu des regrets...

– Que je ne fasse pas partie de ta merveilleuse famille ? railla-t-elle. Mais, mon pauvre Gildas, même si tu me suppliais, je n'en voudrais pas ! Je suis ravie d'en sortir avant même d'y être entrée ! Faux jetons, lâches, hypocrites... Vous vous haïssez tous pour une couronne de carton ! Garde-la ! Tu me fais vomir !

Elle descendit deux marches, se retourna.

– Tu ne vaux pas mieux que ta sœur ! Je te prenais pour une victime, tu es pire qu'elle ! Qu'est-ce que tu as fait depuis que tu as le cul sur le trône ?

– Assez ! s'exclama Gildas.

– Tu as changé la date de la Fête nationale pour ne pas avoir son aîné sur le dos et tu t'apprêtes à lui donner un autre nom pour l'écarter du trône, elle et ses enfants ! Mais elle est plus forte que toi !

– Va-t'en ! gronda le prince.

– Tu as si peur de m'entendre ? cria-t-elle. Je comprends que tu préfères les courbettes du Grand Conseil et les prêchi-prêcha de ton curé de malheur ! Je t'avais cru différent, Gildas, mais tu es comme les autres, le pouvoir te pourrit !

D'un bond, elle remonta sur le palier, l'attrapa rageusement par les revers de sa veste.

– Dix ans de ma vie ! gronda-t-elle en le secouant. Et voilà ce que j'aimais ! Tu es lamentable !

Trop longtemps contenu, le cri jaillit de sa poitrine.

– Il ne fallait pas me trahir !

Elle l'écarta avec fureur.

– Il fallait m'aimer davantage !

Elle dévala l'escalier en sanglotant. Il la vit disparaître. Un moteur ronfla. Une voiture démarra.

C'était fini : Valérie sortait à jamais de sa vie.

50

– As-tu vu que tu avais taché ta cravate ? demanda Rose en prenant tendrement le bras de Gene.

Il se dégagea brutalement et la dévisagea d'un air mauvais.

– J'en ai rien à foutre ! dit-il.

Rose se sentit pâlir sous son maquillage. Normalement, Gene aurait dû répondre : « Tu ne me feras pas croire que je puisse souiller ton cadeau d'anniversaire ! » Le public s'était-il aperçu de quelque chose ? Essayant de calmer les battements de son cœur, elle enchaîna comme si de rien n'était la réplique suivante :

– Demain, nous dînerons chez les Swain...

– Vas-y sans moi ! dit Gene.

Ces mots non plus n'étaient pas prévus.

Avant la représentation, Rose s'était attardée dans sa loge. Elle n'avait retrouvé Gene qu'en scène. Et maintenant qu'ils étaient là, sous les projecteurs, face aux mille visages invisibles du public tapi dans l'ombre qu'ils devinaient sans le voir, elle s'apercevait qu'il était soûl, soûl à en oublier son texte, soûl à raconter n'importe quoi ! Dans sa brève carrière, Rose n'avait jamais encore été confrontée à une situation aussi angoissante : que faire ? Continuer ? Arrêter ? Baisser le rideau ?

Tout dépendait de Gene... Mais, par une incroyable coïncidence, il était tout à fait dans son rôle, celui d'un homme que sa femme, lasse de lutter, finit par abandonner parce qu'il ne peut guérir de son alcoolisme. Rose fit quelques pas comme si elle réfléchissait, et jeta en coulisse le regard désespéré du noyé qui va sombrer. Le régisseur et le metteur en scène, se mordant les poings, lui intimèrent, par une mimique violente, de continuer.

Mais, avant même de tirer sa propre épingle du jeu, Rose, par solidarité et par amour, voulut aider Gene, le sauver.

Pour voir si elle pouvait écarter l'imminent désastre, à son tour elle prononça une phrase que l'auteur n'avait jamais écrite.

– Tu as quelque chose contre les Swain ?

Elle en profita pour se rapprocher amoureusement de lui, coller sa bouche contre son oreille et murmurer pour lui seul, à voix rapide et basse :

– Gene, mon amour, je suis avec toi... Je vais te dire : Après tout, les Swain on s'en fout, restons à la maison ; et tu me répondras : C'est ça que je veux, Mary, justement, rester avec toi à la maison. Je t'en supplie, Gene, joue le jeu !

Folle d'angoisse, elle le lâcha et s'éloigna : s'il ne lui lançait pas la réplique qu'elle venait de lui fournir, c'était la catastrophe assurée ! Mais l'avait-il même entendue ? Elle se retourna sur Gene, lui sourit, et fut surprise de voir que sa propre voix, au lieu de trembler, avait la tonalité nonchalante exigée par la situation scénique.

– Après tout, les Swain on s'en fout, restons à la maison...

Pendant quelques secondes mortelles où se jouait le destin de la pièce, Gene la considéra en silence.

Puis ses lèvres remuèrent.

– C'est ça que je veux, Mary, justement, rester avec toi à la maison...

Gagné ! Elle avait réussi à le remettre sur les rails ! Ils y étaient de nouveau ! Elle en fut tellement étonnée que, cette fois, c'est elle qui faillit en oublier sa réplique. Puis les mots lui revinrent. Quand la pièce s'acheva, le public, comme tous les soirs, leur fit une longue ovation. Dans le taxi qui les amenait au Russian Tea Room, Rose se prit à penser pour la première fois que l'œuvre qu'ils interprétaient, *À l'abri des nuages*, était basée sur le thème de leur histoire personnelle.

Mais, dans la pièce, elle finissait mal : le couple se séparait.

À peine à table, Gene, qui avait réussi le tour de force de terminer dans le brouillard, commandait une bouteille de vodka polonaise.

– Après ce qui vient de se passer, tu ne vas pas boire ça ! protesta Rose.

– Je vais me gêner ! s'esclaffa Gene. Tu vas voir les répliques que j'invente !

Le serveur revint avec la bouteille prise dans un carcan de

glace. Gene la lui enleva des mains, en servit deux verres à ras bord, en tendit un à Rose. Elle faillit ne pas le prendre.

Mais autour d'eux, des gens, qui les avaient reconnus, observaient la scène. Les deux verres s'entrechoquèrent. Rose flaira le sien et y trempa les lèvres avec méfiance tandis que Gene avalait cul sec et déjà se resservait.

– Tu n'as rien compris à la vodka! dit-il.

Sa magnifique voix d'acteur était si bien placée qu'il n'avait nul besoin de la forcer pour qu'on l'entende à l'autre bout de la salle. Rose frémit en pensant qu'après la frousse abjecte du théâtre elle allait peut-être avoir droit à un esclandre public.

– Tu la renifles et tu la goûtes comme s'il s'agissait d'un de ces répugnants cognacs français! s'exclama-t-il. Faux! Il faut la boire à la russe! Tu sais ce qu'ils disent, les Russes?

Rose s'en fichait éperdument. Il chercha ses yeux pour voir si elle suivait. Se gardant bien de lui rendre son regard, elle les garda baissés. Il en aurait fallu davantage pour arrêter Gene.

Il se mit à lever son verre, à le regarder comme s'il s'agissait du saint sacrement.

– Vodka pas fait pour goûter! déclara-t-il avec solennité en contrefaisant l'accent russe. Vodka pas fait pour sentir! Vodka fait pour chasser mélancolie!

Il engloutit, s'en servit un autre, le leva de nouveau.

– À la mélancolie! cria-t-il à la ronde.

Aux tables voisines, les clients s'esclaffèrent et applaudirent sous l'œil indulgent des serveurs. Écrasée de timidité, Rose s'absorba dans la contemplation du caviar qu'on venait de déposer dans son assiette. Du bout de son couteau, elle allait en étaler quelques grains sur un toast quand Gene le lui arracha des mains.

– Pas question de manger avant d'avoir bu ton verre!

Cette fois, c'en était trop : malade de honte, Rose se dressa d'un bond. Toute pâle, elle posa sa serviette sur la table et s'éloigna à grands pas vers la sortie : peut-être joueraient-ils encore ensemble la comédie le lendemain, mais, en ce qui concernait la véritable vie privée de Rose Duggan avec Gene Roberts, rideau, terminé!

51

Depuis la mort d'Edmond, Éliane ne sortait plus de ses appartements. Tout ce qu'elle voyait était horrible : n'était-on pas allé jusqu'à faire casser le testament du prince sous prétexte qu'il l'avantageait trop ? Il avait fallu qu'elle avale son humiliation jusqu'à la dernière goutte. Gildas !... Gildas qui, du vivant de son grand-père, obéissait au doigt et à l'œil. C'est à peine si les avocats qu'elle avait engagés pour faire recours contre la procédure menée par Spinola avaient pu obtenir qu'elle ne soit pas expulsée du palais. L'absence de courtoisie s'ajoutait à la cruauté. Lorsque Gildas avait compris qu'il ne pourrait pas se débarrasser d'elle, il avait redoublé d'insolence.

– Madame, puisque nous aurons parfois le désagrément de nous croiser en ces lieux, sachez au moins que je ne vous adresserai pas la parole.

Pourquoi était-il devenu si dur, si inhumain ? Et pour peu qu'il eût aimé son grand-père, comment pouvait-il traiter de la sorte la femme qui avait ensoleillé les derniers jours de sa vie ?

Éliane se renfermait farouchement dans le passé. Elle vénérait tout ce qui, de près ou de loin, avait touché à la personne d'Edmond III. Au début, Jérôme, le majordome du prince qui, malgré de multiples appels d'offres de la princesse Hortense et du prince Gildas, avait choisi de rester à son service, avait craint pour sa raison : lorsqu'elle se mettait à table, la princesse Éliane faisait systématiquement dresser le couvert pour deux ! De même les plats, ceux qu'elle goûtait, et les autres, posés devant sa place vide à lui, face à la fenêtre, et que Jérôme, entrant peu à peu dans le fantasme de sa maîtresse, rapportait intacts à la cuisine. Chaque jour, pendant de longues heures, Éliane lisait les livres qu'Edmond avait lus, communiant avec lui à travers ces textes qui l'avaient touché. Ses photos étaient partout. Dans sa chambre, elle les avait entourées de buis. Elle y demeurait souvent des heures entières, assise au bord du lit, contemplant rêveusement par la fenêtre les paysages bleus qu'il avait aimés.

Comme il était dur d'être seule !

– Madame, murmura Jérôme qui venait d'entrer dans le salon, le prince Gildas est arrivé.

– Qu'il entre, dit Éliane.

Elle eut à peine le temps de finir sa phrase que le prince passait devant Jérôme, entrait dans la pièce et s'inclinait vaguement devant la veuve de son grand-père.

– Mes respects, madame.

Il avait des papiers à la main. Il les lui tendit.

– Je vous saurai gré de signer ici.

Du bout de l'index, il désigna les emplacements où Éliane devait apposer son paraphe.

– Je signe quoi, Gildas, au juste ?

Il eut un mouvement d'impatience.

– Vous le savez très bien. Vos avocats et les miens ont passé des semaines entières à étudier chaque mot de ce protocole.

– Oui mais, en gros ?

– Vous gardez votre titre de princesse de Roccadura et vous avez la garantie de toucher jusqu'à la fin de vos jours une liste civile dont vous avez déjà approuvé le montant. Ensuite, vous demeurez dans ce palais autant que bon vous semblera. Personne au monde n'aura le droit de remettre ce privilège en question aussi longtemps que vous vivrez. Êtes-vous satisfaite ?

– Ces avantages, Gildas, en échange de quoi ?

– De tout le reste, madame. Vous restituez à la couronne ce qui appartient à la couronne et vous renoncez à bénéficier de toutes les autres clauses prévues en votre faveur dans le testament de mon grand-père.

– En sorte, vous annulez ses dernières volontés ?

– En accord avec la législation de la principauté, et pour le plus grand bien du pays, madame.

Il poussa vers elle les documents.

– Voulez-vous signer, je vous prie. J'ai beaucoup à faire.

– Je suppose que je n'ai pas le choix ?

– Non, madame, vous ne l'avez pas.

Éliane s'empara d'un stylo et signa sans plus réfléchir dans toutes les cases que Gildas lui avait indiquées. Quand elle en eut terminé, elle le considéra avec amertume.

– Êtes-vous content ?

– Je ne fais que mon devoir, madame.

Elle chercha son regard.

– Que vous ai-je donc fait, Gildas ?

Discrètement, il consulta sa montre.

– Vous oubliez quelque chose, dit Éliane avec un soupir.

Elle décrocha de son cou la chaînette d'or au bout de laquelle pendait le caillou-soleil et le tendit à Gildas.

Gildas s'en empara, le garda pendant quelques secondes dans le creux de sa main et contempla pensivement les facettes irisées du diamant jetant ses incroyables éclats de feu.

– Merci, madame.

– J'espère qu'il vous portera bonheur, dit-elle.

Il lui jeta un regard de défi, tourna les talons et sortit de la pièce.

52

Gildas n'avait pas moins de trois cent vingt-sept noms et titres divers à sa disposition ! Non seulement il en détenait le libre usage au regard des législations internationales, mais encore jouissait du pouvoir régalien de les transmettre selon son caprice. Sur un mot de lui, quiconque pouvait bénéficier sur-le-champ de la nationalité roccadurienne avec tous les avantages qui s'y rattachaient : passeport vierge, exemption totale d'impôt, libre circulation des capitaux dans n'importe quelle devise sans avoir le moindre compte à rendre à quiconque sur leur volume ou leur provenance. Et, si tel était le bon plaisir du prince, un état civil tout neuf assorti d'une particule nobiliaire venait couronner l'ensemble de ces félicités. Autant dire que Gildas n'avait eu que l'embarras du choix pour doter d'un titre et d'un nouveau nom le père des bâtards de sa sœur. Par la grâce de son souverain régnant, José Marques allait donc devenir comte de Castaniou et se hisser ainsi au niveau de la propre famille qu'il avait créée.

Paradoxe : en faisant monter le mari dans la hiérarchie de la noblesse, le prince contribuait à la descente de son épouse et à la dégringolade de leurs enfants. Hortense n'avait pas le choix : ou elle restait Roccadura, fille-mère avec trois bâtards sur les bras et interdiction d'épouser leur géniteur roturier, ou elle devenait sa femme mais chutait du rang de princesse à celui de comtesse. Gildas la connaissait trop bien pour s'imaginer que la pilule allait passer facilement. Aussi, avec l'aide du père Tanner, avait-il préparé quelques compensations aptes à la radoucir.

Quand elle entra dans le salon bleu sans se donner, comme à l'ordinaire, la peine de se faire annoncer ni même de frapper,

Gildas s'était composé un visage bougon susceptible de lui laisser croire qu'il marchait au sacrifice.

– Alors ? dit-elle sans autre préambule.

Il nota toutefois qu'elle avait refermé la porte sur elle.

– Assieds-toi, dit-il sans la regarder.

Elle se mit à tourner autour de la table ovale.

– Un jour, se souvint-elle avec gourmandise, grand-père m'avait tellement énervée que j'ai fracassé un encrier sur ce bureau.

– C'est une menace ? demanda froidement le prince.

– Non. Un souvenir d'enfance.

Elle s'arrêta de tourner et se planta devant Gildas.

– Combien ?

– Combien, quoi ?

– Ma liste civile ?

– La même. Inchangée.

– Tu te fous de moi ?

– Le budget de l'État ne le permet pas.

– Tu pourrais vivre, toi, avec une aumône pareille ?

– Le Grand Conseil s'y oppose et je suis contre.

– Je veux plus !

– Pas question !

– Alors, rien n'est fait ! siffla-t-elle d'une voix méchante.

Gildas referma le dossier ouvert devant lui.

– Comme tu voudras.

Elle s'appuya sur le bureau et lui fit face.

– Ne fais pas le malin avec moi, Gildas, tu le regretterais ! Je sais déjà ce qui va te passer dans la tête avant même que tu aies pu l'imaginer !

– Si tu continues sur ce ton, gronda-t-il d'une voix basse, je te jure que je te vire de mon bureau et que je te laisse patauger toute seule dans tes emmerdements !

– Tu en es la cause !

– Dernier avertissement, Hortense, je règne, méfie-toi !

– Je suis ton aînée ! J'ai autant de droits que toi sur le trône !

– Tu n'as rien, tu n'es rien, tu ne peux rien ! Le pouvoir, c'est moi ! Je peux te casser, t'exiler, te ruiner !

Hortense eut l'une de ces volte-face qui lui étaient familières. Elle s'écroula de tout son long sur un divan, se cacha le visage entre les mains.

– C'est déjà fait ! geignit-elle en sanglotant.

Quelqu'un qui ne l'aurait pas connue aussi bien que son frère aurait été impressionné.

– Tu te trompes de public, dit Gildas avec calme. Écoute plutôt ce que j'ai à te proposer. Cartes sur table ! Dépêche-toi, je suis pressé !

Comme par miracle, les larmes d'Hortense se tarirent instantanément. Elle se redressa, croisa les mains sur ses genoux et considéra son frère d'un air dur.

– Je fais de José Marques le comte de Castaniou. Tu l'épouses. Ainsi, tes enfants sont légitimés et tu reprends de plein droit ta place de grande dame de la principauté.

– Avec la liste civile que tu m'accordes, persifla-t-elle avec mépris.

Gildas haussa les épaules.

– J'ai mieux que ça à te proposer...

Il laissa passer un instant, juste pour le plaisir de voir le visage de sa sœur trahi par sa curiosité avide.

– Je te nomme présidente de la Croix-Bleue.

La Croix-Bleue était le centre absolu de toutes les activités du Rocher. La présider revenait à choisir les fêtes, les dates, les gens. À faire naître des budgets, à être en contact avec tous les grands de ce monde, à organiser des charités, des galas, des évènements sollicitant mille concours. À lancer des invitations, à nommer les élus, à décider qui était *in* ou qui serait *out*. En un mot, à être la personne la plus sollicitée, la plus en vue, la plus puissante et la plus redoutée de Roccadura.

– En outre, renchérit Gildas qui ne la lâchait pas de l'œil, pour te réhabiliter complètement, je serai témoin à ton mariage.

Un long silence s'ensuivit. Hortense se mordillait les lèvres.

– J'y réfléchirai, dit-elle d'une voix hautaine et indifférente.

– Pas le temps ! la coupa-t-il férocement. À prendre ou à laisser !

– Je dois d'abord en référer à José.

Il la toisa avec une ironie écrasante.

– Je ne pense pas que le ci-devant citoyen Marques s'oppose à devenir comte de Castaniou.

Blême de rage, Hortense se redressa d'une pièce, rafla le sac qu'elle avait laissé sur la table, tourna la poignée de la porte, se retourna vers son frère.

– D'accord, salaud ! Fais publier les bans. Tu gagnes une manche, mais je n'ai pas dit mon dernier mot !

Gildas eut un sourire suave.

– Veux-tu que je te dise le mien ?

– Préviens d'abord ton pourri de curé qu'il n'aura pas l'occasion de fanfaronner à l'église ! Je ne veux pas d'un mariage religieux !

– Tu te marieras à la cathédrale ! Ou alors, ne compte pas sur moi pour être ton témoin !

– Je m'en passerai ! Je prendrai n'importe quel type dans la rue et je me marierai à la mairie ! Comme les pauvres !

53

Ce qu'elle aimait chez Gary Cooper, c'était l'instant où il se dépliait. Il n'y avait pas d'autre terme pour définir ce passage de la position assise – ou couchée – à la station debout. Une espèce de mouvement ondulatoire qui semblait partir des hanches et, simultanément, se diffuser vers le haut et vers le bas en un synchronisme qui rendait ce mouvement coulé, souple, élastique. Puis ses yeux. Verts, virant parfois au gris selon l'éclairage et sous les sunlights, disparaissant, pupille invisible devenant miroir pour refléter son propre regard à elle.

Bien sûr, il avait largement dépassé l'âge d'être son père, mais quelle prise ont l'âge et le temps sur la gloire d'un nom et la célébrité mondiale ? Aussi, en sa présence, Rose avait-elle réagi comme toute femme normalement constituée confrontée à ce monument de la séduction : elle en était tombée raide dingue.

Il lui arrivait, lorsqu'ils avaient une scène ensemble, d'oublier totalement où elle était, ce qu'elle y faisait et ce qu'elle avait à dire pour ne voir que ses yeux, et s'y noyer.

– Coupez ! glapissait, hors de lui, le metteur en scène. Rose, à quoi tu penses ? Je t'ai dit de l'enlacer pour un baiser mais pas de nouer tes bras autour de son cou pendant dix minutes !... Quand je sifflerai, tu le lâches, compris ! Allez, tous en place, on reprend ! Silence ! On tourne !

– *Plein midi*, dix-huitième ! hurlait le clapman en faisant claquer son ardoise.

Le tournage, un western, avait lieu à Hollywood, dans les studios de la Warner. Il durait depuis trois semaines, mais Rose avait quitté New York deux mois plus tôt pour être prête le jour fixé, se familiariser avec les studios, faire la connaissance de ses partenaires et travailler son rôle avec son metteur en scène, le fameux Zinnemann. Le jour où son agent de New York, Bruce Weston, lui avait annoncé qu'on l'avait pressentie pour un rôle à Hollywood, Rose n'avait pu s'empêcher de penser à la prédiction de Melissa. Peut-être ne s'était-elle pas trompée, elle avait réellement une étoile! Un soir, après le spectacle, elle avait vu débarquer dans sa loge le célébrissime producteur Stanley Kramer qui venait la chercher pour souper.

Au hors-d'œuvre, il la complimentait sur son jeu.

Au plat principal, après l'avoir fait rougir en lui révélant qu'elle aurait Gary Cooper pour partenaire, il la félicitait pour son physique qui « était exactement celui du personnage ».

Au dessert, il lui signait en riant un contrat sur un morceau de la nappe qu'il découpait au couteau. Et en la déposant chez elle, il lui avouait que ses gants blancs, qui lui donnaient la réserve d'une vierge, l'avaient foudroyé autant que sa distinction naturelle.

Le tourbillon avait commencé. Hollywood, c'était autre chose! Rose, parce qu'elle tournait avec le grand Gary, ne pouvait faire un pas sans être escortée par une dizaine de journalistes la mitraillant sous tous les angles et recueillant le plus infime de ses propos comme s'il se fût agi d'un verset de la Bible. La production lui avait loué une villa de star bourrée de domestiques mexicains sur North Rexford. Chaque matin, au petit déjeuner qu'une gouvernante en blanc lui apportait au lit, elle voyait s'étaler sa photo à la une de l'un ou l'autre des journaux déposés auprès d'un bouquet de roses.

Malgré la trentaine d'années qui les séparait, on commençait à parler sérieusement d'une véritable histoire d'amour entre elle et son partenaire : ne l'avait-on pas vu sortir de chez Rose à cinq heures du matin ? La rumeur s'en répandit si vite qu'un soir, à six mille kilomètres de là, à Greenwood, côte est, le grand Sean Duggan, père de Rose, pria Jenny, son épouse, de prendre le premier avion pour Los Angeles afin d'aller vérifier si les bruits ridicules qui couraient sur sa fille étaient fondés ou non.

– En tout cas, reste avec elle jusqu'à ce que ce putain de film soit fini et ne la quitte pas d'une semelle! Si tu découvres quoi que ce soit d'inconvenant dans la conduite de Rose, tu m'appelles et j'arrive le jour même pour mettre les choses au point et, s'il y a lieu, arrêter tout ce bazar!

Le lendemain, sur le plateau, Rose présentait toute l'équipe du film à sa mère qui avait fait un crochet par la villa de Rexford pour y déposer ses valises. Sans complaisance excessive, Jenny Duggan complimenta Gary Cooper pour ses films. Il la félicita en retour pour ses coupes d'aviron et le *talent* de sa fille.

Chacun feignit d'être enchanté.

Après quoi, comme le lui avait demandé son mari, Jenny, jour et nuit, ne lâcha plus Rose du regard, se déplaçant avec elle, prenant ses repas à ses côtés et montant la garde devant la porte de la salle de bains lorsqu'elle prenait une douche.

Pour que la surveillance soit parfaite, l'épouse de Gary Cooper débarqua à son tour et fit mille grâces à la mère de Rose.

Désormais, quand Gary la prenait dans ses bras, ce ne pouvait plus être, contrairement aux semaines précédentes, qu'en pleine lumière, devant trois cents témoins.

Et pas question de prolonger l'étreinte : Gary y veillait.

« Lâche-moi », grondait-il entre ses dents lorsque Rose, exaspérée par cette passion qu'elle ne pouvait plus satisfaire, tentait de la faire durer au-delà de ce qui était écrit sur le script.

Un mois plus tard, le film était fini pour de bon.

Sous les regards respectifs de leurs femme et mère, Gary et Rose se saluèrent en public une dernière fois : adieu l'amour !

54

La Rolls roulait à petite vitesse dans les rues en pente. De temps en temps, le Grec pointait un doigt vers un bâtiment, un immeuble, des terrains, un chantier, des hôtels, un quai sur le port, des cafés...

Chaque fois, il s'esclaffait dans un éclat de rire enfantin.

– Qu'est-ce que je vous avais dit, Williams ? Vous ne m'avez pas cru, vous n'arrêtiez pas de me rire au nez!

Un sourire éclaira le visage lugubre du conseiller financier.

– C'était il y a deux ans, Socrate. À l'époque, vous m'aviez parlé de six mois seulement.

– Vous êtes sûr ? se renfrogna le Grec.

– Six mois, deux ans, dit Williams, qu'est-ce que ça change ? Vous avez gagné sur toute la ligne. Je ne vous croyais pas. C'est pourtant vous qui aviez raison.

Reconnaître que les idées d'autrui avaient pu prendre le pas sur les siennes était le plus beau compliment qui puisse sortir de ses lèvres scellées de crotale. Le Grec détourna vivement la tête : peut-être était-il en train de rougir ? Ils passaient maintenant devant le fameux Hôtel de France. Socrate surprit le regard nostalgique de Williams s'attardant sur le plus beau fleuron de la principauté.

– Vous l'aimez donc tant que ça ? demanda le Grec d'un air innocent.

Williams le dévisagea d'un air incrédule.

– Non ?

Le Grec baissa modestement les yeux.

– Si.

– Quand ? tressaillit Williams.

– Ce matin. L'acte de vente est dans mon coffre.

– Mais vous ne m'en aviez jamais parlé, bredouilla le conseiller sur un ton de reproche abasourdi.

– Je n'ai pas toujours le temps de tout vous dire. Vous savez que je suis insomniaque. J'en ai eu l'idée à l'aube. À dix heures, l'affaire était dans le sac.

– Cher ?

– Pas assez pour que je vous réveille.

Williams gloussa de rire.

– Combien d'actions de la CME possédons-nous aujourd'hui ? demanda le Grec.

– Environ trois cent mille.

– En pourcentage ?

– Nous sommes majoritaires avec contrôle absolu du Rocher.

– Sur combien de sociétés avez-vous réparti vos achats ?

– Plus de deux cents, créées pour la circonstance.

– Et pas un de ces idiots ne s'est aperçu que leur capital changeait de mains ?

– Impossible. Nous avons agi par tout petits paquets à la fois. Le montage habituel avec une multitude de holdings en poupées gigognes, Zurich, Antilles néerlandaises, Nassau, Liechtenstein... Parfaitement légal, mais infiniment complexe. Je m'y perds moi-même !

– Nous avons réussi, Williams ! jubila le Grec. Nous sommes les maîtres ! Je vais faire pleuvoir le fric ! J'ai des projets fabuleux ! Agrandir le port, attirer les yachts de fort tonnage, moderniser les palaces, créer une animation d'enfer qui va démoder Vegas et faire de ce dortoir pour moribonds à particule le paradis pour milliardaires le plus couru et le plus snob de la planète !

Williams soupira d'aise et se laissa aller sur les coussins moelleux de la Rolls.

– Vous ne pensez pas qu'il serait peut-être temps de mettre le prince au courant ?

Le Grec alluma un cigare.

– Il l'est.

– Non ? s'exclama Williams.

– Depuis hier. J'ai passé une partie de l'après-midi au palais. J'en ai également profité pour le mettre au courant des manigances de sa sœur.

– Il ne s'en méfie pas assez ! s'énerva Williams.

– Au contraire. Il en est très conscient.

– Permettez-moi d'insister. Elle est très populaire, donc, dangereuse ! Imaginez qu'elle le fasse destituer, monte sur le trône à sa place et tire les marrons du feu ! Adieu, nos capitaux !

– Ne vous inquiétez pas, le prince l'a à l'œil !

– Sait-il aussi que vous êtes le vrai patron de Roccadura ?

– Absolument.

Le conseiller lui jeta un regard incrédule.

– Je n'arrive pas à y croire ! Vous lui avez réellement dit qu'il ne possédait presque plus rien en titre de son propre territoire, terre et mer confondues ?

– Tout à fait.

– Seigneur ! s'exclama Williams en se prenant la tête. Mais comment a-t-il réagi ?

– Comme un prince, dit le Grec. Il m'a félicité pour la participation que nous prenions à ses affaires et m'a demandé d'investir deux autres millions de dollars pour rénover les équipements touristiques du Rocher !

55

Il y avait les hommes. Tous les hommes. Les beaux, les grands, les petits, les riches, les puissants, les dons Juans, les paumés.

Et il y avait Clark Gable.

Il n'avait rien de commun avec les autres, il ne ressemblait à personne et, pourtant, il était à lui seul tous les hommes à la fois. Évidemment, depuis qu'elle était gosse – elle devait avoir neuf ans à peine quand Gable avait tourné *Autant en emporte le vent* – Rose avait vu et revu tous ses films. Et, quand elle l'aperçut pour la première fois en chair et en os, elle ne put s'empêcher d'être prise de frissons. Le plus fort, c'est qu'il lui tournait le dos. Mais ces oreilles décollées et le magnétisme dégagé par la carrure de ce dos étaient comme une signature unique au monde qui ne pouvait appartenir qu'à Clark Gable.

Il était en train de discuter avec le metteur en scène une ligne du texte qui ne lui convenait pas. Il dut sentir qu'on l'observait. Il se retourna d'une pièce et vit Rose, debout, ses bras croisés sur sa robe blanche, ses gants blancs, ses cheveux blonds et son front haut sous sa large capeline blanche. En une fraction de seconde, il l'enveloppa de son regard, jaugea le long corps souple et mince de la jeune fille et ce mélange de réserve, de distance et de maintien discret qui la faisait remarquer partout précisément parce qu'elle ne cherchait pas à attirer le regard.

– Je parie que vous êtes Rose Duggan ?

Trop bouleversée pour qu'un son sorte de sa gorge, Rose hocha la tête de haut en bas. Clark vint à elle, lui secoua vigoureusement la main et lui adressa ce sourire irrésistible qui faisait se pâmer toutes les femmes.

– Bienvenue, partenaire ! On m'avait tout dit sur vous, sauf que vous étiez aussi jolie ! Je suis ravi de vous connaître !

La scène se passait dans le bureau directorial de la Metro.

Après bien des réticences, Rose venait de signer un contrat de sept ans avec la compagnie. Quelques jours auparavant, elle avait appelé sa mère en s'efforçant de garder un ton naturel.

– Bonjour, maman, je pars en Afrique dans trois semaines.

– Où ça ?

– En Afrique. À Nairobi.

– Rose, essaies-tu de me faire croire qu'il y a des salles de théâtre chez les Bantous ?

– Ce sont des Swahilis, maman.

– En tout cas, ils sont noirs. Qu'est-ce que c'est que cette histoire ?

– Je vais tourner un film, maman.

– Un film avec qui ?

Là, Rose s'était payé le plaisir de deux secondes de silence.

– Clark Gable, maman.

– Mais, Rose, tu n'y penses pas ! En Afrique avec Clark Gable, qu'est-ce qu'on va encore dire ? Ce n'est pas raisonnable !

– Maman, avait expliqué Rose avec calme, je ne vais pas me marier avec Clark Gable mais simplement jouer la comédie avec lui !

– Je n'en crois pas un mot ! Cet homme a au moins le double de ton âge !

Le metteur en scène était John Ford. Faisait également partie de la distribution la plus belle femme du monde, Ava Gardner, alors en pleine romance avec Frank Sinatra.

Quelque temps plus tard, c'était l'Afrique.

– Vous avez l'air perdue dans vos pensées...

– Pas perdue, non, dit Rose en fixant la flamme de la lampe à acétylène qui éclairait la tente de Clark Gable de sa lumière dansante. Je repensais à tout ce qui m'est arrivé au cours des dernières semaines.

Au premier regard, elle était tombée éperdument amoureuse de lui. Quand elle ne participait pas elle-même à une scène, elle restait sur le plateau pour le regarder jouer. Elle le suivait partout comme son ombre. Allait-il faire un safari dans la savane ? Pour l'accompagner, elle n'hésitait pas à se lever à l'aube et à être horriblement secouée dans une Jeep pendant des heures.

– Ça vous plaît donc tellement, la chasse ?

– Oui, j'adore !

Elle aurait été prête à adorer n'importe quoi du moment qu'elle pouvait être près de lui. Ils avaient un point commun : un faible pour les personnes du sexe opposé d'âge mûr. Gable aimait le bourbon et les femmes qui auraient presque pu être sa mère, Rose était fascinée par les hommes d'expérience lui rappelant l'autorité de la puissance paternelle. L'ennui, pour elle, c'est que Clark n'avait pas l'air de vouloir entrer dans son jeu de la séduction. Cette gamine bien élevée lui faisait un peu peur. Avec son instinct de vieux baroudeur, il sentait très bien que le feu couvait sous la glace apparente. Il aimait trop sa liberté pour prendre le risque de s'attacher à elle.

– Allez-y, dit-il en riant, buvez un coup ! Ça décape !

Il leur servit deux grandes rasades de bourbon.

Autour d'eux, la nuit bruissait de tous les sons étranges de l'Afrique. Ils avaient fini de dîner. Clark fumait et lorgnait Rose à la dérobée. Pas une seconde, il n'avait été dupe : cette fille s'était amourachée de lui. C'était plutôt flatteur, mais par honnêteté, pour la protéger, il aurait aimé la prévenir qu'il n'était pas mentalement disponible pour se lancer, à ce moment de son existence, dans une aventure sentimentale.

Sous son apparence de macho, il était fin, sensible. Certes, très peu romantique. Mais, dans sa vie, il ne jouait jamais, pas davantage qu'il ne s'embarrassait de formules alambiquées.

– Rose, je ne suis pas tout à fait idiot, je vois bien que je vous plais : franchement, qu'est-ce que vous me trouvez ? J'ai trente ans de plus que vous, je suis un vieux croûton et j'aime la bouteille.

Elle le regarda avec des yeux dilatés d'admiration.

– Toutes les femmes du monde donneraient leur vie pour être à ma place ce soir, ici, à vos côtés !

– Quelle blague ! protesta-t-il en esquissant le sourire ravageur qui creusait ses irrésistibles fossettes. Si elles sont assez idiotes pour me voir à travers les personnages que j'incarne – tous des héros, vous l'aurez remarqué, rien que des héros –, je les plains !

Il leva le doigt et se pencha vers elle pour une révélation. Instinctivement, elle avança ses lèvres.

– Vous voulez que je vous dise le fond de ma pensée ? lui confia-t-il en se reculant légèrement. Si elles sont aussi bêtes, je ne peux que les mépriser. Et comment désirer une femme qu'on méprise ?

Ils étaient seuls. C'était la nuit. Elle avait vingt ans. Elle s'offrait. Il n'était pas de bois. Elle était jeune, animale, superbe.

Mais il restait encore trois semaines de tournage.

S'ils commençaient quoi que ce soit, peut-être allait-il se prendre à son propre jeu, tomber amoureux lui aussi. Et de cela, il ne voulait pour rien au monde. Rivés sur lui, il sentait ses grands yeux clairs le dévorer. Il n'avait qu'un geste à faire, un mot à dire, allonger la main...

– À la vôtre ! dit-il en levant son verre.

Elle l'imita : avant tout, ne pas avoir l'air d'une gourde, ne pas le décevoir. Courageusement, elle le porta à ses lèvres et en avala une grande lampée. D'ordinaire, elle ne buvait que de l'eau. Elle sentit le feu se répandre dans ses entrailles tandis que le goût affreux du bourbon lui donnait la nausée.

Gable, qui la guettait du coin de l'œil, sentit que quelque chose ne tournait pas rond.

– Vous ne vous sentez pas bien ?

– Si, dit-elle en se levant brusquement.

Titubante, elle fonça vers l'ouverture de la tente. Mais elle n'eut pas le temps d'y arriver : elle vomit.

Gable se précipita, chercha des yeux une serviette, n'en trouva pas, quitta sa chemise, lui en essuya les lèvres et la prit en riant dans ses bras pour la réconforter.

– Là, là... Ce n'est pas grave.

Morte de confusion, Rose, les yeux brillants de larmes, eut cependant le cran de le regarder en face.

– Et moi qui me demandais, dit-elle avec un sourire qui se moquait d'elle-même, ce qu'il fallait que je fasse pour que vous me serriez dans vos bras...

56

Le père Tanner adorait la jeunesse. Et la jeunesse le lui rendait bien. Depuis qu'avec la bénédiction du Vatican il veillait sur le destin de la chapelle privée du palais princier de Roccadura, il avait su s'attirer la confiance des très jeunes garçons, à cet instant délicat de l'existence qui précède la puberté. Un grand nombre d'entre eux tenaient à ce qu'il les absolve de leurs péchés et malgré la multiplicité de ses tâches – il était même responsable d'une petite équipe de football ! – le père Tanner ne se dérobait jamais à leur demande.

Malheureusement, les cent quatre-vingt-sept domestiques du palais venaient, eux aussi, se décharger sur lui de leurs péchés, femmes de chambre, valets, secrétaires, chambellans, chauffeurs, maîtres d'hôtel, lingères, intendants, cuisiniers, économes, garçons, motards, palefreniers, femmes de ménage, électriciens, décorateurs, peintres, menuisiers, gardes, tous aux antipodes de la grâce fragile de l'innocence enfantine. Leurs secrets, ordinaires dans leur bassesse, empêchaient parfois Tanner de s'endormir.

Il passa devant l'autel, s'agenouilla et récita à son propre usage un *Me confiteor* pour l'acte qu'il allait commettre.

Mais les commandements de l'Église s'accordaient-ils toujours à la raison d'État ?

Il entra dans son bureau, en referma soigneusement la porte, décrocha son téléphone et fit le numéro d'Hortense.

Il ne lui pardonnait pas l'affront qu'elle lui avait infligé en dédaignant les sacrements de l'Église pour se marier civilement, comme une fille des rues.

On décrocha.

– Pourrais-je parler à Mme la comtesse Hortense de Castaniou, je vous prie ? Je suis le père Tanner, chapelain privé de Son Altesse le prince Gildas.

– Je vous prie de ne pas quitter, mon père. Je vais voir si Mme la Comtesse est rentrée.

Presque aussitôt, elle fut en ligne.

– Mon père, s'écria-t-elle avec le même ton enjoué que s'ils avaient déjeuné ensemble la veille, quel plaisir de vous entendre ! Que puis-je faire pour vous être agréable ?

– Il est possible que vous puissiez m'aider, madame. Je recherche une très jeune fille. Elle a disparu depuis quarante-huit heures. Ses parents sont inquiets.

– Comment s'appelle-t-elle ?

– Loretta Comiti.

– Comiti ?

– Comiti, madame. Loretta Comiti.

– Mon père, c'est la première fois que j'entends ce nom. Qu'est-ce qui vous a fait croire que je pouvais la connaître ?

Tanner compta jusqu'à cinq avant de distiller sa réponse.

– Comme on la voit très souvent en compagnie de M. le Comte, votre mari, j'avais pensé que...

Nouveau silence.

– Qu'est-ce qu'elle fait, cette Loretta ? demanda sèchement Hortense.

– Hélas, rien, madame. Elle n'a pour elle que sa jeunesse et sa beauté. Je suis vraiment désolé de vous avoir importunée pour rien. Quand vous verrez M. le Comte, je vous prie de lui présenter mes respects. Est-ce qu'il va bien ?

– Très bien, mon père. Il se trouve justement depuis quarante-huit heures sur son bateau du côté de Saint-Tropez.

Tanner allait ajouter quelque chose mais c'était inutile : Hortense avait raccroché ! Avec un sourire qui n'avait plus rien de chrétien, il composa un nouveau numéro.

Cette fois, il eut Gildas au bout du fil.

– Grande nouvelle, Monseigneur ! Je viens d'apprendre que votre sœur a de très graves problèmes conjugaux qui vont l'occuper à plein temps au cours des prochaines semaines. Vous pouvez donc aller en Guinée comme prévu. Partez tranquille : aucune chance qu'elle vous mette des bâtons dans les roues !

Les yeux plissés de gaieté, Tanner écouta la réponse de Gildas, raccrocha, eut un soupir heureux et, comme toujours lorsqu'il intervenait dans le destin des autres, fit pieusement un signe de croix.

57

Louella Parsons, quand elle le pouvait, aimait se coucher tôt. Mais quand le pouvait-elle ? Elle avait en moyenne vingt invitations par jour à des dîners, une dizaine à des galas, charités de toutes sortes, remises de récompenses ou commémorations dont Hollywood est si friand, à quoi il fallait ajouter une multitude de *parties*, plusieurs premières de film et quelques projections privées. Il faut dire que, d'un trait de plume, elle pouvait rendre célèbre un inconnu ou détruire une gloire nationale. Sa colonne d'échos était reproduite dans près de trois cents quotidiens américains. Choyée de tous, elle inspirait plus de peur au Tout-Hollywood qu'une brassée de serpents à sonnette.

Ce soir-là, vers minuit, elle s'étira une dernière fois dans ses draps de satin rose. Elle avait bu sa traditionnelle tasse de camomille et se sentait en paix avec le monde. Demain, en s'éveillant, elle consacrerait son article à Maureen O'Hara : un vrai massacre ! Doux plaisir... Elle allait s'endormir : le téléphone sonna. Qui donc osait la déranger à une heure pareille ?

Furibarde, elle décrocha et perçut des sanglots, des sanglots de femme.

– Qui est là ?... dit-elle. Qui pleure ?

Dans la capitale du cinéma, en dehors des larmes d'acteurs sur les plateaux, pleurer n'était pas de mise. Les sanglots continuaient. Louella allait raccrocher. Mue davantage par un instinct de curiosité professionnelle que par charité chrétienne, elle fit une dernière tentative.

– Qui êtes-vous ? Parlez !

– Louella, c'est moi, Mal...

Murial, l'épouse de Ray Milland, « Mal » pour les intimes. Louella l'avait vue la veille, nageant apparemment dans le bonheur le plus parfait. Impossible de l'envoyer bouler!

– Mal! Qu'est-ce qu'il vous arrive?

– C'est cette petite garce... Elle veut me voler mon mari, Louella!

Louella ignorait encore l'identité de « la petite garce », mais elle n'était certainement pas la seule à convoiter son célébrissime et séduisant mari. Outre sa distinction, sa prestance et son raffinement, il avait obtenu l'Oscar quelques années plus tôt pour sa magistrale interprétation d'un alcoolique dans *Lost Week-end.*

– De qui me parlez-vous, Mal?

– De Rose Duggan!

– Encore! s'indigna Louella. Rose Duggan? Vous êtes sûre?

Bien entendu, Louella la première, tout Hollywood faisait des gorges chaudes de l'idylle Ray Milland-Rose Duggan. Ils tournaient sous la direction de Hitchcock et, d'après la rumeur, étaient tombés follement amoureux l'un de l'autre. Or, Ray était marié à Murial depuis plus de vingt ans et leur aîné, un garçon, devait à peu près avoir l'âge de Rose. Était-il possible, se demanda Louella, que Mal ne se fût pas aperçue plus tôt de son infortune? Et comment pouvait-elle l'appeler en pleine nuit pour lui en faire part? Dans la ville des vainqueurs, souffrir, échouer, être trompé ou ruiné était du dernier mauvais goût. La courtoisie la plus élémentaire commandait de ne jamais étaler ses ennuis sous peine de s'attirer le classique « Rappelez-moi quand ça ira mieux ».

– Je suis désespérée, Louella! Ray veut me quitter!

Au Far West, on pendait les voleurs de bétail.

Mais, dans le monde clos de Hollywood, on vomissait aussi férocement les femmes s'attaquant à un homme marié.

– Je vais vous aider, Mal, je vous jure que je vais vous aider!

Adieu, les effets de la camomille! Maintenant, identification pure et vieille solidarité féminine, Louella se sentait affûtée, hyperlucide: elle tenait un superbe scandale!

– Sous quel régime légal êtes-vous mariés?

– Tout est à mon nom, hoqueta Mal entre deux sanglots.

– Mais alors, triompha Louella, où est le problème? Qu'est-ce qui vous inquiète? Dites à Ray que vous demandez le divorce. Le lendemain, il se retrouve à la rue!

– Mais je ne veux pas divorcer, gémit Mal.

– Il n'en est pas question ! Il ne s'agit que d'une menace.
– Je ne comprends pas...
– Vous savez très bien que Ray vous aime !
– Allons donc ! protesta mollement Mal.
– Vous êtes l'un des couples phares de Hollywood, Mal ! Les acteurs sont comme des enfants, ce n'est pas moi qui vais vous l'apprendre ! Rose Duggan a dû lui faire du rentre-dedans comme à Gary Cooper ou à Clark Gable... Faites-moi confiance, je vais m'occuper d'elle !
– Qu'est-ce que vous allez faire ?
– La couler ! Dévoiler sa vraie nature de briseuse de ménages et lui casser les reins une fois pour toutes !
– Vous croyez pouvoir ?
– Vous en doutez ?
– Non. Il paraît que Hitchcock aussi est fou d'elle. Pourtant, elle est froide, hautaine, et je ne la trouve pas si jolie. Qu'est-ce qu'elle a donc de plus que les autres ?
– Hitchcock ? Il suffit de lui mettre n'importe quelle pétasse sous le nez, du moment qu'elle est blonde, il perd les pédales !
– Louella, vous êtes formidable !
– Non, Mal, femme... simplement femme ! Êtes-vous prête à faire ce que je vous ai dit ?... Pour le divorce ?
– Absolument.
– Alors *nous* allons gagner ! Avant la fin de la semaine, je vous garantis que tout sera rentré dans l'ordre et que vous aurez récupéré votre mari !
– Et Rose Duggan ?
– Achetez le journal demain, Mal. Quand cette petite garce aura lu ma colonne, elle n'aura plus qu'à quitter la ville et à ne plus jamais y remettre les pieds !

58

Une heure du matin, l'heure divine. Lorsqu'il ne naviguait pas, c'était l'instant que Manolo savourait le plus.

Allongé sur sa couchette, il lisait ou rêvassait en fumant des cigarettes turques de contrebande dont les volutes de fumée bleue s'échappaient en torsades par les hublots à demi entrouverts de sa cabine. Il était capitaine du *Lucky Banker* depuis huit ans. Lorsque José Marques avait épousé la princesse Hortense, il n'avait pas daigné changer le nom de sa goélette. Manolo n'avait jamais osé demander à son patron, qui était l'un des avocats les plus en vue de la principauté, pourquoi il avait baptisé son bateau *Lucky Banker*. Car José Marques, devenu depuis comte de Castaniou, n'était ni banquier ni fou.

En ce moment, il était simplement malheureux, déboussolé. Manolo le savait. Il souffrait pour lui. Ils étaient à quai depuis trois mois dans le vieux port de Cannes. Le comte dormait à bord tous les soirs, même s'il lui arrivait de rentrer – c'était de plus en plus souvent le cas – à six heures du matin.

Dans l'état où il était, comment arrivait-il à garder son équilibre en franchissant la passerelle ? Mystère. Pour mieux guetter son retour, Manolo ne dormait que d'un œil. Mais, de peur de se faire rabrouer, il restait à distance sans se montrer tout en se tenant prêt à intervenir. La seule chose dont il était sûr, c'est que la haine avait remplacé la confiance. La comtesse Hortense n'était plus jamais revenue sur le bateau depuis le départ du prince Gildas en Guinée où il était allé chercher des animaux sauvages pour créer un zoo devenu depuis l'une des gloires de Roccadura. Et un soir où il était ivre, le comte, les larmes aux yeux, avait confié à Manolo qu'Hortense l'avait manipulé en douceur pour le contraindre au divorce. Après quoi, lorsqu'elle avait obtenu de lui ce qu'elle voulait, elle l'avait viré de chez lui avec interdiction de voir ses enfants.

C'était quand déjà ? Huit mois ? Neuf ?

Que s'était-il passé entre eux ? Certes, Manolo était placé pour savoir que son patron appréciait les jolies filles, mais n'avait-il pas lu que, de son côté, la comtesse Hortense s'affichait souvent avec Philippe Leduc, l'un des chefs de file du Grand Conseil ? D'autres rumeurs avaient couru, selon lesquelles, sans raison apparente, ses plus anciens clients, comme s'ils obéissaient à un même mystérieux mot d'ordre – mais n'était-ce pas plutôt un ordre ? –, avaient déserté l'un après l'autre la prospère étude de José pour confier leurs dossiers à des avocats concurrents. Vrai ou faux ? En tout cas, trois mois plus tôt, le comte avait fermé son cabinet et quitté la ville pour se réfugier sur son bateau ancré hors de Roccadura.

Quel gâchis !

Manolo écrasait sa cigarette dans un cendrier lorsqu'il entendit, au-dessus de sa tête, dans les coursives, un bruit qui ne lui était pas familier. Ni le grincement des cordages tendus par la houle, ni le frottement des bouées bord à bord avec les autres yachts ancrés dans le port, ni le pas d'un de ses quatre marins qu'il connaissait par cœur, encore moins celui du comte.

Non, c'était autre chose, une espèce de glissement, comme quelqu'un qui aurait essayé de marcher en amortissant le bruit de ses pas. D'un bond, Manolo roula hors de sa couchette et, dans le même mouvement, s'empara d'une torche électrique et d'un pistolet Beretta qu'il gardait toujours à portée de la main dans le tiroir de sa table de nuit. À pas de loup, il sortit dans la coursive, grimpa l'escalier qui menait au pont et, d'instinct, se dirigea à l'avant vers la cabine de son maître. La porte en était entrouverte. Le cœur battant, Manolo s'immobilisa une seconde, releva le canon de son arme, aspira une grande bouffée d'air.

D'un coup de pied, il poussa le battant et braqua le faisceau lumineux de sa torche droit devant lui.

– Baisse ta lampe, connard, tu me fais mal aux yeux !

Manolo actionna le commutateur : la cabine s'illumina brusquement. Deux hommes étaient debout au milieu de la pièce. Pas du tout impressionnés, ils semblaient aussi à l'aise que s'ils s'étaient trouvés chez eux !

– Tu es qui, toi ? demanda l'un d'eux sur un ton goguenard.

– Le cuistot ! s'esclaffa l'autre.

Manolo était si déconcerté qu'il en oubliait de les braquer.

Les deux intrus étaient vêtus de sombre. L'un d'eux était chauve. Les cheveux de l'autre étaient d'un roux cuivré

– Qu'est-ce que vous faites ici ? se ressaisit Manolo.

– On attend ton patron, dit le chauve.

– On a un message pour lui, ajouta l'autre.

Sans les lâcher de l'œil, Manolo fit un pas vers le téléphone.

– Vous raconterez ça aux flics, gronda-t-il.

Les deux hommes éclatèrent de rire.

– Tu appelles personne, dit gentiment le rouquin.

– Ta gueule ! tonna Manolo, rendu furieux par leur assurance et l'ascendant qu'ils exerçaient sur lui.

– On ne te veut pas de mal, connard, calme-toi. Tu es qui, le capitaine ?

– Et toi, tu es qui ?

– Tu es capable de répéter à ton patron ce qu'on va te dire sans y changer un mot ?

Sans conviction, Manolo fit un autre pas en direction du téléphone. Le chauve haussa les épaules avec un profond soupir et consulta son compagnon du regard.

– Il est bouché, hein ?...

Il se tourna vers Manolo.

– Écoute-moi bien avant qu'on se fâche. On est aujourd'hui lundi. Dis à Marques que s'il n'a pas quitté le pays avant la fin de la semaine, soit samedi, on reviendra lui faire la peau. Et rien ni personne ne pourra le sauver. Tu as saisi ?

– Ce... message..., hésita Manolo, c'est de la part de qui ?

Le rouquin s'avança vers lui, le désarma tranquillement et posa son Beretta sur la table.

– Ne t'inquiète pas, ton patron comprendra tout de suite. Précise-lui aussi qu'il n'y aura pas de second avertissement.

– Samedi, renchérit le rouquin. N'oublie pas. Pas une heure de plus !

Sans se retourner, tous deux sortirent de la cabine.

Machinalement, Manolo les suivit à distance. Il les vit franchir la passerelle, s'éloigner sur le quai et disparaître dans la nuit. Puis il y eut le bruit d'un moteur de voiture qui se mettait en marche. Et ce fut le silence.

Manolo s'assit sur une écoutille, alluma une cigarette et se mit à attendre.

59

Rose attendit son tour dans un petit salon où se trouvaient déjà deux autres personnes. Un jeune homme en jeans, si abîmé dans ses pensées qu'il ne lui jeta même pas un regard. Et une femme rondelette, aux cheveux blonds, entre deux âges, qui grillait une Pall Mall, l'œil perdu dans les volutes de fumée. Il y avait un dessin au mur. Rose, qui était myope, ne pouvait en distinguer le sujet. Quand une secrétaire fanée vint chercher le jeune homme, Rose en profita pour se lever, chausser ses lunettes, et y jeter un coup d'œil de plus près. Il s'agissait d'une scène mythologique, Laocoon étouffé avec ses fils par deux énormes serpents. Elle revint s'asseoir. Quelle coïncidence inouïe : si elle était là, c'est parce qu'elle étouffait elle aussi. Mais, à la différence de Laocoon, elle ne savait pas très bien pourquoi. Elle s'était discrètement renseignée auprès de deux ou trois personnes qui, toutes, lui avaient dit que le docteur Isaac Biderman était le meilleur « psy » de New York. Elle avait lu un tas de trucs sur la psychanalyse mais, maintenant qu'elle était dans ce petit salon d'attente, elle se demandait comment cela allait se passer. Quand la secrétaire l'appela à son tour, la boule qu'elle avait dans la gorge lui indiqua qu'elle se payait le plus beau trac de sa vie. Elle se retrouva dans un petit cabinet où trônait un divan fatigué de cuir vert.

– Bonjour, dit Biderman en lui tendant la main.

– Bonjour, dit Rose en l'observant.

Quarante-cinq, cinquante ans ? Avec sa silhouette dégingandée, sa veste de tweed, son col roulé, ses lunettes d'écaille et ses cheveux grisonnants, il ressemblait à un étudiant prolongé. La seule chose qui parût chez lui exceptionnelle était ce regard, adouci par son sourire, mais d'une acuité redoutable.

Se produisit alors une chose tout à fait inattendue : pendant qu'elle s'installait sur la chaise qu'il lui avait désignée, Rose, sans raison aucune, se cacha la tête entre les mains et se mit à pleurer : ça commençait bien !

Biderman ne broncha pas : pas un mot, pas un geste.

– Vous devez me trouver ridicule, dit Rose entre deux sanglots, sans oser le regarder.

Il ne fit rien pour interrompre ses larmes. Quand elle osa porter son regard sur lui, elle s'aperçut qu'il la dévisageait avec bienveillance.

– Que puis-je faire pour vous ? lui demanda-t-il sur un ton amical.

– M'aider...

– Racontez-moi.

Rose sortit un mouchoir de son sac qu'elle n'avait pas lâché et serrait farouchement contre elle. Elle se tamponna le nez à petites touches, s'essuya les yeux.

– Je ne sais pas par où commencer, dit-elle.

Isaac Biderman éclata de rire.

– Pourquoi pas par le commencement ? dit-il avec bonne humeur.

Rose se détendit légèrement.

– Je ne sais plus où j'en suis, dit-elle.

– Je m'en doute, approuva-t-il.

– C'est tellement difficile.

– Je sais.

De nouveau, les sanglots la submergèrent.

– Racontez-moi, l'encouragea Biderman.

Rose, soudain, releva la tête.

– Vous savez qui je suis ?

Il lui fit signe que oui. Elle crut qu'il s'était mépris sur la phrase qu'elle venait de prononcer.

– Je ne veux pas dire que je me prenne pour quelqu'un, précisa-t-elle. Simplement, pour vous aider à mieux comprendre mon cas...

Toujours le sourire bienveillant.

– Voilà, dit Rose en torturant les gants qu'elle avait sortis de son sac. Je voudrais savoir pourquoi on me déteste.

Pendant quelques secondes, elle attendit une réponse. Rien

ne vint. Elle jeta un bref regard sur les yeux gris fixés sur elle.

– Je dois vous raconter des histoires... personnelles ?

À nouveau, son rire. Et ses bras, écartés pour un constat d'évidence.

– Racontez-moi simplement tout ce qui vous passe par la tête.

– D'accord, dit Rose en se jetant à l'eau. Je peux vous dire les vrais noms ?...

Il approuva d'un battement de cils.

– Je crois que ça m'aidera, ajouta Rose. Voilà... Depuis quelque temps, les choses vont très, très vite pour moi. Tout m'arrive en même temps. Je ne peux plus assimiler ni comprendre. J'ai tourné un film, dernièrement, avec William Holden. Vous le connaissez ?

Nouveau battement de cils.

– Il est... irrésistible, dit Rose en baissant pudiquement les yeux. Nous sommes beaucoup sortis ensemble. Tout le monde nous a vus.

– Où est le mal ? demanda Biderman.

– Il est marié. Très souvent, je m'éprends d'hommes déjà mariés...

– Vous n'êtes pas la seule.

– Je m'en doute. Mais voyez-vous, Holden voulait m'épouser.

– Il vous l'a dit ?

– Oui.

– Ce qui implique qu'il était prêt à divorcer ?

– Oui.

– Sa femme était d'accord ?

– Je ne sais pas. Il ne me l'a pas dit.

– Continuez.

– J'ai préféré laisser tomber.

– Lui ou vous ?

– Peut-être les deux. Je ne sais plus. Moi en tout cas.

– Pourquoi ?

– Les journaux. La presse s'en est mêlée. J'étais le diable. Celle par qui le scandale arrive. Si vous saviez le nombre d'atrocités qu'on a pu écrire sur moi... C'était horrible !

– Et après ?

– J'ai enchaîné avec un autre film. Holden faisait partie de la distribution. Il était l'un de mes partenaires.

– Qui était l'autre ?

– Bing Crosby.

Les larmes réapparurent dans les yeux de Rose. Nerveusement, elle se passa la main sur le front.

– Je ne sais pas ce qui s'est passé...

– Vous êtes tombé amoureuse de lui ?

– Pas moi, lui. Il était veuf, il était seul. Difficile de rester insensible...

– Alors ?

– La presse, encore la presse... « *Rose Duggan-Bing Crosby : une nouvelle romance* ». De nouveau, j'étais une mangeuse d'hommes !

– Pourquoi ? demanda Biderman avec un étonnement feint. Vous avez la sensation de ne pas l'être ?

– Jamais de la vie ! se révolta Rose. Je n'interviens pas, vous comprenez ? Je ne fais rien pour les attirer ni les séduire. Les choses arrivent, c'est tout.

– Comme malgré vous...

– Exactement, comme malgré moi !

De plus en plus mal à l'aise, elle s'agita sur sa chaise.

– Tout le temps, encore et toujours ! En outre, lorsque je vous raconte ça, je m'entends très bien parler. Ça sortirait de la bouche d'une autre, j'en serais gênée ! Je donne l'impression de vous jeter des noms connus au visage, et pourtant, à cause de mon métier, ce sont les gens qui portent ces noms-là qui viennent vers moi !

– Vraiment ? Quel est le dernier en date ?

– Oleg Cassini.

– Le couturier ?

– Lui-même. J'étais dans un restaurant avec Jean-Pierre Aumont, l'acteur français...

– Parce que Jean-Pierre Aumont ?...

– Nous sommes très amis, révéla Rose en détournant le regard. Il est très drôle. Brillant. Beaucoup de charme... Donc, Cassini est entré dans ce restaurant, il m'a vue, il a foncé vers notre table et, sous prétexte qu'il connaissait Jean-Pierre, s'est assis froidement avec nous. Jean-Pierre était furieux.

– On peut le comprendre, dit Biderman en souriant.

– Les jours suivants, tous les matins, j'ai reçu des gerbes de roses, sans carte ni mention aucune de l'expéditeur. C'était à la fois agaçant et tellement romantique...

– Cassini ?
– Oui ! Il s'est dévoilé au bout de quinze jours.
– Et maintenant ?
– Il veut m'épouser, avoua Rose dans un souffle.
Un long silence s'établit. Finalement, Biderman poussa un profond soupir.
– En général, dit-il, on vient me voir parce qu'on manque d'amour. Apparemment, ce n'est pas votre cas. Dans le fond, quel est votre problème ?
La réponse fusa.
– Ma famille ! Ils ne comprennent pas. Ils ne contrôlent plus. Ils se sentent... salis ! Leur nom est honorable. À cause de moi, ils sortent de la rubrique sportive pour être jetés en pâture dans les pages à potins. J'ai honte. J'ai un respect infini pour mes parents. Je ne voudrais rien faire qui puisse déplaire à mon père !
– Et c'est pourtant ce qui arrive ?
– Oui, c'est terrible !
– Vous aimez beaucoup votre père, n'est-ce pas ? demanda innocemment Biderman.
La réponse jaillit.
– Plus que tout au monde ! Je préférerais renoncer à tout plutôt que lui faire la moindre peine !
Biderman se leva. Comprenant que l'entretien était terminé, Rose lui jeta un regard de désarroi.
– Mais, bredouilla-t-elle, je n'ai eu le temps de rien vous dire...
Les yeux de Biderman se plissèrent en un sourire.
– Vous croyez ?
Décontenancée, Rose se leva à son tour.
– Revenez demain, dit Biderman.
– Je ne peux pas, je pars pour l'Europe ce soir même à dix heures.
– Longtemps ?
– Un film. Six semaines au moins.
– Un film de qui ? s'enquit poliment Biderman.
– Alfred Hitchcock.
– Où ça ?
– Un rocher sur la Méditerranée, Roccadura.
– Quel est votre partenaire masculin ?
– Cary Grant.

60

Fascinée, Rose regardait Oleg Cassini, fourchette et couteau en main, écorcer son orange. Par nurses interposées, elle avait pourtant reçu une éducation parfaite, mais l'aisance d'Oleg relevait de la magie. Tout au long du déjeuner, il avait jonglé avec les accessoires de table sous l'œil impitoyable des maîtres d'hôtel qu'agaçait sa virtuosité, se jouant de tous les pièges posés par l'inutile multitude de couverts, de cuillères en vermeil et des différents couteaux et fourchettes posés, selon un rigoureux agencement, sur la nappe damassée où scintillait la fragile armée des verres de cristal.

Bouche bée, Rose voyait l'écorce de l'orange se transformer en une spirale dont les fines volutes, semblables à une œuvre d'art, retombaient gracieusement dans l'assiette à dessert.

– Pourquoi me regardez-vous ainsi ? s'étonna Oleg avec bonne humeur.

– Votre orange, dit rêveusement Rose. La façon dont vous en ôtez l'écorce sans même l'effleurer de vos doigts... Chapeau ! C'est un numéro de haute voltige !

Oleg éclata de rire.

– Pour qui ?

Il avait ce raffinement européen si prisé, au début des années cinquante, par les Américains de la bonne société. Il était célèbre avec naturel, à l'aise partout et familier de tous les noms qui comptaient sur la planète. Il possédait en outre une autre qualité : la constance. Sans tenir compte de l'imbroglio sentimental où se télescopaient Ray Milland, William Holden et Bing Crosby, il avait continué à faire à Rose une cour drôle, attendrissante, pleine d'humour, se gardant bien de demander quoi que ce soit en échange. Jusqu'au jour où sa patience était enfin récompensée : un matin, il reçut une carte postale représentant un bouquet de palmiers sur fond de mer d'un bleu intense : « Qui m'aime me suive. » Elle était signée de Rose et avait été postée de Roccadura. Toutes affaires cessantes, Oleg y débarquait le lendemain. Malgré l'amitié que lui manifestaient Hitchcock et Cary Grant, Oleg trouva Rose très déprimée. Les tempêtes médiatiques et familiales provoquées par ses dernières liaisons l'avaient démolie. Elle avait tourné quatre films en six mois. Elle était arrivée à Roccadura vidée, à bout de forces. Oleg, avec l'intuition que possèdent parfois les play-boys de haute volée, n'avait pas cherché à profiter de la situation.

Au contraire, il avait redoublé de prévenances, de tendresse, de drôlerie... Avec lui, Rose riait.

L'orange était maintenant épluchée.

De son écorce, Oleg fit un collier à Rose, le lui passa autour du cou, lui tendit une moitié du fruit et mordit dans l'autre.

– Cinquante-cinquante ? demanda-t-elle.

Il retint sa main prisonnière.

– Mille pour cent, dit-il en lui baisant le bout des doigts. Et pour la vie !

– Il faut que j'y aille, dit-elle.

Avant qu'elle ait pu bouger, il s'était redressé, avait fait le tour de la table et se tenait debout derrière sa chaise. Une heure plus tard, elle devait tourner des scènes d'extérieur sur la route sinueuse surplombant les falaises de Roccadura.

– Voulez-vous que je vous accompagne ?

– Non, merci, Oleg. À tout à l'heure.

Le chauffeur de la production l'attendait devant la porte du restaurant. La voiture démarra. De sa jeune carrière de star, Rose n'était jamais arrivée en retard sur un plateau. Malgré sa fatigue, elle se montrait d'humeur égale, avait un sourire ou un mot gentil pour chacun. Ses pairs l'adoraient, les techniciens l'admiraient, les metteurs en scène la respectaient. Hitchcock, qui en avait pourtant vu d'autres, était fou d'elle.

– Comment vous sentez-vous ? lui demanda-t-il lorsqu'elle arriva sur le lieu de tournage – un terre-plein de roche surplombant un grandiose décor de ciel et de mer.

– Merveilleusement bien.

Pendant qu'on la maquillait et la coiffait dans une caravane aménagée en salon d'esthétique, elle relut la scène qu'elle allait tourner et qu'elle connaissait déjà par cœur.

– Hello ! dit Cary Grant en passant la tête.

Il était venu à Roccadura avec sa femme, Betsy Blair.

La rigueur professionnelle de Rose l'épatait. Il l'adorait.

Quelques minutes plus tard, tous deux étaient assis dans une décapotable sport. Rose tenait le volant. Cary se grattait l'oreille. Hitchcock donnait ses dernières recommandations.

– Rose, vous avez compris ?

– Oui, oui, dit-elle distraitement.

Elle désigna, dans les lointains bleutés, une tache verte éclatant sur la blancheur de la roche surplombant la mer.

– C'est un jardin ? demanda-t-elle.

– Oui, madame, dit le perchman qui était du pays.

– À qui appartient-il ?

– Au prince Gildas de Roccadura, madame.

– Rose, vous m'écoutez ? s'impatienta Hitchcock.

Cinquante mètres plus bas, il désigna la route en lacet serpentant le long de la falaise.

– Vous voyez le virage en épingle ? Vous le dépassez, vous vous arrêtez et Cary sort de la voiture. D'accord ? On est en retard ! On y va ! Silence, on tourne !

– *Les Yeux du voleur*, première ! cria le clapman.

– Silence ! rugit Hitchcock.

Il s'était déjà juché dans l'autre décapotable, derrière le cameraman qui allait filmer le cabriolet où se trouvaient ses deux vedettes. Rose démarra et avala les premières boucles en virtuose. Calé dans son siège, Cary s'accrochait tant bien que mal tout en feignant d'avoir l'air décontracté.

– Vous avez déjà conduit ? demanda-t-il aimablement.

– Oui, mais pas ça, répondit Rose, mâchoires serrées.

Ils arrivaient dans la terrifiante épingle à cheveux.

Instinctivement, le pied droit de Cary écrasa un frein imaginaire : Rose allait trop vite, ils allaient se balancer dans le ravin !

– Freinez ! Freinez !

Rose écrasa la pédale de toutes ses forces. Le cabriolet tangua, dérapa, se mit en travers de la route et, l'espace d'une seconde mortelle, continua à glisser jusqu'à ce que ses roues arrière se bloquent miraculeusement à quelques millimètres de l'abîme.

Cary Grant se cacha les yeux.

– *Darling*, vous m'avez flanqué la trouille de ma vie ! Nous avons réellement failli y passer ! Où est-ce que vous croyiez aller comme ça ?

– Comment voulez-vous que je le sache, dit Rose d'une voix blanche. Vous voyez bien que je n'y vois rien. J'ai oublié mes lunettes.

61

Le comte José de Castaniou alluma une Philip Morris. Le front appuyé contre la fenêtre, il contempla pensivement les frondaisons de Central Park qui s'étendaient vingt-deux étages plus bas, au pied de l'Hotel Pierre. De la salle de bains, à l'autre bout de la suite, lui parvenait une voix féminine fredonnant « *Sweet Georgia Brown* ». Tout ce que José savait d'elle, c'est qu'elle était très jeune et s'appelait Peggy.

Il était arrivé à New York dix mois auparavant.

Bien qu'il habitât deux blocs plus loin, à l'angle de Madison et de la 59e, il lui arrivait, au hasard d'un caprice ou d'une rencontre, de venir finir la nuit au Pierre.

Il était près de midi. Il était en peignoir blanc. Ses vêtements, jetés en vrac sur des chaises, encadraient le lit défait. Sur le lit, un plateau de petit déjeuner encombré des accessoires inutiles et indispensables propres à tout palace qui se respecte, cafetière et petites cuillers d'argent, tasses de porcelaine, multitude de minuscules pots de marmelade, sans oublier les deux superbes roses blanches jaillissant d'un vase bleu au col effilé. José revint se caler contre un oreiller. Avec un sourire désabusé, il reprit *Le Figaro* de la veille que lui avait monté un garçon d'étage. À la une, on y voyait la photo de Gildas et de sa sœur Hortense, tendrement enlacés, souriant à la vie et saluant la foule. La légende : *Plus unis que jamais, Gildas et Hortense inaugurent le bal du Mimosa.*

– Ta femme ?

– Ex, dit José.

Elle était arrivée à pas de loup derrière lui et l'avait enlacé, collant la peau fraîche, douce et parfumée de son visage contre sa joue mal rasée dont elle fit crisser la barbe sous ses ongles.

– Elle a l'air gentille, dit Peggy.

– Très, répondit-il en essayant de garder son sérieux.

– Combien de temps êtes-vous restés mariés ?

– Pas tout à fait trois ans.

– Et vous vous entendez toujours bien ?

– Un rêve !

Il caressa les cheveux de l'innocente : à cause d'Hortense, on l'avait menacé de mort, contraint à l'exil, ruiné, détruit professionnellement, éliminé de la principauté, privé de ses trois enfants. À l'instigation d'Hortense, un décret princier avait stipulé qu'il n'aurait le droit de les voir que vingt-quatre jours par an.

Et par ordre d'Hortense, il ne pouvait les rencontrer que sous la surveillance d'un policier en uniforme qui ne les lâchait pas d'une semelle !

– Ils gouvernent ensemble ? demanda Peggy, qui continuait à étudier la photo.

José eut une moue amusée.

– Pas exactement, dit-il. Dis-moi, Peggy, comment imagines-tu un royaume ?

– Comme un conte de fées.

Cette fois, il éclata franchement de rire.

– C'est un chaudron de sorcières ! Au moindre faux pas, tu prends un coup de poignard, tu es mort ! La photo que tu regardes, par exemple. Tout est faux, bidon, c'est pour la galerie.

– Ils sont tout de même frère et sœur, protesta-t-elle.

– La sœur ne pense qu'à faire destituer son frère pour monter sur le trône à sa place et le rêve du prince est de virer sa sœur de la principauté sans faire de vagues ! Tu comprends ?

– Non... José, je peux te poser une question ?

Pour la formuler de la façon la plus précise possible, elle se concentra, arrondit la bouche et fixa intensément le plafond.

– Les rois, qui les nomme rois ?

José pouffa.

– Eux-mêmes ! De père en fils. Rois héréditaires... Princes héréditaires... Dans le cas de Gildas, c'est son grand-père, le prince Edmond III, qui en a fait son successeur.

– Alors, puisque c'est lui qui a été désigné, comment Hortense peut-elle le détrôner ?

– Elle a dégoté d'anciens textes de la Constitution selon lesquels l'aîné de la dynastie, et lui seul, quel que soit son sexe, a droit au trône.

– Et elle est l'aînée ?

– De trois ans.

– Elle a quelqu'un dans sa vie ?

– Oui, un amant. Philippe Leduc, l'ennemi juré de Gildas. C'est lui qui mène la cabale. Il se voit déjà prince consort avec la haute main sur les affaires de l'État. Il raconte partout que Gildas est incapable de régner, qu'il est irresponsable, qu'il effectue des placements hasardeux avec les capitaux de ses concitoyens et qu'il confond la richesse de la nation avec sa fortune personnelle.

– C'est vrai ?

– Je crois Gildas encore trop tendre pour être très malhonnête. À mon avis, il s'est fait blouser. On a abusé de sa naïveté, on lui a extorqué des signatures.

– Comment a-t-il réagi ?

– Il n'a qu'une toute petite marge de manœuvre. Ou il traîne Hortense et Leduc en justice et les bannit officiellement du Rocher pour haute trahison...

– Il en a le droit ?

– Sur son territoire, il a tous les droits. Mais il prend un risque. Il court le danger de saper sa position auprès du peuple. Reste l'autre possibilité, la voie rusée, celle qu'il a choisie. Il s'écrase jusqu'à ce que la confiance soit rétablie et sauve les apparences en enlaçant sa sœur le temps d'une photo qui offrira à l'univers l'image idéale de leur entente parfaite.

Peggy mordit nerveusement dans un reste de croissant abandonné sur le plateau. Comme toute roturière bien née, elle était fascinée par les histoires d'altesses.

– Comment ça va finir ? demanda-t-elle.

– Mal.

– Pour qui ?

– Que Dieu protège Hortense !

62

Les étagères surchargées de coupes grimpant à l'assaut des murs, les trophées d'aviron accrochés au moindre espace libre, tout, dans la maison de Greenwood, rappelait à Rose la gloire de sa propre famille. Mais, aujourd'hui, le petit canard boiteux revenait en vainqueur : cinq jours plus tôt, elle avait reçu à Hollywood des mains de William Holden l'Oscar de la meilleure interprétation féminine pour le film tourné avec Bing Crosby. Consécration suprême, éblouissante, propre à effacer les aigreurs, les calomnies, les convulsions. Pour qu'il prenne sa réalité absolue, Rose, comme toujours lorsqu'un évènement capital traversait sa vie, avait tenu à le faire avaliser par sa famille. Elle était ainsi faite. Quels que soient les intérêts affectifs ou professionnels en jeu, s'ils entraient en conflit avec la famille, la famille avait toujours le dernier mot.

Rose n'avait jamais été capable de couper le cordon ombilical : le clan Duggan, avec ses lois propres, sa morale, son code de conduite et ses mépris, avait systématiquement raison contre le reste du monde.

– Fais-nous John Wayne! quémanda Wendy.

Rose se leva, s'avança dans le salon en balançant les épaules, s'empara de deux fourchettes, les colla sur ses hanches, dégaina, braqua, fit feu, constata la mort de ses ennemis et souffla sur la fumée imaginaire sortant de ses armes : quand elle se mettait à faire le pitre et à imiter les stars de Hollywood, elle était irrésistible.

– Marilyn, Rose! Marilyn! supplia Terry.

Quel public, quel parterre! Autour de la table, Wendy et

Terry, ses deux sœurs, Kevin, Peter, Patrick, Terence, ses quatre frères, Jenny, sa mère, et Cathy Bramble, sa meilleure amie – la pension Barbizon, mon Dieu, comme tout cela était loin et charmant !

– Marilyn ? dit Rose.

Elle ébouriffa ses cheveux, avança les lèvres comme pour un baiser, plissa les yeux et se mit à rouler des hanches dans le salon d'une façon extravagante. Tout le monde battit des mains et hurla de rire. Rose salua, heureuse, enfantine : où était donc la star lointaine et glacée décrite par les journaux ?

– Rose, Ava Gardner !

– Entracte ! dit Rose en se rasseyant.

Elle se servit une tasse de café. À les voir tous réunis, chaleureux et hilares, on aurait eu du mal à concevoir les désastres accumulés de ces dernières semaines. Fidèles à leur habitude, les Duggan avaient fait bloc pour se liguer contre le dernier soupirant que Rose prétendait introduire dans le noyau familial : Oleg Cassini. Pourtant, Oleg, contrairement à ses prédécesseurs, n'était ni juif ni marié. Mais, aux yeux de la famille, il souffrait d'une tare rédhibitoire.

« Mon pauvre garçon, lui avait administré Jenny Duggan, vous ne manquez ni de charme ni d'intelligence, mais vous êtes léger, vaporeux et, qui plus est, divorcé. Comme mari pour ma fille, vous seriez une véritable catastrophe ! »

Combien de temps faut-il pour qu'un grand amour s'en aille en lambeaux ? Un seul week-end à Greenwood sous la pression du clan avait suffi pour éloigner Rose et Oleg l'un de l'autre.

– Jane Russell, Jane Russell !

– Oui ! clamèrent plusieurs voix. Jane Russell, Rose, Jane Russell !

Piquée au vif, Rose se redressa d'un bond, roula plusieurs serviettes en boule et les glissa sous son corsage en guise de seins énormes. Wendy et Terry, riant à gorge déployée, lui tendirent les mains pour qu'elle grimpe sur une chaise sous le regard amusé et complice de ses frères. Rose cambra les reins au maximum et prit une posture aguicheuse.

Brusquement, tous les rires s'arrêtèrent net.

Les regards se tournèrent vers la porte d'entrée où s'encadrait la silhouette massive de Sean Duggan. D'un œil sévère, il jaugea la scène. Paralysée soudain, Rose, à la vue de son père, s'était figée sur sa chaise.

– Bonjour, papa, dit-elle.

Sean Duggan repoussa la porte, toisa Rose d'un air dur et méprisant.

– Va faire tes clowneries ailleurs, ordonna-t-il d'une voix glacée. Tu es à la maison, ici, pas aux Oscars : tu es grotesque !

Rose descendit de sa chaise, se mordit les lèvres pour ne pas éclater en sanglots, et sortit de la pièce dans un silence de mort.

63

Le Grec se demandait s'il arrivait au père Tanner de ne pas être en soutane. Depuis leur première rencontre au palais, il ne l'avait jamais vu autrement que dans ses vêtements sacerdotaux. Ils étaient à l'avant du *Pégase*. Au loin, au bout du scintillement de la mer, on apercevait la ligne bleu pastel de la côte. Le Grec avait ordonné au capitaine de son yacht de mettre cap au large. Ce que le prêtre et lui avaient à se dire relevait du secret d'État.

Tanner observait l'étrave puissante du navire fendre la mer dans un glissement soyeux.

– Quel bateau magnifique vous avez!

Socrate Satrapoulos éclata de rire.

– Votre scooter n'est pas mal non plus!

À Roccadura, la Vespa du père Tanner était devenue légendaire. Négligeant les véhicules officiels que Gildas mettait à sa disposition, il ne se déplaçait dans les rues de la ville que sur son deux roues. Le Grec, qui prétendait s'y connaître en hommes, n'arrivait pas à cerner sa véritable personnalité d'une façon précise. Quel type bizarre! Son visage rubicond, sa carrure de rugbyman et ses manières directes révélaient l'homme franc et sans détour. Mais l'influence qu'il avait sur le prince, la sainte terreur qu'il inspirait aux gens du palais et son surnom même de « Raspoutine » prouvaient qu'il fallait y réfléchir à deux fois avant de porter un jugement sur lui. De son côté, par la très efficace filière du Vatican, le père Tanner s'était discrètement renseigné sur les antécédents du puissant Socrate Satrapoulos. Il avait appris quelques petits trucs intéressants.

On le savait capable de coups de génie.

Petit armateur à ses débuts, il avait établi les bases de sa fortune en arnaquant les grandes compagnies maritimes d'assurances. La combine était toujours la même : il se faisait rembourser au prix fort des rafiots achetés au tarif de la casse aux surplus de l'armée américaine, vieux *liberty ships* ne tenant plus que par leurs plaques de rouille et coulés au large, sur son ordre, par leur propre équipage. La façon dont les expertises étaient menées au moment de l'évaluation des navires relevait du grand art. Les agents des compagnies, bichonnés, logés dans les plus belles suites de palaces où les attendaient des filles sublimes offertes en prime, étaient nourris au caviar et abreuvés de vins fins et d'alcools rares. Lorsqu'ils montaient à bord pour l'inspection, ivres morts la plupart du temps, ils inscrivaient sur leur registre, navire et cargaison comprise, les prix que leur fournissait aimablement le capitaine. Et vogue la galère!

– Le thé est servi, Monsieur.

Le Grec remercia le steward d'un clin d'œil, prit amicalement Tanner par les épaules et l'entraîna dans des couloirs recouverts de boiseries précieuses jusqu'au salon de palissandre où trônaient de magnifiques tableaux de maître, Renoir, Cézanne, Van Gogh, Gauguin...

– Et celui-ci ? demanda Tanner, en arrêt devant une femme en chignon roux qui faisait sa toilette juchée sur le rebord d'une bassine en zinc.

– Degas, dit le Grec. Asseyez-vous, mon père.

Tanner s'ensevelit dans un énorme divan de cuir fauve.

Le Grec s'installa en face de lui. Un deuxième steward en uniforme blanc leur servit le thé et disparut. Pendant un moment, sourire bienveillant aux lèvres, les deux hommes se dévisagèrent en silence. Puis le Grec enleva ses lunettes et en nettoya la buée avec une serviette du service à thé.

– Quelle histoire! dit-il.

– N'est-ce pas? approuva Tanner.

Le scandale, tout récent, était si violent qu'il avait ébranlé les fondations même du trône, la respectabilité du prince, la crédibilité de l'État, et ouvert une crise constitutionnelle très menaçante pour l'avenir de la dynastie : une étincelle avait suffi.

Le hasard avait voulu qu'elle vînt d'un des meilleurs amis du prince, l'entrepreneur Giacomo Cantor. Un matin, le Grand Conseil lui refusait l'adjudication d'un chantier de plusieurs millions de dollars au moment même où sa propre banque, la Société de Dépôt des valeurs, finançait dans son dos son plus dangereux concurrent. Quoique n'ayant aucun label officiel, la SDV, qui abritait soixante-dix pour cent des réserves financières de la principauté, faisait aux yeux de tous office de banque d'État.

Or, l'État, c'était le prince.

Et le prince avait soutenu Giacomo.

Pourtant, malgré son appui, l'affaire lui était passée sous le nez! Fou de rage, il retirait instantanément les mille lingots d'or qu'il avait confiés à la SDV : le soir même, tout le monde savait sur le Rocher que Cantor avait mis la banque en faillite.

Le lendemain, à l'heure d'ouverture des bureaux, des queues s'étaient déjà formées devant l'établissement : tous les déposants exigeaient la restitution immédiate de leurs avoirs.

Ne pouvant faire face, la SDV appelait le prince au secours. Le prince s'adressait au Grec. Le Grec, qui avait mis Williams à la tête du Grand Conseil, l'accusait durement de n'avoir mieux su contrôler les hommes en place.

Trop tard : sous l'impulsion de Philippe Leduc, dont la rumeur faisait l'amant d'Hortense, la majorité de ses membres, furieux d'avoir été tenus trop longtemps à l'écart des décisions du palais, exigeait sur-le-champ le renvoi des partisans de Gildas, une information complète sur ses projets futurs, une comptabilité détaillée des finances publiques, et, arguant de la « protection des sites », un éventuel droit de veto pour toute opération d'urbanisme.

– Savez-vous, mon père, soupira le Grec, que j'ai été contraint de renflouer la Société de Dépôt sur ma fortune personnelle ?

– Je l'ignorais, mon fils, et je le déplore.

Le Grec eut un geste vague de la main.

– Il ne s'agit que d'argent... Il y a plus important : la crédibilité de la principauté. La confiance ne reviendra que lentement. Je sais que vous avez celle du prince, mon père. Il faut nous en servir pour allumer immédiatement un contre-feu!

– Je vous écoute, dit Tanner.

– Ne tournons pas autour du pot, mon père. Que je sache, voilà des années qu'on ne reconnaît au prince aucune liaison féminine suivie. Pendant ce temps, sa sœur intrigue pour le déboulonner. Or, Gildas a aujourd'hui trente-deux ans. N'est-il pas grand temps qu'il se marie pour faire taire les rumeurs et assurer sa descendance ?

– C'est exactement ce que j'ai dit à Son Altesse! approuva Tanner.

– Un grand mariage ferait oublier tout le reste!

– Oui mais, avec qui?

– Voilà la question, opina Satrapoulos. Vous avez apporté vos listes, mon père?

– C'est un bien grand mot, ironisa Tanner. Les jeunes filles convenables répondant aux critères imposés par la situation ne courent pas l'Europe.

– Hélas, dit le Grec en sortant d'une poche de sa veste une feuille de papier. J'ai écrit moi-même quelques idées.

Tanner glissa la main dans sa soutane pour en extraire, lui aussi, un carnet de notes.

Le Grec lui sourit et vint s'asseoir à ses côtés.

– D'abord, dit Tanner, il convient, avant tout et condition *sine qua non,* qu'elle soit catholique.

– Indispensable, renchérit le Grec. En outre, belle, riche de préférence, de sang royal et capable de tenir le rang auquel nous la destinons.

– Pas d'Allemande!

– Non, non, pas d'Allemande, d'accord. Mais issue d'une famille qui ne puisse prêter à aucune controverse. Prête à se consacrer entièrement à la principauté, à son mari et aux héritiers qu'elle lui donnera.

– Un nom? demanda le Grec.

– Margaret d'Angleterre.

Suffoqué, le Grec le dévisagea comme s'il avait mal entendu.

– Mais elle est de religion anglicane!

– Elle pourrait se convertir, hasarda Tanner.

– Vous n'y pensez pas, mon père! Roccadura traverse la plus grave crise de son histoire et elle est loin d'être terminée! La couronne de Gildas ne tient qu'à un fil et, si l'économie ne repart pas en flèche, je ne donne pas cher de la survie du Rocher! Le pays a besoin d'attirer sur lui les feux de l'actualité internationale, question de vie ou de mort!

– J'en suis convaincu, dit Tanner.

– Il lui faut du glamour, de la beauté, des fêtes, des musées, des touristes de marque, des milliardaires, des artistes, des histoires, des noms! Vous avez vu la tête de Margaret d'Angleterre?

– Effectivement, reconnut le prêtre.

Il y eut un long silence. Le Grec remplit les tasses de thé.

Tanner croqua pensivement quelques gâteaux secs.

– Si vous tenez tellement à attirer l'attention, suggéra Tanner avec timidité, pourquoi pas une vedette de cinéma ? Certaines sont issues de familles très honorables.

– Entre nous, mon père, croyez-vous que l'épisode Valérie Alain ait servi la principauté ?

– Elle est désormais mariée à un acteur et vient d'avoir un enfant, soupira Tanner.

– Je la croyais stérile ? dit le Grec.

– Elle veut écrire ses Mémoires, murmura Tanner en baissant les yeux.

Le Grec fit un bond.

– Mais il faut l'en empêcher ! Elle est folle !

– Vous croyez ? dit Tanner en lui jetant un regard aigu. Sachez qu'aujourd'hui encore le prince porte toujours au doigt la bague qu'elle lui avait offerte.

Nouveau silence.

– Je dois vous avouer que j'ai déjà pensé à une actrice, concéda le Grec avec lenteur. Elle est célèbre, on peut la voir sur la couverture de tous les magazines...

– Non, pas elle, le coupa Tanner. Je ne suis pas certain qu'elle fasse une bonne épouse.

– Vous ne savez même pas de qui je parle, s'étonna le Grec.

– Marilyn Monroe, dit Tanner. Certes, dans sa partie, elle est reine, mais elle n'a pas le profil d'une princesse. En tout cas, telle que vous et moi l'imaginons. En avez-vous une autre ?

– Nathalie Wood. Elle est jolie, célèbre. Et catholique.

– Elle n'a que dix-huit ans, objecta Tanner. Trop jeune. Pas assez mûre,

– Deborah Kerr ?

– Trop indépendante. Que penseriez-vous plutôt d'Eva Maria Saint ? On parle beaucoup d'elle ces temps-ci. Elle vient d'obtenir un Oscar.

– Pour un second rôle seulement, mon père. Tout juste un second. Maintenant, elle brûle d'en obtenir un premier. Ce qui risque de prendre du temps.

– Il y a peut-être quelqu'un qui correspondrait à ce que nous cherchons... Catholique, riche, célèbre, très belle, bonne famille, intelligente, bien élevée. Et, ce qui ne gâte rien, l'Oscar cette année !

– Rose Duggan ?

– Elle-même.

Le Grec se frappa dans les mains.

– C'est vrai qu'elle est formidable !

– Et quoique américaine grand teint, d'origine irlandaise !

– Seriez-vous vous-même d'origine irlandaise, mon père ?

– Vous ne l'aviez pas encore deviné, mon fils ?

Tous deux éclatèrent de rire. Tanner se pencha vers Socrate et lui chuchota quelque chose à l'oreille.

Le Grec se frappa la tête d'un air coupable, fonça vers le bar, en sortit une bouteille de whisky, de la glace et deux verres qu'il emplit généreusement.

– Je suis impardonnable, s'excusa-t-il.

– Mais non, le rassura Tanner, simplement préoccupé.

Chacun leva son verre en même temps.

– À la réussite de nos entreprises ! dit le Grec.

– À Son Altesse sérénissime le prince Gildas ! reprit Tanner en écho. Que Dieu le bénisse et lui donne une femme merveilleuse et de sublimes enfants !

64

– Madame, voulez-vous que je vous ouvre les volets ? demanda la femme de chambre après avoir posé le plateau du petit déjeuner sur le lit.

– S'il vous plaît, dit Rose.

Le jour pénétra à flots. Rose ferma les yeux mais eut le temps de percevoir, en un dixième de seconde, un énorme bouquet de tulipes blanches sur une commode. La veille, elle était si fatiguée qu'elle s'était écroulée de sommeil sitôt entrée dans son appartement.

– Madame, dit la femme de chambre, si vous avez besoin de quoi que ce soit, vous me sonnez.

Rose lui adressa un sourire.

– Quelle heure est-il ?

– Dix heures, Madame.

La porte se referma. Rose avala un jus d'orange, mit un sucre dans sa tasse à café, mordit dans un croissant. La séance de photos n'était prévue qu'à trois heures de l'après-midi, elle avait le temps. Elle glissa hors de son lit et s'approcha à pas hésitants de la fenêtre. Elle s'accouda à la balustrade : elle avait oublié la splendeur de la Méditerranée...

Sept étages plus bas, au pied du Carlton, les palmiers de la Croisette montaient toujours la garde devant cet extravagant miroitement de bleus encadré sur la gauche par la masse vert sombre des îles de Lérins et, sur la droite, par les murs ocre de la vieille ville que semblaient prolonger les dents de l'Esterel s'enfonçant dans la mer. Pas très loin de là, à Roccadura, Rose avait connu quelques mois plus tôt des jours heureux avec Oleg.

Les Yeux du voleur, Cary Grant, Hitchcock, huit semaines éblouissantes... Quand le studio lui avait proposé de venir au festival de Cannes pour soutenir *La Fille du village*, qui lui avait valu l'Oscar, elle avait d'abord refusé. Elle se sentait encore trop fragile pour affronter des souvenirs qui lui faisaient mal. Mais le film était en lice pour le Grand Prix, sa vie privée tournait à vide, elle était déprimée, solitaire...

Après tout, pourquoi pas ?

Pour chasser la nostalgie, elle s'arracha à sa fenêtre, fonça dans la salle de bains, entra dans la cabine de douche et s'offrit longuement aux jets puissants. Elle en sortit, enfila un peignoir, ouvrit l'une de ses valises et prit son séchoir à cheveux. Elle le brancha dans la prise intégrée au miroir recouvrant le mur : rien.

Elle alla dans le salon, répéta l'opération avec une autre prise : toujours rien. Elle poussa un commutateur : pas de lumière. Elle appela la réception.

– Qu'est-ce qu'il se passe ? Je n'ai pas de courant dans mon appartement !

– Une véritable catastrophe, Madame ! Toute la ville est logée à la même enseigne. Grève surprise de l'Électricité de France !

– Jusqu'à quand ?

– Jusqu'à ce soir !

– Mais ce n'est pas possible, j'ai rendez-vous, mes cheveux sont trempés !

– Hélas, Madame... Cela ne s'est jamais produit auparavant. Nous sommes désolés. Toutes nos excuses...

Et sa robe ? Quelle robe allait-elle mettre ? Et dans quel état allait-elle retrouver celles qu'elle avait emportées ? La veille, elle était si exténuée qu'elle n'avait même pas pris la peine d'ouvrir ses valises. Elle fourragea dans des serrures, rabattit des couvercles et dégagea avec consternation quelques tenues froissées. Prise de panique, elle reprit le téléphone, composa le numéro d'une autre chambre de l'hôtel et eut Lilian en ligne.

– Lilian !

– Je sais, dit Lilian d'une voix apaisante. Je peux monter ?

– Seigneur, oui !

– J'arrive !

En la personne de Lilian, le studio avait fourni à Rose un ange gardien personnel chargé de veiller sur elle jour et nuit, tour à tour public-relations, psychiatre, secrétaire, dame de compagnie, attachée de presse...

Aussitôt arrivée, elle prit la situation en main.

– Ne vous inquiétez pas. Tout va s'arranger.

Elle savait que Rose était déprimée. Elle savait aussi qu'on lui avait tendu un traquenard en l'envoyant à Cannes. Au cours de longues conversations, elle s'était rendu compte que la star, aussi incroyable que cela puisse paraître, n'avait aucune conscience de sa notoriété internationale. Comment l'aurait-elle pu ? En cinq ans, elle avait enchaîné les films à une vitesse vertigineuse et jamais encore n'avait affronté son public, le vrai, celui qui paie sa place pour venir vous voir. À Cannes, il était là, massé le long des plages, faisant le pied de grue devant le Carlton ou le Majestic, attendant des journées entières sur les marches du palais des Festivals pour entrevoir, l'espace de quelques secondes, l'ombre fugitive des idoles qui le faisaient rêver.

– D'abord, vos cheveux !

Lilian alla prendre dans la salle de bains des serviettes dont elle frictionna vigoureusement la tête de Rose.

– Ils ne seront jamais secs ! gémit Rose.

– Mais si !

– C'est un jour de poisse ! Je n'aurais jamais dû accepter de venir à Cannes !

Lilian éclata de rire.

– Vous êtes la plus belle ! Gardez ça sur la tête.

– À quoi bon, Lilian ? Mes vêtement ont l'air de sortir d'une poubelle et on ne peut même pas leur donner un coup de fer !

– On va se débrouiller !

– C'est affreux, je n'ai rien à me mettre !

Lilian jeta un coup d'œil pensif sur l'amas d'étoffes jetées en vrac au pied du lit. Elle se baissa, s'empara d'une robe rouge ornée de grandes fleurs noires.

– C'est la plus hideuse ! s'écria Rose.

– Peut-être, mais la moins froissée.

Rose lui prit les mains.

– Lilian... sérieusement, annulons le rendez-vous !

– Vous n'y pensez pas, les journalistes de *Paris Match* sont déjà en bas dans leur voiture !

Rose désigna la robe avec colère.

– Je ne peux tout de même pas faire des photos avec un prince à trois heures de l'après-midi dans cette tenue ridicule !

– Je vous dis que tout ira bien !

Le téléphone sonna. Rose décrocha, eut une mimique d'affolement et passa l'appareil à Lilian en couvrant le combiné de la paume de sa main.

– *Match* ! lui souffla-t-elle.

– Pas de courant, on a de petits problèmes, on arrive aussi vite que possible... Non, non, rassurez-vous, nous ne ferons pas attendre votre prince !

Elle raccrocha.

– Enfilez la robe, dit-elle.

Rose se tortilla pour la faire glisser sur son corps.

– Qu'est-ce qu'il faut que je fasse quand je verrai le prince, une révérence ?

– Je ne pense pas, dit Lilian en lui agrafant la robe dans le dos. Vous êtes américaine. Là... C'est parfait. Allez vous regarder !

Rose s'éclipsa dans la salle de bains. Sa voix parvint à Lilian.

– Je suis épouvantable ! La robe est grotesque et mes cheveux ne sont pas secs ! Je n'y vais pas !

Lilian la rejoignit.

– Laissez-moi faire, dit-elle.

Elle se planta derrière Rose, releva ses cheveux et les lui attacha en chignon.

– Horrible ! se plaignit Rose.

– Tsst, tsst, tsst, fit Rose. Surtout, ne bougez pas, je reviens !

Elle passa dans la chambre, arracha trois fleurs artificielles à un corsage fripé qui gisait sur le sol, revint vers Rose et piqua les fleurs dans son chignon.

– Superbe ! s'exclama-t-elle.

– Vous n'en pensez pas un mot ! se révolta Rose.

– Le prince attend !

Sans lui laisser le temps de réfléchir davantage, elle la prit par la main et l'entraîna.

Quand Rose arriva dans le hall, elle eut un mouvement de recul. Se battant pour avoir le meilleur angle, une meute de journalistes la mitraillait dans un feu d'artifice de flashes.

Instantanément, les reporters de *Match* vinrent l'encadrer, l'empoignèrent par les bras, la tirèrent, la poussèrent et fendirent la foule vers la sortie.

Derrière, dans leur sillage, Lilian essayait de suivre.

Dix minutes plus tard, les deux voitures dans lesquelles ils avaient réussi à grimper prenaient le virage à la hauteur du Palm

Beach. Rose était dans une berline qui ouvrait la marche, l'équipe de *Match* suivait dans une Chevrolet décapotable.

– Merde ! s'écria soudain Pierre Courtois. Vous n'avez pas pris de chapeau ?

Organisateur du reportage, il était monté dans la voiture de Rose.

– Pourquoi, s'étonna Lilian, il en faut un ?

– Annulons ! dit Rose. Ce n'est pas mon jour !

Elle prononçait à peine le dernier mot de sa phrase qu'un choc violent la projetait en avant : pour éviter un chien, leur chauffeur avait freiné sèchement et la Chevrolet de *Match* les avait tamponnés. Tout le monde se retrouva sur la route.

– Vous n'avez rien ?

Non, personne n'était blessé. Dans les deux sens, il y avait une énorme circulation. Tous les véhicules se retrouvèrent soudain bloqués par les deux voitures qui barraient le chemin.

Un concert d'avertisseurs éclata.

– On repart ! ordonna Pierre Courtois.

Quand ils arrivèrent en vue de Roccadura après un slalom dans le trafic infernal, il était près de trois heures. Les uns et les autres, qui n'avaient encore rien mangé de la journée, s'aperçurent alors qu'ils défaillaient de faim. Pierre Courtois fit arrêter la berline, entra dans un bistrot et en revint avec une pile de sandwiches qu'il distribua à la ronde. Pendant que chacun dévorait, les voitures repartirent. À trois heures vingt, ils pénétraient dans l'enceinte du palais : vingt minutes de retard, c'était raté !

Pierre Courtois tâchait de masquer son inquiétude. Lilian, d'énervement, se mordillait les ongles. Elle seule connaissait l'emploi du temps de Rose pour le reste de la journée : il était dément. Non seulement ils manquaient leur rendez-vous avec le prince, mais, à cause de ce retard, toutes les autres obligations allaient devoir être annulées. Deux chambellans les guidèrent jusqu'à un grand salon d'apparat où les reçut un personnage tiré à quatre épingles. Pierre Courtois ouvrait la bouche pour présenter ses excuses, plaider la circulation et solliciter l'indulgence, mais l'homme en gris parla le premier.

– Je suis Giovanni Gallone, chef du protocole du palais. Soyez les bienvenus. Son Altesse préside un déjeuner et n'est pas encore de retour.

Jeu de regards parmi les rescapés de la nationale...

– En attendant, si vous me le permettez, je serai ravi de vous faire visiter une partie du palais...

Rose, se sentant de plus en plus idiote avec sa robe rouge et ses fleurs artificielles sur la tête, était furieuse. Elle aurait aimé se détendre, s'asseoir, boire quelque chose de glacé. Au lieu de ça, ils arpentaient une morne enfilade de pièces austères.

– Je croyais que l'exactitude était la politesse des rois, murmura-t-elle à l'adresse de Lilian. Apparemment, pas celle des princes ! Si jamais il arrive, avez-vous une idée de la façon dont je dois l'appeler ?

– « Monseigneur », dit Lilian à voix basse.

Rose se souvint alors qu'au moment du tournage des *Yeux du voleur*, Hitchcock avait essayé d'arranger un rendez-vous avec le prince de Roccadura : il avait fait répondre qu'il était pris.

– Il déteste les acteurs ! glissa Rose à Lilian.

– Pensez-vous ! répondit-elle entre ses dents. Il a vécu près de dix ans avec une actrice française, Valérie Alain.

– La bibliothèque..., commentait Gallone au passage. Le grand salon... La petite salle à manger...

Que de temps perdu ! Toutes les trente secondes, Rose regardait sa montre d'un air excédé. Voyant qu'elle allait craquer, Lilian lui fit un clin d'œil encourageant.

– Il va arriver, maintenant.

– Peut-être, mais moi, j'aurai fiché le camp avant.

Quatre heures sonnèrent quelque part.

– Je suis tout à fait confus d'être en retard...

– Son Altesse le prince Gildas, dit Gallone en s'inclinant.

La première pensée de Rose fut : « Comme il est jeune. » La seconde : « Il a l'air aussi timide que moi. »

Gildas, en complet bleu, leur souriait pendant que Pierre Courtois, qui connaissait déjà le prince, lui présentait Rose.

– Miss Rose Duggan...

Troublée, Rose y alla de sa petite révérence.

Gildas lui tendit la main avec un sourire.

– Aimeriez-vous visiter le palais ? demanda-t-il poliment.

Rose sentit une bouffée de rancœur lui monter au visage.

– Merci, dit-elle d'un ton sec. C'est déjà fait.

– Monseigneur, intervint Pierre Courtois, si vous êtes d'accord, pourquoi ne pas faire les photos tout de suite ?

– Je croyais que la séance était déjà commencée, dit Gildas avec malice.

Depuis le début, les deux reporters de *Match*, virevoltant autour du groupe, n'avaient cessé de prendre cliché sur cliché.

– Monseigneur, est-ce qu'on pourrait sortir ? Question de lumière...

Gildas se tourna vers Rose.

– Aimez-vous les animaux sauvages ?

– En cage, dit Rose. Vous avez un zoo ?

– Venez voir, dit le prince.

Ils se retrouvèrent dans un jardin où voisinaient des lions, des singes, des buffles.

Rose fut très impressionnée lorsque Gildas marqua le pas devant une cage où était enfermé un superbe tigre.

– Il vient de Sibérie, dit le prince.

Le fauve s'approcha. Gildas passa sa main entre les barreaux de la cage et, à deux doigts de ses dents monstrueuses, flatta le pelage de la bête.

– Vous n'avez pas peur ? s'inquiéta Rose.

– Un peu moins quand il a mangé, dit Gildas avec bonne humeur, et je connais ses heures de repas.

Quand les photographes eurent épuisé toutes leurs bobines de pellicules, Gildas emmena ses hôtes sur une terrasse où des boissons leur furent servies. Sans s'être concertés, les uns et les autres s'éloignèrent pour contempler le paysage irréel de beauté surplombant la Méditerranée. Restés seuls, Gildas et Rose continuaient de bavarder dans la douceur de l'air et la lumière transparente du soleil qui déclinait vers l'ouest.

– Il est possible que j'aille prochainement aux États-Unis, dit Gildas. Je serais très heureux si je pouvais vous y revoir.

– Moi aussi, dit Rose, très.

Maintenant, elle ne voyait plus le temps passer.

Ou, plutôt, elle vivait un instant qui se situait hors du temps, un peu comme si elle avait toujours été là, dans ce jardin extraordinaire, sa tasse de thé à la main sur cette divine terrasse, dans cette lumière qui dorait les visages et donnait à l'espace et au temps cette si étrange douceur.

Au retour, dans la voiture où chacun restait silencieux, Pierre Courtois demanda à Rose ce qu'elle pensait du prince.

– Il est charmant, dit-elle d'une voix rêveuse. Tout à fait charmant...

LIVRE VII

Entre-temps

65

– Monseigneur, entre nous, réellement, que pensez-vous de Miss Rose Duggan ?

La côte était dure. Gildas se mit en danseuse sur son vélo.

– Elle est charmante, mon père, dit-il en dépassant Tanner. Tout à fait charmante.

À son tour, Tanner se mit en danseuse. En quelques coups de pédales puissants, il revint sur Gildas qui, du coin de l'œil, le vit arriver à sa hauteur.

– Comment faites-vous ? dit-il en ahanant.

Le prêtre éclata de rire et répondit de la même voix que s'il avait été installé dans un fauteuil de son salon.

– Je ne fume pas, je ne bois pas, je mène une vie saine et j'ai l'âme pure.

Sur leur droite, où s'abîmait un ravin, le panorama de roches blanches écrasant la mer était sidérant de splendeur. La petite route qui serpentait à flanc de falaise était idéale pour faire du vélo, à condition d'être en parfaite forme physique.

Gildas et Tanner étaient en survêtement de sport, les yeux protégés par des lunettes noires. Bien malin qui aurait pu reconnaître dans ces deux cyclistes anonymes le prince de Roccadura et son éminence grise.

– Elle est également d'une excellente famille, continua Tanner.

– Qui donc, mon père ? s'étonna Gildas en faisant semblant de ne pas comprendre.

– Miss Rose Duggan...

Côte à côte, ils continuaient à pédaler, aucun des deux, malgré leur différence d'âge, ne voulant se laisser distancer par l'autre.

– Oui, oui, dit Gildas. Il me semble toutefois avoir lu qu'elle était fiancée à Jean-Pierre Aumont?

– Jamais de la vie, Monseigneur! Amis, simplement amis. En quelque sorte, des camarades de travail...

S'arc-boutant sur ses pédales, Gildas poussa une attaque sournoise.

– Sur les photos qui ont paru dans la presse, ils avaient pourtant l'air très intimes...

– N'importe quoi! Les journalistes racontent n'importe quoi!

– Je vous parle de photos, mon père.

– Publicité!

Une fois de plus, sans avoir l'air d'y toucher, Tanner recolla à Gildas, le dépassa et se paya le luxe, pour lui parler, de tourner la tête en arrière.

– En outre, Monseigneur, ça ne tient pas debout! Jean-Pierre Aumont est veuf, comédien et père d'un enfant. Vous imaginez les Duggan donner leur fille en mariage à un type comme ça?

Tanner jeta un coup d'œil devant lui. Deux cents mètres plus haut, il vit le sommet de la côte. Péché d'orgueil, il ne put résister. Serrant les dents, il accéléra le rythme. Il se retenait pour ne pas regarder par-dessus son épaule mais savait très bien que le prince, lui aussi, voulait arriver au sommet le premier. Dans son dos, il perçut bientôt le rythme saccadé de sa respiration. Maintenant, il n'était plus question de parler. Sur sa gauche, Tanner aperçut la roue du vélo de Gildas qui le remontait. Puis, à ses côtés, Gildas lui-même. Trente mètres encore à parcourir... Tanner se releva, Gildas le dépassa.

– Bravo, Monseigneur! dit Tanner en riant. Il faut que je reprenne mon souffle une minute.

Ils mirent pied à terre. Tous deux étaient en nage.

Ils s'assirent sur une pierre et burent goulûment aux bidons qu'ils avaient décrochés du cadre de leur bicyclette.

La vue portait à l'infini.

– Vous n'avez pas l'impression, demanda Tanner, que dans un tel endroit on se sent encore plus près de Dieu?

– Si, mon père.

Tanner lui jeta un regard oblique.

– Et vous savez qu'elle est très riche, dit-il.

Le prince ne répondit pas. Les yeux perdus sur le miroitement de la mer qui barrait l'horizon dans le lointain, il jouait avec un brin de thym arraché à la rocaille.

– Riche, reprit Tanner, belle, distinguée, de très bonne famille, catholique, intelligente...

Voyant le sourire que son enthousiasme faisait naître sur les lèvres de Gildas, il observa un temps, puis lâcha ce qui constituait le but réel de leur randonnée, le fond de sa pensée, le cœur de ses préoccupations.

– Avec elle, Monseigneur, quels magnifiques petits héritiers du trône vous auriez!

– Qui vous dit, ironisa Gildas, que Miss Duggan souhaite en avoir avec moi?

– Monseigneur, j'en fais mon affaire!

Cette fois, Gildas éclata franchement de rire.

– Et qui vous dit qu'elle *peut* en avoir?

– Monseigneur! s'indigna Tanner. Une Irlandaise!...

– Mon père, vous avez l'air si sûr de vous!

– Vous êtes jeune, vous êtes prince, vous êtes séduisant, vous êtes le plus beau parti de la planète!

– Mon père, vous devez vous rendre compte que, si je fais un pas en avant dans ma position, je ne peux prendre le risque d'essuyer un refus.

– Cela va de soi! Mais la vraie question n'est pas là, Monseigneur. Est-ce que Miss Duggan vous plaît?

– Il faudrait être difficile pour rester insensible à la galaxie de perfections que vous venez de me décrire, répondit Gildas sans broncher.

– Voyez-vous, Monseigneur, jubila Tanner, le ciel fait bien les choses! J'ai reçu ce matin au courrier une lettre signée de Peter et Mary Cavanaugh.

– Qui donc?

– Les meilleurs amis des Duggan. Rose les adore! Durant son enfance, elle les a vus tous les jours. Ils sont de passage. Ils voulaient assister au bal du Mimosa, on leur a répondu que tout était réservé depuis un an. Ils demandent mon intervention. Pourquoi ne pas les inviter au palais? Nous pourrions ainsi avoir des alliés très sûrs dans la place...

– Si cela vous convient, mon père, hasarda Gildas avec l'expression faux jeton de celui qui n'est pas concerné.

– Puis-je les inviter à prendre le thé ?
– Quand ?
– Demain, Monseigneur.
– Pourquoi pas.
– Parfait ! Je vais tâter le terrain. On va parler de Rose. Je vais leur dire que vous devez vous rendre aux États-Unis pour affaires. Dans la conversation, nous pourrons glisser, sans nous compromettre, que vous seriez ravi de la revoir... je veux dire, *éventuellement*...
– Si vous pensez que c'est bien, dit Gildas évasivement.
Le père Tanner voulait l'accord du prince, il l'avait.
Il ne pouvait pas, bien entendu, lui dire toute la vérité...
Dès que l'idée de ce mariage s'était précisée dans sa tête après la rencontre de Rose et de Gildas, sans l'en avertir, il avait fait jouer la filière du Vatican. Les services diplomatiques avaient contacté l'évêché de Providence, qui avait envoyé le curé de Greenwood poser la question à Rose elle-même, en vacances pour quelques jours dans sa famille. Le curé l'avait vue grandir et lui avait enseigné le catéchisme : il était allé droit au but.
« Rose, lui avait-il demandé en la prenant à part, puis-je te poser une question qui doit rester à jamais entre nous ?
– Oui, mon père.
– J'ai ta parole ?
– Je vous la donne, mon père.
– Alors réponds-moi avec sincérité : si le prince Gildas de Roccadura te demandait en mariage, accepterais-tu ? »
Rose, paraît-il, avait intensément réfléchi pendant dix secondes, et lui avait dit oui.
Mais comment Tanner pouvait-il révéler au prince qu'il n'avait pas à s'inquiéter d'un refus ? Avec une familiarité respectueuse, il lui donna une tape amicale sur l'épaule.
– Je me réjouis, Monseigneur, dit-il en se frottant les mains, vraiment, je me réjouis !
Gildas lui sourit.
– On rentre, mon père ?
– Allons-y, Monseigneur ! Dès que ça descend, je suis le champion !
– On va voir ! dit le prince.
Ils remontèrent en selle et dévalèrent la pente à toute allure, comme deux gamins.

66

– Je n'ai jamais vu quelque chose d'aussi beau ! s'exclama Rose.

Sa robe de bal avait demandé des milliers d'heures de travail à des dizaines de couturières qui s'étaient relayées pour qu'elle soit achevée la veille du tournage de la scène. Et maintenant, irréelle de légèreté, bruissante d'une infinité d'orchidées assemblées pétale après pétale, elle illuminait la loge de ses nuances nacrées. Les yeux brillants d'admiration, Rose se tourna vers la modéliste qui l'avait conçue et contrôlée à tous les stades de sa fabrication.

– Vous avez du génie, Suzan ! Je ne croyais pas qu'une telle merveille puisse exister...

Elle avança la main vers le mannequin de bois sur lequel on avait enfilé le chef-d'œuvre, l'effleura du bout des doigts.

– Je peux la passer ? demanda-t-elle d'une voix presque timide.

– Elle n'est faite que pour vous et je ne l'ai créée que pour ça ! s'amusa Suzan.

Rose passa derrière un paravent pour la métamorphose.

Il n'y avait pas d'autre mot. Avec cette parure, une créature normale serait devenue reine, une reine, Dieu, avec un visage de femme. Il faut dire que la production n'avait pas lésiné.

« Carte blanche, tout l'argent que vous voulez, mais faites-moi la plus belle robe du monde ! » Le film s'appelait *L'Oiseau de paradis*. Quelle actrice aurait pu en refuser le rôle ? Dans les contes de fées, les bergères épousent le prince charmant.

Dans le film, poussée par ses parents, l'héroïne épousait un roi et devenait reine.

– Suzan, vous croyez que je peux mettre la tiare ?

– J'allais vous le demander !

Suzan lui passa par-dessus le paravent un étourdissant échafaudage de métal doré rehaussé de faux diamants qui avaient l'air plus vrais que les joyaux de la couronne royale britannique dont leur créateur s'était largement inspiré.

On frappa.

– Oui, dit Suzan sans détourner la tête.

– Est-ce que Rose est visible ? demanda la voix d'Arthur, le régisseur.

À cet instant, Rose sortit de l'abri du paravent et s'immobilisa devant Suzan. Abasourdie, bouche bée, Suzan eut envie de s'agenouiller.

– Rose... Mon Dieu... Rose ! Vous êtes plus belle qu'une apparition !

– Ne blasphème pas, dit Rose d'une voix douce.

– Alors, oui ou non ? insista Arthur.

– Oui, bredouilla machinalement Suzan.

Fascinée, elle ne pouvait détacher ses yeux de Rose.

– D'ac, dit le régisseur en écartant la porte.

Survint alors un instant étrange. Gildas s'encadra dans l'embrasure, Rose le vit, fit : « Oh ! » De saisissement, elle esquissa un geste pour porter la main à ses lèvres, mais il n'alla pas jusqu'au bout de sa course. Gildas, aussi figé qu'une statue, savait qu'il aurait dû dire quelque chose, mais quoi ?

Gorge serrée devant tant de splendeur, il restait planté où il était, incapable d'articuler le moindre son. Il avait devant lui non seulement une reine, mais l'image idéale de *sa* reine, nimbée d'une telle perfection qu'elle laissait loin derrière ses rêves d'absolu les plus délirants.

– Bonjour, coassa-t-il.

– Bonjour, dit Rose.

Aucun des deux ne faisait un pas vers l'autre.

Ils continuaient à se manger du regard comme s'ils étaient au premier jour de la création du monde.

Rose émergea la première.

– Je vous ferais bien une révérence, Monseigneur, dit-elle en se moquant, mais adieu ma tiare ! Suzan...

Suzan passa derrière elle et voulut lui ôter la parure qui ne tenait sur sa tête que par miracle.

– Non, non! s'interposa Gildas. Cet ensemble est tellement extraordinaire...

– C'est la robe de bal que je porte dans le film pour la scène de mon mariage.

– Qui épousez-vous ? demanda le prince.

– Un roi.

Il éclata de rire, s'avança et serra la main de Rose.

– Pardonnez-moi, ma question était stupide!

Rose fit chorus. L'atmosphère se détendit. Des flashes éclatèrent.

– Permettez-moi de vous présenter mes amis, dit Gildas.

Restés en arrière, deux personnages, frappés eux aussi par la beauté presque surnaturelle de Rose, s'avancèrent dans la loge sur la pointe des pieds.

– Le père Tanner, enchaîna le prince, chapelain du palais... Et le docteur Robert Luciano, en voyage d'études aux États-Unis.

– Vous me permettez de redescendre sur terre ? demanda Rose, qui voulait se changer.

Elle disparut derrière le paravent. Tous se retirèrent. Suzan referma la porte derrière eux.

– C'est le prince ? demanda-t-elle avec avidité.

– C'est lui.

– Il est... il est...

– Il est quoi ? s'inquiéta Rose.

– Princier! balbutia Suzan. Je suis troublée, ne m'en veuillez pas, c'est la première fois que j'en vois un vrai, en chair et en os!

– Confidence pour confidence, soupira Rose, moi aussi.

La tiare fut posée sur une chaise. Suzan accrocha momentanément la robe aux épaules du mannequin. Rose réapparut dans une simple robe blanche.

– Et maintenant, dit-elle, ai-je toujours l'air d'une reine ?

– Plus que jamais, princesse, répondit Suzan en s'inclinant cérémonieusement.

Rose haussa les épaules mais ne put s'empêcher de sourire. Depuis sa visite à Roccadura, la rumeur de ses fiançailles rejaillissait périodiquement dans la presse. Elle démentait. Mais, cette fois, la visite de Gildas sur le plateau de *L'Oiseau de paradis*, annoncée un peu partout, ne passait pas inaperçue. Depuis qu'il avait débarqué à New York après avoir traversé l'Atlantique à bord de l'*United States*, les reporters ne le lâchaient plus. Quand il s'était envolé pour la Caroline du Sud où se tournait le film, certains, désireux de ne rien rater d'une aussi prometteuse rencontre, avaient loué un avion pour être sur place plus vite. Pourtant, en concluant un accord d'exclusivité pour un reportage, texte et photos, avec *Life Magazine*, Gildas avait cru se protéger de tous les autres.

– Monseigneur, vous avez dépassé la trentaine. Envisagez-vous de vous marier ?

– Ardemment.

– Par amour, par désir d'assurer votre succession ou à cause de la crise qui fait flamber Roccadura ?

– Le jour venu, ce sera par amour.

– Avez-vous l'intention d'épouser Rose Duggan ?

Ses yeux s'arrondirent de surprise.

– Rose Duggan ? Nous ne sommes que des amis.

– Vous connaissez sa famille ?

– Je n'ai pas ce plaisir.

– Qu'êtes-vous venu faire en Amérique ?

– J'ai été invité par l'université de Columbia qui m'a remis un diplôme d'*honoris causa.*

– Et en Caroline du Sud ?

– Saluer Miss Duggan. Nous nous connaissons de longue date. Elle est déjà venue deux fois à Roccadura. La première, pour tourner *Les Yeux du voleur.*

– Et la deuxième ?

– Prendre le thé au palais avec ses amis pendant le festival de Cannes.

– Monseigneur, est-il vrai qu'une loi prévoit que Roccadura perdra son indépendance, et vous la couronne, si vous n'avez pas d'héritiers ?

– Exact.

– Il est donc impératif que vous assuriez votre descendance.

– Pour cette raison et mille autres, oui.

– Épouseriez-vous une Américaine ?

– Du moment qu'elle me plaît et qu'elle veut bien de moi, j'en serais ravi.

– Au cas où vous rencontreriez cette femme, est-ce pour vérifier qu'elle peut avoir des enfants que vous avez amené un médecin avec vous ?

– Le docteur Luciano est mon plus vieil ami, dit Gildas sans parvenir à cacher une pointe d'irritation. Nous étions ensemble à la même université. Il est venu faire une conférence à New York.

– Épouseriez-vous une actrice ?

– Peu importe sa profession, du moment que c'est la femme de ma vie et que je l'aime.

– Pouvez-vous me la décrire, Monseigneur ?

– Douce, féminine, blonde, les yeux bleus, grande, mince, en même temps réservée mais pleine d'humour...

– Mais vous me tracez point par point le portrait de Rose Duggan !

– Vraiment ? dit le prince avec innocence. Je n'y avais pas pensé !

67

Et voilà... Près de six mois avaient passé, et c'était toujours le même appel, la même vibration que dans les jardins privés du palais de Roccadura : Rose et Gildas n'arrivaient pas à détacher leur regard l'un de l'autre. L'endroit s'y prêtait pourtant très peu : le grand salon des Duggan, envahi de coupes, dans la maison familiale de Greenwood, la nuit de Noël, et tout le clan des Duggan, au grand complet, verre en main, s'esclaffant et ne quittant pas des yeux le nouveau venu : Gildas. Dans cette délicate affaire, Tanner avait apporté la preuve définitive de ses talents d'ambassadeur. Grâce à l'entremise de Mary et Peter Cavanaugh, qui le considéraient désormais comme un ami intime, il avait réussi, avant même de s'embarquer pour New York, à avoir l'accord des Duggan pour que le prince soit leur invité pour leur réveillon de famille.

Une montagne de cadeaux avait été déposée devant la cheminée où flambait un grand feu de hêtre. Avant le dîner, selon la tradition, chacun se précipita en pouffant de rire pour rechercher son nom sur les étiquettes collées au dos des emballages. Rose, les bras chargés de paquets, se mit dans un coin pour mieux déguster ses surprises. Des robes, des foulards, des sacs à main, des parfums... Au même moment, tous les autres l'imitaient, poussant des cris d'Indiens en découvrant ce qu'ils avaient reçu. D'instinct, Rose avait gardé le plus petit paquet pour la fin. En fait, il était minuscule. Avant de déchirer le papier de soie qui l'entourait, elle jeta un regard oblique à Gildas : elle savait qu'il venait de lui. Lui aussi l'observait.

Quand elle eut ôté l'emballage, elle découvrit un écrin.

Nouveau regard à Gildas, qui l'encouragea d'un battement de cils. Elle ouvrit l'écrin, découvrit une bague formée d'un simple anneau d'or dans lequel était serti un magnifique saphir. Le cœur battant, elle la passa à son doigt sans quitter Gildas des yeux. Puis elle s'approcha de lui, lui prit la main.

– Merci, dit-elle. Elle est superbe.

– Il faudra que je la revoie au grand jour pour vérifier qu'elle est vraiment de la couleur de vos yeux...

– Je ne la quitterai jamais plus, dit Rose.

– À table! hurla Jenny Duggan en agitant furieusement une sonnette pour couvrir les cris de sa tribu.

Quand tout le monde fut installé, le père Tanner récita un bénédicité que chacun écouta avec ferveur et humilité. Gildas eut un petit pincement au cœur. À cet instant, il éprouva la sensation déchirante d'être au centre de tout ce qui lui avait manqué. Lui, prince de Roccadura, ayant charge d'âme, plongeait soudain dans le sentiment de sécurité et de bien-être que distillent pour un enfant l'amour et la solidarité d'une famille. Il se sentait Duggan brusquement, au milieu de ces malabars qui battaient craintivement en retraite sur un simple froncement de sourcils de leur mère ou de leur père. C'était un sentiment nouveau, délicieux, apaisant : il était évident qu'une fois là, dans cette maison, avec ces filles rieuses et ces costauds à la fois timides et arrogants, plus rien de fâcheux ne pouvait vous arriver. Peut-être pour la première fois de sa vie, Gildas eut la certitude d'être protégé. *À l'abri.* Il croisa le regard de Rose. Elle aussi était heureuse. Elle, qui jamais n'avait su s'opposer au désir de ses parents, constatait que la présence de Gildas dans le sanctuaire, un jour aussi sacré que celui de Noël, ne soulevait aucune onde d'hostilité, mais plutôt une espèce de neutralité bienveillante. La façon dont les siens avaient rejeté Simon Freeman et Oleg Cassini l'avait traumatisée. De peur qu'ils ne soient maltraités, elle s'était juré de ne plus inviter aucun soupirant dans sa famille. Pourtant, le miracle avait l'air de s'accomplir... Le soir, après le dîner, alors que tous les mâles du clan avaient entamé de farouches parties de cartes auxquelles participaient Gildas, Tanner et le docteur Luciano, Jenny Duggan prit sa fille à part.

– Ton ami, tu m'as bien dit qu'il était roi ?

– Prince, maman, simplement prince.

– Tu es sûre ? Il me semblait que tu m'avais dit qu'il était roi du Maroc ?

– Non, maman, prince de Roccadura.

– Jamais entendu parler. C'est où ?

– Sur la Méditerranée.

– Ah bon...

Un peu plus tard, elle eut droit à un autre commentaire de Sean, son père. Il passait auprès d'elle. D'un hochement du menton, il désigna la bague qui scintillait à son doigt.

– En quel honneur ?

– C'est Noël, papa.

– Tu me prends pour un idiot ?

– Mais non, papa, je t'assure, rougit Rose. Ce n'est qu'un simple gage d'amitié.

– Amitié, mon cul ! marmonna Sean en lui tournant le dos.

Avant d'aller dormir, Wendy et Terry voulurent à tout prix faire la vaisselle. Rose mit un point d'honneur à aider ses sœurs. Gildas, ne voulant pas être en reste, se mêla au groupe. Torchon en main, sous l'œil attendri et incrédule du père Tanner, il entreprit d'essuyer les assiettes que lui passaient les filles. Il avait été convenu que le prêtre, faute de place dans la maison, irait coucher dans un petit hôtel de la région où on lui avait réservé une chambre. En revanche, Gildas et Robert, son copain médecin, devaient partager l'une des chambres d'ami, toutes occupées pour l'instant par les membres de la famille. Quand tous s'y retrouvèrent, ils s'esclaffèrent en entrant dans les pyjamas déposés sur chacun de leurs lits : ils appartenaient à Kevin, le frère de Rose, qui avait au moins le double de leur carrure.

Le lendemain matin, Rose devait se rendre à New York pour un rendez-vous capital avec son agent. Poliment, Gildas proposa de l'y conduire lui-même dans sa voiture. Personne n'y trouva rien à redire. Deux heures plus tard, son chauffeur freinait 43e Rue, au cœur de Broadway, devant l'immeuble de l'agent de Rose. Gildas descendit de voiture, prit la main de Rose et la garda tendrement dans la sienne.

– Dans combien de temps dois-je revenir vous chercher ? demanda le prince.

– Dans une heure.

– Je serai là.

Gildas allait remonter dans la Chrysler. Il se ravisa.

– Rose ! lança-t-il.

– Oui ?

Gildas observa un temps.

– Ne faites tout de même pas trop de projets à long terme.

Rose lui renvoya un sourire à faire fondre un iceberg et pénétra dans le hall de l'immeuble.

Deux heures plus tard, ils étaient attablés au Russian Tea Room. Très concentré, Gildas ne prit même pas le temps d'attendre les toasts au caviar qu'il avait commandés. Il prit la main de Rose sous la table, la considéra avec gravité.

Au-dehors, les pères Noël de comédie agitaient leurs clochettes sur les trottoirs bondés de monde.

– Rose, voulez-vous m'épouser ?

– Oui, dit Rose.

Il l'attira contre lui. Tous deux restèrent blottis l'un contre l'autre, sans mot dire, à l'écoute de leur propre souffle. L'accord était scellé : chacun savait qu'il s'engageait pour la vie.

– Le caviar ! annonça le garçon à voix haute pour faire redescendre ces deux clients bizarres de leur nuage.

Rose se dégagea.

– Je vais en parler à maman, dit-elle d'une voix vibrante.

Gildas, l'œil rond, la dévisagea sans comprendre.

– Je veux dire que je vais la prévenir, corrigea-t-elle.

Elle lui adressa un baiser du bout des doigts et fonça vers les cabines téléphoniques.

– Maman, il m'a demandée en mariage !

– Quand ?

– À l'instant, à New York.

– Ton père est sorti. Il sera de retour dans une minute.

– Maman...

– Oui ?

– Tu pourrais l'annoncer à papa ? hasarda Rose.

– Vous rentrez quand ?

– On sera à Greenwood dans trois ou quatre heures.

– Alors, dis-le-lui toi-même !

– Maman, je t'en prie... Prépare au moins le terrain...

– Je vais voir ce que je peux faire.

Quand Rose sortit de la cabine, elle vit que Gildas attendait qu'elle la quitte pour y entrer. Elle s'effaça. Tout cela était si rapide... Comme en un ballet surréaliste dont ils étaient à la fois les chorégraphes et les interprètes, tous deux avaient des expressions de zombies absents du monde.

– Monseigneur ! dit Tanner.

Gildas lui avait donné pour consigne de rester à portée de main de son téléphone.

– Elle accepte !

– Qu'est-ce que je vous avais dit ! jubila le prêtre.

– Mon père, il vous faut combien de temps pour aller chez les Duggan ?

– Dix, quinze minutes...

– Je compte sur vous, mon père, dit Gildas. À vous de jouer !

Il raccrocha, revint dans la salle, s'assit près de Rose et avala d'un trait la vodka qui était restée dans son verre.

– Et moi ? dit Rose en tendant le sien.

Habituellement, en dehors du champagne, elle ne buvait jamais d'alcool. Le prince versa une large rasade dans le verre qu'elle lui tendait, remplit le sien, se tourna vers elle et porta un toast.

– À la future princesse Ponti de Roccadura !

– À vous, mon prince ! dit Rose.

Cul sec... En sortant du Russian Tea Room pour retourner à leur voiture garée devant la porte, tous deux tanguaient légèrement. Mais de bonheur.

– Je suis si heureuse, Gildas...

– Moi aussi, profondément.

Pendant que le chauffeur, par discrétion, évitait de regarder dans son rétroviseur, ils restaient pelotonnés l'un contre l'autre, l'œil dans le vide, ayant beaucoup trop de choses à se dire pour parler. Le trajet aurait pu durer trois ans, cela n'y aurait rien changé. À peine arrivés à Greenwood, Gildas fut pris à part par Sean Duggan. Rose s'esquiva prudemment.

– Il paraît que vous avez quelque chose à me dire ? demanda Sean en le dévisageant d'un air sévère.

Gildas brava son regard, bien qu'en cette seconde il lui rappelât ses années d'enfance, quand il devait affronter l'œil aigu de Son Altesse sérénissime Edmond III, son grand-père, pour lui demander la permission de quoi que ce soit.

– Je veux épouser Rose, monsieur Duggan. J'ai l'honneur de vous demander sa main.

Curieusement, Sean Duggan fit volte-face et se croisa les mains dans le dos. Malgré la solennité de l'instant, Gildas en déduisit qu'il réfléchissait.

– Vous savez exactement qui est Rose ?

– Pas tout à fait, s'avança Gildas en craignant le pire.

– Sachez donc qu'avant tout elle est irlandaise ! Ce qui veut dire qu'elle a un sacré tempérament ! J'espère pour vous que vous n'êtes pas du genre coureur et que, une fois marié, vous n'allez pas batifoler ailleurs !

Gildas secoua la tête.

– N'ayez crainte, monsieur. Je l'aime.

– Vous avez intérêt ! gronda Sean.

Il fit quelques pas, s'éloigna, revint vers Gildas comme s'il allait l'attaquer.

– Quel genre de mariage comptez-vous offrir à ma fille ?

– Vous voulez parler de contrat ? demanda Gildas.

– De contrat. Exactement.

– Monsieur Duggan, dit Gildas, j'ai laissé tout pouvoir au père Tanner pour régler ces formalités avec vous.

– Pourquoi pas vous ?

Gildas se détendit dans un sourire.

– Monsieur Duggan, en ce qui me concerne, je ne souhaite parler que d'amour.

68

– Ma fille a toujours dit que, le jour où elle se marierait, ce serait dans l'église de Greenwood et pas ailleurs ! s'emporta Sean Duggan. Pourquoi voulez-vous que ce soit à Roccadura ? Qui donc sait où est Roccadura ? Prenez au hasard dans la rue un bon citoyen américain et demandez-lui s'il a jamais entendu parler de Roccadura ! Faites l'expérience, mon père, allez-y !

Une fois de plus, Tanner se remémora le serment qu'il s'était fait avant l'entretien : quoi qu'il entende, ne jamais se départir de son flegme et garder le sourire aux lèvres.

Dieu sait pourtant que, depuis deux heures, il en entendait !

– Monsieur Duggan ! protesta-t-il. N'oubliez pas que Son Altesse est prince... Ce qui implique certains droits, mais également quelques devoirs.

– Et la tradition, qu'est-ce que vous en faites, mon père ? En Amérique, les mariages ont toujours lieu dans la maison de la mariée !

– Tsst, tsst, tsst, monsieur Duggan. À Roccadura, la tradition exige que les sujets du prince assistent au mariage de leur souverain.

– Depuis quand ?

– Sept siècles.

Comme épuisés par la pertinence de leurs arguments réciproques, les deux hommes s'épongèrent le front et Tanner accepta le whisky que lui tendait Duggan.

– Sept siècles, maugréa-t-il en haussant les épaules.

– Peu de chose au regard de l'éternité, souligna le prêtre en vidant son verre. Soyez raisonnable, mon fils, inclinez-vous...

– Allez donc le dire à mon épouse!

– Je suis certain que Mme Duggan est une femme de bon sens.

Il y eut un silence. Tanner savait parfaitement que le plus dur restait à faire. L'homme qui lui faisait face était aussi dur en affaires que le béton sur lequel il avait bâti sa fortune. Or, le lieu du mariage n'était qu'un hors-d'œuvre comparé à ce qui allait suivre. Tanner s'éclaircit la gorge.

– Avez-vous parcouru le contrat de mariage élaboré par nos avocats à la demande des vôtres?

– Pas vraiment. Pourquoi?

– Pour rien. Je ne pense pas que cela pose un quelconque problème.

– Quoi donc? demanda Duggan, déjà en alerte.

– La dot, dit Tanner en baissant pudiquement les yeux.

– La dot? Quelle dot? Il y a une dot?

– Évidemment, monsieur Duggan, comme toujours. Quoi de plus banal?

Le visage de Sean Duggan se ferma.

– Combien?

– Deux millions de dollars.

Duggan fit un bond comme s'il avait été mordu par un cobra.

– Deux millions? Vous êtes fou!

– Monsieur Duggan...

– Mon père, écuma Sean, je vous respecte en tant que serviteur de Dieu, mais, en tant qu'homme, permettez-moi de vous dire que vous vous foutez de moi! Depuis quand ma fille a-t-elle besoin de payer pour qu'on l'épouse!

– Monsieur Duggan, dit Tanner en écartant les bras d'un geste conciliant, vous savez aussi bien que moi que tel est l'usage dans la noblesse européenne.

– Vous voulez que je vous dise où je la mets, moi, votre noblesse européenne?

– Mon fils..., s'effaroucha Tanner.

– Rien n'est fait! Je croyais que votre prince était riche! En tout cas, qu'il avait les moyens d'entretenir sa femme!

Terrifié par la violence de cette réaction, Tanner, craignant que toute l'affaire ne capote, réussit à tirer un large sourire de ses lèvres crispées.

– Le prince Gildas est riche, monsieur Duggan. Très riche! Plus riche que tout ce que vous pouvez imaginer!

– Prouvez-le !

Tanner eut une expression choquée.

– À votre échelle, monsieur Duggan, je ne pense pas que vous puissiez même le concevoir : il ne s'agit pas d'une entreprise, mais d'un État ! Vous savez ce que c'est, monsieur Duggan, un État ? Vous savez ce que ça représente, l'administration, l'armée, les citoyens, les soldats, les immeubles, les zoos, les musées, les villes, les routes, les parcs, les cathédrales, les ports, les palaces, les casinos ?...

Tanner se rendait bien compte que, dans sa fougue, il avait énuméré les avantages de Roccadura *au pluriel.* Mais il fallait qu'il emporte le morceau. Sentant Sean Duggan ébranlé, il commit toutefois une erreur : laisser s'installer un silence.

– Puisqu'il est si riche, explosa le père de Rose dans une ultime tentative de révolte, à quoi rime cette foutue dot !

Tanner poussa un profond soupir.

– Monsieur Duggan, dit-il avec sévérité, sachez qu'au siècle dernier Son Altesse sérénissime le prince Thibault, arrière-grand-père du prince Gildas, avait reçu en dot de Mathilde, son épouse américaine, six millions de dollars ! Pas deux, *six* ! Et croyez-moi, en ce temps-là, le dollar était plus haut qu'aujourd'hui ! C'est l'usage, monsieur Duggan ! Une simple et misérable formalité pour qui prétend être admis dans le plus ancien sanctuaire de l'aristocratie européenne !

Sean Duggan, de nouveau, se servit lentement une rasade de whisky. Au passage, Tanner nota qu'il oubliait de lui remplir son propre verre.

– Et ce n'est pas tout ! reprit-il avec véhémence. Pour respecter la tradition dans son intégralité, votre fille devra partager les frais incombant à l'entretien du palais !

– Pardon ? s'étrangla Duggan.

Tanner se leva, s'empara de la bouteille de Middleton et en fit couler dans son verre une dose de déménageur.

– Ne me dites pas, mon fils, que vous vous arrêtez à de telles broutilles ! Vous semblez oublier le prestige qui va rejaillir sur votre famille ! Votre fille va être élevée au rang de princesse et vos petits-enfants seront autant de petits princes !

– Vous me demandez trop ! dit Duggan.

Tanner sembla s'affaisser sur lui-même : c'était foutu !

69

– Yvonne, c'est extraordinaire ! dit Antonio Della Ciecca en étreignant le bras de sa femme.

Il était à la fois chercheur et historien, ce qui lui conférait un accès permanent à la bibliothèque privée du palais où il affinait, dans de très anciens livres introuvables, son savoir encyclopédique sur la principauté de Roccadura, ses fondateurs, ses souverains, ses descendants, ses amours et ses drames.

– L'Histoire se répète ! Regarde !

Deux superbes navires voguaient à la rencontre l'un de l'autre dans les eaux indigo de la baie. Le plus petit, le *Sayonara*, était le yacht de Gildas venu chercher sa belle qui avait traversé l'océan pour le rejoindre. L'autre, un énorme paquebot, le *Constellation*. Sa fabuleuse masse glissa encore un peu sur son erre et s'immobilisa. Suivi par une noria de bateaux de moindre tonnage où se pressaient journalistes et officiels, le *Sayonara*, escorté par un essaim d'hélicoptères et survolé par des avions tournant au-dessus de lui à basse altitude, piqua sur le transatlantique.

– Exactement comme il y a deux siècles ! jubila Della Ciecca. La même scène ! Sauf qu'il faisait soleil. Le ciel n'était pas couvert comme aujourd'hui.

En guise de bienvenue, le *Sayonara* se mit à faire trois cercles autour du *Constellation*.

– Qui était prince à l'époque ? s'enquit Yvonne.

– L'ancêtre de Gildas, Urbain III. Il venait accueillir Catherine de Genovina, la femme de sa vie. Très exactement le 17 juin 1757. Deux cents ans, tu te rends compte !

Il gloussa de rire.

– Si ça ne se passe pas mieux aujourd'hui, tu peux aller chercher des sandwiches, Yvonne! On est encore là pour une semaine! À l'époque, aucun des deux promis ne voulait faire le premier pas sur le navire de l'autre. Catherine était de haute lignée, elle aussi. Pour cette stupide question de préséance, ils sont restés six jours en carafe dans la baie sans débarquer, à se regarder à la lorgnette!

– Comment ça a fini?

– Mal. Je te raconterai...

– Ça y est! s'exclama Yvonne.

Une rumeur monta de la foule qui les entourait. Massés sur le quai, les rochers et les terrasses du casino, la totalité des citoyens de Roccadura, comme en 1757, n'avait pas hésité à venir des heures en avance pour ne pas rater l'arrivée de celle qui allait être leur nouvelle souveraine. Minuscule soudain à côté du *Constellation*, le *Sayonara*, moteurs coupés, manœuvra pour se placer bord à bord du mastodonte. Des ordres fusèrent. Des marins coururent. Une passerelle glissa entre les deux vaisseaux.

– Qui va chez l'autre? palpita Yvonne en baissant instinctivement la voix. Elle ou lui?

– L'Histoire se répète, marmonna Antonio.

Les passagers du *Constellation*, agglutinés sur les différents ponts, se posaient sans doute la même question.

La réponse arriva. Étincelante dans un ensemble jaune, retenant d'une main le bord de l'immense capeline vaporeuse qui lui cachait le visage, de l'autre serrant un teckel nain contre sa poitrine, Rose Duggan descendit les marches courant le long de la coque du *Constellation*, s'engagea sur la passerelle et posa le pied sur le *Sayonara*. Bouleversé à l'idée de l'accueillir, Gildas fit un pas vers elle. Émotion, timidité, faute de la capeline ou bizarre présence du chien? Au lieu d'embrasser son prince, Rose, lâchant les bords de son chapeau, lui tendit gauchement la main.

Gildas la lui saisit, la garda longtemps dans la sienne.

Au même moment, toutes les sirènes de tous les bateaux présents dans la baie se mirent à mugir pendant que, tirées du palais, éclataient les fantastiques salves d'une canonnade faisant trembler l'espace et que trois avions, affrétés par le Grec, lâchaient sur le *Sayonara* une pluie de pétales de rose. À cette seconde précise, les dieux eux-mêmes, daignant s'associer à la fête, manifestèrent leur approbation par un signe hautement symbolique : perçant brusquement les nuages qui s'alourdissaient depuis trois jours sur le ciel du Rocher, le soleil inonda la rade d'un intense flamboiement de lumière.

La passerelle fut retirée. En guise d'adieu définitif, le *Sayonara* accomplit un ultime cercle autour du *Constellation* qui déchaîna ses sirènes à pleine puissance. Leur vacarme emplit la baie de ses vibrations se répercutant en écho sur les falaises de Roccadura dominant la mer.

Comme un bateau pirate emmenant sa captive, le *Sayonara*, soulevant derrière lui un orgueilleux sillage d'écume, mit le cap sur le port.

Entre-temps, les parents de Rose, ses frères et sœurs, ainsi que leurs cousins et amis qui avaient fait le voyage avec eux pour assister aux cérémonies, avaient franchi la passerelle à sa suite et embarqué sur le *Sayonara*.

À peine à bord, Sean Duggan flanquait à Gildas une énorme claque sur l'épaule.

– Alors, fiston, ça boume ?

Le prince avait souri poliment. Il avait déjà souffert à Greenwood de la familiarité excessive des reporters américains invités à la conférence de presse que Rose et lui-même, main dans la main, avaient donnée pour l'annonce officielle de leurs fiançailles. Des exigences absurdes formulées sur un ton agressif.

– Hé, prince, prenez-la dans vos bras !

– Gildas, Gildas ! Poussez-vous un peu à gauche.

– Allez-y, roulez-lui un patin !

– Allez, Gildas, plus fort, quoi, merde ! À vous voir, on dirait qu'elle a la gale !

D'un naturel secret, réservé, timide, Gildas avait été horrifié par ces mœurs barbares. Mais, dans l'épreuve, il avait eu la joie de découvrir que Rose en était affectée autant que lui.

Maintenant, debout sur le pont avant, tous deux regardaient la côte se rapprocher. Portée par la brise de mer qui venait de la terre, jaillie de vingt mille poitrines, une rumeur s'amplifia. Incrédule, Rose regarda le prince.

– Vos sujets, dit-il.

En un geste invisible pour tous ceux qui les observaient en faisant semblant de ne pas les voir, elle exerça sur son bras une pression douce. Elle distingua le quai : il était noir de monde.

Une foule compacte, criant sa joie à pleins poumons.

– Ils vous aiment déjà, murmura Gildas.

– J'ai un peu peur, dit Rose.

Elle était réellement impressionnée.

– Mon père nous attend, sourit Gildas. Il est merveilleux. Je crois qu'il va vous plaire.

Sans s'être concertés, parents et invités restaient à l'écart.

Le *Sayonara* commença ses manœuvres d'accostage.

Sur le vaste tapis rouge recouvrant le débarcadère jonché de fleurs, Gildas aperçut le duc Rodolphe de Lentignac en grande tenue de cérémonie.

– Mon père, dit-il.

Gorge serrée soudain, ému beaucoup plus qu'il n'aurait voulu le paraître, il prit le bras de Rose, la fit passer devant lui et la guida vers la passerelle. Quand ils l'eurent franchie, Rose, la première, mit pied à terre. D'un geste tendre, Gildas la fit avancer d'un pas. À cet instant, elle rencontra le regard rieur, admiratif et bienveillant du duc. Elle allait s'approcher de lui lorsque, la devinant et la devançant, il lui tendit les bras.

– Bienvenue à Roccadura, bienvenue !

Il l'embrassa. Puis, se tournant vers son fils, il le serra contre lui.

– Je te félicite, Gildas. Jamais, je crois, je n'ai vu femme aussi belle et gracieuse.

Tous trois montèrent dans la très antique et rutilante Bentley dont deux majordomes en tenue leur ouvraient les portières. Le prince et le duc encadrèrent Rose dont le regard, tour à tour, navigua de l'un à l'autre : elle avait besoin de se prouver qu'elle ne rêvait pas. Le rôle de princesse qu'elle tenait quelques mois plus tôt au cinéma dans *L'Oiseau de paradis*, elle le vivait à cet instant dans le réel, plus mirifique encore.

La Bentley se fraya lentement un chemin dans les rues de la ville encombrées par la foule. Rose percevait les visages radieux et les baisers du bout des doigts de ceux qui se collaient à la vitre pour la voir de plus près et lui jeter des fleurs.

– Une pluie de roses sur Rose, dit en riant le duc de Lentignac en s'emparant affectueusement de sa main droite.

Gildas lui prit la gauche et la porta amoureusement à ses lèvres. D'une façon si aiguë qu'elle en ressemblait presque à une douleur, Rose, à cet instant précis, sut que plus jamais elle ne serait aussi intensément heureuse.

Quelques minutes plus tard, la Bentley franchissait un porche, pénétrait dans une cour d'honneur et roulait majestueusement entre deux rangées de soldats présentant les armes pendant que retentissait une salve de coups de canon.

– Votre nouvelle demeure, dit Gildas.

Avec stupéfaction, Rose s'aperçut alors que le palais, comme pour mieux parachever le conte de fées, avait été entièrement repeint en rose.

– Comme c'est beau ! balbutia-t-elle.

70

Parfois, lorsqu'ils se croisaient au hasard d'un couloir du palais, ils feignaient de ne pas se voir. Chacun avait son fief. Et puisqu'on était condamnés à vivre ensemble, autant ne pas s'adresser la parole de peur qu'un mot, en entraînant un autre, ne provoque une guerre ouverte. Malheureusement, lors du premier déjeuner pris en commun avec les Duggan, tous les Ponti de Roccadura qui passaient leur vie à s'éviter se retrouvèrent brutalement face à face. À ce séisme interne, vibrant d'une charge de haines contenues et recuites, s'ajoutait un second et inévitable désastre, le choc de deux mondes.

Enfermés depuis des lustres dans un immuable code de comportements, les Roccadura ressentaient comme une agression les mouvements d'approche mal dégrossis du clan Duggan. Chez eux, tout était dit sans être dit et rien n'était prononcé de ce qui était à dire : à chacun de comprendre, à ses risques et périls...

À l'heure des cocktails précédant le déjeuner, les vingt-cinq convives se regardaient en chiens de faïence dans une atmosphère électrique. Les échos de l'avalanche de gaffes qui s'ensuivit filtrèrent rapidement hors des murs du palais jusqu'aux deux mille journalistes et six cents invités qui s'étaient déplacés de tous les coins du monde pour le mariage du siècle.

Gildas et Rose, centre absolu de ce tourbillon, essayaient de présenter un visage serein et détendu malgré l'orage imminent dont ils sentaient se rapprocher la menace. D'instinct, Gildas jeta sur sa mère un regard à la dérobée. Depuis des mois, elle lui donnait bien des soucis. Il faut dire qu'elle ne prenait même plus la peine de cacher sa liaison avec l'un des plus dangereux truands dont elle ait eu la charge, un authentique ennemi public numéro un. Il s'appelait Henri Bellavoine. Mais, en hommage à la rafale de balles calibre 11,43 qui lui avaient labouré la jambe gauche lors d'un casse retentissant chez les Van Cleef de Londres, on lui avait attribué, dans les centres pénitentiaires qu'il avait fréquentés, son surnom devenu célèbre : « Riton-la-Béquille ». La princesse Christine l'avait rencontré à « La Douce », la propriété abritant son œuvre de réinsertion des prisonniers fraîchement sortis de centrale.

Il était athlétique, il avait les yeux bleus et comme il ne les baissait jamais devant personne, surtout pas devant elle, il était devenu son chauffeur-garde du corps. Quand elle voyageait, la mère de Gildas retenait deux suites communicantes, une pour elle, l'autre pour lui. Tous deux étaient arrivés trois jours plus tôt dans la principauté. « À tout hasard, gardez un œil sur lui », avait discrètement recommandé le chef de la police à ses hommes. Gildas, parfaitement au courant des amours de sa mère avec son compromettant protégé, n'avait pu lui cacher son irritation.

– Mère, pour mon mariage, vous auriez pu m'épargner la présence de cet individu...

Il s'était attiré une sèche réponse.

– Je n'allais pas le laisser seul. Je l'ai trouvé pâle. J'ai voulu qu'il prenne l'air.

Gildas n'avait pas insisté. Il savait sa mère déjà horrifiée par ses noces avec une actrice, américaine de surcroît. Comme la plupart des nobles à ascendance roturière, oublieuse de ses propres origines – grand-mère blanchisseuse, mère danseuse de beuglant –, elle se montrait d'une intransigeante rigueur dès lors qu'il s'agissait d'aristocratie, de particules, d'ascendance...

Le visage empreint de morgue, elle écrasait maintenant les invités d'un regard réprobateur et condescendant lorsque, soudain, elle reçut dans le dos une claque à assommer un éléphant. Avant qu'elle ait pu réagir, une main puissante s'emparait vigoureusement de la sienne et la secouait à lui en décrocher le bras.

– Salut ! Ça boume ? Je suis Jenny... Jenny Duggan, la belle-mère de votre fiston !

Épouvantée, la princesse essaya de dégager sa main.

Mais l'autre, un sourire radieux aux lèvres, continuait à la lui balancer de haut en bas, provoquant des ondes de douleur qui se répandaient de la tête aux pieds en vibrations insoutenables.

Elle allait lui échapper lorsque à l'extrémité de la pièce, nouvelle abomination, elle aperçut, s'avançant droit sur elle un verre à la main, le personnage qu'elle détestait le plus au monde, le duc Rodolphe de Lentignac, son ex-mari !

Le père d'Hortense et de Gildas s'approcha d'elle à la toucher. Il eut un mince sourire et lui asséna le coup de grâce.

– Je suppose que vous êtes aussi fière que moi du mariage de votre fils : enfin une vraie princesse dans la famille !

Il s'éloigna d'un pas tranquille. Hortense, qui ne l'avait pas vu arriver, faillit buter sur lui. Le découvrant brusquement, elle sursauta, le toisa d'un regard hostile, lui tourna le dos avec dédain et se fondit dans la foule des invités.

– Comme je suis ravie de vous connaître ! s'écria Rose avec enjouement.

Hortense s'arracha un sourire crispé. Sa future belle-sœur lui barrait le chemin. Avant même de la connaître, elle la vomissait. Mais maintenant qu'elle l'avait sous le nez en chair et en os, la frustration qu'elle ressentait devant son éclatante beauté l'étourdissait de haine froide.

– Je suis sûre que nous allons si bien nous entendre ! continuait Rose.

Spontanément, elle prit la main d'Hortense qui la dévisageait d'un œil dur.

– J'ai une demande à vous faire. Quelque chose qui me ferait très plaisir. Je me suis permis de vous choisir une robe aux États-Unis. Accepteriez-vous d'être ma demoiselle d'honneur ?

Dégageant sa main, Hortense la fusilla.

– Je vois que vous avez encore beaucoup de choses à apprendre. Sachez qu'il n'est pas conforme aux usages de la noblesse qu'une personne de mon rang soit demoiselle d'honneur.

Les yeux de Rose se brouillèrent de larmes. Avec jubilation, Hortense lui porta l'estocade.

– En ce qui me concerne, je m'habille chez Chanel. Mais votre robe fera sûrement un heureux dans votre famille.

Comme deux électrons qui se repoussent, les deux femmes s'éloignèrent l'une de l'autre.

– Qu'est-ce qui vous fait pleurer ? s'inquiéta Gildas.

Il était devant elle. Il lui prit la main, la serra tendrement.

– Le bonheur, dit Rose en se mordant les lèvres.

– C'est ma sœur ?

– J'aurais tellement voulu qu'elle m'aime...

– Elle n'aime personne!

– Son Altesse sérénissime est servie, annonça d'une voix de basse un majordome en perruque et pourpoint de satin bleu.

Tout le monde reflua du petit salon à la salle à manger dont deux laquais, en perruque blanche eux aussi, ouvrirent très grands les battants de la porte : Gildas n'avait pas fait les choses à moitié! La vaisselle d'or et les verres de cristal rutilaient sur les nappes blanches damassées brodées aux armes des Roccadura.

– Et tout ça pour ces ploucs! déplora Christine à voix basse. Quel gâchis!

Décidément, ce n'était pas son jour. Après la vulgarité de Jenny Duggan et le camouflet du duc, elle avait dû faire face à une autre épreuve, supporter dans la même pièce la présence de la princesse Éliane, veuve de son père, Son Altesse sérénissime Edmond III. Elle ne lui avait jamais pardonné d'être plus jeune qu'elle. Mais les espions qui lui restaient encore sur le Rocher lui avaient mis du baume au cœur en lui révélant qu'elle errait dans les couloirs en solitaire ou se calfeutrait dans ses appartements sans que personne, jamais, ne lui adresse la parole.

Après tout, quoi de plus naturel?

Pourquoi, se sentant de trop, avait-elle eu le mauvais goût de s'accrocher à l'ombre du trône au lieu de disparaître après la mort de son mari?

– Oh, dis donc! s'exclama Sean Duggan sur un ton admiratif.

Du menton, il désignait les deux majordomes mis à la disposition de chaque convive.

– Deux par chaise, Jenny! Deux!

Béate de bonheur, sa femme lui sourit.

– Tu as vu leurs perruques?

– Crevant!

Tout le monde s'assit. On leur servit du champagne, un Clicquot rosé 1929. Les Duggan se consultèrent du regard. À la maison, l'alcool était officiellement banni. Mais leur fille ne se marierait qu'une fois : sur un signe de Sean, tous vidèrent leurs verres. Instantanément, les sommeliers voulurent les remplir.

Pour s'y opposer, les Duggan, avec un ensemble parfait, les retournèrent tête en bas sur la nappe. La princesse Christine, lèvres pincées, en eut un haut-le-cœur.

Rose, placée à la droite de Gildas, se pencha à son oreille.

– Quelle est cette dame en bout de table, avec la tiare et la parure de diamants ?

– La princesse Éliane, la veuve de mon grand-père Edmond.

– Mais vous ne m'avez pas présentée à elle ? s'étonna Rose.

– Vraiment ? dit Gildas. J'ai dû oublier...

71

Il fit un léger sourire à la femme de chambre du cinquième étage qui passait devant lui avec son chariot, donna un tour de clé, ouvrit la porte et disparut dans l'appartement. La femme de chambre poussa un soupir. Elle s'appelait Louisa, était mariée depuis dix ans et avait deux enfants. N'empêche. Chaque fois qu'elle voyait un homme séduisant, c'était plus fort qu'elle, son cœur battait à mille tours.

Le client qui venait d'entrer dans la suite 708-709 n'avait pourtant rien d'un bellâtre avantageux. Mais il était superbe. Tout de blanc vêtu – probablement un grand officier –, de taille moyenne et râblé de carrure, il portait à la main sa casquette galonnée. Dans la seconde où elle avait croisé son regard bleu, avec cet infaillible instinct des femmes qui aiment les hommes, Louisa s'était sentie, *physiquement*, réduite à l'état de femelle.

Elle s'empara d'une bouteille de détergent, en enduisit un torchon et entreprit de nettoyer la baie vitrée au bout du couloir en rêvant qu'elle était princesse. C'est alors qu'elle vit les deux hommes débouler de la cage d'escalier, marcher à pas de loup dans le couloir et s'arrêter devant le 708. Debout devant la porte, ils eurent un bref conciliabule. Louisa se redressa. Serrant nerveusement son chiffon, elle marcha droit sur eux.

– Je peux vous aider ? demanda-t-elle d'une voix où perçait une menace.

Le plus jeune des deux, un blond en blouson, la dévisagea d'un œil torve.

– Oui, souffla-t-il, ne restez pas dans le couloir.

– Qu'est-ce que vous faites là ? demanda-t-elle.

Avec horreur, elle vit l'autre type, boudiné dans une veste verdâtre, sortir d'une poche intérieure un énorme revolver dont il garda le canon relevé.

– On est des flics, la rassura le blond.

Il exhiba une carte.

– Vous avez un passe ? demanda-t-il.

Louisa fit oui de la tête.

– Donnez-le-moi ! Merci. Et maintenant filez, il se peut qu'il y ait de la casse...

Louisa revint vers son chariot à pas rapides, disparut au bout du couloir : à l'étage au-dessous, il y avait un téléphone mural d'où elle allait pouvoir appeler la police, la vraie...

Le blond introduisit le passe dans la serrure. Doucement, il poussa la porte. Dans l'entrée, l'homme en blanc était agenouillé devant un coffre béant qu'il venait de forcer.

– Riton-la-Béquille !... Beau travail, Riton. Même en centrale, t'as pas perdu la main !

L'homme se remit debout avec lenteur.

– C'est à moi que vous parlez ? demanda-t-il.

– Non, dit le blond. Je m'adressais à la moquette.

– Je m'appelle Henri Bellavoine. Je suis le chauffeur de la princesse Christine de Roccadura. À qui ai-je l'honneur ?

La veste verdâtre brandit des menottes.

– Qu'est-ce qui vous prend ? s'indigna Riton. Vous avez envie de vous faire taper sur les doigts ? Je suis en service commandé !

– Vraiment ? s'esclaffa le blouson. C'est peut-être la princesse qui t'a ordonné de venir casser un coffre !

– Exactement ! Les amis de sa belle-fille, Peter et Mary Cavanaugh, ont perdu leur clé. Mary Cavanaugh voulait ses bijoux. Tenez, regardez... Voilà son collier !

Il tira de sa poche une somptueuse parure de diamants, la balança sous leur nez et les toisa avec une expression de défi.

– Maintenant, si vous ne me croyez pas, allez-y, vérifiez ! Appelez la princesse. Ou pourquoi pas son fils, le prince Gildas !

Les deux flics échangèrent un regard embarrassé. À l'instant précis où Riton leur faisait son numéro, ils savaient très bien que se déroulait, en présence des familles et de leurs invités, le mariage civil du prince. Déranger Son Altesse sérénissime était impensable. Mais laisser filer le voleur avec les joyaux dérobés, impossible. Tout en le tenant en joue, la veste verdâtre glissa quelques mots au blouson, qui passa dans le salon et composa un numéro.

La sonnerie retentit dans un minuscule bureau jouxtant la salle du trône. L'officier de permanence décrocha.

– Je vais voir, dit-il après avoir écouté quelques secondes, si je peux déranger le capitaine Arnaud de Pontiac, l'aide de camp de Son Altesse...

Il posa l'appareil sur le bureau, ouvrit la porte et aperçut Pontiac, debout derrière le prince. L'officier se faufila jusqu'à lui, lui chuchota quelques mots à l'oreille, revint à son bureau, reprit le téléphone.

– J'ai transmis. Restez où vous êtes. Je vous rappelle dès que j'ai une réponse. Quel est votre numéro ?

Il le nota.

– Merci, dit-il en raccrochant.

Devant le mur tendu d'un immense drap d'or aux armes des Roccadura, l'aide de camp transmettait maintenant l'information à Gildas. Quelque chose de curieux se passa alors.

Comme si elle devinait la teneur du message, la princesse Christine s'approcha de Gildas, se planta devant lui et le dévisagea sans un mot.

– Je crois, maman, lui jeta-t-il entre ses dents, que vous allez devoir vous trouver un autre chauffeur.

Elle continuait à le scruter d'un œil dur. Mal à l'aise devant ce regard terrible, Gildas lui assena le coup de grâce.

– On vient de le prendre en flagrant délit dans un appartement de l'Hôtel de France. Il avait fracturé un coffre pour voler des bijoux.

Il se retourna vers Rose qui observait la scène avec une curiosité inquiète et lui sourit.

– Et savez-vous ce qu'il a dit aux policiers ? ajouta-t-il pour sa mère. Que c'était vous qui lui en aviez donné l'ordre !

La princesse Christine prit une inspiration profonde.

– C'est exact.

– Mère, s'emporta Gildas, vous n'allez pas couvrir ce gangster !

– S'il n'est pas relâché dans l'instant, gronda Christine, je quitte immédiatement la cérémonie et je fais un esclandre !

Elle tourna les talons et revint à sa place. Pendant une minute, le prince, tête baissée, s'abîma dans sa rage. Puis il fit un signe discret à son ordonnance qui avait tout vu.

Et déjà tout compris.

– C'est un malentendu, lui dit-il en essayant de contrôler sa voix. Qu'on le libère !

72

Rose sentait des ondes brûlantes lui empourprer le visage. Malheureusement, il lui était impossible de se regarder dans un miroir pour vérifier si son maquillage camouflait suffisamment la rougeur de ses joues. Peut-être n'étaient-elles même pas rouges ? Elle ne savait plus. Accrochée au bras de son père, éblouissante dans une robe de dentelle ancienne de couleur nacrée, elle gravissait lentement l'escalier de la cathédrale de Roccadura recouvert d'un tapis rouge. Des milliers de regards étaient braqués sur elle. Une fois de plus, elle serra les mâchoires pour ne pas s'évanouir. Mais cette fois, elle en était sûre, elle allait défaillir, s'affaisser pour ne plus se relever. Au cours des cinq derniers jours, elle avait maigri de six kilos. Les nerfs, l'épuisement, une pression permanente... Chaque instant n'avait été que le fragment d'une représentation continue, déjeuners, dîners, réceptions, cocktails, présentations. La pièce, comportant des centaines de figurants, s'était jouée à guichets fermés dans tous les décors possibles, et la confusion fiévreuse régnant sur la ville avait amplifié les problèmes : protocole – la reine d'Angleterre viendrait-elle ? –, météo – il pleuvait sans discontinuer –, colère des journalistes accourus du monde entier. Devant leur agressivité, Gildas, dépassé par les évènements, avait commis l'erreur de leur faire interdire les abords du palais par la police. Autant agiter le chiffon rouge sous le mufle d'un taureau. Déchaînés, ne respectant rien, prêts à se damner pour la moindre information ou une photo inédite, ils se comportaient sur le Rocher comme une horde d'envahisseurs sauvage dont rien ne pouvait endiguer l'assaut. Certains, pour mieux circuler dans les couloirs du palace protégés par des gardes, se déguisaient en maîtres d'hôtel, en plombiers, en bonnes sœurs, en garçons d'étage.

D'autres, moins délicats, passaient par les fenêtres, forçaient les portes, grimpaient sur les toits, déclenchaient des alertes d'incendie, soudoyaient les domestiques. Quelques minutes auparavant, alors qu'elle était sur le parvis de la cathédrale, Rose avait reçu la confession d'une cousine américaine : on lui avait glissé entre les mains un appareil photo et une grosse somme d'argent pour qu'elle prenne des instantanés de la cérémonie à l'intérieur de la nef.

– Tu as accepté ?

– Pas avant de t'en avoir parlé.

Plus que trois marches... Pour tenir jusqu'au bout, Rose s'accrocha à l'idée que, dans quelques minutes, le rideau tomberait sur tout ce cirque. Escortée par deux pages en velours noir et ses six demoiselles d'honneur en robe blanche d'organdi, elle s'immobilisa devant l'autel, face à l'évêque de Roccadura assisté pour la circonstance du père Tanner et du curé de Greenwood, invité d'honneur du mariage. Quelques secondes s'écoulèrent. Puis des fanfares éclatèrent. Dans le dos de Rose, Gildas, sanglé dans un étourdissant uniforme chamarré, fit son entrée. Le père de Rose se retira. Le prince vint se placer à la gauche de sa future épouse. À cet instant précis, nouveau signe du ciel en faveur du couple, la pluie cessa, le soleil perça les nuages et, à travers les vitraux, illumina le lieu sacré enseveli sous des milliers de tulipes et de lilas blancs. Il y eut une légère bousculade dans les travées. Les agents du service de sécurité expulsaient un faux séminariste qui avait réussi à se glisser parmi les invités pour prendre des photos à l'aide d'un appareil camouflé dans les manches de sa soutane.

– Monseigneur, pouvons-nous procéder à la cérémonie ? demanda l'évêque.

Très concentré, Gildas signifia son accord d'un batttement de cils. Sa main chercha celle de Rose. Leurs doigts se frôlèrent.

L'un des deux jeunes pages, qui portait le plateau sur lequel brillaient les alliances, se prit les pieds dans le tapis et trébucha.

Une alliance roula sur le sol. Un assistant se baissa, la ramassa et la remit en place. Ni Rose ni Gildas n'avaient levé les yeux. Troublé seulement par quelques raclements de gorge et le ronron feutré des caméras de télévision placées aux points cardinaux de la nef, un grand silence s'abattit soudain sur la cathédrale. L'évêque prononça alors les paroles rituelles, mais le « oui » de Rose et de Gildas fut prononcé à voix si faible que les invités du deuxième rang, qui le guettaient pourtant sur leurs lèvres, ne purent que le deviner.

– Je vous déclare unis par les liens du mariage, dit l'archevêque.

Vint ensuite l'échange des bagues que, tour à tour, chacun passa à l'annulaire de l'autre.

Quand Rose releva la tête pour rencontrer le regard de son époux, elle était princesse Ponti de Roccadura.

Gildas lui prit le bras. Dans un déluge de grandes orgues, tous deux se dirigèrent vers la sortie. Sur le parvis, le visage illuminé par un sourire paternel, Socrate Satrapoulos les attendait. Il fit deux pas vers Rose, la serra dans ses bras et, à travers son voile de mariée, lui déposa deux baisers sur les joues.

– Comme je suis heureux, Rose, dit-il, je vous félicite!

Au-delà des mots convenus qu'il prononçait, il était sincèrement ému. En un éclair lui revint en mémoire la conversation qu'il avait eue quelques mois plus tôt à bord du *Pégase* avec le père Tanner. Tous deux complotaient alors pour savoir à qui marier Gildas. Que de chemin parcouru! En cet instant, il avait devant lui l'aboutissement absolu de tous ses rêves : le prince charmant épousait la plus belle star de son temps, leur mariage devenait un évènement historique mobilisant la presse du monde entier, et lui, Socrate Satrapoulos, allait enfin pouvoir rentrer dans ses fonds, récupérer au centuple les investissements consentis pour la promotion du Rocher – à commencer par son cadeau de noces, une fabuleuse parure aux diamants si énormes qu'ils en avaient l'air faux.

Désormais, sous son impulsion, la principauté allait pouvoir redevenir ce qu'elle n'aurait jamais dû cesser d'être, un paradis protégé pour milliardaires internationaux.

Il lâcha la jeune mariée et tapota familièrement l'épaule du prince.

– Toutes mes félicitations, Ponti, et encore bravo! Vous êtes un sacré veinard!

Gildas, raide comme un piquet, lui jeta un regard venimeux.

En règle générale, toute familiarité l'indisposait. Mais celle de son bailleur de fonds lui donnait envie de vomir. Il lui tourna le dos et entraîna Rose. Six cents invités les attendaient pour une réception en plein air dans la cour du palais. Après quoi, libérés enfin des corvées des réjouissances, ils embarqueraient sur le *Sayonara* pour une croisière en Méditerranée qui durerait autant que leur lune de miel. Ils allaient monter dans la Rolls blanche lorsque Sean Duggan s'interposa.

– Alors, mon gendre, dit-il à Gildas avec une grande claque dans le dos, me permettez-vous d'embrasser une dernière fois ma fille avant que vous l'embarquiez ?

Gildas se crispa. Sean dévisagea Rose d'un œil aigu : il la trouva pâle et défaite. Il se pencha vers elle.

– Rose, tu te sens bien ?

– Merveilleusement, papa.

– Tu es heureuse ? chuchota-t-il à son oreille.

Elle lui renvoya un sourire las et désigna d'un regard le ciel, la foule, la cathédrale.

– Comment ne pas l'être, papa ? Ne suis-je pas l'incarnation même de tout ce que les femmes désirent ?

Perplexe, Sean s'écarta. Le prince monta dans la voiture.

Des vivats éclatèrent, des canons tonnèrent et toutes les cloches de la principauté se mirent à sonner pendant que la Rolls, saluée par le bon peuple, s'éloignait de la cathédrale avec des cahots majestueux. En haut de l'escalier, le père Tanner poussa un profond soupir.

– *Ite missa est*, dit-il.

Livre VIII

Aujourd'hui

73

Rose contemplait la lettre posée sur son bureau. Elle était adressée à *Miss Cathy Bramble, Penthouse 1, Central Park South, New York N.Y.*

Rose mourait d'envie de la relire. Mais elle savait que, si elle le faisait, elle ne l'enverrait jamais. Elle l'avait écrite d'une traite, sans réfléchir. Et ce qu'elle y livrait était trop intime. Pourtant, elle avait une confiance totale en Cathy. Depuis l'époque heureuse de la pension Barbizon, elle était restée sa meilleure amie. Mais comment, sans encourir de graves dangers, un adulte pouvait-il respecter les serments de l'enfance ? Continuer à tout dire comme on se l'était promis jadis, alors que les secrets échangés concernent d'autres vies que la vôtre ? Aujourd'hui, Rose était princesse. Chacun de ses gestes devenait affaire d'État. Elle décacheta l'enveloppe, regarda pensivement les deux feuilles gravées aux très anciennes armes des Roccadura, une représentation symbolique des quatre éléments : un dauphin pour l'eau, un aigle pour l'air, un bélier pour la terre, une torche pour le feu. Elle chaussa les lunettes qu'elle ne portait que lorsqu'elle était seule, alla près de la fenêtre et lut à mi-voix.

Chère Cathy,

J'ai été si heureuse que tu viennes à mon mariage. Tu as vu ce bordel, où aurais-je pu prendre le temps de te voir davantage ? Mais je sais que tu as compris et que tu ne m'en veux pas. Sache tout de même que j'ai perdu six kilos au cours de la semaine précédant la cérémonie.

Sans parler de mon propre trac, il fallait faire face à tout. Les grands trucs, et les autres, cocasses parfois, stupides souvent, exaspérants toujours. Tu connais ma famille, et tu sais combien j'y suis attachée.

Puissante, arrogante, naïve. N'empêche que j'avais un peu honte : elle dévalisait les bureaux de tabac pour acheter des cartes postales uniquement pour les affranchir et les expédier aux quatre coins du monde avec les timbres portant en effigie mon visage et celui du prince. Au cas où quelqu'un aurait pu encore ignorer que je m'étais mariée et, surtout, avec qui!... Je ne te parle pas des reporters, un cauchemar, une absence totale de dignité. Ce qu'ils ont pu faire pour une photo relève du gangstérisme. À propos de gangster, ma belle-mère, la princesse Christine, en a choisi un comme chauffeur – je ne serais pas étonnée qu'il lui serve aussi d'amant. Pendant la cérémonie, il n'a rien trouvé de mieux que d'aller faucher les bijoux de nos amis Cavanaugh! Multiplie ce genre d'histoire par cent, tu auras une vague idée de ce qu'a pu être ma vie quotidienne au cours de ce « mariage du siècle » – le mien! La pression n'a pas cessé pour autant pendant mon voyage de noces. À peine avait-on quitté le quai que le mal de mer me rendait abominablement malade. Les jours suivants, la mer se calmait. Pas moi! J'étais au bout du rouleau, Cathy, j'ai cru que j'allais mourir. Forte fièvre, nausées... Gildas a été formidable : il m'a soignée lui-même et tenu patiemment la main pendant tous mes ennuis. Ensuite, on a navigué pendant six semaines à bord du Sayonara *le long des côtes méditerranéennes. Un rêve! L'équipage était si discret que je crois bien n'avoir pas vu un marin pendant toute ma lune de miel! J'ai commencé à me retaper. Malheureusement, on a très vite dû renoncer à descendre à terre. Dès que nous quittions le bord, nous étions non seulement assaillis par des meutes de paparazzi – je suppose qu'ils nous suivent à la trace – mais, pire, harcelés par de simples touristes qui voulaient faire des photos de nous, et avec nous! En tant que « star de cinéma », je croyais y être habituée et avoir tout vu, mais crois-moi, Cathy, ce n'était rien! On a fini par avoir la trouille. Paranos! Au large, quand par hasard un avion nous survolait, on rentrait en trombe dans nos cabines. Et puis un jour, alors que je commençais à me faire à cette vie sans repères, il a bien fallu retourner à Roccadura. Gildas avait des affaires qui ne pouvaient attendre. Avec les bateaux, c'est ça, l'ennui : tôt ou tard, on finit toujours par accoster. J'avoue qu'en remettant les pieds sur le Rocher j'ai eu un coup de cafard. D'abord, tous ceux que j'aime – toi y comprise – étaient repartis en Amérique. J'ai réalisé alors à quel point j'étais isolée des miens, loin de tout. Je me sentais orpheline. Après tout cet espace et ce bleu, le palais me paraissait bien triste. Sombre, haut de plafond, humide, bourré de meubles lugubres et de portraits d'ancêtres à vous flanquer le bourdon. Gildas, pris par ses affaires, devenait un véritable courant d'air. Je croyais que ça allait s'améliorer au cours des semaines, mais pas du tout.*

Certains jours, à peine si on se croise. Ceux de sa famille me font la gueule – tu ne peux pas savoir, des luttes de clan pires que chez les Borgia! – et quand je veux sortir en ville pour faire les boutiques et m'acheter une paire d'escarpins, on me répond que ce n'est pas une occupation digne de l'épouse du prince et que les chausseurs seront enchantés de venir me présenter leur collection à domicile! Certes, il m'arrive de prendre l'air mais en liberté surveillée, escortée de deux gorilles qui marchent dans mon ombre. Maintenant, c'est pire, car je t'ai gardé la grande nouvelle pour la fin : je suis enceinte! Autant te dire que je porte le saint sacrement! Je suis cernée par un tourbillon maussade de faux jetons prétendant me servir pour mieux m'espionner. Et puis la langue! À Roccadura, la tradition veut qu'on parle français. On me fait très nettement sentir que je ferais mieux de l'apprendre. Après tout, comme ils disent : « Vous êtes notre souveraine. » Ils ont raison. Je vais m'y mettre. Ça me rappellera le temps béni de Barbizon où on se donnait la main pour faire le mur à la barbe de la mère Biddle. Tu te souviens?

Je n'aurais jamais cru que c'était si dur d'être princesse.
Je pense à toi. Écris-moi, j'ai un coup de blues.

Rose.

Rose quitta la fenêtre et revint lentement vers le bureau.

Elle était maintenant enceinte de cinq mois. Souvent, il lui arrivait de sentir très nettement l'enfant bouger dans son ventre. Elle s'assit. Tout lui parut soudain très difficile.

Elle s'éventa avec les deux feuillets qu'elle venait de relire.

À cet instant, Gildas entra.

– Vous pleurez?

Machinalement, Rose essuya du revers de la main la larme qui avait roulé sur sa joue.

– Non, dit-elle.

Elle prit la main de Gildas. Elle aurait aimé qu'il la serre dans ses bras, qu'il lui caresse les cheveux, qu'il ait un geste.

Il retira sa main.

– Rose, vraiment, je ne vous comprends pas. Vous êtes princesse, vous avez des devoirs, des responsabilités... Comment pouvez-vous vous laisser aller à pleurer ? Avez-vous au moins une raison ?

– Excusez-moi. Je suis simplement fatiguée.

– Vous devez donner l'exemple, vous montrer en public, être joyeuse...

Il sembla remarquer les pages qu'elle avait à la main.

– Vous écrivez ?

– Un simple projet. À une amie. Cathy Bramble.

Elle s'arracha un sourire.

– Mais c'était une lettre idiote, ajouta-t-elle.

Elle déchira les feuilles en menus morceaux. Elle les regarda tomber dans la corbeille à papier.

Quand elle leva les yeux, Gildas n'était plus là.

74

En tant que conseiller financier, Williams avait décidé une fois pour toutes de se cantonner dans les chiffres. Il ne voulait connaître que les chiffres, ne parler que de chiffres, ne penser qu'en chiffres. Là, au moins, il se sentait en terrain sûr. En tout cas, c'est ce qu'il s'était naïvement imaginé jusqu'à ce qu'il débarque sur le Rocher pour s'attaquer, aux côtés du Grec, à la conquête de Roccadura.

Au-delà de cet instant, ses certitudes avaient vacillé : la valeur des chiffres, devenue brusquement incertaine, s'était mise à fluctuer au hasard des humeurs, selon que le Grec ou le prince les manipulait. Car la principauté, malgré l'exiguité de son territoire, avait deux lois. Et deux rois. L'un, s'estimant à juste titre de droit divin depuis des siècles. L'autre, plus bêtement, parce qu'il réglait les factures, assumait les frais de fonctionnement de la principauté et contrôlait la CME qui en assurait la gestion. Entre Gildas et Socrate Satrapoulos, bien malin qui aurait pu dire qui allait l'emporter. Chacun avait besoin de l'autre, ils étaient obligés de se supporter.

Mais le courant ne passait pas. Aucune estime réciproque.

Aux yeux de Gildas, le Grec se comportait comme un rustre douteux. De son côté, l'armateur taxait le prince de mollesse, d'indécision, d'immaturité.

En fait, le bras de fer durait depuis leur première rencontre.

– Surtout, Socrate, dit Williams, ne le braquez pas ! Ménagez-le !

– Je sais, se moqua le Grec, il peut encore servir.

Williams daigna sourire. La Rolls pénétra dans le palais.

Antonio s'arrêta devant le perron et ouvrit les portières.

– Souhaitez-vous que je vous attende ? demanda Williams.

– Inutile. Je vous verrai plus tard.

Le conseiller remonta dans la limousine dont les pneus crissèrent sur le gravier de la cour d'honneur alors qu'elle faisait demi-tour en direction du portail.

– Bonjour, Monsieur, dit Giovanni Gallone. Si vous voulez bien me suivre... Son Altesse vous attend dans le salon bleu.

– Salut, Giovanni, dit le Grec en lui donnant une tape sur l'épaule. Pas tant de chichis, je connais le chemin...

Le chef du protocole grimaça un sourire : quand Satrapoulos se présenterait sans escorte au salon bleu, c'était lui, Giovanni, qui allait se faire taper sur les doigts par le prince.

D'un pas conquérant, le Grec arpenta une multitude de couloirs, arriva devant le salon bleu, en poussa la porte sans frapper et entra. Installé derrière son bureau, Gildas donnait des instructions à une assistante qui tenait des dossiers en main.

– Ne vous dérangez pas pour moi ! lança-t-il d'une voix chaleureuse. Finissez d'abord ce que vous avez en train...

Gildas lui jeta un regard meurtrier.

– Laissez-nous, Suzanne, dit-il sans prendre la peine de se lever pour accueillir son visiteur.

L'assistante sortit.

– Il est authentique, votre Cranach ? demanda le Grec en explorant du bout de l'index le tableau qui ornait le mur à la droite du prince.

Gildas garda un silence maussade.

– Vous voulez le vendre ? reprit le Grec.

Le prince réprima un haut-le-corps : vendre à ce parvenu le chef-d'œuvre qu'il tenait du prince Thibault, son arrière-grand-père !

– Non, dit-il sèchement.

– Dommage. Il avait sa place dans la salle à manger de mon bateau.

En réalité, peu importait au Grec d'accrocher la toile sur les boiseries de son yacht. Il en avait déjà tellement qu'il ne savait plus où les mettre. Renoir, Monet, Pissarro, Degas, rien que des impressionnistes acquis par ses conseillers financiers à titre d'investissement. En dehors de ces chefs-d'œuvre, il ne connaissait rien à la peinture qui, n'eût été sa valeur marchande, le laissait de marbre. S'il avait retenu le nom de Cranach – entendu huit jours plus tôt pour la première fois de sa vie –, c'est parce qu'il était tombé de la bouche de la femme qu'il rêvait de conquérir, la Menelas, la pianiste la plus célèbre de la planète. Elle lui avait montré, dans un magazine d'art, la reproduction du fameux Cranach qu'il avait précisément sous le nez : pouvoir le lui offrir, quel rêve ! Il jeta un regard en biais au prince et se laissa tomber sur un sublime fauteuil Louis XV avec la même indifférence que s'il se fût agi d'un tabouret de bar.

– Quel âge a votre fils ? demanda Gildas abruptement.

– Nicolas ? Neuf ans. Pourquoi ?

Gildas eut une moue.

– Vous ne pensez pas qu'il est un peu jeune pour lui laisser conduire une voiture dans les rues de la principauté ?

Socrate se tapa sur les cuisses en s'esclaffant.

– Il a fait ça ? Si vous croyez qu'il m'a demandé l'autorisation ! Mais, vous savez, sa voiture n'est pas à proprement parler une vraie voiture. C'est un jouet... Une Ferrari en modèle réduit que j'ai fait fabriquer à ses mesures. Cent vingt à l'heure tout de même. Je la lui ai offerte pour son anniversaire.

– Il a failli se faire écraser. Les agents de police qui l'ont arrêté étaient verts de peur.

– Il est terrible ! Il n'en fait qu'à sa tête.

Gildas ouvrit un tiroir, s'empara d'un document et le tendit à Satrapoulos.

– Voici le contrat que j'ai fait préparer par les avocats d'après nos décisions communes.

Le Grec chaussa ses énormes lunettes d'écaille, se mit à lire à toute allure avec des marmonnements d'approbation, des hochements de tête et de brefs commentaires.

– Derrière le casino... Parfait, excellent endroit, on ne pouvait trouver meilleur emplacement pour construire un héliport... Palace cinq étoiles de deux cents chambres... Quelle merveilleuse idée ! Je le vois déjà...

Il rendit le contrat à Gildas avec un soupir.

– Évidemment, mieux vaut ne pas trop penser aux fortunes que vont me coûter ces merveilles...

– Vous pouvez signer, dit Gildas en lui redonnant le contrat.

Le Grec leva un sourcil.

– Où est le bon, le définitif ?

– Le bon ? s'étonna le prince. Que voulez-vous dire ?

– Ce n'est pas un brouillon ?

– Pas du tout.

– Alors, expliquez-moi pourquoi vos avocats ont omis de mentionner la clause principale ?

– Quelle clause ? demanda Gildas, dont le visage se fermait.

– Je fournis les fonds, mais, en compensation, vous renoncez à votre droit de veto et à tout droit de regard sur les décisions concernant la CME ou la gestion du casino.

Gildas se leva d'un bond.

– Je suppose que vous plaisantez ?

– En ai-je l'air ?

– Comment pouvez-vous supposer, dit Gildas, les lèvres blanches de colère, que je puisse abandonner mes prérogatives princières sur un État dont je suis le souverain absolu ?

– Et vous-même, riposta le Grec avec agressivité, comment pouvez-vous imaginer que je finance les installations de Roccadura sans en retirer quelques avantages ? J'achète. Je veux profiter des choses que j'achète !

Gildas contourna son bureau, alla jusqu'à la porte et la tint largement ouverte.

– Sachez, monsieur, dit-il d'une voix glaciale, que certaines choses ne sont pas à vendre.

– Dans ces conditions, grommela le Grec en lui passant devant tête baissée, rien n'est fait !

L'entretien était terminé.

75

Il pleuvait tellement ce matin-là qu'on se serait cru à Londres. On était le 22 janvier 1957. Les rues de la principauté étaient vides. Les rares passants qui faisaient leurs courses, courbés sous des parapluies noirs, sortaient en courant des boutiques pour entrer dans leur voiture. Malgré le déluge, certains d'entre eux, sans pouvoir le jurer, pensèrent avoir entendu le premier coup de canon. Ils regardèrent leur montre : neuf heures et demie du matin. Au second et au troisième, pour mieux écouter, ils se figèrent soudain dans les rafales humides qui les collaient contre la façade des immeubles. Chacun savait déjà qu'à cette heure du jour la canonnade ne pouvait signifier qu'une chose : la naissance de l'héritier du trône, ardemment attendue depuis des jours par chaque citoyen. Fille ou garçon ?

Sur le Rocher, le rituel était le même depuis des siècles : cent un coups pour un garçon, vingt et un pour une fille. Maintenant, dans les rues, tous les citoyens de Roccadura les égrenaient.

Seize... Dix-sept... Dix-huit...

– Dix-neuf ! cria un homme dont la gorge se serrait.

– Vingt ! lui répondit-on en écho.

– Vingt et un, chevrota une femme.

S'ensuivit un silence de plusieurs secondes. À cause de l'humidité qui agissait sur la poudre, la régularité du tir s'était détraquée de sorte qu'entre chaque coup les intervalles avaient eu une durée différente.

Mentalement, chacun compta jusqu'à dix pour laisser au destin le temps de rendre son oracle.

Mais au-delà, plus rien ne vint : silence...

Alors, une immense clameur s'éleva.

– C'est une fille !

D'une bouche à l'autre, la rumeur se propagea à la vitesse du vent. Au même instant, dans un autre quartier, des centaines de journalistes qui montaient la garde depuis une semaine aux abords de la Clinique des Glycines se mirent à maudire la famille princière : assourdis par la déflagration des canons, l'explosion des cloches et le mugissement des sirènes des bateaux dans la rade, ils comprirent que l'évènement capital venait de se dérouler hors de leur présence !

– Les salauds ! On s'est fait baiser !

– Elle a accouché au palais !

Pas la peine de le dire deux fois. Il y eut une ruée sauvage sur les motos et voitures garées autour de la clinique. Quelques secondes plus tard, la horde disparaissait dans un vacarme inouï de moteurs maltraités. Derrière les fenêtres des Glycines masquées par des rideaux, médecins et infirmières pouffèrent.

Des émissaires du prince les avaient mis dans la confidence : puisque c'était là qu'Hortense avait donné naissance à ses deux enfants, les journalistes penseraient que la princesse Rose, fatalement, y accoucherait à son tour. Surtout, qu'on le leur laisse croire ! En réalité, Gildas, échaudé par les scènes d'émeute de leur mariage, n'avait voulu laisser aucune chance aux paparazzi. Mais la vraie raison était ailleurs.

Trois semaines plus tôt, Rose, malgré sa grossesse, était sortie faire un tour dans les rues.

Elle resplendissait. À la fois familiers et affectueux, ses nouveaux concitoyens lui souriaient, lui offraient des fleurs, lui faisaient compliment de sa beauté.

Jusqu'au moment où, trompant la vigilance de ses deux gardes du corps, une grosse femme se précipitait, se collait à elle et lui posait ses deux mains sur le ventre.

– Ça portera bonheur à l'enfant !

Mis au courant de l'incident, Gildas avait instantanément mis à pied les deux gardes et interdit à son épouse de quitter désormais l'enceinte du palais.

– J'ai eu trop peur, Rose. Les gens sont fous ! Dès que vous mettez le nez dehors, vous êtes en danger !

Le jour même, il avait donné des ordres pour que l'on transforme, dans le plus grand secret, la bibliothèque du palais en salle d'accouchement. Au début, l'idée avait paru étrange à Rose. En bonne Américaine, elle voyait des microbes partout.

Et en cas de complication, le matériel médical serait-il suffisant ? Elle avait appelé à New York son gynécologue personnel, le docteur Hamlet.

– N'ayez aucune inquiétude. J'ai déjà eu votre mari en ligne. Il a fait les choses en grand ! De toute façon, je serai à vos côtés.

– Venez vite !...

Outre le spécialiste, Rose avait tenu à ce que sa mère fasse elle aussi le déplacement. Arrivée la veille de Greenwood, Jenny Duggan n'en revenait pas que sa fille ait pu mettre au monde un aussi beau bébé.

– Regarde, maman, comme elle est parfaite !

Radieuse, osant à peine respirer, Rose, sa fille dans les bras, prenait à témoin tous les intimes qui avaient envahi la chambre-bibliothèque. Contournant les groupes, Gildas, une caméra portative à la main, enregistrait fébrilement les premiers gestes de la future Altesse sérénissime. Il ouvrit soudain la porte, passa la tête dans le couloir et fit un signe à Suzanne au garde-à-vous dans le hall.

– Vous avez de quoi noter ?

– Oui, Monseigneur.

– Parfait. Écrivez donc et exécution immédiate. Un, je déclare Fête nationale la journée du 22 janvier. Deux, décorez la cour d'honneur avec des calicots aux armes de la principauté... Vous y êtes ?

– Oui, Monseigneur.

– Trois, ouvrez les grilles du palais ! J'invite tous les citoyens de Roccadura à boire le champagne !

Gildas marqua un temps d'arrêt. La main de Suzanne resta suspendue dans l'espace.

– Quatre, libérez immédiatement tous les prisonniers de la ville !

– Monseigneur... Il n'y en a qu'un.

– Qu'est-ce qu'il a fait ?

– Grivèlerie.

– Faites-le inviter pendant quelques jours à l'Hôtel de France. Il sera mon hôte !

– Mais il l'était déjà, Monseigneur...

Dans le couloir, Jenny se cramponnait à un téléphone antédiluvien.

– C'est une fille, Sean ! Une superbe petite fille !

– Merde, maugréa son mari, j'avais pourtant bien dit à Rose que je voulais un garçon !

Revenu dans la bibliothèque, Gildas se penchait à l'oreille de Rose.

– Sachez qu'à Roccadura naître un jour de pluie est considéré comme un très bon présage pour l'enfant... Prospérité, félicité, grande personnalité et notoriété.

– Et pour la mère ? dit Rose en souriant.

Le docteur Hamlet frappa dans ses mains.

– Tout le monde dehors ! La maman doit se reposer.

Les uns et les autres refluèrent vers la sortie. Hortense s'arrangea pour être la dernière.

– Félicitations, Rose. C'est vraiment un très beau bébé.

Elle s'immobilisa sur le seuil.

– Dommage que ce soit une fille.

– Ne vous faites aucun souci, dit Rose, le prochain sera un garçon.

– Vraiment ?

– Mon astrologue me l'a dit.

76

Le lendemain matin, le docteur Hamlet et les infirmières essayèrent vaguement de s'interposer, mais Gildas les écarta avec un clin d'œil vainqueur.

– Qui est prince, ici ? Vous ou moi ?

Hamlet s'inclina en souriant. Rose et l'enfant avaient passé une excellente nuit. Aucune complication n'était à craindre.

– Elles ont bien dormi, docteur ?

– Comme des anges, Monseigneur.

Gildas pénétra dans ce qui avait été la bibliothèque. Il voulait parler à Rose en tête à tête avant que la chambre soit de nouveau envahie par sa mère, le personnel médical ou sa propre famille. Le jour se levait à peine. Dans la pénombre, il vit que Rose avait les yeux ouverts. Elle était allongée sur le lit. Son visage sublime, détendu, épanoui, reposait sur l'oreiller. Sa main droite plongeait dans le berceau rose du bébé. Gildas, un doigt sur les lèvres, s'avança sur la pointe des pieds. Longtemps, ils se regardèrent. Puis, simultanément, leurs têtes se tournèrent en direction du bébé dont on pouvait percevoir la respiration paisible.

– Bonjour, Cathy, murmura Gildas dans un souffle.

Cathy, Catherine... Tel est le nom que Rose avait voulu pour leur enfant. Elle avait expliqué son choix à Gildas : Cathy, comme sa meilleure amie, Cathy Bramble, qui en était la marraine. Le prince s'était incliné en souriant. Le nom lui plaisait. Et, après tout, sa fille ne serait pas la première Catherine à illuminer la glorieuse lignée des Ponti.

– Un homme a toujours l'air idiot avec un nouveau-né, murmura Gildas. Excusez-moi, je n'ai pas l'habitude.

– Moi non plus, chuchota Rose avec un sourire.
– Est-ce qu'elle mange déjà ?
– Grande première ! Je lui donne le sein aujourd'hui.
Gildas s'assit sur le lit avec précaution.
– Le docteur Hamlet était contre, ajouta Rose. Il prétend que le lait stérilisé est plus hygiénique. En fait, il tournait autour du pot sans oser me le dire, mais il voulait me faire comprendre qu'une femme de mon rang, et cetera, et cetera. Je lui ai répondu qu'en Irlande allaiter ses enfants est une tradition sacrée.
– Dans ma famille aussi, dit Gildas.
Il tira quelque chose de la poche de sa veste.
– J'ai quelque chose pour vous.
Il lui glissa un écrin dans la main. Rose l'ouvrit et réprima un petit cri d'admiration.
– Ce n'est pas possible ! dit-elle. Je n'ai jamais rien vu d'aussi magnifique ! Qu'est-ce que c'est ?
– Un joyau qui est dans notre famille depuis près de sept cents ans. La légende veut qu'un de mes aïeux, Francesco Ponti, surnommé « le Navigateur », l'ait rapporté d'un lointain voyage aux Amériques du temps de Marco Polo et offert avant de mourir à son neveu, Ugo Ponti, dit « le Rusé », qui est en quelque sorte le fondateur de la principauté.
– Je ne savais pas qu'une pierre pouvait être aussi grosse...
– Nous nous la transmettons de génération en génération. Nous ne nous en sommes jamais séparés. Elle a la réputation de porter chance. J'y tiens plus qu'à mes yeux. Elle est à vous. Je vous l'offre.
Spontanément, Rose lui prit la main et l'embrassa.
– Je ne sais pas si je peux accepter, Gildas. C'est un cadeau tellement inouï...
Gildas désigna le berceau d'un mouvement du menton.
– Et la descendance que vous m'assurez ? Croyez-vous qu'elle ne soit pas encore plus inestimable ?
Rose cala sa tête contre l'oreiller. Ses yeux s'agrandirent.
– Je me souviens maintenant..., dit-elle comme en un songe. Tout ce qui se passe à cette minute précise, je le savais comme si je l'avais déjà vécu dans une autre vie... Elle m'avait tout dit !
– Qui donc vous avait dit quoi ?
– Mon astrologue, Melissa Paramount !
Gildas eut une moue attendrie.
– Je sais, enchaîna Rose, ces histoires de voyance vous

semblent ridicules, vous n'y croyez pas. Pourtant, Gildas, laissez-moi vous dire. Elle avait tout vu, je vous le jure ! Elle m'avait parlé de vous !

– Vous me connaissiez ?

– Pas du tout ! Je ne savais même pas que vous existiez. Elle m'avait dit que votre nom commençait par un « G »... Gildas ! Elle m'avait même révélé que vous seriez prince ! Je ne vous en aurais sans doute jamais parlé, peut-être même l'aurais-je oublié, mais, là, ce cadeau sublime que vous me faites... ce bijou...

– Elle l'avait vu aussi ?

– Oui ! Je me souviens de ses paroles. Un bijou bizarre... De grand prix... J'y suis ! Je me rappelle ce qu'elle avait ajouté ! « Un bijou qui brûle ! »

Elle referma ses doigts autour du fabuleux diamant.

Le prince la dévisageait d'un air perplexe.

– Pourquoi me regardez-vous ainsi ? demanda-t-elle.

Gildas ne put réprimer un sourire.

– Savez-vous comment s'appelle la pierre que vous étreignez ? Le « caillou-soleil ».

Rose le regarda sans comprendre.

– Soleil, ironisa-t-il sur un ton persifleur. Soleil ! Ça brûle, le soleil ! Vous voyez, j'apporte de l'eau à votre moulin.

Rose se redressa sur son lit.

– Gildas, dit-elle avec brusquerie, j'aimerais que vous me fassiez un plaisir immense. Permettez-moi d'inviter Melissa au palais pour quelques jours.

– Pas d'objection.

– Oh, merci, mon amour, merci ! Vous allez l'adorer ! Elle va vous dire des choses tout à fait étonnantes !

Gildas se rembrunit légèrement.

– Je ne pense pas que cela soit utile.

– Qu'en savez-vous ? Il se peut que vous aussi ayez besoin d'elle.

– Rose, dit Gildas avec un soupir agacé, invitez votre Melissa tant que vous voulez, mais, de grâce, évitez de confondre les affaires de femme et les affaires d'État.

Des pleurs éclatèrent. Rose se pencha sur le berceau, prit doucement Cathy dans ses bras. Par jeu, elle lui passa autour du cou la chaînette d'or au bout de laquelle resplendissait le caillou-soleil.

– Un jour, lui dit-elle, il sera pour toi...

77

– Il n'y a pas d'adversaire négligeable, Monseigneur. Méfiez-vous de Philippe Leduc : il gagne en influence.

– Qu'est-ce que ma sœur peut donc lui trouver ? Elle est idiote !

Le père Tanner gloussa poliment.

– Certainement pas, Monseigneur. La comtesse de Castaniou est tout à fait consciente du moindre de ses gestes, de la plus infime de ses paroles. Je ne suis pas loin de penser que c'est elle, au contraire, qui dans l'ombre aiguillonne Philippe Leduc pour qu'il contrecarre vos plans au Grand Conseil.

– Mais pourquoi, Seigneur, pourquoi ?

– Hortense est votre aînée. Elle a toujours considéré que le trône lui revenait de droit. Elle se croit lésée.

– Oh non, mon père, pas ça ! Nous avons déjà réglé ces problèmes il y a si longtemps ! C'est de l'histoire ancienne !

– Pas pour elle, Monseigneur, détrompez-vous. À ses yeux, vous êtes toujours l'usurpateur.

Gildas haussa les épaules avec exaspération.

– À parler franchement, hésita Tanner, je suis inquiet, Monseigneur.

L'air préoccupé, il se mit à arpenter de long en large le salon bleu où tant de fois, avec l'aide du prince, il avait élaboré des stratégies, mis au point des défenses, déjoué des complots.

Gildas s'assit sur le rebord de la table. Tanner s'arrêta brusquement devant lui.

– Essayons de raisonner comme votre sœur, Monseigneur.

Mettons-nous dans sa peau... Elle a un fils, Edmond. Pas vous, Monseigneur.

Comme il avait toujours peur d'être trop brutal dans ses formulations, il grimaça un sourire contrit.

– En tout cas, pas encore. Elle se dit que, si pour une raison quelconque, vous n'exerciez plus le pouvoir, ou si l'on vous en écartait, Edmond, unique héritier mâle de la dynastie, deviendrait sur-le-champ le prétendant légitime du trône.

– Il a neuf ans!

– Qui donc assurerait la régence jusqu'à sa majorité?

– Une seconde, mon père! s'enflamma Gildas. Comment pourrait-on m'écarter du pouvoir? Sous quel prétexte? Et qui? À Roccadura, l'État, c'est moi! J'en suis à la fois le moteur, le prince et le garant. Sans moi, l'idée même d'une principauté souveraine et indépendante devient ridicule. Les idiots du Grand Conseil sont les premiers à le savoir. Pourquoi iraient-ils scier la branche sur laquelle ils se pavanent?

– Parce qu'ils sont idiots, Monseigneur. Mais regardez comme tout se recoupe... La liaison d'Hortense et de Philippe Leduc est aujourd'hui de notoriété publique. Il vit pratiquement chez elle. Il y a amené ses affaires, ses dossiers, ses domestiques, son valet de chambre, son cuisinier. Il s'y comporte en tyran, régente tout, donne des ordres, absout, punit... Le personnel le hait en bloc! Je suis au courant de tout, Monseigneur. On m'apporte les informations sans que je les demande! Et quand votre sœur séjourne ici même, sous votre toit, Leduc entre et sort du palais comme s'il en était le maître! Qui donc pourrait lui barrer le passage alors qu'on le considère déjà comme votre beau-frère?

– Qu'est-ce qu'il veut?

– Le trône, Monseigneur. Votre place. Pour y installer Hortense. Qu'est-ce qui peut l'empêcher d'orienter les votes du Grand Conseil vers une monarchie de type constitutionnel? À l'instant même, vous êtes mis en minorité. Plus de pouvoir, rien. Ensuite...

Tanner eut un geste évasif.

– Le Grec peut-il basculer dans leur camp? demanda Gildas.

– Il y est déjà, Monseigneur. Sans avoir l'air d'y toucher, il resserre ses liens avec votre sœur. Nicolas, son propre fils, le petit monstre, ne quitte plus Edmond, votre neveu. Ils ont le même âge.

– Ce sont des gosses!

– Pas leurs parents.
– Où est l'intérêt du Grec ?
– Utiliser Hortense et Leduc pour que le Grand Conseil vous élimine. Ensuite, contrôler le Grand Conseil et devenir ainsi le seul patron de la principauté.
– Qu'est-ce qu'il faut faire ?
– Avant tout, interdire l'accès du palais à Philippe Leduc.
– Vous avez une idée ?
– Oui. S'arranger pour qu'Hortense n'y séjourne plus elle-même.
Le prince se mordilla les lèvres.
– Sous quel prétexte ?
– La place. Vous attendez un second enfant. Les locaux que vous avez aménagés dans le palais sont exigus. La princesse Rose a un besoin vital d'espace pour élever sa famille.
– Elle est justement en train de faire aménager quelques-unes des pièces du bas pour agrandir la nursery.
– Que Dieu la bénisse !
– Cathy a huit mois. C'est vrai qu'on manque de place.
– Monseigneur, si j'ai bonne mémoire, l'appartement que vous avez mis à la disposition d'Hortense est bien mitoyen avec la nursery ?
– En effet.
– Quel dommage qu'elle l'occupe alors que vous êtes déjà tellement à l'étroit !
– Oui, c'est regrettable.
– J'espère, dit le prêtre d'une voix grave et pensive, que, pour gagner de l'espace, la princesse Rose ne se verra pas contrainte de demander à Hortense de déguerpir...
– Je l'espère aussi, mon père.
Sans trop avoir l'air d'y toucher, Tanner venait de lui apporter la solution idéale sur un plateau. Gildas en était conscient. Mais, pour des raisons de fierté personnelle, il répugnait à demander la moindre intervention à Rose.
Depuis peu, leurs rapports étaient tendus, difficiles.
– L'Église vous tient en grande estime, ajouta le prêtre. Elle apprécie la façon dont vous gérez l'âme et les intérêts de la principauté. Elle souhaite que rien ne change. Tout ce qui pourrait vous menacer la concerne. Et tout ce qui pourrait vous atteindre la touche.
– Merci, mon père. Je m'en souviendrai.

Tanner sourit, s'inclina et sortit dans un froissement soyeux de soutane. Gildas ne balança que trois secondes : il appuya sur le bouton d'un interphone. En ligne, son aide de camp, le capitaine Arnaud de Pontiac.

– Arnaud, trouvez la princesse Rose et demandez-lui qu'elle se tienne prête à me recevoir. Je souhaite lui parler immédiatement.

78

La mère de Rose l'avait prévenue longtemps avant le mariage.

« Quand une femme est enceinte, elle a tendance à négliger son mari pour ne penser qu'au bébé qui va naître. C'est une erreur. Quand le bébé arrive, le mari a foutu le camp. »

Rose n'avait pas oublié. Mais comment s'occuper d'un mari absent ? Il arrivait que Gildas passe la voir en coup de vent.

Mais les affaires de la principauté, qui le clouaient au bureau, primaient tout le reste. À défaut de le voir, Rose lui tricotait depuis des semaines une espèce de veste d'intérieur en grosse laine irlandaise. Lorsqu'elle acceptait de donner une interview, ce qui lui arrivait parfois avec des journalistes rencontrés jadis dans son autre vie, elle tenait à souligner sa métamorphose de star turbulente et glacée en femme au foyer soumise à ses devoirs conjugaux, bonne épouse, mère parfaite.

Croyait-elle vraiment à cette image qu'elle voulait donner d'elle-même avec tant d'obstination ?

Au palais, on ne lui rendait pas la vie facile. Elle avait des problèmes avec son entourage. Ses difficultés à parler le français, langue officielle de Roccadura, créaient autour d'elle une zone de méfiance. Les domestiques, qui ne la comprenaient pas assez vite, en déduisaient qu'elle était arrogante. Rose, de son côté, voyait un espion en chaque larbin. Pour tout arranger, on commençait aussi à jaser sur sa passion de l'astrologie.

Et sur ses absences...

Trois mois plus tôt, au cours d'une promenade en voiture, elle était tombée en extase devant une villa suspendue dans l'espace au sommet de la paroi rocheuse dominant la mer : un extraordinaire nid d'aigle. Au dîner, frémissante d'excitation, elle avait laissé libre cours à son enthousiasme.

– Elle est unique, Gildas ! Même en rêve, je n'aurais pu imaginer une telle merveille ! Vivre là-haut, quel bonheur !

Le prince lui avait jeté un regard ironique.

– Les trois cents pièces du palais ne vous suffisent donc plus ?

– J'ai tellement besoin d'avoir un endroit à moi, à moi toute seule.

Le lendemain, Gildas lui remettait les clés de la villa.

– Elle est à vous. J'espère au moins que vous m'y inviterez de temps en temps.

Suffoquée, Rose s'empara de sa main et, dans un élan spontané, la porta à ses lèvres.

– Merci, Gildas, merci ! Rien au monde ne pouvait me faire plus plaisir !

Le lendemain, à la première heure, une équipe d'architectes américains prenait possession des lieux. Pendant les trente jours que durèrent les travaux, nul ne fut admis à pénétrer dans les lieux. Puis, un matin, Rose ouvrit sa porte à Gildas.

Sans voix brusquement, il s'immobilisa sur le seuil.

– Vous aimez ? demanda Rose d'une voix anxieuse.

– Oui, oui, fit-il en s'ébrouant. Comment allez-vous la baptiser ?

– « Les Anges ».

– Bien trouvé, approuva-t-il. On se croirait à Hollywood.

Depuis ce jour, il n'y avait plus remis les pieds.

Quant à Rose, elle y passait désormais le plus clair de son temps, se noyant rêveusement dans le panorama prodigieux que lui masquaient parfois de légers nuages.

On frappa.

– Entrez, dit Rose.

Gildas pénétra dans la nursery.

– Bonjour, dit-il.

Telle Pénélope, Rose, comme toujours lorsqu'elle était au palais, s'affairait au tricotage de son éternelle veste.

Elle leva la tête.

– Bonjour, Gildas. Je sais pourquoi vous venez. On a dû vous dire que j'avais mis la nurse de Cathy à la porte.

– Vous avez licencié Brigitte ? sursauta le prince.

– Hier matin.

– Rose, nous l'avons choisie ensemble parmi quatre cents candidates. Vous la trouviez parfaite. Qu'a-t-elle fait ?

– Mauvaises vibrations.

Gildas la dévisagea sans comprendre.

– Rose, je vous ai posé une question. Qu'a-t-elle fait que vous puissiez lui reprocher ?

La réponse l'abasourdit.

– Elle est Poissons. Je sais très bien que, sur la distance, on aurait fini par se bagarrer.

– D'où tenez-vous ces sornettes ?

– Melissa.

– Je rêve ! se révolta Gildas. Allez-vous enfin arrêter vos enfantillages ? Revenez donc sur terre ! J'ai besoin d'une femme, pas d'une enfant !

– Il ne s'agit que d'une nurse. J'en ai engagé une autre. Elle est anglaise. Elle s'appelle June. C'est un Capricorne.

– Pourquoi anglaise ? Tous les domestiques que vous engagez ne savent parler qu'anglais ! Et le français, vous le parlez quand ? Vous ferez encore moins d'efforts pour l'apprendre !

– Mais si, je l'apprends, je vous assure !

– J'ai croisé tout à l'heure Denise Turcot, elle était navrée. Vous n'avez pas pris la moindre leçon depuis quinze jours ! Et lorsqu'elle essaie de vous apprendre quelque chose, il paraît que vous n'écoutez même pas ! Elle est désespérée, elle a honte ! Encore heureux que vous daigniez la recevoir une fois par mois !

– Elle ne me plaît pas.

– Et vous m'annoncez ça aujourd'hui ! s'indigna Gildas. Pourquoi ne pas me l'avoir dit plus tôt, je vous en aurais trouvé une autre !

– Vous avez vos problèmes.

– Mon principal problème, c'est vous ! Vous êtes princesse, vous avez des devoirs envers vos sujets et le premier de tous est d'apprendre leur langue ! Vous oubliez un peu trop que vous êtes ma femme !

Lourdement, elle se laissa glisser sur une chaise.

– Est-ce pour ces reproches que vous êtes venu ?

Il vit soudain son gros ventre, son teint pâle. Il s'approcha d'elle, lui prit la main.

– Non. Nous allons avoir un deuxième enfant. Vous ne trouvez pas que cette nursery est trop petite ?

– Que proposez-vous ?
– Agrandir.
– Vous savez bien que ce n'est pas possible. Hortense occupe les lieux.
– Il serait peut-être temps qu'elle les libère.
– Pour aller où ?
– Chez elle. Dans sa maison.
– Vous allez le lui dire ?
– De ma part, c'est un peu délicat.
– Voulez-vous que je m'en charge ?
– Vous le feriez ?
La fatigue sembla s'effacer du visage de Rose. Elle fit un grand sourire à Gildas.
– Ne suis-je pas votre femme ?

79

Au Tic-Tac, rien n'avait changé depuis ce fameux après-midi du 3 septembre 1944 où était apparue l'avant-garde de l'armée américaine venue libérer Roccadura.

Rien, ou presque. Au mur, derrière le comptoir, trônaient deux fanions, l'un du Wisconsin, l'autre du Minnesota, en l'honneur de Lee et d'Erwin, les deux premiers GI qui avaient fait irruption dans le bar pour demander leur chemin à Adrien Valenti, le maître des lieux. Certes, le nombre de vaisseaux sanguins éclatés s'était encore accru sur les pommettes et le nez de Valenti, surnommé à juste titre « Dridri Pernod ».

Mais dans l'ensemble, en ce jour du 22 mars 1958, quoique un peu plus ravinée et recuite, il avait gardé la même trogne sympathique de cabochard alcolo. Devenu personnage mythique pour avoir conduit au palais les estafettes US, il avait consolidé sa légende en insultant publiquement Louis Robion, le Premier ministre, coupable de collusion avec les autorités d'occupation allemandes.

Après ces coups d'éclat, les clients s'étaient multipliés.

Les bouteilles de Pernod aussi.

– Et le gagnant, qu'est-ce qu'il touche ? s'enquit Lulu-la-Pépie.

Lulu était le pilier de bar le plus assidu du Tic-Tac. Ses capacités d'absorption étaient si phénoménales qu'elles en arrivaient même à porter ombrage à celles de Dridri.

– Douze bouteilles de Pernod, hasarda Dridri.

– Tenu ! dit Lulu.

Quelques instants plus tôt avaient retenti les premiers coups de canon. Dans la principauté, tout le monde savait ce qu'ils signifiaient : un héritier venait de naître! Vingt et un coups pour une fille, cent un pour un garçon. On en était à trois lorsque Dridri, regardant Lulu droit dans les yeux, avait proposé son pari.

– Un coup de canon, un Pernod! Le premier de nous deux qui tombe a perdu!

Le Tic-Tac était bourré d'habitués attentifs : comment ne pas relever le défi ?

– Banco!

En quelques secondes, Jacky, le barman, et son aide, Lolo, avaient aligné l'un contre l'autre sur toute la longueur du comptoir deux cent deux petits verres épais instantanément remplis du redoutable mélange, deux tiers de Pernod à peine troublé par un tiers d'eau. Sans attendre, Lulu et Dridri s'étaient mis à l'œuvre.

Comme ils avaient un certain retard sur les premiers coups de canon, ils avaient avalé pratiquement cul sec leurs dix premiers verres.

– Pour se mettre en bouche, avait ironisé Lulu.

Puis il avait considéré Dridri avec méfiance.

– Et si c'est une fille, on n'en siffle que vingt et un ?

– Oui. Mais tu pourras boire chez moi à l'œil pendant une semaine!

On en était à quinze. Tous les témoins de la joute savaient que, pour les deux challengers, une vingtaine de pastis n'étaient qu'une mise en train ordinaire. Même cinquante. Ou quatre-vingts. Mais, au-delà de la quantité d'alcool ingurgitée, ce qui comptait aujourd'hui était la vitesse de récupération entre deux verres. Trois secondes à peine s'écoulaient entre deux coups de canon. Il s'agissait de respirer dans l'intervalle.

– Vingt! cria un client.

– Vingt et un...

Tout le monde se regarda.

– Vingt-deux! hurla Jacky.

– C'est un garçon! rugit la foule.

Sans se lâcher du regard, Lulu-la-Pépie et Dridri Pernod levèrent le coude.

Au palais princier, où l'on n'en était pas encore à l'heure des toasts, on tremblait de bonheur. Tout le monde se congratulait chaleureusement comme si cette naissance avait été le fruit d'un accouchement collectif. En fait, pour ce *remake*, on avait repris exactement les mêmes. Le docteur Hamlet s'était déplacé de New York. Jenny Duggan, comme pour Cathy, était venue tenir la main de sa fille. Seule nouveauté, la présence aux côtés de la princesse de Melissa Paramount. Malgré ses dédains affichés pour toutes formes de voyance, Gildas avait dû se cramponner pour ne pas demander à l'astrologue si elle avait une idée du sexe de son futur enfant : il souhaitait tellement un héritier mâle ! Mais cette fois, victoire, il était exaucé !

Suivi d'Arnaud de Pontiac, son aide de camp, il se mit à courir sur les talons du directeur de la radio d'État pour annoncer solennellement la naissance d'un fils à son peuple. Les techniciens de « RR », Radio Roccadura, avaient installé leurs micros dans le salon bleu. Dans la bibliothèque, restée salle d'accouchement depuis la naissance de Cathy, Melissa se concentrait devant l'enfant que la princesse tenait dans ses bras.

– Alors, Melissa ? Alors ?...

À la seconde près, Melissa avait noté l'instant de la venue au monde. Pendant que le nouveau-né vagissait et que le docteur Hamlet et ses aides s'affairaient autour de la maman, elle s'était livrée à des calculs mathématiques en relation avec la position des planètes dans cette partie du monde.

Rose avait alors demandé qu'on la laisse seule avec Melissa. Tout le monde s'était éclipsé.

– Vous n'avez pas changé d'avis, Rose ? Vous souhaitez toujours l'appeler Thibault ?

– Oui, Thibault. C'est l'idée de Gildas. C'était le nom de son arrière-grand-père. C'est un nom qui me plaît.

– À moi aussi, Rose.

– Ne réfléchissez pas trop, Melissa. Laissez parler votre instinct... Sera-t-il heureux ?

– Oui.

– Que voyez-vous d'autre ?

Melissa eut un sourire étrange.

– Il vous ressemble beaucoup, Rose. Oui, beaucoup... C'est votre portrait craché.

Rose se tendit vers elle.

– Il régnera ?

La porte s'ouvrit doucement. Gildas apparut, poussant Cathy devant lui. Il lui mit un bouquet de tulipes blanches dans les mains.

– Viens, Cathy ! dit Rose en lui tendant les bras.

– Va offrir les fleurs à ta maman, insista Gildas.

Mais Cathy, brusquement, refusait d'avancer. Les yeux écarquillés, elle considérait avec une expression d'horreur enfantine cette chose sans nom que sa mère serrait contre elle.

– Viens, mon petit bébé, viens, Cathy, murmura Rose, viens embrasser ton petit frère.

Cathy, soudain, se rua vers le lit. Quand elle fut à portée, elle jeta avec rage les tulipes sur le nouveau-né, éclata en sanglots, vira sur elle-même et, de sa démarche chaloupée, se précipita vers la porte. Gildas la cueillit au passage, la souleva dans ses bras, la serra contre lui.

– Cette enfant déteste déjà son frère, dit une voix.

Une énorme gerbe de roses à la main, Hortense hésitait sur le seuil. Gildas lui jeta un regard méprisant.

– Si c'était le cas, elle aurait de qui tenir !

Hortense fit semblant de n'avoir rien entendu. Un sourire plaqué sur le visage, elle alla jusqu'à Rose, lui tendit son bouquet.

– Félicitations, grinça-t-elle. Vous avez enfin donné un véritable héritier à la principauté.

Dans son dos, Melissa croisa les doigts en signe indien d'exorcisme. À ses yeux, Hortense incarnait une espèce de génie maléfique porteur de vibrations néfastes.

Il ne fallait pas qu'elle en imprègne l'enfant.

Au même moment, à l'autre bout de la ville, une ambulance s'arrêtait devant le Tic-Tac. Après que le médecin eut constaté le décès, des infirmiers chargeaient sur un brancard le corps inerte de Lulu-la-Pépie, mort après ses cent un pastis à la suite d'un bref coma éthylique.

Sous l'œil éternellement humide de Dridri Pernod, son vainqueur, les portes de l'ambulance se refermèrent avec un claquement sec sur la dépouille de Lulu.

En guise d'oraison funèbre, Dridri formula alors d'une voix pâteuse une sentence de poivrot.

– Quelle connerie, la vie ! Dès qu'il y en a un qui naît, il faut qu'il y en ait un autre qui meure...

80

À deux heures du matin, les trois limousines noires s'immobilisèrent devant l'Hôtel de France dans un chuintement d'amortisseurs. Sans attendre que son chauffeur lui ouvre la portière, le Grec se glissa hors de la Rolls, bondit de l'autre côté et, devançant Antonio, tendit la main à la Menelas pour l'aider à sortir. Dans le monde entier, la pianiste était considérée comme un dieu vivant dont les exigences, les caprices et les fureurs faisaient les délices de la presse internationale. Avec elle, un concert n'était plus seulement un concert mais un évènement planétaire dont chacun ignorait s'il arriverait à son terme. La Menelas ne jouait que sur un Bechstein. Il fallait que les suites des palaces qu'elle immortalisait de sa présence fussent fleuries de gerbes de lys blancs. Les murs, impérativement, devaient être tendus de soie bleue, et mieux valait, pour ne pas déchaîner sa rage, que les maîtres d'hôtel la servent pratiquement avant qu'elle ait passé sa commande. Tout le monde lui reconnaissait du génie.

Lorsqu'elle jouait, sous la pression de ses doigts magiques, Chopin ou Brahms semblaient lui livrer des secrets interdits à leurs autres interprètes. Le Grec lui-même, pourtant aussi hermétique à la musique classique qu'à la peinture, en était arrivé à aller jusqu'au bout d'un récital sans quitter la salle ou s'endormir.

– Comment vous sentez-vous ? demanda-t-il.

– J'ai faim, dit la Menelas.

Maintenant, les occupants des trois voitures étaient regroupés devant le perron de l'Hôtel de France, attendant que la diva se mette en marche pour la suivre. Elle entreprit de gravir les marches. Elle était de bonne humeur et se mit à fredonner le troisième mouvement – « allegretto » – du concerto pour piano et orchestre en ré de Mozart, autrement dit, le *Concerto du couronnement.* Quoi de plus naturel pour une reine ?

Apparemment, la Menelas n'avait nul besoin de porter une couronne sur la tête pour susciter les égards dus à une souveraine : les rares clients qui traversaient le hall au moment où elle y pénétrait s'écartèrent sur son passage dans un murmure d'admiration respectueuse. Le Grec, qui ne perdait jamais le sens des réalités, jeta un regard aigu en direction de la salle du restaurant : elle était fermée ! Aucune lumière ne s'en échappait. Il remarqua alors à quel point le hall, tapissé de boiseries foncées, était sombre et lugubre. En une seconde, il pressentit la catastrophe : au moment où la Menelas daignait avoir faim, rien à lui servir ! Il fonça vers le comptoir où deux concierges en uniforme, qui l'avaient reconnu, se mirent au garde-à-vous.

– Ne me dites pas que ce foutu restaurant est fermé !

– Il est deux heures du matin, monsieur.

– Et alors ?

– Les dernières commandes du dîner sont prises à dix heures, monsieur Satrapoulos.

– Vous vous foutez de ma gueule ? Vous imaginez peut-être que c'est aux clients de se plier à vos horaires à la con ? Ouvrez cette salle !

– Désolé, monsieur. C'est impossible sans l'autorisation du prince. Nous avons reçu des ordres.

– Les ordres, c'est moi qui les donne ! rugit le Grec.

Effrayé à l'idée que ses invités aient pu l'entendre, il se tourna vers leur groupe. La Menelas ne le quittait pas des yeux.

D'un geste, elle lui réitéra qu'elle mourait de faim.

Le Grec lui fit un petit signe rassurant.

– Appelez-moi le directeur ! grinça-t-il.

– Mais, monsieur... je ne peux pas le déranger... Il dort !

– Appelez-le, crétin, qu'est-ce que vous attendez ? Vous êtes viré ! Quel est votre nom ?

– Lucien, monsieur.

– Dehors ! Et vous ?

– Giovanni.

– Vous êtes viré aussi !

La main tremblante, Lucien composa un numéro sur la ligne intérieure. Le Grec foudroya Giovanni du regard.

– Foncez au bar, faites préparer du caviar, poulet froid, salade, champagne!... Vite!

– Le bar est fermé, monsieur. Minuit, pas une minute de plus, ordre de la direction.

– Mais vous êtes tous cinglés! hurla le Grec. Où vous croyez-vous? Au fond de la brousse?

– Monsieur, murmura Lucien en tenant le combiné, si vous voulez bien expliquer à M. le Directeur...

Socrate le lui arracha des mains.

– Je suis Socrate Satrapoulos, votre patron et propriétaire des lieux! cracha-t-il dans l'appareil. Vous êtes viré!

Sans attendre de réponse, il projeta le combiné sur la moquette, enfonça des serres d'acier dans le bras de Lucien et le poussa devant lui tout en adressant des sourires à ses invités qui s'esclaffaient en se racontant des histoires : sous peine de lui faire perdre la face, nul ne devait se douter du désastre.

– Salauds! Vous allez me le payer! grommelait-il entre ses dents. Ce n'est pas demain que vous allez trouver un autre boulot!

Ils étaient maintenant devant la porte à double vantail du bar plongé dans l'obscurité.

– Ouvre cette porte, idiot, ouvre!

– Impossible, monsieur, gémit Lucien. C'est le chef de la sécurité qui a la clé dans sa poche.

Le Grec se sentit suffoquer.

– Il est où?

– Dans les étages. Il fait sa ronde.

Le Grec poussa un hennissement, s'empara d'une lourde chaise et la fracassa sur la porte vitrée qui explosa sous le choc.

Des rires et des bravos retentirent.

– Mets de la lumière, crétin!

Giovanni, qui s'était précipité, actionna un commutateur.

Les grands lustres d'apparat se mirent à scintiller.

– Socrate, que se passe-t-il? demanda la Menelas avec bienveillance.

Il ne l'avait pas vue approcher. Elle lui tenait la main.

Il éclata d'un rire fantastique.

– Vous savez faire des sandwiches?

– Je suis une spécialiste! dit-elle d'une voix vibrante d'enthousiasme.

Il bondit dans l'immense bar désert, s'empara d'un bouquet

de roses languissant dans leur vase, les lui déposa dans les bras et se tourna vers Lucien et Giovanni pour les haranguer.

– Vous avez entendu, bons à rien ? Puisqu'on s'apprête à faire votre travail, qu'attendez-vous pour dresser le couvert et apporter le caviar ?

81

Le plus difficile était de garder son équilibre.

Une longue houle légère balançait le navire d'un bord à l'autre. Se tenant par la main, glissant sur le pont en une série de pas entrecroisés, les danseurs de sirtaki se rattrapaient au moment où ils semblaient chavirer avec une souplesse telle qu'on n'aurait su dire si leur mouvement faisait partie de la danse ou était provoqué par la mer. En blanc immaculé, quelques membres de l'équipage, massés contre la lisse du pont arrière, applaudissaient discrètement. Au centre du pont, au garde-à-vous derrière les convives, des stewards galonnés d'or veillaient sur la table recouverte d'une sublime nappe damassée jonchée des fleurs favorites de la princesse Rose et de la Menelas, tulipes blanches et lys. Rose, en ensemble de shantung blanc, une longue écharpe de lin autour du cou. La Menelas, sculptée par une robe de soie outremer rehaussée d'une large ceinture blanche. Entre la beauté de ces deux femmes, comment imaginer un tel abîme ? L'une blonde aux yeux bleus, irradiant d'une douceur angélique qui la faisait ressembler à une extraterrestre planant bien au-dessus des choses de ce monde.

L'autre, flamme noire, cheveux de houille, ardente, tourmentée, habitée d'énergies sauvages, incontrôlables.

Leur faisant face, offrant à la brise leur visage à demi masqué par des lunettes noires, le prince et le Grec.

– S'il vous plaît, Socrate, dit Rose avec une moue enfantine, ne me faites pas attendre davantage.

Gildas la maudit. Déjà, à cause d'elle, il était obligé de prétendre ignorer l'incident de la veille où le Grec avait joué les matamores à l'Hôtel de France – en fait, le scandale avait signé son arrêt de mort en principauté. Et s'il n'avait tenu qu'au prince, il l'aurait fait virer lui-même sur-le-champ pour lui apprendre que Roccadura n'avait qu'un seul maître : Gildas.

Mais voilà... Le Grec avait lancé son invitation à déjeuner huit jours plus tôt. Elle était assortie d'une promesse qui avait électrisé Rose : « Une énorme surprise pour vous, princesse. Je crois que vous serez très heureuse, vous verrez... »

Passe encore qu'elle soit tombée dans le piège, mais la curiosité qu'elle manifestait maintenant devant ce parvenu avait quelque chose de choquant.

– C'est tellement excitant, dit le Grec. Je ne sais par où commencer...

Il posa ses lunettes sur la table, fourra la main dans sa poche et en ramena un morceau de papier bleu roulé en boule.

Les yeux brillants, il le déplia.

– Laissez-moi d'abord vous lire le télégramme et découvrez-le comme je l'ai fait moi-même hier au soir...

Il se racla la gorge.

– Il est signé de mon vieil ami Spiro Papalandris...

Le producteur!... Gildas se rembrunit : dès qu'on prononçait devant lui un mot se rattachant à l'industrie du cinéma, il voyait rouge. Il était conscient que leur mariage avait privé Rose de sa qualité de star. Secrètement, il la soupçonnait de le regretter, ce qui était suffisant pour lui faire haïr la corporation tout entière.

– Je lis, poursuivit le Grec.

Traçant derrière lui un profond sillage, le yacht glissait maintenant sur une trajectoire parallèle à la côte. Au loin, planté comme une dent nacrée dans de la ouate, on pouvait apercevoir l'éperon rocheux de Roccadura s'avançant dans le bleu comme une proue. À la stupéfaction générale, le Grec froissa soudain le papier qu'il tenait entre le pouce et le médius.

– Non, je ne vais pas lire, je préfère vous raconter... Spiro a eu l'idée... Une idée grandiose, l'idée du siècle!...

Il dévisagea tour à tour ses trois glorieux invités, laissa passer un silence.

– Il veut tourner la Bible! Oui, la Sainte Bible! Et il m'a chargé de vous proposer les deux plus grands rôles de tous les temps...

Il regarda d'abord la Menelas.

– Vous serez Marie-Madeleine.

De saisissement, la Menelas porta la main à sa poitrine.

– C'est formidable, balbutia-t-elle. Formidable !

– N'est-ce pas, bégaya le Grec en frappant du poing sur la table, n'est-ce pas ! Et savez-vous combien Spiro vous offre pour votre performance ? Le plus gros cachet jamais versé au monde à une star, un million de dollars !

Il se tourna lentement vers Rose.

– Quant à vous, princesse...

– Café ! le coupa Gildas en claquant des doigts.

Jusque-là, il n'avait pas ouvert la bouche.

– Prendrez-vous du café ? demanda-t-il à Rose avec impatience.

Elle n'eut même pas le temps de répondre.

– J'ai beaucoup de travail, dit Gildas à Socrate d'une voix sèche. Je vous prie de m'excuser. Pouvez-vous donner l'ordre à votre capitaine de rentrer au port ?

– Certainement..., hésita le Grec.

Interdite par ce brusque changement d'attitude, Rose, bouche bée, jeta au prince un regard aigu. Il avait son expression des mauvais jours, butée, hostile. D'instinct, elle sentit qu'elle aurait dû se taire. Mais la curiosité fut la plus forte.

Dévisageant le Grec avec un sourire qui se voulait neutre, elle posa la question qui lui brûlait les lèvres :

– Et le mien, de rôle... C'est quoi ?

Le Grec baissa la tête.

– La Vierge Marie.

82

– Philippe, je te félicite, dit Hortense. Vraiment, je suis fière de toi, vraiment !

Elle leva son verre. Philippe Leduc en fit autant.

Lentement, les yeux dans les yeux, ils trempèrent les lèvres dans les bulles pétillantes de Clicquot rosé.

Douce victoire... En cet instant, plus que jamais, ils ressentaient la force de ce qui soudait leur amour : la haine commune qu'ils vouaient à Gildas. Par mesure de rétorsion à l'affront public que lui avait infligé son frère en la chassant de ses appartements au palais, Hortense n'y avait plus jamais remis les pieds. Par ailleurs, elle avait interdit à Anita et à Edmond, les deux enfants issus de son union avec José Marques, d'avoir le moindre contact avec leur oncle.

– Il est détruit, dit-elle.

Rêveusement, elle dévisagea Philippe avec le regard qu'ont les femmes pour les héros. Dans un mois, elle serait sa femme. La date de leur mariage était fixée au 15 mai. En un geste tendre, elle lui caressa la joue du dos de la main.

Ses yeux se reportèrent sur le journal du matin qui trônait sur la table. À la une s'étalaient la photo en gros plan de Philippe et, sur trois colonnes, le titre reprenant les mots qu'il avait prononcés dans son interview : « Le prince dictateur ».

Le reste était à l'avenant. Une démolition méthodique et cruelle de Son Altesse sérénissime, de sa personne, de ses idées, de sa gestion.

– Tu n'y es vraiment pas allé de main morte, souffla Hortense dans un gémissement de plaisir.

Dans cette guerre qui opposait le frère et la sœur, Philippe Leduc, depuis qu'il était l'amant d'Hortense, représentait une menace mortelle pour Gildas. Renforcées par sa mainmise sur les membres du Grand Conseil, son influence et sa puissance ne cessaient de grandir en principauté. Or, à Roccadura, chacun savait que contrôler le Grand Conseil revenait à contrôler le prince. Tout vote négatif du Conseil réduisait à néant ses décisions. Ainsi le voulait la Constitution. Or, au cours des jours précédents, Leduc avait marqué de nouveaux points. Il avait fait refuser les crédits exigés par le prince pour entreprendre ce qui était déjà le projet de son grand-père Edmond III, la construction du premier laboratoire flottant ouvrant à des chercheurs les grands secrets de la mer. Après tant de bâtons dans les roues, cette nouvelle gifle avait fait déborder le vase. Fou de rage, Gildas convoquait d'abord Lucio Battesti, chef de file de ses partisans au Grand Conseil.

– Comment s'en sortir, Lucio ?

Lucio le lui dit. Son idée, à la fois neuve et hardie, sembla géniale à Gildas. Sans leur dévoiler ce qu'il venait d'entendre, il se rendit ensuite auprès des deux hommes en qui il avait une confiance aveugle, le père Tanner et Giacomo Cantor.

– Que puis-je faire ?

À sa surprise, tous deux lui firent la même réponse que Battesti : comment avait-il pu ne pas y penser lui-même ?

Le lendemain matin, avec la brutalité qui le caractérisait lorsqu'une décision était prise, il passait à l'acte. Dans un premier temps, les speakers de Radio Roccadura avaient seriné toutes les dix minutes depuis le lever du jour que le prince ferait dans la matinée « une déclaration de la plus haute importance ».

À dix heures, négligeant de se référer aux notes qu'il avait prises, Gildas annonça d'une voix solennelle qu'il « ne pouvait tolérer aucune pression portant atteinte ou amoindrissant son autorité ». En conséquence, il suspendait la Constitution, dissolvait le Grand Conseil et abrogeait les droits de manifestation et de réunions politiques. Stupeur abasourdie dans le studio. Quand le prince le quitta, il était redevenu maître de la situation. Plus de permission à demander, plus de contrôle d'aucune sorte, aucun compte à rendre.

Désormais, il pouvait régner en monarque absolu.

Mais il avait d'abord deux comptes à régler : Leduc, le Grec.

Pendant ce temps, Hortense et son amant, bien que secoués par ce qu'ils venaient d'entendre, fourbissaient leur contre-attaque. Le même jour, à trois heures de l'après-midi, Philippe Leduc donnait une conférence de presse meurtrière.

Non seulement il décrivait Gildas comme un « prince dictateur irresponsable » jouant avec les deniers de l'État, mais il l'accusait également de favoriser son ami Giacomo Cantor en lui attribuant tous les chantiers de Roccadura « au détriment des honnêtes entrepreneurs de la principauté ».

– Ça, il ne va pas l'avaler, roucoula Hortense.

– J'espère bien, dit Leduc.

Simultanément, leurs deux têtes pivotèrent vers la porte du salon qui venait de s'ouvrir à la volée. Ce qu'ils virent était tellement énorme que chacun consulta l'autre du regard pour vérifier qu'ils étaient réellement témoins du même évènement : Gildas en personne !

Hortense devint toute blanche. Elle n'avait pas revu son frère depuis qu'il l'avait exilée du palais. Presque deux ans !

Comment était-il entré ? Pourquoi était-il venu ? Qu'allait-il faire ? Mille questions. Mais trop peu de temps pour la moindre réponse. Le prince fonçait sur eux. Philippe Leduc posa son verre. Pendant quelques secondes, le bruit de sa chevalière sur le rebord métallique de la table trahit le tremblement de sa main.

– Avez-vous réellement dit ça ? le fusilla Gildas en brandissant le journal.

Hortense déglutit.

– De quel droit te permets-tu d'entrer dans ma maison sans y avoir été invité ?

– Toi, je ne t'ai rien demandé ! gronda Gildas.

Visage livide, il se tourna vers Leduc.

– Je vous ai posé une question !

Leduc jeta un regard affolé à Hortense.

– Je veux des excuses immédiates !

– Je vous les fais, bredouilla Leduc en baissant la tête.

Gildas froissa rageusement le journal en boule et le lui jeta au visage.

– Maintenant, écoutez-moi bien. La prochaine fois, je vous le fais bouffer !

Il chercha des yeux quelque chose à détruire. Leduc eut la certitude qu'il allait le frapper. Hortense fit un pas en avant.

– Comment oses-tu ?

– Si vous avez le malheur de lever un petit doigt contre moi, cracha Gildas à Leduc, je vous fais expulser sur-le-champ de la principauté !

– Comme José Marques ! explosa Hortense.

Cette fois, Gildas releva.

– Exactement ! Comme Marques. La faute à qui ? Tu n'aimes que les minables !

Il tourna les talons, s'éloigna vers la porte, s'arrêta à mi-chemin et pointa un doigt vengeur en direction de Leduc.

– Est-ce que je me suis bien fait comprendre ?

– Oui, bégaya Leduc.

– Oui, qui ? tonna le prince.

– Oui, Monseigneur, souffla Leduc.

83

Toute une vie peut se passer dans le silence.

Le silence bruyant des paroles vides où rien n'est dit de ce qui est essentiel. Telle avait été la vie de Rose. Depuis son enfance, elle rêvait de parler à son père. Elle voulait lui demander pourquoi il avait toujours été si distant. Pourquoi il avait pris ses plus grands succès comme des victoires ordinaires. Pourquoi il s'était systématiquement dérobé dès qu'il avait senti qu'elle allait lui poser la seule vraie question : « Est-ce que tu m'aimes ? » L'avait-il jamais aimée ? Rien n'était moins sûr. Aujourd'hui encore, elle avait beau être princesse et l'une des stars les plus célèbres du monde, elle se sentait aussi intimidée par lui que si elle avait eu sept ans.

– Par ici, dit l'infirmière.

Gorge nouée, Rose la suivit dans le couloir. La ville de Providence pouvait être fière de son hôpital. Tout était propre, net, rutilant. Arrivée devant la chambre 148, l'infirmière frappa à la porte.

– On peut entrer, monsieur Duggan ? Vous avez une visite.

Sans attendre la réponse, elle ouvrit, s'effaça pour laisser passer Rose et se retira sur la pointe des pieds.

Rose perçut d'abord l'odeur des fleurs, des roses. Il y en avait une grosse gerbe posée sur une table de plastique. Puis, pendant au-dessus du lit comme les pattes d'une araignée, elle vit les tuyaux qui reliaient son père à des récipients et divers instruments de mesure.

– Papa !

Elle courut jusqu'au lit. Sean Duggan, amaigri mais l'œil

pétillant, flottait dans un grand pyjama bleu sombre. Il était appuyé sur les oreillers. Rose s'enhardit à le serrer dans ses bras.

– Je ne savais pas que les visites d'hôpitaux faisaient partie de tes charges princières, dit-il en se dégageant de l'étreinte de sa fille. J'espère que tu es de bonne humeur. Je ne laisse entrer ici que des gens gais qui me racontent des histoires marrantes !

– Oh, papa ! C'est si bon de te voir. Tu es... superbe !

Il la dévisagea avec attention.

– Laisse-moi te regarder... Recule un peu...

Rose se sentit rougir jusqu'aux oreilles. Ainsi, le vieil homme n'avait rien perdu de son pouvoir.

– Combien de kilos as-tu perdus ? demanda-t-il en fronçant les sourcils.

– Ça se voit donc tellement ?

– Tu flottes dans tes fringues... Approche-toi... Tu as des malheurs ? Ton petit prince est infidèle ?

De nouveau, les joues de Rose s'empourprèrent : comment avait-il pu deviner ? Depuis quelque temps, de déplaisantes rumeurs circulaient à Roccadura sur Gildas et d'éventuelles maîtresses. Assez insistantes pour que Margaret Ryan, qui servait à Rose de secrétaire, de dame de compagnie et de confidente, finisse par s'en alarmer.

– Non, papa, non. Tu n'y es pas du tout. Même s'il voulait me tromper, Gildas n'en aurait pas le temps. Il vit constamment en état d'urgence absolue.

Toute sa vie, Sean Duggan avait trompé Jenny, mère de Rose, avec enthousiasme. Ses activités extraconjugales étaient si connues de tous que ses propres enfants eux-mêmes auraient pu dresser un tableau de chasse de leur père avec des noms, des lieux, des dates.

Était-ce son instinct de prédateur qui le rendait aussi clairvoyant ?

– Tu croyais me trouver mourant ?

Rose éclata de rire.

– Tu ne mourras jamais, papa !

– Si, si, protesta-t-il, mais pas avant deux siècles.

Rose remonta timidement une couverture.

– Comment te sens-tu, papa ?

– Comme un vieux con. Pourquoi es-tu venue ?

– Tu sais très bien que je fais ma visite de routine deux fois par an. Pas de quoi s'alarmer.

– Tu as vu ta mère ?

– Oui. Mes frères aussi. J'arrive de la maison.

– Ils me cassent les pieds. Quand je les vois ici, j'ai l'impression que je suis réellement malade.

– Qu'est-ce que tu as, exactement ?

Elle savait qu'il était entré dans la dernière phase d'un cancer généralisé. Il le savait aussi, mais, fort de la parole de ses médecins qui lui avaient promis de ne rien divulguer de sa maladie, il ignorait que sa fille ou les membres de sa famille étaient au courant.

– Un truc dans le ventre. Des polypes. Rien de bien sérieux. Dans huit jours, je serai dehors. Comment ça va avec Gildas ?

– Très bien.

– Menteuse !

Rose détourna les yeux. Sous le regard de son père, il lui était impossible de mentir. Il devinait tout trop vite.

– Tu as raison, papa, dit-elle en riant. On a eu un léger différend... Une bêtise...

– À cause de quoi ?

– On m'a proposé de faire mon retour à l'écran.

– Et il n'a pas voulu ?

– Non.

– Tout prince qu'il soit, ton mari n'est qu'un petit métèque latin, jaloux et macho. Tu es une Duggan. Tu l'écrases.

– Rien à voir, papa. Il s'agit uniquement de raisons politiques. Pourrais-tu imaginer la reine d'Angleterre jouant dans *L'Amant de lady Chatterley* ?

– Absolument pas. Elle est trop moche. Ce n'est pas ton cas. Ce rôle, c'était quoi ?

– La Vierge, papa.

– Quelle vierge ?

– La Vierge Marie.

Sean Duggan gloussa de joie.

– Le film sera tiré de la Bible, renchérit Rose. Pas de chance, il se fera sans moi. Même le pape s'en est mêlé. Il a dit que ce serait blasphématoire.

– Pourquoi ?

– Parce que je ne suis pas vierge, murmura Rose en se mordant les lèvres.

C'était la première fois qu'une conversation avec son père

atteignait un tel degré d'intimité se déployant dans une aussi grande liberté de langage.

– Comment l'as-tu pris ?

– Mal. Je serais bien retournée sur un plateau.

– Pourquoi ? Tu t'emmerdes dans ton palais doré ?

Rose ne répondit pas. Elle entreprit d'arpenter la chambre de long en large.

– Combien de temps vas-tu rester ? demanda Sean.

– Je repars demain.

Elle accéléra le pas, s'arrêta net.

– Papa... je voudrais te poser une question...

Le regard de son père, brusquement, devint plus froid.

– Vas-y.

Comme c'était difficile à dire ! Cent fois, lorsqu'elle y pensait hors de sa présence, elle avait considéré la démarche sans effroi. Mais maintenant, sous ce regard bleu acier qui ne la lâchait pas...

– Papa... pourquoi ne m'as-tu jamais dit que tu m'aimais ?

Il ne fut interloqué qu'une seconde.

– Probablement parce que je ne t'aime pas.

Il vit qu'elle prenait sa phrase au sérieux. Il la rassura d'un clin d'œil.

– Comment pourrais-je aimer une fille qui n'est même pas foutue d'être championne olympique d'aviron dans une dynastie où tout le monde rame ?

Rose lui rendit son sourire.

– Tu ne vas pas t'en tirer aussi facilement !

Spontanément, elle posa sa main sur celle de son père.

– Excuse-moi, je suis fatigué, dit-il soudain d'une voix changée et impatiente. Je voudrais que tu me laisses. J'ai besoin de me reposer.

Inutile d'insister. Rose se sentit soudain épuisée, frustrée, amère : une fois de plus, les mots ne leur avaient servi qu'à éviter les choses. À cette différence près que cette fois était la dernière.

Mais Rose ignorait encore, quand elle sortit de la chambre, qu'elle voyait son père vivant pour la dernière fois.

Pour l'instant, tout ce qu'elle savait c'est que chacun d'eux s'était surpassé pour jouer la comédie à l'autre.

En parlant beaucoup pour ne rien se dire.

Comme d'habitude.

84

Au retour de la cérémonie civile à la mairie, tous les invités du mariage se retrouvèrent pour le lunch dans le grand salon de la villa d'Hortense. L'ambiance n'y était pas. Massés devant le buffet, les hôtes de la nouvelle Mme Leduc se dévisageaient en silence tout en grignotant distraitement les amuse-gueule d'un buffet froid. En fait, la plupart d'entre eux surveillaient du coin de l'œil le prince et la princesse Rose qui s'entretenaient à voix basse avec un amiral espagnol en retraite dont le grand-père avait été l'intime d'Edmond III. L'air perdu, silencieuse, Rose souriait mécaniquement lorsque l'amiral s'adressait plus spécialement à elle. Mais ses yeux restaient mornes, indifférents. En moins d'un mois, elle s'était rendue aux États-Unis à deux reprises. La première fois, pour réconforter son père. La seconde, pour l'enterrer.

Entre ces deux visites, elle n'avait séjourné qu'une semaine au palais. De toute façon, elle y était sans y être. Démolie de chagrin. Absente. Autre malheur la frappant comme un coup de grâce, elle venait de faire une fausse couche.

– Monseigneur...

Gildas tourna la tête : Philippe Leduc.

– Pouvez-vous m'accorder la faveur de quelques minutes d'entretien, Monseigneur ?

Gildas le toisa avec froideur. Il l'avait écrasé un mois plus tôt, que voulait-il de plus ?

– Je vous prie de m'excuser, dit-il à Rose et à l'amiral.

Leduc sur ses talons, il s'éloigna de quelques pas, s'arrêta devant une cheminée et observa sans mot dire celui qui était son plus farouche opposant.

– Monseigneur, commença Leduc, je sais très bien que votre présence à mon mariage est de pure convenance. Sachez pourtant qu'elle m'honore et que j'y suis très sensible.

– Il s'agit de ma sœur ? dit Gildas.

Leduc acquiesça avec compréhension.

– Les rapports que nous avons entretenus par le passé n'ont pas toujours été harmonieux, Monseigneur. Trop de malentendus... Je n'ai pas toujours été moi-même votre meilleur allié parmi les membres du Grand Conseil. J'en suis désolé, Monseigneur.

– Moi aussi, dit Gildas sobrement.

Leduc eut un sourire embarrassé.

– En ce qui me concerne, Monseigneur, je voudrais que cela cesse... J'ai été votre adversaire. Je serais très flatté si, désormais, vous pouviez me considérer uniquement comme votre beau-frère.

– Ce qui signifie ? ironisa Gildas.

– Qu'à partir de maintenant, dans notre intérêt commun et celui de la principauté, j'enterre la hache de guerre.

Spontanément, il tendit la main.

– Voulez-vous bien accepter, Monseigneur ?

Le prince n'hésita qu'un instant. Mais il avait appris de Machiavel que savoir mettre fin à un conflit était encore plus important que déclarer la guerre : il prit la main tendue. Leduc s'inclina, tourna les talons. Instantanément, Gildas fut happé par un groupe de notables qui n'avaient rien perdu de la scène.

Un peu plus loin, Hortense, dont le chapeau de *jeune mariée* s'ornait d'un discret voile blanc, se porta à la hauteur de Rose.

D'un geste désinvolte, elle fit battre l'amiral en retraite.

– Je voudrais que vous sachiez, dit-elle à la princesse, que j'ai pensé à vous très souvent au cours des très dures épreuves que vous traversez.

– Merci, dit Rose. Merci.

Elle était dans un tel état de détresse que la plus minime marque d'attention la bouleversait.

– Je suis sûre que mon mariage va nous rendre plus proches l'une de l'autre, dit Hortense. Gildas et moi avons très souvent des rapports orageux. Mais vous savez à quel point les relations entre frère et sœur sont passionnelles...

– Il vous aime beaucoup, intervint Rose, qui aurait pu mendier pour qu'on lui manifeste un peu d'amour.

– Je sais. Mais il est si impulsif, et par certains côtés si jeune, si irresponsable... Même si, par sa faute, vous vous sentez un peu ridicule, il ne faut pas lui en vouloir.

L'angoisse voila le regard de Rose.

– À quoi faites-vous allusion ?

– Ses frasques avec d'autres femmes... Je sais que vous êtes au courant, toute la ville en parle.

Rose devint un peu plus pâle. Elle était bonne. La méchanceté la désarmait. Blessée à mort, elle se recroquevilla comme un oiseau fragile.

– Il a toujours été coureur, gloussa Hortense. Mais ne vous inquiétez pas. Il a pour vous une très grande affection.

Gildas apparut, prit Rose par le bras.

– Malgré tes airs de beau macho ténébreux, plaisanta Hortense, je lui disais à quel point tu tiens à elle.

Elle s'esquiva.

– Je voudrais rentrer, dit Rose.

– Qu'est-ce qu'elle t'a dit ? demanda Gildas avec méfiance.

– Je voudrais rentrer, répéta Rose.

– D'accord. Tu m'accordes une petite minute ? Juste un mot à dire à quelqu'un.

Rose ne répondit rien. Visage fermé, elle pivota sur elle-même et, sans saluer personne, se dirigea vers la sortie.

La scène se déroulait devant tout le gratin de Roccadura.

Désemparé, Gildas resta immobile pendant quelques secondes. Puis il fit la seule chose qu'il puisse faire : il la suivit.

85

– Qu'avez-vous à déclarer ? demanda le douanier.

L'automobiliste ouvrit des yeux ronds.

– Pardon ?

– Je vous demande ce que vous avez à déclarer.

– C'est une blague ?

Il s'appelait Alphonse Bigot. Il arrivait de San Remo où il avait passé deux jours. Il était voyageur de commerce en lampadaires. Il s'était arrêté deux heures à Roccadura pour démarcher le patron d'une boutique d'ameublement. Et au moment où il quittait la ville en direction de Nice, deux types en uniforme au milieu de la route brandissaient un panneau « Douanes » et l'obligeaient à s'arrêter. Or, l'idée même d'un poste de douanes entre Roccadura et Nice était aussi bouffonne que si l'on avait exigé un visa pour passer de Central Park à la Cinquième Avenue.

– Avez-vous acheté des denrées contingentées pendant votre séjour en principauté ?

Bigot éclata d'un rire nerveux. Il aperçut alors la meute de photographes goguenards, appareils en batterie. Compris : il ne savait pas encore en quoi consistait le canular, mais il s'agissait réellement d'un canular.

– Allez, les mecs, lança-t-il avec un clin d'œil complice, ça suffit. Dégagez, je suis à la bourre !

Le visage du douanier se contracta de colère. Il donna un coup de sifflet. Deux gendarmes français jaillirent de l'ombre.

– Cet automobiliste refuse le contrôle !

Bigot sortit de sa voiture. Les photographes commencèrent à mitrailler.

– Écoutez, dit Bigot qui sentait la moutarde lui monter au nez, dites-moi exactement ce que vous voulez !

Tendant vers lui des micros au sigle de différentes stations de radio internationales, d'autres types s'approchèrent.

– Pour la dernière fois, s'impatienta le douanier, avez-vous fait des achats à Roccadura ?

– Mais merde, quels achats ? tonna Bigot. Un vélo ? Des choux-fleurs ? Des godasses ? Depuis quand y a-t-il des denrées contingentées sur le Rocher ? Vous vous foutez de moi ?

Du regard, le douanier demanda secours à son collègue.

L'autre, gêné, fit un signe d'impuissance : lui aussi perdait pied. La route s'était transformée en scène de théâtre. Ils avaient un rôle à y jouer, mais lequel ? On leur avait si mal expliqué. Des rires et des quolibets fusèrent du groupe des journalistes.

– Est-ce que quelqu'un va enfin me dire ce qui se passe ? s'emporta Bigot.

– C'est la guerre, mec ! pouffa un reporter. La France a déclaré la guerre à Roccadura !

Bigot pouffa.

– Et merde, dit l'un des douaniers en tournant les talons d'un air écœuré.

Sous les applaudissements nourris des journalistes, ses collègues le suivirent.

– Je peux partir ? leur cria Bigot.

Personne ne lui répondit. Il démarra. Derrière lui, la longue cohorte de véhicules bloqués par l'attroupement se mit en marche dans un vacarme d'avertisseurs.

Au même moment, dans le petit salon bleu du palais, Gildas ne savait quelle contenance prendre.

– Croyez-vous qu'ils bluffent ? lui demanda le père Tanner.

– Non, mon père.

– La France a réellement l'intention de nous couper le gaz et l'électricité ?

– Si je ne fais pas machine arrière, oui. Demain, midi.

– Ils n'oseront pas !

– Ils ont déjà placé un poste de douane à la sortie de la ville.

– Comme au Moyen Âge, déplora Tanner. Comment une grande nation peut-elle prendre le risque de se ridiculiser ainsi aux yeux de la communauté internationale ?

– Ils s'en foutent. Ce qu'ils veulent, c'est garder la haute main sur tous les centres nerveux de la principauté, les jeux, la police, les finances ! Nous sommes en novembre 62 : vous trouvez normal que depuis 1918 la France continue à nous imposer un Premier ministre ?

– Auguste Canello était plutôt conciliant...

– Aussi longtemps que j'ai dit *amen* !

Les yeux du prêtre pétillèrent.

– Monseigneur, est-ce vrai que vous l'avez giflé ?

– Comment voulez-vous que je m'en souvienne ? dit Gildas avec un geste évasif. L'incident remonte à trois mois. Canello était très énervé, moi aussi, nous avons eu des mots.

– Mais l'avez-vous giflé ? insista Tanner. Oui ou non ?

– Je ne sais plus. En tout cas, je l'ai viré. Salement viré !

Tanner le dévisagea d'un air sceptique.

– Et même si je l'avais giflé, mon père, qu'est-ce que ça change ? Vous savez très bien que la cause de nos ennuis est ailleurs !

Il y en avait deux. Le premier, Radio Roccadura, que Paris voulait contrôler sans réserve. Le second, l'évasion fiscale.

Depuis la nuit des temps, les habitants de la principauté ne payaient pas d'impôts. Pour qu'un citoyen « étranger » puisse en faire autant, il lui suffisait de domicilier ses affaires sur le Rocher : des milliers de Français fortunés s'étaient engouffrés dans cette brèche légale. Fureur de De Gaulle. Par la voix de Canello, il avait exigé que le prince y mette fin sur-le-champ.

Gildas avait refusé de s'incliner.

– Qu'allez-vous faire ? dit Tanner.

– Je n'ai pas le choix.

– Gare au choc en retour, Monseigneur. En vingt-quatre heures, nos banques vont se vider de leurs capitaux. L'immobilier va se casser la gueule...

Gildas haussa les épaules.

– Vous préférez vous éclairer à la bougie ?

– Quand rétablissez-vous le Grand Conseil ?

– En début de semaine.

– Vous réintégrez Philippe Leduc ?

– La situation a changé. Depuis un an qu'il a épousé ma sœur, il n'a cessé de me donner des gages de loyauté.

Tanner eut un profond soupir.

– Et la princesse Rose, Monseigneur ?

Gildas détourna les yeux.

– Pour ne rien vous cacher, mon père, elle m'inquiète beaucoup.

86

– Bonjour, Anna, dit Gildas. Où est la princesse ?

– Dans sa chambre, Monseigneur. Elle a demandé à ne pas être dérangée.

– Elle dort ?

– Je ne sais pas, Monseigneur.

– Allez vérifier, je vous prie, discrètement.

Anna s'exécuta. Il était quatre heures de l'après-midi.

Préoccupé, Gildas se dirigea vers la terrasse qui prolongeait l'immense salon. Depuis qu'il avait offert « Les Anges » à Rose, c'était la deuxième fois qu'il y mettait les pieds. Il y avait près de trois cents domestiques au palais. Mais ici, la maison tournait avec un seul couple, Anna et Joseph, logés dans un pavillon jouxtant la grille d'entrée. La plupart du temps, Rose leur disait qu'elle n'avait pas besoin d'eux. Elle aimait être seule, bouger sans qu'on la regarde, parler à voix haute, et que personne ne lui réponde. Des journées entières, elle n'avait pour unique présence que son ombre. Parfois, elle levait le bras pour la voir se déplacer sur le mur, comme une image sur un écran. Dans ce nid d'aigle qu'elle avait choisi, le temps avait une autre durée, le silence, un poids différent, la lumière, une vibration plus intense. Et Rose, rendue à elle-même, une autre vie. Soit elle s'installait pendant des heures sur la terrasse pour se laisser dévorer par le soleil, soit elle se réfugiait en plein jour dans sa chambre, tirait tous les rideaux et s'allongeait dans le noir absolu. Le matin, elle téléphonait au palais à Margaret Ryan, sa dame de compagnie, et à June, la nurse de Cathy et de Thibault.

En dehors d'elles, elle ne communiquait avec personne. Elle

ne mangeait presque rien, se fichait de son apparence physique, ne se maquillait pas et s'habillait avec ce qui lui tombait sous la main. De temps en temps, sans raison spéciale, elle pleurait.

– Monseigneur, la princesse arrive.

– Vous l'avez réveillée ?

– Non, Monsieur, elle lisait...

Gildas soupira. Il perdait ses repères. Alors que le monde extérieur lui posait tant de problèmes, sa femme lui échappait.

Il n'avait pas le temps de lui donner du temps.

Parfois, quand elle lui manifestait trop d'indifférence, il avait des bouffées de rancune dont la violence le surprenait.

À d'autres moments, il se sentait coupable, plein de tendresse. Affectivement, elle l'exaspérait. Politiquement, il ne pouvait se passer d'elle.

– Bonjour, Gildas.

Il alla vers elle, lui saisit les mains.

– Trois jours sans nouvelles... J'étais inquiet.

– Pourquoi ? dit-elle d'une voix morne.

Elle alla jusqu'au bar, s'empara d'une bouteille de whisky, s'en versa un verre et, d'un signe, lui demanda s'il en voulait un.

– Non, merci. Vous buvez à quatre heures ?

Elle haussa les épaules, lampa une gorgée et se lova sur un divan. Elle était vêtue d'une robe de chambre bleue en tissu éponge. Son absence de maquillage, ses cheveux dénoués et de grosses chaussettes blanches de tennis dégringolant sur ses chevilles lui donnaient une apparence négligée.

– June m'a dit que vous aviez longuement bavardé avec Cathy et Thibault ce matin.

Elle hocha la tête tout en contemplant son verre qu'elle faisait tourner entre ses doigts.

– J'ai à vous parler, Rose.

Elle leva la tête et l'observa, les yeux mi-clos.

Mais son regard n'exprimait rien.

– Combien de temps encore comptez-vous rester ici ?

Elle eut un geste vague. Il s'assit près d'elle, lui prit la main.

La sienne était toute molle. Inerte. Elle la lui abandonna.

– J'ai besoin de vous, Rose. Nous sommes deux, nous formons un couple.

– Un couple..., dit-elle avec une grimace de dérision.

– J'aimerais que vous reveniez au palais.

Sa réponse le déconcerta.

– Pour quoi faire ?

– Il se passe actuellement des choses très graves, dit-il en se relevant d'un coup de reins. La principauté est mal en point...

– Je m'en fous !

– Vous avez des sujets, je suis votre mari, vous êtes princesse ! Vous en avez les avantages, mais aussi les devoirs !

– Ah oui ? lança-t-elle d'une voix brusquement pleine de rancune. Quels avantages ? Celui de me savoir trompée dès que je tourne le dos ? Vous vous prenez pour qui ? Vous me prenez pour quoi ?

Refoulant la colère qui montait en lui, il leva les mains en signe d'apaisement.

– Rose, je vous en prie. Je ne suis pas venu pour faire la guerre, mais pour vous demander secours. Vous et moi traversons une période difficile, c'est vrai. Est-ce une raison pour faire bande à part ou ne s'adresser la parole que pour se détruire ?

– Je suis *déjà* détruite !

Elle se leva à son tour, alluma nerveusement une cigarette.

– Mes devoirs ! reprit-elle. Aux yeux de tous, ne suis-je pas votre épouse aimante, dévouée et fidèle ? Vous ai-je jamais fait la moindre remarque lorsque vous vous emportez contre moi en public, le plus petit reproche ? Vous ai-je même déjà répondu ? Qu'est-ce que vous imaginez que je suis, une poupée ? Avez-vous jamais cherché à savoir ce que je ressentais lorsque vos prétendues assistantes me narguent en vous faisant les yeux doux pendant que je me demande laquelle vous baisez !

– Rose !

– En dehors d'assurer la continuité de votre lignée, à quoi suis-je bonne pour vous ? À briller dans votre ombre à des soirées mondaines où je m'emmerde avec des clowns ? Où est donc à vos yeux le domaine où j'existe ?

Elle vida d'un trait ce qui restait de son verre. Il lui tourna le dos, fit quelques pas.

– Vous vous trompez, Rose. J'ai simplement beaucoup de soucis en ce moment. Les ennuis croulent sur le pays. Je n'ai pas voulu vous blesser. Je vous aime.

– Alors, cessez de m'étouffer !

– Je n'ai pensé qu'à la raison d'État, au rôle que vous avez à tenir.

Elle bondit, passa derrière le bar, lui brandit un manuscrit sous le nez.

– Le seul rôle qui me plaise, le voilà !
– Qu'est-ce que c'est ?
– Un film !
– Encore !
– Oui, encore ! Un film de Hitchcock ! Et je vous jure que, cette fois, rien ni personne ne m'empêchera de le tourner !
– Quel rôle ?
– Plus la Vierge Marie, rassurez-vous ! Pas de sacrilège !
– Quel rôle ? répéta-t-il d'une voix dure.
Elle le toisa avec défi.
– Une pute !

87

« Le peuple ne lui pardonnerait pas ! »

Le Grec se cacha le visage derrière le journal qu'il était en train de lire pour mieux glousser de joie sans être vu. Il aimait les gens, un par un. Pas le peuple : comment un prince pouvait-il se laisser dicter sa conduite par le peuple ?

– Monsieur, je vous renouvelle votre consommation ?

Il fit oui de la tête. Il en était à son troisième whisky.

Il avait donné son rendez-vouss dans le hall sombre et compassé de l'Hôtel de Paris où quelques vieilles altesses, d'un autre siècle, tentaient de masquer la fuite du temps derrière d'épaisses lunettes noires ou les longs poils soyeux de leur caniche nain blotti sur leur poitrine. Ce qu'il venait de lire dans *Le Clairon de Roccadura* le scandalisait : pendant trois semaines, on avait interviewé des passants dans les rues.

« Souhaitez-vous que la princesse Rose reprenne son métier d'actrice en Amérique ? » Le seul énoncé de la question avait provoqué une explosion d'indignation : « Elle nous trahit », « Je ne pourrai plus la respecter », « Elle est indigne de son pays, de son titre, de ses enfants, du prince ». On voulait une souveraine, pas une star. Gildas était-il idiot ou machiavélique ? Malgré le peu de crédit qu'il portait aux capacités intellectuelles de Gildas, le Grec penchait plutôt pour la deuxième version. Comment le prince aurait-il pu ne pas savoir qu'il lui suffisait de dévoiler le projet pour le faire capoter ? Or, il avait pris la peine de l'annoncer par un communiqué public : « En juin, la princesse Rose jouera dans le prochain film d'Alfred Hitchcock à Hollywood où je l'accompagnerai. » Pauvre Rose... Autant dire qu'elle ne tournerait plus.

Désormais, en dehors des inaugurations florales sur le Rocher, aucune caméra ne renverrait plus son sourire.

Comment Gildas pouvait-il être assez prétentieux pour priver le monde de tant de beauté ? Comment, à la perfection unique d'une femme, préférer le pathétique d'une couronne de carton ?

– Monsieur Satrapoulos... Je suis Lucio Battesti. Le prince m'envoie.

Le Grec aurait dû lui dire de s'asseoir – après tout, il l'attendait et n'était là que pour le rencontrer. Mais l'antipathie instantanée éprouvée envers cet homme qu'il ne connaissait que de nom l'en empêcha.

– Je vous écoute, dit-il sèchement.

À voir la contraction du visage de Battesti, Socrate sut que ce qu'il ressentait était réciproque.

– Qu'avez-vous à me dire ? reprit-il d'une voix impatiente.

– Son Altesse sérénissime n'accepte pas vos conditions.

Depuis trois mois, le Grec attendait une réponse différente. Il se leva brusquement.

– Allez vous faire foutre !

Battesti eut un petit sourire arrogant.

– Merci, monsieur. Je vais transmettre.

Il tourna les talons, traversa le grand hall, s'engouffra dans la porte tambour et disparut. Fou de rage, Socrate s'élança à sa poursuite. Pas assez vite pour échapper au garçon qui le rattrapait au milieu du hall en brandissant un minuscule morceau de papier.

– Votre note, monsieur... Trois whiskies.

Le Grec avait le coup de poing facile. Mais, avant de frapper, il avait toujours le réflexe d'enlever ses lunettes. Dans son mouvement, il aperçut un groupe d'amis qui le saluaient : ce n'était pas le moment de se donner en spectacle. Renonçant à laver sur-le-champ l'humiliation, il leur fit un signe joyeux de la main, s'éloigna, passa la porte tambour, sortit sur le perron, ignora les sourires des portiers, fit quelques pas pour se calmer, constata que Lucio Battesti avait disparu, revint dans le hall et entra dans une cabine téléphonique. Il fouilla ses poches. Pas de monnaie. On gratta à la vitre. Le Grec aperçut la bouille marrante d'un groom qui lui souriait en lui tendant une pièce par la porte entrebâillée.

– Merci, petit. Comment tu t'appelles ?

– Victor, monsieur.

– D'accord, Victor, je n'oublierai pas.

Il lui mit dans la main une liasse de billets, ferma la porte et composa un numéro.

– Il refuse, Williams.

– Parfait, dit son conseiller financier. Laissons-le mijoter encore un peu. Il va être à point. C'est nous qui avons toutes les cartes.

Dans le bras de fer qui les opposait, le Grec, comme tout le monde, savait que sa présence sur le Rocher était le dernier obstacle au pouvoir absolu de Gildas. Le prince n'avait qu'une idée en tête : se débarrasser de lui. Malheureusement, c'était moins facile que dissoudre le Grand Conseil ou abroger des lois nationales parce qu'elles avaient le tort de déplaire au gouvernement français. Par le biais de la CME, le Grec contrôlait le casino, la plupart des hôtels, des terrains et des plages.

Son idée était de faire de la principauté l'ultime paradis des plus grosses fortunes. Gildas, au contraire, souhaitait ouvrir la ville à des clients moins riches mais plus nombreux, plus fidèles.

– Je vous cède toutes mes parts à trente dollars l'action, avait proposé le Grec.

– Vous ne les avez payées que trois dollars il y a huit ans, avait rétorqué le prince.

– Et alors ? Qui a pris le risque de financer tout ce qui tient debout dans votre foutue principauté ?

– Quinze dollars, c'est ce qu'elles valent en Bourse.

– Si vous changez d'avis, Monseigneur, avait conclu le Grec, prévenez-moi. Je vous laisse trois mois pour reconsidérer mon offre.

On y était : ce jour même, le délai avait expiré.

Et la réponse de Gildas était déconcertante.

– Socrate... Vous êtes toujours en ligne ?

– Oui, Williams, oui. Je réfléchis...

Nouveau silence.

– Tu veux que je te dise, Williams ? J'en ai un peu pardessus la tête de la principauté. Cette famille me fatigue... J'aimerais embarquer sur mon bateau et mettre les voiles, partir d'ici. Mais je dois d'abord trouver le moyen de récupérer mes billes.

– Facile !

– Puisqu'il n'accepte pas mon prix...

– On peut le retourner comme on veut !

– Comment ?

Williams le lui dit.

– Tu es génial! jubila le Grec. Exécution!

Il raccrocha, entrouvrit la porte de la cabine, fit un signe au groom.

– Tu as une autre pièce?

– Autant que vous voulez, monsieur!

Le Grec vit qu'il en avait préparé une pleine poignée : ce gosse irait loin! Il le remercia d'un clin d'œil, appela le palais, déclina son identité, demanda Gildas et l'eut presque immédiatement en ligne.

– Le grossier personnage que vous m'avez envoyé m'annonce que vous restez sur vos positions, Monseigneur.

– En effet.

– Je le regrette. Il est pourtant de mon devoir de vous prévenir que j'ai un acheteur prêt à payer quarante dollars ce que vous refusez à trente.

– Toutes mes félicitations, dit Gildas.

– Parfait, nous sommes d'accord. Je lui cède donc le million et demi d'actions que je possède.

– À ce prix-là, vendez vite! Qui sont vos clients?

– Des Texans. Fortunes colossales, cervelles d'oiseau et pas la moindre notion de goût. Des barbares! Ils ont déjà décidé de transformer la principauté en Luna Park géant avec manèges, chevaux de bois, snack-bars et attractions foraines!

Le prince gloussa de rire.

– Vous m'étonnez, Monseigneur. Ils vont avoir tous les droits. Ils sont majoritaires.

– Comment ça?

– C'est très clair, Monseigneur. La CME comporte deux millions d'actions et j'en détiens moi-même un million et demi, soit soixante-quinze pour cent.

De nouveau, le rire de Gildas le glaça : aucun homme au monde ne pouvait se réjouir de ne plus être maître de son destin.

– Monsieur Satrapoulos, demanda Gildas d'une voix suave, êtes-vous déjà venu à l'imprimerie d'État de Roccadura?

– Non.

– J'aimerais beaucoup vous faire admirer nos nouvelles rotatives. En deux heures, elles viennent d'imprimer deux millions d'actions nouvelles de la CME.

– Vous n'avez pas le droit! s'indigna le Grec.

– J'ai tous les droits. Je suis le prince.

Le Grec sentit qu'il étouffait : roulé ! Il était roulé !

Il poussa du pied la porte de la cabine, sortit son mouchoir, épongea son front ruisselant. Si Gildas avait osé faire ce qu'il affirmait, lui, le Grec, patron réel de la principauté avec son million et demi d'actions, se retrouvait soudain minoritaire avec à peine plus d'un tiers du capital ! Simultanément, leur valeur dégringolait peut-être au-dessous de leur prix d'émission.

– J'alerte mes avocats !

– Il s'agit d'intérêt national, monsieur Satrapoulos. Les seuls tribunaux compétents sont ceux de la principauté. Et comme vous le savez, la Constitution prévoit que je peux soit ratifier la décision des juges, soit l'annuler.

– C'est du vol !

– Pardon ?

– Vous me faites les poches !

– Ne m'obligez pas à vous expulser, murmura Gildas sur un ton dangereusement neutre.

Il y eut un long silence.

– Que puis-je faire, Monseigneur ? demanda le Grec.

– J'attends d'abord vos excuses.

Le Grec fit un effort immense pour avaler sa salive.

– Je vous les fais.

– J'en prends note.

– Ensuite, Monseigneur ?

– Il ne m'appartient pas de décider pour vous.

– Donnez-moi au moins un conseil...

Le Grec crut qu'il allait vomir.

– Monseigneur, eut-il la force d'ajouter.

– Acceptez le prix que je vous ai fixé, dit le prince.

Et il raccrocha.

88

– C'était un homme bon, un homme charitable. Mais la vie n'avait pas épargné les chagrins au duc de Lentignac...

Le père Gregorio leva les yeux, laissa passer un silence.

Un an auparavant, il avait été nommé par le Vatican en remplacement du père Tanner brusquement « appelé à d'autres fonctions par sa hiérarchie ». Un enfant de chœur s'était plaint à ses parents du comportement suspect de l'aumônier dans le confessionnal. On avait tout fait pour étouffer l'affaire.

La rumeur avait couru.

– S'il était respecté, continua le père Gregorio, c'est parce qu'il était juste.

Rose se rendit compte que Gildas avait du mal à retenir ses larmes. Elle lui tenait le bras. Du bout des doigts, elle lui pressa tendrement le poignet. Gildas, en retour, serra la paume de sa main. Sa vie durant, son père avait été pour Gildas, sans doute à son insu, l'être auquel il tenait le plus au monde. De mille façons, il avait essayé de lui faire oublier les épreuves subies après son bannissement par Edmond III. Il l'avait réhabilité, fait participer à la vie publique de la principauté, installé au palais, introduit au cœur de sa vie familiale. Un prix littéraire richement doté portait son nom, le prix Rodolphe de Lentignac.

Et pourtant, à cet instant précis, devant ce cercueil posé sur le bord de cette tombe ouverte dans la crypte de la cathédrale, il éprouvait le regret amer des choses qu'il ne lui avait pas dites. Qu'il l'aimait. Qu'il avait illuminé son enfance.

Qu'il était unique : trop tard.

Une fois de plus, la mort avait le dernier mot.

– Il était généreux, et sa mort nous touche. Mais puisque Dieu, dans sa miséricorde, a voulu le rappeler à lui...

Gildas n'avait pas voulu que les obsèques du duc se transforment en funérailles. Pas de larmes de crocodile. Pas de spectacle. En dehors de la famille princière et de quelques inévitables hauts dignitaires, il n'avait convié que des intimes à titre privé. Il releva la tête. L'or et la pierre, les vitraux, les grandes tentures noires frappées aux armes des Ponti de Roccadura... Son regard glissa sur les visages qui l'entouraient.

En un instantané saisissant, il comprit alors que chacun d'eux était un fragment de sa propre existence et que chacun, haine ou amour, avait partagé quelque chose avec lui. À la multitude de souvenirs qui l'assaillaient, il sut qu'il avait vieilli : comme le temps passait vite... Il froissa dans sa poche le télégramme du Grec reçu le matin même de Hong Kong. Six mois plus tôt, sans l'expulser officiellement, il l'avait contraint à quitter la principauté. Ce qui n'avait pas empêché son vieux rival d'abolir par quelques mots sensibles l'humiliation de sa déroute, ses blessures d'argent, d'amour-propre.

« AVEC VOUS DANS LE MALHEUR COMME DANS LES JOURS HEUREUX. JE M'INCLINE DEVANT VOTRE DEUIL. FRATERNELLEMENT. SOCRATE. »

« Fraternellement »... En d'autres circonstances, Gildas s'en serait offusqué. Mais aujourd'hui...

– Papa, pleurnicha Thibault, Cathy n'arrête pas de me pincer la joue...

– Ce n'est pas vrai ! dit sa sœur.

Dans la cathédrale, tout le monde était debout. Sauf l'enfant, agenouillé dans la travée. Gildas fit un signe impérieux à Rose.

– Relève-toi, intervint la princesse en prenant son fils par la main.

– Non, maman ! cria Thibault. Elle va encore me pincer ! Elle veut que je reste à genoux !

Il avait cinq ans. Rose le souleva. Gildas se revit au même âge, lorsqu'il était le souffre-douleur d'Hortense. Était-il possible que les mêmes avatars se renouvellent de génération en génération ? D'instinct, il coula un regard vers sa sœur. Leurs regards se croisèrent. Elle était à quelques mètres, aux côtés de son mari. Bien entendu, elle avait capté toute la scène. Gildas se demanda si elle avait pensé à la même chose que lui, leur enfance, leur passé commun. Et aussi, pour l'homme qui gisait là, dans son cercueil, et qui était leur père, si elle avait du chagrin, ou des remords de l'avoir tant haï.

– Un homme d'honneur et de courage dont la brillante conduite pendant la guerre a fait l'admiration de tous...

La voix du père Gregorio arrivait maintenant à Gildas comme un bourdonnement dont le sens lui échappait.

Sa mère n'était pas venue. Elle aussi, plus que tout autre, avait haï son mari. Pourquoi, se demanda Gildas, pourquoi autant de haine entre mon père et ma mère ? De s'être posé la question, la honte l'envahit. Il faillit regarder autour de lui pour voir si quelqu'un avait pu lire dans son esprit. Est-ce que lui-même, plus tard, poserait la même énigme à ses enfants ? Dans une lignée, que se cachait-on d'une génération à l'autre ?

Il sentit qu'il arrivait dans une zone interdite où il était dangereux de s'aventurer. En savoir un peu, peut-être, juste ce qu'avaient souhaité que l'on sache ceux qui, à défaut de leur secret, nous avaient transmis la vie.

Mais surtout, ne pas en savoir trop, ne pas *tout* savoir...

Le brusque silence l'alerta. Il se rendit compte que le père Gregorio avait fini son homélie. Il traça dans l'espace une ultime bénédiction, se signa. « Amen », dit-il.

Suspendu à des cordes argentées, le cercueil descendit lentement dans la crypte. Les larmes de Gildas coulèrent. Il sentit le corps de Rose peser de tout son poids contre son flanc.

Elle aussi pleurait.

– Gildas, lui souffla-t-elle en lui broyant la main, Gildas, fais-moi un autre enfant !

LIVRE IX

Encore

89

On descendait dans la salle par un escalier monumental de marbre rose à double révolution. De chaque côté des marches, des laquais à la française, perruque blanche, jabot et veste à brandebourg bleu et or, brandissaient à bout de bras des torchères de bronze. Selon l'âge et l'état physique des hôtes, la descente durait plus ou moins longtemps, mais il fallait à tout prix ne pas la rater malgré l'arthrose, les robes à traîne, les chignons en équilibre et les parures tintinnabulantes qui menaçaient de se décrocher au moindre faux pas.

On ne savait pas si l'on venait davantage au gala de la Croix-Bleue pour être vu que pour y voir les autres, mais malheur à celui qui ne pouvait y avoir *sa* table. La table et son emplacement par rapport à celle du couple princier étaient la preuve d'une position sociale singulière et déterminaient un classement subtil dans la hiérarchie des nantis.

Au bas des marches, un essaim bourdonnant de reporters mitraillait les nouveaux arrivants. Les femmes avaient passé des heures, parfois même des jours, à se préparer. Coiffeurs, chausseurs, masseurs, couturiers, visagistes, esthéticiennes, tous les corps de métier de la beauté étaient pris d'assaut dans une fureur commune d'attirer le regard, d'éclipser l'*autre*.

On envoyait un avion privé dans n'importe quelle capitale d'Europe, Rome, Londres, Paris, pour ramener sur place des shampouineurs dédaigneux auxquels on réservait des mini-suites à l'Hôtel de France. Un mois à l'avance, on faisait des cures d'amaigrissement dans des stations thermales grandioses et fanées, du côté de Bucarest ou de Marienbad. Puis le jour arrivait...

L'heure H... L'accès à l'éblouissement de la salle de cérémonie aux nappes de lin blanc armoriées croulant sous un amoncellement de compositions florales, de verres de cristal, de vaisselle dorée, de couverts en vermeil, de pétales de rose, dans le lancinant lamento de violons tziganes vibrant sous les doigts de virtuoses octogénaires dont l'habit noir râpé et la longue chevelure d'argent évoquaient les anciennes splendeurs de Saint-Pétersbourg au temps des tsars.

– Putain ! s'exclama l'un des marmitons en cuisine. On sera jamais prêts !

L'affolement du coup de feu... Le chassé-croisé des casseroles et des sauces Mornay, le tourbillon furieux de toques blanches gueulant des ordres dans une chaleur de forge aux senteurs de homard, de beurre fondu, de romarin et de vin blanc, le vacarme des portes battantes voltigeant sous les coups de pied sauvages de garçons en nage s'accrochant des deux mains à des plateaux surchargés de fruits de mer, d'orchidées, d'oursins, de coupes débordantes de caviar. Il faut dire que ce soir-là, en ce jour de grâce du 18 mai 1974, les organisateurs des réjouissances avaient voulu que leur faste soit à la hauteur de l'évènement : le vingt-cinquième anniversaire du règne de Son Altesse sérénissime le prince Gildas Ponti de Roccadura.

– Quand va-t-il arriver ? demanda une voix féminine qui semblait sortir d'un paquet de diamants.

– Le voilà ! dit celui qui accompagnait la voix.

Un silence total s'abattit soudain sur les quinze cents invités. En haut des marches, nimbés dans une gloire de projecteurs braqués sur leur personne, Gildas et Rose, se tenant par le bras, s'immobilisèrent dans un extravagant feu d'artifice de flashes. Pendant une longue minute, on put les croire statufiés, identiques à ces figurines piquées par des pâtissiers inspirés au sommet des pièces montées des jours de liesse. Puis le couple princier se mit majestueusement en marche dans une rumeur de bon goût ponctuée par un discret crépitement de bravos. Rose, en longue robe rose moulante rehaussée de pierreries, arborait un diadème constellé de saphirs dont les nuances s'harmonisaient à la couleur de ses yeux. Autour de son cou, éclatant dans l'incomparable splendeur de ses feux, le caillou-soleil. Gildas, en uniforme de généralissime qu'alourdissait la panoplie multicolore de ses décorations, saluait sobrement la foule s'inclinant sur son passage. Derrière le couple, leurs trois enfants. La princesse Cathy, l'aînée, dans la perfection radieuse de ses dix-sept ans. Un pas en arrière, aveuglé par cet excès de lumière le contraignant à garder la tête basse, son cadet d'un an, le prince Thibault, tenant affectueusement par la main la dernière venue de la famille, la princesse Élodie, neuf ans. L'usage voulait qu'aucun membre de la dynastie princière ne fasse sa première apparition officielle avant l'âge de seize ans. Mais les circonstances valaient bien une entorse à l'étiquette.

– Fais attention, idiot ! souffla Cathy à Thibault sans cesser de sourire. Tu marches sur ma robe !

Thibault rougit et regarda ses pieds. Sur les talons des princes héritiers, la princesse Hortense, suspendue au bras de son mari, Philippe Leduc. Curieusement, c'est elle que vint consulter en premier Aldo Peroni, directeur de la salle et responsable de la soirée. Descendant plusieurs marches à ses côtés, il l'informa de la catastrophe.

– C'est épouvantable, madame ! Sammy Davis est introuvable !

– Qu'est-ce que vous me racontez ? sursauta Hortense tout en continuant à faire des petits signes du menton à ceux qui lui souriaient. Il doit être en scène dans une heure !

Ils arrivaient au bas de l'escalier. Déjà, en présence de tous les invités debout pour leur rendre hommage, Rose et Gildas s'installaient à leur table.

– Il ne veut plus chanter, madame !

– Vous plaisantez ? Il est soûl ?

– Non, madame, vexé. Il dit que le prince ne l'a pas invité au dîner d'hier soir avec les autres stars américaines.

– Bing Crosby, Frank Sinatra et Cary Grant sont des amis personnels de la princesse !

– Il croit que c'est parce qu'il est noir, madame, juif et borgne !

– Il a signé un contrat ! Débrouillez-vous pour le ramener !

Tordu d'angoisse, Peroni hocha la tête, fit une brève courbette à Hortense et s'éloigna. Au même instant, les observateurs de la famille princière notaient avec attendrissement que le prince Gildas lui-même prenait la peine d'escorter jusqu'à sa chaise la princesse Éliane, veuve de son grand-père Edmond III. Un geste galant d'autant plus émouvant que la plupart des invités, à force de ne l'avoir plus croisée dans aucun évènement mondain, la croyaient morte et enterrée depuis longtemps. Bientôt, chacun fut assis. Sous l'œil impérieux des maîtres d'hôtel commença alors, entre salle et cuisine, le ballet fiévreux d'une armée de garçons tandis que les sommeliers, tels des pompiers fous au cœur d'un incendie, faisaient la chaîne pour alimenter en Krug rosé les seaux à champagne Art déco des années trente. Parfois, entre le cliquetis des cristaux entrechoqués, le déchaînement de l'orchestre et le crissement des pierres précieuses lorsqu'une belle tournait la tête pour vérifier dans l'œil de son voisin si elle avait toujours vingt ans, on pouvait capter une vague amorce de conversation invariablement axée sur la grande parade des parures, la bonne mine, la jeunesse éternelle, le nom des couturiers qui avaient créé les robes du soir ou la beauté de la princesse Cathy.

Quand on en arriva aux « Perles de la Caspienne en homard Thermidor », Aldo Peroni revint se pencher à l'oreille de la princesse Hortense.

– Sammy Davis a quitté la principauté en bateau ! Le rideau se lève dans trente minutes... C'est abominable, madame !

– Que dit-il ? intervint Philippe Leduc.

– Sammy Davis a foutu le camp.

Leduc était l'homme des grandes situations. D'un coup d'œil, il jaugea la salle. Dans un rayon de dix mètres, elle regorgeait d'étoiles internationales du show-business.

– Sinatra, Liza Minelli, Bing Crosby, et j'en oublie..., murmura-t-il rêveusement en dévisageant Peroni d'un œil torve. Dans le tas, il y en a bien un qui acceptera de chanter.

– Mais, monsieur !... se révolta Peroni.

– Dites-leur que Sammy Davis est tombé subitement malade et que la princesse Rose leur demande à titre personnel de sauver sa soirée du désastre.

Peroni s'épongea le front.

– Je n'y crois pas, monsieur...

Son regard croisa alors celui de la redoutable éminence grise de la principauté.

– Je vais tout de même essayer.

Livide, il tourna les talons. Leduc et Hortense le virent se pencher successivement à l'oreille de Bing Crosby, Sinatra, Liza Minelli. Chacun l'écoutait avec méfiance, fronçait les sourcils et concluait par un signe de dénégation. En désespoir de cause, Peroni, tanguant comme un bateau ivre, se dirigea alors droit sur Cary Grant

– Regarde-moi ce crétin! vitupéra Hortense. Voilà qu'il prend Cary Grant pour un chanteur!

– Je vais prévenir Gildas, dit Leduc.

– Reste à ta place! trancha Hortense.

Au bord de la syncope, Aldo Peroni se retrouvait brusquement face à Joséphine Baker que personne n'avait remarquée jusque-là. Il s'inclina devant elle et, d'une voix bouleversée, lui raconta son drame. Elle éclata de rire.

– D'accord, je vais chanter. Mais il faut d'abord me trouver Jo Wasler, mon pianiste!

– Où est-il, madame, où est-il?

– À l'hôtel.

– L'Hôtel de France? Le Prieuré? Le Palace?

– Non, non, un petit truc. La Réserve, je crois...

– À Roccadura, madame? En France? En Italie? En Espagne?

– Je ne sais plus...

Peroni fonça dans son bureau, donna des ordres pour qu'on retrouve immédiatement le pianiste.

– Mais, monsieur, c'est impossible, s'indigna le chef de son équipe. Des Hôtel la Réserve, il y en a des centaines le long de la Méditerranée!

Peroni le crocheta par les revers de sa veste.

– Trouvez-le et ramenez-le dans les vingt minutes qui suivent ou je vous tue!

Trois quarts d'heure plus tard, Jo Wasler, mal réveillé, s'étant cru victime d'un kidnapping, s'installait au piano sous les feux de la rampe. Sans faire de chichis, Joséphine montait sur scène, envoyait des baisers aux spectateurs et attaquait « J'ai deux amours ».

– Je croyais que Sammy Davis était au programme? demanda un amiral britannique à son épouse.

– Pourquoi, ce n'est pas lui?

– Mais non, dit l'amiral. Tu vois bien que c'est une femme.

Son épouse s'empara d'un face-à-main de myope aux verres monstrueusement épais.

– Qu'est-ce que ça change? Ils sont noirs tous les deux.

Après le dixième rappel de Joséphine, le Grec et la Menelas, trônant à la table du prince aux côtés de la Bégum Agha Khan et du prince Juan Carlos d'Espagne, se joignaient à la formidable ovation saluant sa sortie. De nouveau, le champagne coula à flots.

À travers le pétillement de ses bulles, le monde était beau soudain, ordonné, harmonieux, brillant. Les gens, courtois, généreux, épatants. Toute brouille oubliée, le gouvernement français avait envoyé ses félicitations à Son Altesse sérénissime. L'argent rentrait à flots dans les caisses du casino.

Rose était toujours la plus belle femme du monde. La continuité de la dynastie était assurée par trois enfants superbes. Gildas régnait désormais sans opposition.

Que demandait le peuple ? Rien d'autre.

Et le prince ? Rien de plus.

90

Le visage masqué par de grosses lunettes noires, Rose, escortée par une hôtesse, fit quelques pas dans le couloir pour gagner sa place dans le vol de Paris. Lorsqu'elle voyageait sur un avion de ligne, elle en faisait toujours réserver deux pour être tranquille. Où qu'elle aille, on la reconnaissait. Par crainte d'accrocher un regard et d'avoir à subir une question idiote, elle avait pris l'habitude, en public, de garder la tête raide et les yeux fixés droit devant elle. Elle ne put tout de même éviter la première page du *Herald Tribune* que parcourait un passager. Juste un éclair, mais suffisant pour capter une photo de Cathy et l'amorce d'un titre : « La princesse... ».

La princesse quoi ?

Elle s'installa nerveusement sur son siège. Il lui arrivait d'avoir des envies furieuses d'être anonyme, de pouvoir marcher comme tout le monde sans qu'on chuchote dans son dos, ou de boire un café dans un bistrot, au milieu des autres. Mais c'était impossible, ces joies de tout le monde lui étaient interdites...

Malgré le petit point d'angoisse qui la tenaillait, elle se contraignit, pendant quelques secondes, à ne pas bouger.

Surtout, ne pas demander le *Tribune*... Ne rien faire qui puisse attirer davantage l'attention. À l'instant de craquer, elle aperçut, entre les mains d'une dame en tailleur rouge, mais sur *Le Figaro* cette fois, une nouvelle photo de sa fille. Détournant la tête avec gêne, elle constata qu'elle était déjà le point de mire de tout l'appareil : se camouflant derrière un journal ouvert, la plupart des passagers la lorgnaient à la dérobée.

– Puis-je avoir les journaux, je vous prie, dit-elle à un steward.

– Certainement, madame. Lesquels ? demanda-t-il avec un sourire exaspérant.

Il revint avec une pile de quotidiens. C'était incroyable : sur presque tous, on y voyait Cathy, sa petite Cathy, en robe échancrée jusqu'au nombril, verre en main, enlacée par une espèce de rocker en blouson de cuir noir !

Dix-sept ans... À qui avait-elle demandé la permission d'aller dans une boîte ? Et sa tenue ? Son père allait devenir fou !

Il y avait au palais un redoutable service de presse.

Dès qu'une ligne ou une photo concernant la famille était publiée, Gildas, très sourcilleux sur son image de marque, en était immédiatement informé.

Il faisait tenir à jour par son cabinet privé deux carnets secrets. L'un, noir, contenait le nom des *mauvais journalistes* – ceux dont les articles critiquaient, persiflaient ou faisaient dans la démagogie sociale. On ne pouvait pas les expulser du Rocher.

Mais leur rendre la vie difficile, oui. Sitôt identifiés par les services de sécurité, il leur devenait impossible d'obtenir une chambre d'hôtel sous prétexte qu'elles étaient toutes occupées.

L'autre carnet était bleu. Il comportait le nom de tous les *bons*, ceux qui tressaient systématiquement des couronnes à Roccadura, s'extasiaient sur le dîner le plus mortel, la soirée la plus nulle, et citaient en exemple la moindre niaiserie dès lors qu'elle venait du palais.

De façon à ce que ses plus proches voisins ne puissent voir ce qu'elle lisait, Rose parcourut quelques titres : « La princesse Cathy s'amuse », « Cathy s'ouvre à l'amour », « Mais comment va réagir le prince ? ».

Et sur toutes les photos, le rocker !

À Orly, Cathy attendait sa mère dans le hall d'arrivée. Elle semblait radieuse, en pleine forme. Pendant qu'un majordome s'occupait des bagages, on leur ouvrit les portes de la limousine noire. Elle démarra. Aussitôt, Rose fit coulisser la vitre d'isolation qui les séparait du chauffeur.

– Qu'est-ce que c'est que ça ? demanda-t-elle d'une voix sévère en fourrant sous le nez de sa fille la brassée de journaux froissés sortis de son sac.

Cathy éclata d'un grand rire sain.

– À qui la faute si j'ai des parents célèbres ?

– Il ne s'agit pas de tes parents, mais de ta conduite ! Nous t'avons envoyée à Paris pour étudier, pas pour t'exhiber dans des boîtes de nuit en petite tenue !

Le sourire s'effaça des lèvres de Cathy.

– C'est une robe de chez Dior !

– Pour faire le trottoir ?

– Elle est à toi, maman. Je te l'ai empruntée pour un soir.

Rose accusa le coup.

– Et la larve en blouson, c'est qui ?

– Jean-Luc Monty !

– Qui ça ?

Cathy la dévisagea d'un air sidéré.

– Tu ne connais pas Jean-Luc Monty ? Tu n'as jamais entendu « Pieds nus sur la lune » ?

– Je ne veux plus que tu te donnes en spectacle !

– Maman, je suis simplement allée à l'anniversaire de Nelly avec ses copains. Je n'en ai pas le droit ?

– Tu es princesse !

– Et alors ? Où est le mal ?

– Tu ne comprends pas que ce type s'est servi de toi !

– Jean-Luc ? Il est dix fois plus célèbre que tous les Ponti de Roccadura réunis ! Il est génial !

– Tu as dix-sept ans !

Cathy avala une grande bouffée d'air.

– Tu faisais quoi, toi, maman, à dix-sept ans ?

– J'étudiais !

– Oui, je sais, dit Cathy sur un ton sarcastique. Le théâtre. Avec qui déjà ? Donald ? Simon Freeman ou Gene Roberts ?

Rose rougit jusqu'aux oreilles : comment sa fille connaissait-elle le nom de ses premières amours ? Avec amertume, elle se souvint alors que, depuis un quart de siècle, elle était elle-même la proie des journalistes. Quatre biographies avaient déjà paru sur son compte. Sa propre mère, Jenny Duggan, n'avait pas hésité à publier un livre sur tous les prétendants qui avaient demandé sa fille en mariage !

La rage la reprit.

– À partir de maintenant, dit-elle sur un ton sans réplique, changement de programme ! Moi aussi, je m'installe à Paris. Tu vas déménager tout de suite ! Tu vas vivre avec moi !

91

Simon Freeman, mal à l'aise, se tortilla sur sa fragile chaise dorée. Sa voisine, une Ophélie corpulente aux doigts couverts de bagues, tentait, par des sourires engageants, d'amorcer la conversation. Dans la salle tapissée de tentures monumentales, près de deux cents personnes se raclaient la gorge et parlaient à voix basse en attendant l'évènement.

Hommes ou femmes, on aurait pu les diviser en trois clans.

Les poètes, chenus pour la plupart, les habitués des galas de charité, et les mondains, venus non pas pour écouter des vers dont ils n'avaient que faire, mais pour voir de près celle qui allait les dire : Rose Duggan, la princesse Rose!

– Je suis Mapple Bantry, roucoula la dame aux bagues en effleurant la main de Simon. Êtes-vous poète ?

– Euh... Pas exactement, sourit gauchement Simon.

– Quel dommage, dit-elle. Vous avez un visage si romantique! Mais peut-être êtes-vous venu uniquement pour la princesse ?

– Si l'on veut, biaisa Simon.

Mapple afficha une surprise ravie.

– Vous connaissez la princesse ?

Malgré sa brutalité maladroite, la question libéra instantanément un flot de souvenirs.

New York... Le cours d'art dramatique qu'il dirigeait six fois par semaine... Et cette élève, limpide, lumineuse, qui avait poussé la porte de sa classe vingt-cinq ans plus tôt, un matin de novembre, avec ses yeux bleus, son air timide et têtu, et sa dégaine gauche de fille de la province...

« Quel âge avez-vous ?
– Dix-huit ans.
– Votre nom ?
– Rose. Rose Duggan. »

Lequel des deux était tombé le premier sous le charme de l'autre ? Au premier regard, Simon avait su qu'elle irait loin.

Animée par un feu glacé, elle avait tout osé, tout conquis, tout gagné, l'amour, l'argent, la gloire, Hollywood...

Et maintenant elle était princesse.

Le cœur de Simon se serra : par rapport à sa gloire passée, les centaines de millions de spectateurs qu'elle avait envoûtés aux quatre coins de la planète n'auraient-ils pas été déçus de la voir ici, à Édimbourg ? Pourquoi, alors qu'il lui était si facile de rester le mythe de ses propres triomphes, venait-elle se produire devant cette maigre poignée de spectateurs pour un spectacle de patronage ? Ce n'était même pas déshonorant. Mais triste.

Triste comme une chute.

– Mesdames, mesdemoiselles, messieurs... Dans le cadre de son cinquième festival consacré aux poètes américains, la Fondation Hopkins a la fierté et l'immense honneur de vous présenter aujourd'hui celle que nous admirons tous, Son Altesse sérénissime la princesse Ponti de Roccadura...

Elle parut.

Une marée d'applaudissements roula dans la salle.

Elle bougea : le silence se fit.

Moulée dans une longue robe de la couleur de ses yeux, elle se tenait très droite, un sourire énigmatique sur les lèvres, les yeux fixés sur une ligne d'horizon imaginaire, bien au-dessus des regards qui la dévoraient. Pendant quelques secondes, elle resta immobile sur le podium dressé pour la circonstance. Entre ses doigts balançait la longue tige d'une rose blanche.

Au silence qui se prolongeait et qui ne trompait pas, Simon sut qu'elle avait réussi, par la seule intensité de sa présence, à figer la salle dans une attente absolue.

– De Walt Whitman, dit Rose comme si elle continuait à voix basse une conversation engagée depuis longtemps, « Chanson de la bannière dans le petit matin ».

Sur le même ton de la confidence familière, et comme si elle les inventait l'un après l'autre, elle murmura rêveusement les premiers vers du poème.

– *Je ne suis ni le soleil rouge ni la mer cependant,*

Je ne suis pas le vent au rire de jeune fille,

Je ne suis pas l'immense vent qui revigore, non plus que le vent qui fouette...

Bouche bée, les spectateurs avaient déjà oublié qui elle était. Il lui avait suffi d'ouvrir la bouche pour que les mots, les simples mots de la langue de tous les jours, deviennent musique.

– *Non plus que l'esprit qui fustige son propre corps jusqu'à la frayeur, jusqu'à la mort,*

Mais je suis l'hôte invisible qui chante, qui chante encore, qui chante sans fin...

Au bout de cinq minutes, Simon, qui se prenait pour un dur, sentit les larmes lui monter aux yeux.

« Elle m'a eu, pensa-t-il. Elle a encore gagné en charisme, en profondeur, en pouvoir... »

Bien plus tard, après la fin du récital, après le triomphe, le rose aux joues du bonheur, les félicitations, les cocktails, les photos et les interviews, Simon la retrouva dans la salle à manger de l'hôtel où elle était descendue. Elle avait commandé un repas pour deux sans chichis, dans un coin de la salle d'où nul ne pouvait les voir.

– C'est un miracle de te retrouver ici, Simon ! Comment as-tu su que j'étais là ?

– Les journaux.

Il lui avait aussitôt laissé un message pour lui signaler sa présence en ville : elle l'avait rappelé instantanément.

– Qu'est-ce que tu fais à Édimbourg ?

– Trois conférences. J'ai été invité par l'Université.

Les yeux de Rose brillèrent. Elle leva son verre.

– J'ai une proposition à te faire, Simon. Pourquoi n'ouvrirais-tu pas une école de théâtre en principauté ?

Il lui sourit, choqua son verre contre le sien, but une gorgée.

– J'aime trop New York. Tu me connais, c'est ma drogue.

– Tu as appris la mort de mon père ?

– Oui.

Ils se dévisagèrent.

– Tu penses à la même chose que moi ? dit Rose.

– Évidemment, dit-il en riant. Si je n'avais pas été juif, si ton père n'avait pas été ton père, si le week-end passé à Greenwood quand tu as insisté pour me présenter officiellement à ta famille n'avait pas été aussi désastreux, si ton père, le grand Sean Duggan, encore lui, n'était pas venu me proposer de l'argent à New

York, dans mon propre appartement, pour que je renonce à sa fille...

– Nous serions aujourd'hui mari et femme ! le coupa Rose avec un rire tendre.

– Tu y as échappé. Tu as de la chance. Tu n'aurais pas tes enfants, tu ne serais pas princesse...

Rose ne put réprimer une imperceptible moue.

– C'est vrai, je ne serais toujours que Rose Duggan.

– Ce n'est pas rien !

– Je veux dire, Rose Freeman.

– Quelle horreur ! ironisa Simon.

Pensivement, elle se mit à tracer des cercles sur la nappe du bout de sa fourchette.

– Simon, tu sais à quel point je te fais confiance... Puis-je te poser une question ? Jure-moi d'abord que tu me diras la vérité, même si elle doit me déplaire...

À son air grave, il comprit que ce qui allait suivre était capital.

– Parole, dit-il.

Elle releva la tête, planta ses yeux dans les siens.

– Est-ce que j'ai été bonne ce soir ? demanda-t-elle d'une voix timide et anxieuse.

Simon crut que sa mâchoire allait se décrocher : en une seconde, par le biais d'un vertigineux retour dans le temps, elle était de nouveau l'adolescente qui doute et cherche dans le regard de son prof l'assurance qu'elle n'a pas démérité !

– Tu te fous de moi ? dit-il. Tu es la femme la plus célèbre du monde, ta beauté et ton talent sont légendaires, tu as joué Shakespeare, tu as eu un Oscar et tu viens me demander si tu as été bonne dans des exercices de base dont tu te jouais déjà à dix-huit ans ?

– Est-ce que j'ai été bonne ? insista-t-elle.

À la détresse de son regard, il comprit qu'elle était sérieuse : la princesse Ponti de Roccadura quémandait son approbation !

– Tu veux la vérité, la vraie vérité ?... Tu as réussi à me flanquer le frisson !

Elle le jaugea pour être certaine qu'il ne se moquait pas d'elle.

– Tu es sûr, Simon ? Tu en es sûr ? C'est important...

– Je te le jure, Rose ! J'en avais les larmes aux yeux !

– Oh, Simon, dit-elle en lui prenant brusquement la main,

merci, merci ! Tu ne sauras jamais le bonheur que tu viens de me donner !

Sans lui lâcher la main, elle détourna la tête pour cacher ses larmes. Déconcerté, inquiet, il n'osait faire un mouvement.

– Rose... Rose, es-tu heureuse ?

– Ce soir, oui, dit-elle.

92

On descendait dans la boîte par un long escalier raide gardé par deux cerbères. À quelques mètres de là, la rumeur des Champs-Élysées et place de l'Étoile, le tourniquet furieux de la ronde des voitures... François Corot écarta les gorilles qui le saluèrent et dévala les marches quatre à quatre.

Il était en retard. On l'attendait. Pourtant, la vitesse était pour lui une seconde nature. Accélérer la scansion de la vie lui donnait, à juste titre, la sensation d'en vivre simultanément dix.

Dix femmes, dix voyages, dix fêtes, dix projets, dans l'éblouissement du temps dilapidé où tout se devait, chaque jour et chaque heure, d'être neuf, surprenant. Il arriva au bas des marches et s'immobilisa un instant avant de faire son entrée dans la salle enfumée. Toutes les femmes, même celles qui se serraient contre leur cavalier le temps d'un slow, tournèrent la tête vers lui.

– Par ici, François...

Paul Pavetti, maître des lieux, le prit par le bras et le guida jusqu'à la table réservée en permanence à son nom. Comme à l'ordinaire, elle était envahie de jolies filles. Il y eut des exclamations de joie, des embrassades, des verres remplis, des phrases hurlées que l'on n'entendait pas à cause de la sono, on lui fit place.

– Elle était comment ? demanda Edmond. Blonde, brune ?

– Rousse, dit François.

– Je croyais que tu n'aimais pas les rousses ?

– Je n'avais rien d'autre sous la main.

Peu à peu, les yeux de François s'habituaient à l'obscurité de la discothèque. À sa table, entourant Edmond, huit beautés lui souriaient. Il avait couché avec la plupart d'entre elles. En copains, pour ainsi dire, et pas plus d'une fois ou deux avec chacune. Les liaisons durables l'assommaient. Les sentiments aussi. Ils engluaient tout homme libre dans le désastre du quotidien. À lui, François, il fallait l'espace, le ciel, les autoroutes, la neige, les hors-bord, déjeuner à Londres, dîner à New York, s'envoler le lendemain pour le Mexique et sauter dans un bateau pour pêcher l'espadon. Il aimait les femmes. Les femmes l'adoraient. De taille moyenne, sec comme une lame, élégant toujours, il ne baissait jamais les yeux devant personne.

Insolent, drôle, désinvolte, il ne manquait pas de courage et entre mille, à sa dégaine, on savait qu'il ne pouvait être que français. Edmond et lui se connaissaient depuis deux ans.

Séducteurs tous deux, et séduisants, rivaux parfois mais surtout frères d'armes chassant le même gibier de race sur les mêmes terres dorées, ils avaient déjà en commun un grand nombre de passions, de maîtresses et d'alcôves.

Bon sang ne saurait mentir : fils d'Hortense, sœur du prince Gildas, et de José Marques, Edmond appartenait à la tumultueuse lignée des Roccadura.

– Pousse ton cul ! hurla-t-il.

François leva les yeux. Il reconnut aussitôt la célèbre princesse Cathy, fille aînée de Gildas et de Rose.

Il se déhancha pour lui faire de la place. Elle se glissa près de lui. La musique s'arrêta.

– Quel dommage ! se plaignit François.

Cathy l'interrogea du regard.

– Vous n'avez pas remarqué que le silence fait ressortir toutes les conneries qu'on prononce ?

– Vous en dites beaucoup ?

– Depuis qu'on se connaît, c'est la première...

– Cathy, dit Edmond, tu connais François Corot ? François, Cathy...

– Cathy qui ? s'étonna François en jouant les idiots.

– Ma cousine, dit Edmond avec un clin d'œil.

François se dégagea pour mieux la dévisager. Bien entendu, à peu près comme tous ceux qui lisaient les journaux, il savait tout d'elle, sa venue à Paris, son idylle affichée avec Jean-Luc Monty, un rocker déprimant qui se donnait des airs d'intello, sans parler des autres petits crétins de son âge avec lesquels il lui arrivait d'être photographiée lorsqu'il lui fallait une escorte pour une soirée... Edmond colla ses lèvres à son oreille.

– Celle-là, fais gaffe, tu y touches pas!
– Ah non?
– C'est une gosse... La famille... Les journalistes... Trop compliqué... C'est pas pour toi.
– C'est un défi?
– Un conseil.
– Et si c'est elle qui insiste?
– Prétentieux!
– Tu paries?
– Rêve toujours...
D'un geste simultané, ils se frappèrent dans la paume de la main. François se pencha vers Cathy.
– Eh bien, j'en apprends de belles! C'est vous qui êtes la fille de...
– Exactement, dit Cathy.
– Vous ne devez pas vous marrer tous les jours!
Cathy pouffa. En général, ceux qui l'approchaient pour la première fois ne savaient pas très bien sur quel pied danser, « Altesse », révérence, ton convenu...
– Les amours, ça va? demanda François comme si la question, à ce stade de leur relation, était la plus naturelle du monde.
– Vous, vous êtes gonflé, s'étonna-t-elle.
– À bloc. Mais j'aime pas ce type.
– Qu'est-ce qu'il vous a fait?
– Il chante faux.
Sans plus de manière, il dégagea gentiment une bretelle de sa robe et lui frôla le bras.
– Tu as vu ça! s'exclama-t-il.
– Qu'est-ce que j'ai? s'inquiéta Cathy.
– Quel âge as-tu? lui demanda-t-il en dardant ses yeux dans les siens.
– Dix-neuf ans, souffla-t-elle.
Il en avait dix-sept de plus qu'elle
– Tu n'as pas le droit, soupira-t-il. Tu es trop jeune. À mon avis, tu devrais perdre au moins cinq kilos.
– Vous me trouvez trop grosse?
– Obèse!
Il la prit par la main, l'entraîna sur la piste.
– Je vais te faire maigrir, moi, tu vas voir! On commence tout de suite!
Subjuguée, elle le suivit: quel homme!

93

Sur l'écran, on voyait des danseuses qui voltigeaient comme des fleurs à des hauteurs inouïes. Souples, rondes, gracieuses, divines. Ensuite, après un invraisemblable enchevêtrement de décors, de poulies, de cordages, on entrait dans les coulisses du Kirov. Petites, noueuses, évoquant par leur morphologie trapue la torsion nerveuse de l'olivier, on y voyait des femmes épuisées, les pieds en sang, les yeux creux, le visage ruisselant de sueur, avec des corps d'athlètes sans poitrine, musclés et maigres, dans des positions d'abandon, pieds à l'extérieur, jambes écartées, tête basse. Puis, de nouveau, flamboyante sous le feu des projecteurs, la scène encore, et l'ensemble du corps de ballet, aérien, bondissant, se cambrant, se lovant : les mêmes!... Le contraste était si saisissant que le vieux général russe, convié à la projection sous prétexte qu'il était par alliance un lointain grand-oncle de Gildas, ne cessait de marmonner une litanie de grognements incrédules dans sa langue natale miraculeusement retrouvée.

La lumière se ralluma.

À l'exception du général, de Rose et d'un jeune homme blond, la salle était vide. Rose applaudit.

– Formidable! dit-elle.

Le jeune homme lui sourit.

– Vraiment, vous avez aimé?

De la réponse qui allait suivre dépendait une grande partie de son avenir immédiat de metteur en scène.

Dans son cas, autant dire de son destin d'homme.

Il s'appelait Vitaly Chertov, avait à peine plus de trente ans et, via Paris, arrivait tout juste de Leningrad sur les instances de son producteur, Andron Slibovitch. Il était fringué n'importe comment d'une veste trop grande, d'un pull marron de laine épaisse à col roulé et d'un pantalon froissé cachant des bottes. Le teint pâle, de longs cheveux blonds dont une mèche lui tombait dans les yeux à chacun de ses mouvements, une expression à la fois ardente et naïve.

– Son Altesse a beaucoup aimé, dit le général, et moi aussi !

Le regard de la princesse ne pouvait se détacher du visage de Vitaly. Intimidé, il baissait les yeux. Même en rêve, il n'aurait espéré approcher la légende vivante qui le dévisageait, là, à portée de la main. Le cœur battant, il se demandait si elle allait accepter de prêter sa voix au commentaire qui accompagnait son film sur les « Ballets du Kirov ». Certains éléments plaidaient en sa faveur. D'abord, il était évident qu'elle avait reçu l'œuvre de plein fouet. Il y avait ensuite un lien de parenté entre le sujet lui-même du film et le fait que Rose était la marraine de l'École de ballets de Roccadura. C'est Slibovitch qui avait eu l'idée. « Si ce texte est dit par quelqu'un de célèbre, il y a de fortes chances que le film soit projeté dans le monde entier, et que toi et moi puissions en mettre d'autres en chantier. » Là-bas, au cœur de la galaxie communiste, ils avaient pensé à des noms impossibles pour le Moscovite de base, Paul Newman, Marlène Dietrich, Gregory Peck... Qui, en premier, avait prononcé le nom de la princesse Rose ? Vitaly, peut-être. En tout cas, il était là, écrasé par le faste et l'abondance de tout ce qu'il avait pu entrevoir de l'Occident depuis qu'il avait franchi, pour la première fois, la frontière de l'Union soviétique.

– Voulez-vous que nous prenions le thé ? dit Rose.

Le général déclina poliment.

– Désolé, Altesse, j'ai certains engagements... Je ne pouvais prévoir...

– Je comprends très bien, dit Rose en le prenant par le bras. Le prince sera désolé de n'avoir pu vous rencontrer. Quel dommage ! Mais vous reviendrez, général. Je vais organiser quelque chose... Merci infiniment d'avoir accepté...

Tout en parlant, elle l'entraînait vers la sortie.

Trois pas en arrière, Vitaly attendait. Rien ne le préparait à ce genre de situation. Jusque-là, il n'avait été confronté qu'à des organismes d'État dont il tirait la sonnette pour obtenir des crédits sur les idées de film qu'il présentait. Devait-il se retirer comme le général ? Rester encore ? Attendre, au risque de l'importuner, que la princesse mette fin à leur rencontre ? Il était ébloui par sa beauté, sa douceur, l'aura magique qu'elle semblait faire naître de son sillage. Avec une actrice de cette dimension, que de chefs-d'œuvre n'eût-on pas tournés!

Pourtant, à son art, elle avait préféré le prestige d'un titre : quel gâchis...

– Je suis à vous, monsieur Chertov.

Elle ouvrit la marche. Sans rencontrer personne, ils traversèrent en silence une enfilade de couloirs. Le palais de la Belle au bois dormant... Au détour d'un corrridor, Rose ouvrit une petite porte. D'un geste, elle invita Vitaly à entrer.

– Installez-vous, monsieur Chertov.

De l'autre côté du rideau de fer, on lui donnait plutôt du « camarade ». Du bout des fesses, il s'assit sur une bergère Louis XV bleu canard. Un épais tapis recouvrait la pièce lambrissée de boiseries claires. Elle était minuscule. Par la fenêtre à croisillons, on voyait, miroitant dans le lointain, un morceau de la mer.

Le soleil allait se coucher. Rose décrocha un téléphone, passa une commande. Elle surprit le regard de Vitaly fixé sur le seul tableau accroché au mur, un portrait d'homme moustachu, à l'air sévère, en grand uniforme, le torse recouvert de médailles et de décorations.

– Edmond III, dit-elle, le grand-père du prince Gildas...

Devant la mine grave de Vitaly, elle éclata de rire.

– Ne vous laissez pas impressionner. C'était un sacré cavaleur! Et si vous aviez pu connaître mon propre grand-père! Il était maçon, manœuvre sur les chantiers. Ce qui ne l'a pas empêché, à sa façon, de fonder lui aussi sa propre dynastie...

Une femme de chambre en blanc leur servit le thé et un amoncellement de minuscules pâtisseries exquises qui allaient avec. Maintenant, la moitié du soleil écarlate semblait s'être posée sur la ligne sombre de la mer qui l'engloutissait doucement. Vitaly ressentit l'instant comme un coup de couteau dans le cœur. Jamais, il en était sûr, aucun autre n'aurait pour lui la même intensité. Un autre monde... Il aurait pu rester là des siècles, dans ce petit boudoir chaleureux, à regarder mourir le soleil par la fenêtre tout en respirant le parfum subtil de la plus belle femme du monde...

– Votre thé va être froid.

Elle lui tendit sa tasse.

– À quoi pensez-vous? demanda-t-elle.

Il n'osa pas lui répondre : « À vous. »

– Je ne sais pas, dit-il. Vraiment, je ne sais plus...

Elle ne le lâchait pas du regard, un regard à la fois amusé, indulgent, profond, perspicace. Il se sentit fondre.

– Maintenant, dit-elle, je vais vous parler de votre film...

Elle trempa ses lèvres dans sa tasse, releva la tête et, de nouveau, braqua sur lui ses yeux magnétiques.

– Monsieur Chertov, dit-elle, puis-je vous appeler Vitaly ?

94

– Si vous lui faites un nouvel affront, je quitte la maison, je vous le jure ! Je vais vivre avec lui et on se marie sans votre consentement !

Le prince n'avait jamais levé la main sur ses enfants. Mais, à cet instant, Rose eut la certitude qu'il allait gifler Cathy.

Têtue, butée, elle les défiait depuis une heure. Malgré son aversion pour « Les Anges » – peut-être parce qu'il n'y avait pas sa place et que Rose aimait s'y réfugier sans lui –, Gildas avait pourtant choisi le nid d'aigle de sa femme pour cette entrevue de la dernière chance : comment faire autrement ? Depuis des mois, le palais de Roccadura aussi bien que leur appartement à Paris étaient le point de mire d'une horde de reporters. Impossible de faire un pas sans être suivi, épié, harcelé. Tout ce qui avait trait à la principauté semblait engendrer la folie. Il faut dire que la moindre photo volée faisait le tour du monde et rapportait des fortunes à son auteur.

– Tu veux l'épouser ? intervint Rose. Soit. Parfait. C'est toi qui t'engages. Lui as-tu au moins demandé de quoi il vivait ?

– Il gagne beaucoup d'argent, maman !

– Comme gigolo ? grinça Gildas.

Cathy lui fit face.

– Au moins, il s'amuse, *lui* !

– Rien ne t'empêchera d'en faire autant dès que tu auras passé ta licence, dit Rose.

Gildas frappa du poing sur la table.

– Tu ne vois pas que la promiscuité de ce type compromet

toute la famille ? C'est un noceur, un coureur ! Il a une réputation épouvantable !

– Quand vous le connaîtrez mieux, vous changerez d'avis !

– Elle va me rendre cinglé ! s'étouffa Gildas.

– Je l'aime !

Exaspéré, le prince jeta un dossier sur la table. Des feuilles de journaux s'en échappèrent. Il en brandit une.

– C'est quoi, ça ?

Cathy reconnut tout de suite la photo : les Caraïbes... ils sortaient de la mer, François l'enlaçait tendrement, elle était nue dans ses bras.

– Où est le mal ? le défia Cathy. Au moins, *nous*, on s'aime !

Rose se cacha la tête dans les mains et se mit à pleurer.

– M. François Corot vient d'arriver, annonça Margaret Ryan en entrouvrant la porte.

– Qu'il attende ! fulmina Gildas.

Sourire ravageur aux lèvres, François déboulait déjà dans le salon.

– Mes hommages, madame. Mes respects, monsieur...

– Pas « madame », corrigea le prince d'une voix sèche. « Altesse » ! Et, en ce qui me concerne, « Monseigneur » ! Qui vous a demandé d'entrer ?

– Pardonnez-moi, dit François.

Brutalement, Gildas lui colla la photo sous le nez.

– Vous êtes fier de ça ?

François la lui prit des mains, la considéra en silence.

– Je veux des explications ! dit Gildas.

– C'est un malentendu, Monseigneur.

Cathy voulut voler au secours de François.

– Papa, il n'y est pour rien !

– Toi, va dans ta chambre !

Sans mot dire, Rose se leva, prit sa fille par le bras et l'entraîna. La porte se referma sur elles.

– Vous cherchez peut-être à me faire croire, attaqua Gildas sur un ton glacial, que vous ne saviez même pas qu'un photographe vous pistait ?

– Je vous en donne ma parole, Monseigneur !

– Votre parole..., dit Gildas avec mépris. Voulez-vous que je vous dise franchement ce que je pense ?... Vous êtes de mèche avec ces vautours et vous prenez des pourcentages sur la revente des photos.

François pâlit, avala péniblement sa salive.

– Je n'étais pas venu chez vous pour me faire insulter, Monseigneur. Je suis d'une famille sans doute moins titrée que la vôtre, mais tout aussi honorable.

– C'est pour cela que vous permettez à ma fille de s'exhiber nue sur une plage ! Vous avez deux fois son âge, je vous tiens pour responsable!

– Nous nous aimons.

– À vingt ans, comment voulez-vous qu'elle sache qui elle aime? C'est une enfant! Vous la manipulez!

– Si on attend de savoir *pourquoi* on aime, Monseigneur, on risque de ne jamais aimer.

– Gardez vos aphorismes de garçon de bain pour éblouir vos conquêtes de comptoir!

– Je suis simplement venu vous demander la main de votre fille, Monseigneur.

– Je vous ai déjà dit qu'elle devait d'abord achever ses études! s'emporta Gildas.

– Exact, Monseigneur, dit François avec calme. Vous me l'avez déjà dit. Vous espériez alors que le temps viendrait à bout de nos projets, que Cathy et moi changerions d'avis ou que les choses s'arrangeraient dans le sens que vous souhaitiez. Vous vous trompiez, Monseigneur. Le temps n'y a rien changé, le temps n'y fera rien.

Gildas pivota sur lui-même et alla coller son nez contre la baie vitrée s'ouvrant sur l'infini. François restait debout, immobile. Plusieurs minutes s'écoulèrent. Le prince se retourna.

– Êtes-vous prêt à lui laisser obtenir son diplôme?

– C'est dans un an, Monseigneur, hésita François avec une moue. C'est long, un an...

– Je tiens à ce qu'elle l'ait! Jusque-là, tâchez au moins de vous comporter avec discrétion et dignité.

– Dois-je comprendre, Monseigneur?...

Le prince se racla la gorge. Visiblement, ce qu'il avait à dire avait du mal à passer.

– Comprenez ce que vous voulez. Mais si, dans douze mois, vous êtes toujours dans les mêmes dispositions, je vous laisserai libres de faire ce qu'il vous plaira.

– J'en prends note, Monseigneur, dit François. Puis-je voir Cathy un instant, je voudrais le lui dire

– Je le lui dirai moi-même.

L'entretien était terminé. François avança la main. Gildas n'eut pas l'air de s'en apercevoir. François s'inclina, tourna les talons et sortit. Gildas ne fit pas un mouvement jusqu'à ce qu'il entende démarrer sa voiture. Il prit alors le téléphone, vérifia d'un coup d'œil qu'il était toujours seul dans la pièce et composa un numéro. Il eut en ligne son aide de camp, Arnaud de Pontiac.

– Vous m'écoutez, Arnaud ?...

– Oui, Monseigneur.

– À partir de maintenant, je veux un rapport complet et quotidien sur les activités de François Corot. Ses déplacements en principauté, qui il rencontre, qui il appelle, le genre d'affaires qu'il essaie de réaliser, la position de ses différents comptes en banque, les filles à qui il parle... Vous voyez ?

– Parfaitement, Monseigneur.

– Je veux qu'il ne soit *persona grata* sur le Rocher que lorsqu'il se déplace avec ma fille la princesse Cathy. Sans elle, il n'est rien, on ne le laisse entrer nulle part, on lui rend la vie difficile. Où qu'il aille, on doit lui faire sentir à tout instant qu'on le tolère, mais qu'il n'est pas le bienvenu !

– Comptez sur moi, Monseigneur, dit Pontiac.

Gildas raccrocha. La porte s'ouvrit.

– Où est François ? dit Cathy.

Des yeux, elle fit le tour du salon.

– Tu l'as mis dehors ! cria-t-elle.

Gildas s'installa sur un canapé.

– Viens t'asseoir près de moi.

Elle s'approcha avec méfiance.

– Je vais te dire ce que j'ai décidé...

Pendant ce temps, François roulait à tombeau ouvert sur la route de Nice. Il avait rendez-vous au Carlton de Cannes avec une sublime actrice argentine rencontrée la veille dans une boîte de travestis. Après avoir abandonné sa Ferrari au portier, il se retrouva nez à nez avec Edmond qui traversait le hall en tenue de tennis.

– Je quitte ton oncle à la seconde, dit François.

– Comment va-t-il ?

– En pleine forme. Tu te souviens de notre pari ?

– Lequel ?

– Cathy.

– Et comment ! Au fait ?

– Tu as perdu !

Edmond encaissa le coup. Ravi de le voir choqué, François leva le pouce de la main droite.

– L'affaire est dans le sac !

95

Qui donc peut être sûr d'être pleuré avec sincérité ? En dehors de Cathy, qui avait une passion pour sa grand-mère, la princesse Christine semblait n'avoir droit, de la part de sa propre famille, qu'à des sentiments de convenance. Ou pis, concernant les truands qu'elle avait recueillis, à l'oubli.

Aucun de ceux qu'elle avait hébergés à « La Douce » ne suivait le convoi de ses obsèques. Certains étaient retournés en prison. Même celui qu'elle avait le plus aimé, Riton-la-Béquille, n'avait pas cru devoir se déranger pour la mort de son ex-maîtresse. Quelques années plus tôt, il l'avait plaquée du jour au lendemain pour se ranger et fonder une famille avec une ancienne prostituée devenue serveuse de bar. À cette époque, Christine, qui l'avait tant aidé, devenait trop embarrassante.

Quand il jouait tranquillement aux cartes, il ne supportait plus de voir s'incliner le chauffeur en livrée qu'elle lui envoyait pour signaler sa présence. Il arrivait même que les moins discrets de ses partenaires se lèvent pour découvrir la Rolls garée dans la rue devant le bistrot, moteur tournant, alors que Christine, assise à l'arrière, s'abritait des regards derrière les vitres fumées.

– Fais-la entrer, ta princesse, merde ! Tu as honte de nous ou tu as honte d'elle ?

« Tu me fais perdre la face ! » reprochait ensuite Riton à sa bienfaitrice. À ses yeux, elle était coupable d'un trop-plein d'amour. À ceux de Gildas, d'un excès d'indifférence. Il n'avait jamais éprouvé de passion pour sa mère. Il lui en avait voulu de mépriser son père, comme il n'avait jamais pardonné à Hortense les accusations iniques qui avaient provoqué son bannissement hors de la principauté.

Blessures ouvertes...

Pourtant, à sa grande surprise, tous les villageois étaient là alors que plus rien, désormais, ne les forçait à y être. Ici, dans son fief de Montfort-l'Amaury, la princesse Christine était adulée des humbles et respectée de tous. Pourquoi l'aimaient-ils ?

Que lui trouvaient-ils donc que lui-même n'avait su voir ?

Il comprit alors que, s'il l'avait détestée, c'était surtout à cause de sa passion affichée pour les voyous qu'elle attirait à « La Douce » comme d'autres nourrissent les chiens.

Porté par des hommes du village, le cercueil arrivait maintenant dans le carré de roses rouges, à l'ombre de la plus haute tour du château, où Christine avait désiré être ensevelie.

Encadrant Cathy, Gildas et Rose, le visage caché par des voiles noirs, ouvraient le cortège funèbre. Gildas avait demandé à Thibault, qui passait ses examens en Amérique, de ne pas se déplacer. Quant à Élodie, sa jeune sœur, on l'avait jugée trop tendre pour la faire participer au deuil familial.

Derrière Gildas, la princesse Hortense, soutenue par les deux enfants de son premier mariage, Anita et Edmond, marchant au même pas que l'époux de leur mère, Philippe Leduc.

Les dernières heures avaient été pénibles pour tout le monde. Christine s'éteignait doucement, de vieillesse et d'usure.

Gildas, craignant que ses dernières volontés ne soient pas conformes à ses propres désirs, était accouru à « La Douce » trois jours plus tôt. Ce qu'on appelait avec modestie dans la famille la « propriété » était en fait un impressionnant château médiéval entouré sur plusieurs dizaines d'hectares de prairies, de lacs et de forêts entretenus par une armée de fermiers logés dans les bâtisses jalonnant les terres. Des gardes-chasse veillaient sur le gibier, cerfs, biches, faisans, lièvres, canards, sangliers...

Viscéralement attaché au domaine, le prince, quelques semaines auparavant, avait contraint sa sœur à lui en vendre les parts qu'elle détenait.

– Quel prix ?

– Le mien.

Il avait prononcé un chiffre. Hortense avait bondi.

Mais comment refuser ? D'un trait de plume, du jour au lendemain, il pouvait lui supprimer sa liste civile...

Gildas, machinalement, se retourna vers elle. Au passage,

son œil capta la silhouette en gris qui se détachait sur le noir de la foule : François Corot. Une bouffée de rage l'envahit. Comment ce petit play-boy insolent osait-il bafouer à ce point les convenances ? N'avait-il aucun respect pour la défunte ?

Pourtant, selon Cathy, il la connaissait bien. Et, toujours d'après elle, la princesse Christine l'adorait.

– Papa, tu ne peux pas savoir à quel point il la fait rire !

– Tu as vraiment vu ta grand-mère rire ?

– Elle est folle de lui !

Après tout, songea Gildas avec amertume, c'était dans la ligne : jusqu'à son dernier jour, Christine n'aurait aimé que les gangsters. En attendant la cérémonie religieuse prévue une semaine plus tard à Paris, il avait souhaité que ses obsèques soient très simples. Quand le cercueil fut recouvert de terre et de roses, une dernière prière fut dite. Gildas, Rose et Cathy se rangèrent pour recevoir les condoléances. Philippe Leduc, Hortense, Edmond et Anita vinrent se placer auprès d'eux, en bout de file. Beaucoup de mains calleuses et d'yeux rougis de pleurs. Tout le monde se sépara. Le clan d'Hortense partit de son côté. Cathy s'éloigna au bras de François Corot. Gildas et Rose remontèrent dans leur voiture.

Pendant plusieurs minutes, aucun des deux ne dit mot.

Puis Rose se tourna vers Gildas.

– Pourquoi n'aimais-tu pas ta mère ? demanda-t-elle subitement.

Le prince eut un geste évasif.

– C'est mon père que j'aimais, dit-il sans s'adresser particulièrement à elle. C'est lui qui a souffert, à cause de ma mère, justement, et de ma sœur. Je ne peux pas leur pardonner de lui avoir gâché la vie.

De nouveau, le silence.

– Corot, en gris, ce merdeux, tu as vu ça ? Quel mufle !

– Est-ce si important ? demanda Rose.

Gildas lui jeta un regard venimeux.

– Je comprends maintenant pourquoi Cathy a tant de mal à faire la différence entre les choses. Mais puisque rien n'a d'importance... Peut-être si tu lui avais consacré un peu plus de temps...

– Ce qui veut dire ?

Gildas appuya sur le bouton qui actionnait la vitre les isolant du chauffeur.

– On ne peut pas être partout à la fois, assumer décemment

ses devoirs de princesse, élever ses enfants, donner des récitals de poésie et voyager aux quatre coins du monde avec des metteurs en scène russes...

Rose eut une lueur méprisante dans le regard.

– Tu n'as aucune leçon à me donner!

– Si! De savoir-vivre!

– Dans ta famille, vous vous êtes toujours tous bouffé le nez! Tu n'as jamais pu supporter ta mère, tu détestes ta sœur et tu n'aimes personne! Va jouer les moralistes avec d'autres!

– Lorsqu'on occupe ta position, on ne ridiculise pas son mari!

– Si je le faisais, ce ne serait que justice! Tu te gênes, toi?

– Tu t'affiches avec un révolutionnaire bidon!

– On ne parle que de tes maîtresses en principauté, de tes assistantes, de tes secrétaires, au palais, sous mon nez! Et tu oses reprocher à ta fille de défrayer la chronique! Sais-tu ce qu'on raconte sur toi dans ton dos?

– Dans le dos, je m'en fous, qu'on me le dise en face! Tu sais ce que j'entends, moi, à ton sujet, sur ton passé, tes amants, tes absences? On dit que tu grossis, et c'est parce que tu bois!

Les larmes, brusquement, jaillirent des yeux de Rose. Sa voix se cassa.

– J'avais cru vivre un conte de fées... C'est un cauchemar... Je ne sers plus à rien dans ta vie. J'ai perdu toute influence sur ma fille, je n'ai plus de plaisir à être avec toi... Je vais m'en aller.

– À Hollywood? persifla Gildas.

– Dans ma famille, cria Rose, avec les miens!

– Ta nièce anorexique ou ton frère qui a viré de bord?

Les sanglots la suffoquèrent. Elle le dévisagea avec des yeux agrandis de frayeur.

– Mon Dieu, Gildas, mon Dieu! gémit-elle. Comme tu es plein de haine!

96

– Votre Altesse a-t-elle bien travaillé à l'école ?

– Tu m'énerves, Denis ! Arrête de m'appeler « Altesse ». Quand tu fais ça devant les copines, j'ai l'air d'une cloche !

Denis éclata de rire.

– Bien, *Altesse*, dit-il.

Élodie se mit à rire elle aussi et essaya de frapper son garde du corps qui lui bloqua les bras avec trois doigts de la main droite. Attendri, Julio, le chauffeur, observait la scène dans le rétroviseur intérieur de la Packard. Denis Klugman et la princesse Élodie étaient installés à l'arrière. Personne n'avait jamais songé à lui demander ce qu'elle pensait de ce tralala où il fallait un chauffeur, une nurse et un garde du corps pour traverser une rue. L'eût-on fait, qu'aurait-elle pu répondre ? Elle avait douze ans. Il en était ainsi depuis sa naissance. Comme tous les enfants de personnages puissants, elle devait vivre sous surveillance. Comme son frère, comme sa sœur. On avait déjà essayé d'enlever Cathy pour soutirer une énorme rançon à sa famille. Le rapt avait échoué de justesse. Aujourd'hui encore, il ne s'écoulait pas de saison sans que les enfants princiers ne fussent l'objet de menaces. Leur père, le prince, les prenait très au sérieux. Autre contrainte, le protocole. Gildas exigeait de tous ses employés que ses enfants soient traités comme des altesses royales. Fine et vive, Élodie s'en amusait beaucoup. Denis, de son côté, avait établi avec elle un code destiné à briser ce que le carcan du langage avait de trop contraignant : quand il l'appelait *Altesse* – il était, entre autres, payé pour ça –, son regard rieur démentait avec humour son excès de déférence.

– Mon père est à la maison ?

– Je n'ai pas vu Son Altesse, *Altesse.*

Élodie le bourra de coups de poing. Il faisait beau. Paris brillait comme une scène de théâtre dont les innombrables figurants frémissaient à l'approche du printemps. La limousine, qui arrivait du lycée d'Élodie à Neuilly, se faufilait dans des petites rues à sens unique pour rejoindre l'avenue Foch sans être bloquée dans les embouteillages. Brusquement, le sourire de Denis se figea : aussi soudain qu'un éclair, quelque chose de brillant, en avant de la Packard, venait de voltiger sur la chaussée.

– Merde ! jura Julio.

Il écrasa le frein. La voiture fit une embardée. Denis, mû par ses réflexes, plaqua Élodie contre lui et plongea la main dans sa poche où se trouvait son arme de service.

– Qu'est-ce qu'il y a ? cria-t-il.

– J'ai crevé, dit Julio.

Roulant sur les jantes, la Packard se rangea au bord du trottoir. Julio descendit, se pencha, fit la grimace.

– C'est extraordinaire, dit-il, trois pneus en même temps !...

– Reste assise, ordonna Denis à Élodie.

La main droite toujours dans sa poche, il se glissa hors de la voiture, referma la portière, jeta un regard méfiant autour de lui, se baissa et ramassa un objet métallique.

– Regarde, dit-il à Julio, des clous... On a balancé une poignée de clous sous la bagnole.

Il fit quelques pas en arrière, en repéra d'autres.

– Merde, merde ! grogna-t-il.

– Faut que je téléphone pour qu'on me dépanne, dit Julio. Tu es à cent mètres, rentrez sans moi...

– Une seconde, le coupa Denis.

Il voulait savoir ce qui se tramait. À cet instant, le bruit de la portière qui s'ouvrait le fit se retourner. Il vit Élodie courir à lui. Simultanément, un type en imperméable mastic sortait d'une porte cochère et braquait les deux mains vers eux.

– Élodie ! cria Denis.

Le temps de la rafler au vol dans ses bras, il y eut plusieurs flashes. Dans un mouvement tournant, Denis déposa l'enfant dans les bras de Julio.

– Fais-la monter dans la voiture !

Le prince avait interdit toute photo. Denis se lança aux trousses du paparazzi qui s'enfuyait. Lui casser la gueule. Briser ses appareils. Il n'en était plus qu'à vingt mètres lorsqu'il le vit sauter sur le tan-sad d'une Kawasaki que le conducteur casqué de noir arracha dans un vrombissement de supersonique.

Le photographe se retourna vers Denis et, en rigolant, lui fit de la main, médius dressé entre index et annulaire repliés, le signe considéré en Italie comme une injure mortelle.

– Salopard! gronda-t-il.

Un taxi passait. Il l'arrêta. Élodie le rejoignit. Il la prit par le bras, la poussa dans la voiture.

– Montez, Altesse.

– Ça continue? protesta Élodie à voix basse en désignant le dos du chauffeur.

– Où on va? demanda le chauffeur.

– Avenue Foch.

– On y est déjà! Pouviez pas aller à pied?

Denis lui glissa un billet dans la bordure de sa casquette.

– Votre père va être fou de rage.

Élodie lui jeta un regard narquois.

– Il y a de quoi, non? dit-elle. Ce motard t'a bien eu, mon petit Denis!

97

Que se passe-t-il lorsque deux amies de vingt-cinq ans se retrouvent, qu'il fait gris dehors, qu'elles ont des ennuis mais qu'elles sont heureuses d'être de nouveau réunies ?

Elles pleurent.

– On a l'air malin, toutes les deux, en plein bistrot ! dit Rose en s'essuyant discrètement les yeux.

– On les emmerde ! dit Cathy Bramble. Mais je me mets à leur place. À New York, on ne croise pas tous les jours des princesses en sanglots.

Des garçons passaient entre les tables du Russian Tea Room. À leur façon insistante de ne pas regarder dans sa direction, nul doute qu'ils n'eussent déjà percé l'identité de Rose malgré son accoutrement de jogger, survêtement bleu, bandeau blanc qui lui ceignait la tête et baskets.

– Ce doit être tuant d'être aussi célèbre ?

– Dans l'idéal, il ne faudrait l'être qu'une semaine sur deux.

Rose jeta un regard en biais sur la salle, caressa du bout des doigts la nappe en papier où trônaient deux verres, une carafe de vodka finlandaise et quelques toasts au caviar.

– Tu te rends compte... C'est ici, à cette même table, que Gildas m'a officiellement demandée en mariage !

Rose prit la main de Cathy entre les siennes.

– Je suis désolée pour ce qui t'arrive.

– Merci, ça s'est très mal passé.

Cathy s'empara de la carafe. Rose n'avait pas tout à fait fini son deuxième verre. Cathy emplit le sien pour la troisième fois. Elle avait changé. Elle était toujours suprêmement belle, mais quelque chose avait altéré son expression de lionne dominatrice. Quelque chose qui avait la couleur du chagrin, de l'amertume. Au cours de ces dernières années, la vie ne l'avait pas gâtée. D'abord, cet horrible accident de voiture où sa fille de trois ans avait perdu la vie. Cathy conduisait. Ensuite, les évènements s'étaient enchaînés comme un catalogue du malheur... De gros problèmes avec son mari. Un divorce. La garde de sa seconde fille confiée à son père. Le découragement, le doute, la déprime, l'alcool...

– Je suis avec toi, Cathy, quoi qu'il arrive...

– Je sais. Moi aussi, je suis avec toi.

– Je voudrais tellement pouvoir te faire plaisir... Qu'est-ce qui te ferait plaisir ?

D'un clin d'œil, Cathy lui désigna la carafe et se servit une quatrième vodka. Elle était loin, la pension Barbizon...

À l'époque, il y avait vingt-huit années de cela, toutes deux débarquaient à New York. Elles n'avaient même pas vingt ans.

Depuis, chacune avait suivi son destin singulier, mais rien, jamais, n'avait altéré leur amitié. C'est en hommage à Cathy que Rose avait baptisé sa fille du même nom. Et la princesse Cathy Ponti de Roccadura avait pour marraine Cathy Bramble.

– Alors... François Corot ?... Raconte !

– Une catastrophe ! Play-boy, cavaleur, égoïste, faisant la foire toutes les nuits. Il a fallu que ça tombe sur moi !

Cathy sourit.

– Sur elle, tu veux dire. Après tout, c'est sa vie.

Elle but rêveusement une gorgée.

– Entre nous, Rose, pourquoi, nous, les mères, sommes-nous toutes identiques dans l'idiotie ? Quand nous avions leur âge, on tombait amoureuses de Clark Gable ou de Gary Cooper...

Un souvenir la traversa, elle pouffa soudain, but de travers, s'étrangla.

– Il faut dire que, dans ton cas, c'était beaucoup plus marrant ! C'étaient le vrai Cooper et le vrai Gable, en chair et en os, qui tombaient raides dingues de toi !

Elle s'essuya les lèvres de sa manche.

– Et pourtant, on voudrait pour maris de nos filles des nains bien propres, insipides, raseurs, binoclards... Pourquoi, Seigneur, pourquoi ? Malgré leur laideur et l'ennui qu'ils dégagent, ils sont pires que les autres. Ils les trompent avec la bonne, leur font des bébés sages à grosse tête et les plaquent dès qu'elles ont quelques illusions en moins et dix kilos de plus...

– Bonne analyse, dit Rose avec indulgence. N'empêche... On sait déjà qu'avec le genre Corot les emmerdements ne peuvent que pleuvoir.

– C'est peut-être plus marrant ainsi, murmura Cathy.

– Tu parles... Il la trompe déjà. Tu devrais l'appeler, Cathy, la conseiller, lui demander de réfléchir, d'attendre. Elle a confiance en toi... Le mariage est prévu pour le 26 juin. Tu es peut-être l'intervention de la dernière chance.

Cathy eut un haussement d'épaules fataliste.

– Rose, franchement, tu crois vraiment que ça changerait quelque chose ?

– Non, dit Rose. Tu as raison. Melissa Paramount m'a prédit que le mariage aurait lieu. Heureusement, le divorce suivra de peu.

– Et ton mari ?

– Il est comme moi. Il a perdu toute autorité sur elle. En outre, il est très mal placé pour lui faire la morale.

Elle détourna la tête avec gêne, hésita. Mais, si elle n'en parlait pas à sa meilleure amie, à qui donc pourrait-elle le dire ?

– Il a des maîtresses dans tous les coins, lâcha-t-elle d'une traite.

– Gildas ? s'exclama Cathy. Et tu laisses faire ?

– J'ai déjà assez de problèmes avec ma propre famille sans me mettre un divorce sur le dos. J'arrive de Greenwood. Je n'ai rien reconnu, Cathy, ni personne. C'était affreux. Mon frère, peux-tu le croire ?

À son expression, Rose vit qu'elle était au courant.

– Si on avait dit ça à mon père, il se serait flingué ! Kevin, le plus costaud ! Tu l'aurais imaginé virant de bord dans des boîtes de travelos ?

– Comment réagit sa femme ?

– Elle a demandé le divorce. C'est surtout chez les enfants qu'il y a des dégâts. Karin, la plus jeune, est anorexique. Je la quitte, Cathy, elle est plus légère qu'une plume. J'ai peur.

– Ta mère ?

– Elle enfonce Kevin. Elle ne comprend plus grand-chose.

Rose fit tourner son verre entre ses mains.

– À Roccadura, ce n'est guère plus brillant. Thibault a de gros problèmes d'élocution. Depuis l'enfance, sa sœur n'a cessé de l'écrabouiller.

– Et Élodie ?

– Charmante, têtue, fragile. Elle n'a que douze ans.

Cathy poussa un profond soupir.

– Tu as beaucoup de chance, Rose. Au moins, tes enfants sont en vie. Moi, j'ai tué ma fille.

Rose faillit lui répondre. Elle y renonça. Le terrain était piégé. Cent fois, elles l'avaient exploré ensemble, chacune connaissant par cœur les questions et les réponses de l'autre : désormais, à ses propres yeux, Cathy se jugerait toujours coupable. Rien ni personne ne pourrait l'en empêcher.

– Cathy... Puis-je te poser une question ? Tu me jures de me dire la vérité ?

– Vas-y.

– Est-ce que tu me trouves moche ?

Cathy éclata de rire.

– J'ai en face de moi l'extraterrestre qui fait fantasmer la planète et il faudrait que je la trouve moche !

– Sérieusement, Cathy... C'est important... Regarde-moi... Le temps a passé, j'ai grossi, j'ai des rides, je me sens flasque, hideuse...

– Et si je te posais la même question à mon sujet ?

– Tu n'as pas bougé !

Du bout de son index, Rose se mit à dessiner sur la nappe des cercles concentriques.

– J'ai si peur de vieillir, Cathy...

– Pas moi. Je n'ai même plus envie de vivre.

Bouleversée, Rose lui tapota la main.

Question d'instant peut-être, mais tout lui paraissait noir brusquement, cruel, froid. La vie n'était qu'un désastre glacé.

L'image de Vitaly la traversa. Dans deux heures, il allait la rejoindre. Son cœur se mit à battre.

– À quoi penses-tu ? demanda Cathy.

– À la jeunesse, dit Rose.

98

La tête surmontée d'un diadème appartenant aux Ponti depuis la nuit des temps, Cathy, irréelle de beauté dans une époustouflante robe blanche de dentelle signée Dior, se tenait debout à côté de son père. Sa main droite serrait celle de François, en jaquette. Dans quelques instants, Mgr Aliotti, l'archevêque spécialement mandaté par le Vatican pour dire la messe et orchestrer la cérémonie, allait prononcer les vœux qui les lieraient jusqu'à ce que la mort les sépare. Le prince Gildas se pencha à l'oreille de sa fille.

– Rien n'est encore fait, Cathy, murmura-t-il. Si tu le veux, tu peux encore renoncer. Je suis ton père. Je ne te lâcherai pas !

Sous ses voiles de mariée, Cathy eut un tic d'agacement.

Placée juste derrière elle, Rose, à son tour, tenta sa chance.

– N'hésite pas, ma petite fille, lui souffla-t-elle sur la nuque. Si tu as le moindre doute, fais marche arrière, il n'est pas trop tard, tu peux tout annuler !

Cathy se serra contre son futur mari.

La chapelle n'aurait pas pu contenir une personne de plus.

Il avait fallu un cordon spécial de police pour tenir à distance la horde sauvage des reporters. Une fois de plus, ils avaient déferlé du monde entier sur la principauté. Instruit par ses expériences antérieures, Gildas leur avait fait interdire les accès de la cérémonie. Après de tortueuses négociations, quatre d'entre eux seulement, appréciés du service de presse pour leur totale soumission aux desiderata du prince, avaient été autorisés à prendre des photos dont les négatifs, contrôlés par le palais, devaient être soumis à l'approbation finale de Gildas avant d'être distribués à leurs confrères.

Comme prévu, on était le 26 juin.

– À quand le divorce? persiflaient déjà les mauvaises langues.

Tout survol de la principauté était interdit pendant la durée des réjouissances. Ce qui n'avait pas empêché un candidat à la gloire de planer en aile delta au-dessus de la cour du palais pour réaliser la photo de sa vie. On l'avait récupéré à l'atterrissage et expulsé du Rocher après avoir détruit sa pellicule. Plusieurs hélicoptères, loués à prix d'or par des kamikazes *free-lance*, avaient été contraints, eux aussi, de se poser sur ordre de l'aviation militaire française dont les services de sécurité avaient demandé l'aide.

De son côté, la gendarmerie avait refoulé tout ce qui pouvait se cacher sous un déguisement banal dont étaient friands les voleurs d'images, plombiers, bonnes sœurs, électriciens, flics, ouvriers, joueurs d'orgue, marchands d'hosties, maîtres-chiens, vendeurs d'images pieuses. Le butin se montait à des douzaines d'appareils photos confisqués jusqu'à la fin de la noce.

Les festivités se déroulaient sur trois jours et trois temps forts. Un grand bal la veille du mariage, le mariage civil dans la salle du trône le lendemain et, enfin, la cérémonie religieuse dans une chapelle annexe de la cathédrale de Roccadura.

Le grand bal et ses huit cents privilégiés avaient regroupé les têtes d'affiche de différents mondes, altesses au rancart, vrais princes, excellences en mal de poste, monarques authentiques ou ayant droit au rabais, acteurs en activité, producteurs au chômage, stars à la retraite, gigolos, animateurs de boîtes de nuit, notables locaux côtoyant l'Aga Khan, Umberto d'Italie, Constantin de Grèce, Bertil de Suède, le comte et la comtesse de Paris, Fouad d'Égypte, l'archiduc de Habsbourg et, bien entendu, la prestigieuse garde d'honneur hollywoodienne de la princesse Rose, Sinatra, David Niven, Gregory Peck, Cary Grant, Ava Gardner...

Comme d'habitude, Charles d'Angleterre avait été invité.

Comme d'habitude, il n'était pas venu.

Parmi les exclus du protocole, le nouvel époux de Mme Corot, maman du marié, le fils de la princesse Éliane, veuve d'Edmond III, né d'une première union roturière, et quelques autres, accrédités jadis, tricards aujourd'hui pour crime de lèse-majesté, soit qu'ils eussent tenu des propos irrespectueux à l'encontre de Son Altesse sérénissime, soit contrevenu aux lois et bonnes mœurs en usage dans la principauté. La soirée avait été marquée par une réponse de Gildas au grand amiral de la Flotte du Honduras : elle en disait long sur l'estime qu'il portait à son futur gendre.

– Quelle est donc l'activité professionnelle du futur époux de Mlle votre fille, Monseigneur ?

– Bof... amiral. Un peu n'importe quoi...

Pour une foule aussi dense, il n'y avait que deux toilettes situées en haut du grand escalier à double révolution. Pour y accéder, il fallait faire la queue très lentement, marche après marche, les hommes agglutinés sur le tronçon de gauche, les femmes entassées sur celui de droite. Au cours des heures – côté gauche surtout –, les jeunes invités s'y enfermaient de plus en plus longtemps dans des rugissements de chasses d'eau.

Le lendemain, un accrochage avait opposé Rose à sa plus jeune fille. Lubie ou provocation, elle avait décidé de se rendre dans la salle du trône en pantalon !

– Pas question, Élodie ! Ce n'est pas convenable !

– Alors, maman, je ne viens pas !

Rose avait cédé.

Au cours de la cérémonie civile, le président du Grand Conseil, selon l'usage, fit lecture à François de son nouveau statut.

– Par votre union, vous voilà membre à part entière de la famille régnante et sujet de Son Altesse sérénissime le prince Gildas. En conséquence, comme le stipule l'article 1er de la Constitution monarchique de Roccadura : « Tout membre de la famille princière est soumis à l'autorité absolue du prince régnant », vous voilà désormais placé, comme tout autre membre de la dynastie, sous sa seule autorité souveraine.

La phrase avait été prononcée à voix haute et claire.

Les copains de la nuit, invités de François, se poussèrent du coude en gloussant. Un peu plus tard, au cours du lunch, Edmond félicitait le jeune marié.

– Bienvenue au club, mec ! Mais fais gaffe. À partir de maintenant, tu devras toujours demander la permission à oncle Gildas !

– Rêve toujours, lui glissa sobrement François.

Contrastant avec le faste ambiant, le buffet était assez médiocre pour provoquer la phrase venimeuse d'un vieil homosexuel italien qui avait ses habitudes sur le Rocher.

– Apparemment, l'honneur que nous font nos hôtes en nous recevant les dispense de nous nourrir de façon décente.

Le troisième jour, la cérémonie religieuse, davantage axée sur la famille – descendants, alliés, collaléraux et sympahisants –, regroupait six cents personnes, autant que pouvait en contenir la chapelle. À l'exception de Kevin, brebis galeuse du clan, les Duggan avaient fait le déplacement au grand complet. Cathy Bramble était arrivée la veille de New York.

À la voir, impressionnante de classe et de sérénité, nul n'aurait pu imaginer la détresse de sa solitude. Sorties de la bouche de l'archevêque, vinrent alors les paroles irrémédiables.

– Je vous déclare unis devant Dieu par les liens sacrés du mariage...

Le visage du prince se crispa, une larme coula sur le visage de Rose, on échangea les anneaux. Présidé par les nouveaux mariés, un grand déjeuner devait suivre. Mais, à peine achevées les félicitations, François prit le bras de Cathy. Fendant la foule, il l'entraîna à l'abri d'un énorme pilier de soutènement derrière lequel se cachait une petite porte en bois. Il l'ouvrit.

– Entre ! dit-il.

Ils s'enfoncèrent dans un sombre couloir de pierre qui puait l'humidité.

– François, s'inquiéta Cathy, tout le monde nous attend ! Que va dire mon père ?

Il lui effleura les lèvres d'un baiser.

– Qui commande, madame Corot ? Ton père ou ton mari ?

Au-dehors, dans une rue minuscule et déserte qui donnait sur l'arrière de la cathédrale, stationnait une Mercedes noire aux vitres fumées. François y poussa Cathy. La voiture démarra.

Dix minutes plus tard, à la sortie de la ville, elle s'arrêtait sur un terre-plein où les pales d'un hélicoptère soulevaient un nuage de poussière dorée.

– Monte, Cathy ! Vite !

Rendant aux choses leur juste proportion, l'appareil se projeta dans le ciel, très haut au-dessus de la mer. Peu après, ils survolaient l'aéroport de Nice pour se poser, loin du bâtiment central, sur une aire en bout de piste où vibrait un Boeing, moteur tournant. Arrachant d'un geste triomphant son nœud papillon et le plastron de sa chemise, François propulsa la princesse sur la passerelle abaissée. Gonflés par le vent, les pans immaculés de sa robe de dentelle se déployèrent soudain dans l'espace comme les ailes immenses d'un oiseau.

Bouche ouverte, elle se tourna vers son mari, voulut lui dire quelque chose. Mais à quoi bon ? Rotor contre réacteur, les moteurs rugissants des deux appareils semblaient faire un concours de vacarme qui aurait couvert les hurlements d'une armée. Pendant une seconde, Cathy, indécise, resta immobile.

François lui sourit. D'un même élan, ils s'engouffrèrent dans le jet dont la porte se referma aussitôt.

L'appareil s'ébranla, se mit à rouler de plus en plus vite sur la piste, se cabra soudain, s'arracha au sol, grimpa plus haut que les nuages et disparut dans le bleu intense de l'azur.

99

Lorsqu'un membre de la famille montait en voiture avec Élodie, Denis Klugman, le garde du corps, glissait de l'arrière à l'avant pour se placer aux côtés du chauffeur.

La pension d'Élodie, dite du « Bon Passage », se situait à une vingtaine de kilomètres de Paris sur la route de Rambouillet.

– Un peu de courage, dit Thibault. On dirait que tu es condamnée à mort...

– Tu me passes ton blouson ? répliqua Élodie d'un air sombre. Je te le rends en arrivant. Rien qu'à voir ce manteau d'uniforme, j'ai la gerbe !

Au « Bon Passage », toutes les pensionnaires étaient en bleu foncé, jupe plissée, chaussettes et souliers noirs, l'ensemble rehaussé d'un chemisier blanc. Thibault ôta son blouson. Élodie le posa sur ses épaules.

– Hé, Denis ! dit-elle.

Klugman se retourna. Élodie pointa son index sur lui.

– Bang, bang ! Tu es mort !

Machinalement, elle fourra ses mains dans les poches du blouson. Elle sentit une lettre sous ses doigts. Elle la fit glisser, jeta un coup d'œil sur l'enveloppe. Elle était adressée à Thibault et venait de Tahiti : Cathy !

– Cathy m'a envoyé une carte de Moorea, dit-elle.

Son frère regardait le paysage.

– Moi aussi, dit-il distraitement.

– En trois mois ? insista Élodie. Seulement une carte ?

Thibault fit oui de la tête : donc, il lui mentait. Pourquoi ? Cathy lui avait-elle confié un secret dont elle ne voulait pas lui faire part ? Prenant garde à n'être vue de personne, elle glissa subrepticement la lettre sous son chemisier, contre sa peau.

La vie n'était pas juste. Thibault se la coulait douce dans son collège américain, Cathy jouait les vahinés dans les îles et ce n'était pas demain qu'elle allait rentrer ! Dans cette foutue famille, Élodie était donc la seule à s'être laissé emmurer dans une pension qu'elle haïssait. Ils arrivèrent devant les grilles noires. Les pavés de l'allée étaient jonchés de feuilles mortes.

Élodie sentit les larmes lui monter aux yeux.

Julio avait déjà sorti son sac du coffre. Denis le lui prit des mains pour le porter jusqu'au hall d'entrée.

– Laisse tomber, Denis, dit Élodie, j'assume.

– N'en fais pas des tonnes, dit Thibault en lui donnant une brève accolade. C'est juste un passage.

– Je survivrai, ironisa Élodie en essayant de lui cacher ses larmes.

Elle lui rendit son blouson, fit basculer son sac sur ses épaules, pivota et, sans se retourner, se dirigea bravement vers sa prison sous les regards navrés de son frère, de son garde du corps et de son chauffeur. La nuit tombait. La voiture repartit.

– Bonjour, Élodie.

– Bonjour, ma sœur.

– Je croyais vous avoir déjà demandé de ne plus être en retard, mon enfant. Vos camarades sont à table. Allez vite vous rafraîchir.

– Je t'emmerde, murmura Élodie entre ses dents.

– Pardon ?

– Je n'ai pas faim, ma sœur. Je me sens un peu fiévreuse. Je vous prie de m'excuser si je ne vais pas au réfectoire.

– Tant pis pour vous. Vous ratez les choux de Bruxelles.

Elle s'éloigna dans un crissement de voiles empesés. Une cloche sonna. Tout était froid, lugubre, cafardeux, nimbé d'une odeur d'encaustique et d'eau de Javel.

Élodie grimpa jusqu'à la chambre qu'elle partageait avec deux autres pensionnaires qui devaient déguster leurs choux de Bruxelles. Elle s'étendit tout habillée sur son lit. Dans une heure, après une ultime prière, aurait lieu l'extinction des feux. La nuit, les filles qui n'arrivaient pas à s'endormir lisaient à la lueur de torches électriques camouflées sous les draps, éteintes au moindre bruit. Deux mois plus tôt, quand ses parents l'avaient honteusement abandonnée dans ce trou à rats, ils avaient prétexté les bienfaits de la discipline et de la bonne vieille *éducation à l'ancienne*. Avec l'instinct d'un animal pris au piège, Élodie, de toutes ses fibres, avait instantanément perçu qu'il s'agissait d'un bagne d'un autre âge : qui aurait pu croire qu'en octobre 1978 existaient encore des pensions religieuses où l'on ne pouvait prendre qu'une douche par semaine ?

Elle retira la lettre de l'enveloppe et se mit à lire.

Moorea, 22 octobre 78

Bonjour, Ô Thibault, toi qui te morfonds dans les embouteillages sous la pluie et les méandres incertains (1) de ton âme pendant que ta chère sœur, des orchidées plein les cheveux et bronzée caramel, fait la fête nuit et jour sans rabat-joie sur le dos pour lui dire de rentrer ou qu'elle se donne en spectacle ! Quel pied, Thibault, si tu savais !

Tout ce qu'on m'avait dit du paradis est bien au-dessous de la réalité. C'est simplement FOU ! Palmiers, voiliers, ski nautique, sable chaud, poissons crus, tamouré, colliers de fleurs, la lune bleue et la mer, si tiède que tu ne sais pas si tu es déjà dans l'eau ou pas encore ! Tu veux un tuyau ? Prends un billet d'avion et amène-toi tout de suite ! Changement d'idées radical, lavage de cerveau garanti, j'ai plein de fiancées pour toi (des TRÈS BELLES !), elles t'attendent, mais grouille-toi, on pourrait te les faucher avant que tu te pointes. Bonheur permanent ! Tout est gai ici, drôle, imprévu, et François est GÉNIAL ! On se lève à midi, parfois à cinq heures de l'après-midi. Quelle importance ? On n'a rien d'autre à faire que rien faire ! On vit en bande du matin au soir, on rit comme des fous, on chante, on boit, et les copains de François sont tous devenus mes amis.

Pensée émue pour notre petite Élodie : d'après ce que tu me dis du « Bon Passage », elle ne doit pas rigoler tous les jours.

Franchement, Thibault, je trouve papa et maman sadiques de lui imposer une épreuve aussi bête et inutile. Depuis quelque temps, ils ont tout faux : qu'est-ce que j'ai pu entendre de leur bouche comme horreurs sur François ! Manque de pot pour eux : en prenant le contre-pied de ce qu'ils me disaient, je n'ai jamais été aussi heureuse de ma vie et je comprends mieux, avec le recul, à quel point j'ai pu m'emmerder à Roccadura ! Bye bye, Rocher ! Est-ce que ton cœur (2) est pris en ce moment ? Je t'embrasse, mon petit prince, comme je t'aime.

Et JE T'ATTENDS !

Cathy

P.-S. *1.* Incertains *ou* incertaines*? Masculin ou féminin? Dans mon faré, pas de dictionnaire!*

2. Et ton corps? Tu es si sage – en tout cas, en apparence – que je finis par me poser des questions sur toi. Love, brother!

Élodie alla plaquer son visage contre la fenêtre enjolivée de quatre barreaux de fer. Il faisait nuit noire maintenant.

Calmement, sans révolte, elle sut alors, *définitivement*, que plus jamais elle n'accepterait de rester dans un lieu qui l'oppressait. Ni là ni ailleurs, quitte à en mourir. Elle n'avait pas été mise au monde pour jouer les « Petit Chose ».

Elle quitta son uniforme, le laissa tomber au pied du lit, enfila des jeans, des baskets, un col roulé, jeta un blouson de cuir noir sur ses épaules, s'empara de son sac et descendit l'escalier sans se cacher.

Dans quelques minutes, les filles, cornaquées par les bonnes sœurs, remonteraient du réfectoire. Elle ne serait plus là. À deux kilomètres de la pension, il y avait un bar de routiers et un téléphone. Elle avait assez d'argent en poche pour que n'importe quel taxi l'emmène au bout du monde.

Arrivée dans le hall, elle poussa tranquillement la porte et se retrouva dehors : comme c'était facile! L'air était humide et frais. Elle s'en emplit les poumons et se mit en marche en sifflotant un rock. Elle était libre. Et savait déjà que la vie est trop courte pour en gâcher le moindre instant.

100

– Tu peux croire ce que je vois ? demanda le barman à son collègue. Jette un œil, mais n'aie pas l'air de les regarder...

À une table en bordure de piste, Cathy Corot, ex-Cathy de Roccadura, épouse de fraîche date du non moins célèbre François Corot, enlaçait un jeune garçon brun et l'embrassait à pleine bouche.

– Ça fait combien de temps qu'elle est mariée ?

– Six mois.

– Merde, alors !

Pendant que leur étreinte se prolongeait interminablement, quelques paparazzi rôdeurs de boîtes de nuit ne rataient pas la fantastique aubaine et mitraillaient à tout va. Il était deux heures du matin. À cet instant, Edmond, qui effectuait sa tournée des grands-ducs quotidienne, fit son entrée dans la boîte.

Un déluge de flashes l'éblouit. Stupéfait, il identifia sa cousine Cathy dans les bras de Massimo Genesio.

Jusqu'à présent, Genesio, un *joli garçon* de leur bande, presque transparent à force d'être banal, ne s'était jamais comporté en conquérant avec personne. À quoi jouait donc Cathy ? Dans quelques heures, des myriades de journaux reproduiraient sur la planète les photos du scandale.

Edmond s'approcha de sa table. Cathy l'apostropha.

– Qu'est-ce qu'il se passe, Edmond ? Tu as l'air lugubre ?

– Ma mère divorce, s'entendit-il répondre. Ton père la traite d'instable.

– Il a raison ! pouffa Cathy. Dans la famille, le mariage est sacré ! D'accord, Massimo ?

Le jeune homme eut un sourire contraint. Elle l'embrassa à pleine bouche.

– Salut, Massimo, dit Edmond sur un ton glacial.

Massimo se dégagea de l'étreinte de Cathy, baissa les yeux avec embarras et, pour se donner une contenance, reversa du dom pérignon dans leurs coupes. Cathy leva la sienne.

– Au mariage !

– Tu te sens bien, Cathy ? s'inquiéta Edmond en se penchant vers elle.

– Ça ne se voit pas ?

Elle prit le bras de Massimo.

– Viens danser !

Elle se leva. Edmond la retint par la main.

– Tu te donnes en spectacle, Cathy, murmura-t-il. Pense un peu à François. Demain, tu vas faire la une de tous les journaux.

– Et alors ? Il se gêne, lui ?

D'un geste brusque, Edmond attira Massimo à part.

– Je te prenais pour un copain ?

– C'est elle !...

– Pourquoi tu entres dans sa combine ?

Cathy enlaça Massimo et l'entraîna.

Aussitôt sur la piste, elle se lova contre lui.

Massimo jeta un regard navré en direction d'Edmond.

– Cathy, dit-il avec gêne tout en essayant de la tenir à distance, tout le monde nous regarde...

– Tu as honte de moi ?

– Tu veux que je te ramène ?

Elle lui décocha une œillade aguicheuse, le serra un peu plus fort.

– Chez toi ?

– Cathy, merde, on a toujours été copains, arrête !

– Tu ne m'aimes pas ! dit-elle, les yeux pleins de larmes.

– Mais si, mais pas comme ça. Viens...

Ils s'arrêtèrent de danser. Depuis qu'ils étaient sur la piste, les flashes n'avaient pas cessé. Les reporters tournaient autour d'eux en formation rapprochée. Edmond avait disparu. Massimo croisa le regard de Paul Pavetti, le patron de la boîte à qui rien de ce qui se passait chez lui n'échappait. Il prit familièrement Cathy et Massimo par les épaules et leur fit franchir la porte où s'inscrivait le mot « Privé ». Les cuisines, un couloir, une porte...

– Vous avez trois minutes d'avance, leur dit-il en les poussant dehors avec un clin d'œil amical.

Entre-temps, un chasseur avait amené la voiture de Massimo dans la rue, juste devant l'entrée de service.

Il démarra.

– Où tu m'emmènes ? demanda Cathy.

– Chez toi. Je te dépose.

– Tu es cinglé ? On nous a vus partir. Dans cinq minutes, tous les paparazzi seront devant ma porte.

Massimo vira brusquement à droite dans la première rue qui se présentait, roula pendant une minute, coupa le contact dans une contre-allée déserte de l'avenue d'Iéna et se tourna vers Cathy. Elle pleurait.

– C'est un salaud ! s'étouffa-t-elle. Depuis notre voyage de noces, il n'arrête pas de m'humilier, il s'affiche avec ses grandes bringues de mannequins, il me laisse seule à la maison sous prétexte de voyages d'affaires et, dès que j'ouvre un journal, je vois ses photos à la une avec dix blondasses sur le dos !

Elle se jeta en sanglotant contre sa poitrine. En un geste qui se voulait affectueux, Massimo passa gauchement son bras autour de ses épaules.

– Vous vous êtes bagarrés ?

– Même pas, c'est sa nature. J'ai tout fait pour le garder, tout ! Depuis qu'on se connaît, je passe ma vie à le défendre contre mes parents !

– Je sais.

– Ma mère m'avait prévenue. Je me croyais plus forte que les autres, tu parles ! Elle va jubiler, maintenant. Et mon père ! Fou de joie ! Quel échec, Massimo, quel échec !

– Tu l'aimes toujours ?

Elle se dégagea vivement.

– Ah non ! cria-t-elle. C'est fini !

Elle revint se nicher contre lui.

– Je suis bien avec toi, Massimo...

– Tu as des ennuis, c'est tout.

– Non, non, ne crois pas ça.

Il poussa un profond soupir, avala sa salive.

– Sois gentil, Massimo, ne me laisse pas seule.

– Trois heures du matin. Où veux-tu aller ?

– Emmène-moi où tu veux, Massimo, où tu veux ! Je ne veux pas rentrer chez moi !

101

Les cinq spécialistes commencèrent par les pots de fleurs. Exploration du bout des doigts le long de la paroi intérieure des vases. Ensuite, ils vérifièrent toute l'installation électrique. Puis ils dévissèrent les éléments des différents postes de téléphone répartis dans la pièce. Enfin, ils palpèrent les moulures du plafond, auscultèrent les rosaces décoratives des murs, les boiseries, les plinthes, les rainures du plancher, les mécanismes des fenêtres. Au bout d'une heure d'examen tatillon, leur chef eut un hochement de tête satisfait.

– Aucun micro, monsieur, aucune caméra, rien.

– C'est sûr ?

– Je vous le garantis.

La cérémonie de l'adieu pouvait donc commencer.

À huis clos. À l'abri des indissociables éléments obsessionnels de la saga princière, les journalistes.

Un moment plus tard, Cathy fit son entrée dans le bureau lambrissé du directeur des affaires judiciaires. Elle lui adressa un petit sourire triste. Elle le connaissait bien : lui-même, Eugène Moretti, l'avait mariée civilement à François Corot quinze mois auparavant.

– Quel dommage, Altesse. Après avoir officialisé votre union, voilà que me revient le pénible devoir de la défaire. Asseyez-vous, je vous prie.

Il faillit lui demander si elle était malade. Cathy avait maigri de plusieurs kilos. Son visage, toujours aussi magnifique, s'était durci, avait pris une expression volontaire. Elle était pâle.

N'osant s'asseoir derrière son bureau, Moretti s'installa sur un fauteuil à côté d'elle.

– Comment va Monseigneur, monsieur votre père ?

– Bien, je pense.

Moretti se racla la gorge.

– Comme vous le savez, Altesse, dit-il avec un sourire bienveillant, il s'agit d'une audience dite de *conciliation*. M'autorisez-vous à vous poser quelques questions ?

Cathy eut un mouvement de sourcils.

– Est-ce bien nécessaire, monsieur le Directeur ? Ma décision est irrévocable.

Malgré la fermeté de sa voix, Moretti observa que des larmes perlaient à ses yeux.

– Il s'agit d'actes légaux, Altesse, s'excusa-t-il.

Depuis sa séparation avec François, Cathy avait repris à Roccadura ses anciens appartements de jeune fille. Pour son court trajet entre le palais et le cabinet de Moretti, son père avait mis à sa disposition son chauffeur personnel, Raoul, et Denis Klugman, le garde du corps de sa sœur Élodie. Chaque fois que Raoul s'engageait dans une petite rue, une voiture de police s'était mise en travers derrière eux pour bloquer la route à d'éventuels poursuivants. Mais nul ne les avait suivis. On était en octobre. Quatre mois plus tôt, un sec communiqué du palais avait annoncé que le mariage entre la princesse Cathy et François Corot était rompu. Cathy avait frappé la première : un soir, à Paris, sans avertissement, elle avait quitté l'appartement conjugal. En rentrant chez lui, à l'aube, François avait trouvé la chambre vide.

– Si je puis me permettre, Altesse, vous êtes encore très jeune. En dehors de la mort, peu de choses sont réellement définitives...

On frappa.

– Entrez, dit Moretti.

François pénétra dans la pièce. Cathy ne put s'empêcher de lever les yeux sur lui. Il était vif, élégant, nerveux. Il l'avait tellement fait rire... Ils s'étaient tant amusés... Leurs regards se croisèrent. Un instant, chacun put croire que l'autre allait lui adresser la parole. Mais non...

– Monsieur Corot, dit Moretti, avez-vous réfléchi ?

– Oui, monsieur.

– En présence de votre épouse, Son Altesse sérénissime la princesse Cathy, maintenez-vous votre décision de divorcer ?

– Oui.

Il se tourna vers Cathy.

– Et vous, Altesse ?

– Oui.

– Aucun d'entre vous ne souhaite faire un ultime essai de cohabitation ?

– Non, dit François.

– Non, dit Cathy.

Moretti baissa la tête.

– Je suis désolé. À partir de maintenant, vous avez un mois l'un et l'autre pour revenir sur votre décision. Passé ce délai, le jugement de divorce sera automatiquement prononcé. Le prince Gildas entamera alors auprès du Vatican les démarches indispensables à l'annulation de votre mariage.

Il se leva. Cathy en fit autant. Sans un regard pour François, elle salua Moretti d'un signe de tête et sortit.

Moretti resta strictement immobile.

– Au revoir, monsieur Corot.

– Au revoir, monsieur Moretti.

Quand François fut dans le vestibule, un homme en gris porteur d'une serviette noire s'avança vers lui.

– Je suis Me Servandoni, monsieur Corot, l'avocat du prince.

François remarqua qu'il ne lui tendait pas la main.

– Son Altesse m'a chargé de vous communiquer certains détails relatifs à votre divorce. Je dispose d'un bureau au bout du couloir. Si vous le voulez bien, nous pouvons nous y rendre.

– Je suis pressé, dit François. Pourquoi n'écrivez-vous pas à mon conseil ?

– Permettez-moi d'insister, monsieur Corot. Il se trouve que j'ai également certaines propositions à vous faire de la part du prince.

Il sentit l'hésitation de François.

– Des propositions ultra-confidentielles, précisa-t-il.

D'un geste du bras, il lui indiqua le chemin.

En passant devant une fenêtre, François jeta un regard machinal dans la cour pavée du palais de justice.

Deux étages plus bas, un chauffeur en uniforme tenait ouverte la porte d'une limousine. Tournant le dos à François, la princesse Rose, debout, serrait sa fille dans ses bras.

François vit que Cathy pleurait.

102

Le type était allongé torse nu sur l'herbe interdite de la pelouse du casino. On était au début du mois de mai, il faisait beau, il était près de deux heures de l'après-midi, le type lisait. Il avait les cheveux longs. Sa tête reposait sur sa vareuse roulée en boule. À portée de la main, une musette frappée de la faucille et du marteau. Sur la boucle du ceinturon de ses jeans tire-bouchonnés était gravée l'étoile rouge soviétique : à Roccadura, du jamais vu. Les passants marquaient le pas. Les Rolls et les Ferrari ralentissaient. Entre l'Est et l'Ouest, la tendance avait beau être au dégel, la vision de ce bolchevik prenant tranquillement son bain de soleil sur les pelouses les plus chères du monde, au cœur du périmètre sacré de l'Hôtel de France et du casino, était tout à fait surréaliste.

La principauté avait les services d'ordre les plus efficaces du monde. On n'y voyait jamais un clochard, aucun papier gras ne traînait dans les rues, les chiens – toujours à pedigree – étaient tenus en laisse, les enfants bien élevés et propres, les vieillards cravatés, courtois, soignés, chargés de chéquiers. Jamais de vol, de meurtre, d'agression, de vulgarité. Pas de blousons noirs, de marginaux, de rôdeurs ni de pauvres. Tout ce qui pouvait agresser la vue, l'ouïe, les narines ou simplement le bon goût avait été banni du Rocher au cours des siècles de façon à privilégier la paix, le bien-être et le confort légitimes des détenteurs de grosses fortunes.

Aussi, quand les deux flics en uniforme aperçurent ce déchet du socialisme vautré sur l'herbe tendre qu'aucun chien, jamais, n'avait souillée, ils échangèrent un regard incrédule, enjambèrent le grillage symbolique protégeant le sanctuaire et s'approchèrent du voyou.

– Vos papiers!

Il ne leva même pas la tête mais eut un geste désinvolte qui ressemblait à s'y méprendre à un bras d'honneur.

Les deux flics bondirent, l'agrippèrent sans tendresse, le remirent sur pied.

– Enfilez votre veste!

– Je vous emmerde.

Une voiture de police passait. On le jeta dedans.

Au commissariat, malgré les regards menaçants des agents de service, il refusa de décliner son identité et s'enferma dans un silence arrogant.

Un gradé le mit en garde.

– Refus d'obtempérer, vagabondage, outrage aux bonnes mœurs, injures à agents de la force publique, absence de papiers d'identité, rébellion, ce n'est pas demain que vous allez sortir de taule!

Le type jeta un coup d'œil sur sa montre, bâilla, s'étira, s'empara d'un crayon qui traînait sur une table et griffonna quelque chose sur un morceau de papier.

– Appelez ce numéro.

Sidéré par son culot, le gradé s'exécuta machinalement.

– Ici, le commissariat central, dit-il en prenant sa voix sèche de flic, officier de police principal Hervé Belleto... Qui est en ligne?

– La princesse Rose.

Belleto sortit un mouchoir de sa poche et s'épongea le front.

– Veuillez ne pas quitter, Altesse...

Affolé, il masqua de sa main le bas du combiné.

– J'ai en ligne Son Altesse la princesse Rose en personne!

– Et alors? dit le prisonnier.

Avec un haussement d'épaules, il lui prit le téléphone des mains.

– Rose?... Salut, dit-il avec ennui. Vitaly.

– Enfin, s'exclama Rose, on arrête les communistes dans ce pays! Qu'est-ce que vous fichez dans un commissariat? Je vous attends depuis vingt minutes!

– Je suis sans voiture.

– Dites à ces agents de vous déposer.

– Une seconde...

Il prit un temps infini pour se retourner vers Belleto.
– La princesse *veut* que vous me rameniez chez elle.
– Mais certainement, *monsieur*, avec plaisir, tout de suite!
– J'arrive, dit Vitaly.
Il raccrocha avec nonchalance.
– Après vous, *monsieur*, dit Belleto en s'effaçant pour lui laisser le passage.
Trente minutes plus tard, escorté par des motards qui lui ouvraient la route, Vitaly Chertov arrivait aux « Anges ».
– Pourquoi vous ont-ils arrêté ? ironisa Rose.
– Je me faisais bronzer sur la pelouse du casino. Il paraît qu'à Roccadura c'est un délit
D'un œil amusé, elle détailla son accoutrement.
– Vous avez vu votre dégaine ?
– En Union soviétique, rétorqua Vitaly avec aigreur, on ne m'aurait jamais embarqué pour un bain de soleil!
Rose avait eu une journée harassante.
– Arrêtez ce numéro, Vitaly. Pas aujourd'hui. J'ai la migraine.
Depuis un an ou deux, il lui arrivait d'être assaillie par de terrifiants maux de tête. Mais elle était à l'âge des grands bouleversements métaboliques. Ses médecins la rassuraient : « Normal, Altesse, normal... »
Elle se versa un whisky, le but d'un trait, grimaça un sourire.
– Ne m'en veuillez pas, Vitaly.
– Qu'est-ce qui ne va pas ?
Elle détourna la tête.
– Tout. Je suis à cran.
– Arrêtez de vous complaire dans les états d'âme de tout le monde, vous n'en avez pas le droit! Vous êtes star, vous êtes la plus grande, vous êtes Rose Duggan!
– *J'étais.*
– Et notre film, c'est quoi, de la merde ?
Elle eut un geste désabusé. Il explosa.
– Vous donnez trop à tout le monde! Les concours canins, les expositions florales, la famille, le mari, les enfants, vous vous laissez bouffer! Pensez à vous maintenant, à votre carrière, qu'ils se débrouillent!
Elle se versa un autre whisky, y trempa les lèvres.
– À quoi bon, Vitaly ?... Tout fout le camp autour de moi, je ne contrôle plus rien. Je me suis battue pour que Cathy divorce. À

peine libérée de son mari, elle retombe dans les bras d'un joueur de tennis qui se prend pour un poète...

– Elle a vingt-quatre ans!

– Élodie n'en a que dix-sept. Elle s'est déjà amourachée de Pierre Marceau, le fils de l'acteur. Elle veut partir trois semaines avec lui dans les Caraïbes...

– Et vous avez dit oui?

– À condition qu'elle réussisse son bac.

Vitaly leva les yeux au ciel, secoua la tête, se servit un verre et l'avala.

– Après les vacances, les ennuis recommencent. Elle a décidé qu'elle n'irait pas à l'Université!

Une minute s'écoula.

– Et votre fils? s'étonna soudain Vitaly. C'est vrai, vous ne parlez jamais de Thibault?

La question sembla désarçonner Rose. Visage contracté, elle regarda Vitaly d'un air irrésolu.

– Peut-être, hasarda-t-elle, qu'il n'y a rien à en dire.

103

Était-ce sa carrure, son air d'assurance calme, ou ce regard qui semblait avoir réponse à tout ? La présence physique de Giacomo Cantor avait toujours eu le don d'apaiser Gildas. Mais à cette seconde, visiblement, Giacomo avait peur.

– C'est un avertissement que nous devons prendre très au sérieux, Gildas, dit-il d'une voix où perçait l'inquiétude. Pendant longtemps, j'ai cru qu'on pourrait y échapper, qu'ils nous foutraient la paix...

Depuis que Giacomo l'avait arraché à la noyade par dix mètres de fond, aucun nuage, en quarante ans, n'était venu assombrir leur amitié. En ouvrant les yeux sur le visage de cet inconnu, Gildas l'avait alors remercié d'une simple phrase : « Je n'oublie jamais. »

Des mots qui, dans sa bouche, prenaient tout leur sens. Fidèle à sa parole, il n'avait jamais cessé de favoriser la fortune de Giacomo tout en faisant fructifier la sienne. Les trois quarts des chantiers immobiliers de Roccadura, les grands travaux du port, l'extension du territoire par l'adjonction de plates-formes gagnées sur la mer et tout ce qui émergeait de la roche, tours, immeubles, travaux publics, c'était lui, Cantor, qui en avait la concession. Comme dans les contes de fées, Gildas avait le pouvoir, par simple décret, de changer en or tout ce qu'il touchait. Entre autres, il n'avait qu'à déclarer constructible un terrain qui ne l'était pas. Sa valeur centuplait. Celui qui venait de l'acheter pour trois fois rien faisait des bénéfices colossaux.

– Nous sommes à Roccadura, ici, Giacomo, dit Gildas, pas à Palerme ou à Chicago ! La mafia n'a jamais pu y mettre les pieds.

Et je te garantis que ce n'est pas maintenant qu'elle va s'y implanter!

Giacomo lui jeta un regard perplexe. L'entrevue avait lieu dans le salon bleu où se tissaient les destinées du Rocher. Une fois par mois, Gildas et Cantor, quoi qu'il arrive, s'y rencontraient pour un tour d'horizon et la mise au point de nouvelles stratégies. Mais, aujourd'hui, il s'agissait d'une séance spéciale non prévue au programme.

– S'est-on jamais soucié sérieusement de la provenance de certains capitaux transitant par nos banques ?

– S'il fallait contrôler l'origine de tous les fonds, s'exclama le prince, il n'y aurait plus de système bancaire!

Jusqu'alors, dans les multiples établissements financiers de la principauté, on n'avait jamais été très regardant sur ce genre de détail. Nul n'ignorait pourtant que le produit de tous les trafics de la planète, armes, drogue, ou combines politico-financières, devait nécessairement passer par différents tamis bancaires avant de réapparaître au grand jour, lavé de toute tare originelle. Outre les classiques paradis fiscaux habituels, Panama, Bahamas, Jersey, Luxembourg ou Suisse, on n'hésitait pas désormais à ajouter le nom de Roccadura, devenue, aux yeux de certains, le lieu idéal pour blanchir en toute légalité de l'argent sale. Mais comment savoir d'où il venait réellement ? Une multitude de sociétés-écrans en brouillait l'origine dans un inextricable écheveau de holdings, de fiduciaires, de comptes numérotés. Et lorsque le pactole était réinvesti dans la construction d'un centre médical pour enfants paraplégiques, qui, au moment de l'inauguration officielle et des hymnes nationaux, aurait eu le cœur assez sec pour poser des questions sur son origine ?

– Comment s'appelle le type qui t'a contacté ? demanda Gildas.

– Biasini. Ottavio Biasini. Il s'est présenté à moi au nom d'une compagnie d'investissement avec pignon sur rue au Liechtenstein. Tout à fait respectable. J'ai vérifié.

Gildas eut une moue irritée.

– Qu'est-ce qu'ils veulent ?

– Financer à quatre-vingts pour cent tous les nouveaux chantiers que nous ouvrirons. Dans un premier temps.

– Je vais le faire coffrer! gronda Gildas.

– Sous quel motif ? Peut-on reprocher à un homme d'affaires de nous proposer un pactole ?...

– Et dans un second temps ? le coupa Gildas avec une rage glacée.

– Une autre participation financière laissée à la libre discrétion du palais.

– En échange de quoi ?

– Un droit de regard sur les entreprises du Rocher, casino compris. Il a même ajouté : « Nous voudrions réussir ce que le Grec a raté autrefois. »

– Qu'est-ce que tu as répondu ?

– Que je n'avais pas qualité pour répondre quoi que ce soit. Mais que j'allais en référer au prince.

– Pourquoi ? Tu étais supposé me connaître ?

– Il savait très bien. « Nous sommes venus à vous, monsieur Cantor, pour que vous nous serviez d'ambassadeur auprès du prince. »

– Comment es-tu sûr qu'il s'agisse vraiment de la mafia ?

– Mon nez. N'oublie pas que je suis d'origine sicilienne. Et la petite phrase qu'il a prononcée au passage en souriant : « C'est une offre que vous ne pouvez pas refuser. »

– Il t'a menacé ?

– Pas exactement, dit Giacomo en baissant la tête. Des allusions plutôt, des mots à sous-entendus...

– Qui s'adressaient à qui ? À moi ?

– À personne en particulier. Mais par exemple, sous prétexte de lui rendre hommage, il a eu à plusieurs reprises une façon sournoise de faire allusion à ta famille. À la beauté de ta femme...

– Et tu ne l'as pas viré ? s'étrangla le prince.

Giacomo haussa les épaules.

– J'ai préféré d'abord te rendre compte. À toi de décider.

Gildas tourna vers lui un visage blanc de colère.

– À t'entendre, je n'ai plus qu'à obéir ?

– Non, à choisir : la négociation ou la guerre. Si on les a sur le dos, tôt ou tard ils infiltreront des hommes à eux dans notre organisation. Ils s'en prendront à nous, à nos familles. Tu connais leurs méthodes. Je tiens aux gens que j'aime, Gildas.

– Tu es donc prêt à te coucher ! Toi !

– Biasini veut que tu lui accordes un rendez-vous avant la fin de la semaine.

Gildas le dévisagea avec une expression suffoquée.

– Giacomo, tu as tout ton bon sens ? Moi, prince régnant d’un État souverain, je vais me plier aux consignes d’un petit malfrat de passage ?

– Qu’est-ce que je lui réponds, Gildas ?

– Non !

104

Melissa avait vieilli. Mais bien. Comme les choses qui sont faites pour durer. Les traits de son visage semblaient s'être ordonnés, en douceur et en rondeur, autour de l'intensité de son regard à la fois tendre, attentif, amical.

Le décor de son appartement de Greenwich Village était identique à ce qu'il était près de trente ans auparavant. Un peu plus de patine, la tache vive de bouquets de fleurs fraîches et tout un pan de mur, blanc jadis, repeint en bleu.

Chaque fois que Rose y revenait, elle en subissait immédiatement les ondes bénéfiques.

– On n'a pas l'impression de vieillir, chez vous, dit-elle. En dehors de vos visiteurs, rien ne change...

Melissa Paramount éclata de rire.

– Si c'est un piège que vous me tendez, Rose, c'est raté ! C'est vous qui ne changez pas. Laissez-moi vous regarder encore... Non, rien d'essentiel. Quelques kilos de plus... Deux ou trois rides... En revanche, votre regard a gagné quelque chose qu'il n'avait pas jadis...

– Quoi ?

– Difficile à dire. Pas quelque chose de physique. Ni quoi que ce soit de nouveau qui se serait inscrit en vous. Si je vous dis *vibration*, vous me comprenez ?

– Je crois, oui, dit Rose. Vous appelez ça un gain ?

– Oui, un *plus*, l'aboutissement d'une trajectoire. En voyant vos yeux, on sait désormais que vous y êtes allée.

– Où, Melissa ?

– Au fond. Au fond de vous-même.

– Quelle différence avec avant ?

– Avant, vous faisiez semblant. Une autre goutte de café ?

– Oui, dit Rose.

Pendant que, du bout de sa cuiller, elle faisait fondre le sucre dans sa tasse, Melissa battait les cartes sur la petite table ronde autour de laquelle elles s'étaient installées face à face.

– Coupez...

Rose s'exécuta. Melissa jeta un regard distrait sur la carte de coupe et étala les tarots.

– Choisissez-en cinq.

Rose les tira hors du jeu. Melissa les retourna. Comme toujours lorsqu'elle avait une intuition *péremptoire*, elle entra dans le vif du sujet avec une précision presque effrayante.

– Seigneur ! Comment a-t-elle pu se mettre dans un état pareil !

– Qui donc, Melissa ? demanda craintivement Rose.

– Cette femme qui souffre. Qu'est-ce qu'elle fait dans le ruisseau ? Je la vois, là, dans sa crasse. Elle pleure. Qui est-ce ?

– Cathy Bramble. C'est la marraine de ma fille.

– C'est pour elle que vous êtes à New York ?

– Oui. Hier, j'ai reçu un SOS de sa deuxième fille, Rita. J'ai tout lâché, je suis venue. C'est ma meilleure amie.

– Elle va très mal...

– Elle a mon âge, Melissa, c'est épouvantable... Elle était la plus belle femme de New York. On se connaît depuis la pension. Si vous pouviez la voir !... Elle boit, elle couche dans la rue auprès de ce qui avait été sa maison. Le plus horrible, c'est qu'elle accepte sa déchéance. Elle ne veut plus vivre.

– C'est pour se punir... Mais de quoi ? Quel rapport avec cette mort ?... Je vois une mort violente...

– C'était sa fille, dit Rose.

Et voilà : comme si tout cela était naturel, elle venait d'entrer de plain-pied dans cette zone incertaine où le délire de Melissa – par quel prodige ? – rejoignait le réel.

– Elle est morte dans un accident de voiture. Sa mère était au volant. Que puis-je faire, Melissa ?

– Rien.

– Mais elle sombre ! se révolta Rose. Elle va mourir !

– C'est ce qu'elle veut, Rose. C'est son *karma*. Mais elle ne va pas mourir... Non, pas tout de suite... Elle veut payer encore... Aimez-la, simplement aimez-la...

Son visage changea soudain d'expression.

– J'ai mal, dit-elle, j'ai mal...

Elle se prit la tête à deux mains. Rose avait déjà vécu avec elle des expériences identiques. Elle savait que, dans un certain état de réceptivité, Melissa ne maîtrisait pas le flot d'images qui l'assaillaient avec la fureur d'un torrent jusqu'à ce que son corps lui-même participe à sa souffrance.

– Tout se brouille, gémit-elle. Du noir... beaucoup de noir... Le un... Deux fois le un...

– Le un ? hasarda Rose.

– Deux fois le un... Onze... C'est le onze...

– Qu'est-ce qui est le onze, Melissa ?... Melissa !...

Melissa ôta ses mains de son visage. Impressionnée, Rose s'aperçut que ses yeux grands ouverts étaient braqués sur le col de son chemisier.

– Ça brûle !... cria Melissa.

Rose porta la main à son cou et dégagea une espèce de pendentif étrange et superbe accroché à une chaîne d'or. Melissa fit un saut en arrière.

– C'est ce bijou !... Il brûle !

Abasourdie, Rose se pétrifia.

– C'est le cadeau de mariage de Gildas, Melissa. Il appartient aux princes de Roccadura depuis la nuit des temps. Le *caillou-soleil*..

Elle le dégrafa, le posa devant elle sur la table.

Sans y toucher, Melissa s'abîma longuement dans la contemplation de l'énigmatique entrelacs de triangles mobiles emboîtés les uns dans les autres autour du fabuleux diamant ovale qu'enchâssaient trois rubis roses.

– Cette pierre a été *travaillée*, dit-elle.

– Travaillée ?

– Ce n'est pas un joyau *innocent*, Rose. Il a un *pouvoir*. Ses vibrations sont intenses... Une charge inouïe, extravagante...

– Gildas me l'a donné parce qu'il porte bonheur...

Melissa lui adressa un sourire tendre.

– Éloignez-le de moi, s'il vous plaît. Je voudrais continuer mes tarots.

Troublée, Rose se leva, alla déposer le caillou-soleil derrière un vase de fleurs et revint s'asseoir.

– Ne le portez pas trop souvent, Rose, la prévint Melissa. Surtout pas trop souvent...

De nouveau, elle se concentra sur ses cartes.

– Rose, dit-elle sans transition, que se passe-t-il avec votre mari ?

– Rien.

– On dirait qu'il s'éloigne de vous ?

– Nous sommes déjà très loin l'un de l'autre.

Elle eut envie de se moquer d'elle-même.

– La seule fois où il est venu à l'un de mes récitals de poésie, il s'est endormi. En plus, c'était en présence de la reine mère d'Angleterre. Probable qu'elle dormait aussi...

– Pourtant, je ne vous vois pas divorcer, dit Melissa en souriant.

– Plus maintenant, c'est trop tard. Ce n'est pourtant pas l'envie qui m'en a manqué. Mais j'aurais été bannie, il aurait gardé mes enfants, la presse, l'opprobre, le scandale... C'est un petit César, vous savez...

– Couvrez, dit Melissa.

De nouveau, elle dévoila les cartes. Mais, cette fois, elle se concentra plus longtemps.

– Rose, qu'avez-vous en train en ce moment ?

– Des tas de trucs ! Un roman, qui est en cours d'adaptation pour le cinéma. Un projet de film très avancé avec Vitaly Chertov, un metteur en scène russe. Je m'occupe aussi du théâtre que j'ai fait construire à Roccadura...

– C'est qui, ces jeunes gens qui vous entourent ? Très près de vous... Très jeunes... Des hommes jeunes... Je les vois... Ils dansent... Ils passent... Sont-ils liés à votre travail ?

– Pas tous.

– Ils font beaucoup jaser...

– Je sais, Melissa. Je m'en moque.

– Que sont-ils pour vous ?

– La jeunesse, dit Rose.

À travers la fenêtre, elle suivit des yeux la course rapide des nuages qu'effilochait le vent dans le ciel de New York.

– C'est leur seul point commun. Ils ont trente ans. J'en ai plus de cinquante et je n'ai plus envie de me cacher, pour rien. Avec eux, j'ai leur âge, je ris, je suis vivante. J'ai tort ?

Melissa croisa les mains au-dessus de la table.

– N'allez pas croire que je sois indiscrète, Rose... Si je vous ai posé ces questions, c'est que votre jeu comporte une configuration rarissime !

– Bonne ou mauvaise ? demanda Rose avidement.

– Exceptionnelle !

– Autant que ce que vous m'aviez prédit quand j'allais épouser mon prince ?

– Encore plus ! Je voulais simplement savoir à quel évènement actuel de votre vie la rattacher...

Rose la dévisagea intensément.

– Ne me donnez pas trop d'espoir, Melissa, je ne pourrais plus redescendre ! Ma vie est tellement vide.

Melissa l'observait en silence.

– Tout ce que vous m'avez annoncé jusqu'à présent m'est arrivé, reprit Rose. Et tout ce que vous m'avez dit est gravé dans ma tête. Je n'oublie rien ! J'enregistre. Sur le moment, comme vous parlez souvent par images, je n'arrive pas toujours à en décrypter le sens, mais, à l'instant où les choses m'arrivent, je comprends tout ! Vous souvenez-vous de ma première visite ?

– Oh oui !

– Trente ans !... Seigneur !... Je pourrais vous débiter presque mot à mot ce que vous m'aviez sorti ce jour-là... « Vous serez deux fois en grand danger... à cause d'une épingle... Une *épingle qui tourne...* » Ce que j'ai pu me casser la tête avec cette *épingle qui tourne* !

Les yeux de Melissa brillèrent.

– C'était quoi ? demanda-t-elle.

– Tout bêtement un virage ! Une *épingle à cheveux,* comme son nom l'indique. J'étais au volant, Cary Grant à côté de moi. On tournait le film de Hitchcock, *Les Yeux du voleur*, sur la route qui mène à Roccadura. Je ne sais pas où j'avais la tête, dans le virage j'ai confondu la pédale de frein et l'accélérateur. Cary était livide : dix centimètres de plus, on plongeait dans le ravin !

– Et la deuxième fois ?

– Pardon ? dit Rose.

– Vous avez dit deux fois... *deux fois* en grand danger.

Le visage de Rose se rembrunit.

– Attendez... Je reprends la phrase à son début...

Très lentement, elle se mit à réciter.

– *Vous serez deux fois en grand danger... à cause d'une épingle... Une épingle qui tourne...*

– *Deux fois*, dit Melissa, vous voyez... Et après ?

– *Quand l'épingle devra revenir pour la deuxième fois, ne mettez surtout pas le bijou !*

Suffoquées d'avoir entendu ce qui venait d'être dit, toutes deux se figèrent.

– *Un bijou bizarre,* balbutia Rose, *de grand prix... Un bijou qui brûle...*

Le silence, soudain, les écrasa.

– Je vais le jeter! s'exclama Rose.

– Vous n'y pensez pas, se moqua Melissa. Vous n'allez pas prendre à la lettre toutes les bêtises qui me passent par la tête!

– Avouez tout de même que c'est troublant...

– Oubliez!

– J'ai la frousse, Melissa...

– Bon, la rassura Melissa, puisque vous y tenez... Au cas où vous prendriez le volant, abstenez-vous simplement de porter le caillou-soleil ce jour-là. Voilà, c'est tout.

– Faites-moi confiance, je suis bien trop miro pour conduire!

Elle s'ébroua, éclata de rire.

– Et si on revenait à ma configuration rarissime?

– Un véritable embrasement, Rose... On ne va parler que de vous sur la planète, vous faites la une de tous les journaux, la couverture de tous les magazines!

– Pourtant, vous m'avez dit que je ne divorçais pas?...

– Couvrez encore.

Rose prit cinq nouvelles cartes dans le paquet. Comme si elle voulait éliminer le hasard, elle hésita longuement avant de les placer l'une après l'autre sur les précédentes.

– Alors? demanda-t-elle lorsque Melissa les eut retournées.

– Je crois qu'on peut en rester là, Rose, hésita Melissa. Franchement, elles ne m'apprennent rien de plus que ce qu'elles m'ont déjà révélé. Non, vraiment rien.

Elle brouilla le jeu d'un revers de la main.

– Je peux vous dire que ce qui va arriver éclipse en renommée tout ce que vous avez pu connaître dans le passé! Vous entrez de plain-pied dans l'immortalité!

– Quand, Melissa, quand?

– C'est imminent.

Elle fronça les sourcils comme si de nouvelles images l'assaillaient.

– Vous voyez autre chose? s'inquiéta Rose. Dites-moi!...

– Un soleil très chaud, Rose... Très lumineux... Ce *onze*, qui revient, et qui danse... Et du bleu, du bleu partout, encore du bleu... Un envol dans le bleu!...

105

– Je suis assez grande pour savoir ce que je veux !

– Coureur automobile ! Tu t'es regardée ?

– Et styliste, maman, tu m'as vue ?

– J'ai été idiote de te laisser partir avec ce garçon ! fulmina Rose. Tu feras ce que je te dis !

– Je croyais que chez les Duggan le sport tenait la première place !

– Tu es une Roccadura !

– Tu n'aurais pas dit ça devant mon grand-père !

– Élodie, ça suffit ! Tu aurais déjà pris deux gifles ! Va chercher tes affaires.

Rose tourna les talons, s'empara d'une brassée de robes et alla les étaler sur la banquette arrière de la Rolls garée devant le patio.

– Puis-je vous aider, Altesse ?

– Non, Julio, merci.

Elle chaussa des lunettes noires et s'installa au volant. Le chauffeur ne l'avait jamais vue conduire. Il eut un regard étonné mais ne fit aucun commentaire. Traînant la patte, Élodie les rejoignit. Elle jeta un gros sac de cuir sur le plancher. Sa mère fourragea dans une sacoche et lui lança un trousseau de clés qu'elle attrapa au vol.

– J'ai oublié mon collier.

– Lequel, maman ? Tu en as cent.

– Boucheron. Or, diamants et rubis. Tu étais avec moi quand je l'ai acheté.

Ce soir, il rehausserait parfaitement la longue robe mauve que Cardin avait spécialement dessinée pour elle.

– Il est où, maman ?

– Dans un tiroir, tu trouveras, en bas du coffre, à droite.

Élodie s'élança.

– Élodie ! La clé, c'est la grosse ronde...

Sans ralentir, Élodie grimpa quatre à quatre les escaliers du perron et disparut dans la villa.

– Avez-vous l'intention de conduire, Altesse ?

– Comment voulez-vous qu'on tienne à trois dans cette voiture avec toutes ces robes ?

C'étaient des vêtements d'apparat qu'elle avait portés une fois ou deux. Le soir même, au cours d'un gala de bienfaisance qu'elle présidait chaque année, ils seraient vendus aux enchères au profit des adolescentes albanaises sourdes-muettes.

– Si vous le souhaitez, Altesse, je peux très bien vous déposer au palais et revenir les prendre ici... C'est l'affaire de quelques minutes...

– Merci, Julio, mais nous sommes déjà en retard.

– Permettez-moi d'insister, Altesse. Le prince m'a donné l'ordre de ne pas vous laisser seule.

Rose regarda sa montre avec impatience et lui jeta un regard venimeux.

– Soyez gentil, Julio, allez donc voir ce que fabrique Élodie...

Julio se mordit les lèvres et partit au pas de course. Rose actionna la clé de contact. Le moteur ronronna doucement. Dans un instant, elle serait seule avec sa fille, sans témoins ni oreilles indiscrètes, et pourrait enfin laisser libre cours à sa rage.

Comme elle refusait de continuer ses études, Rose avait dû utiliser ses relations pour la faire inscrire au dernier moment dans une école de stylisme. Avant les vacances, l'idée avait semblé la séduire. Mais, après trois semaines aux Caraïbes avec Pierre Marceau – qui avait à peine dix-huit ans ! –, elle avait décidé, par mimétisme amoureux, de suivre ses traces et de devenir pilote de formule 1 !

– Princesse... Princesse...

À l'étage, Julio, à la recherche d'Élodie, traversait plusieurs salons. Sa voix lui parvint. Comme bien des gens de maison profitant des secrets de leurs maîtres, il s'immobilisa dans l'embrasure d'une porte sans manifester sa présence.

– Ne t'inquiète pas, mon amour, disait Élodie d'une voix passionnée, je suis aussi têtue qu'elle !

Au moins, Julio savait à qui elle parlait : l'idylle d'Élodie avec le fils de l'acteur continuait à faire la couverture de tous les magazines. À pas de loup, il recula de quelques mètres, entendit encore deux ou trois « Je t'aime ! » fougueux, toussota, frappa à la porte entrouverte et la poussa.

– Princesse, dit-il, votre maman s'impatiente...

– J'arrive, je vous rejoins !

Elle avait oublié le collier ! Elle fonça jusqu'à la chambre de sa mère, écarta un tableau mural, ouvrit le coffre. Dernier tiroir du bas, à droite...

– Élodie !

À travers la fenêtre ouverte, la voix furibarde de sa mère.

Or, diamants, rubis... Dans cette profusion, lequel était-ce ?

Élodie se fichait des bijoux. À ses yeux, ils se ressemblaient tous. Elle en prit un, le fourra dans la poche de son jeans, claqua la porte du coffre, dévala les escaliers et se précipita dans la voiture.

– Tu étais encore au téléphone ? demanda sa mère d'un ton excédé.

– Ce n'est pas moi qui oublie mes affaires, maman.

– Où est le collier ?

– Je l'ai.

Machinalement, Élodie plongea les doigts dans sa poche.

Elle sentit le contact froid du joyau qu'elle avait pris par mégarde à la place d'un autre : le caillou-soleil.

– Donne-le-moi, dit Rose en démarrant.

Avec un haussement d'épaules, Élodie le lui fourra dans la poche. La Rolls franchit la grille noire des « Anges » et s'engagea sur la route.

106

– Quel jour sommes-nous ? demanda Paulo. Le 10 ou le 11 ?

– Le 11, dit Freddy.

– Putain ! J'ai jamais vu un soleil aussi chaud en septembre !

Freddy se concentra sur la conduite. Dans son dos, il sentait la poussée des quinze tonnes de pièces métalliques qu'il allait livrer sur un chantier de la principauté. La route, toute en lacets et virages vertigineux, dévalait les flancs de la montagne entre deux parois rocheuses à la blancheur de craie, trouées soudain de déchirures laissant apercevoir, en contrebas, très loin entre la crête des pins, les yachts immaculés du port de Roccadura, et le fantastique panorama du ciel, de la mer et du bleu : un infini de bleu, du bleu partout. À certains moments, la descente était si abrupte que Freddy, pied écrasé sur le frein, devait rétrograder en première. Parfois, sur les bas-côtés, un petit muret de pierre formait un dérisoire rempart entre la route et l'abîme. À chaque virage, Freddy sentait son train de pneus arrière déraper vers le ravin dans une giclée de gravillons.

Soudain, au détour d'une roche, il aperçut une grosse voiture beige qui roulait devant lui à deux cents mètres de son semi-remorque. Ses chromes miroitaient sous le soleil. Il était dix heures du matin.

– Une Rolls, dit Paulo.

– J'aimerais mieux avoir le cul là-dedans que dans mon tracteur, soupira Freddy.

– Moi aussi, approuva Paulo.

La voiture vira à gauche et disparut de leur champ de vision. Utilisant au maximum son frein moteur, Freddy s'engagea à son tour dans le virage. De nouveau, il eut la limousine en point de mire. Brusquement, sans raison apparente, elle se mit à zigzaguer, tanguant dangereusement de droite à gauche sur toute la largeur de la route.

– Qu'est-ce qu'il lui prend ? dit Paulo. Il est bourré, le mec!

Déséquilibrée, la Rolls alla racler son flanc gauche contre la paroi rocheuse. Freddy actionna furieusement la trompe de son camion. La Rolls se remit en ligne.

– Non mais, tu te rends compte! s'indigna-t-il. Ce con-là s'endort au volant!

– Ou il est malade...

– Va savoir, grommela Freddy. C'est peut-être la première fois qu'il conduit!

À cause de la hauteur de leur propre cabine dominant le toit de la Rolls, il leur était impossible d'apercevoir le conducteur.

À cet endroit, la route, rectiligne sur près de cinq cents mètres, virait brutalement à droite en une terrifiante épingle à cheveux qui devait être abordée au pas. Le gouffre était signalé par un panneau planté à l'endroit même où, trente ans plus tôt, Rose Duggan et Cary Grant avaient tourné la célèbre scène du film de Hitchcock, *Les Yeux du voleur*.

– Regarde! s'étrangla Freddy. Il remet ça!

À deux cents mètres à peine du virage, alors que le freinage aurait dû déjà commencer, la Rolls accélérait soudain.

– L'enfoiré! Il accélère au lieu de freiner! Il va se casser la gueule!

Une fois de plus, Freddy klaxonna à pleine puissance : peine perdue. La limousine gicla sur la route à une vitesse prodigieuse et continua sa mortelle trajectoire en ligne droite sans que les clignotants des freins s'allument une seule fois. De toute façon, c'était trop tard. Elle était maintenant à la hauteur de l'épingle à cheveux. Il n'y eut même aucune tentative pour virer à droite.

Lancée comme une fusée, elle quitta la route, s'envola dans l'espace, sembla flotter sur le bleu pendant quelques instants, reprit contact avec la terre, amorça sa course folle, coupa un arbre en deux, fit plusieurs tonneaux fous entre les troncs des pins dans un fracas de branches sectionnées, arracha des quartiers de roche. S'échappant de ses flancs éventrés, des robes de bal multicolores voltigèrent dans le ciel avec des arabesques souples alors que l'effroyable chute s'achevait trente mètres plus bas, non loin d'une maison devant laquelle un homme bêchait son jardin.

Les oiseaux s'arrêtèrent de chanter.

Plusieurs secondes s'écoulèrent...

Puis, dans ce silence absolu des catastrophes, un chien se mit à hurler. Sa bêche à la main, le jardinier s'approcha craintivement. Il s'appelait Armando Pilar. Au sigle ornant son capot défoncé, il vit que la voiture était une Rolls. Après avoir roulé vingt fois sur le dos, son côté droit, broyé comme une galette, s'était enfoncé dans la terre meuble d'un carré de pousses de mimosa.

Des gémissements s'échappèrent de ce magma de métal broyé. Paralysé d'horreur, Armando vit d'abord apparaître le visage en sang d'une jeune fille. Il était si bouleversé qu'il n'eut même pas l'idée de l'aider à s'extraire des restes de la carcasse.

En appui sur les avant-bras, la jeune fille se tortilla et parvint, en rampant, à se glisser hors du carcan de tôle.

Les larmes se mêlaient au sang qui lui barbouillait le visage. Profondément choquée, elle avait une expression hagarde, suppliante.

– Sauvez maman, bredouilla-t-elle. Dégagez-la... Dégagez maman!

Horrifié, Armando considéra la bouillie de métal : entre les tôles écrasées, aucun espace.

– Il y a quelqu'un d'autre dans la voiture? bégaya-t-il.

– Ma mère! cria la jeune fille d'une voix désespérée. La princesse Rose!

LIVRE X

Toujours

107

– Combien d'années déjà ?

– Vingt-six. Nous étions en 56. Nous sommes en 82. À la place même d'où je vous parle, Ronald... Tu te souviens, Yvonne, elle avait un grand chapeau bleu...

– Non, Antonio, pas bleu. C'était une capeline jaune.

– En tout cas, c'est cette année-là que Rose Duggan a fait son entrée officielle au palais.

– Qui aurait pu imaginer une fin aussi tragique...

– C'était vraiment un accident ?

– On raconte tellement de choses... Élodie était au volant, elle ne savait pas conduire, pas de permis. Ou alors, la princesse Rose conduisait, elle a eu une attaque cérébrale. Certains ont même parlé d'un attentat de la mafia... Une balle dans la tête à travers le pare-brise, la dépouille mortelle maquillée... et cetera... Allez vous y retrouver...

– Mais Élodie, elle, elle sait ?

– Elle bénéficie du statut spécial des membres de la famille princière : elle n'est pas tenue de répondre aux enquêteurs.

– Pourquoi ferait-elle des mystères ?

– Dieu seul le sait.

– Trop de secrets, soupira Yvonne, trop de versions contradictoires. À mon avis, on ne saura jamais la vérité.

Antonio Della Ciecca avait invité son correspondant et homologue, Ronald Lasserre, professeur d'histoire à l'université de Toronto, qui s'apprêtait à publier une thèse sur la principauté, « Roccadura, dernier État autoritaire d'Europe ».

– C'est un titre injurieux, mon cher collègue, avait-il courtoisement protesté. Et surtout, sans fondement.

– Tsst, tsst, Antonio. Vous êtes trop dans le bocal vous-même, et depuis trop longtemps, pour avoir une opinion équitable...

Lasserre, qui avait pour le Rocher les yeux d'un enfant assistant à sa première pièce de théâtre, était flanqué de Lucie, son épouse rousse, sociologue et enseignante elle aussi.

– Le prince va parler, murmura Yvonne.

Tout le monde leva les yeux sur le balcon du palais où se tenait Gildas entouré de ses trois enfants. Quatre mois après la disparition tragique de la bien-aimée princesse Rose, leur position même, par rapport à leur père, chef de famille et centre absolu du groupe, était déjà une indication sur la nouvelle donne de la hiérarchie des pouvoirs. À la droite de son père, la main familièrement appuyée sur son épaule, la princesse Cathy, en robe de grand deuil signée Patrick Rohan. Légèrement en retrait, portant toujours une minerve depuis l'accident, la princesse Élodie, visage pâle, expression lointaine, amaigrie, cheveux plats, traits tirés. Un peu plus en arrière, le prince Thibault, la main posée sur l'épaule de sa jeune sœur.

– L'Histoire recommence..., dit Antonio Della Ciecca.

Le prince tira une feuille de papier de la poche de son grand uniforme alourdi de décorations. Il s'éclaircit la gorge et commença à lire, sur un ton monocorde, les ordonnances princières qui allaient redistribuer les cartes. Sa voix, déformée par des haut-parleurs et balayée par le vent, revenait curieusement en écho à la foule massée sur le parvis du palais face à l'armée de Roccadura dans la totalité de ses effectifs, quinze officiers, sous-officiers et hommes de troupe, sabre au clair et au garde-à-vous dans leurs uniformes chamarrés d'or et de pourpre. Ainsi, certains manquaient des pans entiers du discours de leur prince alors que d'autres, plus chanceux, l'entendaient deux fois.

– ... le prince Thibault, président de la Croix-Bleue... président du yacht-club... président du club de tennis... président du golf club...

– Vous appelez ça le pouvoir ? persifla Ronald.

– Son père se prépare à lui passer le flambeau, rétorqua Antonio à voix basse.

– Quand ? ironisa Ronald.

– Bientôt, s'excusa Antonio.

À cette seconde précise, au son même de sa voix, il comprit quelque chose de capital qu'il avait dû jusque-là occulter inconsciemment : sur le Rocher, tout n'était que leurre. Fanfares, soldats, couronne, altesses, galas et ronds-de-jambe, rien n'existait. Il évoluait dans l'irréalité partagée, voluptueuse et mélancolique, d'un monde hors du monde, d'un temps hors du temps. Encore fallait-il, pour en payer le prix, entrer dans l'illusion collective : *faire semblant*. Se soumettre aux lois artificielles de ce mini-opéra bouffe que personne, jamais, pour des raisons diverses, ne remettait en question. Il était sujet de Son Altesse sérénissime. À ce titre, pas davantage que les autres citoyens de Roccadura, il ne pouvait en aucun cas brocarder en public la famille régnante. Ni en privé : sur le Rocher, les murs avaient des oreilles. Mais dans ces conditions, le mot choquant de Ronald Lasserre, « autoritaire », n'était-il pas justifié ? Pourtant, qui aurait pu, sans rire, prétendre que Roccadura était une dictature ? Aucune menace ne pesait sur personne. Sauf une sanction unique, qui châtiait le crime de lèse-majesté : l'exclusion. L'exclusion du paradis. Elle renvoyait sans appel les coupables à la froideur du monde.

À ses dangers, ses gabelles, sa promiscuité, sa misère.

– ... la princesse Cathy devient première dame de Roccadura et dirigera l'ensemble des fondations créées ou gérées par la princesse Rose, sa mère, école de théâtre, école de danse, enseignement des arts floraux, secours aux personnes âgées, festival des Arts pyrotechniques...

Le vent continuait ses tours. La voix de Gildas s'envolait par-dessus les têtes.

Sur le balcon, Cathy se pencha à l'oreille d'Élodie.

– Tiens-toi droite. Déjà que tu es fringuée comme l'as de pique, tu fais honte à papa...

– Je fais ce que je veux ! lui cracha sa sœur.

– Qu'est-ce qu'elle dit ? chuchota Thibault à Élodie.

– Elle se prend pour maman ! ragea Élodie.

En douce, Cathy lui balança un coup de pied.

– Arrêtez, les filles, leur glissa Thibault dans un sourire, ou ça bardera pour vous dès que je serai sur le trône !

Cathy le toisa d'un air de mépris apitoyé.

– ... la princesse Élodie est désormais présidente de la fête de la Magie, présidente du Goûter annuel des enfants de banquiers, présidente du grand bal des Jardins de la principauté...

Lucie sourit à Yvonne.

– Au fond, constata-t-elle, c'est tout de même une famille très unie...

– Oui, Lucie, approuva Yvonne. Extrêmement.

108

Depuis vingt ans qu'elle était chef d'atelier chez Rohan, nul n'avait jamais remis en question l'autorité de Marcelle Chabron. Dans le milieu très fermé de la haute couture, ses rares familiers s'autorisaient à son égard un respectueux « Mademoiselle ». Pourquoi fallait-il qu'à un an de sa retraite l'arrivée d'une petite pimbêche vienne lui gâcher la vie ? Elle était désordonnée, arrogante, agressive.

Mais voilà, elle était princesse... Patrick Rohan, ex-intime de sa mère, grand ami de la famille et couturier de sa sœur Cathy, l'avait engagée trois mois plus tôt en qualité d'*assistante styliste.* Aux yeux de Mademoiselle, à qui échappait parfois le rapport entre négoce et création, un déni de justice. Sur la planète, des dizaines de postulants surdoués auraient donné leur bras droit afin que s'entrebâille pour eux la porte du saint des saints. Élodie, elle, n'avait eu qu'à paraître pour être agréée.

Dès son arrivée, un souffle exécrable avait secoué la maison. La veille, comme à l'ordinaire, elle avait débarqué à l'atelier avec deux heures de retard. Banal. Ce qui l'était moins, c'était ses cheveux... Bleus, d'un bleu fluo intense qui forçait le regard. Si peu le style de la maison que Mademoiselle, malgré sa crainte d'un affrontement public et ces dizaines d'yeux braqués sur elle, n'avait pu faire autrement qu'intervenir.

– Élodie, s'il vous plaît...

– Appelez-moi « Altesse ».

Gorge sèche, Mademoiselle avait dû faire un effort pour avaler sa salive.

– Quel nom donneriez-vous à cette nuance de bleu sur votre tête ?

– Bleu de méthylène. Pourquoi ? Ça vous déplaît ?

– C'est à M. Rohan qu'il faut le demander...

– Je fais ce que je veux !

Juste avant la prise de bec, un événement stupéfiant avait mis l'atelier dans tous ses états : l'annonce du mariage de Cathy de Roccadura : alors qu'on ne connaissait à la princesse aucun fiancé, aucun flirt, aucune liaison, la cérémonie officielle était annoncée pour dix jours plus tard !

La nouvelle s'étalait en première page de tous les journaux.

Patrick Rohan avait réuni l'ensemble de ses collaborateurs pour une allocution de chef de guerre.

– La princesse nous fait l'honneur de nous commander sa robe de mariée. Nous devons donc réaliser en neuf jours ce qui nous demande trois mois. Par conséquent, c'est tout à fait impossible. Et pourtant, le 19 décembre dernier délai, nous lui livrerons le plus beau modèle du monde !

C'est dans cette atmosphère d'électricité nerveuse que Mademoiselle avait mentionné au grand patron la chevelure bleue d'Élodie.

– D'après vous, Mademoiselle, cette provocation a-t-elle un rapport avec le mariage de sa sœur ?

– Évidemment.

Patrick Rohan garda le silence. Mademoiselle l'interpréta comme un encouragement.

– À mon avis, monsieur, Élodie est jalouse. Elle est la cadette, Cathy d'abord. Non seulement elle ne peut pas supporter son mariage, mais encore moins qu'on crée en sa présence, à l'endroit même où elle n'est qu'apprentie, la parure qui va l'éclabousser un peu plus.

– Merci, Mademoiselle. Qu'elle vienne dans mon bureau.

Mademoiselle avait fait transmettre le message par une secrétaire. L'entrevue n'avait duré que deux minutes. Visage défait, Élodie en était ressortie pour ne plus lever le nez de sa table ni adresser la parole à quiconque, sauf à Twiggie, la seule amie qu'elle avait chez Rohan. Une fille étonnante d'origine écossaise, avec une bouille si marrante qu'elle donnait toujours l'impression de pouffer. Mais on respectait beaucoup son talent, la fraîcheur et l'originalité de ses trouvailles qui lui avaient ouvert, à la loyale, les portes du sanctuaire. Très sensible aux jeunes créateurs, Patrick Rohan avait assez de panache pour les engager, même s'ils appartenaient à l'autre sexe.

– Ça a bardé ? avait murmuré Twiggie.

– Tous des cons, je te raconterai...

L'atelier avait fait des gorges chaudes de l'incident, éclipsé tout de même par la bombe du mariage : pourquoi l'annonçait-on en catastrophe à la dernière seconde ?

– Je te dis qu'elle est enceinte !

– Cathy, avec son expérience ? Tu plaisantes !

Le rocker, le play-boy, le fils de famille, le tennisman et quelques autres, autant de visages d'hommes sous le feu des projecteurs simplement parce que Cathy leur avait souri.

Mais le nouveau, cet inconnu qui allait rafler la mise, d'où sortait-il ?

– Il est italien, non ?

– Oui, Carmine Gallo. Bourré de pognon. Sa famille a des usines de prêt-à-porter. Lui, il fait des affaires.

– C'est vrai qu'il est plus jeune qu'elle ?

– Oui. Plus petit aussi.

– Plus petit comment ?

– Juste un peu plus petit. Il paraît qu'il porte des talonnettes. Elle l'a rencontré à une soirée chez des amis.

Les quotidiens où la photo de Gallo trônait sur trois colonnes voltigeaient de main en main pour vérification.

– Il est plutôt pas mal.

– Si on veut. Mais pourquoi lui ? Pourquoi ?... Cathy est si belle, elle peut les avoir tous.

– Fais-lui confiance, elle sait ce qu'elle fait. Elle doit avoir ses raisons. N'oublie pas qu'aux yeux de l'Église elle n'est même pas divorcée de François Corot !

– Mais c'est vrai !

– Cathy ? Bigame ? Ça alors !...

Ainsi allaient les commentaires.

Il était onze heures du matin. La porte s'ouvrit, Élodie entra : tous les yeux se tournèrent vers elle, les conversations s'éteignirent, les mâchoires se décrochèrent.

Comme si elle n'était pas consciente de la stupéfaction qu'elle provoquait, sans saluer personne, elle alla jusqu'à sa table, fit un clin d'œil à Twiggie, déposa son sac, manipula quelques dossiers, s'assit, alluma une cigarette – ce qui était interdit dans l'atelier –, en tira une bouffée et attendit.

– Tu es toujours d'accord pour notre projet ? demanda-t-elle.

Depuis l'arrivée d'Élodie, Twiggie avait l'air de pouffer plus encore que d'habitude.

– Absolument !

– Parfait, approuva Élodie. J'en ai ras la casquette de leurs falbalas et de leurs chichis !

Elle était sobrement vêtue d'un ensemble en jeans et de bottes de cuir noir. Mais, par rapport à ce qui avait attiré l'attention de tous, cela n'avait vraiment aucune importance.

La veille, on lui avait interdit d'avoir les cheveux bleus.

Aujourd'hui, elle en avait tenu compte : ils étaient *vert pomme*, striés de bandes violettes.

Dix minutes plus tard, après un ultime « Je fais ce que je veux » lancé à Patrick Rohan, elle ne faisait plus partie de la maison.

109

On n'avait pas eu le temps de rêver. Les cloches ne sonnaient pas. Touristes et curieux n'avaient pas envahi les abords déserts du palais. Pas de paparazzi, pas de drapeaux nationaux dans les rues ou aux fenêtres. Comme il n'y avait pas eu de publication de bans, pas de liesse populaire, de réjouissances publiques, de feux d'artifice, de coups de canon...

Aucune photo non plus des jeunes époux dans la vitrine des boutiques. Ce qui aurait pu être un mariage brillant et fou ressemblait davantage à une morne formalité administrative exécutée à la sauvette qu'à une affaire d'amour. Depuis les débuts de la dynastie, qui remontaient tout de même à sept siècles, jamais mariage – y compris les pires mésalliances contractées au fil des âges par les souverains régnants – ne s'était déroulé avec aussi peu de faste. Grand nombre de citoyens de la principauté ignoraient même que leur jeune princesse se remariait. Le Rocher était pourtant illuminé de lampions de fête, mais ils n'étaient là que pour Noël, pas pour les noces de Cathy de Roccadura et de Carmine Gallo.

Au palais, dans la grande salle des glaces où se déroulait la cérémonie dans la plus stricte intimité, l'ambiance n'était guère plus chaleureuse. N'y figuraient que les invités indispensables à la cérémonie sans lesquels on eût pu croire qu'elle n'avait jamais existé. En tout, y compris les mariés, une vingtaine de personnes. Entourant Cathy et Carmine, le prince Gildas, son oncle le comte Fabien de Lentignac, le père, la mère et les trois témoins du marié, un peu figés, Terry, sœur cadette de feu la princesse Rose, venue tout spécialement de Greenwood pour la cérémonie, le prince héritier Thibault, la princesse Éliane, veuve d'Edmond III, grand-père de Gildas – toujours en deuil lors de ses rarissimes apparitions publiques.

Patrick Rohan représentait à lui tout seul « les amis ». Les « officiels » étaient symbolisés par Lucio Battesti, membre du Grand Conseil, assisté de Livio Gargia, son secrétaire général.

À la demande du prince Gildas, Battesti s'était substitué au maire de Roccadura pour recevoir le consentement des deux jeunes époux. Ainsi, pas de temps perdu : le président avait le pouvoir d'unir instantanément qui bon lui semblait sans passer par le délai des bans, des enquêtes préliminaires ou autres annonces légales. Détail remarqué par les initiés : aux côtés de la princesse Élodie, un peu faraud, attendrissant de jeunesse naïve, Pierre Marceau, le jeune pilote. Ainsi, il était reçu au palais lors d'un évènement officiel. S'agissait-il d'un second mariage en vue ?

– Peut-être qu'elle est encore plus enceinte que sa sœur, murmuraient les chroniqueurs accrédités du palais.

Les monumentales fenêtres de la salle des glaces donnaient sur la place du Palais. Dès que Cathy eut embrassé son nouvel époux, elle consulta son père du regard. Il cligna des yeux. Cathy prit Carmine par la main et l'entraîna sur le balcon.

Gildas vint se poster derrière eux, plaçant sur la même ligne Mme Gallo, mère du marié. Élodie, poussant Pierre Marceau devant elle pour qu'on le voie bien, s'immisça dans le groupe et, en un geste qui lui était familier, appuya un bras conquérant sur l'épaule de son père. Deux étages plus bas, bravant le froid, quelques groupes de badauds applaudirent.

Il y eut quelques vivats balayés par le vent de décembre.

Radieuse, Cathy agita le bras. Carmine, à son tour, leva timidement la main pour ce qui allait être son premier salut officiel. De différents points de la place, des flashes éclatèrent.

– Princesse ! Princesse !...

– Hep, Cathy !

L'information avait circulé. Sortis de nulle part, paparazzi et photographes étaient à pied d'œuvre. Des cris fusaient.

– Cathy, embrassez-le !

– Carmine, prends-la dans tes bras !

Une fois de plus, Cathy, des yeux, demanda conseil à son père. En guise de réponse, il prit galamment le bras de la belle-mère de sa fille, tourna le dos et entra dans le salon. Entraînant son mari, Cathy en fit autant. En tout et pour tout, la famille princière n'était même pas restée une minute au balcon.

Frustrés, les photographes s'époumonèrent en invectives et en sifflets. Peine perdue, la fenêtre se referma.

– Rendez-vous dans trois mois pour la naissance! cria méchamment l'un d'eux.

– Six, six, n'exagérons rien, ça se verrait...

– Il y a vingt-sept ans, quand sa mère s'est mariée, j'étais ici, au même endroit, sur cette putain de place! Je peux vous dire que c'était autre chose!

– Je n'arrive pas à piger comment, et surtout pourquoi, elle s'est fait faire un lardon ?...

– Prendre le pouvoir, mon cher. Il faut bien que Gildas ait un successeur.

– Et Thibault, qu'est-ce que tu en fais ?

– Tu le vois sur le trône ? Le vrai patron de la principauté après son père, c'est pas Thibault, c'est Cathy !

110

Chez les Roccadura, on était marin de père en fils. Gildas avait hérité de ses ancêtres la passion de la mer.

Quand il traversait des épreuves très dures, il partait seul en Méditerranée avec son équipage pour de longues randonnées à la voile. Sa dernière goélette, couronnement des techniques ultimes de l'architecture navale, lui avait été livrée six mois plus tôt... Sans quitter la barre, il pouvait, sur la simple pression d'un bouton, hisser les voiles ou les carguer. À la limite, se passer de marins. Il avait baptisé son immense oiseau blanc « Elthica ».

El pour Élodie, *thi* pour Thibault, *ca* pour Cathy.

En six mois, il ne l'avait barré qu'à deux reprises, pour de courtes journées où l'espace et l'air du large avaient rechargé son énergie. Mais aujourd'hui, malgré la splendeur du navire qu'il sentait vibrer entre ses mains, malgré le soleil, les vagues et le vent, un poids énorme lui écrasait le plexus.

Vêtue d'un jeans, d'un pull de grosse laine bleue et d'un caban orné d'un petit foulard rouge, Élodie était allongée sur le pont avant, les yeux fermés, son visage de sphinx triste tourné vers le ciel. Depuis la disparition de sa mère, elle n'écoutait plus personne, même pas son père. Il en éprouvait un sentiment d'amertume inquiète. Elle avait le don de se fourrer dans des situations douteuses où gravitaient des personnages glauques.

Lorsque Gildas hasardait une observation, elle se réfugiait dans un silence buté. Quelques jours auparavant, à Paris, elle avait failli se faire *enlever*. Une histoire pleine de trous qui provoquait le malaise. On n'en avait qu'une version, la sienne.

Un homme et une femme l'avaient braquée dans le parking souterrain de l'immeuble où le prince disposait d'une résidence.

Sous la menace de son arme, l'homme avait voulu pousser Élodie dans une voiture. Elle s'était débattue.

« Tue-la, tue-la ! criait la femme.

– Si vous me tuez, qui vous paiera une rançon ?... »

Sans raison apparente, l'homme avait alors paniqué et s'était enfui à toutes jambes, sa complice sur les talons.

Folle de peur, choquée, jambes flageolantes, Élodie s'était réfugiée chez la concierge.

– Tu rêves, papa ?

Gildas ne l'avait pas vue arriver. Ses mains se crispèrent sur le gouvernail, son visage se ferma. Il s'apprêtait à ouvrir la bouche. Elle le devança.

– Tu me reproches quoi, au fait ?

Avec la complicité de Cathy, il n'avait organisé cette sortie en mer que pour savoir ce qu'elle avait sur le cœur. Mais Cathy était dans sa cabine. Et, d'attaquant supposé, Gildas se retrouvait en position d'assiégé.

– Je n'aime pas ta conduite, dit-il d'un air dur. Tu t'exposes trop. On ne parle que de toi.

– Je ne fais rien de plus que les autres, papa. Je vis, simplement, je vis !

Elle s'assit sur le rouf, se prit la tête entre les mains et regarda vers le large.

– Tu m'imposes ton Pierre Marceau. Il tourne le dos et tu t'affiches en public dans les bras de Daniel Lomar !

– Il menaçait de me plaquer. Je voulais lui donner une leçon.

Gildas haussa les épaules.

– Et les conséquences de tes niaiseries, tu en tiens compte ? Tous les journalistes sont à l'affût !

– Qu'est-ce que je dois faire, papa ? Entrer au couvent ?

– Te comporter comme une princesse !

Elle le défia du regard.

– Ça consiste en quoi ? Se balader avec une couronne sur la tête ? Je suis libre, moi, papa, indépendante, et, contrairement à toute la famille, je gagne ma vie. Je me fiche d'être princesse, je suis une artiste, comme maman !

– Ta mère ne s'est jamais exhibée.

– Mais je suis payée pour ça, papa, *je suis mannequin* ! Je veux créer ma propre ligne, monter ma maison de couture!

– Laisse ces enfantillages aux autres. Je veux que tu arrêtes!

– J'ai signé plein de contrats!

– Je les ai fait annuler.

Suffoquée, elle le dévisagea.

– Tu as fait ça?

– Je ne veux plus que tu revoies ce Lomar, Élodie. Il a une sale réputation. Pense à ton image. Fais comme ta sœur.

– Le jour de ses noces, elle était enceinte de son fils depuis près de cinq mois!

Cathy apparut sur le pont.

– Et alors? dit-elle avec un sourire un peu méprisant.

– C'est à mon père que je parle! fulmina Élodie. Ne t'en mêle pas!

– Bien obligée, Élodie... Dans ta position, la moindre de tes conneries compromet toute la famille.

– Tu es très instable, Élodie, intervint le prince. Pourquoi ne vois-tu pas un docteur?

– Je le lui ai déjà dit, papa, renchérit Cathy.

Les yeux pleins de colère et de larmes, Élodie dévisagea son père comme s'il l'avait trahie.

– C'est un complot?

– Pour ton bien, Élodie, dit Cathy avec une douceur exaspérante. Tu devrais comprendre que les petits voyous que tu fréquentes ne sortent avec toi que pour se faire de la pub sur notre dos... Je ne veux pas que mon fils en pâtisse.

Élodie changea de couleur, tourna les talons et bondit dans une écoutille.

– Élodie! cria Cathy.

Elle se lança à sa poursuite, la rattrapa.

– Pourquoi te fâches-tu ? demanda-t-elle sur un ton suave.

– Puisque tu mêles ton fils à tes leçons de morale, ironisa Élodie d'une voix glacée, je voulais justement te poser une question...

Cathy se contracta pour mieux résister au coup.

– Je me demande, poursuivit Élodie, comment tu as pu le concevoir avec un père dont tout le monde sait qu'il a été réformé pour troubles génitaux?

111

La plus petite des filles devait mesurer un mètre quatre-vingts.

Avec des grâces de jeune faon, elles déployaient leurs jambes immenses, traversaient la scène sur toute sa largeur et disparaissaient côté jardin. Mis en valeur par les morceaux de cotonnade ou de soie qui les déshabillaient, elles avaient toutes des corps sublimes. À chaque nouveau modèle, les invités privilégiés de la présentation poussaient des soupirs d'extase.

– On les tient! jubila Élodie.

Spontanément, Twiggie l'embrassa sur les deux joues.

Depuis que toutes deux, l'une entraînant l'autre, avaient quitté Rohan, elles n'avaient pas chômé, multipliant les croquis, jonglant avec les idées, démarchant les sponsors, sonnant à la porte des banques... Partout, le nom d'Élodie faisait merveille.

Le résultat était là : une éblouissante collection de maillots de bain créée par les deux amies qui en gardaient le contrôle financier. Les commandes affluaient. Les magazines de mode leur ouvraient largement leurs colonnes. Bien qu'il fît semblant de considérer ces activités comme un simple divertissement, le prince Gildas, si réticent au début de l'aventure, fléchissait sous le poids des compliments qui pleuvaient sur lui à propos de sa fille. À ses yeux, c'était un moindre mal. Depuis qu'elle était devenue femme d'affaires, Élodie, en dehors de quelques photos pour ses propres créations, n'exerçait plus la profession de modèle. En outre, elle avait dû promettre solennellement à son père qu'on ne la prendrait plus désormais qu'en plan américain, c'est-à-dire le haut du corps à l'exception des jambes.

– Élodie, Élodie ! Passes-en un !

Une horde de photographes accrédités par un badge se tenait à l'intersection de la scène et des coulisses. Refilant leurs numéros de téléphone aux mannequins, ils mitraillaient Élodie.

Parfois, lasse, ou gênée, d'être le centre, la princesse allait chercher Twiggie, la prenait dans ses bras et faisait face à la meute.

– Hé, les gars, faudrait pas oublier Twiggie, nous sommes deux, c'est mon associée, ma partenaire, ma petite sœur, ma styliste !

Poliment, les reporters faisaient crépiter leur Nikon.

Ils s'en fichaient, de Twiggie. Ce qui les intéressait, c'était Élodie, rien qu'Élodie, ses modèles, ses passions, ses déprimes, ses révoltes, ses coups de gueule, les hommes de sa vie. Et d'une façon générale, tout ce qui se rapportait à la famille princière.

Autre bonne photo du jour à prendre, le prince Gildas.

On lui prêtait une aventure amoureuse avec l'une de ses cousines, la somptueuse duchesse Sissi de Blankberg. Les grandes agences internationales n'avaient pas hésité à dépêcher sur place leurs meilleurs reporters afin qu'ils ramènent le cliché unique d'un baiser entre le prince et la duchesse. Mais comment les coincer ? Si la rumeur était vraie, où se cachaient-ils pour se voir ? Gildas, comme à l'ordinaire pour ce genre d'événement, était arrivé flanqué de sa sœur Hortense qui semblait le chaperonner. Mais les paparazzi, massés devant l'entrée du théâtre, avaient pu prendre leur revanche un peu plus tôt avec l'apparition de Carmine Gallo, le mari de Cathy, indifféremment surnommé « Cathybobo », « Vice-prince », « Monsieur Gendre » ou « Don Carmine ». Bien qu'il n'eût que vingt-quatre ans, il se comportait comme un vieux chef mafieux, rusé et redoutable. Il ne se déplaçait qu'en Rover blindée, chauffeur à l'avant, lui-même encadré à l'arrière par deux gardes du corps. En outre, lors du moindre trajet, il engageait une équipe de policiers privés armés jusqu'aux dents pour veiller sur sa sécurité.

Au restaurant, ils étaient chargés d'inspecter les lieux avant son entrée, repérer les suspects, vérifier les tables. Son arrivée dans sa forteresse roulante, précédée et suivie de l'escouade des motards de son escorte, n'était pas passée inaperçue.

Carmine en était descendu avec Cathy et sa propre mère, une dame opulente de l'Italie du Sud.

– Pourquoi a-t-il besoin de tout ce cirque ?

– Il a peur qu'on l'enlève.

En coulisses, où régnait une température d'étuve, la tension montait entre coiffeurs, maquilleurs, mannequins, couturières, stylistes, dessinateurs. Les changements de maillots étaient si rapides que les modèles ne prenaient même plus la peine de masquer leur nudité.

– Élodie! Le rouge est sublime! Passe-le!

– Oui, princesse, allez-y!

– C'est ta collection, quoi, merde!

– Élodie, qu'est-ce qui t'en empêche?

– Mon père. Je lui ai promis de ne plus poser à poil.

– Quelle blague! Je viens de l'interviewer. Il te trouve géniale, il est fier comme un paon!

– Vas-y, Élodie, vas-y! Je te jure que, si tu enfiles ce maillot rouge, tu as la couverture de *Vogue international*, parole!

Élodie en mourait d'envie. Elle se mordit les lèvres, consulta Twiggie du regard. Twiggie battit des cils. Élodie se glissa derrière un paravent qui la dissimulait en partie, envoya promener d'un coup de pied ses chaussures à talons hauts, fit glisser les épaulettes de sa robe et se retrouva les seins à l'air, intégralement nue à l'exception de ce qu'on aurait pu appeler une culotte si le bout d'étoffe qui en formait la trame n'avait davantage évoqué la surface d'un timbre-poste.

– Bravo, elle l'a fait!

Sa robe du soir se retrouva sur le sol. Elle passa le maillot, écarta le paravent. Des sifflets admiratifs éclatèrent dans un déluge de flashes.

À la dernière seconde, elle eut une ultime hésitation.

– Fonce, Élodie, fonce!

Elle savait très bien que sa sœur, son frère, son père, sa tante et toute la sainte belle-famille de sa sœur étaient installés au premier rang des fauteuils.

– Et merde, dit-elle entre ses dents.

– « Canicule », se pâma l'attachée de presse qui présentait la collection. Un modèle pour très grandes chaleurs que vous présente personnellement la brûlante princesse Élodie...

Deux machinistes écartèrent le double rideau séparant les coulisses de la scène. Hardiment, de sa démarche aérienne, plus belle infiniment que ses propres mannequins, Élodie s'avança sur le plateau. Partout ailleurs dans le monde, on aurait applaudi à tout casser. Mais on était à Roccadura. Les mœurs y étaient différentes. Avant de se laisser aller à la moindre manifestation, il convenait de vérifier qu'elle ne détonnerait pas avec celle du souverain régnant. D'un bloc, tous les visages se tournèrent vers Son Altesse sérénissime. Dans un premier temps, il eut assez de contrôle pour ne rien exprimer. Visage de pierre, il regardait en direction de la scène comme si sa fille lui était devenue brusquement invisible. À l'unisson de sa propre belle-famille dont rien ne semblait pouvoir détendre les muscles faciaux, Cathy restait impassible. Élodie, après deux ou trois tours de valse, s'apprêtait à quitter le plateau lorsqu'elle vit, du coin de l'œil, son père se lever brusquement et quitter la salle, suivi par l'ensemble de la tribu Gallo et des autres membres de la famille. Elle se sentit si humiliée qu'elle faillit les apostropher publiquement : pour qui se prenaient-ils ? N'avaient-ils donc aucun respect pour le travail d'autrui ?

Les photographes couraient maintenant dans les travées derrière la caravane du prince. La vraie bonne photo fut prise par un reporter de Gamma : sur la même diagonale, on voyait, en perspective, Élodie qui s'éloignait sur la scène alors qu'au premier plan, lui tournant le dos, la famille princière au grand complet fichait le camp en sens inverse.

– Qu'est-ce qu'ils ont ? s'étonna Twiggie dès qu'Élodie arriva en coulisses.

– T'inquiète pas, dit Élodie en jetant son maillot par terre sans se soucier des regards, c'est des ringues !

D'un geste de main rageur, elle essuya les larmes qui faisaient briller ses cils.

112

Cathy regarda le cadran lumineux de sa montre : cinq heures du matin. À côté d'elle, respirant paisiblement, Carmine dormait sur sa couchette. Cathy se leva doucement, tâtonna dans le noir, enfila ses chaussures, se recouvrit les épaules d'une parka, écarta l'un des pans de la tente qui les abritait et sortit dans la nuit absolue du désert.

Au début, elle ne vit rien, même pas la masse énorme des camions et des autres véhicules composant leur équipage.

Dans le silence qui écrasait l'immensité, le glissement ténu de ses semelles sur le sable lui sembla faire un vacarme de tremblement de terre. Mains en avant, pas à pas, elle s'éloigna du campement d'une démarche aveugle. Au bout d'une centaine de mètres, elle se laissa doucement glisser par terre et s'allongea sur le dos. Pendant plusieurs minutes, elle resta immobile, s'imprégnant de la nuit et regardant le ciel. Petit à petit, ses yeux se firent à l'obscurité. Bientôt, elle distingua quelques étoiles. Puis, soudain, elle aperçut toutes les autres.

Jamais elle n'en avait vu d'aussi brillantes. Elle se demanda ce qu'elle faisait là, en pleine nuit, en plein désert ?...

Tout avait commencé par un défi idiot lancé par son mari comme une blague : « Et si on *gagnait* le Paris-Dakar ? » Il n'avait pas dit : « Si on *participait* au Paris-Dakar. » Il avait utilisé le verbe *gagner*. Tel était son caractère : Carmine n'aimait la compétition que pour écraser ses rivaux. Se prouver, à lui et aux autres, qu'il était le plus fort.

En riant, il avait raconté à Cathy une anecdote révélatrice.

Lorsqu'il était enfant, on lui avait demandé : « Qu'est-ce que tu veux faire quand tu seras grand ? » Il avait répondu : « *Héros !* »

Mais, comme si cette volonté d'ambition hors du commun le gênait, il la cachait sous des airs timides, un peu distants.

Très vite, Cathy s'était prise au jeu. Elle était entrée dans son fantasme d'huile chaude, de suspensions, de pistons, de vitesse et de bielles. Il avait préparé sa course avec une minutie obsessionnelle. Il fallait que tout soit parfait, matériel, partenaires, mécanos, équipiers. Pour copilote, il avait choisi un Irlandais fou, Howard Gibbons. Coureur de génie, il avait, à trois reprises, terminé le rallye à la deuxième place.

Gibbons n'y était pas allé par quatre chemins.

– Je vous préviens que, si j'accepte, vous n'allez pas rigoler. Je ne cours que pour être premier.

Carmine lui avait tendu la main.

– Ça tombe bien, moi aussi.

Il n'aimait que la vitesse. Les moteurs le fascinaient, voitures, hors-bord, motos, avions. Leur puissance, qui multipliait la sienne par cent mille, le plongeait dans des états extatiques. Dans ces instants-là, chauffé au rouge, il oubliait le danger, prenait tous les risques et narguait la mort. Lui, si froid d'apparence, si glacial en affaires, avait déjà décroché un record du monde de vitesse en offshore, se catapultant sur un lac du Wyoming à plus de cent quatre-vingts kilomètres à l'heure, à cette limite extrême où pour un rien, un souffle de vent, un friselis de l'eau, un bateau décolle pour se transformer en bombe volante.

Ouvertement, le prince Gildas désavouait son gendre. En secret, il lui rendait hommage. Pour ne pas être exclue d'autant de passion, Cathy avait appris à déchiffrer les cartes. À grands coups de cours accélérés, elle était devenue en peu de temps un navigateur convenable sachant signaler les dangers, calculer les moyennes, gérer la course. Elle avait débuté trois jours plus tôt.

C'était leur première journée en terre africaine. Cathy, secouée par les cahots au-delà de l'imaginable, avait le corps couvert de bleus.

L'âme aussi : pas facile d'être princesse.

Au lendemain du départ, parce qu'elle avait refusé toute interview, les journalistes avaient écrit des horreurs sur elle : elle était *snobinarde et prétentieuse*. Leur eût-elle parlé pendant des heures, ils auraient raconté qu'elle n'était là que pour se faire de la publicité. Chaque mot, chaque événement, était interprété de façon malveillante. Ils avaient ironisé sur l'excès de matériel, la traversée de la Méditerranée en jet privé alors que les autres concurrents avaient pris le bateau pour Alger. On leur reprochait aussi le médecin qu'ils avaient emmené, les gardes du corps, les techniciens, les deux camions d'assistance, un pour les secours, l'autre de rechange, au cas où le premier casserait.

En fait, on ne leur pardonnait pas d'être jeunes, riches et célèbres...

Maintenant, les yeux de Cathy s'étaient habitués à la nuit au point de pouvoir distinguer la forme des dunes barrant l'horizon. Pendant qu'elle était là, dans le désert, son frère Thibault se livrait à son sport favori dans les neiges d'Autriche, le bobsleigh. Quant à Élodie, changement de décor : elle avait émigré à Los Angeles pour y enregistrer son premier disque.

D'après elle, la côte ouest était le paradis des musiciens.

Or, nouvelle lubie, elle s'était mis en tête de devenir une rock star. Son père prenait son mal en patience. Il laissait faire, persuadé qu'il fallait que jeunesse se passe, qu'elle reviendrait au bercail. Cathy en était moins sûre. Elle estimait que certaines dérives laissaient des traces. Par des amis qui rentraient de Hollywood, elle savait qu'Élodie avait d'épouvantables fréquentations, tauliers de boîtes de nuit, compositeurs bidon, agents louches, musiciens camés, toute une écume de marginaux qui exploitaient son nom et profitaient de sa naïveté.

– Qu'est-ce que tu fiches là ?

Prise dans l'aveuglant faisceau d'une torche électrique, Cathy porta vivement les mains à ses yeux.

– Éteins cette lampe !

Howard Gibbons s'exécuta en maugréant.

– Tu es dingue de te rouler dans le sable. Le désert est truffé de scorpions !

– Pourquoi es-tu réveillé ? demanda Cathy en se redressant.

– Peux pas dormir. J'avais cru entendre du bruit. C'est plein de voleurs, ici.

Pour cette première nuit, Carmine avait refusé la promiscuité du campement collectif. Ils avaient établi leur bivouac trois kilomètres plus loin.

– Quelle heure est-il ?

– Près de six heures.

– Allez, viens, faut pas rater le départ. Assez roupillé, on va réveiller ton bonhomme.

– Qui prend le volant ce matin ?

– On fera ça à pile ou face.

Deux heures plus tard, à l'aube de ce quatrième jour de l'épreuve et à vingt kilomètres du départ, le seize tonnes Mercedes princier, après une faute de pilotage et une embardée effrayante, se couchait sur le flanc au hasard d'une dune. Par miracle, personne n'était blessé.

– Tu l'as vu, ce con, il venait de doubler trois camions hors piste !

– Qui conduisait ? L'Irlandais ou Cathybobo ?

– Aucun ne veut porter le chapeau. Chacun prétend que c'est l'autre !

– Et Son Altesse sérénissime, qu'est-ce qu'elle en dit ? Après tout, elle était là, elle a tout vu. Qui a fait la bêtise, son mari ou Gibbons ? Qui était réellement au volant ?

– Elle jure que c'était Gibbons. Elle était à côté de lui. Elle lui hurlait de ralentir. Il n'écoutait rien. Il était comme cinglé, il voulait passer tout le monde...

– Et Gibbons, sa version ?

– Carmine Gallo était au volant. Il a voulu rouler les mécaniques dans le désert, il s'est planté.

– Qui tu crois ?

– Personne. Tous menteurs, ils me gonflent !

– Ils repartent demain ?

– Mais non ! T'es pas au courant ? Ils abandonnent !

– Après vingt kilomètres de désert ? Mais tout ce matériel, ces assistants, ce fric ?...

– De la frime !

– Et leur camion de rechange, à quoi il leur sert ?

– À rien. Ils ont les foies. Ils sont déjà dans leur avion. Vu du Rocher, ils devaient imaginer le Sahara comme le bac à sable du casino. Des gens comme ça n'ont rien à faire dans le désert. Qu'ils retournent à leurs dîners mondains à la con, et bon vent !

113

Visiblement, il avait les cheveux teints. Une espèce de couleur filasse, avec des mèches dorées qui lui retombaient sur le front en couronne et recouvraient sa nuque jusqu'aux épaules. Tout en lui était *voyant*. Gigolo pour dames âgées ? Homo racoleur ? Braqueur de poulaillers ?

Bobby, le barman en chef du Majestic, voyait défiler beaucoup de phénomènes. Cannes les attirait comme des papillons. Mais le visage de celui-ci, avec son diamant dans l'oreille, son smoking bleu pétrole et son cinquième Manhattan à sept heures du soir, lui était vaguement familier.

– Barman, un autre.

– Bien, monsieur...

– J'attends un coup de fil. Prévenez-moi, s'il vous plaît.

– Bien, monsieur. À quel nom, monsieur ?

– Marco Poussard.

Poussard. Marco Poussard ! Le fiancé de la princesse Élodie !

Avec une dégaine pareille, pas étonnant que le prince Gildas refuse de le voir. Son histoire était dans tous les journaux.

Il dirigeait une boîte de nuit branchée de Beverly Hills, « Le Trip », où on retrouvait, dans les vapeurs de H, de coke et de scotch, tout le show-biz de Los Angeles, acteurs, musiciens, producteurs et dealers au coude à coude avec les flics des stups.

Élodie y avait atterri un soir par hasard, avec sa bande.

Marco en personne l'avait accueillie. Au premier regard, elle en était tombée raide dingue. « Comme sa grand-mère », songea Bobby avec une bouffée d'attendrissement. « Elle aussi n'aimait que les voyous... » À l'époque, les amours tumultueuses de la princesse Christine et d'Henri Bellavoine, dit Riton-la-Béquille, ennemi public numéro un, avaient défrayé la chronique du cœur et du grand banditisme. Maintenant, Bobby comprenait pourquoi Poussard se morfondait à Cannes alors qu'au même moment, en principauté, le très couru dîner de clôture du grand prix d'Élégance automobile allait dérouler ses fastes. Élodie n'avait qu'une envie, y figurer au bras de son nouvel amant.

Malheureusement, Marco était tricard à Roccadura...

Gildas, au courant de son lourd passé pénal – viols, drogue, escroqueries et violences en tout genre –, lui avait fait interdire l'accès du Rocher.

– Tu m'as déjà imposé Pierre Marceau, Daniel Lomar, Spencer Lewis et les autres. Assez de tes petites frappes! Poussard, jamais!...

Au passage, en prononçant le nom de Lewis, Gildas s'était senti rougir de honte : à la suite de nombreuses plaintes, la police avait arrêté le jeune acteur coupable d'avoir filmé en direct, à l'aide de caméras cachées, les débats amoureux de *toutes* ses maîtresses.

– Marco, c'est différent, papa! C'est l'homme de ma vie!

Après cinq mois de vie commune, Élodie, trahissant une fois de plus ses incertitudes affectives, ne pensait qu'à faire avaliser sa liaison – l'excès de liberté, d'accord, mais pas sans la caution de son père.

Qui allait céder le premier?

Pour l'instant, l'enjeu aux cheveux teints de ce bras de fer monarchique sifflait nerveusement son huitième Manhattan.

Le téléphone sonna. Poussard sursauta. Bobby décrocha. Marco lui prit l'appareil des mains et lui tourna le dos.

– Marco. J'écoute...

– C'est moi, Élodie. Ça marche, Marco, ça marche!

– J'arrive?

– Non, pas tout de suite, mais on y est presque... J'ai parlé à mon père... Tout va bien!

– Je viens ou je viens pas? s'irrita Marco.

– C'est une question de minutes, haleta Élodie. Je t'aime... Tu es en smoking?

– Ouais. J'étouffe.

– Ne t'inquiète pas... Et tes cheveux?

– Quoi, mes cheveux?

– Ils sont toujours aussi longs? J'adore qu'ils soient longs,

Marco, comprends-moi... Mais j'ai un peu peur... Question look, papa est parfois très vieux jeu...

– Tu voudrais peut-être que je les coupe ? demanda Marco d'une voix dangereusement douce.

– Pas entièrement, Marco, s'affola Élodie. Disons juste un peu rafraîchir... Oh, Marco, fais-le pour moi, je t'en prie, ils repousseront si vite et c'est si important pour nous deux...

– Où veux-tu que je trouve un coiffeur à cette heure ?

– Demande au concierge, il sait, lui ! Il va t'arranger ça !

Une demi-heure plus tard, Marco ressemblait à un rat.

Sa longue crinière blonde gisait en touffes sur le tapis de la suite du dernier étage spécialement louée pour l'opération.

Il paya la coiffeuse, rajouta un pourboire de nabab et lui administra une claque amicale sur les fesses. Elle sortit dans le couloir en gloussant. Marco fourra dans sa poche l'énorme liasse de billets qu'il exhibait si volontiers. Il était très généreux avec l'argent des autres. Il avait l'habitude qu'on lui en *prête* beaucoup.

– Surtout, garde-le, ce qui est à moi est à toi, pas de questions de fric entre nous !

– Non mais, tu me prends pour qui ?

Il était maintenant huit heures et demie. Marco alla dans la salle de bains. Épouvanté, il découvrit le désastre : sans sa crinière dorée, que restait-il de lui ? Il fut pris d'une rage folle contre Élodie, pourquoi l'avait-il écoutée ? À Los Angeles, il était un homme respecté, recherché, admiré : un roi. Mais ici, comment pouvait-on le faire poireauter comme un larbin, lui, Marco Poussard ? Pour qui le prenait-on, avec cette coiffure débile de cadre moyen sur la tête ?

Il bondit par-dessus le lit, décrocha.

– Allô ?... aboya-t-il d'une voix agressive.

– C'est moi, Marco... Alors, tes cheveux ?...

– Rasés. Massacrés. Foutus. Merci encore !

– C'est vraiment fait ?...

– Qu'est-ce que je peux me couper d'autre pour te faire plaisir ?

– Magnifique, Marco ! Je suis avec papa, je te rappelle !

Elle raccrocha.

– Salope ! gronda Marco.

Il savait qu'elle mentait : comment aurait-elle pu prononcer son nom en présence de son père ? Une fois de plus, elle n'avait pas osé lui dire qu'un Poussard ferait tache au palais de Roccadura. Furieux, il claqua la porte de son appartement, dévala les six étages et déboula dans le hall.

– Plus d'appel, dit-il au concierge en lui glissant un gros billet, d'où qu'il vienne, qui que ce soit. Dites que j'ai réglé ma note et quitté l'hôtel.

– Comptez sur moi, monsieur. Je prends les messages ?

Mais Marco courait déjà vers le bar. La blonde en robe bleue qui lui jetait des regards énamourés une heure plus tôt était toujours là. Il fonça sur sa table

– Dépêchez-vous, dit-il, je meurs de faim.

Sans attendre de réponse, il passa derrière son fauteuil et le tira galamment pour l'aider à se dégager. Subjuguée, elle se leva. Marco la prit par le bras, lui fit traverser le hall en quatrième vitesse.

– Où va-t-on ? demanda-t-elle.

– Dîner.

– Ici ?

– Chez moi.

Il la poussa dans l'ascenseur. Les portes se refermèrent.

Le flic de Roccadura, qui filait Marco Poussard depuis qu'il avait débarqué à l'aéroport de Nice en provenance du vol de New York, griffonna quelque chose sur un petit carnet noir.

Puis il fit un clin d'œil au concierge et, placidement, alla reprendre sa faction dans un fauteuil.

La nuit serait longue.

114

Ils étaient à cinquante mètres du perron quand les paparazzi commencèrent à les mitrailler. Quatre heures de l'après-midi. Le soleil avait déjà viré derrière les montagnes.

Feignant d'ignorer qu'ils étaient la cause et le centre de l'agitation, visage fermé, Cathy et Carmine, leurs skis sur l'épaule, continuèrent à marcher dans la neige. L'hôtel n'était plus qu'à quelques pas. Soudain, sans que rien eût pu le laisser prévoir, Carmine jeta ses skis et fonça sur les photographes.

Engoncé dans sa combinaison, il essaya de les frapper au hasard. Aucun d'eux ne chercha à lui rendre les coups. Ils esquivèrent. Cathy, tête raide, poursuivit son chemin sans un regard pour son mari.

– Je vais vous casser la gueule! grondait-il en faisant de grands moulinets avec ses bras.

Plus il s'agitait, plus les flashes crépitaient.

Jusqu'à présent, il avait eu avec la presse des rapports de neutralité un peu distante. Au début, les surnoms dont on l'avait affublé, « Cathybobo » entre autres, l'avaient agacé, mais ils étaient la rançon de sa gloire conjugale, il les supportait. Désormais, le pacte de non-agression était rompu. Un magazine espagnol avait publié un reportage illustré, repris le matin même par l'ensemble de la presse quotidienne. On y voyait une photo de Carmine à Rome, enlaçant une superbe rousse dans la porte cochère d'un restaurant sicilien de la Via Vittoria. Ce jour-là, il avait raconté à Cathy qu'il faisait un aller et retour à Milan pour embrasser sa mère : le feu aux poudres!

– Peux-tu m'expliquer ?

– Non, Cathy, je n'y comprends rien, ne t'énerve pas, il s'agit sans doute d'une vieille photo...

– Tu te fous de moi ?

– Ces salauds sont capables de tout pour inventer une histoire !

– Oui ou non, étais-tu à Milan chez ta mère ?

– Arrête, Cathy ! Tu es en train de faire leur jeu !

Le défiant d'un œil noir, elle avait décroché le téléphone.

– Vous nous manquez, madame. Depuis quand n'avez-vous pas vu Carmine ?

La mère de son mari était instantanément tombée dans le panneau.

– Trois semaines !

Dès lors, refusant de partager le même toit que le traître, Cathy avait claqué la porte de la « Chesa Funtauna », le chalet qu'elle avait loué à Saint-Moritz pour la saison d'hiver. Elle s'était aussitôt installée en face, au Palace Hotel. Pour ne pas alimenter la rumeur, tous deux étaient convenus de dire que la chaudière de la maison avait éclaté. Depuis, Cathy n'adressait plus la parole à Carmine. Elle s'enferma à clé, alla dans la salle de bains, ouvrit en grand le robinet d'eau chaude de la baignoire, revint dans la chambre, s'assit sur le lit, quitta ses bottes et les jeta n'importe où en se demandant si son père était au courant.

Elle sonna le standard, demanda Los Angeles.

– Je te réveille, papa ?

En Californie, il était sept heures du matin.

– J'ai déjà fait mon footing ! Carmine va bien ?

Compris : il savait ! Sur le Rocher, tous les jours, le moindre article citant le nom des Roccadura dans le dernier bled de la planète était mis en archives avec un soin obsessionnel.

Le service de presse du palais avait donc déjà répercuté la ridicule situation où l'avait placée son mari : comment Carmine avait-il osé lui faire ça sans imaginer les représailles qui allaient suivre ?

– Il est en pleine forme, papa. Il est en bas, dans la neige. Il se bat avec des paparazzi.

– *Autrement*, tout va bien ?

Elle apprécia au passage le tact de son père qui ne l'assommait pas de questions embarrassantes.

– Une véritable lune de miel, papa.

– Tant mieux. Je veux que tu mènes une vie calme. Pas

d'émotions, pas de fatigue, très peu de sport, tu es enceinte, ne l'oublie pas...

– Je n'oublie rien, papa, dit-elle avec une pointe d'irritation.

Elle supportait mal que quiconque, y compris son père, se mêle de ses histoires de femme. Dans cinq mois, elle allait donner naissance au troisième héritier du trône.

– Comment va-t-elle, papa ?

Le prince ne s'était rendu à Los Angeles que pour tenter d'arracher Élodie à sa vie de scandales.

– Pas brillant..., hésita-t-il.

Dès qu'on évoquait sa sœur, Cathy devait faire attention à ne pas exploser. Depuis toujours, elle trouvait son père trop indulgent avec elle. Quand Élodie avait fugué de son collège, Gildas s'était à peine insurgé. En fait, il en était fier. Lui aussi, au cours de ses difficiles années de jeunesse en Angleterre, avait fait le mur de sa pension. De même, il n'avait protesté que très mollement lorsque, après le bac, elle avait refusé de continuer ses études. Avec elle, on y allait toujours avec des gants, on trouvait des excuses à sa fragilité, son instabilité, ses volte-face : n'avait-elle pas été traumatisée par le drame qui avait coûté la vie à sa mère ? Trois ans plus tôt, dans le plus grand secret, elle était restée près d'un mois en cure de repos dans une clinique parisienne spécialisée dans les chocs nerveux. Au coût déjà lourd de l'hospitalisation, il avait fallu ajouter la perte d'un million de dollars due à sa rupture de contrat avec une marque américaine de cosmétiques.

Des rumeurs couraient... Élodie, qui évoluait dans la mouvance du show-biz, se comportait comme la rock star qu'elle était devenue après le triomphe de son premier disque, *Plus loin*. Un million et demi d'exemplaires vendus, vingt mille articles de presse, des photos, des interviews, des répétitions, des amis de passage, des parasites cherchant à profiter de sa notoriété et lui proposant à n'en plus finir des projets mirifiques. Après les défilés de mannequin, le stylisme, la maison de couture, les séances de pose de top model, le lancement des maillots de bain et la promiscuité du rock, Élodie déclarait aux journalistes que dorénavant elle voulait être actrice, comme sa mère.

Elle s'était inscrite aux cours de comédie de l'Actors Studio, Santa Monica Boulevard, à deux pas de Sunset et de la Cienega.

Le reste du temps, une trépidation permanente, auditions,

musiciens, recherche de sons nouveaux dans sa villa de Beverly Hills. Elle y filait le parfait amour avec son directeur artistique, Charly Bloomer, l'homme qui avait supplanté Marco Poussard.

– Tu l'as rencontré, papa ?

– Évidemment pas.

– Comment est-il ?

Il y eut un silence.

– Pire que l'autre, confessa Gildas d'une voix lasse. C'est un type tout en cuir avec des lunettes noires, une longue tignasse grasse et des boucles d'oreilles partout.

– Et l'endroit où elle vit, sa maison, tu l'as vue ?

– Je ne veux pas la voir.

Élodie avait tout fait pour l'attirer dans son univers.

« Ta chambre est prête, papa, viens, je voudrais que tu me voies travailler, te présenter mes amis, ça me ferait tellement plaisir ! »

Le prince Gildas cautionnant les égarements de sa fille et la déglingue de ceux qui la manipulaient !... Lui non plus ne pouvait pas faire un pas sans se heurter à un journaliste. Les plus féroces avaient déjà baptisé Élodie « L'épave princière ». À cause de ses fréquentations, il lui était même déjà arrivé, à l'aéroport de Los Angeles, de subir l'humiliation d'une fouille au corps réservée d'ordinaire aux passeurs internationaux.

– Tu la ramènes avec toi, papa ?

– On m'a recommandé un psy. Elle a pris rendez-vous. Elle a besoin de quelques jours supplémentaires.

– Et toi ?

– Euh... Moi aussi...

Nouveau silence... À des milliers de kilomètres, Cathy percevait la respiration oppressée de son père comme s'il avait été tout près d'elle.

– Cathy...

– Oui, papa ?

– Tu restes encore longtemps à Saint-Moritz ?

– Pourquoi ?

– J'ai besoin de toi. J'aimerais que tu retournes demain à Roccadura. Dans deux jours, il y a l'inauguration officielle de l'hôpital. Je voudrais que tu me représentes.

– Et Thibault, alors ?

– Non, non, pas Thibault... Il faudra faire un discours, improviser, répondre... Il n'est pas encore prêt...

– Arrête, papa, gloussa Cathy, ça fait déjà vingt ans qu'il répète !

– Je compte sur toi ! la coupa le prince avec irritation.

115

Quatre étaient en uniforme, trois en civil. Ils se tenaient debout sur le bas-côté de la route près d'une fourgonnette et d'une voiture de police. L'un d'eux, portant une pancarte « Douane », s'avança sur la chaussée et fit signe au poids lourd de se ranger. Dans un crissement de freins et des nuages de poussière, le chauffeur stoppa son dix-huit tonnes.

Prenant son temps, le douanier vérifia d'abord les plaques minéralogiques italiennes placées à l'avant et à l'arrière.

Ensuite, il vint se planter à la hauteur de la cabine, porta la main à son képi.

– Douanes françaises, dit-il. Vos papiers, s'il vous plaît.

Le chauffeur les lui tendit. Le douanier les examina.

– Vous venez d'où ?

– De Trieste.

– Et vous allez ?

– À Lyon.

– Quel est votre chargement ?

– Des tomates.

– Descendez, s'il vous plaît.

Déjà, à l'arrière, ses collègues avaient soulevé les bâches et s'introduisaient dans le camion. Le chauffeur s'appelait Luigi Comaccio. Il se faufila hors de la cabine, s'étira, alluma une Camel.

– Fait chaud, hein, dit-il.

– En dehors de vos tomates, vous n'avez rien à déclarer ? Pas de marchandises contingentées, alcool, cigarettes, produits pharmaceutiques ?...

– Rien du tout. Juste des tomates.

Le douanier jeta un coup d'œil vers un de ses collègues en civil debout près de la fourgonnette. Il avait l'air de penser à autre chose. Il fumait. Les voitures défilaient à toute allure dans les deux sens. Normalement, les contrôles douaniers entre la France et l'Italie, sauf en cas de tuyau sérieux fourni par un indic, étaient tout à fait symboliques. Comaccio fit quelques pas pour se dégourdir les jambes. Dans la semi-obscurité de l'arrière, il vit plusieurs hommes déplacer les piles de cageots.

– Je peux vous aider ? demanda-t-il en souriant.

Pas de réponse. Il aspira une bouffée de sa cigarette, revint à l'avant, tapota pensivement la tôle brûlante de son moteur.

Plusieurs minutes s'écoulèrent. Ceux qui avaient effectué le contrôle réapparurent.

– Normal, chef, dit l'un d'eux au douanier resté près de la cabine. Des tomates...

Le flic resté jusque-là près de la fourgonnette actionna la portière du hayon. Un berger allemand en sortit. Le flic le caressa, lui passa une laisse. Puis il alla à l'arrière du camion et y grimpa avec le chien pendant que ses collègues se donnaient beaucoup de mal pour ne pas regarder Luigi Comaccio.

Visage impassible, il essuyait son front ruisselant de sueur à l'aide d'un mouchoir à carreaux rouges.

– Qu'est-ce que vous diriez si vous étiez en uniforme, compatit un douanier.

Comaccio hocha la tête. À chaque appel d'air des voitures fonçant sur la route, ses cheveux noirs se hérissaient en touffes électriques. Le flic revint avec son chien, se dirigea droit sur lui et lui balança sous le nez un sac en plastique rempli de poudre.

– Tu en as combien là-dedans ? Dis-le tout de suite, ça nous fera gagner du temps...

– Qu'est-ce que c'est ? s'étonna Comaccio en ouvrant des yeux ronds.

Le flic éclata de rire...

– Il convoie cent cinquante kilos de coke et il ne sait pas ce que c'est ! C'est pour qui ?

Comaccio serra les mâchoires. Les consignes qu'il avait reçues étaient simples : en cas de pépin, faire sauter le chargement. Dans la boîte à gants, il avait en permanence deux grenades quadrillées prêtes à être dégoupillées. Ses employeurs résidaient à

Palerme. En cas d'erreur, ils estimaient qu'une vie humaine ne valait pas cher.

Deux heures plus tard, dans le bureau des stups de la section de Nice, le passeur entama une négociation serrée.

Entre-temps, pour bien lui montrer l'exiguïté de son champ de manœuvre, le commissaire qui menait son interrogatoire lui exhibait un télex reçu de Naples à l'instant même.

– Trafic de drogue... Vingt ans de prison... Deux évasions... Recherché par tous les flics d'Italie! Regardez ça, vous autres, il a un casier plus long que la Muraille de Chine!

Il se mit à réfléchir, soupira.

– Tout ce qu'on te demande, c'est de nous lâcher un nom, un seul, mais en France. Parole, on en tiendra compte!

Jusque-là, tout le monde avait été courtois avec Comaccio.

Mais les meilleures choses ont une fin. Il se tortilla sur sa chaise, baissa la tête.

– Quinto Francini, dit-il.

– Il vit où?

– Pas exactement en France. À Roccadura... je crois.

Un inspecteur sortit de la pièce. Il en revint tout agité.

– Quinto Francini, c'est bien le nom que tu as donné?

– Oui.

– Francini?... répéta pensivement le commissaire qui avait mené l'interrogatoire. D'où il sort, celui-là?

L'inspecteur se pencha à son oreille.

– C'est le chauffeur de Carmine Gallo, patron, le mari de la princesse Cathy!

Le commissaire se mit à tousser violemment.

– Je préviens tout de suite le palais! s'étrangla-t-il.

116

– Et si au lieu de tourner autour du pot, suggéra Gildas en souriant, tu allais droit au fait ?

– C'est embarrassant. Il s'agit de quelqu'un de ta famille.

– Carmine ?

Giacomo Cantor approuva d'un signe de tête.

À peine marié à Cathy, Carmine, aussi bien que s'il avait grandi dans le sérail, avait assimilé sur-le-champ la mécanique des opérations. Homme d'affaires impitoyable – un « requin », disaient de lui ses ennemis –, il exigeait sa part sur tout. Cantor en savait quelque chose. Sous prétexte de le former, Gildas le lui avait adjoint dans certaines affaires immobilières.

– Tu es mécontent de ton associé ?

– C'est ton gendre, Gildas...

– Qu'est-ce qui t'inquiète, Giacomo ?

Comme à l'ordinaire, ils s'étaient retrouvés dans le salon bleu pour échanger leurs secrets.

– Les rumeurs, dit Giacomo d'une voix sourde. Elles ne t'arrivent pas toujours.

– Je t'écoute.

– Je ne sais pas par où commencer...

– Les vingt-cinq Italiens qu'il a amenés de Milan ?

– Entre autres...

– C'est son équipe, Giacomo. Il travaillait déjà avec eux avant son mariage.

– Oui, dit Cantor d'un air songeur, oui... Mais certaines de ses relations m'inquiètent... C'est un peu effrayant... On ne les a jamais vus, ils débarquent chez nous avec des wagons de milliards...

Les yeux de Gildas se plissèrent.

– Tu es contre ?

Cantor lui jeta un regard contrarié.

– Tout dépend d'où ils viennent, Gildas, nous en avons déjà parlé. Peut-être ne sommes-nous pas assez sélectifs...

– Quel rapport avec mon gendre, Giacomo ?

– Carmine Gallo est jeune, murmura Cantor avec un geste évasif. Il a beaucoup d'ambition. Il peut être grisé par l'accélération de sa propre fortune...

Il posa les mains sur la table, regarda Gildas bien en face.

– Je crois savoir aussi qu'il sert un peu trop de *prête-nom*.

À Roccadura, l'impôt n'existait pas. Personne n'avait de déclaration à faire sur ses revenus, leur provenance ou le chiffre de sa fortune. Tout sujet du prince pouvait légalement déposer dans une banque les capitaux les plus extravagants sans avoir à les justifier. Il arrivait qu'un balayeur soit titulaire d'un compte de plusieurs millions de dollars. Normal. Il « prêtait » son nom. En échange du service rendu, il était rémunéré par les véritables détenteurs du compte au prorata des sommes déposées.

Une stupéfiante industrie locale qui faisait de Roccadura l'un des pays à plus haut revenu du monde.

– Il n'est pas obligé de savoir, continua Cantor d'une voix lente, qui se cache derrière ces investisseurs...

– Et toi, tu le sais ?

– Oui..., hésita Cantor. Un de ses grands amis, le sponsor anonyme du Grand Prix de vitesse nautique.

– Son nom ?

– Ottavio Biasini.

Gildas sursauta.

– Le type que j'avais fait virer il y a quatre ans ?

Cantor approuva avec amertume.

– Rappelle-toi l'histoire du cheval de Troie, Gildas. D'une façon ou d'une autre, par la ruse ou par la force, ces gens-là réussissent toujours à s'introduire dans une ville pour la saigner à blanc. Simple question de temps.

– Au fait, Giacomo, s'impatienta Gildas, au fait !

– Il arrive que ton gendre agisse en affaires de façon troublante. Disons qu'il utilise parfois des méthodes curieuses pour se faire attribuer des marchés, des concessions de grandes marques... Des méthodes radicales qui choquent nos concitoyens...

– Qu'est-ce que tu cherches à me dire, Giacomo ?

Cantor détourna les yeux, poussa un profond soupir.

– Rien de plus que ce que tu viens d'entendre, Gildas.

117

Grisant ! Dans la très longue histoire de la principauté, elle était la première Ponti de Roccadura à poser le pied en terre russe. Martelant de ses bottes de cuir fauve les pavés enneigés de la place Rouge, elle longeait le mur du Kremlin, éblouie par la beauté de la cathédrale Basile-le-Bienheureux luisant sourdement sous le ciel gris de tout l'or de ses coupoles.

Elle avait rêvé longtemps de cette promenade. En dehors du garde du corps qui la suivait discrètement, elle était seule.

Coiffée d'un bonnet de fourrure, elle avait revêtu un long manteau de loutre bordé de vison qui lui battait les chevilles.

Partout ailleurs dans le monde, les passants se seraient retournés. Ici, aucun regard ne s'attardait sur elle. Une sensation nouvelle, la volupté d'être anonyme. Elle traversa la place et pénétra dans le Goum, l'énorme magasin d'État qui faisait face au Kremlin. Elle parcourut les rayonnages violemment illuminés où se perdaient, çà et là, quelques produits de première nécessité, salades défraîchies, chaussures lourdes et vêtements dont la lumière crue faisait ressortir la mauvaise qualité. L'habitude aidant, elle eut la sensation, à une ou deux reprises, qu'on la dévisageait. Mais non... Malgré la perestroïka, qui, au pays des Soviets, aurait pu identifier la princesse Cathy ?

La veille, elle avait dîné avec Raïssa Gorbatchev. Dans une heure, l'épouse de l'ambassadeur de France viendrait la rejoindre à l'hôtel pour le thé. Pourtant, il ne s'agissait ni d'une visite privée ni d'un voyage officiel où elle aurait pu représenter la principauté en l'absence de son père. Elle avait simplement tenu à chaperonner sa compagnie de ballet, le Ballet princier de Roccadura. Selon le vœu de sa mère, elle l'avait fait renaître de ses cendres et rendu à sa gloire passée du début de siècle, du temps des princes russes et des nababs orientaux. Cathy avait dansé elle aussi. Dès sa plus tendre enfance, la princesse Rose lui avait fait prendre des cours trois fois par semaine. Elle pratiquait toujours. Elle en avait gardé sa silhouette à couper le souffle et la certitude de ses compétences. En tout cas, elle en savait au moins autant que le chorégraphe et le directeur de sa compagnie dont le dédain affiché l'exaspérait. Le premier, Ronald Cruise, n'était pas assez inventif, l'autre, Patrick Bernard, délirait trop.

Cathy n'hésitait jamais à s'investir, donner une idée, régler un pas de deux, suggérer un mouvement. Au lieu de lui apporter loyalement leur aide, dès qu'elle ouvrait la bouche, ils prenaient des expressions douloureuses comme s'ils étaient les seuls à pouvoir diriger le spectacle d'un corps de ballet.

Son gorille fit brusquement un pas de côté pour se placer près d'elle. Une grosse femme russe la dévisageait sous le nez avec un sourire chaleureux. Elle pointa sur elle un gros doigt boudiné enrobé de bagues à trois sous.

– Princesse Cathy de Roccadura ! dit-elle en roulant les « r » d'une façon comique.

En quelques secondes, plusieurs ménagères les entourèrent avec curiosité. Cathy rendit quelques sourires, griffonna un autographe, fit un signe de tête à son garde du corps et se dirigea rapidement vers la sortie. Elle était descendue dans l'un des plus vieux hôtels de Moscou, le Metropol, ex-résidence des tsars adossée à la place Rouge. Carmine l'attendait.

– Mme Dupuy est en bas. Et on t'attend au théâtre.

– Qui est en bas ?

– La femme de l'ambassadeur de France.

– Elle a organisé la réception de demain en notre honneur. Je l'ai priée de me rejoindre pour régler quelques détails de protocole. À quelle heure est le dîner ?

– Huit heures.

– Où as-tu passé ton après-midi ?

– J'avais des rendez-vous. Des financiers russes...

Cathy lui jeta un regard perplexe. Où qu'il aille, même si c'était pour la première fois de sa vie, Carmine semblait avoir une multitude de relations. Plus le temps passait, plus ses affaires l'accaparaient.

On sonna. Cathy s'éclipsa. Carmine alla ouvrir, s'inclina.

– Madame l'Ambassadrice... La princesse vous attend. Je suis l'époux de Son Altesse, Carmine Gallo.

– Enchantée, monsieur Gallo.

Cathy apparut.

– Charmée de vous connaître, madame Dupuy.

– C'est moi qui suis très honorée, Altesse. Bienvenue à Moscou!

Carmine eut un sourire d'excuse et s'esquiva.

– Nous aurons environ quatre cents personnes, dit Mme Dupuy. Quelque chose de très simple, des membres de la colonie française, italienne et même, mais c'est ma surprise, quelques personnalités du Rocher résidant à Moscou. Des Russes, aussi, évidemment. Diplomates, artistes, musiciens, littérateurs, poètes, deux ou trois prix Nobel...

– Madame l'Ambassadrice, l'interrompit Cathy, pouvez-vous me faire parvenir ce soir une liste précise de vos invités?

Mme Dupuy la dévisagea d'un air interloqué.

– Mais certainement, bredouilla-t-elle.

– Merci.

– Tout ce qui compte à Moscou rêve de vous rencontrer. Comment souhaitez-vous être appelée au cours de la réception?

– « Altesse », dit Cathy.

– Parfaitement, Altesse! Et de quelle façon souhaitez-vous que l'on se présente à vous?

– Cérémonial réduit, répondit Cathy avec une moue. Après tout, je ne suis pas ici en visite officielle.

– Révérence, Altesse?

– Oui. Révérence.

– Excellent, Altesse, excellent! Moscou se souviendra longtemps de votre visite. M'autorisez-vous maintenant à prendre congé? J'ai encore des milliards de choses à préparer...

La tête bourdonnante, l'ambassadrice redescendit dans le hall où l'attendait son chauffeur. Ainsi, la rumeur était vraie : la princesse Cathy prenait ses marques dans la perspective d'une éventuelle vacance du trône. Après des débuts plutôt agités, la jeune beauté rebelle s'était métamorphosée en dame d'œuvres à cheval sur le protocole, mariée, mère de trois enfants et attentive aux prérogatives liées à son rang de première dame.

Roccadura avait beau être le plus minuscule État du monde – en le compressant légèrement, on l'aurait fait tenir à l'aise sur la place Rouge –, on le prenait très au sérieux à Moscou.

D'abord, parce que la principauté était en voie d'obtenir un siège à part entière aux Nations unies. Ensuite, parce qu'elle représentait une impressionnante place financière. Mais aussi parce que les services secrets savaient que la mafia russe y faisait transiter une grande partie de ses capitaux...

À l'étage, Cathy vérifiait dans un miroir que le froid extérieur ne lui avait pas trop rougi le nez et les pommettes. Elle garda ses jeans, enfila le même somptueux manteau et se planta devant la porte fermée d'une salle de bains.

– Je vais au théâtre, Carmine! cria-t-elle. On se retrouve ici dans une heure!

Sans attendre de réponse, elle descendit l'escalier et se retrouva dans la rue. Comme elle l'avait déjà fait un peu plus tôt, elle arrêta d'un geste les officiers du service de sécurité que lui avait octroyés la ville de Moscou. Le chauffeur, également mis à sa disposition, s'avança respectueusement et lui désigna l'énorme Zill noire garée devant le perron.

– Je préfère aller à pied, dit-elle.

Elle vit qu'il ne la comprenait pas, le salua d'un geste et s'éloigna. Le théâtre où répétaient les danseurs était à trois blocs. Quand Cathy y arriva, la troupe était dispersée sur le plateau. Personne ne se leva à son approche, aucun accueil. Elle traversa la salle le long des travées, monta sur scène et se retrouva dans la lumière des projecteurs.

– Quelqu'un ici peut-il me dire ce qu'il se passe?

Visage tendu, Ronald Cruise et Patrick Bernard s'avancèrent d'un pas résolu. Cathy les laissa s'approcher. Tout le monde avait les yeux rivés sur elle.

– Altesse, dit le chorégraphe d'une voix étranglée, j'ai l'honneur de vous présenter ma démission.

– Et moi la mienne, conclut en écho le directeur.

– J'en prends note, dit Cathy.

Elle leur tourna le dos. Puis, comme si rien ne s'était passé, elle frappa dans ses mains.

– Tous en scène! lança-t-elle d'une voix forte.

Elle s'installa contre un décor et attendit. Quelques secondes plus tard, tous les danseurs étaient en place.

– On reprend! dit-elle.

Elle claqua des doigts en direction de la fosse d'orchestre : les violons attaquèrent l'ouverture.

118

Thibault repoussa lentement sa chaise, se leva et eut le tort de jeter autour de lui un regard circulaire.

« Comment s'exprimer en public avec aisance ?... »

Pour combattre sa timidité naturelle, il avait pourtant pris des leçons particulières avec un psy renommé : « Jetez d'abord autour de vous un *regard circulaire* pour dominer vos auditeurs. Commencez votre discours en gardant les yeux rivés sur un seul et même individu, comme si vous ne parliez que pour lui. »

Oui mais, lequel ?

Visage bienveillant, attentif, ils étaient une centaine assis devant lui autour de tables décorées de roses rouges, tous triés sur le volet pour le dîner de fiançailles de sa sœur Élodie.

Renonçant soudain à *river le regard* sur qui que ce soit, le prince Thibault baissa la tête et commit sa deuxième erreur. Au lieu de se concentrer sur ce qu'il aurait dû dire, l'idée l'envahit que Cathy ne l'avait poussé à prendre la parole que pour mieux révéler à tous son manque d'aisance en public.

Il se mit à paniquer, se raccrocha aux notes qu'il avait prises. Il s'était pourtant juré de ne pas les consulter.

Il les sortit de sa poche, mit ses lunettes et entreprit de lire en contrôlant le timbre de sa voix.

– Mes chers amis...

Après ces premiers mots, il y avait une ligne en blanc.

La phrase qui démarrait la suivante était surchargée de ratures, de telle sorte qu'elle était illisible. Privé soudain du support du texte, Thibault se retrouva seul face à la foule des invités avec pour unique secours ses dons d'improvisation oratoire : affreux !

– Voilà, mes chers amis. Aujourd'hui, ma sœur se fiance *enfin*...

Confusément, Thibault sentit qu'il avait gaffé.

Son angoisse redoubla.

– Elle a choisi un garçon que vous connaissez tous, et qui est aussi mon ami, Guy Delure...

Élodie enlaça tendrement son fiancé. Les copains applaudirent. Thibault crut que c'était pour lui. La boule qui lui nouait la gorge se desserra légèrement.

– Voilà, mes chers amis... Je vous remercie d'être avec nous ce soir... Je suis particulièrement ravi de ces fiançailles, de la personnalité du fiancé et du bonheur de ma sœur, la princesse Élodie. Je leur présente toutes mes félicitations et je porte ce toast à leur bonheur !

Il leva son verre, tous les invités en firent autant. Une houle de bravos roula dans la salle. Thibault se rassit.

– *Brillant* ! Tu as été brillant ! dit sa voisine de droite qui le couvait avec des yeux énamourés.

– Vraiment ? dit-il en s'épongeant le front.

– *Brillant* ! répéta-t-elle.

Chacun plongea sur son assiette pour attaquer ses pommes de terre au caviar. Pour faire comme tout le monde, Élodie y piqua distraitement sa fourchette. Elle n'avait pas faim.

Quand elle était amoureuse, elle aurait pu rester des semaines entières sans manger. C'était un merveilleux dîner, rien que des amis ou des anciens amis : Pierre Marceau, qui commençait à se faire un nom sur les circuits automobiles, Daniel Lomar, dont la carrière naissante faisait grincer des dents dans les milieux du cinéma. Élodie avait hésité à inviter Charlie Bloomer, son dernier boy-friend et agent. Finalement, elle y avait renoncé : dans cette assemblée choisie d'héritières et de jeunes loups, ses manières un peu frustes et ses tatouages californiens auraient trop détonné.

Guy n'était pas jaloux de son passé.

– L'important n'est pas ce que tu as été ou ce que tu as souffert, Élodie, l'important, c'est notre amour et ce que nous allons bâtir ensemble...

Des mots dont Élodie pensait qu'on ne les trouvait que dans les romans d'amour. Guy appartenait à une très ancienne famille de la haute bourgeoisie française. Son enfance s'était déroulée dans un superbe hôtel particulier de Neuilly entre un père ingénieur-conseil et une mère pianiste. Éducation classique, championnats de tennis, voyages, Mozart, Vermeer de Delft, Guy était cultivé, raffiné, séduisant, tiré à quatre épingles.

Rien de commun avec les saltimbanques dont Élodie, jusqu'alors, avait fait son ordinaire. Guy ne chantait pas, ne faisait partie ni de la nébuleuse du show-biz ni du monde de la nuit. À vingt-cinq ans, déjà très riche, il gérait plusieurs compagnies immobilières et ne s'intéressait qu'à sa réussite professionnelle : un gentleman ! À trois reprises, Gildas avait accepté de le voir paraître à des événements officiels de la principauté, un concert, un match de tennis, une vente aux enchères. Ivre de fierté, Élodie avait changé de style et d'image. Finie la panoplie de rocker, maquillages outranciers, tenues de cuir noir cloutées d'argent, badges, poignets de force, bottes de motard, cheveux verts, diamants dans l'oreille. Elle arborait désormais des petites robes sages, des talons plats ou des foulards Hermès sur des blazers de serge bleue. Comme ils allaient être heureux !

Seule ombre au tableau, Gildas, retenu par un rendez-vous de longue date, n'assistait pas au dîner. Toutefois, il avait envoyé ses photographes officiels, qui n'avaient pas arrêté de mitrailler la soirée historique. Le lendemain, sur un appel pressant du prince, Élodie rentrait en urgence à Roccadura.

– Quel dommage, papa, tu aurais été si fier de moi hier soir, et tu te serais tellement amusé !

Gildas la prit tendrement dans ses bras, lui caressa les cheveux et soupira en détournant la tête.

– Ce que j'ai à te dire n'est pas facile, Élodie.

Elle flaira le malheur.

– Tu ne dois plus revoir ce garçon.

– Guy ?

– Il nous a menti, Élodie, sur toute la ligne. Son père n'est pas ingénieur, mais épicier aux halles, il n'a pas d'hôtel à Neuilly mais un studio derrière la Bastille...

– Qu'est-ce que tu veux que ça me fasse que son père soit clochard ou milliardaire ? le coupa-t-elle, les yeux brillants d'indignation. Ça change quoi, pour moi ? Je l'aime !

– Il s'est joué de nous... C'est un menteur. S'il ment sur un point, il ment sur tous les autres.

– Je m'en fous ! Je l'aime, je l'aime, je l'aime ! Et même s'il était le dernier des taulards, je l'aimerais encore !

– Justement, soupira le prince, regarde...

Il lui tendit une feuille de papier. Machinalement, elle s'en empara et la parcourut à travers ses larmes.

Il lui sembla soudain que le sang se retirait de son corps.

Guy, son beau Guy, son fiancé superbe... L'en-tête de la note était celui de la prison de la Santé, à Paris. Il y avait le nom de Guy, sa date de naissance, son adresse, et les motifs de son incarcération, vols, escroqueries, falsification de documents, abus de confiance, chantage...

– Mais c'est faux ! hurla-t-elle. C'est un faux !

– Je suis tellement désolé, Élodie, tellement...

– Oh, papa, papa !...

Elle se jeta dans ses bras en gémissant.

119

Allongées sur des transats, bercées par le fracas des vagues s'écrasant sur la plage, elles regardaient courir les nuages à travers les immenses baies vitrées. Hormis une vieille dame endormie dans son grand peignoir blanc, personne d'autre dans la salle de repos.

On était début juin. La station balnéaire était déserte.

L'institut de thalassothérapie, presque vide. Cinq ans plus tôt, amenée par son père, Cathy y avait mis les pieds pour la première fois. Le prince y venait dès qu'il avait des soucis. C'est-à-dire souvent. Cathy avait pris le pli. Trois ou quatre fois par an, elle aussi faisait une cure de remise en forme.

Pris par ses affaires, les réglages de son bateau de course et ses entraînements de compétition, Carmine ne l'avait pas accompagnée. Son monstre de deux mille chevaux volant sur l'eau à près de deux cents à l'heure prenait de plus en plus de place dans sa vie.

Cathy avait peur. Mais Carmine était ainsi : vite, vite, toujours plus vite!

– Et Élodie ?... demanda Édith. Où est-ce qu'elle en est ? Tu as des nouvelles ?

– Le rock, l'Amérique. Un second disque. Elle a replongé.

– Quel choc pour elle... Elle était si heureuse à ses fiançailles. Elle a dû en baver...

– Pas autant que pour faire enlever son tatouage.

– Un tatouage ?

– Sur la fesse gauche. Elle s'était fait tatouer le prénom de son petit escroc avec un cœur... Il a fallu six séances de laser chez un dermato de Hollywood pour que ça parte !

Elles furent prises de fou rire. Édith se leva.

– J'ai encore un soin à faire. Un jet. Tu m'attends ?

Cathy lui cligna de l'œil. Édith s'éloigna.

Elles se connaissaient depuis cinq ans. Elles s'adoraient.

À la fois mannequin et styliste, Édith de L'Archange faisait un malheur avec la collection de couture portant sa griffe. Avant de devenir son inséparable, Cathy avait été sa cliente.

La vieille dame se réveilla, regarda autour d'elle, enfila ses mules en caoutchouc et sortit à petits pas glissés. Cathy se retrouva seule. Elle contempla les nuages, les suivit des yeux dans leur course et se mit à rêvasser...

Un léger cliquetis métallique lui fit tourner la tête.

Du coin de l'œil, elle aperçut un grand type hirsute en peignoir blanc dont le pied, chaussé d'une sandale, avait heurté le montant d'une chaise. Leurs regards se croisèrent. Il lui sourit gauchement, détourna les yeux et alla s'allonger sur un transat au fond de la salle. Cathy le reconnut : Victor Merlot. Il était journaliste à la télé. Elle avait vu plusieurs de ses reportages et lu deux ou trois trucs sur lui. Il était bourru, timide et *fragile* : comment pouvait-on être *fragile* avec un gabarit pareil ?

Elle essaya de se souvenir de la couleur de ses yeux... Verts, bleu-vert ? Clairs, en tout cas.

– C'est fait ! annonça Édith. Je suis crevée !

Cathy ne l'avait pas entendue arriver.

– Tu vois le type, là-bas, sur le transat, lui souffla-t-elle. C'est Victor Merlot.

Édith poussa un cri d'Indien, bondit, mit ses mains en porte-voix.

– Victor !

Il se retourna, aperçut Édith, éclata de rire, courut vers elle. Elle se jeta dans ses bras.

– Qu'est-ce que tu fous ici ?

– Chagrin d'amour ! Et toi ?

– Peine de cœur.

– On va pleurer ensemble !

– On dîne ce soir ?

– Banco ! Viens...

Elle le prit par la main, l'entraîna vers Cathy.

– Cathy, tu connais Victor Merlot ?...

Victor s'inclina, tendit la main.
– Je vous connais, dit Cathy.
– Moi aussi, fit Victor.
– Il nous invite à dîner, lança Édith à Cathy.

Elle le dévisagea, lui sourit, et remarqua au passage que ses yeux étaient réellement verts.

– Neuf heures ? s'enquit Victor.
– Neuf heures, dit Édith.
– Le masseur m'attend... À plus tard ?

Il partit en sautillant, s'accrocha les jambes dans les pans de son peignoir, faillit se retrouver à terre, rit de lui-même et disparut.

– Comment tu le trouves ? demanda Édith.
– Sympa...
– Sympa ?... s'indigna Édith. Il est craquant ! Toutes les filles sont dingues de lui !
– Il est marié ?
– Victor ? pouffa Édith.
– D'où tu le connais ?
– Crois-le ou non, depuis la communale. Nos parents étaient amis. On a toujours été comme frère et sœur.

Le soir, dans la grande salle du restaurant gastronomique, deux tables seulement étaient occupées. La leur, et celle de la vieille dame qui récupérait ses calories perdues avec des pâtes fraîches aux truffes blanches et du jarret de veau.

Ce soir-là, Victor ne parla pas beaucoup.

En tout cas, contrairement à la plupart des grands reporters, il ne dit pas un mot de son métier ou de lui-même. Cathy remarqua qu'il la dévorait des yeux. Quand le dîner fut fini, elle eut un sourire d'excuse.

– Je dois me lever tôt, dit-elle. Merci pour la soirée. C'était très agréable.

Elle s'éloigna. Édith embrassa Victor et la suivit.

Immobile, Victor restait planté devant la table. Au bout de quelques pas, Cathy se retourna.

– Demain, neuf heures, footing sur la plage. Ça vous dit ?
– Lui, s'esclaffa Édith, courir quand il n'y est pas obligé ?
– J'y serai, bégaya Victor.

120

Quand ils eurent viré derrière la bouée, en quelques secondes, soudain, le temps changea. Hérissant la mer de vaguelettes dures, la brise légère qui les avait poussées jusque-là se transforma en rafales sèches, hargneuses, tournoyantes.

À cet instant, chaque pilote le savait, les bateaux sont entre les mains de Dieu. Pas question d'accélérer, on décolle.

Impossible de ralentir, l'eau pénètre en trombe dans la coque qui se retourne...

Les deux offshore, lancés bord à bord comme des missiles, giclaient dans une tornade d'écume avec des bonds d'oiseaux fous. Cramponnés aux commandes, les deux équipages, essayant de masquer la peur qui leur tordait le ventre, se défiaient du regard, chacun supputant la seconde où l'autre allait craquer.

Avec une mer aussi hostile, ils avaient dépassé depuis longtemps les limites au-delà desquelles existe encore une illusion de sécurité. Mais personne ne voulait céder.

À bord du *Jupiter*, Gianni Orsello et Luigi Concetto.

Sur le *Blue Destiny*, Kéké Miller et Carmine Gallo...

À chaque vol plané, ils encaissaient des chocs à leur décrocher la tête. Leur corps lui-même, affolé de secousses, souffrait autant que les jointures métalliques du bolide.

Carmine était debout, jambes vibrantes fléchies en ressorts amortisseurs. Casque, combinaison ignifugée et plaque d'aluminium dans l'armature dorsale du gilet, il arborait la tenue réglementaire de tous les concurrents. Il avait toujours refusé de porter une ceinture de sécurité. En cas d'accident, malgré l'eau devenue plus dure que du béton, être éjecté assurait parfois une petite chance de survivre. Loin derrière eux, définitivement distancés, les trois autres bateaux louvoyaient dans l'effrayant ravin liquide creusé par le double sillage du *Jupiter* et du *Blue Destiny*. Au-dessus, vibrant de toute sa carcasse, un hélicoptère affrété par le palais pour les secours d'urgence. À bord, prêt à plonger en cas de malheur, un homme-grenouille.

– Ils sont cinglés! observa l'un des navigateurs.

Quelques mètres plus bas, coque contre coque, les deux monstres de tête, malgré la mer et la violence des rafales, continuaient à accélérer. À cet instant, Carmine était parfaitement conscient que sa vie ne tenait qu'à un fil. Mais l'idée qu'il se faisait de la vie était plus précieuse que la vie elle-même. Entre la risquer, et vivre en vainqueur, ou avoir peur de la perdre, et se survivre, son choix était fait.

Il rencontra le regard de Kéké. Il lui sourit et poussa encore plus la manette des gaz. À sa gauche, le *Jupiter* sembla faire un bond en arrière. Dans le hurlement des moteurs, les vibrations devinrent insoutenables.

– On les passe, Kéké, on les passe!

Mais Kéké ne pouvait pas l'entendre. Livide, il savait désormais qu'ils étaient allés trop loin, à la merci d'un souffle, d'un mouvement de houle, d'un frôlement de doigt malheureux sur le volant... C'est pour ces instants-là qu'ils défiaient la mort, pour ces secondes d'intensité pure où se produisaient d'étranges phénomènes de distorsion du temps. Il était impossible que la multitude d'images se présentant alors à l'esprit puisse être contenue dans une durée aussi brève.

Et pourtant...

Le temps d'abaisser la manette des gaz, Carmine *vit*, comme on pourrait le dire d'images défilant en accéléré dans un film, des évènements disparates, simultanés... le prince Gildas, lui demandant d'arrêter les courses d'offshore pour l'amour de ses enfants... Cathy, distribuant du pain à des oiseaux du paradis dans une île perdue des Caraïbes... Thomas, six ans, son fils aîné, pleurant devant Christine et Rodolphe, son frère et sa sœur, parce que son premier jour d'école lui avait paru insurmontable, et aussi Élodie, lui confiant après la rupture de ses fiançailles qu'elle allait *repartir de zéro*, et Thibault, qui s'entraînait au même instant au bobsleigh sur une piste des Rocheuses, et sa propre mère, qui passait des heures en prière chaque fois que lui, Carmine, son fils unique, sautait dans sa boîte d'acier flottante...

Il avait juré à Gildas que ce serait la dernière fois.

– Monseigneur, je veux seulement offrir une ultime victoire à la principauté afin que mes enfants, plus tard, s'en souviennent.

Un cahot sauvage plaqua sa cuisse sur le plat-bord.

Le joyau, fourré négligemment dans sa poche, lui entra durement dans la chair. Une pièce unique, sublime, chargée d'Histoire. La veille, au palais, avec Cathy, son père et deux gardes armés, il avait pénétré dans la chambre forte renfermant l'énorme coffre d'acier blindé où luisaient sourdement, sur des présentoirs en velours bleu, les plus somptueux bijoux de la couronne. Des éditeurs américains s'apprêtaient à leur consacrer un album de photos. Il fallait choisir ceux qui en seraient dignes.

Carmine, comme la plupart des hommes, ne prêtait pas une attention particulière aux bijoux. Mais l'un d'eux, tout à fait étrange, l'avait fasciné par son éclat surnaturel.

– Le caillou-soleil, avait murmuré Cathy.

– Il est dans la famille depuis des siècles, révéla le prince. Des croisades à la Révolution, tous les Ponti de Roccadura l'ont possédé au cours des âges. D'après la légende, c'est le talisman qui protège notre lignée...

– Prêtez-le-moi ! bredouilla Carmine.

De sa vie, il n'avait jamais *désiré* quelque chose avec autant de force.

– Juste demain, pour ma dernière course !

Subjugué par la flamme froide de ses feux, sans même attendre de réponse, malgré lui, il referma sa main sur le caillou-soleil. Gildas et Cathy l'observaient en silence.

– Il me portera bonheur !

Se déroula alors cet enchaînement mécanique d'événements fortuits que les Grecs appelaient destin...

L'un des gardes s'avança.

– Puis-je refermer le coffre, Altesse ?

Personne ne lui répondit. Il poussa la porte...

– Carmine !

Malgré le fantastique vacarme des deux mille chevaux libérés à pleine puissance, le cri de Kéké lui vrilla les oreilles : centimètre par centimètre, l'avant du *Jupiter* les remontait.

Avec une jouissance rageuse, Carmine poussa à fond la manette des gaz.

– Plus vite ! hurla-t-il. Plus vite !

121

Chez Patrick Rohan, on appréciait tellement Cathy que sur un signe d'elle, lorsqu'elle était pressée, les mannequins défilaient dans un salon privé. Ainsi pouvait-elle, sans avoir à l'essayer, choisir un modèle. En général, quelques retouches suffisaient pour qu'il lui aille comme un gant. Selon le terme employé dans le jargon de métier, la princesse Cathy *enlevait*. C'est-à-dire qu'elle possédait cette élégance naturelle capable de donner de la classe à n'importe quel morceau de tissu.

– Le modèle est déjà magnifique, mais sur vous, Altesse, tout prend du chic... Regardez...

Cathy tournoya devant le grand miroir. Elle fit valser une robe du soir émeraude très échancrée dans le dos, cintrée à la taille et ouverte sur le devant au-dessus du genou.

– Comment la trouvez-vous, Altesse ?

Six ans après avoir fait virer Élodie-aux-cheveux-bleus, Marcelle Chabron, malgré sa retraite imminente annoncée chaque année, était toujours en poste. « Elle est tellement divine, se pâmait Patrick Rohan, elle en sait plus que moi sur moi-même ! »

– Superbe ! s'extasia Cathy.

Le soir, dans le foyer de l'Opéra, elle devait présider un dîner de charité au profit des œuvres de la Croix-Bleue dont elle était la présidente. Mais aujourd'hui, le gala se déroulait à Paris en même temps que les championnats de vitesse offshore à Roccadura. Il était un peu plus de onze heures du matin.

Normalement, à cet instant précis, Cathy aurait dû se

trouver dans un bateau suiveur ou à bord de l'hélico de secours de Carmine.

« Quand tu rentreras demain, lui avait-il prédit, ton mari sera champion du monde ! »

Depuis leur première rencontre à l'institut de thalasso trois mois plus tôt, Cathy avait souvent revu Victor Merlot.

Dès qu'elle arrivait à Paris, ils ne se quittaient plus.

Redoutant les paparazzi et les ragots, ils prenaient grand soin de ne jamais s'afficher ensemble. À deux ou trois reprises, sous des noms d'emprunt et à des adresses différentes, il leur était arrivé, dans des vols séparés, de faire un voyage à l'étranger. Leurs visages étaient si célèbres que nul n'était dupe. Mais personne jusque-là n'avait vendu la mèche à un magazine.

Victor distrayait Cathy de ses charges officielles en principauté, de ses responsabilités de mère, d'épouse, de princesse, de fille de chef d'État. Cumulant les contraires pour un feu d'artifice de surprises, il était amusant, cinglé, grave, plein de poésie, respectueux et insolent. Il jonchait son lit de roses blanches. Il glissait un diamant dans son steak tartare.

Elle ouvrait un journal, elle y lisait une déclaration d'amour tracée au rouge à lèvres. À deux heures du matin, en smoking, il faisait sous ses yeux un bloc de l'avenue Montaigne en marchant sur les mains. Surtout, il la faisait rire. Il l'aimait jusqu'à la souffrance. Mais il parvenait à mettre en scène sa passion, à en faire un spectacle irrésistible de drôlerie dans lequel il jouait les victimes, donnant ainsi raison au vieil adage : en amour, avec les femmes dotées de personnalité, ce sont les perdants qui gagnent.

– Téléphone, Altesse.

Cathy alla jusqu'à l'appareil.

– Qu'est-ce qui brûle et qui est glacé, qui espère et qui est désespéré, qui est heureux et qui souffre ?

– Victor Merlot ! pouffa Cathy.

– Bravo ! Vous venez de gagner notre premier prix !

– C'est quoi ?

– Un verre avenue Montaigne avec Victor Merlot !

– Quand ? s'exclama Cathy.

– Je suis déjà devant la porte !

Sourire aux lèvres, toujours revêtue de sa robe émeraude, elle retourna dans le salon, se figea.

– Édith !

Édith de L'Archange la considérait avec une expression bizarre. Cathy vit ses yeux se remplir de larmes.

– Édith! Qu'est-ce qu'il se passe?

Les employées n'en rataient pas une miette.

– Mesdemoiselles! intervint Marcelle Chabron.

Vendeuses et petites mains s'éclipsèrent.

Édith se mordit les lèvres, prit Cathy par la main, l'entraîna dans une cabine d'essayage dont elle referma la porte.

– Carmine vient d'avoir un accident, Cathy...

Le visage de la princesse se décomposa. Ses yeux semblèrent se creuser, ses traits se durcirent, et Édith se rendit compte qu'elle ne respirait plus.

– Dis-moi la vérité, murmura-t-elle d'une voix à peine perceptible.

Édith détourna les yeux.

– C'est affreux, Cathy. Il est mort.

Cathy vacilla, devint livide. Édith la soutint.

– J'ai affrété un avion, lui souffla-t-elle. Ma voiture est dehors.

Cathy lui agrippa sauvagement le bras, se mit à courir vers la porte, rafla son sac à main, se masqua le visage de lunettes noires. Dans son égarement, pas une seconde elle n'avait songé qu'elle était toujours en robe du soir émeraude, avenue Montaigne, à midi. Édith décrocha au passage une espèce de manteau brun qui traînait sur un présentoir.

Marcelle Chabron se précipita, l'aida à le passer sur les épaules de Cathy. Les deux jeunes femmes sortirent en trombe.

Cathy ne remarqua même pas Victor, debout sur le perron, un bouquet de bleuets à la main.

122

Ses conseillers en communication avaient donné à Thibault un truc vraiment épatant pour les télés : *souris !*

Pour obtenir de lui une interview, il fallait présenter un dossier longtemps à l'avance et soumettre à son secrétariat la liste des questions qui lui seraient posées. Tels étaient les ordres du palais. Dès que l'une d'elles s'écartait de la liste, le prince, comme on le lui avait appris, fixait le journaliste avec un sourire placide. En général, déconcerté par son silence, il enchaînait avec une nouvelle question.

Il faut dire qu'en cette fin de mars 1991 on s'en posait beaucoup.

– Où est votre sœur en ce moment, Monseigneur ?

Thibault s'agita : question non prévue au programme, on ne devait parler que de glace et de glisse.

– Laquelle ?

– La princesse Élodie.

– À Los Angeles. Elle finit d'enregistrer son second disque. Elle rentre en Europe dans quelques jours pour la promotion.

– Et la princesse Cathy ?

– Dans sa maison du Lubéron. Elle a été très affectée par la mort de son mari. Elle se consacre à l'éducation de ses trois enfants, mes neveux, Thomas, le petit Tom, Christine et Rodolphe.

Aux questions convenues, il avait des réponses toutes prêtes. Mais ce Julien Lapoutre était un coriace. On l'en avait prévenu de tous côtés. « “ Ouvrez-moi votre cœur ” est l'émission la plus suivie du Canada, Altesse. Mais méfiez-vous de Lapoutre, c'est une folle qui en veut à la terre entière... »

– Monseigneur, vous et moi sommes en ce moment à Montréal, la princesse Élodie est aux États-Unis, la princesse Cathy dans sa maison du Luberon. Qui donc, en l'absence de toute la famille régnante, gère en ce moment les affaires de la principauté ?

– Le prince Gildas, mon père.

– Vous passez beaucoup plus de temps sur les pistes de bobsleigh qu'à ses côtés, aux commandes de l'État ? Qu'en pense-t-il ?

– Mon père a conscience qu'en défendant les couleurs de mon pays aux jeux Olympiques j'en assure également le rayonnement.

– N'avait-il pas dit il y a sept ans qu'il allait abdiquer en votre faveur ?

– Je travaille en étroite collaboration avec lui, je participe aux affaires, je suis de tous les conseils d'administration et, très souvent, il arrive au prince de me demander mon avis.

Lapoutre se gratta la tête d'une façon comique. Plexus noué, Thibault se contracta pour amortir le prochain coup.

– C'est très flatteur pour vous, Monseigneur. Il n'empêche que sa décision de vous transmettre les rênes est remise d'année en année depuis bientôt dix ans.

– Nous ne sommes pas pressés. Mon père est un homme plein de sagesse. Le jour venu, la succession se fera en douceur.

– C'est quand, Monseigneur, le jour venu ?

Thibault afficha un sourire de sphinx.

– Monseigneur, poursuivit Lapoutre de sa petite voix aigre, puis-je me permettre de vous faire remarquer qu'à votre âge le prince Gildas régnait déjà depuis huit ans. Avez-vous réellement le goût du pouvoir ?

– J'ai le goût du devoir.

Thibault espéra que l'animateur n'avait pas lu toute la documentation qui lui était consacrée : deux mois plus tôt, en stage de bobsleigh à La Plagne, il avait fait la même réponse.

Mais pourquoi fallait-il qu'on lui pose toujours les mêmes questions ?

– Monseigneur, on raconte que le palais convoque les photographes chaque fois que vous vous affichez avec une nouvelle fiancée ?

Thibault sourit.

– Vous n'en gardez aucune plus de trois jours, insista le journaliste. Pourquoi ?

– Peut-être que j'idéalise trop les femmes.

– Vraiment, Monseigneur ?

Julien Lapoutre ne pouvait le prouver, mais il avait l'intime conviction que Thibault était *gay*. Il avait fait effectuer une longue enquête. À Roccadura, les habitants de la principauté juraient tous, la main sur le cœur, que leur prince charmant était un insatiable coureur de jupons.

Mais ne cherchaient-ils pas à protéger l'héritier de la couronne ? Dans d'autres villes en revanche, Paris, Rome, Londres ou Saint-Moritz, on lui avait juré, dans certains milieux branchés, qu'il préférait les hommes.

– Vous en êtes sûr ?

– Absolument !

– Vous l'avez vu ? Vous y étiez ? Vous avez participé ?

– Moi, non, mais un ami m'a dit que...

Comme toujours dans ces cas-là, il suffisait de sortir un peu du flou pour que le réel se dissolve.

– Qu'est-ce que ça peut te faire qu'il en soit ou pas ? avait demandé avec irritation l'ami de cœur de Julien, un forestier de deux mètres. À la veille de l'an 2000, qu'il soit à voile ou à vapeur ou les deux à la fois, quelle importance ? À quoi ça servirait d'être prince si on ne pouvait même pas aimer qui on veut ?

– Pardon, Nano, tu n'y es pas du tout ! Si Thibault est gay, il n'aura pas d'enfant. S'il n'a pas d'enfant, pas d'héritier de la dynastie, pas de succession au trône ! En vertu d'un ancien traité, Roccadura perd sa souveraineté, tombe dans le giron de la France et disparaît en tant qu'État !

– Et les enfants de sa sœur, alors ?

– Des bâtards ! Cathy n'a jamais obtenu l'annulation de son mariage avec François Corot. Aux yeux de l'Église, elle restera bigame tant que le Vatican n'aura pas dissous sa première union !

Sentant Nano jaloux, Julien avait crâné.

– Attends que je le tienne en face de moi devant les caméras, Nano... J'ai horreur des homos honteux !

On y était...

– Cette femme idéale dont vous nous parlez, Monseigneur, pouvez-vous nous la décrire ?

– Elle est jeune, belle, intelligente, avec de la personnalité, mais pas trop.

– Blonde ou brune ?

– Blonde, évidemment. Grande, mince, douce, distinguée, une vraie femme...

Lapoutre prit tout son temps.

– Comme votre maman, la regrettée princesse Rose ?

– Quelle femme au monde pourrait soutenir la comparaison avec ma mère ?

– Le prince ne serait-il pas heureux que vous donniez un nouvel héritier à la dynastie ?

– Certes, mais je ne veux pas me forcer. Je veux faire un mariage d'amour.

– Vous êtes un brillantissime parti, Monseigneur. Ce ne sont pas les postulantes qui doivent manquer ?

– Beaucoup de mères m'envoient la photo de leur fille. Quel rapport avec l'amour ?

– Récemment, vous avez été poursuivi en instance de paternité ?

Thibault sourit.

– Par ailleurs, une beauté italienne a dit de vous que vous étiez un merveilleux amant. Ça ne vous gêne pas ?

Thibault continua à sourire.

– La jeune femme s'est ensuite rétractée. Elle a prétendu qu'elle avait été *payée* pour faire cette déclaration.

Cette fois, le sourire de Thibault s'effaça : comment rester impassible quand on vous balance des trucs pareils en public ?

Il en eut assez, soudain, de se laisser bousculer.

– Où voulez-vous en venir ? demanda-t-il d'un air glacial.

– À la question que beaucoup de vos admirateurs se posent, Altesse. Est-il vrai que vous préférez les hommes ?

Le grand rire sain de Thibault balaya le studio comme une tornade.

– Oui, grands et forts, cent vingt kilos minimum ! Quand mon bob est lancé à cent cinquante à l'heure, c'est le type d'homme que je préfère !

Les lèvres minces de Lapoutre se pincèrent.

– Merci, Monseigneur, grimaça-t-il, d'avoir accepté d'être ce soir l'invité de « Ouvrez-moi votre cœur »...

Les lumières s'éteignirent. Lapoutre serra chaleureusement les mains de Thibault.

– Vous avez été fantastique !

– Vous ne deviez m'interroger que sur le sport.

– Les choses ont dévié malgré moi, Monseigneur. Mais je me porte garant du succès de l'émission. Elle était passionnante !

Thibault lui jeta un regard sarcastique et lui tourna le dos.

Deux hommes s'approchèrent.

– Monsieur Lapoutre, à quelle heure est donc programmée votre émission, ce soir ?

– Vingt et une heures. Qui êtes-vous ?

– Les conseils du prince Gildas. Nous souhaitons visionner l'émission immédiatement.

– Visionner ? se raidit Lapoutre. Visionner pour quoi faire ?

– Couper.

Le journaliste les toisa avec condescendance.

– Vous vous croyez toujours sur le Rocher ? Vous êtes au Canada, messieurs, un pays libre ! Vous n'y avez aucun droit. Personne ne me coupe !

Avec un soupir d'ennui, l'avocat lui mit sous les yeux une feuille de papier. Lapoutre la parcourut.

Note à J.L.

Passez dans mon bureau immédiatement après l'émission. Je veux que les avocats de mon vieil ami le prince Gildas m'indiquent ce qu'ils souhaitent garder ou couper.

J.M.F.

J.M.F., c'était Jean-Marc Fauré.

Il était non seulement le grand patron, mais, mieux encore, propriétaire de la station.

– On y va ? demanda l'avocat.

Lapoutre s'effaça pour le laisser passer.

– Je vous en prie, maître, après vous.

123

Par discrétion, pour ne déranger personne avec le vacarme de ses pales, le pilote se posa en rase campagne à quelques kilomètres du village. La grosse Mercedes noire aux vitres teintées attendait au bord d'une route déserte. Outre le chauffeur, un garde du corps y avait pris place. Il ouvrit la portière arrière. Le prince monta dans la voiture. Elle démarra aussitôt pendant que l'hélico décollait au-dessus d'un superbe paysage bleuté d'oliviers, de cyprès, d'amandiers et de gentianes sauvages.

La maison de Cathy n'était plus qu'à dix minutes.

Depuis la mort de Carmine, la princesse avait beaucoup changé. Son désarroi se trahissait par des signes extérieurs. Elle ne se maquillait plus, ne portait aucun bijou ni ornement, s'habillait de simples cotonnades sombres et avait coupé ses cheveux. Quand elle sortait, de grosses lunettes noires masquaient son visage amaigri. Il arrivait qu'on la rencontre chez les commerçants du village ou devant l'école communale où elle avait inscrit Thomas et Christine. Elle circulait à bicyclette, recevait ses amis en baskets et leur faisait la cuisine : les fastes du Rocher étaient loin !... Les jours succédant à son deuil l'avaient détruite. Un mois après les obsèques, des inconnus avaient forcé la porte de la chapelle dans laquelle reposait le corps de son mari.

Par hasard, à trois heures du matin, une ronde de policiers, voyant la porte ouverte, avait pénétré dans la crypte : la pierre tombale de Carmine Gallo avait été déplacée et son cercueil, sorti du caveau, était debout contre un mur. Selon toute vraisemblance, les policiers avaient dérangé dans leur travail les violeurs de sépulture. Macabre énigme : qui avait voulu enlever le cercueil de Carmine ? Et pourquoi ? La question torturait Cathy.

Elle avait vécu avec cet homme pendant des années et, brusquement, tout un pan de sa vie lui devenait inconnu. Outre l'existence de maîtresses, elle avait eu vent de déplacements mystérieux qui la troublaient, de rendez-vous sans raison apparente, de dettes... Quelles dettes ? Ils étaient déjà si riches...

Mais Carmine ne lui avait jamais parlé de rien. Qui étaient donc ses ennemis ? Que leur avait-il fait pour que leur haine le poursuive au-delà de sa mort – que certains, on l'avait juré à Cathy, avaient fêtée au champagne ? Cathy avait aimé son mari.

Après sa disparition, elle avait choisi de se retirer avec ses enfants au « Clos des Lavandes ». Mais les reporters avaient commencé à hanter les lieux. Badauds et touristes avaient suivi... Maintenant, une douzaine de gardes et leurs chiens protégeaient en permanence la maison des curieux, des fous et des paparazzi.

La solitude de Cathy inquiétait ses proches. Dès qu'elle le pouvait, Édith de L'Archange la rejoignait. Parfois, on y voyait aussi Victor Merlot courir dans la colline, le petit Thomas criant de plaisir sur ses épaules.

Le chauffeur stoppa doucement. Cathy apparut sur le perron, bondit dans les bras de son père.

– Combien de temps restes-tu ?

– Je repars dans une heure. Où sont les enfants ? Où est mon petit Thomas ?

– En promenade.

Gildas s'était pris de passion pour son petit-fils. Il était beau, vif, sûr de lui. À huit ans, il ébahissait le prince par sa précocité intellectuelle. Et déjà il était visible qu'entre le monarque vieillissant et l'enfant se tissait une histoire d'amour.

Gildas prit Cathy par les épaules. Ils entrèrent dans la maison.

– Tu veux du café, papa ?

Il refusa d'un signe de tête.

– J'ai à te parler...

Il se laissa tomber sur un canapé, la dévisagea.

– J'ai besoin de toi, Cathy. Il faut que tu reviennes. J'aurais aimé te laisser plus de temps. Mais c'est impossible. Rien ne va plus. Le Rocher est en perte de vitesse.

– Franchement, papa, je ne suis pas la seule à pouvoir ouvrir un bal ou inaugurer une crèche.

– Tu sais très bien qu'il s'agit d'autre chose, l'indépendance du Rocher, son autonomie financière. Que tu le veuilles ou non, tu fais partie du système, Cathy. Sans toi, sans tes enfants, il boite.

Elle ouvrit la bouche. Il leva la main.

– Ne m'interromps pas! Mets-toi à ma place une seconde, Cathy. Je suis un homme seul!

– Tu as Thibault, papa!

– Il fait du bob!

– Et ma sœur?

– Elle ne fait plus partie du protocole!

– Depuis quand?

– Ce matin.

Cathy se mit à rire. Dix fois, à propos des incartades d'Élodie, elle avait été témoin des réactions passionnelles de son père. Elle vint vers lui, lui passa maternellement la main dans les cheveux.

– Qu'est-ce qu'elle a fait, cette fois, papa?

– Gérard Cruchet, demanda Gildas avec amertume, ça te dit quelque chose?

Cathy eut un geste d'ignorance.

– Un prof de karaté! Un minable payé par le palais! Il lui donnait des cours!

– Elle est amoureuse?

– Il vit déjà chez elle. Impossible de le déloger... Divorcé, traîne-patin, coureur, menteur, poursuivi pour coups et blessures, un peu gigolo sur les bords...

– Tu connais Élodie, papa. Ça ne dure jamais longtemps...

– Le mal est fait! Tout le monde est au courant!

– C'est de l'anecdote, papa. On oubliera... On a déjà oublié si souvent...

– Je ne veux plus la voir au palais! Tu dois revenir, Cathy, il le faut!

L'air préoccupé, elle s'éloigna de son père.

– Tu as des nouvelles de Rome?

– J'en attends.

– Tu n'en as pas assez, papa, d'attendre? Moi, ça fait dix ans. Je suis fatiguée. Le Vatican n'annulera jamais mon mariage.

– Mais si! Je fais tout ce qu'il faut!

– Mes enfants resteront des bâtards.

– Je t'affirme que c'est imminent!

Nerveusement, elle se mit à marcher de long en large, alluma une cigarette.

– En attendant, papa, je continue à être Mme Gallo, une veuve méritante qui élève seule trois enfants naturels. Tu m'as demandé tout à l'heure de me mettre à ta place. Mets-toi un instant à la mienne. Tu voudrais que je revienne en principauté pour assumer, comme tu dis, les devoirs de ma charge. Mais quelle charge, papa ? Tu ne vois donc pas que je ne représente que moi-même ? Je n'ai aucun droit et mes enfants sont toujours des bâtards. Je ne suis rien !

– Tu es ma fille aînée ! Reprends ta place !

Elle haussa les épaules d'un air las.

– À quoi bon, papa... C'est à mon frère que tu dois demander des efforts. C'est lui, un jour, qui portera la couronne. Moi, pas. Je ne régnerai jamais.

Ce fut plus fort que le prince.

– Qu'est-ce que tu en sais ? dit-il.

124

La porte s'ouvrit. Thibault entra dans la chambre. Il était trempé. Il ôta son imperméable. Une infirmière s'en empara. Comme la plupart des hommes confrontés à la naissance ou à la mort, il se sentait gauche et stupide.

Sans regarder à droite ni à gauche, son bouquet de roses blanches à la main, il s'approcha du lit où reposait sa sœur. Elle était très pâle. Elle avait refermé les bras sur son bébé. Il posa les fleurs sur le lit, se pencha, lui effleura la joue du bout des doigts, avec tendresse.

– Félicitations, lui souffla-t-il, je sais que ça n'a pas été facile...

– Elle a été très courageuse.

Thibault se retourna. Une petite femme brune au visage énergique, la cinquantaine solide, lui faisait face.

– La maman de Gérard, Thibault, intervint Élodie. Elle ne m'a pas quittée pendant toute l'opération...

– Allons, allons, protesta Yolande Cruchet, une césarienne, c'est pas grand-chose.

Visage rayonnant de joie, elle tendit la main à Thibault.

– Vous avez vu le bébé, quelle merveille!

Élodie eut les larmes aux yeux.

– Sans elle, Thibault, je ne sais pas ce que je serais devenue...

Instantanément, le père se manifesta.

– Je ne veux pas que tu pleures, murmura-t-il à Élodie, tu me rends tellement heureux...

– Bravo, Gérard, dit Thibault.

Brève accolade. Les deux hommes se connaissaient bien.

Quatre ans plus tôt, à la salle où il enseignait le close-combat aux agents des services spéciaux de la principauté, Gérard avait donné des leçons de karaté au prince.

Yolande passa son bras sous celui de son fils.

– Viens, Gérard, ils ont sûrement des choses à se dire...

Elle sourit à Élodie.

– À tout à l'heure, mon petit.

Elle pointa un doigt faussement menaçant sur Thibault.

– Et vous, ne me la fatiguez pas !

Elle poussa son fils dans le couloir, referma la porte.

– Et papa ? demanda Élodie.

– Il est ravi, mentit Thibault.

– Tu parles ! Ça fait des jours que je suis sans nouvelles, il n'est pas venu me voir, il ne m'a même pas téléphoné !

– Tu as reçu ses fleurs ?

Elle éclata en sanglots.

– J'ai pas besoin de fleurs ! Ce que je veux, c'est lui !

– Il t'adore, Élodie. Il viendra.

– Quand ? De quoi suis-je coupable ? Pourquoi il m'abandonne ? Qu'est-ce que je lui ai fait ?

Le bébé se mit à pleurer. D'un geste farouche, elle le serra contre elle.

– Qu'est-ce qu'il a contre Gérard ? Pourquoi il le déteste ? Il gobe tous les ragots qu'on raconte sur lui ! Tu le sais bien, toi, que c'est un type fabuleux !

– Oui, oui, dit Thibault.

– Et la pimbêche, tu crois qu'elle se serait dérangée ? Ça fait six mois qu'elle me snobe ! Quand ses enfants sont nés, j'étais là, moi ! Je ne peux plus voir Thomas, c'est tout de même mon filleul ! J'accouche et même pas un mot, rien, pire que si j'étais morte !

Les cris du bébé redoublèrent.

– Il a une sacrée voix, mon neveu ! s'extasia Thibault. Tu l'appelles comment ?

– Gregory.

Le prince fit la moue.

– Tu n'aimes pas ? s'alarma Élodie.

– Si, c'est superbe. Mais qu'est-ce que tu penses d'Edmond ?

– Edmond ? Comme mon cousin ?

– Rien à voir. Edmond, comme le prince Edmond III, le grand-père de papa.

Il lui cligna de l'œil d'un air complice.

– Ce serait une façon pour toi de rester dans la tradition familiale.

– Pour faire plaisir à papa ? Il s'en fout, de son petit-fils !

– J'en suis moins sûr que toi. Laisse-lui un peu de temps...

– C'est trop injuste, s'enflamma-t-elle. Gérard est génial ! Son affaire de salaisons, il l'a montée tout seul ! Tu t'opposerais à ce que je l'épouse, toi ?

– Jamais de la vie !

Élodie l'attira contre elle.

– Viens que je t'embrasse. Et vivement que tu sois au pouvoir !

125

Roccadura, 11 février 1993
À Monseigneur Ettore Biancardo

Très cher Monseigneur,

Telles sont les limites du langage, il ne peut exprimer tout ce qu'un cœur contient de reconnaissance. Le mien en déborde tant que plusieurs vies ne seraient pas suffisantes pour vous la manifester.

À deux reprises, vous avez porté ma prière à la connaissance du Saint-Père. À deux reprises, Sa Sainteté le Pape Jean-Paul II a eu l'infinie bonté de l'exaucer. La première fois, en m'accordant l'annulation de mariage qui m'a rendu ma dignité religieuse. La seconde, en signant la grâce reconnaissant mes trois enfants, Thomas, Christine et Rodolphe, comme fils de la Sainte Église Romaine.

Soyez-en remercié, très cher Monseigneur, par la bienveillance de qui sont arrivées les choses, et veuillez trouver ici l'assurance de ma gratitude profonde et de mon dévouement total.

Catherine Ponti, Princesse de Roccadura.

Après l'avoir signée, Cathy cacheta rêveusement la lettre qu'elle venait d'écrire en réponse aux décisions du Vatican.

Elles mettaient fin à dix années pénibles d'attente, de doute, de désarroi. En légitimant enfin ses trois enfants, l'autorité religieuse les désignait surtout comme prétendants à la couronne, plaçant Thomas en deuxième position derrière le prince Thibault.

Tout rentrait donc dans l'ordre dans l'univers du spirituel.

Restait maintenant à affronter d'urgents problèmes temporels. Mais, pour y faire face, Cathy croyait savoir à qui s'adresser.

126

Près d'un demi-siècle après la première visite que sa mère lui avait faite, Cathy poussa la porte de Melissa Paramount. Elle se trouva face à une dame aux cheveux blancs dont le visage s'illumina d'un sourire.

– Comme vous lui ressemblez, dit-elle. Entrez, asseyez-vous. Désirez-vous une tasse de café ?

– Volontiers, bredouilla Cathy.

Impressionnée par le souvenir de sa mère, la simplicité du lieu et de l'accueil, elle s'assit sur le bord d'un divan bleu fané.

– Je me suis mise à l'*espresso*, dit Melissa. Vous l'aimez serré ?

– Assez, dit Cathy.

Son regard erra dans le salon... Des fleurs fraîches partout, quelques tableaux, une table basse, un fauteuil en velours.

– Vous êtes superstitieuse ?

– Au moins autant que maman.

Melissa posa un plateau sur la table basse.

– Moi aussi, dit-elle avec bonne humeur.

Sur le plateau, les deux tasses de café. Melissa s'installa dans le fauteuil. Ses yeux pétillaient d'une curiosité chaleureuse.

Habituellement, Cathy détestait qu'on la dévisage. Mais là, sous ce regard, elle se sentit fondre, à l'abri de tout soudain : cette femme faisait partie de sa famille, cette pièce rassurante lui était familière, elle la connaissait depuis toujours...

– Vous êtes aussi jolie que votre mère... Rappelez-moi votre date de naissance ?

– 18 janvier 57.

– Ascendant Lion ?

– Oui, concéda Cathy, bouche bée.

– Capricorne ascendant Lion, murmura Melissa. Puis-je vous appeler Cathy ?

– Et moi Melissa ?

Elles éclatèrent de rire ensemble.

– Ma mère avait une confiance totale en vous.

– Je l'adorais, dit Melissa.

Son regard se voila.

– Le temps nous mange, soupira-t-elle.

Elle sortit un jeu de tarots d'une boîte en laque noire.

Son regard devint très attentif.

– Comment s'appelle-t-il, cet homme qui compte tant pour vous ?

– Victor, dit Cathy sans être autrement étonnée.

– Donnez-moi cinq cartes.

Melissa les étala.

– Pourquoi se sent-il emprisonné ? demanda-t-elle. Couvrez-moi ce roi de cœur...

Cathy posa une carte. Melissa la retourna : as de pique.

– Il tient beaucoup à vous, dit-elle, mais, en même temps, il veut s'affirmer. Qu'est-ce que c'est, tous ces déplacements ?

– Des reportages. Il est journaliste.

– Donnez-moi deux autres cartes.

Cathy les lui tendit.

– Effectivement, hésita Melissa, ce n'est pas facile... Ça implique des séparations... Vous avez du mal à l'admettre.

– En fait, reconnut Cathy avec un sourire, je ne l'admets pas du tout. Le problème est simple. Ou je suis princesse de Roccadura, ou *groupie* d'un grand reporter.

– C'est curieux, ce mariage suspendu... Vous y avez pensé, pourtant ?

– C'est tellement compliqué... Il faudrait qu'il prenne mon nom, qu'il change de religion, qu'il adopte mes enfants, qu'il renonce à sa carrière. Je ne suis même plus sûre d'en avoir envie.

Melissa brouilla le jeu.

– Qu'est-ce que je dois faire, Melissa ?

– Attendre.

Elle rebattit les cartes.

– Concentrez-vous sur vous-même et donnez-m'en encore cinq. Cinq, comme les cinq lettres de votre nom.

Cathy les choisit. Melissa les examina.

– Seigneur, s'exclama-t-elle, que de brouilles dans votre famille ! C'est quoi, ces colères ? Qu'est-ce que vous lui reprochez, à votre sœur ?

– Ses provocations, ses volte-face, les déceptions qu'elle inflige à mon père.

– Elle a un enfant, n'est-ce pas ?

– Un garçon. Edmond.

– Elle va en avoir un autre, dit tranquillement Melissa. Une fille.

– Si ce que vous dites est vrai, s'étrangla Cathy, c'est un coup terrible pour mon père !

– Pas pour votre sœur, dit Melissa. Au contraire, c'est très bon. La maternité l'apaise. Elle s'épanouit. Cinq de cœur. Réconciliation. Huit de pique...

Elle leva un sourcil.

– Quelqu'un est malade dans votre famille ?

Cathy eut un geste d'ignorance.

– Je vois une réconciliation autour d'un malade, dit Melissa. Et un T, la lettre T... Un nom qui commence par T ?

Cathy fronça les sourcils.

– Thibault ?...

– Un T et un P... Attendez, les deux lettres s'entrelacent...

– Thibault est malade ? insista Cathy.

– Mais non, je vous parle d'autre chose... On me montre un T. Un T et un P... La foule l'entoure... Il est jeune... Un vrai chef !...

– Thomas ? hasarda Cathy.

– Thibault... Thomas... Je ne sais pas. C'est un T, en tout cas. Un T et un P sur un blason...

Elle s'immobilisa, posa les mains sur ses genoux et s'abîma dans un profond silence. Ses yeux mi-clos se fixèrent sur un point invisible, comme s'ils pouvaient voir à travers les murs de la pièce, au-delà, très haut dans le ciel de New York.

Cathy entendait très nettement sa respiration paisible.

Melissa prononça alors une phrase qui la secoua.

– Vous n'êtes venue pour rien de tout ça, Cathy.

– Pardon ?

– Vous n'avez besoin de personne pour affronter vos problèmes. Vous savez très bien ce que vous voulez. Vos décisions, vous les avez déjà prises.

Elle la regarda droit dans les yeux.

– Alors, c'est quoi ?

– Je ne sais pas, dit Cathy d'une voix troublée.

– Je vais vous le dire. Vous avez peur. De quoi avez-vous peur, Cathy ?

La réponse sortit de ses lèvres sans qu'elle eût conscience d'avoir parlé.

– Du bijou. Ma mère l'avait sur elle au moment de son accident. Mon mari aussi. C'est affreux, Melissa, je panique. Maman me l'avait légué à ma naissance pour que j'en prenne possession au jour de sa mort.

De nouveau, le regard de Melissa sembla se perdre.

– C'est une pierre qui brûle, dit-elle en baissant la voix. Je l'avais dit à la princesse Rose. Un jour, elle est venue ici. Elle le portait en pendentif. Je m'en souviens très bien...

– Je vais le jeter !

– Surtout pas ! s'affola Melissa. Vous seriez en grand danger !

– Mais il porte malheur !

– Ou bonheur, Cathy, dit gravement Melissa, c'est selon.

Elle lui prit la main.

– J'ai fait des recherches... Depuis des siècles, ce bijou régit la destinée de votre dynastie. Sa finalité nous dépasse. Nul ne peut se l'approprier, nul ne peut s'en débarrasser. On ne peut que le transmettre.

Cathy secoua la tête avec accablement.

– C'est trop lourd pour moi.

– Vous me faites confiance ? demanda Melissa, vibrante du désir de convaincre.

– Absolument.

– Rendez-le à votre père !

Elle rangea ses tarots dans la boîte de laque noire.

– Une autre tasse de café ?

127

Si c'était ça, la mort, elle ressemblait furieusement à la vie dans ce qu'elle a de plus magique.

De son lit, Gildas apercevait le port de Roccadura constellé des plus beaux yachts du monde. Plus loin, un bassin de voiliers de haute mer dont les mâts s'élançaient dans le ciel.

Il était midi. On était en novembre. Il y avait du soleil. Et du vent. Accrochés au faîte des édifices et aux gréements des navires, les pavillons claquaient dans le ciel bleu. Sans bouger la tête, Gildas fit des yeux le tour de la pièce dans laquelle il était allongé au centre d'une forêt de tuyaux partant de son corps : l'hôpital de Roccadura. Tout lui revint soudain. Son malaise, au palais, après avoir grimpé les cent vingt-deux marches de l'escalier monumental de l'entrée principale. La sensation d'étouffer, l'effort à faire pour qu'un peu d'air entre dans les poumons alors que la tête s'amollit et que les mots n'arrivent plus au bout des lèvres pour hurler qu'on a mal...

– Ce n'est pas bien méchant, lui avait dit le cardiologue appelé à son chevet, mais je pense qu'il serait mieux d'opérer...

– Quand ?

– Rien ne presse, Monseigneur, mais le plus tôt sera le mieux. Quand vous voudrez...

L'idée qu'on allait lui ouvrir la poitrine pour lui triturer le cœur l'avait révulsé. Une semaine plus tard, après des jours entiers d'examens et de contrôles, il avait un nouveau malaise et entrait de nuit à l'hôpital comme on se présente devant un peloton d'exécution : il était sûr qu'il allait mourir.

Le grand patron qui allait l'opérer avait tenté de le faire rire.

– Monseigneur, il en est de votre corps comme d'une voiture... Tous les dix mille kilomètres, révision générale, vérification de l'allumage, changement des pièces défectueuses de la tuyauterie...

Gildas était bien placé pour savoir que le professeur Garfel était le meilleur : lui-même lui avait fait un pont d'or pour l'arracher à la Fac de Paris et le placer à la tête d'un des services cardiologiques les plus performants d'Europe. Le prince avait entièrement financé la construction de l'hôpital. Rien d'étonnant à ce qu'une aile entière ait été réservée en permanence à son usage personnel, celui de sa famille et de ses amis.

– Comment vous sentez-vous, Altesse ?

– Bien, docteur Garfel, très bien...

– Tout s'est parfaitement passé. Dans une huitaine de jours, vous pourrez regagner le palais.

C'était la veille. Il s'était rendormi.

Malgré les fenêtres fermées, les flonflons d'une fête foraine lui parvinrent. Un bruit merveilleux, rassurant. Le bruit de la vie. Une infirmière entra dans la chambre, lui sourit, vérifia quelques indications sur les appareils.

– Monseigneur, vous plairait-il de recevoir une visite ? Mais pas plus d'une minute !

Avant qu'il puisse répondre, la porte s'ouvrit, l'infirmière s'éclipsa et Élodie pénétra dans la pièce. Elle avait trois roses à la main. Elle aperçut son père, se mordit les lèvres pour ne pas pleurer et, sans un mot, alla poser sa tête contre la sienne : elle ne l'avait pas vu depuis huit mois. Avec difficulté, Gildas cala son coude sur l'oreiller, leva la main et fourragea dans la chevelure d'Élodie.

– Oh, papa !... J'ai eu si peur... Je t'aime tellement !

Elle laissa libre cours à ses larmes. Puis elle se redressa, mit un doigt sur ses lèvres, recula jusqu'à la porte sur la pointe des pieds...

– Tu ne dois pas te fatiguer, papa. Je reviendrai.

Gildas lui sourit. Élodie referma la porte. Six mois auparavant, à la naissance de son second enfant, une fille baptisée Léonie, il lui avait interdit l'accès du palais. Bien entendu, il refusait toujours obstinément de rencontrer l'ancien karatéka qui avait séduit sa fille. Mais il venait de frôler la mort.

Beaucoup de choses importantes *avant* lui semblaient désormais dérisoires. Après tout, pourquoi n'épouserait-elle pas un roturier ? D'où venait-il lui-même au hasard des mélanges, des sangs et des passions qui avaient structuré sa dynastie, pour s'ériger en monarque absolu régissant le destin des autres ?

Il ne pouvait qu'aider, conseiller, espérer. Et attendre. Les mélanges de genres, parfois, donnaient des résultats heureux.

Élodie avait déjà deux enfants. Les jeux étaient faits.

De sa part, toute attitude rigide ou autoritaire devenait intenable. Bon vent, Élodie, tu es ma fille et je t'aime...

De nouveau, l'infirmière passa la tête.

– Monseigneur, la princesse Cathy...

Gildas approuva d'un battement de cils. Cathy entra. Les yeux brillants de larmes, elle s'approcha du lit, prit la main de son père et la garda avec ferveur contre ses lèvres.

– Garfel a dit que maintenant tu allais pouvoir vivre encore deux siècles ! Peut-être trois, si tu fais un vrai régime...

Dans un mouvement simultané, elle se mit à rire et à pleurer. Puis les sanglots la secouèrent doucement.

– J'ai cru que j'allais mourir, papa, dit-elle.

Gildas la réconforta d'une pression de main, grimaça un sourire tendre.

– N'inverse pas les rôles...

Elle ferma les yeux. Du bout de l'index, comme lorsqu'elle était enfant, il lui caressa la joue.

– Élodie sort d'ici...

– Je viens de la croiser dans le couloir, papa.

– Fais la paix, Cathy. Aime-la. Elle a besoin qu'on la protège.

– Oui, papa, oui...

– On est des cons, Cathy, rien ne tient devant la mort...

Il glissa la main sous les draps, la ressortit poing fermé.

– Merci, Cathy, de me l'avoir rendu, tu avais raison. Il m'a porté bonheur...

Il ouvrit les doigts sur un bloc de lumière.

– Le caillou-soleil, souffla Cathy.

– J'avais dit à Garfel que je ne voulais pas m'en séparer.

– Et il t'a obéi ?

Gildas lui cligna de l'œil.

– Qui commande, ici ? Où est Thibault ?

– Au Canada. On l'a prévenu en catastrophe.

– Le bob ?...

– Le bob.

– Et Thomas?... Où est mon petit Thomas?

– L'accès de l'hôpital est interdit aux enfants. Il était fou de rage! Tout va bien, papa, ne t'inquiète pas, le cauchemar est terminé. Je t'aime!

Elle se dirigea vers la porte, s'immobilisa, prêta l'oreille.

– Tu entends ce boucan? Des forains... Ils sont fous, je vais faire arrêter tout ça!

– Surtout pas, Cathy... J'adore...

La porte se referma. Il fut seul. Son regard glissa au-dehors. Le vent était tombé. La lumière était douce.

Bientôt, pour lui, la vie, encore. Longtemps...

Avec volupté, il ferma les yeux et se laissa aller à sa fatigue.

– Grand-père...

Un bouquet de roses rouges à la main, le visage sérieux, Thomas se tenait debout au pied du lit. Gildas l'attira contre lui.

– Mais comment tu as fait pour entrer?

– J'ai rampé derrière le comptoir et je me suis caché dans l'escalier de service.

Gildas le regarda avec admiration.

– Toi, tu es un vrai Ponti de Roccadura!

Thomas tendit le bras.

– Qu'est-ce qui brille dans ta main, grand-père?

– Un bijou, Thomas, très précieux. Il nous appartient depuis des siècles. Un jour, je te le donnerai.

– Quand?

– Patience..., murmura Gildas.

Il caressa rêveusement les cheveux blonds et fins de l'enfant.

– Et tes roses, Thomas? Où les as-tu prises?

– On me les a données pour toi.

– Pour moi? s'étonna Gildas. Qui?

– Un homme. Dans le couloir.

Gildas le dévisagea d'un air perplexe: nul n'étais admis à pénétrer dans l'hôpital. Lentement, il déchira l'enveloppe agrafée sur la Cellophane de protection. Il en tira une carte de visite.

Elle comportait une phrase soigneusement calligraphiée.

Avec mes meilleurs vœux de prompt rétablissement.

Et au-dessus, en lettres imprimées, le nom de l'expéditeur:

Ottavio Biasini.

Table des matières

Cet ouvrage a été réalisé par la
SOCIÉTÉ NOUVELLE FIRMIN-DIDOT
Mesnil-sur-l'Estrée
pour le compte des Éditions Robert Laffont
24, avenue Marceau, 75008 Paris
en mai 1995

Imprimé en France
Dépôt légal : mai 1995
N° d'édition : 36219 – N° d'impression : 29769